देवकीनन्दन खत्री

देवकीनन्दन खत्री का जन्म 18 जून, 1861 को मुजफ्फरपुर, बिहार (ननिहाल) में हुआ था। हिन्दी और संस्कृत की प्रारम्भिक शिक्षा ननिहाल में ही हुई। फारसी से स्वाभाविक लगाव था लेकिन निता की अनिच्छावश शुरू में उसे नहीं पढ़ सके। इसके बाद 18 वर्ष की अवस्था में, जब गया स्थित टिकरी राज्य से सम्बद्ध अपने पिता के व्यवसाय में स्वतंत्र रूप से हाथ बँटाने लगे तब फारसी और अंग्रेजी का भी अध्ययन किया। सितम्बर 1898 में लहरी प्रेस की स्थापना की। 'सुदर्शन' नामक मासिक पत्र भी निकाला। 'चन्द्रकान्ता' और 'चन्द्रकान्ता सन्तति' (छह भाग) के अतिरिक्त उनकी अन्य रचनाएँ हैं—'नरेन्द्र मोहिनी', 'कुसुमकुमारी', 'वीरेन्द्र वीर या कटोरा-भर खून', 'काजर की कोठरी', 'गुप्त गोदना' तथा 'भूतनाथ' (प्रथम छह भाग)।

1 अगस्त, 1931 को उनका निधन हुआ।

चन्द्रकान्ता सन्तति

3

देवकीनन्दन खत्री

राधाकृष्ण पेपरबैक्स

पहला संस्करण 1894 में प्रकाशित

राधाकृष्ण पेपरबैक्स में
पहला संस्करण : 2012
तीसरा संस्करण : 2025

राधाकृष्ण पेपरबैक्स : उत्कृष्ट साहित्य के जनसुलभ संस्करण

राधाकृष्ण प्रकाशन प्राइवेट लिमिटेड
जी-17, जगतपुरी, दिल्ली-110 051
द्वारा प्रकाशित

शाखाएँ : अशोक राजपथ, साइंस कॉलेज के सामने, पटना-800 006
पहली मंजिल, दरबारी बिल्डिंग, महात्मा गांधी मार्ग, प्रयागराज-211 001
1, अनमोल सोराबजी सन्तुक लेन, धोबी तलाव, मरीन लाइंस, मुम्बई-400 002
वेबसाइट : www.radhakrishnaprakashan.com
ई-मेल : info@radhakrishnaprakashan.com

विकास कम्प्यूटर एंड प्रिंटर्स
ट्रॉनिका सिटी-201 102
द्वारा मुद्रित

मूल्य : ₹950
(छह खंडों का सम्पूर्ण सैट)

CHANDRAKANTA SANTATI-3
Novel by Devaki Nandan Khatri

ISBN : 978-81-8361-517-4

चन्द्रकान्ता सन्तति-3

नौवां भाग

पहिला बयान

अब वह मौका आ गया है कि हम अपने पाठकों को तिलिस्म के अन्दर ले चलें और वहां की सैर करावें, क्योंकि कुंअर इन्द्रजीतसिंह और आनन्दसिंह तथा मायारानी तिलिस्मी बाग के चौथे दर्जे में जा विराजे हैं, जिसे एक तरह पर तिलिस्म का दरवाजा कहना चाहिए। पिछले भाग में यह लिखा जा चुका है कि भैरोसिंह को रोहतासगढ़ की तरफ और राजा गोपालसिंह और देवीसिंह को काशी की तरफ रवाना करने के बाद इन्द्रजीतसिंह, आनन्दसिंह, तेजसिंह, तारासिंह, शेरसिंह और लाडिली को साथ लिये हुए कमलिनी तिलिस्मी बाग के चौथे दर्जे में जा पहुंची और उसने राजा गोपालसिंह के कहे अनुसार देवमन्दिर में, जिसका हाल आगे चलकर खुलेगा, डेरा डाला। हमने कमलिनी और कुंअर इन्द्रजीतसिंह वगैरह को दारोगावाले मकान के पास के एक टीले पर ही पहुंचाकर छोड़ दिया था और यह नहीं लिखा कि वे लोग तिलिस्मी बाग के चौथे दर्जे में किस राह से पहुंचे या वह रास्ता किस प्रकार का था। खैर, हमारे पाठक महाशय ऐयारों के साथ कई दफे उस तिलिस्मी बाग में जाएंगे, इसलिए वहां के रास्ते का हाल उनसे छिपा न रह जाएगा।

तिलिस्मी बाग का चौथा दर्जा अद्‌भुत और भयानक रस का खजाना था। वहां का पूरा हाल तो तब मालूम होगा, जब तिलिस्म बखूबी टूट जाएगा, मगर जाहिरी हाल जिसे कुंअर इन्द्रजीतसिंह और उनके साथियों ने वहां पहुंचने के साथ ही देखा, हम इस जगह लिख देते हैं।

उस हिस्से में फूल-फल और पत्ते की किस्म में से ऐसा कुछ विशेष न था जिससे हम उसे बाग कहते, हां, चारों तरफ तरह-तरह की इमारतें जरूर बहुतायत से बनी हुई थीं जिनका हाल हम उस देवमन्दिर को मध्य मानकर लिखते हैं, जिसमें इस समय हमारे दोनों कुमार और दोनों नेकदिल खैरख्वाह और मुहब्बत का नमूना दिखानेवाली नायिकाएं तथा उनके साथी लोग विराज रहे हैं। जैसा कि नाम से समझा जाता है, वह देवमन्दिर वास्तव में कोई मन्दिर या शिवालय नहीं था, वह केवल सुर्ख पत्थर का बना हुआ एक मकान था जिसमें दस हाथ की कुर्सी के ऊपर चालीस खम्भों का

केवल एक अपूर्व कमरा था, जिसके बीचोबीच में दस हाथ के घेरे का एक गोल खम्भा था और उस पर तरह-तरह की तस्वीरें बनी हुई थीं। बस, इसके अतिरिक्त देवमन्दिर में और कोई बात न थी। उस देवमन्दिरवाले कमरे में जाने के लिए जाहिर में कोई रास्ता न था, इसके सिवाय एक बात यह और थी कि कमरा चारों तरफ से परदेनुमा ऊंची दीवारों से ऐसा घिरा हुआ था कि उसके अन्दर रहनेवाले आदमियों को बाहर से कोई देख नहीं सकता था। उस देवमन्दिर के चारों तरफ थोड़ी-सी जमीन में बाग की पक्की क्यारियां बनी हुई थीं और उनमें तरह-तरह के पेड़ लगे हुए थे, मगर ये पेड़ सच्चे न थे, बल्कि एक प्रकार की धातु के बने हुए थे और असली मालूम होने के लिए उन पर तरह-तरह के रंग चढ़े हुए थे, यदि इस खयाल से उसे हम बाग कहें तो हो भी सकता है और ताज्जुब नहीं कि इन्हीं पेड़ों की वजह से वह हिस्सा बाग के नाम से पुकारा भी जाता हो। उस नकली बाग में दो-दो आदमियों के बैठने लायक कई कुर्सियां भी जगह-जगह बनी हुई थीं।

उन क्यारियों के चारों तरफ छोटी-छोटी कई कोठरियां और मकान भी बने थे जिनका अलग-अलग हाल लिखना इस समय आवश्यक नहीं, मगर उन चार मकानों का हाल लिखे बिना काम न चलेगा, जो कि देवमन्दिर या यों कहिए कि इस नकली बाग के चारों तरफ एक-दूसरे के मुकाबले में बने हुए थे और जिन चारों ही मकानों के बगल में एक-एक कोठरी और कोठरी से थोड़ी दूर के फासले पर एक-एक कुआं भी बना हुआ था।

पूरब तरफवाले मकान के चारों तरफ पीतल की ऊंची दीवार थी, इसलिए उस मकान का केवल ऊपरवाला हिस्सा दिखाई देता था और कुछ मालूम नहीं होता था कि उसके अन्दर क्या है, हां, छत के ऊपर एक लोहे का पतला महराबदार खम्भा निकला हुआ जरूर दिखाई दे रहा था जिसका दूसरा सिरा उसके पासवाले कुएं के अन्दर गया हुआ था। उस मकान के चारों तरफ जो पीतल की दीवार थी, उसी में एक बन्द दरवाजा भी दिखाई देता था, जिसके दोनों तरफ पीतल के दो-दो आदमी हाथ में नंगी तलवारें लिये खड़े थे।

पश्चिम तरफवाले मकान के दरवाजे पर हड्डियों का एक बड़ा-सा ढेर था और उसके बीचोबीच में लोहे की एक जंजीर गड़ी थी जिसका दूसरा सिरा उसके पासवाले कुएं के अन्दर गया हुआ था।

उत्तर तरफवाला मकान गोलाकार स्याह पत्थरों का बना हुआ था और उसके चारों तरफ चर्खियां और तरह-तरह के कल-पुर्जे लगे हुए थे। इसी मकान के पास वाले कुएं के अन्दर मायारानी अपने पति का काम तमाम करने के लिए गई थी।

दक्खिन की तरफवाले मकान के ऊपर चारों कोनों पर चार बुर्जियां थीं और उनके ऊपर लोहे का जाल पड़ा हुआ था। उन चारों बुर्जियों पर (जाल के अन्दर) चार मोर न मालूम किस चीज के बने हुए थे, जो हर वक्त नाचा करते थे।

आज उसी देवमन्दिर के कमरे में दोनों कुमार, कमलिनी, लाडिली और ऐयार लोग बैठे आपुस में कुछ बातें कर रहे हैं। रिक्तग्रन्थ अर्थात् किसी के खून से लिखी हुई किताब कुंअर इन्द्रजीतसिंह के हाथों में है और वह बड़े प्रेम से उसकी जिल्द देख रहे हैं, मगर अभी तक उस किताब को पढ़ने की नौबत नहीं आई है। कमलिनी मुहब्बत की निगाह से इन्द्रजीतसिंह को देख रही है और उसी तरह लाडिली भी छिपी निगाहें कुंअर आनन्दसिंह पर डाल रही है।

कमलिनी–(इन्द्रजीतसिंह से) अब आपको चाहिए कि जहां तक जल्द हो सके, यह रिक्तग्रंथ पढ़ जाएं।

इन्द्रजीत–हां, मैं भी यही चाहता हूं, परन्तु पहले उन कामों से छुट्टी पा लेनी चाहिए जिनके लिए तेजसिंह चाचा और ऐयारों को हम लोग यहां तक साथ लाए हैं।

कमलिनी–मैं इन लोगों को केवल रास्ता दिखाने के लिए यहां तक लाई थी, सो काम तो हो ही चुका, अब इन लोगों को यहां से जाना और कोई नया काम करना चाहिए और आपको भी रिक्तग्रंथ पढ़ने के बाद तिलिस्म तोड़ने में हाथ लगा देना चाहिए।

इन्द्रजीत–राजा गोपालसिंह ने कहा था कि किशोरी और कामिनी को छुड़ाकर जब हम आ जाएं, तब तिलिस्म तोड़ने में हाथ लगाना। इसके अतिरिक्त तेजसिंह चाचा से मुझे राजा गोपालसिंह के छुड़ाने का हाल सुनना भी बाकी है।

तेज–उस बारे में कुछ हाल तो मैं आपसे कह भी चुका हूं!

आनन्द–जी हां, वहां तक कह चुके हैं, जब (कमलिनी की तरफ देखकर) ये चंडूल की सूरत बनकर आपके पास आई थीं, मगर यह न मालूम हुआ कि इन्होंने हरनामसिंह, बिहारीसिंह और मायारानी के कान में क्या कहा, जिसे सुन सभों की अवस्था बदल गई थी। जहां तक मैं समझता हूं, शायद इन्होंने राजा गोपालसिंह के ही बारे में कोई इशारा किया होगा।

कमलिनी–जी हां, यही बात है। राजा गोपालसिंह को कैद करने में हरनामसिंह और बिहारीसिंह ने भी मायारानी का साथ दिया था और धनपति इस काम का जड़ है।

इन्द्रजीत–(हंसकर) धनपति इस काम 'का' जड़ है!

कमलिनी–जी हां, मैं बोलने में भूलती नहीं, धनपति वास्तव में औरत नहीं है बल्कि मर्द है। उसकी खूबसूरती ने मायारानी को फंसा लिया और उसी की मुहब्बत में पड़कर उसने यह अनर्थ किया था। ईश्वर ने धनपति का चेहरा ऐसा बनाया है कि वह मुद्दत तक औरत बनकर रह सकता है। एक तो वह नाटा है, दूसरे अठारह वर्ष की अवस्था हो जाने पर भी दाढ़ी-मूंछ की निशानी नहीं आई। लेकिन जनानी सूरत होने पर भी उसमें ताकत बहुत है।

इन्द्रजीत–(ताज्जुब से) यह तो एक नई बात तुमने सुनाई। अच्छा तब?

लाडिली–क्या धनपति मर्द है?

कमलिनी–हां, और यह हाल मायारानी, बिहारीसिंह और हरनामसिंह के सिवाय और किसी को मालूम नहीं है। कुछ दिन बाद मुझे मालूम हो गया था, मगर आज के पहले यह हाल मैंने भी किसी से नहीं कहा था। इसी तरह राजा गोपालसिंह का हाल भो उन चारों के सिवाय और कोई नहीं जानता था और मुझे भी इत्तिफाक ही से इस बात का पता लग गया। उन लोगों को यही विश्वास था कि राजा गोपालसिंह का हाल सिवाय हम चारों के और कोई भी नहीं जानता और जब कोई पांचवां आदमी उस भेद को जानेगा तो बेशक हम चारों की जान जाएगी और यही सबब उस समय उन लोगों की बदहवासी का था, जब मैंने चंडूल बनकर, उन तीनों के कानों में पते की बात कही थी, मगर उस समय इसके साथ-साथ ही मैंने यह भी कह दिया था कि राजा गोपालसिंह का हाल हजारों आदमी जान गए हैं और बीरेन्द्रसिंह के लश्कर में भी यह बात मशहूर हो गई है।

आनन्द–ठीक है, मगर बिहारीसिंह ने मायारानी से यह हाल क्यों नहीं कहा?

कमलिनी–इसका एक खास सबब है।

इन्द्रजीत–वह क्या?

कमलिनी–बिहारी और हरनाम ने मायारानी के दो प्रेमी-पात्रों का खून किया है जिसका हाल मायारानी को भी मालूम नहीं है, उसका भी इशारा मैंने उन दोनों के कानों में किया था।

इन्द्रजीत–(हंसकर) तुम्हारी बहिन बड़ी ही शैतान है! मगर देखा चाहिए, तुम कैसी निकलती हो, खून का साथ देती हो या नहीं!

कमलिनी–(हाथ जोड़कर) बस, माफ कीजिए, ऐसा कहना हम दोनों बहिनों (लाडिली की तरफ इशारा करके) के लिए उचित नहीं! इसका एक सबब भी है।

इन्द्रजीत–वह क्या?

कमलिनी–मेरे पिता की दो शादियां हुई थीं। मैं और लाडिली एक मां के पेट से हुई और कमबख्त मायारानी दूसरी मां के पेट से, इसलिए हम दोनों का खून उसके संग नहीं मिल सकता।

इन्द्रजीत–(हंसकर) शुक्र है, खैर यह कहो कि चंडूल बनने के बाद तुमने क्या किया?

कमलिनी–चंडूल बनने के बाद मैंने नानक को बाग के बाहर कर दिया और तेजसिंहजी को राजा गोपालसिंह के पास ले जाकर दोनों की मुलाकात कराई, इसके बाद वहां रहने का स्थान, राजा गोपालसिंह के छुड़ाने की तरकीब, और फिर उन्हें साथ लेकर बाग के बाहर हो जाने का रास्ता बताकर, मैं तेजसिंह से विदा हुई और आप लोगों को कैद से छुड़ाने का उद्योग करने लगी। इसके बाद जो कुछ हुआ आप

जान ही चुके हैं। हां, राजा गोपालसिंह को छुड़ाने के समय तेजसिंह ने क्या-क्या किया, सो आप इन्हीं से पूछिए।

अब पाठक समझ ही गए होंगे कि राजा गोपालसिंह को कैद से छुड़ानेवाले तेजसिंह थे और जब राजा गोपालसिंह को मारने के लिए मायारानी कैदखाने में गई थी तो तेजसिंह ही ने आवाज देकर उसे परेशान कर दिया था। दोनों कुमारों के पूछने पर तेजसिंह ने अपना पूरा-पूरा हाल बयान किया, जिसे सुनकर कुमार बहुत प्रसन्न हुए।

दूसरा बयान

ऐयारों को जो कुंअर इन्द्रजीतसिंह और आनन्दसिंह के साथ थे, बाग के चौथे दर्जे के देवमन्दिर में आने-जाने का रास्ता बताकर कमलिनी ने तेजसिंह को रोहतासगढ़ जाने के लिए कहा और बाकी ऐयारों को अलग-अलग काम सुपुर्द करके दूसरी तरफ बिदा किया।

इस बाग के चौथे दर्जे की इमारत का हाल हम ऊपर लिख आए हैं और यह भी लिख आए हैं कि वहां असली फूल-पत्तों का नाम-निशान भी न था। यहां की ऐसी अवस्था देखकर कुंअर इन्द्रजीतसिंह ने कमलिनी से पूछा, ''राजा गोपालसिंह ने कहा था कि 'चौथे दर्जे में मेवे बहुतायत से हैं, खाने-पीने की तकलीफ न होगी' मगर यहां तो कुछ भी दिखाई नहीं देता! हम लोगों को यहां कई दिनों तक रहना होगा, कैसे काम चलेगा?'' इसके जवाब में कमलिनी ने कहा, ''आपका कहना ठीक है और राजा गोपालसिंह ने भी गलत नहीं कहा। यहां मेवों के पेड़ नहीं हैं, मगर (हाथ का इशारा करके) उस तरफ थोड़ी-सी जमीन मजबूत चहारदीवारी से घिरी हुई है, जिसे आप मेवों का बाग कह सकते हैं। उसको कोई सींचता या दुरुस्त नहीं करता है, बाहर से एक नहर दीवार तोड़कर उसके अन्दर पहुंचाई गई है और उसी की तरावट से वह बाग सूखने नहीं पाता। कई पेड़ पुराने होकर मर जाते हैं और कई नए पैदा होते हैं और इस तिलिस्मी बाग का राजा दस-पन्द्रह वर्ष पीछे कभी उसकी सफाई करा दिया करता है। मैं वहां जाने का रास्ता आपको बता दूंगी!''

ऐयारों को बिदा करने के बाद ही कमलिनी भी लाडिली को लेकर दोनों कुमारों से यह कहकर बिदा हुई–''कई जरूरी काम पूरे करने के लिए मैं जाती हूं, परसों यहां आऊंगी।''

तीन दिन तक कुंअर इन्द्रजीतसिंह और आनन्दसिंह देवमन्दिर में रहे। जब आवश्यकता होती, मेवोंवाले बाग में चले जाते और पेट भरकर फिर उस देवमन्दिर

में चले आते। इस बीच में दोनों भाइयों ने मिलकर 'रिक्तग्रंथ' (खून से लिखी किताब) भी पढ़ डाली, मगर रिक्तग्रंथ में जो भी बातें लिखी थीं, वे सब-की-सब बखूबी समझ में न आईं क्योंकि उसमें बहुत से शब्द इशारे के तौर पर लिखे थे, जिनका भेद जाने बिना असल बात का पता लगाना बहुत ही कठिन था, तथापि तिलिस्म के कई भेदों और रास्तों का पता उन दोनों को मालूम हो गया और बाकी के विषय में निश्चय किया कि कमलिनी से मुलाकात होने पर उन शब्दों का अर्थ पूछेंगे जिनके जाने बिना कोई काम नहीं चलता।

यद्यपि कुंअर इन्द्रजीतसिंह किशोरी के लिए और आनन्दसिंह कामिनी के लिए बेचैन हो रहे थे, मगर कमलिनी और लाडिली की भोली सूरत के साथ-साथ उनके अहसानों ने भी दोनों कुमारों के दिलों को पूरी तरह से अपने काबू में कर लिया था, फिर भी किशोरी और कामिनी की मुहब्बत के खयाल से दोनों कुमार अपने दिलों को कोशिश के साथ दबाए जाते थे।

दोनों कुमारों को देवमन्दिर में टिके हुए आज तीसरा दिन है। ओढ़ने और बिछावन का कोई सामान न होने पर भी, उन दोनों को किसी तरह की तकलीफ नहीं मालूम होती। रात आधी से ज्यादे जा चुकी है। तिलिस्मी बाग के दूसरे दर्जे से होती और वहां के खुशबूदार फूलों से बसी हुई मन्द चलनेवाली हवा ने नर्म थपकियां लगाकर, दोनों नौजवान, सुन्दर और सुकुमार कुमारों को सुला दिया है। ताज्जुब नहीं कि दिन-रात ध्यान बने रहने के कारण दोनों कुमार इस समय स्वप्न में भी अपनी-अपनी माशूकाओं से लाड़-प्यार की बातें कर रहे हों, और उन्हें इस बात का गुमान भी न हो कि पलक उठते ही रंग बदल जाएगा और नर्म कलाइयों का आनन्द लेनेवाला हाथ सिर तक पहुंचने का उद्योग करेगा।

यकायक घड़घड़ाहट की आवाज ने दोनों को जगा दिया। वे चौंककर उठ बैठे और ताज्जुब-भरी निगाहों से चारों तरफ देखने और सोचने लगे कि यह आवाज कहां से आ रही है। ज्यादे ध्यान देने पर भी यह निश्चय न हो सका कि आवाज किस चीज की है, हां, इतनी बात मालूम हो गई कि देवमन्दिर के पूरब तरफवाले मकान के अन्दर से यह आवाज आ रही है। दोनों राजकुमारों को देवमन्दिर से नीचे उतरकर उस मकान के पास जाना उचित मालूम न हुआ, इसलिए वे देवमन्दिर की छत पर चढ़ गए और बड़े गौर से उस तरफ देखने लगे।

आधे घण्टे तक वह आवाज एक रंग से बराबर आती रही और इसके बाद धीरे-धीरे कम होकर बन्द हो गई। उस समय दरवाजा खोलकर अन्दर से आता हुआ एक आदमी उन्हें दिखाई पड़ा। वह आदमी धीरे-धीरे देवमन्दिर के पास आया और थोड़ी देर तक खड़ा रहकर उस कुएं की तरफ लौटा जो पूरब की तरफवाले मकान के साथ और उससे थोड़ी ही दूर पर था। कुएं के पास पहुंचकर थोड़ी देर तक वहां भी खड़ा रहा और फिर आगे बढ़ा, यहां तक कि घूमता-फिरता छोटे-छोटे मकानों की

आड़ में जाकर वह न जाने कहां नजरों से ओझल हो गया और इसके थोड़ी ही देर बाद उस तरफ एक कमसिन औरत के रोने की आवाज आई।

इन्द्रजीत–जिस तौर से यह आदमी इस चौथे दर्जे में आया है, वह बेशक ताज्जुब की बात है।

आनन्द–तिस पर इस रोने की आवाज ने और भी ताज्जुब में डाल दिया है। मुझे आज्ञा हो तो जाकर देखूं कि क्या मामला है?

इन्द्रजीत–जाने में कोई हर्ज नहीं है, मगर...खैर, तुम इसी जगह ठहरो, मैं जाता हूं।

आनन्द–यदि ऐसा ही है तो चलिए हम दोनों आदमी चलें।

इन्द्रजीत–नहीं, एक आदमी का यहां रहना बहुत जरूरी है। खैर, तुम ही जाओ, कोई हर्ज नहीं, मगर तलवार लेते जाओ।

दोनों भाई छत के नीचे उतर आए। आनन्दसिंह ने खूंटी से लटकती हुई अपनी तलवार ले ली और कमरे के बीचोबीचवाले गोल खम्भे के पास पहुंचे। हम ऊपर लिख आए हैं कि उस खम्भे में तरह-तरह की तस्वीरें बनी हुई थीं। आनन्दसिंह ने एक मूरत पर हाथ रखकर जोर से दबाया, साथ ही एक छोटी-सी खिड़की अन्दर जाने के लिए दिखाई दी। छोटे कुमार उसी खिड़की की राह उस गोल खम्भे के अन्दर घुस गए, और थोड़ी ही देर बाद उस नकली बाग में दिखाई देने लगे। खम्भे के अन्दर रास्ता कैसा था और वह नकली बाग के पास क्योंकर पहुंचे, इसका हाल आगे चलकर दूसरी दफे किसी और के आने या जाने के समय बयान करेंगे, यहां मुख्तसर ही में लिखकर मतलब पूरा करते हैं।

आनन्दसिंह उस तरफ गए जिधर वह आदमी गया था या जिधर से किसी औरत के रोने की आवाज आई थी। घूमते-फिरते एक छोटे मकान के आगे पहुंचे जिसका दरवाजा खुला हुआ था। वहां औरत तो कोई दिखाई न दी, मगर उस आदमी को दरवाजे पर खड़े हुए जरूर पाया।

आनन्दसिंह को देखते ही वह आदमी झट मकान के अन्दर घुस गया और कुमार भी तेजी के साथ उसका पीछा किए बेखौफ मकान के अन्दर चले गए। वह मकान दो मंजिल का था, उसके अन्दर छोटी-छोटी कई कोठरियां थीं और हर एक कोठरी में दो-दो दरवाजे थे, जिससे आदमी एक कोठरी के अन्दर जाकर कुल कोठरियों की सैर कर सकता था।

यद्यपि कुमार तेजी के साथ पीछा किए हुए चले गए, मगर वह आदमी एक कोठरी के अन्दर जाने के बाद कई कोठरियों में घूम-फिरकर कहीं गायब हो गया। रात का समय था और मकान के अन्दर तथा कोठरियों में बिलकुल अन्धकार छाया हुआ था, ऐसी अवस्था में कोठरियों के अन्दर घूम-घूमकर उस आदमी का पता लगाना बहुत ही मुश्किल था, दूसरे, इसका भी शक था कि वह कहीं हमारा दुश्मन

न हो, लाचार होकर कुमार वहां से लौटे, मगर मकान के बाहर न निकल सके, क्योंकि वह दरवाजा बन्द हो गया था, जिस राह से कुमार मकान के अन्दर घुसे थे। कुमार ने दरवाजा उतारने का भी उद्योग किया मगर उसकी मजबूती के आगे कुछ बस न चला। आखिर दुखी होकर फिर मकान के अन्दर घुसे और एक कोठरी के दरवाजे पर जाकर खड़े हो गए। थोड़ी देर के बाद ऊपर की छत पर से फिर किसी औरत के रोने की आवाज आई, गौर करने से कुमार को मालूम हुआ कि यह बेशक उसी औरत की आवाज है जिसे सुनकर यहां तक आए थे। उस आवाज की सीध पर कुमार ने ऊपर की दूसरी मंजिल पर जाने का इरादा किया, मगर सीढ़ियों का पता न था।

इस समय कुमार का दिल कैसा बेचैन था, यह वही जानते होंगे। हमारे पाठकों में भी जो दिलेर और बहादुर होंगे, वह उनके दिल की हालत कुछ समझ सकेंगे। बेचारे आनन्दसिंह हर तरह से उद्योग करके रह गए, पर कुछ भी न बन पड़ा। न तो वे उस आदमी का पता लगा सकते थे, जिसके पीछे-पीछे मकान के अन्दर घुसे थे, न उस औरत का हाल मालूम कर सकते थे, जिसके रोने की आवाज से दिल बेताब हो रहा था, और न उस मकान ही से बाहर होकर, अपने भाई इन्द्रजीतसिंह को इन सब बातों की खबर कर सकते थे, बल्कि यों कहना चाहिए कि सिवाय चुपचाप खड़े रहने या बैठ जाने के और कुछ भी नहीं कर सकते थे।

जो कुछ रात थी, खड़े-खड़े बीत गई। सुबह की सुफेदी ने जिधर से रास्ता पाया मकान के अन्दर घुसकर उजाला कर दिया, जिससे कुंअर आनन्दसिंह को वहां की हर एक चीज साफ-साफ दिखाई देने लगी। यकायक पीछे की तरफ से दरवाजा खुलने की आवाज कुमार के कान में पड़ी। कुमार ने घूमकर देखा तो एक कोठरी का दरवाजा, जो इसके पहले बन्द था, खुला हुआ पाया। वे बेधड़क उसके अन्दर घुस गए और वहां ऊपर की तरफ गई हुई छोटी-छोटी खूबसूरत सीढ़ियां देखीं। धड़धड़ाते हुए दूसरी मंजिल पर चढ़ गए और हर तरफ गौर करके देखने लगे। इस मंजिल में बारह कोठरियां एक ही रंग-ढंग की देखने में आईं। हर एक कोठरी में दो दरवाजे थे, एक दरवाजा कोठरी के अन्दर घुसने के लिए और दूसरा अन्दर की तरफ से दूसरी कोठरी में जाने के लिए था। इस तरह पर किसी एक कोठरी के अन्दर घुसकर, कुल कोठरियों में आदमी घूम आ सकता था। धीरे-धीरे अच्छी तरह उजाला हो गया और वहां की हर एक चीज बखूबी देखने का मौका कुमार को मिला। छोटे कुमार एक कोठरी के अन्दर घुसे और देखा कि वहां सिवाय एक चबूतरे के और कुछ भी नहीं है। यह चबूतरा स्याह पत्थर का बना हुआ था और उसके ऊपर एक कमान और पांच तीर रखे हुए थे। कुमार ने तीर और कमान पर हाथ रखा, मालूम हुआ कि सब पत्थर का बना हुआ है और किसी काम में आने योग्य नहीं है। दूसरे दरवाजे से दूसरी कोठरी में घुसे तो वहां एक लाश पड़ी देखी जिसका कटा हुआ सिर पास ही पड़ा

हुआ था और वह लाश भी पत्थर ही की थी। उसे अच्छी तरह देख-भालकर तीसरी कोठरी में पहुंचे।

इसके चारों तरफ दीवार में कई खूंटियां थीं और हर एक खूंटी से एक-एक नंगी तलवार लटक रही थी। ये तलवारें नकली न थीं, बल्कि असली लोहे की थीं मगर हर एक पर जंग चढ़ा हुआ था। जब चौथी कोठरी में पहुंचे तो वहां चांदी के सिंहासन पर बैठी हुई एक मूरत दिखाई पड़ी। वह मूरत किसी प्रकार की धातु की बहुत ही खूबसूरत और ठीक-ठीक बनी हुई थी, जिसे देखने के साथ ही कुमार ने पहचान लिया कि यह मायारानी की छोटी बहिन लाडिली की मूरत है। कुमार मुहब्बत-भरी निगाहें उस मूरत पर डालने लगे। निराली जगह अपने माशूक को देखने का उन्हें अच्छा मौका मिला, यद्यपि वह माशूक असली नहीं, बल्कि केवल उसकी एक छवि मात्र थी तथापि इस सबब से कि यहां पर कोई ऐसा आदमी न था जिसका लिहाज या खयाल होता, उन्हें एक निराले ढंग की खुशी हुई और वे देर तक उसके हर एक अंग की खूबसूरती को देखते रहे। इसी बीच बगलवाली कोठरी में से यकायक एक खटके की आवाज आई। कुमार चौंक पड़े और यह सोचते हुए उस कोठरी की तरफ बढ़े कि शायद वह आदमी उसमें मिले, जिसके पीछे-पीछे इस मकान के अन्दर आए हैं, मगर इस कोठरी में भी किसी की सूरत दिखाई न दी।

इस कोठरी में, जिसमें कुमार पहुंचे, चांदी का केवल एक सन्दूक था, जिसके बीच में हाथ डालने के लायक एक छेद भी बना हुआ था और छेद के ऊपर सुनहले हर्फों में यह लिखा हुआ था–

''इस छेद में हाथ डालके देखो, क्या अनूठी चीज है।''

कुंअर आनन्दसिंह ने बिना सोचे-विचारे उस छेद में हाथ डाल दिया, मगर फिर हाथ निकाल न सके। सन्दूक के अन्दर हाथ जाते ही मानो लोहे की हथकड़ी पड़ गई जो किसी तरह हाथ बाहर निकालने की इजाजत नहीं देती थी। कुमार ने झुककर सन्दूक के नीचे की तरफ देखा तो मालूम हुआ कि सन्दूक जमीन से अलग नहीं है और इसलिए उसे किसी तरह खिसका भी नहीं सकते थे।

तीसरा बयान

कुंअर आनन्दसिंह के जाने के बाद इन्द्रजीतसिंह देर तक उनके आने की राह देखते रहे। जैसे-जैसे देर होती थी, जी बेचैन होता जाता था। यहां तक कि तमाम रात बीत गई, सवेरा हो गया, और पूरब तरफ से सूर्य भगवान दर्शन देकर धीरे-धीरे आसमान पर चढ़ने लगे। जब पहर-भर से ज्यादे दिन चढ़ गया, तब इन्द्रजीतसिंह बहुत ही बेताब हुए और उन्हें निश्चय हो गया कि आनन्दसिंह जरूर किसी आफत में फंस गए।

कुंअर इन्द्रजीतसिंह सोच ही रहे थे कि स्वयं चलके आनन्दसिंह का पता लगाना चाहिए कि इतने ही में लाडिली को साथ लिये हुए कमलिनी वहां आ पहुंची। इन्हें देख कुमार की बेचैनी कुछ कम हुई और आशा की सूरत दिखाई देने लगी। कमलिनी ने जब कुमार को उस जगह अकेले और उदास देखा तो उसे ताज्जुब हुआ, मगर वह बुद्धिमान औरत तुरंत ही समझ गई कि इनके छोटे भाई आनन्दसिंह इनके साथ नहीं दिखाई देते, जरूर वे किसी मुसीबत में पड़ गए हैं, और ऐसा होना कोई ताज्जुब की बात नहीं है क्योंकि यह तिलिस्म का मौका है, और यहां का रहनेवाला थोड़ी भूल में तकलीफ उठा सकता है।

कमलिनी ने कुंअर इन्द्रजीतसिंह से उदासी का कारण और कुंअर आनन्दसिंह के न दिखने का सबब पूछा, जिसके जवाब में इन्द्रजीतसिंह ने जो कुछ हुआ था, बयान करके कहा कि "आनन्द को गए हुए नौ घण्टे के लगभग हो गए।"

इस समय कोई लाडिली की सूरत गौर से देखता तो बेशक समझ जाता कि आनन्दसिंह का हाल सुनकर उसको हद से ज्यादे रंज हुआ है। ताज्जुब नहीं कि कमलिनी और इन्द्रजीतसिंह भी उसके दिल की हालत जान गए हों, क्योंकि वह अपनी आंखों को डबडबाने और आंसू के निकलने को बड़े परिश्रमपूर्वक रोक रही थी। यद्यपि उसे निश्चय था कि दोनों कुमार इस तिलिस्म को अवश्य तोड़ेंगे, तथापि उसका दिल दुःख गया था। कौन ऐसा है जो अपने प्यारे पर आई हुई मुसीबत का हाल सुनकर बेचैन न हो?

कमलिनी–(सब बातें सुनकर) किसी का आना ताज्जुब नहीं है, हां, किसी औरत का आना बेशक ताज्जुब है, क्योंकि (इन्द्रजीतसिंह की तरफ इशारा करके) आप कहते हैं कि एक औरत के रोने की आवाज आई थी।

लाडिली–ठीक है, जहां तक मैं समझती हूं सिवाय तुम्हारे, मायारानी के और मेरे किसी चौथी औरत को यहां आने का रास्ता मालूम नहीं है, हां, मर्दों में कई जरूर ऐसे हैं, जो यहां आ सकते हैं।

कमलिनी–मगर इस देवमन्दिर के अन्दर हम लोगों के अतिरिक्त राजा गोपालसिंह के सिवाय और कोई भी नहीं आ सकता। खैर, इन सब बातों को जाने दो, अब यहां से चलकर कुंअर साहब का पता लगाना बहुत जरूरी है। यद्यपि यहां किसी दुश्मन का आना बहुत कठिन है, तथापि खुटका लगा ही रहता है। जब दोनों कुमारों को मायारानी के कैदखाने से छुड़ाकर हम लोग सुरंग-ही-सुरंग तिलिस्मी बाग से बाहर हो रहे थे, तो उस हरामजादे के आ पहुंचने की कौन उम्मीद थी, जिसने कुमार को जख्मी किया था! इसी तरह कौन ठिकाना यहां भी कोई दुष्ट आ पहुंचा हो!

आखिर कुंअर आनन्दसिंह को खोजने के लिए तीनों वहां से रवाना हुए और देवमन्दिर के नीचे उतर उसी तरफ चले जिधर आनन्दसिंह गए थे। जब एक मकान के दरवाजे पर पहुंचे तो कमलिनी रुकी और बड़े गौर से उस दरवाजे को जो बन्द

था, देखने लगी। इसके बाद फिर आगे बढ़ी, दूसरे मकान के दरवाजे पर पहुंचकर उसे भी गौर से देखा और सिर हिलाती हुई फिर आगे बढ़ी। इसी तरह कुंअर इन्द्रजीतसिंह और लाडिली को साथ लिये हुए, कमलिनी सात-आठ मकानों के दरवाजे पर गई। हर एक मकान का दरवाजा बन्द था, और हर एक दरवाजे को कमलिनी ने गौर से देखा, लेकिन कुछ काम न चला, मगर जब उस मकान के दरवाजे पर पहुंची, जिसमें कुंअर आनन्दसिंह गए थे तो रुककर मामूली तौर पर उसके दरवाजे को भी बड़े गौर से देखने लगी और थोड़ी ही देर में बोल उठी, "बेशक कुंअर आनन्दसिंह इसी मकान के अन्दर हैं। (उंगली से दरवाजे के ऊपरवाले चौखटे की तरफ इशारा करके) देखिए, वह स्याह पत्थर की तीन खूंटियां नीचे की तरफ झुक गई हैं।"

कुमार–इन खूंटियों से क्या मतलब है?

कमलिनी–इस मकान के अन्दर जितने आदमी जाएंगे, उतनी खूंटियां नीचे की तरफ झुक जाएंगी।

कुमार–(ऊपरवाले चौखटे की तरफ इशारा करके) ऊपर कुल बारह खूंटियां हैं, मान लिया जाए कि बारहों खूंटियां उस समय झुक जाएंगी, जब बारह आदमी इस मकान के अन्दर जा पहुंचेंगे, मगर जब बारह से ज्यादे आदमी इस मकान के अन्दर जाएंगे, तब क्या होगा?

कमलिनी–बारह से ज्यादे आदमी इस मकान के अन्दर जा ही नहीं सकते! तिलिस्मी बातों में किसी की जबर्दस्ती नहीं चल सकती।

कुमार–ठीक है, मगर तुमने यह कैसे जाना कि आनन्दसिंह इसी मकान के अन्दर है?

कमलिनी–सिर्फ अन्दाज से समझती हूं कि आनन्दसिंह इसी मकान में होंगे, क्योंकि इस बाग में एक आदमी का आना आपने बयान किया था, इसके बाद कहा था कि किसी औरत के रोने की आवाज आई थी, दो तो हो चुके, तीसरे आनन्दसिंह भी पीछा किए हुए इधर ही आए हैं और इस तरह इस मकान के अन्दर तीन आदमियों का होना साबित होता है। इन्हीं सब बातों से मुझे विश्वास होता है कि वे ही तीन आदमी इस मकान के अन्दर हैं।

कुमार–तुम्हारा सोचना बहुत ठीक है, मगर जहां तक जल्द हो सके, इस बात का निश्चय करके आनन्द को छुड़ाना चाहिए, न मालूम वह किस आफत में फंस गया है।

कमलिनी–देखिए, मैं बहुत जल्द इसका बन्दोबस्त करती हूं।

इसके बाद कमलिनी ने कुंअर इन्द्रजीतसिंह से कहा, "इस मकान का दरवाजा खोलना तो जरा मुश्किल है, मगर चौखट के ऊपर जो बारह खूंटियां हैं उनमें से तीन नीचे की तरफ झुक गई हैं, और बाकी नौ ऊपर की तरफ उठी हुई हैं, उनमें से किसी

एक को आप उछलकर थाम लीजिए और जोर करके नीचे की तरफ झुकाइए, देखिए, क्या होता है।" कुंअर इन्द्रजीतसिंह ने वैसा ही किया। उछलकर एक खूंटी को थाम लिया और झटका देकर उसे नीचे की तरफ झुकाया तथा जब वह नीचे को झुक गई तो उसे छोड़कर अलग हो गए। यकायक मकान के अन्दर से इस तरह की आवाज आने लगी, जैसे बड़े-बड़े कलपुर्जे और चरखे घूमते हों, या कई गाड़ियां मकान के अन्दर दौड़ रही हों। तीनों आदमी दरवाजे से हटकर खड़े हो गए और राह देखने लगे कि अब क्या होता है।

थोड़ी ही देर बाद मकान की छत पर से एक आवाज आई–"इधर देखो" जिसे सुनते ही तीनों आदमी चौंके और ऊपर की तरफ देखने लगे। एक आदमी जो अपने चेहरे पर नकाब डाले हुए था, छत पर से नीचे की तरफ झांकता हुआ दिखाई दिया। उसने कमलिनी, लाडिली और कुंअर इन्द्रजीतसिंह को अपनी तरफ देखते देख एक लपेटा हुआ कागज नीचे गिरा दिया, जिसे कमलिनी ने झट उठा लिया और बढ़कर कुंअर इन्द्रजीतसिंह से कहा, "बस अब जिस तरह हो सके आप इस खूंटी को, जिसे झुकाया है, ज्यों-की-त्यों सीधी कर दीजिए।"

इन्द्रजीत–आखिर इसका क्या सबब है? इस पुर्जे में क्या लिखा हुआ है?

कमलिनी–पहले आप उसे कीजिए, जो मैं कह चुकी हूं। देर करने में हमारा ही हर्ज होगा।

लाचार कुंअर इन्द्रजीतसिंह ने वैसा ही किया। उछलकर नीचे की तरफ से एक झटका ऐसा दिया कि वह खूंटी सीधी हो गई और इसके साथ ही मकान के अन्दर सन्नाटा छा गया, अर्थात् वह जोर-शोर की आवाज, जो खूंटी झुकने के साथ ही आने लगी थी, एकदम बन्द हो गई। इसके बाद कमलिनी ने वह कागज का पुर्जा जो मकान की छत पर से गिराया गया था, कुमार के हाथ में दे दिया। कुमार ने उसे देखा, यह लिखा हुआ था–

1	2	3	4	5	6
एच	मेमचे	काटनो	केअरियां	डेह	नेपो
7	8	9	10	11	12
किमटू	च्वाला	मेम	कुम	नीपो	इत्ती
				13	लव
				14	कचीचा
				15	टेप

इस चीठी का मतलब तो कुमार तुरंत समझ गए, क्योंकि यह ऐयारी भाषा में लिखी हुई थी और कुमार ऐयारी भाषा बखूबी जानते थे, मगर यह उनकी समझ में न आया कि चीठी लिखनेवाला कौन है, क्योंकि उसने अपना नाम 'टेप' लिखा था। कुमार ने कमलिनी से 'टेप' का अर्थ पूछा, जिसके जवाब में उसने कहा,

"थोड़ी देर सब्र कीजिए, आप-से-आप उस आदमी का पता लग जाएगा।" कुमार चुप हो रहे और दरवाजे की तरफ देखने लगे। हमारे पाठक महाशय ऐयारी भाषा शायद न जानते होंगे, अस्तु, उन्हें समझाने के लिए उस चीठी का अर्थ हम नीचे लिखे देते हैं–

1	2	3	4	5	6
यहां	मैं हूं	डरो मत	कुमार को	तकलीफ	न होगी
7	8	9	10	11	12
थोड़ी देर	सब्र करो	मैं	स्वयं	नीचे	आता हूं
				13	वही
				14	दिलजला
				15	टेप

चौथा बयान

मायारानी आज यह विचारकर बहुत खुश है कि आधी रात के समय कमलिनी इस बाग में आएगी और मैं उसे अवश्य गिरफ्तार करूंगी, मगर इस बात को जानने के लिए उसका जी बेचैन हो रहा है कि उसके सोनेवाले कमरे में रात को कौन आया था? वह चारों तरफ खयाल दौड़ाती थी, मगर कुछ समझ में न आता था और आखिर दिल में यही कहती थी कि आनेवाला चाहे कोई हो, मगर काम कमलिनी ही का है। आज अगर कमलिनी गिरफ्तार हो जाएगी तो सब टण्टा मिट जाएगा। जितनी बेफिक्री राजा गोपालसिंह के मारने से मिली है, उतनी ही कमलिनी के भी मारने से मिलेगी, क्योंकि उसके मरने के बाद मेरे साथ दुश्मनी करने का साहस फिर कोई भी नहीं कर सकता।

आधी रात जाने के पहले ही मायारानी धनपति को साथ लिये हुए उस दरवाजे के पास आ पहुंची जिधर से कमलिनी के आने की खबर सुनी थी। मायारानी के कहे मुताबिक पहरा देनेवाली कई औरतें भी नंगी तलवारें लिये उस चोरदरवाजे के पास पहुंचकर इधर-उधर पेड़ों और झाड़ियों की आड़ में दुबक रही थीं और धनपति भी उस चोरदरवाजे के बगल ही में एक झाड़ी के अन्दर घुस गई थी। मायारानी अपने को हर बला से बचाए रहने की नीयत से कुछ दूर पर छिपकर बैठ रही।

अब वह समय आ गया कि चोरदरवाजे की राह से कमलिनी बाग के अन्दर आवे, इसलिए धनपति अपने छिपे रहनेवाले स्थान से उठकर चोरदरवाजे के पास आई और यह विचारकर बैठ गई कि बाहर से कोई आदमी दरवाजा खोलने का इशारा करे तो मैं झट से दरवाजा खोल दूं। इस समय धनपति अपने चेहरे पर नकाब डाले हुए

थी और हाथ में खंजर लिये मौका पड़ने पर लड़ने के लिए भी तैयार थी। थोड़ी देर के बाद बाहर से किसी ने चोरदरवाजे पर थपकी मारी। धनपति खुश होकर उठी और झट से दरवाजा खोलकर एक किनारे हो गई। दो आदमी बाग के अन्दर दाखिल हुए। इन दोनों ही का बदन स्याह कपड़ों से ढंका हुआ था और दोनों ही के चेहरों पर नकाब पड़ी हुई थी जिससे रात के समय यह जानना बहुत ही कठिन था कि ये औरतें हैं या मर्द, हां, एक का कद कुछ लम्बा था इसलिए उस पर मर्द होने का गुमान हो सकता था।

जब दोनों नकाबपोश बाग के अन्दर आ गए तो धनपति ने चोरदरवाजा बन्द कर दिया और उन दोनों को अपने पीछे-पीछे आने का इशारा किया। मालूम होता था कि वे दोनों नकाबपोश बेफिक्र हैं और उन्हें इस बात की जरा भी खबर नहीं कि यहां का रंग बदला हुआ है। उन दोनों को साथ लिये धनपति जब उस जगह पहुंची जहां पहरा देनेवाली लौंडियां नंगी तलवारें लिये हुए छिपी हुई थीं, तो खड़ी हो गई और उन दोनों की तरफ देखकर बोली, ''आपकी आज्ञानुसार मैंने अपना काम पूरा कर दिया, अब मुझे इनाम मिलना चाहिए!'' इसके जवाब में उस नकाबपोश ने, जिसका कद बनिस्बत दूसरे के छोटा था, जवाब दिया, ''धनपति को, जो मर्द होकर औरत की सूरत में मायारानी के साथ रहता है, किसी से इनाम लेने की आवश्यकता नहीं है, क्योंकि वह स्वयं मालदार है, मगर मैं समझता हूं कि कमबख्त मायारानी भी हम लोगों को गिरफ्तार करने की नीयत से इसी जगह आकर कहीं छिपी होगी, उसे जल्द बुला, क्योंकि खास उसी को इनाम देने के लिए हम लोग यहां आए हैं।''

धनपत[1] वास्तव में मर्द था, मगर यह हाल किसी को मालूम न था, इसलिए हम भी उसे अभी तक औरत ही लिखते चले आए मगर अब पूरी तरह से निश्चय हो गया कि वह मर्द है और हमारे पाठकों को भी यह बात मालूम हो गई इसलिए अब हम उसके लिए उन्हीं शब्दों का बर्ताव करेंगे, जो मर्दों के लिए उचित है।

उस आदमी की बात सुनकर धनपत परेशान हो गया, उसे यह फिक्र पैदा हुई कि अब हमारा भेद खुल गया और इसलिए जान बचाना मुश्किल है। केवल धनपत ही नहीं बल्कि मायारानी और उन कुल लौंडियों ने भी उस आदमी की बातें सुन लीं जो उसी के आसपास पेड़ों के नीचे छिपी हुई थीं। मायारानी के दिल में भी तरह-तरह की बातें पैदा होने लगीं। उसने पहचानने की नीयत से उस नकाबपोश की आवाज पर ध्यान दिया, मगर कुछ काम न चला, क्योंकि उसकी आवाज फंसी हुई थी और इस समय हर एक आदमी जो उसकी बात सुनता कह सकता था कि वह अपनी आवाज को बिगाड़कर बातें कर रहा है।

---

1. अब तक धनपत ही धनपति नाम से था।

धनपत यद्यपि इस फिक्र में था कि दोनों नकाबपोशों को गिरफ्तार करना चाहिए मगर इस नकाबपोश की गहरी और भेद से भरी हुई बात ने उसका कलेजा यहां तक दहला दिया कि उसके लिए बात का जवाब देना भी कठिन हो गया, मगर वे लौंडियां जो उस जगह छिपी हुई थीं, चारों तरफ से आकर जरूर वहां जुट गईं और उन्होंने दोनों नकाबपोशों को घेर लिया। धनपत सोच रहा था कि मायारानी भी इसी जगह आ पहुंचेगी लेकिन यह आशा उसकी वृथा ही हुई, क्योंकि उस नकाबपोश की आवाज का सबसे ज्यादे असर मायारानी पर ही हुआ। वह घबड़ाकर वहां से भागी और अपने दीवानखाने में जाकर बैठ रही, जहां कई लौंडियां पहरा दे रही थीं। आते ही उसने एक लौंडी की जुबानी अपने सिपाहियों को जो बाग के पहले दर्जे में रहा करते थे, कहला भेजा कि "खास बाग में फलानी जगह दो दुश्मन घुस आए हैं, उन्हें जाकर फौरन गिरफ्तार करो और उनका सिर काटकर मेरे पास भेजो।" इधर धनपत ने देखा कि बहुत-सी लौंडियां हमारी मदद पर आ पहुंची हैं तो उसे भी कुछ हिम्मत हुई और वह उस नकाबपोश की तरफ देखकर बोला–

धनपत–तुम लोग यहां किस काम के लिए आए हो?

नकाबपोश–इसका जवाब हम तुझ कमबख्त को क्यों दें?

धनपत–मालूम होता है कि मौत तुम दोनों को यहां तक खैंच लाई है।

नकाबपोश–(हंसकर) हां, मैं भी यही समझता हूं कि तेरी मौत हम दोनों को यहां तक खैंच लाई है।

इतना सुनते ही धनपत ने उस नकाबपोश पर खंजर का वार किया। मगर उसने फुर्ती से पैंतरा बदलकर, वार खाली कर दिया, मगर दूसरे नकाबपोश ने चालाकी से धनपत के पीछे जाकर एक लात उसकी कमर में ऐसे जोर से मारी कि वह औंधे मुंह जमीन पर गिर पड़ा, मगर तुरन्त ही सम्हलकर उठ बैठा और दोनों नकाबपोशों को गिरफ्तार करने के लिए लौंडियों को ललकारा। लौंडियां, दोनों नकाबपोशों की अवस्था देखकर परेशान हो रही थीं। एक तो उन्हें विश्वास हो गया कि ये दोनों नकाबपोश मर्द हैं, दूसरे धनपत की ताकत पर उन सभों को बहुत-कुछ भरोसा था सो उसकी भी दुर्दशा आंखों के सामने देखने में आई। तीसरे, नकाबपोश की जुबानी यह सुनकर कि धनपत मर्द है और उसके जवाब में धनपत को चुप पाकर लौंडियों का खयाल बिलकुल ही बदल गया था, तिस पर भी, वे सब दोनों नकाबपोशों को घेरकर खड़ी हो गईं। धनपत ने फिर ललकारकर कहा, "देखो, ये दोनों चोर हैं, भागने न पावें।"

लम्बे नकाबपोश ने लपककर बहादुरी के साथ धनपत की दाहिनी कलाई, जिसमें खंजर था, पकड़ ली और कहा, "हम लोग भागने के लिए नहीं आए हैं, बल्कि गिरफ्तार होकर एक अनूठा तमाशा दिखाने के लिए आए हैं, मगर तुमको भाग जाने

का मौका न देंगे। (लौंडियों की तरफ देखकर) हम लोग स्वयं यहां से टलनेवाले नहीं हैं और जहां कहो चलने के लिए तैयार हैं।"

धनपत को मालूम हो गया कि ये दोनों नकाबपोश कोई साधारण आदमी नहीं हैं और इनके सामने ताकत का घमंड करना वृथा है। वह सोचने लगा–"अफसोस, अब भारी मुसीबत का सामना हुआ चाहता है।"

इतने ही में 'चोर-चोर' का गुल मचा और कई मशालों की रोशनी दिखाई दी। यह रोशनी उन सिपाहियों के साथ थी, जो बाग के पहले दर्जे में रहनेवाले सिपाहियों में से थे, और इस समय वे सब मायारानी की आज्ञानुसार दोनों चोरों को, अर्थात् इन नकाबपोशों को गिरफ्तार करने के लिए यहां आए थे। बात-की-बात में वे सब वहां पहुंच गए और उन्होंने देखा कि लौंडियों के घेरे में दो नकाबपोश छाती ऊंची किए खड़े हैं और उनमें से एक धनपत की कलाई पकड़े हुए है।

इसके पहले कि सिपाहियों को दोनों नकाबपोशों के साथ किसी तरह के बर्ताव की नौबत आवे, छोटे नकाबपोश ने ऊंची आवाज में ललकारकर कहा, "भाइयो, तुम लोग यह न समझो कि हम लोग भाग जाएंगे, मैं भागने के लिए नहीं आया हूं, मैं तुम लोगों का दुश्मन नहीं हूं और न तुम लोगों के दुश्मनों का साथी हूं, बल्कि तुम्हारा सच्चा दोस्त और खैरखाह हूं। जिस समय सूर्य भगवान के दर्शन होंगे और मैं अपने चेहरे पर से नकाब उठाऊंगा, तुम लोगों को मालूम हो जाएगा कि मैं तुम्हारा पुराना साथी हूं। इस समय मैं तुम लोगों की वह बेवकूफी जाहिर करने आया हूं, जिसे तुम लोग खुद नहीं जानते हो। हाय, तुम्हारे प्यारे मालिक राजा गोपालसिंह के गले पर छुरी फिर जाए और तुम लोगों को खबर तक न हो? इससे भी बढ़कर अफसोस की बात तो यह है कि राजा गोपालसिंह को मारनेवाला, उनकी उम्मीदों का खून करनेवाला, उनकी रिआया के दिल पर सदमा पहुंचानेवाला, उनकी इज्जत और हुर्मत को बिगाड़नेवाला, उनके धर्म और अर्थ का सत्यानाश करनेवाला, दिन-रात तुम्हारे पास रहे, तुम पर हुकूमत करे, तुम्हें बेवकूफ बनावे, और तुम उसका कुछ भी न कर सको! यह मत समझो कि राजा गोपालसिंह को मरे हुए कई वर्ष हो गए, मैं साबित कर दूंगा कि उनके खून से गीली हुई जमीन भी अभी तक सूखी नहीं है और अगर तुम मुझसे पूछने और यह जानने की इच्छा करोगे कि तुम्हारे राजा गोपालसिंह को किसने मारा या उनका कातिल कौन है तो मैं जरूर उसका भी पता दूंगा और वास्तव में मैं इसी काम के लिए यहां आया भी हूं।"

छोटे नकाबपोश की इस बात ने सिपाहियों और पहरा देनेवाली लौंडियों का दिल हिला दिया। राजा गोपालसिंह की याद ने और इस खबर ने कि–'उन्हें मरे बहुत दिन नहीं हुए और उनका कातिल इसी जगह रहकर उन पर हुकूमत करता है' उनके दिलों को बेचैन कर दिया। सभों की आंखों से आंसू की बूंदें जारी हो गईं और हर तरफ से आवाज आने लगी–"कहो-कहो, जल्द कहो, नेकदिल, गरीबपरवर

और हमारे हितैषी राजा को मारनेवाला दुष्ट कौन है और कहां है?" इसके जवाब में छोटे नकाबपोश ने पुनः कहा, "यही कमबख्त धनपत, जिसे इस समय मेरे साथी ने पकड़ रखा है, तुम्हारे राजा का कातिल तथा उसकी इज्जत और हुर्मत को बिगाड़नेवाला है। इस बात से मत डरो कि इसकी इज्जत मायारानी के दरबार में बहुत है, बल्कि आजमाओ और देखो कि यह मर्द है या औरत! मैं सच कहता हूं कि यह कई वर्ष से तुम लोगों की आंखों में धूल डालकर अर्थात् औरत बनकर तुम्हारे घर में रहता है और इस राज्य को चौपट कर रहा है, मगर तुम लोगों को इसकी कुछ भी खबर नहीं है। इतना ही नहीं, मैं तुम लोगों से एक बात और कहूंगा, मगर अभी नहीं, जरा ठहरो, घण्टे-भर और गम खाओ, सवेरा होने दो और हम दोनों को इसी जगह रहने देकर और कहीं ले जाने का उद्योग मत करो!"

छोटे नकाबपोश की इस दूसरी बात ने रंग और भी चोखा कर दिया। चारों तरफ सिपाहियों और लौंडियों में गुरचूं-गुरचूं और कानाफूसी होने लगी। किसी की आंखों से आंसू जारी था, किसी भी गर्दन शर्म से नीची हो रही थी, किसी ने अफसोस से अपना हाथ अपने कलेजे पर रख लिया, कोई ठुड्डी पकड़कर सोच रहा था, और कोई दांत पीस-पीसकर धनपत की तरफ देख रहा था। यद्यपि रात का समय था, मगर उन मशालों की रोशनी बखूबी हो रही थी, जो मायारानी के सिपाहियों के हाथ में थे और इस सबब से वहां की हर एक चीज साफ दिखाई दे रही थी। सिपाहियों ने धनपत का चेहरा गौर से देखा और उसमें बहुत फर्क पाया। खौफ और तरद्दुद ने धनपत को अधमरा कर दिया था और उसका रंग जर्द हो रहा था। दोनों नकाबपोशों ने जब देखा कि इस समय सिपाहियों के दिलों में जोश बखूबी पैदा हो गया है और वे लोग अब सब्र करना पसन्द नहीं करेंगे तो आपुस में कुछ इशारा करने के बाद छोटे नकाबपोश ने धनपत की साड़ी का ऊपरी भाग फुर्ती से खैंच लिया और उसकी चोली फाड़ डाली, इसके साथ ही दो बनावटी गेंद बाहर गिर पड़े और उसकी सूरत से मर्दानापन झलकने लगा। अब तो मायारानी के सिपाहियों को पूरे दर्जे पर क्रोध चढ़ आया और उन्हें निश्चय हो गया कि उनके मालिक राजा गोपालसिंह, इसी कमबख्त के सबब से मारे गए हैं। पहरा देनेवाली जितनी औरतें थीं, सब ताज्जुब में आकर एक-दूसरे की सूरत देखने लगीं और उधर सिपाहियों ने पास पहुंचकर धनपत को घेर लिया तथा उसकी दुर्गत करने लगे। ऐसी अवस्था में दोनों नकाबपोश धनपत को छोड़कर अलग जा खड़े हुए। सिपाहियों ने बारी-बारी से धनपत से प्रश्न करना शुरू किया, मगर उसकी अवस्था इस लायक न थी कि किसी के प्रश्न का उत्तर देता। बहुत-कुछ सोचने-विचारने के बाद यह राय पक्की हुई कि धनपत को राजदीवान के पास ले चलना चाहिए और इसी के साथ-साथ इन दोनों नकाबपोशों को भी उन्हीं के सामने पेश करना उचित होगा।

सिपाही लोग, जिस समय धनपत के विषय में सोच-विचार कर रहे और क्रोध में भरे हुए थे, दोनों नकाबपोशों से जो धनपत को छोड़ अलग हो गए थे, थोड़ी देर के लिए बिलकुल बेफिक्र और लापरवाह हो गए थे, मगर इस समय जब यह राय पक्की हुई कि धनपत के साथ-ही-साथ उन दोनों को भी दीवान साहब के पास ले चलना चाहिए तो उन दोनों की खोज करने लगे, मगर वे दोनों नकाबपोश मौका पाकर ऐसा गायब हुए कि उनकी झलक तक दिखाई न दी। एक बोला, "अजी इसी जगह तो थे!" दूसरे ने कहा, "यह तो हम भी जानते हैं, मगर यह बताओ कि वे चले कहां गए?" तीसरे ने कहा, "भाई वे दोनों भागनेवाले तो हैं नहीं, इसी जगह कहीं छिपकर हम लोगों का तमाशा देखते होंगे!" इत्यादि तरह-तरह की बातें सब लोग आपुस में करने और दोनों नकाबपोशों को चारों तरफ ढूंढ़ने लगे, लेकिन वे दोनों वहां थे कहां, जो पता लगता! आखिर खोजते-ढूंढ़ते सुबह हो गई और इतनी ही देर में इस आश्चर्यजनक घटना की खबर जादू की तरह हवा के साथ मिलकर दूर-दूर तक फैल गई। इस समय मायारानी के सिपाही बिलकुल ही स्वतन्त्र और खुदराय बल्कि बागियों की तरह हो रहे थे। बहुत खोजने और ढूंढ़ने पर भी उन्हें जब दोनों नकाबपोशों का पता न लगा तब लाचार होकर कमबख्त धनपत को घसीटते हुए, वे बाग के बाहर की तरफ रवाना हुए।

जब इन बातों की खबर मायारानी को पहुंची तो वह बहुत ही घबड़ाई। अपनी तथा धनपत की जान से नाउम्मीद होकर सोचने लगी कि अब क्या करना चाहिए? इस समय उसकी सूरत से उसके दिल का बहुत-कुछ पता लगता था। उसका चेहरा जर्द और पलकें नीचे की तरफ झुकी हुई थीं। कभी-कभी उसके बदन में कंप हो जाता और कभी आंखें चंचल होकर सुर्ख हो जातीं। मगर थोड़ी ही देर बाद उसके होंठ कांपने लगे और आंखों की सुर्खी बढ़ जाने के साथ ही उसका चेहरा भी लाल हो गया जिसे देखते ही वे लौंडियां जो उसके सामने मौजूद थीं, समझ गईं कि अब उसे हद दर्जे का क्रोध चढ़ आया है। कुछ सोच-विचार कर मायारानी बोल उठी, "इस समय उन कमबख्तों को समझाने-बुझाने का उद्योग करना वृथा समय नष्ट करना है, दूसरे, मैं तिलिस्म की रानी ही क्या ठहरी, जो इन थोड़े-से कमबख्तों को काबू में न कर सकी या इन थोड़े सिपाहियों को आज्ञा भंग करने की सजा न दे सकी!" इतना कहते ही मायारानी अपने स्थान से उठी और दीवानखाने में से होती हुई उस कोठरी में जा पहुंची, जहां से बाग के तीसरे दर्जे में जाने का वह रास्ता था, जिसका जिक्र हम उस समय कर आए हैं जब पागल बने हुए तेजसिंह मायारानी की आज्ञानुसार हरनामसिंह द्वारा बाग के तीसरे दर्जे में पहुंचाए गए थे।

मायारानी कोठरी के अन्दर गई। वहां एक दूसरी कोठरी में जाने के लिए दरवाजा था, उस दरवाजे को खोलकर दूसरी कोठरी में गई। वहां एक छोटा-सा कुआं था, जिसमें उतरने के लिए जंजीर लगी हुई थी। वह इस कुएं के अन्दर

उतर गई और एक लम्बे-चौड़े स्थान में पहुंची, जहां बिलकुल ही अंधकार था। मायारानी टटोलती हुई एक कोने की तरफ चली गई और वहां उसने कोई पेंच घुमाया, जिसके साथ ही उस स्थान में बखूबी रोशनी हो गई और वहां की हर एक चीज साफ-साफ दिखाई देने लगी। यह रोशनी शीशे के एक गोले में से निकल रही थी, जो छत के साथ लटक रहा था। यह स्थान, जिसे एक लम्बा-चौड़ा दालान या चारों तरफ दीवार होने के कारण, कमरा कहना चाहिए, अद्भुत चीजों और तरह-तरह के कल-पुर्जों से भरा हुआ था। बीच में कतार बांधकर चौबीस खम्भे संगमरमर के खड़े थे और हर दो खम्भों के ऊपर एक-एक महराबदार पत्थर चढ़ा हुआ था, जिसे मामूली तौर पर आप बिना दरवाजे का फाटक कह सकते हैं। इन महराबी पत्थरों के बीचोबीच बड़े-बड़े घण्टे लटक रहे थे और हर एक घण्टे के नीचे एक गरारीदार पहिया था।

मायारानी ने हर एक महराब को, जिस पर मोटे-मोटे अक्षर लिखे हुए थे, गौर से देखना शुरू किया और एक महराब के नीचे पहुंचकर खड़ी हो गई जिस पर यह लिखा हुआ था—"दूसरे दर्जे का तिलिस्मी दरवाजा।" मायारानी ने उस पहिये को घुमाना शुरू किया जो उस महराब में लटकते हुए घण्टे के नीचे था। पहिया चार-पांच दफे घूमकर रुक गया, तब मायारानी वहां से हटी और यह कहती हुई घूमकर सामनेवाली दीवार के पास गई कि 'देखें अब वे कमबख्त क्योंकर बाग के बाहर जाते हैं!' दीवार में नम्बरवार बिना पल्ले की पांच आलमारियां थीं और हर एक आलमारी में चार दर्जे बने हुए थे। पहिली आलमारी में शीशे की सुराहियां थीं, दूसरी में तांबे के बहुत से डिब्बे थे, तीसरी कागज के मुट्ठों से भरी हुई थी, जिन्हें दीमकों ने बर्बाद कर डाला था, चौथी में अष्ट धातु की छोटी-छोटी बहुत-सी मूरतें थीं और पांचवीं आलमारी में केवल चार ताम्रपत्र थे, जिनमें खूबसूरत उभरे हुए अक्षरों में कुछ लिखा हुआ था।

मायारानी उस आलमारी के पास गई जिसमें शीशे की सुराहियां थीं और एक सुराही उठा ली। शायद उसमें किसी तरह का अर्क था, जिसे थोड़ा-सा पीने के बाद सुराही हाथ में लिये हुए वहां से हटी और दूसरी आलमारी के पास गई, जिसमें तांबे के डिब्बे थे। एक डिब्बा उठा लिया और वहां से रवाना हुई। जिस तरह उसका जाना हम लिख आए हैं, उसी तरह घूमती हुई वह अपने दीवानखाने में पहुंची, जिसके आगे तरह-तरह के खुशनुमा पत्तोंवाले खूबसूरत गमले सजाए हुए थे। वहां पहुंचकर उसने वह डिब्बा खोला। उसके अन्दर एक प्रकार की बुकनी भरी हुई थी। उसमें से आधी बुकनी अपने हाथ से खूबसूरत गमलों में छिड़कने के बाद, बची हुई आधी बुकनी डिब्बे में लिये हुए वह दीवानखाने की छत पर चढ़ गई और अपने साथ केवल एक लौंडी को, जिसका नाम लीला था और जो उसकी सब लौंडियों की सरदार थी, लेती गई। यह सब काम जो हम ऊपर लिख आए हैं, मायारानो ने बड़ी

फुर्ती से उसके पहले ही कर लिया जब तक कि उसके बागी सिपाही धनपत को लिये हुए बाग के दूसरे दर्जे के बाहर जाएं।

जब मायारानी लीला को साथ लिये हुए दीवानखाने की छत पर चढ़ गई तब उसने एक सुराही दिखाकर लीला से कहा, "चिल्लू कर, इसमें से थोड़ा-सा अर्क तुझे देती हूं, उसे पी जा और आफत से बची रह, जो थोड़ी ही देर में यहां के रहनेवालों पर आनेवाली है।"

लीला–(हाथ फैलाकर) मैं खूब जानती हूं कि आपकी मेहरबानी जितनी मुझ पर रहती है, उतनी और किसी पर नहीं।

मायारानी–(लीला की अंजुली में अर्क डालकर) इसे जल्दी पी जा, और जो कुछ मैं कहती हूं, उसे गौर से सुन।

लीला–बेशक मैं पूरा ध्यान देकर सुनूंगी, क्योंकि इस समय आपकी अवस्था बिलकुल ही बदल रही है और यह जानने के लिए मेरा जी बहुत बेचैन है कि अब क्या किया जाएगा?

माया–मैं अपने भेद तुझसे छिपा नहीं रखती, जो कुछ मैं कर चुकी हूं तुझे सब मालूम है। केवल दो भेद मैंने तुझसे छिपाए, जिनमें से एक तो आज खुल ही गया और एक का हाल मैं तुझसे फिर किसी समय कहूंगी। इन भेदों के विषय में मेरा विश्वास था कि यदि किसी को मालूम हो जाएगा तो मेरी जान आफत में फंस जाएगी और आखिर वैसा ही हुआ। तू देख ही चुकी है कि दो कमबख्त नकाबपोशों ने यहां पहुंचकर क्या गजब मचा रखा है। अब जहां तक मैं समझती हूं, धनपत का भेद छिपा रहना बहुत मुश्किल है और साथ ही इसके कमबख्त फौजी सिपाहियों का भी मिजाज बिगड़ गया है। मान लिया जाए कि अगर मैंने किसी तरह की बुराई की भी तो उनको मेरे खिलाफ होना मुनासिब न था। खैर, सिपाही लोग तो उजड्ड हुआ ही करते हैं, मगर मुझसे बुराई करने का नतीजा कदापि अच्छा न होगा। अफसोस, उन लोगों ने इस बात पर ध्यान न दिया कि आखिर मायारानी तिलिस्म की रानी है! देख, मैंने इस बाग के बाहर जाने का रास्ता बन्द कर दिया, अब उन लोगों की मजाल नहीं कि यहां से बाहर जा सकें, बल्कि थोड़ी ही देर में तू देखेगी कि उन लोगों को मैं कैसे हलाल करती हूं। यह दवा जो मैंने गमलों में छिड़की है, बहुत ही तेज और अपनी महक दूर-दूर तक फैलानेवाली है, इससे बढ़कर बेहोशी की कोई दवा दुनिया में न होगी, और यही उन बदमाशों के साथ जहर का काम करेगी। तू उन सभों के पास जा और उन्हें ऊंच-नीच समझाकर मेरे पास ले आ–या–नहीं, अच्छा देख–खैर जाने दे–मैं तुझसे एक बात और कहती हूं–यह तो मैं समझ ही चुकी कि अब मेरी जान जाया चाहती है, मगर तब भी हजारों को मारे बिना मैं न छोड़ूंगी। अफसोस, वे दोनों कमबख्त नकाबपोश न मालूम कहां चले गए। खैर, देखा जाएगा–ओफ, (अपनी ठुड्डी पकड़ के) मुझे शक है–एक तो उनमें से जरूर–हां, जरूर–जरूर–बेशक वही है और होगा,

दूसरा भी—मैं समझ गई, मगर ओफ, उस चीज का जाना ही बुरा हुआ। अच्छा अब मैं दूसरे काम की फिक्र करती हूं, अब तो जान पर खेलना ही पड़ा, एक दफे तो मुझे तुझे छोड़—हां, तू मेरा मतलब तो समझ गई न? इस समय मेरी तबीयत—अच्छा, तू जा, देख मान जाएं तो ठीक है, नहीं तो आज इस बाग को मैं उन्हीं के खून से तर करूंगी!

इस समय मायारानी की बातें यद्यपि बिलकुल बेढंगी और बेतुकी थीं, तथापि चालाक और धूर्त लीला उसका मतलब समझ गई और यह कहती हुई वहां से रवाना हुई, "आप चिन्ता न कीजिए, मैं अभी जाकर उन सभों को ठीक करती हूं। जरा आप अपना मिजाज ठिकाने कीजिए और तिलिस्मी कवच को भी झटपट..."

पांचवां बयान

मायारानी के सिपाही जो दोनों नकाबपोशों को गिरफ्तार करने आए थे, धनपत को लिये हुए बाग के पहले दर्जे की तरफ रवाना हुए जहां वे रहा करते थे, मगर वे इच्छानुसार अपने ठिकाने न पहुंच सके, क्योंकि बाग के दूसरे दर्जे के बाहर निकलने का रास्ता मायारानी की कारीगरी से बन्द हो गया था। ये दरवाजे तिलिस्मी और बहुत ही मजबूत थे और इनको खोलना या तोड़ना कठिन ही नहीं, बल्कि असम्भव था। पाठकों को याद होगा कि बाग के दूसरे दर्जे और पहले दर्जे के बीच में एक बहुत लम्बी-चौड़ी दीवार थी जिस पर कमन्द लगाकर चढ़ना भी असम्भव था और सीढ़ियों के जरिए उस दीवार पर चढ़ और उसे लांघकर ही एक दर्जे से, दूसरे दर्जे में जाना होता था। इस समय जो दरवाजा मायारानी ने तिलिस्मी रीति से बन्द किया है, इसी के बाद वह दीवार पड़ती थी जिसे लांघकर सिपाही लोग पहले दर्जे में जाते थे। उस दीवार पर चढ़ने के लिए जो सीढ़ियां थीं, वे लोहे की थीं और इस समय दोनों तरफ की सीढ़ियां दीवार के अन्दर घुस गई थीं इसलिए दीवार पर चढ़ना एकदम असम्भव हो गया था।

दरवाजे को तिलिस्मी रीति से बन्द देख सिपाही लोग समझ गए कि यह मायारानी की कार्रवाई है। इसलिए उन लोगों के दिल में डर पैदा हुआ और वे सोचने लगे कि कहीं ऐसा न हो कि मायारानी हम लोगों को इसी बाग में फंसाकर मार डाले, क्योंकि आखिर वह तिलिस्म की रानी है, मगर यह विचार उन लोगों के दिल में ज्यादे देर तक न रहा क्योंकि राजा गोपालसिंह के साथ दगा किए जाने का जो हाल नकाबपोशों की जुबानी सुना था, उस पर उन लोगों को पूरा-पूरा विश्वास हो गया था और इसी सबब से गुस्से के मारे उन सबकी अवस्था ही बदली हुई थी।

आखिर धनपत को साथ लिये हुए वे सिपाही यह सोचकर पीछे की तरफ लौटे कि उस चोरदरवाजे की राह से बाहर निकल जाएंगे जिस राह से दोनों नकाबपोश

बाग के अन्दर घुसे थे, मगर उस ठिकाने पहुंचकर वे लोग बहुत ही घबराए और ताज्जुब करने लगे क्योंकि उन्हें वह खिड़की कहीं नजर न आई। हां, एक निशान दीवार में जरूर पाया जाता था, जिससे यह कहा जा सकता था कि शायद इसी जगह वह खिड़की रही होगी। यह निशान भी मामूली न था बल्कि ऐसा मालूम होता था कि दीवारवाले चोरदरवाजे पर फौलादी चादर जड़ दी गई है। अब उन सिपाहियों को पहले से भी ज्यादे तरद्दुद हुआ क्योंकि सिवाय उन दोनों रास्तों के बाग के बाहर निकलने का कोई और जरिया न था। एक बार उन सिपाहियों के दिल में यह भी आया कि मायारानी की तरफ चलना चाहिए, मगर खौफ से ऐसा करने की हिम्मत न पड़ी।

उस समय दिन घण्टे-भर से ज्यादे चढ़ चुका था। सिपाही लोग क्रोध की अवस्था में भी तरद्दुद और घबड़ाहट से खाली न थे और खड़े-खड़े सोच ही रहे थे कि किधर जाना और क्या करना चाहिए कि इतने ही में सामने से लीला आती हुई दिखाई पड़ी। जब वह पास पहुंची तो सिपाहियों की तरफ देखकर ऊंची आवाज में बोली, ''तुम लोग अपनी जान के दुश्मन क्यों हो रहे हो? क्या जमानिया राज्य के नौकर होकर भी इस बात को भूल गए कि मायारानी एक भारी तिलिस्म की रानी हैं और जो चाहे कर सकती हैं? दो-चार सौ आदमियों को बरबाद कर डालना उनके आगे एक अदना काम है। अफसोस, ऐसे मालिक के खिलाफ होकर तुम अपनी जान बचाया चाहते हो? याद रक्खो कि इस बाग में भूखे-प्यासे मर जाओगे, पर तुम्हारे किए कुछ भी न होगा। मैं तुम लोगों को समझाती हूं और कहती हूं कि अपने मालिक के पास चलो और उनसे माफी मांगकर अपनी जान बचाओ।''

इसी तरह की ऊंच-नीच की बहुत-सी बातें लीला उन सिपाहियों से देर तक कहती रही और सिपाही लोग भी लीला की बात पर गौर कर ही रहे थे कि यकायक बाईं तरफ से एक शंख के बजने की आवाज आई, घूमकर देखा तो वे ही दोनों नकाबपोश दिखाई पड़े जो हाथ के इशारे से उन सिपाहियों को अपनी तरफ बुला रहे थे। उन्हें देखते ही सिपाहियों की अवस्था बदल गई और उनके दिल के अन्दर उम्मीद, रंज, डर और तरद्दुद का चर्खा तेजी के साथ घूमने लगा। लीला की बातों पर जो कुछ सोच कर रहे थे, उसे छोड़ दिया और धनपत को साथ लिये हुए इस तरह दोनों नकाबपोशों की तरफ बढ़े जैसे प्यासे पंसाले (पौसरे) की तरफ लपकते हैं।

जब उन दोनों नकाबपोशों के पास पहुंचे तो एक नकाबपोश ने पुकारकर कहा, ''इस बात से मत घबराओ कि मायारानी ने तुम लोगों को मजबूर कर दिया और इस बाग से बाहर जाने लायक नहीं रक्खा। आओ हम तुम सभों को इस बाग से बाहर कर देते हैं, मगर इसके पहले तुम्हें एक ऐसा तमाशा दिखाया चाहते हैं जिसे देखकर तुम बहुत ही खुश हो जाओगे और हद से ज्यादे बेफिक्री तुम लोगों

के भाग में पड़ेगी, मगर वह तमाशा हम एकदम से सभों को नहीं दिखाया चाहते। मैं एक कोठरी में (हाथ का इशारा करके) जाता हूं, तुम लोग बारी-बारी से पांच-पांच आदमी आओ और अद्भुत, अद्वितीय, अनूठा तथा आश्चर्यजनक तमाशा देखो।''

इस समय दोनों नकाबपोश जिस जगह खड़े थे उसके पीछे की तरफ एक दीवार थी जो बाग के दूसरे और तीसरे दर्जे की हद को अलग कर रही थी और उसी जगह पर एक मामूली कोठरी भी थी। बात पूरी होते ही दोनों नकाबपोश पांच सिपाहियों को अपने साथ आने के लिए कहकर उस कोठरी के अन्दर घुस गए। इस समय इन सिपाहियों की अवस्था कैसी थी, इसे दिखाना जरा कठिन है। न तो इन लोगों का दिल उन दोनों नकाबपोशों के साथ दुश्मनी करने की आज्ञा देता था और न यही कहता था कि उन दोनों को छोड़ दो, और जिधर जाएं जाने दो।

जब दोनों नकाबपोश कोठरी के अन्दर घुस गए तो उसके बाद पांच सिपाही जो दिलावर और ताकतवर थे, कोठरी में घुसे और चौथाई घड़ी तक उसके अन्दर रहे। इसके बाद जब वे उस कोठरी के बाहर निकले तो उनके साथियों ने देखा कि उन पांचों के चेहरे से उदासी झलक रही है, आंखों से आंसू की बूंदें टपक रही हैं और वे सिर झुकाए अपने साथियों की तरफ आ रहे हैं। जब पास आए तो उन पांचों की अवस्था एकदम बदल जाने का सबब सिपाहियों ने पूछा जिसके जवाब में उन पांचों ने कहा, ''पूछने की कोई आवश्यकता नहीं है, तुम लोग पांच-पांच आदमी बारी-बारी से जाओ और जो कुछ है अपनी आंखों से देख लो, हम लोगों से पूछोगे तो कुछ भी न बताएंगे, हां, इतना अवश्य कहेंगे कि वहां जाने में किसी तरह का हर्ज नहीं है।''

आपुस में ताज्जुब-भरी बातें करने के बाद और पांच सिपाही उस कोठरी के अन्दर घुसे जिसमें दोनों नकाबपोश थे और पहले पांचों की तरह ये पांचों भी चौथाई घड़ी तक उस कोठरी के अन्दर रहे। इसके बाद जब बाहर निकले तो इन पांचों की भी वही अवस्था थी जैसी उन पांचों की जो उनके पहले कोठरी के अन्दर से होकर आए थे। इसके बाद फिर पांच सिपाही कोठरी के अन्दर घुसे और इनकी भी वही अवस्था हुई, यहां तक कि जितने सिपाही वहां मौजूद थे, पांच-पांच करके सभी कोठरी के अन्दर से हो आए और सभों ही की वही अवस्था हुई जैसी पहले गए हुए पांचों सिपाहियों की हुई थी। धनपत ताज्जुब-भरी निगाहों से यह तमाशा देख और असल भेद जानने के लिए बेचैन हो रहा था मगर इतनी हिम्मत न पड़ती थी कि किसी से कुछ पूछता, क्योंकि नकाबपोशों की आज्ञानुसार सिपाहियों की तरह वह उस कोठरी के अन्दर जाने नहीं पाया था जिसमें दोनों नकाबपोश थे। अन्त में सब सिपाहियों ने आपुस में बातें करके इशारे में इस बात का निश्चय कर लिया कि कोठरी के अन्दर उन सभों ने एक ही रंग-ढंग का तमाशा देखा था।

थोड़ी देर बाद दोनों नकाबपोश उस कोठरी के बाहर निकल आए और उनमें से नाटे नकाबपोश ने सिपाहियों की तरफ देखकर कहा, "धनपत को मेरे हवाले करो!" सिपाहियों ने कुछ भी उज्र न किया बल्कि बहुत अदब के साथ आगे बढ़कर धनपत को नकाबपोश के हवाले कर दिया। दोनों नकाबपोश उसे साथ लिये हुए फिर उस कोटरी के अन्दर घुस गए और आधे घण्टे तक वहां रहे, इसके बाद जब कोठरी के बाहर निकले तो नाटे नकाबपोश ने सिपाहियों से कहा, "धनपत को हमने ठिकाने पहुंचा दिया, अब आओ, तुम लोगों को भी इस बाग के बाहर कर दें।" सिपाहियों ने कुछ भी उज्र न किया और दो-तीन झुण्डों में होकर नकाबपोश के साथ-साथ उस कोठरी के अन्दर गए और गायब हो गए। दोनों नकाबपोश भी उसी कोठरी के अन्दर जाकर गायब हो गए और उस कोठरी का दरवाजा भीतर से बन्द हो गया।

इस पचड़े में दो पहर दिन चढ़ आया, लीला दूर से खड़ी यह तमाशा देख रही थी, जब सन्नाटा हो गया तो वह भी लौटी और उसने इन बातों की खबर मायारानी तक पहुंचाई।

छठवां बयान

लीला की जुबानी दोनों नकाबपोशों, सिपाहियों और धनपत का हाल सुनकर मायारानी बहुत ही उदास और परेशान हो गई। वह आशा, जो तिलिस्मी दरवाजा बन्द करने और बेहोशी का अद्भुत धूरा छिड़कने पर उसे बंधी थी, बिलकुल जाती रही। तिलिस्म में जाकर तिलिस्मी दरवाजे को बन्द करना, तिलिस्मी दवा पीना और लीला को पिलाना, बेहोशी की बुकनी फूलों के गमलों में डालना—सब बिलकुल ही व्यर्थ हो गया। धनपत दोनों नकाबपोशों के कब्जे में पड़ गया और सब सिपाही भी सहज ही में बाग के बाहर हो गए। इस समय उन दोनों नकाबपोशों की कार्रवाइयों ने उसे इतना बदहवास कर दिया कि वह अपने बचाव की कोई अच्छी सूरत सोच नहीं सकती थी। आखिर वह हर तरह से दुःखी होकर फिर उसी तहखाने के अन्दर गई जिसमें पहली दफे जाकर बाग के दूसरे दर्जे का दरवाजा तिलिस्मी रीति से बन्द किया था। हम ऊपर लिख आए हैं कि वहां दीवार में बिना दरवाजे की पांच आलमारियां थीं और एक आलमारी में तांबे के बहुत से डिब्बे रक्खे थे। इस समय मायारानी ने उन्हीं डिब्बों को खोल-खोलकर देखना शुरू किया। ये डिब्बे छोटे और बड़े हर प्रकार के थे। कई डिब्बे खोल-खोलकर देखने के बाद मायारानी ने एक डिब्बा खोला जिसका पेटा एक हाथ से कम न होगा। उस डिब्बे में एक हाथीदांत का तमंचा बारह अंगुल का और छोटी-छोटी बहुत-सी गोलियां रक्खी हुई थीं। उन गोलियों का रंग लाल था, और उनके अलावे एक ताम्रपत्र भी उस डिब्बे के अन्दर था। मायारानी इस डिब्बे को लेकर वहां से

रवाना हुई और तहखाने का दरवाजा बन्द करती हुई, अपने स्थान पर उस जगह पहुंची जहां उसकी लौंडियां उसकी राह देख रही थीं। उसने सब लौंडियों के सामने ही उस डिब्बे को खोला और ताम्रपत्र हाथ में लेकर पढ़ने लगी, जब पूरी तरह पढ़ चुकी तो लीला की तरफ देखकर बोली, "तू देखती है कि मैं किस बला में फंस गई हूं?"

लीला–जी हां, मैं बखूबी देख रही हूं। दोनों नकाबपोशों की तरफ जब ध्यान देती हूं तो कलेजा कांप जाता है। इसमें कोई सन्देह नहीं कि अब कोई भारी उपद्रव उठने वाला है क्योंकि नकाबपोशों की बदौलत इस बाग के सिपाही भी बागी हो गए हैं।

माया–बेशक, ऐसा ही है और ताज्जुब नहीं कि वे सिपाही लोग जो इस समय मेरे पंजे से निकल गए हैं, मेरे बाकी के फौजी सिपाहियों को भी भड़कावें।

लीला–इसमें कुछ भी सन्देह नहीं, बल्कि इन सिपाहियों की बदौलत आपकी रिआया भी बागी हो जाएगी और तब जान बचाना मुश्किल हो जाएगा। अफसोस, आपने व्यर्थ ही अपने दोनों भेद मुझसे छिपा रक्खे, नहीं तो मैं इस विषय में कुछ राय देती!

माया–(ताज्जुब से) दोनों भेद कौन-से?

लीला–एक तो यही धनपतवाला।

माया–हां, ठीक है, और दूसरा कौन ?

लीला–(मायारानी के कान की तरफ झुककर धीरे से) राजा गोपालसिंहवाला, जिन्हें भूतनाथ की मदद से आपने मार डाला!

लीला की बात सुनकर मायारानी चौंक पड़ी, वह अपनी जगह से उठ खड़ी हुई और लीला का हाथ पकड़के किनारे ले जाकर धीरे-से बोली, "देख लीला, तू केवल मेरी लौंडियों की सरदार ही नहीं है, बल्कि बचपन की साथी और मेरी सखी भी है। सच बता, गोपालसिंहवाला भेद तुझे कैसे मालूम हुआ?"

लीला–आप जानती ही हैं कि मुझे कुछ ऐयारी का भी शौक है।

माया–हां, मैं खूब जानती हूं कि तू ऐयारी भी कर सकती है लेकिन इस किस्म का काम मैंने तुझसे कभी लिया नहीं।

लीला–यह मेरी बदकिस्मती थी, नहीं तो मैं अब तक ऐयारा की पदवी पा चुकी होती।

माया–ठीक है, खैर, तो इससे मालूम हुआ कि तूने ऐयारी से गोपालसिंहवाला भेद मालूम कर लिया?

लीला–जी हां, ऐसा ही है। मैंने ऐयारी से और भी बहुत से भेद मालूम कर लिये हैं जिनकी खबर आपको भी नहीं और जिनको इस समय कहना मैं उचित नहीं समझती, मगर शीघ्र ही उस विषय में मैं आपसे बातचीत करूंगी। इस समय तो मुझे केवल इतना ही कहना है कि किसी तरह अपनी जान बचाने की फिक्र कीजिए क्योंकि मुझे भूतनाथ की दोस्ती पर शक है।

माया–क्या तू समझती है कि भूतनाथ ने मुझे धोखा दिया?

लीला–जी हां, बल्कि मैं तो यही समझती हूं कि राजा गोपालसिंह मारे नहीं गए, बल्कि जीते हैं।

माया–अगर ऐसा है तो बड़ा ही गजब हो जाएगा। मगर इसका कोई सबूत भी है?

लीला–आज तो नहीं, मगर कल तक मैं इसका सबूत आपको दे सकूंगी।

माया–अफसोस, अफसोस! मैं इस समय किले में जाकर अपने दीवान से राय लेनेवाली थी मगर अब तो कुछ और ही सोचना पड़ा।

लीला–(उस डिब्बे की तरफ इशारा करके जो अभी तिलिस्मी तहखाने में से मायारानी लाई थी) पहले यह बताइए कि इस डिब्बे को आप किस नीयत से लाई हैं? यह हाथीदांत का तमंचा कैसा है और ये गोलियां क्या काम दे सकती हैं?

माया–ये गोलियां इसी तमंचे में रखकर चलाई जाएंगी। इसके चलाने में किसी तरह की आवाज नहीं होती और गोली भी आध कोस तक जा सकती है। जब यह गोली किसी के बदन पर लगेगी या जमीन पर गिरेगी तो एक आवाज देकर फट जाएगी और इसके अन्दर से बहुत-सा जहरीला धुआं निकलेगा। वह धुआं जिस-जिसके नाक में जाएगा वह आदमी फौरन ही बेहोश हो जाएगा। अगर हजार आदमियों की भीड़ आ रही हो तो उन सभी को बेहोश करने के लिए केवल दस-पांच गोलियां काफी हैं।

लीला–बेशक, यह बहुत अच्छी चीज है और ऐसे समय में आपको बड़ा काम दे सकती है, मगर मैं समझती हूं कि उस डिब्बे में पांच सौ से ज्यादे गोलियां न होंगी, इसके बाद कदाचित् वह ताम्रपत्र[1] कुछ काम दे सके जो उस डिब्बे में है और जिसे आपने लोगों के सामने पढ़ा था।

माया–वाह, तुम बहुत समझदार हो। बेशक, ऐसा ही है। इस ताम्रपत्र में उन गोलियों के बनाने की तरकीब लिखी है। इस तिलिस्म में ऐसी हजारों चीजें हैं मगर लाचार हूं कि तिलिस्म का पूरा हाल मुझे मालूम नहीं है बल्कि चौथे दर्जे के विषय में तो मैं कुछ भी नहीं जानती। फिर भी जो कुछ मैं जानती हूं या जहां तक तिलिस्म में मैं जा सकती हूं, वहां ऐसी और भी कितनी ही चीजें हैं जो समय पर मेरे काम आ सकती हैं।

लीला–अब यही समय है कि उन चीजों को लेकर आप यहां से चल दीजिए क्योंकि इस बाग तथा आपके राज्य पर अब आफत आ ही चाहती है। मैंने सुना है कि राजा बीरेन्द्रसिंह की बेशुमार फौज जमानिया की तरफ आ रही है, बल्कि यों कहना चाहिए कि आजकल में पहुंचा ही चाहती है।

---

1. ताम्रपत्र–तांबे की तख्ती, जिस पर कुछ लिखा या खुदा हुआ हो।

माया–हां, यह खबर मैंने भी सुनी है। यदि गोपालसिंह का और धनपत का मामला न बिगड़ा होता तो मैं मुकाबला करने के लिए तैयार हो जाती, परन्तु इस समय तो मुझे अपनी रिआया में से किसी का भी भरोसा नहीं।

लीला–भरोसे के साथ-ही-साथ आप समझ रखिए कि आप अपने किसी नौकर पर हुकूमत की लाल आंख भी अब नहीं दिखा सकतीं। मगर इन बातों में वृथा देर हो रही है। इस विषय को बहुत जल्द तय कर लेना चाहिए कि अब क्या करना और कहां जाना मुनासिब होगा।

माया–हां, ठीक है, मगर इसके भी पहले मैं तुमसे यह पूछती हूं कि तुम इस मुसीबत में मेरा साथ देने के लिए कब तक तैयार रहोगी?

लीला–जब तक मेरी जिन्दगी है या जब तक आप मुझ पर भरोसा करेंगी।

माया–यह जवाब तो साफ नहीं है, बल्कि टेढ़ा है।

लीला–इस पर आप अच्छी तरह गौर कीजिएगा, मगर यहां से निकल चलने के बाद।

माया–अच्छा, यह तो बताओ कि मेरी और लौंडियों का क्या हाल है?

लीला–आपकी लौंडियों में केवल चार-पांच ऐसी हैं जिन पर मैं भरोसा कर सकती हूं, बाकी लौंडियों के विषय में मैं कुछ भी नहीं कह सकती और न उनके दिल का हाल ही जाना जा सकता है।

माया–(ऊंची सांस लेकर) हाय, यहां तक नौबत पहुंच गई! यह सब मेरे पापों का फल है। अच्छा जो होगा देखा जाएगा। इस अनूठे तमंचे और गोलियों को मैं सम्हालती हूं और थोड़ी देर के लिए पुनः तिलिस्मी तहखाने में जाकर देखती हूं कि मेरे काम की ऐसी कौन-सी चीज है जिसे सफर में अपने साथ ले जा सकूं। जो कुछ हाथ लगे सो ले आती हूं और बहुत जल्द तुमको और उन लौंडियों को साथ लेकर निकल भागती हूं जिन पर तुम भरोसा रखती हो। कोई हर्ज नहीं, इस गई-गुजरी हालत में भी मैं एक दफे लाखों दुश्मनों को जहन्नुम पहुंचाने की हिम्मत रखती हूं!

इसके जवाब में पीछे की तरफ से किसी गुप्त मनुष्य ने कहा–"बेशक-बेशक, तुम मरते-मरते भी हजारों घर चौपट करोगी!"

सातवां बयान

ऐयारी भाषा की चीठी पढ़ने और कमलिनी के ढाढ़स दिलाने पर कुंअर इन्द्रजीतसिंह की दिलजमई तो हो गई, परन्तु 'टेप' का परिचय पाने के लिए वे बेचैन हो रहे थे। अस्तु, उससे मिलने की आशा में दरवाजे की तरफ ध्यान लगाकर थोड़ी देर तक खड़े हो गए। यकायक उस मकान का दरवाजा खुला और धनपत की कलाई पकड़े 'टेप'

महाशय अपने चेहरे पर नकाब डाले हुए आते दिखाई दिये। दरवाजे के बाहर निकलते ही 'टेप' ने अपने चेहरे पर से नकाब हटा दी, सूरत देखते ही कुंअर इन्द्रजीतसिंह हंस पड़े और लपकके उनकी कलाई पकड़कर बोले, ''अहा, यह किसे आशा थी कि यहां पर राजा गोपालसिंह से मुलाकात होगी? (कमलिनी की तरफ देखकर) तो क्या इन्हीं ने अपना नाम 'टेप' रक्खा है?''

कमलिनी–जी हां।

इन्द्रजीत–(गोपालसिंह से) क्या आनन्दसिंह इसी मकान के अन्दर है?

गोपाल–जी हां, आप मकान के अन्दर चलिए और उनसे मिलिए।

इन्द्रजीत–एक औरत के रोने की आवाज हम लोगों ने सुनी थी, शायद वह भी इसी मकान के अन्दर हो।

गोपाल–जी नहीं, वह कमबख्त औरत (धनपत की तरफ इशारा कर) यही है! न मालूम ईश्वर ने इस हरामजादे को कैसा मर्द बनाया है कि आवाज से भी कोई इसे मर्द नहीं समझ सकता!

कमलिनी–इसे आपने कब पकड़ा?

गोपाल–यह कल से मेरे कब्जे में है और मैं कल ही इसे इस मकान में कैद कर गया था, बल्कि आज छुड़ाने के लिए आया था।

इन्द्रजीत–तो आप कल भी इस मकान में आ चुके हैं! मगर मुझसे मिलने के लिए शायद कसम खा चुके थे!

गोपाल–(हंसकर) नहीं-नहीं, मेरा वह समय बड़ा ही अनमोल था, एक-एक पल की देर बुरी मालूम होती थी; इसी से आपसे मिलने के लिए मैं रुक न सका। इसका खुलासा हाल आप सुनेंगे तो बहुत ही हंसेंगे और खुश होंगे। मगर पहले मकान के अन्दर चलकर आनन्दसिंह से मिल लीजिए, तब यह अनूठा किस्सा आपसे कहूंगा।

इन्द्रजीत–क्या आनन्द यहां तक नहीं आ सकता?

गोपाल–नहीं, वे यहां नहीं आ सकते। वे तिलिस्मी कारखाने में फंस चुके हैं, इसलिए छूटने का उद्योग नहीं कर सकते, बल्कि वे तिलिस्म के अन्दर जा सकते हैं और उसे तोड़कर निकल आ सकते हैं। मगर अब उनसे मिलने में देर न कीजिए।

इन्द्रजीत–आप जिस काम के लिए गए थे, वह हुआ?

गोपाल–वह काम बखूबी हो गया, उसका खुलासा हाल थोड़ी देर में आपसे कहूंगा।

कमलिनी–भूतनाथ को आपने कहां छोड़ा?

गोपाल–वह भी आता ही होगा। वास्तव में वह बड़ा ही चालाक और धूर्त ऐयार है। उसने जो काम किए हैं, सुनोगी तो हंसते-हंसते लोटन-कबूतर बन जाओगी। (इन्द्रजीतसिंह की तरफ देखकर) आप आनन्दसिंह के फंसने से दुःखी न होइए क्योंकि आप दोनों भाइयों के लिए इस तिलिस्म का तोड़ना जरूरी हो चुका है।

इन्द्रजीत–ठीक है, मगर रिक्तग्रन्थ का पूरा-पूरा मतलब उसकी समझ में नहीं आया है और इससे तिलिस्म के काम में उसे तकलीफ होना सम्भव है। उसमें दस-बारह शब्द ऐसे हैं, जिनका अर्थ नहीं लगता और उन शब्दों का अर्थ जाने बिना बहुत-सी बातों का मतलब समझ में नहीं आता।

गोपाल–(हंसकर) आपका कहना ठीक है, मगर मैं एक बात आपको ऐसी बताता हूं कि जिससे आप हर एक तिलिस्मी ग्रन्थ को अच्छी तरह पढ़ और समझ लेंगे और उनमें चाहे कैसे भी टेढ़े शब्द क्यों न हों, मगर मतलब समझने में कठिनता न होगी।

इन्द्रजीत–वह क्या?

गोपाल–केवल एक छोटी-सी बात है।

इन्द्रजीत–मगर उसके बताने में आप हुज्जत बड़ी कर रहे हैं।

गोपालसिंह ने झुककर इन्द्रजीतसिंह के कान में कुछ कहा, जिसे सुनते ही कुमार हंस पड़े और बोले, ''बेशक, बड़ी चतुराई की गई है! जरा-से फेर में मतलब कैसा बिगड़ जाता है! आपका कहना बहुत ठीक है। अब कोई शब्द ऐसा नहीं निकलता जिसका अर्थ मैं न लगा सकूं! क्यों न हो, आखिर आप तिलिस्म के राजा जो ठहरे।''

कमलिनी से इस समय चुप न रहा गया, वह ताने के तौर पर सिर नीचा करके बोली, ''बेशक, राजा ही ठहरे, इसी से तो बेमुरौवती कूट-कूटकर भरी है!'' इसके जवाब में गोपालसिंह ने कहा, ''नहीं-नहीं, ऐसा मत खयाल करो! तुम्हारा उदास चेहरा कहे देता है कि तुम्हें इस बात का रंज है कि हमने जो कुछ कुमार के कान में कहा, उससे तुमको जानबूझके वंचित रखा, मगर नहीं (धनपत की तरफ इशारा करके) इस कमबख्त के खयाल से मैंने ऐसा किया। आखिर वह भेद तुमसे छिपा न रहेगा।''

इस पर कुंअर इन्द्रजीतसिंह ने एक विचित्र निगाह कमलिनी पर डाली, जिसे देखते ही वह हंस पड़ी और मकान के अन्दर जाने के लिए दरवाजे की तरफ बढ़ी। कुंअर इन्द्रजीतसिंह, कमलिनी, लाडिली और उनके साथ ही धनपत का हाथ पकड़े हुए राजा गोपालसिंह उस मकान के अन्दर चले।

इस मकान की हालत हम ऊपर लिख आए हैं इसलिए पुनः नहीं लिखते। राजा गोपालसिंह सभों को साथ लिये हुए उस कोठरी में पहुंचे, जिसमें कुंअर आनन्दसिंह फंसे हुए थे, मगर इस समय वहां की अवस्था वैसी न थी जैसी कि हम ऊपर लिख आए हैं, अर्थात् वह तिलिस्मी सन्दूक, जिसमें आनन्दसिंह का हाथ फंस गया था, वहां न था और न आनन्दसिंह वहां थे। हां, उस कोठरी की जमीन का वह हिस्सा जिस पर सन्दूक था, जमीन के अन्दर धंस गया था और वहां एक कुएं की शक्ल दिखाई दे रही थी। यह देख राजा गोपालसिंह ताज्जुब में आ गए और उस कुएं की

तरफ देखकर कुछ सोचने लगे, आखिर कुंअर इन्द्रजीतसिंह ने उन्हें टोका और चुप रहने का सबब पूछा।

इन्द्रजीत–आप क्या सोच रहे हैं? शायद आनन्दसिंह को आपने इसी कोठरी में छोड़ा था?

गोपाल–जी हां, इस जगह जहां आप कुएं की तरह का गड़हा देखते हैं, एक सन्दूक था और उसमें एक छेद था, उसी छेद के अन्दर हाथ डालकर कुमार ने अपने को फंसा लिया था। मालूम होता है कि अब वे तिलिस्म के अन्दर चले गए। इसी खयाल से मैंने आपसे कहा था कि कुंअर आनन्दसिंह अपने को छुड़ा नहीं सकते, बल्कि तिलिस्म के अन्दर जा सकते हैं।

इन्द्रजीत–अफसोस! खैर, मर्जी परमेश्वर की! इस समय मेरा दिमाग परेशान हो रहा है। धनपत को मैं इस अवस्था में क्यों देख रहा हूं? यकायक आपका इस बाग में आना कैसे हुआ? आप मुझसे मिले बिना सीधे इस मकान में क्यों आए? आनन्द को इस मकान में आपने ठहरने क्यों दिया अथवा उसे बचाने का उद्योग क्यों न किया? इत्यादि बहुत-सी बातें जानने के लिए मैं इस समय परेशान हो रहा हूं, मगर इसके पहले मैं इस कुएं की अवस्था जानने का उद्योग करूंगा। (कमलिनी की तरफ देखकर) जरा तिलिस्मी खंजर मुझे दो, उसके जरिये से इस कुएं में उजाला करके मैं देखूंगा कि इसके अन्दर क्या है?

कमलिनी–(तिलिस्मी खंजर और अंगूठी कुमार के सामने रखकर) लीजिए, शायद इससे कुछ काम चले!

कुंअर इन्द्रजीतसिंह ने अंगूठी पहिर खंजर हाथ में लिया और धीरे-धीरे उस गड़हे के किनारे गए जो ठीक कुएं की तरह का हो रहा था। खंजरवाला हाथ कुमार ने कुएं के अन्दर डाला और उसका कब्जा दबाकर उजाला करने के बाद झांककर देखा कि उसके अन्दर क्या है।

न मालूम कुंअर इन्द्रजीतसिंह ने कुएं के अन्दर क्या देखा कि वे यकायक बिना किसी से कुछ कहे तिलिस्मी खंजर हाथ में लिये उस कुएं के अन्दर कूद पड़े। यह देखते ही कमलिनी और लाडिली परेशान हो गईं और राजा गोपालसिंह को भी बहुत ताज्जुब हुआ। इन्द्रजीतसिंह की तरह राजा गोपालसिंह ने भी अपना तिलिस्मी खंजर हाथ में लेकर कुएं के अन्दर किया और उसका कब्जा दबा रोशनी करने के बाद झांककर देखा कि क्या बात है मगर कुछ दिखाई न पड़ा।

कमलिनी–कुछ मालूम हुआ कि इस गड़हे में क्या है?

गोपाल–कुछ भी मालूम नहीं होता, न जाने क्या देखकर कुमार इसमें कूद गए।

कमलिनी–खैर, आप यहां से हटिए और सोचिए कि अब क्या करना होगा?

गोपाल–यद्यपि मैं जानता हूं कि यहां का तिलिस्म कुमार के हाथ से टूटेगा, परन्तु इस रीति से दोनों कुमारों का तिलिस्म के अन्दर जाना ठीक न हुआ। देखा चाहिए,

ईश्वर क्या करता है? चलो, अब यहां रहना उचित नहीं है और न कुमार से मुलाकात होने की ही कोई आशा है।

कमलिनी–(अफसोस से साथ) चलिए।

गोपाल–(बाहर की तरफ चलते हुए) अफसोस! कुमार से कई बातें कहने की आवश्यकता थी, मगर लाचार!

कमलिनी–(धनपत की तरफ इशारा करके) इसे आप कहां-कहां लिये फिरेंगे और यहां क्यों लाए थे?

गोपाल–इसे मैं कल गिरफ्तार करके इसी मकान के अन्दर छोड़ गया था। मुझे आशा थी कि यह स्वयं इस मकान से बाहर न निकल सकेगा, मगर आज इस मकान में आकर देखा तो बड़ा ही आश्चर्य हुआ। इस मकान के तीन दरवाजे यह खोल चुका था और चौथा दरवाजा खोला ही चाहता था। न मालूम इस मकान का भेद इसे क्योंकर मालूम हुआ।

कमलिनी–इसे आपने किस रीति से गिरफ्तार किया?

गोपाल–पहले इस कमबख्त का इन्तजाम कर लूं तो इसका अनूठा किस्सा कहूं।

कमलिनी और लाडिली के साथ धनपत का हाथ पकड़े हुए राजा गोपालसिंह उस मकान के बाहर आए और देवमन्दिर की तरफ रवाना होकर उसके पश्चिम तरफवाले मकान के पास पहुंचे। हम ऊपर लिख आए हैं कि देवमन्दिर के पश्चिम की तरफ वाले मकान के पास दरवाजे पर हड्डियों का एक ढेर था और उसके बीचोबीच में लोहे की एक जंजीर पड़ी हुई थी, जिसका दूसरा सिरा उसके पासवाले कुएं के अन्दर गया हुआ था।

धनपत को घसीटते हुए राजा गोपालसिंह उसी कुएं पर गए और उस हरामजादे स्त्री-रूपधारी मर्द को जबर्दस्ती उसी कुएं के अन्दर धकेल दिया। इसके साथ ही उस कुएं के अन्दर से धनपत के चिल्लाने की आवाज आने लगी। परन्तु राजा गोपालसिंह, कमलिनी और लाडिली ने उस पर कुछ ध्यान न दिया। तीनों आदमी देवमन्दिर में आकर बैठ गए और बातचीत करने लगे।

कमलिनी–हां, अब पहले यह कहिए कि भूतनाथ ने क्या किया? मैंने उसे आपके पास भेजा था, इसलिए पूछती हूं कि उसने अपना काम ईमानदारी से किया या नहीं?

गोपाल–बेशक, भूतनाथ ने अपना काम हद से ज्यादे ईमानदारी के साथ किया। वह जाहिर में मायारानी के साथ ऐसा मिला कि उसे भूतनाथ पर विश्वास हो गया और वह यह समझने लगी कि भूतनाथ इनाम के लालच से मेरा काम उद्योग के साथ करेगा।

कमलिनी–हां, उसने मायारानी के साथ मेल पैदा करने का हाल मुझसे कहा था। (मुस्कुराकर) अजीब ढंग से उसने मायारानी को धोखा दिया। हमारी तरफ की मामूली सच्ची बातें कहकर उसने अपना काम पूरा-पूरा निकाला, मगर मैं उसके बाद का हाल

पूछती हूं, जब मैंने उसे आपके पास काशी में भेजा था, क्योंकि उसके बाद अभी तक वह मुझसे नहीं मिला।

गोपाल–उसके बाद भूतनाथ ने दो-तीन काम बड़े अनूठे किए, जिनका खुलासा हाल मैं तुमसे कहूंगा, लेकिन उन कामों में एक काम सबसे बढ़-चढ़के हुआ।

कमलिनी–वह क्या?

गोपाल–उसने मायारानी से कहा कि मैं गोपालसिंह को गिरफ्तार करके दारोगा वाले मकान में कैद कर देता हूं, तुम उसे अपने हाथ से मारकर निश्चिन्त हो जाओ। यह सुनकर मायारानी बहुत ही खुश हुई और भूतनाथ ने भी वह काम बड़ी खूबी के साथ किया, बल्कि इसके इनाम में अजायबघर की ताली मायारानी से ले ली!

कमलिनी–क्या अजायबघर की ताली भूतनाथ ने ले ली?

गोपाल–हां।

कमलिनी–यह बड़ा काम हुआ और इस काम के लिए मैंने उसे सख्त ताकीद की थी। अब वह ताली किसके पास है?

गोपाल–ताली मेरे पास है, मुझे आशा न थी कि भूतनाथ मुझे देगा, मगर उसने कोई उज्र न किया।

कमलिनी–वह आपसे किसी तरह उज्र नहीं कर सकता, क्योंकि मैंने उसे कसम देकर कह दिया था कि जितना मुझे मानते हो, उतना ही राजा गोपालसिंह को मानना। असल बात तो यह है कि भूतनाथ बड़े काम का आदमी है। इसमें कोई सन्देह नहीं कि वह राजा बीरेन्द्रसिंह का गुनहगार है और उसने सजा पाने लायक काम किया है, मगर वह कसूर उससे धोखे में हुआ। इश्क का भूत उसके ऊपर सवार था और उसी ने उससे वह काम कराया, पर वास्तव में उसकी नीयत साफ है और उस कसूर का उसे सख्त रंज है, ऐसी अवस्था में जिस तरह हो, उसका कसूर माफ होना ही चाहिए।

गोपाल–बेशक-बेशक, और उसके बाद तुम्हारी बदौलत उसके हाथ से कई ऐसे काम निकले हैं, जिनके आगे वह कसूर कुछ भी नहीं है।

कमलिनी–अच्छा अब खुलासा कहिए कि भूतनाथ ने आपके मारने के विषय में किस तरह मायारानी को धोखा दिया और अजायबघर की ताली क्योंकर ली?

राजा गोपालसिंह के विषय में भूतनाथ ने जिस तरह मायारानी को धोखा दिया था, उसका हाल हम ऊपर के बयानों में लिख आए हैं। इस समय वही हाल राजा गोपालसिंह ने अपने तौर पर कमलिनी से बयान किया। ताज्जुब नहीं कि भूतनाथ के विषय में हमारे पाठकों को धोखा हुआ हो और वे समझ बैठे हों कि भूतनाथ वास्तव में मायारानी से मिल गया, मगर नहीं, उन्हें अब मालूम हुआ होगा कि भूतनाथ ने मायारानी से मिलकर केवल अपना काम साधा, और मायारानी को हर तरह से नीचा दिखाया।

आठवां बयान

अहा, ईश्वर की महिमा भी कैसी विचित्र है! बुरे कर्मों का बुरा फल अवश्य ही भोगना पड़ता है। जो मायारानी अपने सामने किसी को कुछ समझती ही न थी, वही आज किसी के सामने जाने या किसी को मुंह दिखाने का साहस नहीं कर सकती। जो मायारानी कभी किसी से डरती ही न थी, वही आज एक पत्ते के खड़खड़ाने से भी डरकर बदहवास हो जाती है। जो मायारानी दिन-रात हंसी-खुशी में बिताया करती थी, वह आज रो-रोकर अपनी आंखें सुजा रही है। संध्या के समय भयानक जंगल में उदास और दुःखी मायारानी केवल पांच लौंडियों के साथ सिर झुकाए अपने किए हुए बुरे कर्मों की याद कर-करके पछता रही है। रात की अवाई के कारण जैसे-जैसे अंधेरा होता जाता है, तैसे-तैसे उसकी घबड़ाहट भी बढ़ती जाती है। इस समय मायारानी और उसकी लौंडियां मर्दाने भेष में हैं। लौंडियों के पास नीमचा तथा तीर-कमान मौजूद हैं। परन्तु मायारानी केवल तिलिस्मी तमंचा कमर में छिपाए हुए है। वह घबड़ा-घबड़ाकर बार-बार पूरब की तरफ देख रही है, जिससे मालूम होता है कि इस समय उधर से कोई उसके पास आनेवाला है। थोड़ी ही देर बाद अच्छी तरह अंधेरा हो गया और इसी बीच में पूरब तरफ से किसी के आने की आहट मालूम हुई। यह लीला थी जो मर्दाने भेष में पीतल की जालदार लालटेन लिये हुए कहीं दूर से चली आ रही थी। जब वह पास आई, मायारानी ने घबड़ाहट के साथ पूछा, "कहो, क्या हाल है?"

लीला–हाल बहुत ही खराब है, अब तुम्हें जमानिया की गद्दी कदापि नहीं मिल सकती।

माया–यह तो मैं पहले ही से समझे बैठी हूं। तू दीवान साहब के पास गई थी?

लीला–हां, गई थी। उस समय उन सिपाहियों में से कई सिपाही वहां मौजूद थे जो आपके तिलिस्मी बाग में रहते हैं और जिन्होंने दोनों नकाबपोशों का साथ दिया था। उस समय वे सिपाही दीवान साहब से दोनों नकाबपोशों का हाल बयान कर रहे थे, मगर मुझे देखते ही चुप हो गए।

माया–तब क्या हुआ?

लीला–दीवान साहब ने मुझे एक तरफ बैठने का इशारा किया और पूछा कि 'तू यहां क्यों आई है?' इसके जवाब में मैंने कहा कि 'मायारानी हम लोगों को छोड़कर न मालूम कहां चली गई। जब चारों तरफ ढूंढ़ने पर भी पता न लगा तो इत्तिला के लिए आपके पास आई हूं।' यह सुनकर दीवान साहब ने कहा कि 'अच्छा ठहर, मैं इन सिपाहियों से बातें कर लूं, तब तुझसे करूं।'

माया–अच्छा, तब तूने उन सिपाहियों की बातें सुनीं?

लीला–जी नहीं, सिपाहियों ने मेरे सामने बात करने से इनकार किया और कहा कि 'हम लोगों को लीला पर विश्वास नहीं है!' आखिर दीवान साहब ने मुझे बाहर

जाने का हुक्म दिया। उस समय मुझे अंदाज से मालूम हुआ कि मामला बेढब हो गया और ताज्जुब नहीं कि मैं गिरफ्तार कर ली जाऊं, इसलिए पहरेवालों से बात बनाकर मैंने अपना पीछा छुड़ाया और भागकर मैदान का रास्ता लिया।

माया–संक्षेप में कह कि उन दोनों नकाबपोशों का कुछ भेद मालूम हुआ कि नहीं?

लीला–दोनों नकाबपोशों का असल भेद कुछ भी मालूम न हुआ, हां, उस आदमी का पता लग गया, जिसने बाग से निकल भागने का विचार करते समय गुप्त रीति से कहा था कि 'बेशक-बेशक, तुम मरते-मरते भी हजारों घर चौपट करोगी!'

माया–हां, कैसे पता लगा? वह कौन था?

लीला–वह भूतनाथ था। जब मैं दीवान साहब के यहां से भागकर शहर के बाहर हो रही थी तब यकायक उससे मुलाकात हुई। उसने स्वयं मुझसे कहा कि 'फलानी बात का कहनेवाला मैं हूं, तू मायारानी से कह दीजियो कि अब तेरे दिन खोटे आए हैं, अपने किए का फल भोगने के लिए तैयार हो रहे, हां, यदि मुझे कुछ देने की सामर्थ्य हो तो मैं तेरा साथ दे सकता हूं।'

माया–(ऊंची सांस लेकर) हाय! अच्छा और क्या-क्या मालूम हुआ?

लीला–हाल क्या कहूं? राजा बीरेन्द्रसिंह की बीस हजार फौज आ गई है, जिसकी सरदारी नाहरसिंह कर रहा है। दीवान साहब ने एक सरदार को पत्र देकर नाहरसिंह के पास भेजा था, मालूम नहीं इस पत्र में क्या लिखा था, मगर नाहरसिंह ने उसका यह जवाब जुबानी कहला भेजा कि केवल मायारानी को गिरफ्तार करने के लिए आए हैं। इसके बाद पता चला कि दीवान साहब ने आपकी खोज में कई जासूस रवाना किए हैं।

माया–तो इससे निश्चित होता है कि कमबख्त दीवान भी मेरा दुश्मन हो गया!

लीला–क्या इस बात में अब भी शक है?

माया–(लम्बी सांस लेकर) अच्छा और क्या मालूम हुआ?

लीला–एक बात सबसे ज्यादे ताज्जुब की मालूम हुई।

माया–वह क्या?

लीला–रात के समय भेष बदलकर मैं राजा बीरेन्द्रसिंह के लश्कर में गई थी। घूमते-फिरते ऐसी जगह पहुंची, जहां से नाहरसिंह का खेमा सामने दिखाई दे रहा था और उस खेमे के दरवाजे पर मशाल हाथ में लिये हुए पहरा देनेवाले सिपाहियों की चाल साफ-साफ दिखाई दे रही थी। मैंने देखा कि खेमे के अन्दर से दो नकाबपोश निकले और जहां मैं खड़ी थी, उसी तरफ आने लगे।

मैं किनारे हट गई। जब वे मेरे पास से होकर निकले तो उनकी चाल और उनके कद से मुझे निश्चय हो गया कि वे दोनों नकाबपोश वही हैं जो हमारे बाग में आए थे और जिन्होंने धनपत को पकड़ा था।

माया–हां!

लीला–जी हां!

माया–अफसोस, इसका पता कुछ भी न लगा कि वे दोनों आखिर हैं कौन, मगर इसमें कोई सन्देह नहीं कि वे खास बाग के तिलिस्मी भेदों को जानते हैं और इस समय तेरी जुबानी सुनने से यह जाना जाता है कि वे दोनों राजा बीरेन्द्रसिंह के पक्षपाती भी हैं।

लीला–इसका निश्चय नहीं हो सकता कि वे दोनों नकाबपोश राजा बीरेन्द्रसिंह के पक्षपाती हैं, शायद वे नाहरसिंह से मदद लेने गए हों।

माया–ठीक है, यह भी हो सकता है। लेकिन बात तो यह है कि मैं सिवाय गोपालसिंह के और किसी से नहीं डरती, न मुझे रिआया के बिगड़ने का कोई डर है, न सिपाहियों या फौज के बागी होने का खौफ, न दीवान मुत्सद्दियों के बिगड़ने का अन्देशा और न कमलिनी और लाडिली की बेवफाई का रंज–क्योंकि मैं इन सभों को अपनी करामात से नीचा दिखा सकती हूं, हां, यदि गोपालसिंह के बारे में कमबख्त भूतनाथ ने मुझे धोखा दिया है जैसा कि तू कह चुकी है तो बेशक खौफ की बात है। अगर वह जीता है तो मुझे बुरी तरह हलाल करेगा। वह इस बात से कदापि नहीं डरेगा कि मेरा भेद खुलने से उसकी बदनामी होगी, क्योंकि मैंने उसके साथ बहुत बुरा सलूक किया है। जिस समय कमबख्त कमलिनी और बीरेन्द्रसिंह के ऐयारों ने गोपालसिंह को कैद से छुड़ाया था, यदि गोपालसिंह चाहता तो उसी समय मुझे जहन्नुम में मिला सकता था, मगर उसका ऐसा न करना मेरा कलेजा और भी दहला रहा है, शायद मौत से भी बढ़कर कोई सजा उसने मेरे लिए सोच ली है, हाय अफसोस! मैंने तिलिस्मी भेद जानने के लिए उसे क्यों इतने दिनों तक कैद में रख छोड़ा! उसी समय उसे मार डाला होता तो यह बुरा दिन क्यों देखना पड़ता? हाय, अब तो मौत से भी कोई भारी सजा मुझे मिलनेवाली है। (रोती है)

लीला–अब रोने का समय नहीं है, किसी तरह जान बचाने की फिक्र करनी चाहिए।

माया–(हिचकी लेकर) क्या करूं? कहां जाऊं? किससे मदद मांगू? ऐसी अवस्था में कौन मेरी सहायता करेगा? हाय, आज तक मैंने किसी के साथ किसी तरह की नेकी नहीं की, किसी को अपना दोस्त न बनाया और किसी पर अहसान का बोझ न डाला, फिर किसी को क्या गरज पड़ी है, जो ऐसी अवस्था में मेरी मदद करे। बीरेन्द्रसिंह के लड़कों से साथ दुश्मनी करना मेरे लिए और भी जहर हो गया।

लीला–खैर, जो हो गया सो हो गया, इस समय इन सब बातों का सोच-विचार करना और भी बुरा है। मैं इस मुसीबत में हर तरह तुम्हारा साथ देने के लिए तैयार हूं और अब भी तुम्हारे पास ऐसी-ऐसी चीजें हैं कि उनसे कठिन-से-कठिन काम

निकल सकता है, रुपये-पैसे की तरफ से कुछ तकलीफ हो ही नहीं सकती, क्योंकि सेरों जवाहिरात पास में मौजूद हैं, फिर इतनी चिन्ता क्यों कर रही हो?

माया–चिन्ता क्यों न की जाए? एक मनोरमा का मकान छिपकर रहने योग्य था, सो वहां भी बीरेन्द्रसिंह के ऐयारों के चरण जा पहुंचे। तू ही कह चुकी है कि किशोरी और कामिनी को ऐयार लोग छुड़ाकर ले गए। नागर को भी उन लोगों ने फंसा लिया होगा। अब सबसे पहला काम तो यह है कि छिपकर रहने के लिए कोई जगह खोजी जाए, इसके बाद जो कुछ करना होगा, किया जाएगा। हाय, अगर गोपालसिंह की मौत हो गई होती तो न मुझे रिआया के बागी होने का डर था और न राजा बीरेन्द्रसिंह की दुश्मनी का।

लीला–छिपकर रहने के लिए मैं जगह का बन्दोबस्त कर चुकी हूं। यहां से थोड़ी ही दूर पर...

लीला इससे ज्यादे कुछ कहने न पाई थी कि पीछे की तरफ से कई आदमियों के दौड़ते हुए आने की आहट हुई। बात-की-बात में वे लोग, जो वास्तव में चोर थे, चोरी का माल लिये हुए उस जगह आ पहुंचे, जहां मायारानी और उसकी लौंडियां बैठी बातें कर रही थीं। ये चोर गिनती में पांच थे और उनके पीछे-पीछे कई सवार भी उनकी गिरफ्तारी के लिए चले आ रहे थे, जिनके घोड़ों के टापों की आवाज बखूबी आ रही थी। जब वे चोर मायारानी के पास पहुंचे, तो यह सोचकर कि पीछा करनेवाले सवारों के हाथ से बचना मुश्किल है, चोरी का माल उसी जगह पटककर आगे की तरफ भाग गए और इसके थोड़ी ही देर बाद वे कई सवार भी उसी जगह (जहां मायारानी थी), आ पहुंचे। उन्होंने देखा कि कई आदमी[1] बैठे हुए हैं, बीच में एक लालटेन जल रही है, और चोरी का माल भी उसी जगह पड़ा हुआ है। उन्हें निश्चय हो गया कि ये ही चोर हैं, अस्तु, उन्होंने मायारानी तथा उसकी लौंडियों को चारों तरफ से घेर लिया।

नौवां बयान

आधी रात का समय है, चांदनी खिली हुई है। मौसम में पूरा-पूरा फर्क पड़ गया है। रात की ठंडी-ठंडी हवा अब प्यारी मालूम होती है। ऐसे समय में उस सड़क पर जो काशी से जमानिया की तरफ गई है, दो मुसाफिर धीरे-धीरे काशी की तरफ जा रहे हैं। ये दोनों मुसाफिर साधारण नहीं हैं, बल्कि अमीर, बहादुर और दिलावर मालूम पड़ते हैं। दोनों की पोशाक बेशकीमत और सिपाहियाना ठाठ की है, तथा दोनों ही की चाल में दिलेरी और लापरवाही मालूम होती है। खंजर, कटार, तलवार, तीर-कमान

1. मायारानी और उसकी लौंडियां मर्दाने भेष में थीं।

और कमन्द से दोनों ही सजे हुए हैं और इस समय मस्तानी चाल से धीरे-धीरे टहलते हुए जा रहे हैं। इनके पीछे-पीछे दो आदमी दो घोड़ों की बागडोर थामे हुए जा रहे हैं, मगर ये दोनों साईस नहीं हैं बल्कि सिपाही और सवार मालूम होते हैं।

दोनों मुसाफिर जाते-जाते ऐसी जगह पहुंचे, जहां सड़क से कुछ हटकर पांच-सात पेड़ों का एक झुण्ड था। दोनों खड़े हो गए और उनमें से एक ने जोर से सीटी बजाई जिसकी आवाज सुनते ही पेड़ों की आड़ में से दस आदमी निकल आए और दूसरी सीटी की आवाज के साथ ही वे उन दोनों आदमियों के पास पहुंच हाथ जोड़कर खड़े हो गए। उन सभी की पोशाक उस समय के डाकुओं की-सी थी। जांघिया पहिरे हुए, बदन में केवल एक मोटे कपड़े की नीमास्तीन, ढाल-तलवार लगाए और हाथों में एक-एक गंड़ासा लिये हुए थे, और सभी के बगल में एक-एक छोटा बटुआ भी लटक रहा था। इन दसों के आ जाने पर उन दो बहादुरों में से एक ने उनकी तरफ देखा और पूछा, "उसका कुछ पता लगा?"

एक डाकू–(हाथ जोड़कर) जी हां, बल्कि वह काम भी बखूबी कर आए हैं, जो हम लोगों के सुपुर्द किया गया था और जिसका होना कठिन था।

जवान–उसके साथ और कौन-कौन हैं?

डाकू–लीला के अतिरिक्त केवल पांच लौंडियां और थीं।

जवान–उसे तुमने किस इलाके में पाया और क्या किया, सो खुलासा कहो।

डाकू–उसने जमानिया की सरहद को छोड़ दिया और काशी रहने का विचार करके, उसी तरफ का रास्ता लिया। जब काशीजी की सरहद में पहुंची तो गंगापुर नामक एक स्थान के पासवाले जंगल में एक दिन तक उसे अटकना पड़ा क्योंकि वह लीला को हालचाल लेने और कई भेदों का पता लगाने के लिए पीछे छोड़ आई थी। हम लोगों को उसी समय अपना काम करने का मौका मिला। मैं कई आदमियों को साथ लेकर काशीराज की तहसील में जो गंगापुर में है, घुस गया और कुछ असबाब चुराकर इस तरह भागा कि पहरेवालों को पता लग गया और कई सवारों ने हम लोगों का पीछा किया। आखिर हम लोग उन सवारों को धोखा देकर घुमाते हुए उसी जंगल में ले गए, जिसमें मायारानी थी। जब हम लोग मायारानी के पास पहुंचे तो चोरी का माल उसी के पास पटककर भाग गए और सवारों ने वहां पहुंच और चोरी का माल मायारानी के पास देखकर उन्हीं लोगों को चोर या चोरों का साथी समझा और उन्हें चारों तरफ से घेर लिया।

जवान–बहुत अच्छा हुआ! शाबाश, तुम लोगों ने अपना काम खूबी के साथ पूरा किया। अच्छा इसके बाद क्या हुआ?

डाकू–इसके बाद की हम लोगों को कुछ भी खबर नहीं है क्योंकि आज्ञानुसार आपके पास हाजिर होने का समय बहुत कम बच गया था इसलिए फिर उन लोगों का पीछा न किया।

जवान–कोई हर्ज नहीं, हमें इतने ही से मतलब था। अच्छा, अब तुम जाओ, जमानिया के पास गंगा के किनारे जो झाड़ी है, उसी में परसों रात को किसी समय हम तुम लोगों से मिलेंगे, कदाचित् कोई काम पड़े। (अपने साथी की तरफ देखकर) कहिए देवीसिंहजी, अब इन दोनों सवारों के लिए क्या आज्ञा होती है, जो हम लोगों के साथ आए हैं?

देवी–अगर ये लोग जासूसी का काम दे सकें, तो इन्हें काशी भेजना चाहिए।

जवान–ठीक है, और इसके बाद जहां तक जल्द हो सके, कमलिनीजी से मिलना चाहिए, ताज्जुब नहीं वे कहती हों कि भूतनाथ बड़ा ही बेफिक्रा है।

पाठक तो समझ ही गए होंगे कि ये दोनों बहादुर देवीसिंह और भूतनाथ हैं। डाकुओं और दोनों सवारों को बिदा करने के बाद दोनों ऐयार लौटे और तेजी के साथ जमानिया की तरफ रवाना हुए। इस जगह से जमानिया केवल चार कोस की दूरी पर था इसलिए ये दोनों ऐयार सबेरा होने के पहले ही उस टीले पर जा पहुंचे, जो दारोगावाले बंगले के पीछे की तरफ था और जहां से दोनों ऐयारों और कुमारों को साथ लिये हुए कमलिनी मायारानी के तिलिस्मी बागवाले देवमंदिर में गई थी। हम पहले लिख आए हैं कि इस टीले पर एक कोठरी थी जिसमें पत्थर के चबूतरे पर पत्थर ही का एक शेर बैठा हुआ था। वह चबूतरा और शेर देखने में पत्थर का मालूम होता था, मगर वास्तव में किसी मसाले का बना हुआ था। दोनों ऐयार उस शेर के पास जाकर खड़े हो गए और बातचीत करने लगे। भूतनाथ और देवीसिंह को इस समय इस बात का गुमान भी न था कि उनके पीछे-पीछे दो औरतें कुछ दूर से आ रही हैं, और इस समय भी कोठरी के बाहर छिपकर खड़ी उन दोनों की बातें सुनने के लिए तैयार हैं। इन दोनों औरतों में से एक तो मायारानी और दूसरी नागर है। पाठकों को शायद ताज्जुब हो कि मायारानी को तो चोरी की इल्लत में काशीराज के सवारों ने गिरफ्तार कर लिया था, फिर वह यहां क्योंकर आई? इसलिए थोड़ा हाल मायारानी का इस जगह लिख देना उचित जान पड़ता है।

जब उन सवारों ने चारों तरफ से मायारानी को घेर लिया, तब एक दफे तो वह बहुत ही परेशान हुई, मगर तुरंत ही सम्हल बैठी और फुर्ती के साथ उसने अपने तिलिस्मी तमंचे से काम लिया। उसने तमंचे में तिलिस्मी गोली भरकर उसी जगह जमीन पर मारी, जहां आप बैठी हुई थी। एक आवाज हुई और गोली में से बहुत-सा धुआं निकलकर धीरे-धीरे फैलने लगा, मगर सवारों ने इस बात पर कुछ ध्यान न दिया और मायारानी तथा उसकी लौंडियों को गिरफ्तार कर लिया। मायारानी के तमंचा चलाने पर सवारों को क्रोध आ गया था इसलिए कई सवारों ने मायारानी की जूते और लात से खातिरदारी भी की, यहां तक कि वह बेताब होकर जमीन पर गिर पड़ी, उसके साथ-ही-साथ लीला तथा और लौंडियों ने भी खूब मार खाई, मगर इस बीच में तिलिस्मी गोली का धुआं हल्का होकर चारों

तरफ फैल गया और सभों के आंख-नाक में घुसकर अपना काम कर गया। मायारानी और लीला को छोड़, बाकी जितने वहां थे, सब-के-सब बेहोश हो गए थे, न सवारों को दीन-दुनिया की खबर रही और न मायारानी की लौंडियों को तनो-बदन की सुध रही। पाठकों को याद होगा कि बेहोशी का असर न होने के लिए मायारानी ने तिलिस्मी अर्क पी लिया था और वही अर्क लीला को पिलाया था। अभी तक इस अर्क का असर बाकी था, जिसने मायारानी और लीला को बेहोश होने से बचाया।

मार के सदमे से आधी घड़ी तक तो मायारानी में उठने की सामर्थ्य न रही, इसके बाद जान के खौफ से वह किसी तरह उठी और लीला को साथ लेकर वहां से भागी। बेचारी लौंडियों को, जिन्होंने ऐसे दुःख के समय में भी मायारानी का साथ दिया था, मायारानी ने कुछ भी न पूछा। हां, लीला का ध्यान उस तरफ जा पड़ा। उसने अपने ऐयारी के बटुए में से लखलखा निकाला और लौंडियों को सुंघाकर होश में लाने के बाद सभों को भाग चलने के लिए कहा।

लौंडियों को साथ लिये हुए लीला और मायारानी वहां से भागीं, मगर घबड़ाहट के मारे इस बात को न सोच सकीं कि कहां छिपकर अपनी जान बचानी चाहिए, अस्तु, वे सब सीधे दारोगावाले बंगले की तरफ रवाना हुईं। उस समय सबेरा होने में कुछ विलम्ब था, वे खौफ के मारे छिपती-छिपाती दिन-भर बराबर चली गईं और रात को भी कहीं ठहरने की नौबत न आई। आधी रात से कुछ ज्यादे जा चुकी थी, जब वे सब दारोगावाले बंगले पर जा पहुंचीं। इत्तिफाक से नागर भी रास्ते ही में इन लोगों से मिली, जो मायारानी से मिलने के लिए मुश्की घोड़ी पर सवार खास बाग की तरफ जा रही थी। इस समय नागर ने मायारानी को न पहचाना, मगर लीला ने नागर को पहचानकर आवाज दी। नागर जब मायारानी के पास आई तो उसे ऐसी अवस्था में देखकर ताज्जुब करने लगी। मायारानी ने संक्षेप में अपना हाल नागर से कहा, जिसे सुन वह अफसोस करने लगी और बोली, "मुझको भी भूतनाथ पर कुछ-कुछ शक होता है, ताज्जुब नहीं कि उसने धोखा दिया हो। खैर, कोई हर्ज नहीं है, मैं बहुत जल्द इस बात का पता लगा लूंगी। आप काशीजी चलकर मेरे मकान में रहिए और देखिए कि मैं भूतनाथ को क्योंकर फंसाती हूं।"

मायारानी और नागर की बातें पूरी न होने पाई थीं कि सामने से दो आदमियों के आने की आहट मालूम हुई। वे दोनों देवीसिंह और भूतनाथ थे। यद्यपि अंधेरे के कारण मायारानी ने उन दोनों को न पहचाना और पहचानने की उसे कोई आवश्यकता भी न थी, मगर जब वे दोनों टीले की तरफ मुड़े, तब मायारानी को शक पैदा हुआ और उसने धीरे से नागर के कान में कहा—"दोनों टीले पर जा रहे हैं, इससे मालूम होता है कि कमलिनी के साथी हैं, क्योंकि उस टीले पर बिना जानकार आदमी के और कोई इस समय कदापि न जाएगा।"

नागर–हां, मुझे भी यही शक होता है कि ये दोनों कमलिनी के साथी या बीरेन्द्रसिंह के ऐयार हैं और ताज्जुब नहीं कि आपके तिलिस्मी बाग में जाने की नीयत से उस टीले पर जा रहे हों, क्योंकि बाबाजी की जुबानी मैं कई दफे सुन चुकी हूं कि तिलिस्मी बाग में जाने के लिए इस टीले पर से भी एक रास्ता है।

माया–हां, यह तो मैं भी जानती हूं कि इस टीले पर से मेरे तिलिस्मी बाग में जाने का रास्ता है, मगर इस राह से क्योंकर जाया जा सकता है, इसकी मुझे खबर नहीं है। ताज्जुब नहीं कि खून से लिखी किताब की बदौलत कमलिनी को इन सब रास्तों का हाल मालूम हो गया हो, क्योंकि वह किताब, नानक और भूतनाथ की बदौलत कमलिनी के हाथ में पहुंची ही होगी।

नागर–बेशक, ऐसा ही है। खैर, चलिए इन दोनों के पीछे-पीछे चलें, ताज्जुब नहीं कि बहुत-सी बातों का पता लग जाए।

इसके बाद मायारानी केवल नागर को साथ लिये भूतनाथ और देवीसिंह के पीछे-पीछे छिपकर टीले पर गई और जब वे दोनों ऐयार कोठरी के अन्दर घुसे तो बाहर छिपकर भूतनाथ तथा देवीसिंह आपुस में जो बातें करने लगे, उन्हें सुनने लगी जैसा कि हम ऊपर लिख आए हैं।

उस चबूतरे पर बैठे हुए शेर के पास खड़े होकर भूतनाथ और देवीसिंह नीचे लिखी बातें करने लगे।

भूतनाथ–(शेर के सिर पर हाथ रखकर) तिलिस्म के चौथे दर्जे में जो देवमन्दिर है, उसमें जाने का यही रास्ता है।

देवीसिंह–क्या राजा गोपालसिंह से वहां मुलाकात होगी?

भूतनाथ–अवश्य, बल्कि कमलिनी, लाडिली और दोनों कुमार भी वहां मौजूद होंगे।

देवीसिंह–इस दरवाजे के खोलने की तरकीब राजा गोपालसिंह ने आपको बता दी?

भूतनाथ–हां, राजा गोपालसिंह और कमलिनी ने भी इस दरवाजे के खोलने की तरकीब बताई थी, मगर यह रास्ता बड़ा ही खतरनाक है। अच्छा, अब मैं दरवाजा खोलता हूं।

इतना कहकर भूतनाथ ने शेर की बाईं आंख में उंगली डाली। आंख अन्दर की तरफ घुस गई और इसके साथ ही शेर ने मुंह खोल दिया। भूतनाथ ने दूसरा हाथ शेर के मुंह में डाला और कोई पेंच घुमाया, जिससे उस चबूतरे के आगेवाला पत्थर हटकर जमीन के साथ सट गया, जिस पर शेर बैठा हुआ था, और नीचे उतरने के लिए रास्ता मालूम पड़ने लगा। देवीसिंह ने बत्ती जलाने का इरादा किया, मगर भूतनाथ ने मना किया और कहा कि नहीं, तुम चुपचाप मेरे पीछे-पीछे चले आओ, नीचे उतर जाने के बाद बत्ती जलावेंगे। आगे-आगे भूतनाथ और पीछे-पीछे देवीसिंह, दोनों ऐयार नीचे उतरे और वहां बटुए में से सामान निकालकर भूतनाथ ने मोमबत्ती जलाई। वह एक कोठरी थी जिसमें तीन तरफ तो दीवार थी, और एक तरफ की

दीवार सुरंग के रास्ते के तौर पर थी अर्थात् उधर से किसी सुरंग में जाने का रास्ता था। कोठरी के बीचोबीच में लोहे का एक खम्भा था और खम्भे के ऊपर एक गड़ारीदार पहिया था जिसे भूतनाथ ने घुमाया और देवीसिंह से कहा, ''जिस राह से हम आए हैं, उसे यहां से बन्द करने की यही तरकीब है और (हाथ का इशारा करके) यही सुरंग तिलिस्मी बाग के चौथे दर्जे में गई है!'' इसके बाद भूतनाथ और देवीसिंह सुरंग में घुसकर आगे की तरफ बढ़े।

इस सुरंग की चौड़ाई चार हाथ से ज्यादे न होगी। यहां की जमीन स्याह और सुफेद पत्थरों से बनी हुई थी अर्थात् एक पत्थर सुफेद तो दूसरा स्याह, इसके बाद सुफेद और फिर स्याह, इसी तरह दोनों रंग के पत्थर सिलसिलेवार लगे हुए थे। सुरंग के दोनों तरफ की दीवारें लोहे की थीं और थोड़ी-थोड़ी दूर पर लोहे के बनावटी आदमी दीवार के साथ खड़े थे जो अपने लम्बे हाथ फैलाए हुए थे। भूतनाथ ने देवीसिंह की तरफ देखकर कहा, ''इस राह से जाना और अपनी जान पर खेलना एक बराबर है। देखिए, बहुत सम्हलकर मेरे पीछे चले आइए और इस बात का पूरा-पूरा ध्यान रखिए कि स्याह पत्थर पर पैर न पड़ने पावे, नहीं तो जान न बचेगी। कमलिनी ने मुझे अच्छी तरह समझाकर कहा था कि सुरंग की दीवार के साथ जो लोहे के आदमी हाथ फैलाए खड़े हैं वे उस समय काम करते हैं जब कोई स्याह पत्थर पर पैर रखता है अर्थात् स्याह पत्थर पर पैर रखते ही वे उसको अपने दोनों हाथों से ऐसा पकड़ लेते हैं कि फिर किसी तरह उनके कब्जे से निकल नहीं सकता। मैं समझता हूं कि इस सुरंग में कई आदमी धोखे में पड़कर मारे गए होंगे, इसलिए उचित है कि मेरे और तुम्हारे दोनों के हाथ में एक-एक मोमबत्ती रहे।

भूतनाथ की बातें सुनकर देवीसिंह ताज्जुब करने लगे, आखिर लाचार होकर एक मोमबत्ती और जलाई और तब बड़ी होशियारी से सुफेद पत्थरों पर पैर रखते हुए आगे बढ़े। यह सुरंग एकदम सीधी बनी हुई थी और इसकी जमीन हर तरह से साफ थी, जिसका सबब शायद यह हो कि यहां कहीं से गर्द-गुबार के आने की जगह नहीं थी। फिर इस सुरंग में ऐसी कारीगरी भी की गई थी कि किसी-किसी जगह दीवार में से साफ छनी हुई हवा आती और दूसरी राह से निकल जाती थी, जिससे सुरंग की हवा हरदम साफ बनी रहती थी और उसमें जहर का असर पैदा नहीं होने पाता था।

लगभग दो सौ कदम जाने के बाद देखा कि दाहिनी तरफ दीवार के साथवाले लोहे के एक आदमी के दोनों हाथ सिमटे हुए हैं और उनके बीच में हड्डी का एक ढांचा फंसा हुआ है। वह ढांचा मनुष्य के शरीर का था जिसे देखते ही भूतनाथ ने देवीसिंह से कहा, ''देखिए यह धोखा खाने का नमूना है। कोई अनजान आदमी सुरंग में आकर जान दे बैठा है, अनजान कैसे कहें, क्योंकि यहां तक तो आ ही चुका था, शायद धोखा खा गया हो।'' दोनों ऐयार ताज्जुब से उस पंजर को देखने लगे, पर इसी समय यकायक देवीसिंह की निगाह पीछे की तरफ (जिधर से ये दोनों आए थे)

जा पड़ी और एक रोशनी देख देवीसिंह ने ताज्जुब के साथ भूतनाथ से कहा, "देखिए तो वह रोशनी कैसी है?"

भूतनाथ–(बत्ती के आगे हाथ रखकर और गौर से रोशनी की तरफ देखकर) कोई आ रहा है!

देवीसिंह–दो औरतें मालूम पड़ती हैं।

भूतनाथ–ठीक है, शायद लाडिली और कमलिनी जी हों, क्योंकि सिवाय जानकार के और कोई तो इस सुरंग में आ नहीं सकता।

देवीसिंह–मुझे तो विश्वास नहीं होता कि ये कमलिनी और लाडिली होंगी।

भूतनाथ–शक तो मुझे भी होता है, खैर, चलकर देख ही क्यों न लें।

भूतनाथ और देवीसिंह दोनों फिर पीछे की तरफ लौटे अर्थात् उस रोशनी की तरफ बढ़े जो यकायक दिखाई दी थी। दो ही कदम बढ़े होंगे कि कोई चीज उनके सामने जमीन पर आकर गिरी और पटाके की-सी आवाज हुई, इसके साथ ही उसमें से बेहोशी पैदा करनेवाला जहरीला धुआं निकला। यह तिलिस्मी गोली थी जो मायारानी ने तिलिस्मी तमंचे में भरकर भूतनाथ और देवीसिंह की तरफ चलाई थी। भूतनाथ और देवीसिंह इस गुमान में पीछे की तरफ हटे थे कि शायद वह रोशनी कमलिनी और लाडिली के साथ हो, मगर वास्तव में ये दोनों मायारानी और नागर थीं जिन्होंने छिपकर भूतनाथ और देवीसिंह की बातें सुनी थीं। जब दोनों ऐयार शेर वाला दरवाजा खोलकर तहखाने में उतर गए थे, तो चर्खा घुमाकर दरवाजा बन्द करने के पहले ही ये दोनों भी दरवाजे के अन्दर घुसकर दो-चार सीढ़ी नीचे उतर आई थीं और इन्होंने वे बातें भी सुन ली थीं, जो नीचे उतर जाने के बाद देवीसिंह और भूतनाथ में हुईं।

दसवां बयान

राजा गोपालसिंह तथा कमलिनी और लाडिली को हम देवमन्दिर में छोड़ आए हैं। वे तीनों भूतनाथ के आने की उम्मीद में देर तक देवमन्दिर में रहे, मगर जब भूतनाथ न आया तो लाचार होकर कमलिनी ने गोपालसिंह से कहा–

कमलिनी–मालूम होता है कि भूतनाथ किसी काम में फंस गया। खैर, अब हम लोगों को यहां व्यर्थ रुकना उचित नहीं, क्योंकि अभी बहुत-कुछ काम करना बाकी है।

गोपाल–ठीक है, मगर जहां तक मैं समझता हूं, तुम्हारे करने योग्य इस समय कोई काम नहीं है क्योंकि दोनों कुमार तिलिस्म के अन्दर जा ही चुके हैं, और बिना तिलिस्म तोड़े अब उनका बाहर निकलना कठिन है, हां, कमबख्त मायारानी के विषय में बहुत-कुछ करना है, सो उसके लिए मैं अकेला काफी हूं, इसके अतिरिक्त और जो कुछ काम है, उसे ऐयार लोग बखूबी कर सकते हैं।

कमलिनी–आपकी बातों से पाया जाता है कि मेरे यहां रहने की अब कोई आवश्यकता नहीं।

गोपाल–बेशक, मेरे कहने का यही मतलब है।

कमलिनी–अच्छा तो मैं लाडिली को साथ लेकर अपने घर[1] जाती हूं, उधर ही से रोहतासगढ़ पर ध्यान रक्खूंगी।

गोपाल–हां, तुम्हें वहां अवश्य जाना चाहिए क्योंकि किशोरी और कामिनी भी उसी मकान में पहुंचा दी गई हैं, उनसे जब तक न मिलोगी तब तक वे बेचैन रहेंगी, इसके अतिरिक्त कई कैदियों को भी तुमने वहां भेजवाया है, उनकी भी खबर लेनी चाहिए।

कमलिनी–अच्छा, थोड़ी देर तक भूतनाथ की राह और देख लीजिए।

आधी रात बीत जाने के बाद तीनों आदमी वहां से रवाना हुए। वे पहले उस गोल खम्भे के पास आए जो कमरे के बीचोबीच में था और जिस पर तरह-तरह की मूरतें बनी हुई थीं। राजा गोपालसिंह ने एक मूरत पर हाथ रखकर जोर से दबाया, साथ ही एक छोटी-सी खिड़की अन्दर जाने के लिए दिखाई दी। दोनों सालियों को साथ लिये हुए गोपालसिंह उस खिड़की के अन्दर घुस गए; जहां नीचे उतरने के लिए सीढ़ियां बनी हुई थीं। यद्यपि उसके अन्दर एकदम अंधेरा था, मगर तीनों आदमी अन्दाज से उतरते चले गए, जब नीचे एक कोठरी में पहुंचे तो गोपालसिंह ने मोमबत्ती जलाई। मोमबत्ती जलाने का सामान उसी कोठरी में एक आले पर रक्खा हुआ था, जिसे अंधेरे में ही गोपालसिंह ने खोज लिया था। वह कोठरी लगभग दस हाथ के चौड़ी और इतनी ही लम्बी होगी। चारों तरफ दीवार में चार दरवाजे बने हुए थे और छत में दो जंजीरें लटक रही थीं। गोपालसिंह ने एक जंजीर हाथ से पकड़कर खींची जिससे गोल खम्भेवाला वह दरवाजा बन्द हो गया जिस राह से तीनों नीचे उतरे थे। इसके बाद गोपालसिंह उत्तर तरफवाली दीवार के पास गए और दरवाजा खोलने का उद्योग करने लगे। उस दरवाजे में तांबे की सैकड़ों कीलें गड़ी हुई थीं और हर कील के मुंह पर उभड़ा हुआ एक-एक अक्षर बना हुआ था। यह दरवाजा उसी सुरंग में जाने के लिए था जो दारोगावाले बंगले के पीछेवाले टीले तक पहुंची हुई थी या जिस सुरंग के अन्दर भूतनाथ और देवीसिंह का जाना ऊपर के बयान में हम लिख आए हैं। गोपालसिंह ने दरवाजे में लगी हुई कीलों को दबाना शुरू किया। पहले उस कील को दबाया जिसके सिरे पर 'हे' अक्षर बना हुआ था, इसके बाद 'र' अक्षर की कील को दबाया, फिर 'म' और 'ब' अक्षर की कील को दबाया ही था कि दरवाजा खुल गया और दोनों सालियों को साथ लिये हुए गोपालसिंह उसके अन्दर चले गए तथा भीतर जाकर हाथ के जोर से दरवाजा बन्द कर दिया। इस दरवाजे के पिछली तरफ भी वे ही बातें थीं जो बाहर थीं अर्थात् भीतर से भी उसमें वैसी ही कीलें जड़ी हुई

1. वही तिलिस्मी मकान जो तालाब के अन्दर है।

थीं। भीतर चार-पांच कदम जाने के बाद सुरंग की जमीन स्याह और सुफेद पत्थरों से बनी हुई मिली और उसी जगह गोपालसिंह, कमलिनी और लाडिली ने स्याह पत्थरों को बचाना शुरू किया, अर्थात् सुफेद पत्थरों पर पैर रखते हुए रवाना हुए और दो घण्टे तक बराबर चले जाने के बाद उस जगह पहुंचे, जहां भूतनाथ और देवीसिंह खड़े थे। ये लोग भी ठीक उसी समय वहां पहुंचे, जब मायारानी की चलाई हुई गोली में से जहरीला धुआं निकलकर सुरंग में फैल चुका था और दोनों ऐयार बेहोशी के असर में झूम रहे थे। कमलिनी, लाडिली तथा राजा गोपालसिंह इस धुएं से बिलकुल बेखबर थे और उन्हें इस बात का गुमान भी न था कि मायारानी ने इस सुरंग में पहुंचकर तिलिस्मी गोली चलाई है क्योंकि गोली चलाने के बाद तुरन्त ही मायारानी ने अपने हाथ की मोमबत्ती बुझा दी थी।

राजा गोपालसिंह ने वहां पहुंचकर भूतनाथ और देवीसिंह को देखा। कमलिनी ने भूतनाथ को पुकारा, मगर बेहोशी का असर हो जाने के कारण उसने कमलिनी की बात का जवाब न दिया बल्कि देखते-देखते भूतनाथ और देवीसिंह बेहोश होकर जमीन पर गिर पड़े। कमलिनी, लाडिली और गोपालसिंह के भी नाक और मुंह में वह धुआं गया, मगर ये उसे पहचान न सके और भूतनाथ तथा देवीसिंह के बेहोश हो जाने के बाद ही, ये तीनों भी बेहोश होकर जमीन पर गिर पड़े।

आधी घड़ी तक राह देखने के बाद मायारानी और नागर ने मोमबत्ती जलाई। खुशी-खुशी उन दोनों औरतों ने बेहोशी से बचानेवाली दवा अपने मुंह में रक्खी और स्याह पत्थरों से अपने को बचाती हुई वहां पहुंचीं, जहां कमलिनी, लाडिली, गोपालसिंह, भूतनाथ और देवीसिंह बेहोश पड़े हुए थे।

अहा, इस समय मायारानी की खुशी का कोई ठिकाना है! इस समय उसकी किस्मत का सितारा फिर से चमक उठा। उसने हंसकर नागर की तरफ देखा और कहा—

माया—क्या अब भी मुझे किसी का डर है?

नागर—आज मालूम हुआ कि आपकी किस्मत बड़ी जबरदस्त है। अब दुनिया में कोई भी आपका मुकाबला नहीं कर सकता। (भूतनाथ की तरफ देखकर) देखिए, इस बेईमान की कमर में वही तिलिस्मी खंजर है जो कमलिनी ने उसे दिया था। अहा, इससे बढ़कर दुनिया में और क्या अनूठी चीज होगी!

माया—इस कमबख्त ने मुझसे कहा था कि कमलिनी ने गोपालसिंह को भी एक तिलिस्मी खंजर दिया है। (गोपालसिंह को अच्छी तरह देखकर) हां, हां, इसकी कमर में भी वही खंजर है! ताज्जुब नहीं कि कमलिनी और लाडिली की कमर में भी इसका जोड़ा हो। (कमलिनी, लाडिली और देवीसिंह की तरफ ध्यान देकर) नहीं-नहीं, और किसी के पास नहीं है। खैर, दो खंजर तो मिले, एक मैं रक्खूंगी और एक तुझे दूंगी। इसमें जो-जो गुण हैं, भूतनाथ की जुबानी सुन ही चुकी हूं, अच्छा भूतनाथ का खंजर तू ले ले और इसका मैं लेती हूं।

खुशी-खुशी मायारानी ने पहले गोपालसिंह की उंगली से वह अंगूठी उतारी जो तिलिस्मी खंजर के जोड़ की थी, और इसके बाद कमर से खंजर निकालकर अपने कब्जे में किया। नागर ने भी पहले भूतनाथ के हाथ से अंगूठी उतारकर पहन ली और तब खंजर पर कब्जा किया। मायारानी ने हंसकर नागर की तरफ देखा और कहा, "अब इसी खंजर से इन पांचों दुष्टों को इस दुनिया से उठाकर हमेशा के लिए निश्चिन्त होती हूं!"

ग्यारहवां बयान

मायारानी ने राजा गोपालसिंह को मारने के लिए जैसे ही खंजर उठाया, वैसे ही नागर ने फुर्ती से उसकी कलाई पकड़ ली और कहा–

नागर–ठहरो-ठहरो! जल्दी न करो, आखिर ये लोग तुम्हारे कब्जे में तो आ ही चुके हैं और अब किसी तरह छूटकर जा नहीं सकते, फिर बिना अच्छी तरह विचार किए जल्दी करने की क्या आवश्यकता है। क्या जाने, सोचने-विचारने से कुछ विशेष लाभ की सूरत ध्यान में आवे।

माया–(रुककर) तुम्हारा कहना ठीक है, परन्तु यदि दुश्मन कब्जे में आ जाए तो उसके मारने में विलम्ब करना उचित नहीं है। इसी (गोपालसिंह) को जब मैंने कैद किया था तो इसके मारने के विषय में सोच-विचार करते-करते वर्षों बिताए और अन्त में इस विलम्ब का क्या नतीजा निकला, सो देख ही रही हो, उस विलम्ब ही के कारण आज मैं फकीरनी होकर भी...(गला भर आने के कारण रुककर) आज ईश्वर ने मुझ पर कृपा की है और दुश्मनों को मेरे कब्जे में कर दिया है फिर इनके मारने में देर तथा सोच-विचार करने का ताज्जुब नहीं कि वही नतीजा हो जो पहले हो चुका है।

नागर–ठीक है, और मैं भी इसी में प्रसन्न हूं कि जहां तक शीघ्र हो सके, ये लोग मार डाले जाएं। अहा, कमलिनी के सहित गोपालसिंह का फंस जाना क्या कम खुशी की बात है, और फिर साथ ही इन दोनों के बेईमान भूतनाथ का भी...

माया–(बात काटकर) आ फंसना, जिसने मेरे साथ सख्त दगा की थी, कम खुशी की बात नहीं है।

नागर–बेशक, परन्तु मैं इन कमबख्तों की जान ले लेने में विशेष विलम्ब करने के लिए नहीं कहती, हां, इतनी देर तक रुक जाने के लिए अवश्य कहती हूं जितनी देर में हम लोग इस बात को बखूबी सोच लें कि इन दुष्टों को मारने के बाद इस सुरंग का भेद मालूम न होने पर भी, हम लोग यहां से निकल जा सकेंगे या नहीं?

माया–क्यों, क्या हम लोगों को यहां से निकल जाने में किसी तरह की रुकावट हो सकती है? क्या हम लोगों ने भूतनाथ और देवीसिंह की बातें उस समय अच्छी

तरह नहीं सुनीं, जिस समय दोनों सुरंग में उतर चुके थे? क्या उसी रीति से सुरंग का दरवाजा न खुल सकेगा, जिस रीति से बन्द किया गया है?

नागर–इन बातों का ठीक-ठीक जवाब मैं नहीं दे सकती, बल्कि इन्हीं बातों पर विचार करने के लिए कुछ देर तक ठहरने को कहती हूं।

माया–(खंजर म्यान में रखकर और कुछ सोचकर) अच्छा-अच्छा, कुछ देर तक ठहर जाने में कोई हर्ज नहीं है, इन सभों की बेहोशी यकायक दूर नहीं हो सकती, चलो, पहले उस दरवाजे को खोलकर देखें कि खुलता है या नहीं।

इतना कहकर नागर को साथ लिये हुए मायारानी सुरंग के दरवाजे की तरफ बढ़ी। जब उस लोहे के खम्भे के पास पहुंची, जिस पर वह गड़ारीदार पहिया था, जिसे घुमाकर भूतनाथ ने सुरंग का दरवाजा बन्द किया था, तो रुकी और नागर की तरफ देखकर बोली, "इसी पहिए को घुमाकर भूतनाथ ने दरवाजा बन्द किया था।"

नागर–जी हां, अब इसी को उल्टा घुमाकर देखना चाहिए कि दरवाजा खुलता है या नहीं।

माया–अच्छा, तुम्हीं इस पहिये को घुमाओ।

नागर ने उस पहिये को कई दफे उल्टा घुमाया और वह बखूबी घूम गया, इसके बाद दोनों औरतें यह देखने के लिए सीढ़ी पर चढ़ीं कि दरवाजा खुला या नहीं, मगर दरवाजा ज्यों-का-त्यों बन्द था। मायारानी को बहुत ताज्जुब हुआ और वह घबरानी-सी होकर नीचे उतर आई और नागर की तरफ देखकर बोली, "तुम्हारा सोचना ठीक निकला।"

नागर–इसी से मैंने आपको रोका था, यदि आप जोश में आकर इन सभों को मार डालतीं तो फिर हम लोग भी इसी सुरंग में मर-मिटते।

माया–बेशक-बेशक। (कुछ सोचकर) अच्छा, एक बार उधर चलकर देखना चाहिए, जिधर से यह (गोपालसिंह) आया है, शायद उधर का दरवाजा खुला हो।

नागर–चलिए देखिए, शायद कुछ काम निकले, मगर ताज्जुब नहीं कि लौटने तक इन लोगों की बेहोशी जाती रहे।

माया–हां, ऐसा हो सकता है। अच्छा, तो इन लोगों के हाथ-पैर कसकर बांध देने चाहिए जिससे यदि बेहोशी जाती भी रहे तो कुछ कर न सकें।

नागर ने उन सभों को अच्छी तरह गौर से देखा जो उस जगह बेहोश पड़े थे। भूतनाथ और देवीसिंह के कमर में कमन्द मौजूद थे, उन्हें खोल लिया और दोनों ने मिलकर उन्हीं कमन्दों से भूतनाथ, देवीसिंह, कमलिनी, लाडिली और गोपालसिंह के हाथ-पैर बेरहमी के साथ खूब कसकर बांध दिए और इसके बाद दोनों औरतें उसी तरफ चलीं जिधर से कमलिनी और लाडिली को साथ लिये हुए राजा गोपालसिंह आए थे।

मायारानी और नागर मोमबत्ती की रोशनी में स्याह पत्थर को बचाती हुई उस दरवाजे के पास पहुंचीं, जिसे खोलकर राजा गोपालसिंह आए थे। यह वही दरवाजा था, जिसमें अक्षरोंवाले कील जड़े हुए थे और किसी अनजान आदमी से इसका खुलना

बिलकुल ही असम्भव था। मायारानी ने इसको खोलने का बहुत-कुछ उद्योग किया, मगर कुछ काम न चला। लाचार होकर उसने तरद्दुद और घबराहट की निगाह नागर पर डाली।

नागर–मेरा सोचना बहुत ठीक निकला, यदि वे लोग मार डाले जाते तो निःसन्देह हम दोनों की मौत भी इसी सुरंग में हो जाती।

माया–सच है, मगर अब क्या करना चाहिए? जहां तक मैं सोचती हूं, इसके जवाब में तुम यही कहोगी कि इनमें से किसी को होश में लाकर जिस तरह बन पड़े, दरवाजा खोलने की तरकीब मालूम करनी चाहिए।

नागर–जी हां, क्योंकि सिवाय इसके कोई दूसरी बात ध्यान में नहीं आती।

माया–खैर, यदि ऐसा हो भी जाए अर्थात् इन पांचों में से किसी को होश में लाने और डराने-धमकाने से दरवाजा खुलने का भेद मालूम हो जाए तो फिर क्या किया जाएगा? मैं समझती हूं कि तुम यही कहोगी कि दरवाजे का भेद मालूम होने के बाद इन पांचों को कत्ल कर देना चाहिए।

नागर–नहीं, मेरी यह राय नहीं है, बल्कि मैं इन लोगों को उस समय तक कैद में रखना मुनासिब समझती हूं जब तक कि रिक्तग्रन्थ और अजायबघर की ताली, जो तुमने भूतनाथ को दे दी है, अपने कब्जे में न आ जाए।

माया–ओफ! मैं वास्तव में सैकड़ों आफतों में घिरी हुई हूं। (कुछ सोचकर) खैर, कोई चिन्ता नहीं है, देखो तो, क्या होता है, मैं इन लोगों को जीता कदापि न छोडूंगी। (रुककर) हां, जरा ठहरो, इन पांचों में से किसी को होश में लाने के पहले सभों की तलाशी अच्छी तरह ले लेना चाहिए, ताज्जुब नहीं कि रिक्तग्रन्थ और अजायबघर की ताली भी इन लोगों में से किसी के पास हो।

नागर–हां, मुमकिन है कि वे दोनों चीजें इन लोगों के पास हों। अच्छा, चलो, सबसे पहले यही काम किया जाए।

नागर को साथ लिये हुए मायारानी फिर उस जगह पहुंची जहां गोपालसिंह और भूतनाथ वगैरह बेहोश पड़े थे। हम ऊपर लिख आए हैं कि राजा गोपालसिंह और भूतनाथ के पास जो तिलिस्मी खंजर था, वह मायारानी ले चुकी है। एक खंजर उसने अपने पास रखा और दूसरा नागर को दें दिया। अब उसने सबसे पहले भूतनाथ के बटुए की तलाशी ली, मगर उसमें कोई ऐसी चीज न निकली जो मायारानी के काम की होती। यद्यपि तरह-तरह की दवाओं और मसालों से भरी हुई कई खूबसूरत डिबियाएं नजर आईं, मगर उनका गुण न मालूम होने के कारण मायारानी के लिए वे बिलकुल ही बेकार थीं। जब बटुए में से अपने मतलब की कोई चीज न पाई, तो कमर और कपड़ों के जेब इत्यादि अच्छी तरह टटोले, मगर उससे भी कुछ काम न चला। अन्त में उदास होकर वह राजा गोपालसिंह की तरफ लौटी और उनकी तलाशी लेने लगी।

ऊपर का बयान पढ़ने से पाठकों को मालूम हो ही चुका होगा कि अजायबघर की ताली, जो मायारानी ने भूतनाथ को दी थी, वह राजा गोपालसिंह ने भूतनाथ से ले ली थी। इस समय वही अजायबघर की ताली राजा गोपालसिंह के पास थी, जो तलाशी लेने के समय मायारानी के हाथ लगी। ताली पाकर वह बहुत खुश हुई और नागर की तरफ देखकर बोली–

"लीजिए, अजायबघर की ताली तो मिल गई। अब कोई परवाह नहीं। यद्यपि मुझे मालूम हो चुका है कि मेरी फौज मुझसे बिगड़ गई, मेरा दीवान मुझसे दुश्मनी करने को तैयार है, तुम्हारे मकान का भेद बीरेन्द्रसिंह के ऐयारों को मालूम हो चुका है और इस सबब से मुझे रहने के लिए कोई ठिकाना नहीं है, मगर अब अजायबघर की ताली मिल जाने से मुझे बहुत-कुछ भरोसा हो गया। मैं अब खुशी से दारोगावाले बंगले में रहकर अपने दुश्मनों से बदला ले सकती हूं, फौजी सिपाहियों के दिल से शक दूर करके अपना रोआब जमा सकती हूं और उन्हें ठीक करके अपने ढर्रे पर ला सकती हूं। कमबख्त दीवान को भी सजा देना कोई बड़ी बात नहीं है। इसके सिवाय तिलिस्मी खंजर की बदौलत मुश्किल-से-मुश्किल काम सहज ही कर सकूंगी!"

नागर–ठीक है, अच्छा देखिए, शायद रिक्तग्रंथ भी इन लोगों में से किसी के पास हो।

मायारानी ने फिर तलाशी लेना शुरू किया। गोपालसिंह के बाद कमलिनी, लाडिली और देवीसिंह की भी तलाशी ली, मगर रिक्तग्रंथ (खून से लिखी किताब) का पता न लगा और न कोई ऐसी चीज ही मिली जो मायारानी के मतलब की होती। आखिर लाचार होकर यह निश्चय किया कि भूतनाथ को होश में लाकर और डरा-धमकाकर दरवाजा खोलने की तरकीब जाननी चाहिए। मायारानी की आज्ञानुसार नागर ने अपने बटुए में से लखलखा निकाला और भूतनाथ को सुंघाने के लिए आगे बढ़ी ही थी कि सुरंग के सिरे पर (जिधर से भूतनाथ और देवीसिंह के पीछे-पीछे मायारानी और नागर आई थीं) रोशनी दिखाई दी। नागर ने भूतनाथ को लखलखा सुंघाने के लिए जो हाथ बढ़ाया था, रोक लिया, लखलखे की डिबिया जमीन पर रख तिलिस्मी खंजर म्यान से निकाल लिया और अपने हाथ की मोमबत्ती बुझाकर मायारानी से बोली, "देखिए मैंने मोमबत्ती बुझाकर अंधेरा कर दिया, अब इधर-उधर मत हटिए, कहीं ऐसा न हो कि स्याह पत्थर पर पैर पड़ जाए और आप भी तिलिस्मी खंजर अपने हाथ में ले लीजिए, ताज्जुब नहीं कि यह आनेवाला हम लोगों का दुश्मन और बीरेन्द्रसिंह का कोई ऐयार हो।"

माया–(तिलिस्मी खंजर के कब्जे पर हाथ रखके) यद्यपि तुमने मोमबत्ती बुझा दी है, मगर उस आनेवाले की नजर पहले ही इस रोशनी पर पड़ चुकी होगी। (गौर से देखकर) मगर मुझे तो मालूम होता है कि यह हमारे दारोगा साहब हैं, जिन्हें हम लोग बाबाजी भी कहते हैं।

नागर–शक तो मुझे भी होता है। (रुककर), हां, अब वे कई कदम आगे बढ़ आए हैं, इससे उनकी दाढ़ी और जटा साफ दिखाई दे रही है। ठीक है, निःसन्देह यह दारोगा साहब ही हैं! न मालूम राजा बीरेन्द्रसिंह की कैद से ये क्योंकर निकल आए! इनका छूट आना हम लोगों के लिए बहुत अच्छा हुआ!

माया–बेशक, इनके छूटकर चले आने से मुझे खुशी होती, अगर वे इस समय यहां न आते, क्योंकि गोपालसिंह के बारे में मैंने लोगों को जो कुछ धोखा दिया है, इसकी खबर इन्हें भी नहीं है, इसलिए ताज्जुब नहीं कि गोपालसिंह को यहां देखकर दारोगा साहब जोश में आ जाएं और मुझसे थुक्काफजीहत करने के लिए तैयार हो जाएं, क्योंकि इनके दिल में राजा की बहुत मुहब्बत थी। ओह, इस समय इनका यहां आना बहुत ही बुरा हुआ। खैर, तू होशियार रहियो। इस तिलिस्मी खंजर का गुण इन्हें मालूम न होने पाए और न गोपालसिंह के बारे में कुछ–

नागर–बहुत अच्छा, मैं कुछ भी न बोलूंगी। लीजिए, अब वे बहुत पास आ गए। बेशक, दारोगा साहब ही हैं, अब अगर हम भी मोमबत्ती जला लें तो कोई हर्ज नहीं।

माया–कोई हर्ज नहीं।

ऊपर लिखी बातें मायारानी और नागर में बहुत चुपके और जल्दी के साथ हुईं। नागर ने मोमबत्ती जलाई और इसके बाद दोनों औरतें आगे अर्थात् दारोगा की तरफ बढ़ीं। दारोगा ने भी इन दोनों को पहचाना और जब वह मायारानी के पास पहुंचा तो हंसकर बोला, "ईश्वर को धन्यवाद देना चाहिए कि मैं राजा बीरेन्द्रसिंह के कब्जे से निकलकर चला आया और तुमको राजी-खुशी अपने सामने देख रहा हूं।"

माया–(बनावटी हंसी के साथ) आपके छूट आने की मुझे हद से ज्यादे खुशी हुई। इधर थोड़े दिनों से मैं तरह-तरह की मुसीबतों में पड़ी रही हूं, जिसकी कुछ भी आशा न थी और यह सब आपके न रहने से ही हुआ।

दारोगा–हां, मुझे भी बहुत-सी बातों का पता लगा है। इस समय जब मैं अपने बंगले में पहुंचा तो वहां लीला और कई लौडियों को पाया। बहुत-सा हाल तो वहां लीला की जुबानी मालूम हुआ और यह भी उससे सुना कि टीले पर दो आदमियों को आते देखकर मायारानी और नागर भी उसी तरफ गई हैं। यही सुनकर मैं भी इस सुरंग में आया हूं, नहीं तो मुझे यहां आने की कोई जरूरत न थी।

माया–जी हां, मैं बीरेन्द्रसिंह के ऐयार भूतनाथ और देवीसिंह के पीछे-पीछे यहां आई। इस सुरंग का भेद मुझे कुछ भी मालूम न था और आपने भी इस विषय में आज तक कुछ नहीं कहा था, भूतनाथ ने सुरंग का दरवाजा खोला और उसके पीछे-पीछे छिपकर मैं यहां तक चली तो आई, मगर यहां से किसी तरह निकल नहीं सकती हूं क्योंकि भूतनाथ ने सुरंग के अन्दर आकर दरवाजा बन्द कर दिया था और अब मुझसे वह दरवाजा किसी तरह नहीं खुल रहा है। ईश्वर ने बड़ी कृपा की जो

इस समय आपको यहां भेज दिया, चलिए पीछे हटिए, पहले मुझे दरवाजा खोलने की तरकीब बता दीजिए तो और कुछ बातचीत होगी।

दारोगा–(हंसकर) अब तो मैं आ ही चुका हूं, तुम क्यों घबड़ाती हो? पहले यह तो बताओ कि वे दोनों ऐयार कहां हैं, जिनके पीछे-पीछे तुम यहां आई थीं?

इस समय मायारानी की विचित्र अवस्था थी। वह मुंह से बातें तो कर रही थी मगर दिल में यही सोच रही थी कि किसी तरह राजा गोपालसिंह का भेद छिपाना चाहिए, जिसमें बाबाजी (दारोगा) को यह न मालूम हो कि मैंने वर्षों से गोपालसिंह को कैद कर रखा था, मगर इसके बचाव की कोई सूरत ध्यान में नहीं आती थी। वह अपने उछलते हुए कलेजे को दबाने की कोशिश कर रही थी, मगर वह किसी तरह दम नहीं लेता था। उसके चेहरे पर भी खौफ और तरद्दुद की निशानी पाई जाती थी, जो उस समय और भी ज्यादे हो गई, जब बाबाजी ने यह कहा–"वे दोनों ऐयार कहां हैं जिनके पीछे-पीछे तुम यहां आई थीं?" आखिर लाचार होकर मायारानी ने बातें बनाकर अपना काम निकालना चाहा और अपने को अच्छी तरह संभालकर बातचीत करने लगी।

माया–(पीछे की तरफ इशारा करके) वे दोनों ऐयार उधर पड़े हुए हैं। मैंने अपनी हिकमत से उन्हें बेहोश करके छोड़ दिया है। केवल वे दोनों ही नहीं, बल्कि कमलिनी और लाडिली भी मय एक ऐयार के मेरे फन्दे में आ पड़ी हैं, जिनसे यकायक इसी सुरंग में मुलाकात हो गई थी।

बाबा–(चौंककर) कमलिनी और लाडिली!

माया–जी हां, शायद आपने अभी तक सुना नहीं कि लाडिली भी कमलिनी से मिल गई।

बाबा–ओफ! यह खबर मुझे क्योंकर मिल सकती थी, क्योंकि मैं ऐसे तहखाने में कैद था, जहां हवा का भी जाना मुश्किल से हो सकता था। खैर, चलो, मैं जरा उन ऐयारों की सूरत तो देखूं।

अब बाबाजी उस तरफ बढ़े जहां राजा गोपालसिंह, कमलिनी, लाडिली और दोनों ऐयार बेहोश पड़े थे। बाबाजी के पीछे-पीछे मायारानी और नागर भी स्याह पत्थरों को बचाती हुई उसी तरफ बढ़ीं। वहां की जमीन में बनिस्बत सुफेद पत्थरों के स्याह पत्थर की पटरियां (सिल्ली) बहुत कम चौड़ी थीं। यद्यपि बाबाजी से मायारानी डरती-दबती और साथ ही इसके उनकी इज्जत और कदर भी करती थी, परन्तु इस समय उसकी अवस्था में फर्क पड़ गया था। वह धड़कते हुए कलेजे के साथ चुपचाप बाबाजी के पीछे जा रही थी, मगर अपना दाहिना हाथ तिलिस्मी खंजर के कब्जे पर, जो अब उसकी कमर में था, इस तरह रखे हुए थी, जैसे उसे म्यान से निकालकर काम में लाने के लिए तैयार है। शायद इसका सबब यह हो कि वह बाबाजी पर वार करने का इरादा रखती थी, क्योंकि उसे निश्चय था कि राजा गोपालसिंह को देखते

ही बाबाजी बिगड़ खड़े होंगे और एक गुप्त भेद का, जिसकी उन्हें खबर तक न थी, पता लग जाने के कारण उसकी लानत और मलामत करेंगे। साथ ही इसके बाबाजी की चाल भी बेफिक्री की न थी, वह भी कनखियों से आगे-पीछे अगल-बगल देखते जाते थे और हर तरह से चौकन्ने मालूम पड़ते थे।

जब बाबाजी उन लोगों के पास आ पहुंचे, तो मोमबत्ती की रोशनी में एक-एक को अच्छी तरह देखने लगे। जब उनकी निगाह राजा गोपालसिंह पर पडी तो वे चौंके और मायारानी की तरफ देखकर बोले, "हैं, यह क्या मामला है! मैं अपनी आंखों के सामने किसे बेहोश पड़ा देख रहा हूं!"

माया–(लड़खड़ाई आवाज से) इसी के बारे में मैंने कहा था कि एक ऐयार भी आ फंसा है।

बाबा–ओफ, ये तो राजा गोपालसिंह हैं, जिन्हें मरे कई वर्ष हो गए, नहीं-नहीं, मरा हुआ आदमी कभी लौटकर नहीं आता! (कुछ रुककर) यद्यपि दुःख या रंज के सबब से इनकी सूरत में फर्क पड़ गया है, परन्तु मेरे पहचानने में फर्क नहीं है। बेशक, यह हमारे मालिक राजा गोपालसिंह ही हैं, जिनकी नेकियों ने लोगों को अपना ताबेदार बना लिया था; जिनकी बुद्धिमानी और मिलनसारी प्रसिद्ध थी, और जिसके सबब से इनकी ताबेदारी में रहना लोग अपनी इज्जत समझते थे। ओफ, तुमने इनके बारे में हम लोगों को धोखा दिया! यद्यपि तुम्हारे बुरे चाल-चलन को मैं खूब जानता था और जानबूझकर कई कारणों से तरह दिये जाता था, मगर मुझे यह खबर न थी कि उस चाल-चलन की हद यहां तक पहुंच चुकी है! (गोपालसिंह की नब्ज देखकर) शुक्र है कि मैं अपने मालिक को जीता पाता हूं।

माया–बाबाजी, आप जल्दी न कीजिए और बिना समझे-बूझे अपनी बातों से मुझे दुःख न दीजिए। जो मैं कहती हूं, उसे मानिए और विश्वास कीजिए कि यह बीरेन्द्रसिंह का ऐयार है और राजा की सूरत बनकर कई दिनों से रिआया को भड़का रहा है। इसकी खबर मुझको बहुत पहले लग चुकी थी और मैंने मुनादी भी करा दी थी कि एक ऐयार राजा की सूरत बनकर लोगों को भड़काने के लिए आया है, जो कोई उसका सिर काटकर मेरे पास लावेगा, उसे एक लाख रुपया इनाम दूंगी। आज इत्तिफाक ही से यह कमबख्त मेरे हाथ आ फंसा है।

बाबा–(कुछ सोचकर) शायद ऐसा ही हो, मगर तुमने तो कहा था कि मैं भूतनाथ और देवीसिंह के पीछे-पीछे इस सुरंग में आई हूं, फिर ये लोग तुम्हें कैसे मिले? क्या ये लोग पहले ही से सुरंग में मौजूद थे?

माया–हां, जब मैं सुरंग में आ चुकी और भूतनाथ तथा देवीसिंह को बेहोश कर चुकी, उसके बाद शायद ये लोग (हाथ का इशारा करके) इस तरफ से यहां आ पहुंचे। उस समय बेहोशीवाले बारूद से निकला धुआं यहां भरा हुआ था, जिसके सबब से ये लोग भी बेहोश होकर लेट गए।

बाबा–बेहोशीवाले बारूद से निकला हुआ धुआं! क्या तुमने इन लोगों को किसी नई रीति से बेहोश किया है?

माया–जब मैं दुःखी होकर अपने घर से भागी तो (तिलिस्मी तमंचा और गोली दिखाकर) यह तिलिस्मी तमंचा और गोली निकालकर लेती आई थी, इसी के जरिए से चलाई हुई तिलिस्मी गोली ने अपना काम किया। आप तो इसका हाल जानते ही हैं।

बाबा–ठीक है, (राजा गोपालसिंह की तरफ देखकर) मगर मैं कैसे कहूं कि यह बीरेन्द्रसिंह का ऐयार है! अच्छा, देखो मैं अभी इसका पता लगाए लेता हूं।

बाबाजी ने अपने झोले में से एक शीशी निकाली, जिसमें किसी तरह का अर्क था। उस अर्क से अपनी उंगली तर करके राजा गोपालसिंह के गाल में जहां एक तिल का दाग था, लगाई और कुछ ठहरकर कपड़े से पोंछ डाला तथा फिर गौर करने के बाद बोले–

बाबा–नहीं-नहीं, यह बीरेन्द्रसिंह के ऐयार नहीं हैं, इन्होंने अपने चेहरे को रंगा नहीं है और न नकली तिल का दाग ही बनाया है! अगर ऐसा होता तो इस दवा के लगाने से छूट जाता। ये बेशक, राजा गोपालसिंह हैं और तुमने इनके बारे में निःसंदेह हम लोगों को धोखा दिया।

माया–ऐसा न समझिए, बीरेन्द्रसिंह के ऐयार लोग अपने चेहरे पर कच्चा रंग नहीं लगाते। अभी हाल ही में तेजसिंह ने मेरे ऐयार बिहारीसिंह को धोखा दिया, उसने उसका चेहरा ऐसा रंग दिया था कि हजार उद्योग करने पर भी बिहारीसिंह उसे साफ न कर सका। इसका खुलासा हाल आप सुनेंगे तो ताज्जुब करेंगे। बीरेन्द्रसिंह के ऐयार लोग बड़े धूर्त और चालाक हैं।

बाबा–मगर नहीं, मेरी दवा बेकार जानेवाली नहीं है। हां, एक बात हो सकती है।

माया–वह क्या?

बाबा–शायद तुमने राजा गोपालसिंह के बारे में हम लोगों को धोखा न दिया हो और खुद ये ही हम लोगों को धोखा देकर कहीं चले गए हों।

माया–नहीं, यह भी नहीं हो सकता।

बाबा–बेशक, नहीं हो सकता। अच्छा, मैं इन्हें होश में लाता हूं, जो कुछ है, इनकी बातचीत से आप ही मालूम हो जाएगा।

माया–नहीं-नहीं, ऐसा न कीजिए, पहले इन सभों को इसी तरह बेहोश ले जाकर अपने बंगले में कैद कीजिए, फिर जो होगा, देखा जाएगा।

बाबा–मैं यह बात नहीं मान सकता!

माया–(जोर देकर) जो मैं कहती हूं, वही करना होगा!

बाबा–कदापि नहीं, मुझे इस विषय में बहुत-कुछ शक है और राजा साहब के साथ-ही-साथ मैं कमलिनी और लाडिली को भी होश में लाऊंगा।

इतना सुनते ही मायारानी की हालत बदल गई, क्रोध के मारे उसके होंठ कांपने लगे, उसकी आंखें लाल हो गईं और वह तिलिस्मी खंजर म्यान से निकालकर

क्रोध-भरी आवाज में बाबाजी से बोली, "क्या तुम्हें किसी तरह की शेखी हो गई है? क्या तुम मेरा हुक्म काट सकते हो? क्या तुम अपने को मुझसे बढ़कर समझते हो? क्या तुम नहीं जानते कि मैं तिलिस्म की रानी हूं, जो चाहूं सो कर सकती हूं और तुम मेरा कुछ भी नहीं बिगाड़ सकते? लो, मैं साफ-साफ कहे देती हूं कि बेशक यह गोपालसिंह हैं। धनपत के साथ सुख भोगने और इनको सताकर तिलिस्म का भेद जानने के लिए मैंने इन्हें कैद कर रखा था, मगर कमबख्त कमलिनी ने इन्हें कैद से छुड़ा दिया। अब मैं तुम्हारे सामने इन सभों का सिर काटकर अपना गुस्सा मिटाऊंगी और तुम मेरा कुछ भी नहीं कर सकते, अगर ज्यादे सिर उठाओगे तो (खंजर दिखाकर) इसी खंजर से पहले तुम्हारा काम तमाम करूंगी!"

बाबा–(हंसकर) बस-बस, बहुत उछल-कूद न करो। यद्यपि मैं बुड्ढा हूं, तथापि तुम दो औरतों से किसी तरह हार नहीं सकता। मैं वही करूंगा, जो मेरे जी में आवेगा। यदि तुम इस तिलिस्म की रानी हो तो मैं भी तिलिस्म का दारोगा हूं, मेरे पास भी बहुत-सी अनूठी चीजें हैं, इसके अतिरिक्त तुम मुझसे बिगाड़ करके कुछ फायदा भी नहीं उठा सकतीं और अब तो तुमने साफ कबूल ही दिया कि....

माया–(बात काटकर) हां-हां, कबूल दिया और फिर भी कहती हूं कि तुम्हारे बिना मेरा कुछ हर्ज नहीं हो सकता। तुम्हें अपने दारोगापन की शेखी है तो देखो, मैं अपनी ताकत तुमको दिखाती हूं।

इतना कहकर मायारानी ने तिलिस्मी खंजर का कब्जा दबाया। उसमें से बिजली की तरह चमक पैदा हुई और जब कब्जा ढीला किया तो चमक बन्द हो गई, मगर बाबाजी पर इसका कुछ असर न हुआ जिससे मायारानी को बड़ा ताज्जुब हुआ। आखिर उसने बेहोश करने की नीयत से तिलिस्मी खंजर बाबाजी के बदन से लगाया मगर इससे भी कुछ नतीजा न निकला, बाबाजी ज्यों-के-त्यों खड़े रह गए। अब तो मायारानी के ताज्जुब का कोई ठिकाना न रहा और वह घबड़ाकर बाबाजी का मुंह देखने लगी। अगर तिलिस्मी खंजर में से चमक न पैदा होती तो उसे शक होता कि यह तिलिस्मी खंजर शायद वह नहीं है जिसकी तारीफ भूतनाथ ने की थी, मगर अब वह इस खंजर पर किसी तरह का शक भी नहीं कर सकती थी।

बाबा–(हंसकर) कहो मेरा घमण्ड वाजिब है या नहीं?

माया–(तिलिस्मी खंजर की तरफ देखकर) शायद इसमें कुछ...

बाबा–(बात काटकर) नहीं-नहीं, इस खंजर के गुण में किसी तरह का फर्क नहीं पड़ा। मैं इस खंजर को खूब जानता हूं। यद्यपि तुम्हारे लिए यह एक नई चीज है परन्तु मैं अपने (राजा गोपालसिंह की तरफ इशारा करके) इस मालिक की बदौलत इसी प्रकार और गुण के कई खंजर, कटार, तलवार और नेजे देख चुका हूं और उनसे काम भी ले चुका हूं, मगर जब मैं तिलिस्मी कामों में सिद्ध के बराबर हो गया तब मेरे दिल से ऐसी तुच्छ चीजों की कदर और इज्जत जाती रही। तुम देखती हो कि इस

खंजर का मुझ पर कुछ भी असर नहीं होता। असल तो यह है कि तुम मेरी ताकत को नहीं जानती हो, तुम्हें नहीं मालूम है कि खाली हाथ रहने पर भी मैं क्या-क्या कर सकता हूं! बस मैं अपनी ताकत का हाल खोलना उचित नहीं समझता, परन्तु अफसोस, तुम मुझी को मारने के लिए तैयार हो गईं! खैर, कोई चिन्ता नहीं, आज तक मैं तुम्हारी इज्जत करता रहा, और तुमने जो कुछ भला-बुरा किया, उसे देखकर भी तरह देता गया, मगर अब देखता हूं तो तुम...

माया—(बात काटकर) सुनिए-सुनिए, आप जो कुछ कहेंगे, मैं समझ गई। मेरी यह नीयत न थी और न है कि आपकी जान लूं क्योंकि केवल आप ही के भरोसे पर मैं कूद रही हूं, और आप ही की मदद से बड़े-बड़े बहादुरों को मैं कुछ नहीं समझती। यह तो साफ जाहिर है कि थोड़े ही दिन आप मुझसे अलग रहे और इसी बीच में मेरी सब दुर्दशा हो गई। मैं आपको पिता के समान मानती हूं इसलिए आशा है कि (हाथ जोड़कर) इस समय जो कुछ मुझसे भूल हो गई, उसे आप बाल-बच्चों की भूल के समान मानकर क्षमा करेंगे, मगर इस कसूर से मेरा असल मतलब सिर्फ इतना ही था कि किसी तरह राजा गोपालसिंह के मारने पर आपको राजी करूं।

बाबाजी पर तिलिस्मी खंजर का कुछ भी असर न होते देख मायारानी का कलेजा धड़कने लगा, वह बहुत डरी और उसे विश्वास हो गया कि तिलिस्मी कारखाने में जितना बाबाजी को दखल और जानकारी है, उसका सोलहवां हिस्सा भी उसको नहीं है और उसी के साथ तिलिस्मी चीजों से बाबाजी ने बहुत-कुछ फायदा भी उठाया है। यह भी उसी फायदे का असर है कि राजा बीरेन्द्रसिंह की कैद से सहज ही में छूट आए और ऐसे अद्भुत तिलिस्मी खंजर को तुच्छ समझते हैं तथा इसका असर इन पर कुछ भी नहीं हेाता। अब वह इस बात को सोचने लगी कि ऐसे बाबाजी से बिगाड़ करना उचित नहीं, बल्कि जिस तरह हो सके उन्हें राजी करना चाहिए, फिर मौका मिलने पर जैसा होगा, देखा जाएगा।

ऐसी-ऐसी बहुत-सी बातें मायारानी तेजी के साथ सोच गई और उसी सबब से वह अधीनता के साथ बाबाजी से बातें करने लगी। जब अपनी बात खत्म करके चुप हो गई तो बाबाजी ने मुस्कुरा दिया और कुछ सोचकर कहा, "खैर, मैं तुम्हारे इस कसूर को माफ करता हूं मगर यह नहीं चाहता कि राजा गोपालसिंह को किसी तरह की तकलीफ हो, जिन्हें मुद्दत के बाद आज मैं इस अवस्था में देख रहा हूं।"

माया—तब आपने माफ ही क्या किया? यद्यपि आपको इस बात का रंज है कि मैंने गोपालसिंह के साथ दगा किया और यह भेद आपसे छिपा रक्खा मगर आप भी तो जरा पुरानी बातों को याद कीजिए! खास करके उस अंधेरी रात की बात, जिसमें मेरी शादी और पुतले की बदलौवल हुई थी! वह सब कर्म तो आप ही का है! आप ही ने मुझे यहां पहुंचाया। अब अगर मेरी दुर्दशा होगी तो क्या आप बच जाएंगे? फिर मान लिया जाए कि आप गोपालसिंह को बचा भी लें तो क्या 'लक्ष्मीदेवी' का बचके

निकल जाना, आपके लिए दुःखदायी न होगा? और जब इस बात की खबर गोपालसिंह को होगी तो क्या वे आपको छोड़ देंगे? बेशक, जो कुछ आज तक मैंने किया है, सब आप ही का कसूर समझा जाएगा। मैंने इस बात का पता न लग जाए कि दारोगा की करतूत ने लक्ष्मीदेवी की जगह...

इतना कहकर मायारानी चुप हो गई और बड़े गौर से बाबाजी की सूरत देखने लगी, मानो इस बात का पता लगाना चाहती है कि बाबाजी के दिल पर उसकी बातों का क्या असर हुआ। दारोगा साहब भी मायारानी की बातें सुनकर तरद्दुद में पड़ गए और न मालूम क्या सोचने लगे। थोड़ी देर बाद दारोगा ने सिर उठाया और मायारानी की तरफ देखकर कहा, "अच्छा, अब विशेष बातों की कोई जरूरत नहीं है, मैं वादा करता हूं कि गोपालसिंह के बारे में तुम पर किसी तरह का दबाव न डालूंगा और इससे ज्यादे कुछ न कहूंगा कि इनके मारने का विचार न करके थोड़े दिनों तक इन्हें कैद ही में रखना आवश्यक है, बल्कि कमलिनी, लाडिली, भूतनाथ और देवीसिंह को भी कैद ही में रखना चाहिए। हां, जब मैं उन आफतों को दूर कर लूं, जिनके कारण तुम्हें अपना राज्य छोड़ना पड़ा और तुम्हें फिर उसी दर्जे पर पहुंचा दूं तब जो तुम्हारे जी में आवे करना। बस-बस, इसमें दखल मत दो और जो मैंने कहा है उसे करो, नहीं तो तुम्हें पूरा-पूरा सुख कदापि न मिलेगा!"

माया–खैर, ऐसा ही सही, मगर यह तो कहिए कि इन लोगों को कैद कहां कीजिएगा?

बाबा–इसके लिए मेरा बंगला बहुत मुनासिब है।

मायारानी–और मेरे रहने के लिए कौन-सा ठिकाना सोच रक्खा है?

बाबा–वाह, क्या तुम समझती हो कि तुम्हें बहुत दिनों तक अपने राज्य से अलग रहना पड़ेगा? नहीं, दो ही तीन दिन में मैं उन सभी का मुंह काला करूंगा जो तुम्हारे नौकर होकर तुमसे खिलाफ हो रहे हैं और तुम्हें फिर उसी दर्जे पर बिठाऊंगा जिस पर मेरे सामने तुम थीं, हां, एक चीज के बिना हर्ज जरूर होगा।

माया–वह क्या? शायद आपका मतलब अजायबघर की ताली से है।

बाबा–हां, मेरा मतलब अजायबघर की ताली से ही है, क्या तुम उसे अपने महल ही में छोड़ आई हो?

माया–जी नहीं, यह मेरे पास है, जब मैं लाचार होकर अपने घर से भागी तो एक यही चीज थी जिसे मैं अपने साथ ला सकी।

बाबा–वाह-वाह, यह बड़ी खुशी की बात तुमने कही। अच्छा वह ताली मेरे हवाले करो तो और कुछ बातें होंगी।

माया–(अजायबघर की ताली बाबाजी को देकर) लीजिए तैयार है, अब जहां तक जल्द हो सके, यहां से निकल चलना चाहिए।

बाबा–हां, हां, मैं भी यही चाहता हूं, भला यह तो कहो कि यह तिलिस्मी खंजर तुमने कहां से पाया?

माया–यह तिलिस्मी खंजर कमलिनी ने भूतनाथ और गोपालसिंह को दिया था जो इस समय इन सभों के बेहोश हो जाने पर मुझे मिला। एक तो मैंने ले लिया और दूसरा नागर को दे दिया है। मैंने सुना है कि इसी तरह के और भी कई खंजर कमलिनी ने अपने साथियों को बांटे हैं, मगर मालूम नहीं इस समय वे कहां हैं।

बाबा–ठीक है, खैर यह काम तुमने बहुत ही अच्छा किया कि अजायबघर की ताली अपने साथ लेती आईं, नहीं तो बड़ा हर्ज होता।

माया–जी हां।

मायारानी अजायबघर की ताली के बारे में भी दारोगा से झूठ बोली। यद्यपि उसने यह ताली भूतनाथ को दे दी और इस समय गोपालसिंह के पास से पाई थी, परन्तु भूतनाथ का नाम लेना उसने उचित न जाना क्योंकि उसने यह ताली भूतनाथ को राजा गोपालसिंह की जान लेने के बदले में दी थी और यह बात बाबाजी से कहना उसे मंजूर न था, इसी से वह इस समय बहाना कर गई।

मायारानी और नागर को साथ लिये हुए बाबाजी वहां से रवाना हुए और उस खम्भे के पास पहुंचे, जिस पर गड़ारीदार पहिया लगा हुआ था। अब मायारानी बड़ी उत्कण्ठा से देखने लगी कि बाबाजी किस तरह से दरवाजा खोलते हैं और इसलिए जब बाबाजी ने गड़ारीदार पहिये को घुमाकर सुरंग का दरवाजा खोला तो मायारानी को बड़ा आश्चर्य हुआ क्योंकि इसी पहिये को वह कई दफे उलट-फेरकर घुमा चुकी थी मगर दरवाजा नहीं खुला था। मायारानी ने बड़े आग्रह से इसका सबब बाबाजी से पूछा और कहा कि ''इसी पहिये को मैं पहले कई दफे घुमा चुकी थी मगर दरवाजा न खुला, इस समय क्योंकर खुल गया?'' इसके जवाब में बाबाजी हंसकर बोले, ''इसका सबब किसी दूसरे वक्त तुमसे कहूंगा, क्योंकि समझाने में बहुत देर लगेगी और पहले उन कामों को बहुत जल्द कर लेना चाहिए जिनका करना आवश्यक है!''

यह जवाब सुनकर मायारानी चुप हो गई और यह सोच लिया कि खैर, किसी दूसरे समय इसका पता लग जाएगा, क्योंकि इस समय वह बाबाजी से बहुत ही दबी हुई थी और किसी बात में जिद करना उचित नहीं समझती थी। उधर बाबाजी ने दरवाजा खोलने का भेद जान-बूझकर मायारानी से छिपा रखा था, क्योंकि उसका भेद खोलना उन्हें मंजूर न था। यद्यपि मायारानी को उसका भेद मालूम न हुआ, मगर हम अपने पाठकों को दरवाजा खोलने का भेद बताए देते हैं। लोहे के खम्भे पर जो गड़ारीदार पहिया था, उसके घूमने से दरवाजा बन्द हो जाता था, परन्तु खोलने के समय उसे एक बंधे हुए अन्दाज से घुमाना पड़ता था। उस पहिये को इक्कीस दफे बाईं तरफ, इसके बाद बारह दफे दाहिनी तरफ और नौ दफे बाईं तरफ घुमाने से दरवाजा खुलता था। अगर इससे कुछ भी कम या ज्यादे पहिया घूम जाए तो दरवाजा नहीं खुलता था। दरवाजा खोलते समय बाबाजी ने बड़ी तेजी के साथ गिनकर पहिया

घुमाया किन्तु मायारानी का उसकी गिनती की तरफ कुछ भी ध्यान न था, इसीलिए वह इस बात को समझ न सकी।

मायारानी और नागर को साथ लिये हुए जब बाबाजी सुरंग से बाहर निकले तो सबेरा हो चुका था, मगर सूर्य अभी नहीं निकला था। टीले पर से देखा तो चारों तरफ मैदान में सन्नाटा था, इसलिए राय हुई कि इसी समय गोपालसिंह, भूतनाथ, देवीसिंह, कमलिनी और लाडिली को निकालकर बंगले में पहुंचा देना चाहिए। नागर दौड़ी हुई चली गई और लीला तथा लौंडियों को बुला लाई और इसके बाद सभों ने मिलकर पांचों कैदियों को सुरंग से निकालकर दारोगावाले बंगले में पहुंचाया।

अब यह विचार होने लगा कि पांचों कैदियों को किस जगह कैद करना चाहिए, बाबाजी की राय हुई कि पांचों कैदियों को अजायबघर की ड्योढ़ी[1] में बन्द करना चाहिए, मगर मायारानी ने कुछ सोच-विचारकर कहा कि इन सब लोगों को मेगजीन के बगलवाले तहखाने में कैद करना चाहिए। मायारानी की बात सुनकर बाबाजी के होंठ फड़कने लगे और माथे पर दो-एक बल पड़ गए, जिससे मालूम होता था कि उनको क्रोध चढ़ आया है मगर उन्होंने बहाने के साथ दूसरी तरफ देखकर बहुत जल्द अपने को सम्हाला जिसमें सूरत देखकर मायारानी को उनके दिल का हाल कुछ मालूम न हो। बाबाजी को चुप देखकर मायारानी ने फिर टोका और कहा कि कैदियों को मेगजीन के बगलवाले तहखाने में बन्द करना उचित होगा, जिस पर बाबाजी ने हंसकर जवाब दिया, "बहुत अच्छा, जो तुम कहती हो वही होगा।"

हम ऊपर लिख आए हैं कि इस मकान के चारों कोनों में चार कोठरियां और चारों तरफ चार दालान हैं। बंगले में जाने के लिए जो सदर दरवाजा है, उसके बाएं तरफ वाली कोठरी के नीचे दो तहखाने हैं। एक तो मेगजीन के नाम से पुकारा जाता है और उसमें बारूद तथा छोटी-छोटी कई तोपें रखी हुई हैं, और उसी के साथ सटा हुआ जो दूसरा तहखाना है, उसमें बाबाजी का खजाना रहता है। उसी खजानेवाले तहखाने में कैदियों को कैद करने की राय मायारानी ने दे दी थी और बाबाजी ने भी यह बात मंजूर कर ली।

बाबाजी उस कोठरी के अन्दर गए। वहां दोनों तरफ की दीवारों में लोहे के दो दरवाजे थे जिन्हें दोनों तहखानों का दरवाजा कहना चाहिए। दाहिनी तरफ के दरवाजे को किसी गुप्त रीति से बाबाजी ने खोला और नागर, लीला तथा लौंडियों की मदद से पांचों कैदियों को उनके ऐयारी के बटुए सहित तहखाने में पहुंचाकर बाहर निकल आए और दरवाजा बन्द कर दिया। बाहर निकलते समय तहखाने से तांबे का एक घड़ा भी लेते आए और मायारानी की तरफ देखकर बोले, "अब कैदियों के लिए कुछ खाने-पीने का सामान भी कर देना चाहिए, इसी घड़े में भरकर जल और थोड़े से

1. अजायबघर की ड्योढ़ी से उसी कोठरी से मुराद है, जिसमें धनपत और मायारानी को भूतनाथ उस समय ले गया था, जब राजा गोपालसिंह को मारने का वादा किया था। उसी कोठरी में राजा गोपालसिंह की नकली लाश दिखाई गई थी। देखिए चन्द्रकान्ता सन्तति, आठवां भाग, ग्यारहवां बयान।

जंगली फल वहां रखवा देता हूं, जो तीन दिन के लिए काफी होगा, फिर देखा जाएगा। (लौंडियों की तरफ देखकर), जाओ तुम लोग थोड़े से फल बहुत जल्द तोड़ लाओ।" आज्ञानुसार लौंडियां चारों तरफ चली गईं और बात-की-बात में बहुत-से फल तोड़कर ले आईं। एक कपड़े में बांधकर वही फल और जल से भरा हुआ घड़ा हाथ में लिये हुए बाबाजी फिर उसी तहखाने में उतरे मगर अबकी दफे किसी को साथ न ले गए, बल्कि अन्दर जाती दफे दरवाजा भीतर से बन्द कर लिया और आधी घड़ी से ज्यादे देर के बाद तहखाने से बाहर निकले। मायारानी ने ताज्जुब में आकर पूछा कि "आपको तहखाने में इतनी देर क्यों लगी?" इसके जवाब में बाबाजी ने कहा—"कैदियों के बटुओं की तलाशी ले रहा था, मगर कोई चीज मेरे मतलब की न निकली।"

इस समय मायारानी का चेहरा फतहमन्दी की खुशी से दमक रहा था। उसे केवल इसी बात की खुशी न थी कि राजा गोपालसिंह और अपनी दोनों बहिनों तथा ऐयारों को कैद कर लिया था बल्कि उसकी खुशी का सबब कुछ और भी था। थोड़ी ही देर पहले उसे इस बात का रंज था कि कमबख्त दारोगा ने यकायक पहुंचकर हमारे काम में विघ्न डाल दिया नहीं तो गोपालसिंह तथा कमलिनी और लाडिली को मारकर मैं हमेशा के लिए निश्चिन्त हो जाती, मगर अब उसे इन बातों का रंज नहीं है और यह उसकी मुस्कुराहट से साफ जाहिर हो रहा है।

बारहवां बयान

शाम होने में कुछ भी विलम्ब नहीं है। सूर्य भगवान अस्त हो गए, केवल उनकी लालिमा आसमान में पश्चिम तरफ दिखाई दे रही है। दारोगावाले बंगले में रहनेवालों के लिए यह अच्छा समय है, परन्तु आज उस बंगले में जितने आदमी दिखाई दे रहे हैं वे सब इस योग्य नहीं हैं कि बेफिक्री के साथ इधर-उधर घूमें और इस अनूठे समय का आनन्द लें। यद्यपि राजा गोपालसिंह, कमलिनी और लाडिली की तरफ से मायारानी निश्चिन्त हो गई, बल्कि उनके साथ-ही-साथ दो ऐयारों को भी उसने गिरफ्तार कर लिया है, मगर अभी तक उसका जी ठिकाने नहीं हुआ। वह नहर के किनारे बैठी हुई बाबाजी से बातें कर रही है और इस फिक्र में है कि कोई ऐसी तरकीब निकल आवे कि जमानिया की गद्दी पर बैठकर उसी शान के साथ हुकूमत करे, जैसा कि आज के कुछ दिन पहले कर रही थी। उसके पास केवल नागर बैठी हुई दोनों की बातें सुन रही है।

माया—जिस दिन से आपको बीरेन्द्रसिंह ने गिरफ्तार कर लिया, उसी दिन से मेरी किस्मत ने ऐसा पलटा खाया कि जिसका कोई हद्दहिसाब नहीं, मानो मेरे लिए जमाना ही और हो गया। एक दिन भी सुख के साथ सोना नसीब न हुआ। मुझ पर जो-जो मुसीबतें आईं और तिलिस्मी बाग के अन्दर, जो-जो अनहोनी बातें हुईं, उनका खुलासा हाल आज मैं आपसे कह चुकी हूं। इस समय यद्यपि राजा गोपालसिंह, कमलिनी और

लाडिली की तरफ से निश्चिन्त हूं मगर फिर भी अपनी अमलदारी में या तिलिस्मी बाग के अन्दर जाकर रहने का हौसला नहीं पड़ता, क्योंकि तिलिस्मी बाग के अन्दर दोनों नकाबपोशों के आने और धनपत का भेद खुल जाने से हमारे सिपाहियों की हालत बिलकुल ही बदल गई है और मुझे उनके हाथों से दुःख भोगने के सिवाय और किसी तरह की उम्मीद नहीं है। यह भी सुनने में आया है कि दीवान साहब मुझे गिरफ्तार करने की फिक्र में पड़े हुए हैं।

बाबा–दीवान जो कुछ कर रहा है उससे मालूम होता है कि या तो उसे राजा गोपालसिंह का असल-असल हाल मालूम हो गया है और वह उन्हें फिर जमानिया की गद्दी पर बैठाना चाहता है, या वह स्वयं राजा साहब के बारे में धोखा खा रहा है और चाहता है कि तुम्हें गिरफ्तार कर राजा बीरेन्द्रसिंह के हवाले करे और उनकी मेहरबानी के भरोसे पर स्वयं जमानिया का राजा बन बैठे। तुम कह चुको हो कि राजा बीरेन्द्रसिंह की बीस हजार फौज मुकाबले में आ चुकी है जिसका अफसर नाहरसिंह है। अब सोचना चाहिए कि नाहरसिंह के मुकाबले में आ जाने पर भी चुपचाप बैठे रहना बेसबब नहीं है और...

माया–शायद इसका सबब यह हो कि दीवान ने मुझे गिरफ्तार करके बीरेन्द्रसिंह के हवाले कर देने की शर्त पर उनसे सुलह कर ली हो?

बाबा–ताज्जुब नहीं कि ऐसा ही हो, मगर घबराओ नहीं, मैं दीवान के पास जाऊंगा और देखूंगा कि वह किस ढंग पर चलने का इरादा करता है। अगर बदमाशी करने पर उतारू है तो मैं उसे ठीक करूंगा। हां, यह तो बताओ कि दीवान को तुम्हारी तिलिस्मी बातों या तिलिस्मी कारखाने का भेद तो किसी ने नहीं दिया?

माया–जहां तक मैं समझती हूं, उसे तिलिस्मी कारखाने में कुछ दखल नहीं है, मगर इस बात को मैं जोर देकर नहीं कह सकती क्योंकि वे दोनों नकाबपोश हमारे तिलिस्मी बाग के भेदों से बखूबी वाफिक हैं जिनका हाल मैं आपसे कह चुकी हूं, बल्कि ऐसा कहना चाहिए कि बनिस्बत मेरे वे ज्यादे जानकार हैं क्योंकि अगर ऐसा न होता तो वे मेरी उन तरकीबों को रद्द न कर सकते, जो उनके फंसाने के लिए की गई थीं। ताज्जुब नहीं कि उन दोनों ने दीवान से मिलकर तिलिस्म का कुछ हाल भी उससे कहा हो।

बाबा–खैर, कोई हर्ज नहीं, देखा जाएगा। मैं कल जरूर वहां जाऊंगा और दीवान से मिलूंगा।

माया–नहीं, बल्कि आप आज ही जाइए और जहां तक जल्दी हो सके, कुछ बन्दोबस्त कीजिए, क्योंकि अगर दीवान के भेजे हुए सौ-पचास आदमी मुझे ढूंढते हुए यहां आ जाएंगे तो सख्त मुश्किल होगी। यद्यपि यह तिलिस्मी खंजर मुझे मिल गया है और तिलिस्मी गोली से भी मैं सैकड़ों की जान ले सकती हूं, मगर उस समय मेरे किए कुछ भी न होगा जब किसी ऐसे से मुकाबला हो जाएगा जिसके पास कमलिनी का दिया हुआ इसी प्रकार का खंजर मौजूद होगा।

बाबा–तथापि इस बंगले में आकर तुम्हें कोई सता नहीं सकता।

माया–ठीक है, मगर मैं कब तक इसके अन्दर छिपकर बैठी रहूंगी, आखिर भूख-प्यास भी तो कोई चीज है!

बाबा–मगर ऐसा होना बहुत मुश्किल है!

माया–तो हर्ज ही क्या है, अगर आप इसी समय दीवान के पास जाएं? मैं खूब जानती हूं कि वह आपकी सूरत देखते ही डर जाएगा।

बाबा–क्या तुम्हारी यही मर्जी है कि मैं इसी समय जाऊं?

माया–हां, जाइए और अवश्य जाइए।

बाबा–अच्छा यही सही, मैं जाता हूं।

बाबाजी उसी समय उठ खड़े हुए और जमानिया की तरफ रवाना हो गए। मायारानी तब तक बराबर देखती रही जब तक कि वे पेड़ों की आड़ में होकर नजरों से गायब न हो गए। इसके बाद हंसकर नागर की तरफ देखा और कहा–

"तुम समझती हो कि बाबाजी को मैंने जिद करके इसी समय यहां से क्यों धता बताया[1]?"

नागर–जाहिर में जो कुछ तुमने बाबाजी से कहा है और जिस काम के लिए उन्हें भेजा है, यदि उसके सिवाय और कोई मतलब है तो मैं कह सकती हूं कि मेरी समझ में कुछ न आया।

माया–(हंसकर) अच्छा तो अब मैं समझा देती हूं। बाबाजी के सामने मैंने अपने को जितना बताया, वास्तव में मेरे दिल में उतना दुःख और रंज नहीं है, क्योंकि जिसका डर था, जिसके निकल जाने से मैं परेशान थी, जिसका प्रकट होना मेरे लिए मौत का सबब था और जो मुझसे बदला लिए बिना माननेवाला न था, अर्थात् गोपालसिंह, वह मेरे कब्जे में आ चुका। अब अगर दुःख है तो इतना ही कि कमबख्त दारोगा ने उसे मारने न दिया, मगर मैं बिना उसकी जान लिये कब माननेवाली हूं, इसलिए मैंने किसी तरह बाबाजी को यहां से धता बताया।

नागर–तो क्या तुम्हारा मतलब यह था कि बाबाजी यहां से बिदा हो जाएं तो अपने कैदियों को मार डालो?

माया–बेशक, इसी मतलब से मैंने बाबाजी को यहां से निकाल बाहर किया क्योंकि अगर वह रहता तो कैदियों को मारने न देता और उसमें जो कुछ करामात है, सो तुम देख ही चुकी हो। अगर ऐसा न होता तो मैं सुरंग ही में उन सभी को मारकर निश्चिंत हो जाती।

नागर–मगर बाबाजी ने उस कोठरी की ताली तो तुम्हें दी नहीं, जिसमें कैदियों को रखा है?

---

1. अर्थात् विदा किया।

माया–ठीक है, बाबाजी इस बात में चालाकी कर गए। कैदखाने की कोठरी क्योंकर खुलती है सो मुझे नहीं बताया और न कोई ताली वहां की मुझे दी, मगर यह मैं पहले ही समझे हुई थी कि बाबाजी कैदियों को जरूर किसी ऐसी जगह रखेंगे, जहां मैं जा नहीं सकती, इसीलिए तो बाबाजी से मैंने कहा कि कैदियों को मेगजीन के बगल वाली कोठरी में कैद करो। बाबाजी मेरा मतलब नहीं समझ सके और धोखे में आ गए।

नागर–यह कहने से तो यही जाहिर होता है कि उस कोठरी में तुम जा सकती हो।

माया–नहीं, उस कोठरी में मैं नहीं जा सकती, मगर मेगजीन की कोठरी तक जा सकती हूं।

नागर–(जोर से हंसकर) अहा हा, अब मैं समझी! तुम्हारा मतलब यह कि मेगजीन में जहां बारूद रखा है वहां जाओ और उसमें आग लगाकर इस...

माया–बस-बस, यही है, कैदी और कैदखाने की क्या बात इस बंगले का ही सत्यानाश कर दूंगी। कैदियों की हड्डी तक का तो पता लगेगा ही नहीं! अच्छा अब इस काम में विलम्ब न करना चाहिए, उठो और मेरे साथ चलकर उस कोठरी में अर्थात् मेगजीन में कोई ऐसी चीज रखो जो उस वक्त बारूद में आग लगावे, जब हम लोग यहां से निकलकर कुछ दूर चली जाएं।

नागर–ऐसा ही होगा, यह कोई मुश्किल बात नहीं है।

तेरहवां बयान

कल शाम को बाबाजी जमानिया गए थे और आज शाम होने के दो घण्टे पहले ही लौट आए। दूर ही से अपने बंगले की हालत देख सिर हिलाकर बोले, "मैं उसी समय समझ गया था जब मायारानी ने कहा था कि कैदियों को मेगजीन के बगलवाले तहखाने में कैद करना चाहिए।"

बाबाजी का बंगला जो बहुत ही खूबसूरत और शौकीनों के रहने के लायक था, बिलकुल बर्बाद हो गया था, बल्कि यों कहना चाहिए कि उसकी एक-एक ईंट अलग हो गई थी। बाबाजी धीरे-धीरे उसके पास पहुंचे और कुछ देर तक गौर से देखने के बाद यह कहते हुए घूम पड़े कि 'जो हो मगर अजायबघर किसी तरह बर्बाद नहीं हो सकता।'

बाबाजी के बंगले के बर्बाद होने का सबब पाठक समझ ही गए होंगे, क्योंकि ऊपर के बयान में मायारानी और नागर की बातचीत से वह भेद साफ-साफ खुल चुका है। अब बाबाजी इस विचार में पड़े कि मायारानी को ढूंढ़ना और उससे दो-दो बातें करनी चाहिए।

ऐसा करने में बाबाजी को विशेष तकलीफ नहीं उठानी पड़ी, क्योंकि थोड़ी ही दूर पर उन्हें उन लौंडियों में से एक लौंडी मिली जो उस समय मायारानी के साथ थी, जब बाबाजी कैदियों को तहखाने में बन्द करके दीवान से मिलने के लिए

जमानिया की तरफ रवाना हुए थे। बाबाजी ने उस लौंडी से केवल इतना ही पूछा, "मायारानी कहां है?"

लौंडी–जब आप जमानिया की तरफ चले गए तो मायारानी हम लोगों को साथ लेकर दिल बहलाने के लिए इस जंगल में टहलने लगीं और धीरे-धीरे यहां से कुछ दूर चली गईं। ईश्वर ने बड़ी कृपा की कि रानी साहिबा के दिल में यह बात पैदा हुई, नहीं तो हम लोग भी टुकड़े-टुकड़े होकर उड़ गए होते, क्योंकि थोड़ी ही देर बाद एक भयानक आवाज सुनने में आई, और जब हम लोग बंगले के पास आए तो मिट्टी और गर्द के सबब अन्धकार हो रहा था। हम लोग डरकर पीछे की तरफ हट गए और अन्त में इस बंगले की ऐसी अवस्था देखने में आई जो आप देख रहे हैं। लाचार मायारानी ने यहां ठहरना उचित न समझा और नागर के साथ काशीजी की तरफ रवाना हो गईं।

बाबा–और तुझे इसलिए यहां छोड़ गई कि जब मैं आऊं तो बातें बनाकर मेरे क्रोध को बढ़ावे!

लौंडी–जी ई ई ई...

बाबा–जी ई ई ई क्या? बेशक, यही बात है! खैर, अब तू भी यहां से चली जा और कमबख्त मायारानी से जाकर कह दे कि जो कुछ तूने किया, बहुत अच्छा किया, मगर इस बात को खूब याद रखियो कि नेकी का नतीजा नेक है औद बद को कदापि सुख की नींद सोना नसीब नहीं होता। अच्छा ठहर, मैं एक चीठी लिख देता हूं सो लेती जा और जहां तक जल्द हो सके, मिलकर मायारानी के हाथ दे दे।

इतना कहकर बाबाजी बैठ गए और अपने बटुए से सामान निकालकर चीठी लिखने लगे, जब चीठी लिख चुके तो उसे लौंडी के हाथ में दे दिया और आप उत्तर तरफ रवाना हो गए।

इसमें कोई सन्देह नहीं कि यह लौंडी बाबाजी की चीठी लिये हुए काशीजी जाएगी और मायारानी से मिलकर चीठी उसके हाथ में देगी, मगर हम आपको अपने साथ लिये हुए पहले ही काशीजी पहुंचते हैं और देखते हैं कि मायारानी किस धुन में कहां बैठी है या क्या कर रही है।

रात पहर से ज्यादे जा चुकी है। काशी में मनोरमावाले मकान के अन्दर एक सजे हुए कमरे में मायारानी नागर के साथ बैठी हुई कुछ बात कर रही है। इस समय कमरे में सिवाय नागर और मायारानी के और कोई नहीं है। कमरे में यद्यपि बहुत से बेशकीमत शीशे करीने के साथ लगे हुए हैं, मगर रोशनी दो दीवारगीरों में और एक सब्ज कंवलवाले शमादान में, जो मायारानी के सामने गद्दी के नीचे रखा हुआ है, हो रही है। मायारानी सब्ज मखमल की गद्दी पर गाव-तकिए के सहारे बैठी है। इस समय उसका खूबसूरत चेहरा जो आज से तीन-चार दिन पहले उदासी और बदहवासी के कारण बेरौनक हो रहा था, खुशी और फतहमन्दी की निशानियों के साथ

दमक रहा है और वह किसी सवाल का इच्छानुसार जवाब पाने की आशा में मुस्कुराती हुई नागर की तरफ देख रही है।

नागर–इसमें तो कोई सन्देह नहीं कि एक भारी बला आपके सिर से टली परन्तु यह न समझना चाहिए कि अब आपको किसी आफत का सामना न करना पड़ेगा।

माया–इस बात को मैं जानती हूं कि जमानिया की गद्दी पर बैठने के लिए अब भी बहुत-कुछ उद्योग करना पड़ेगा, मगर मैं यह कह रही हूं कि सबसे भारी बला जो थी, वह टल गई। कमबख्त कमलिनी ने भी बड़ा ही ऊधम मचा रखा था, अगर वह बीरेन्द्रसिंह की पक्षपाती न होती तो मैं कभी का दोनों कुमारों को मौत की नींद सुला चुकी होती।

नागर–बेशक! बेशक!

माया–और भूतनाथ का मारा जाना भी बहुत अच्छा हुआ, क्योंकि उसे इस मकान का बहुत-कुछ भेद मालूम हो चुका था और इस सबब से इस मकान के रहने वाले भी बेफिक्र नहीं रह सकते थे। मगर देखो तो सही, हरामजादे दीवान को क्या हो गया जो मुझसे एकदम फिर गया, बल्कि गिरफ्तार करने का उद्योग करने लगा।

नागर–जरूर यह बात भी उन्हीं नकाबपोशों की बदौलत हुई है।

माया–ठीक है, पहले तो मैं बेशक ताज्जुब में थी कि न मालूम वे दोनों नकाबपोश कौन थे और कहां से आए थे और आज दीवान तथा सिपाहियों के बिगड़ने का सबब केवल यही ध्यान में आता था कि धनपत का भेद खुल जाने से उन लोगों ने मुझे बदकार समझ लिया, मगर अब मुझे निश्चय हो गया कि उन दोनों नकाबपोशों में से एक तो गोपालसिंह था।

नागर–मुझे भी यही निश्चय है, बल्कि अभी यही बात अपने मुंह से निकालने वाली थी। उसके सिवाय और कोई ऐसा नहीं हो सकता कि केवल सूरत दिखाकर लोगों को अपने वश में कर ले। सिपाहियों को और दीवान को जरूर इस बात का निश्चय हो गया कि गोपालसिंह को तुमने कैद कर रखा था। खैर, जो होना था, सो हो गया। अब तो राजा गोपालसिंह का नाम-निशान ही न रहा, जो फिर जाकर अपना मुंह उन लोगों को दिखावेंगे, अब थोड़े ही दिनों में उन लोगों को निश्चय करा दिया जाएगा कि वह राजा बीरेन्द्रसिंह का कोई ऐयार था।

माया–तुम्हारा कहना बहुत ठीक है और मेरे नजदीक अब यह कोई बड़ी बात नहीं है कि बेईमान दीवान को गिरफ्तार कर लूं या मार डालूं, मगर एक बात का खुटका जरूर है।

नागर–वह क्या?

मायारानी–केवल इतना ही कि दीवान को मारने या गिरफ्तार करने के साथ ही साथ राजा बीरेन्द्रसिंह की उस फौज का भी मुकाबला करना पड़ेगा जो सरहद पर आ चुकी है।

नागर–इसमें तो कुछ भी सन्देह नहीं है और इस बात का भी विश्वास नहीं हो सकता कि तुम्हारी फौज तुम्हारा पक्ष लेकर लड़ने के लिए तैयार हो जाएगी। फौजी सिपाहियों के दिल से गोपालसिंह का ध्यान दूर होना दो-एक दिन का काम नहीं है!

माया–(कुछ सोचकर) तो क्या मैं अकेली राजा बीरेन्द्रसिंह की फौज को नहीं हटा सकती?

नागर–सो तो तुम्हीं जानो।

माया–बेशक, मैं ऐसा कर सकती हूं, मगर अफसोस, मेरा प्यारा धनपत...

धनपत का नाम लेते ही मायारानी की आंखें डबडबा आईं। नागर ने अपने आंचल से उसकी आंखें पोंछीं और बहुत-कुछ धीरज दिया। इसी समय दरवाजे के बाहर से चुटकी बजाने की आवाज आई, जिसे सुनकर नागर समझ गई कि कोई लौंडी यहां आया चाहती है। नागर ने पुकारकर कहा, "कौन है, चली आओ!"

वही लौंडी भीतर आती हुई दिखाई पड़ी जो बर्बाद हुए बंगले के पास बाबाजी से मिली थी और जिसके हाथ बाबाजी ने मायारानी के पास चीठी भेजी थी। उसको देखते ही मायारानी चैतन्य हो बैठी और बोली, "कहो, दारोगा से मुलाकात हुई थी?"

लौंडी–जी हां।

माया–(मुस्कुराकर) वह तो बहुत ही बिगड़ा होगा।

लौंडी–हां, बहुत झुंझलाए और उछले-कूदे, आपकी शान में कड़ी-कड़ी बातें कहने लगे, मगर मैं चुपचाप खड़ी सुनती रही। अन्त में बोले, "अच्छा, मैं एक चीठी लिखकर देता हूं, इसे ले जाकर मायारानी को दे दीजियो।"

माया–तो क्या उसने चीठी लिखकर दी?

लौंडी–जी हां, यह मौजूद है, लीजिए।

लौंडी ने चीठी मायारानी के हाथ में दे दी और मायारानी ने यह कहकर चीठी ले ली कि 'देखना चाहिए इसमें दारोगा साहब क्या रंग लाए हैं!' इसके बाद वह चीठी नागर के हाथ में देकर बोली, "लो, इसे तुम ही पढ़ो!"

नागर चीठी खोलकर पढ़ने लगी। उस समय मायारानी की निगाह नागर के चेहरे पर थी। आधी चीठी पढ़ने के बाद नागर के चेहरे पर हवाइयां उड़ने लगीं और डर के मारे उसका हाथ कांपने लगा। मायारानी ने घबड़ाकर पूछा, "क्यों क्या हाल है, कुछ कहो तो?"

इसके जवाब में नागर ने लम्बी सांस लेकर चीठी मायारानी के सामने रख दी और बोली, "ओह, मेरी सामर्थ्य नहीं कि इस चीठी को आखीर तक पढ़ सकूं। हाय, निःसन्देह बीरेन्द्रसिंह के ऐयारों का मुकाबला करना पूरा-पूरा पागलपन है।"

मायारानी ने घबराकर चीठी उठा ली और स्वयं पढ़ने लगी, पर वह भी उस चीठी को आधे से ज्यादे न पढ़ सकी। पसीना छूटने लगा, शरीर कांपने लगा, दिमाग में चक्कर आने लगे, यहां तक कि अपने को किसी तरह सम्भाल न सकी और बदहवास होकर जमीन पर गिर पड़ी।

॥ नौवां भाग समाप्त ॥

दसवां भाग

पहिला बयान

अब हम थोड़ा-सा हाल तिलिस्म का लिखना उचित समझते हैं। पाठकों को याद होगा कि कुंअर इन्द्रजीतसिंह कमलिनी के हाथ से तिलिस्मी खंजर लेकर उस गड़हे या कुएं में कूद पड़े जिसमें अपने छोटे भाई आनन्दसिंह को देखा चाहते थे। जिस समय कुमार ने तिलिस्मी खंजर कुएं के अन्दर किया और उसका कब्जा दबाया तो उसकी रोशनी से कुएं के अन्दर की पूरी-पूरी कैफियत दिखाई देने लगी। उन्होंने देखा कि कुएं की गहराई बहुत ज्यादे नहीं है, बनिबस्त ऊपर के नीचे की जमीन बहुत चौड़ी मालूम पड़ी, और किनारे की तरफ एक आदमी किसी को अपने नीचे दबाए हुए बैठा उसके गले पर खंजर फेरा ही चाहता है।

कुंअर इन्द्रजीतसिंह को यकायक खयाल गुजरा कि यह जुल्म कहीं कुंअर आनन्दसिंह पर ही न हो रहा हो! छोटे भाई की सच्ची मुहब्बत ने ऐसा जोश मारा कि वह अपने को एक पल के लिए भी रोक न सके क्योंकि साथ ही इस बात का भी गुमान था कि देर होने से कहीं उसका काम तमाम न हो जाए, इसलिए बिना कुछ सोचे और बिना किसी से कहे-सुने इन्द्रजीतसिंह उस गड़हे में कूद पड़े। मालूम हुआ कि वह किसी धातु की चादर पर जो जमीन की तरह से मालूम होती थी, गिरे हैं क्योंकि उनके गिरने के साथ ही वह जमीन दो-तीन दफे लचकी और एक प्रकार की आवाज भी हुई। चमकता हुआ एक तिलिस्मी खंजर उनके हाथ में था जिसकी रोशनी से और टटोलने से मालूम हुआ कि वे दोनों आदमी वास्तव में पत्थर के बने हुए हैं जिन्हें देखकर वे गड़हे के अन्दर कूदे थे। इसके बाद कुमार ने इस विचार से ऊपर की तरफ देखा कि कमलिनी या राजा गोपालसिंह को पुकारकर यहां का कुछ हाल कहें, मगर गड़हे का मुंह बन्द पाकर लाचार हो रहे। ऊंचाई पर ध्यान देने से मालूम हुआ कि इस गड़हे का ऊपरवाला मुंह बन्द नहीं हुआ, बल्कि बीच में कोई चीज ऐसी आ गई है, जिससे रास्ता बन्द हो गया है।

कुमार ने तिलिस्मी खंजर का कब्जा इसलिए ढीला किया कि वह रोशनी बन्द हो जाए जो उसमें से निकल रही है और मालूम हो कि इस जगह बिलकुल अंधेरा

ही है, या कहीं से कुछ चमक या रोशनी भी आती है, पर वहां पूरा अन्धकार था, हाथ को हाथ दिखाई नहीं देता था, अस्तु, लाचार होकर कुमार ने फिर तिलिस्मी खंजर का कब्जा दबाया और उसमें से बिजली की तरह चमक पैदा हुई। उसी रोशनी में कुमार ने चारों तरफ इस आशा से देखना शुरू किया कि किसी तरफ आनन्दसिंह की सूरत दिखाई पड़े, मगर सिवाय एक चांदी के सन्दूक के जो उसी जगह पड़ा हुआ था, और कुछ दिखाई न दिया। यहां तीन तरफ पक्की दीवार थी जिसमें छोटे-छोटे दरवाजे और एक तरफ जाने का रास्ता इस ढंग का था जिसे हर तौर पर सुरंग कह सकते हैं। कुमार उसी सुरंग की राह आगे की तरफ बढ़े, मगर ज्यों-ज्यों आगे जाते थे, सुरंग पतली होती जाती थी और मालूम होता था कि हम ऊंची जमीन पर चढ़े चले जा रहे हैं। लगभग सौ कदम जाने के बाद सुरंग खतम हुई और अन्त में एक दरवाजा मिला जो जंजीर से बन्द था और कुंडे में एक ताला लगा हुआ था। कुमार ने खंजर मारके जंजीर काट डाली और धक्का देकर दरवाजा खोला तो सामने उजाला नजर आया। अब तिलिस्मी खंजर की कोई आवश्यकता न थी इसलिए उसका कब्जा ढीला किया और दरवाजा लांघकर दूसरी तरफ चले गए। कुमार ने अपने को एक हरे-भरे बाग में पाया और देखा कि वह बाग मामूली तौर का नहीं है बल्कि उसकी बनावट विचित्र ढंग की है, फलों के पेड़ बिलकुल न थे पर तरह-तरह के मेवों के पेड़ लगे हुए थे। हर एक पेड़ के चारों तरफ दो-दो हाथ ऊंची दीवार घिरी हुई थी और बीच में मिट्टी भरने के कारण खासा चबूतरा मालूम पड़ता था। इसके अतिरिक्त अर्थात् पेड़ों के चबूतरों को छोड़कर, बाकी जितनी जमीन उस बाग में थी, सब संगमरमर का फर्श था। पूरब तरफ से एक नहर बाग के अन्दर आई हुई थी और पन्द्रह-बीस हाथ के बाद छोटी-छोटी शाखों में फैल गई थी। जो नहर बाग के अन्दर आई थी उसकी चौड़ाई ढाई हाथ से कम न थी, मगर बाग के अन्दर संगमरमर की छोटी-छोटी सैकड़ों नालियों में उसका जल फैल गया था। उन नालियों के दोनों तरफ की दीवार तो संगमरमर की थी, मगर बीच की जमीन पक्की न थी और इसी सबब से यहां की जमीन बहुत तर थी और पेड़ सूखने नहीं पाते थे। बाग के चारों तरफ ऊंची दीवार पर पूरब तरफ एक दालान और कोठरियां थीं, पश्चिम तरफ की दीवार के पास एक संगीन कुआं था और बाग के बीचोबीच में एक मन्दिर था।

कुमार ने पेड़ों से कई फल तोड़के खाए और चश्मे का पानी पीकर भूख-प्यास की शान्ति की और इसके बाद घूम-घूमकर देखने लगे। उन्हें कुंअर आनन्दसिंह के विषय में चिन्ता थी और चाहते थे कि किसी तरह शीघ्र उनसे मुलाकात हो।

चारों तरफ घूम-फिरकर देखने के बाद कुमार उस मन्दिर में पहुंचे जो बाग के बीचोबीच में था। वह मन्दिर बहुत छोटा था और उसके आगे का सभामंडप भी चार-पांच आदमियों से ज्यादे के बैठने के लायक न था। मन्दिर में प्रतिमा या शिवलिंग की जगह एक छोटा-सा चबूतरा था और इसके ऊपर एक भेड़िए की मूरत बैठाई हुई

थी। कुमार उसे अच्छी तरह देखभालकर बाहर निकल आए और सभामंडप में बैठकर खून से लिखी हुई किताब पढ़ने लगे। अब उन्हें उस किताब का मतलब साफ-साफ समझ में आता था। जब तक बखूबी अंधेरा नहीं हुआ और निगाह ने काम दिया, तब तक वे उस किताब को पढ़ते रहे, इसके बाद किताब सम्हालकर उसी जगह लेट गए और सोचने लगे कि अब क्या करना चाहिए।

उस बाग में कुंअर इन्द्रजीतसिंह को दो दिन बीत गए। इस बीच में वे कोई ऐसा काम न कर सके जिससे अपने भाई कुंअर आनन्दसिंह को खोज निकालते या बाग से बाहर निकल जाते या तिलिस्म तोड़ने में ही हाथ लगाते, हां, इन दो दिन के अन्दर वे खून से लिखी हुई तिलिस्मी किताब को अच्छी तरह पढ़ और समझ गए बल्कि उसके मतलब को इस तरह दिल में बैठा लिया कि अब उस किताब की उन्हें कोई जरूरत न रही। ऐसा होने से तिलिस्म का पूरा-पूरा हाल उन्हें मालूम हो गया और वे अपने को तिलिस्म तोड़ने लायक समझने लगे। खाने-पीने के लिए उस बाग में मेवों और पानी की कुछ कमी न थी।

तीसरे दिन दोपहर दिन चढ़े बाद कुछ कार्रवाई करने के लिए कुमार फिर उस भेड़िये की मूरत के पास गए जो मन्दिर में चबूतरे के ऊपर बैठाई हुई थी । वहां कुमार को अपनी कुछ ताकत खर्च करनी पड़ी। उन्होंने दोनों हाथ लगाकर भेड़िये को बाईं तरफ इस तरह घुमाया जैसे कोई पेंच घुमाया जाता है। तीन चक्कर घूमने के बाद वह भेड़िया चबूतरे से अलग हो गया और जमीन के अन्दर से घरघराहट की आवाज आने लगी। कुमार उस भेड़िये को एक किनारे रखकर बाहर निकल आए और राह देखने लगे कि अब क्या होता है। घण्टे-भर तक बराबर वह आवाज आती रही और फिर धीरे-धीरे कम होकर बन्द हो गई। कुमार फिर उस मन्दिर के अन्दर गए और देखा कि वह चबूतरा जिस पर भेड़िया बैठा हुआ था, जमीन के अन्दर धंस गया और नीचे उतरने के लिए सीढ़ियां दिखाई दे रही हैं। कुमार बेधड़क नीचे उतर गए। वहां पूरा अन्धकार था, इसलिए तिलिस्मी खंजर से चांदनी करके चारों तरफ देखने लगे। यह एक कोठरी थी जिसकी चौड़ाई बीस हाथ और लम्बाई पच्चीस हाथ से ज्यादे न होगी। चारों तरफ की दीवारों में छोटे-छोटे कई दरवाजे थे जो इस समय बन्द थे। कोठरी के चारों कोनों में पत्थर की चार मूरतें थीं। ये चारों मूरतें एक ही रंग-ढंग की और एक ही ठाठ से खड़ी थीं, सूरत-शक्ल में कुछ भी फर्क न था, या था भी तो केवल इतना ही कि एक मूरत के हाथ में खंजर और बाकी तीन मूरतों के हाथ में कुछ भी न था।

कुमार पहले उसी मूरत के पास गए जिसके हाथ में खंजर था। पहले उसकी उंगलियों की तरफ ध्यान दिया। बाएं हाथ की उंगली में अंगूठी थी जिसे निकालकर पहिन लेने के बाद खंजर ले लिया और कमर में लगाकर धीरे से बोले, "इस तिलिस्म में ऐसे तिलिस्मी खंजर के बिना वास्तव में काम नहीं चल सकता, अब आनन्दसिंह मिल जाए तो यह खंजर उसे दे दिया जाए।"

पाठक समझ ही गए होंगे कि मूरत के हाथ से जो खंजर कुमार ने लिया, वह उसी प्रकार का तिलिस्मी खंजर था जैसा कि पहले से एक कमलिनी की बदौलत कुमार के पास था। इस समय कुंअर इन्द्रजीतसिंह जो कुछ कार्रवाई कर रहे हैं वह बिना जाने-बूझे नहीं कर रहे हैं, बल्कि खून से लिखी हुई तिलिस्मी किताब के मतलब को समझ अपनी विमल बुद्धि से जांच और ठीक करके करते हैं, तथा आगे के लिए भी पाठकों को ऐसा ही समझना चाहिए।

अब कुमार उन दरवाजों की तरफ गौर से देखने लगे जो चारों तरफ की दीवारों में दिखाई दे रहे थे। उन दरवाजों में केवल चार दरवाजे चार तरफ असली थे और बाकी के दरवाजे नकली थे अर्थात् चार दरवाजों को छोड़कर बाकी दरवाजों के केवल निशान दीवारों में थे, मगर ये निशान भी ऐसे थे कि जिन्हें देखने से आदमी पूरा-पूरा धोखा खा जाए।

कुमार पूरब तरफ की दीवार की ओर गए और उस तरफ जो दरवाजा था उसे जोर से लात मारकर खोल डाला, इसके बाद बाएं तरफ के कोने में जो मूरत थी उसे बगल में दाब उठाना चाहा मगर वह उठ न सकी क्योंकि उनके दाहिने हाथ में वह चमकता हुआ तिलिस्मी खंजर था, आखिर कुमार ने खंजर कमर में रख लिया। यद्यपि ऐसा करने से वहां पूर्ण रूप से अन्धकार हो गया, मगर कुमार ने इसका कुछ विचार न करके अंधेरे ही में दोनों हाथ उस मूरत की कमर में फंसाकर जोर किया और उसे जमीन से उखाड़कर धीरे-धीरे उस दरवाजे के पास लाए जिसे लात मारकर खोला था। जब चौखट के पास पहुंचे तो उस मूरत को जहां तक जोर से बन पड़ा दरवाजे के अन्दर फेंक दिया और फुर्ती से तिलिस्मी खंजर हाथ में ले रोशनी करके सीढ़ी की राह कोठरी के बाहर निकल आए अर्थात् फिर उसी बाग में चले आए और मन्दिर से कुछ दूर हटकर खड़े हो गए।

थोड़ी देर तो कुमार को ऐसा मालूम हुआ कि जमीन कांप रही है और उसके अन्दर बहुत-सी गाड़ियां दौड़ रही हैं। आखिर धीरे-धीरे कम होकर ये दोनों बातें जाती रहीं। इसके बाद कुमार फिर मन्दिर के अन्दर हो गए और सीढ़ियों की राह उस तहखाने में उतर गए जहां पहले गए थे। इस समय वहां तिलिस्मी खंजर की रोशनी की कोई आवश्यकता न थी क्योंकि इस समय कई छोटे-छोटे सूराखों में से रोशनी बखूबी आ रही थी जिसका पहले नाम-निशान भी न था। कुमार चारों तरफ देखने लगे, मगर पहले की बनिस्बत कोई नई बात दिखाई न दी। आखिर पूरब तरफ की दीवार के पास गए और उस दरवाजे के अन्दर झांक के देखा जिसे लात मारकर खोला गया था या जिसके अन्दर मूरत को जोर से फेंका था। इस समय इस कोठरी के अन्दर भी चांदना था और वहां की हर एक चीज दिखाई दे रही थी। यह कोठरी बहुत लम्बी-चौड़ी न थी मगर दीवारों में छोटे-छोटे कई खुले दरवाजे दिखाई दे रहे थे, जिससे मालूम होता था कि यहां से कई तरफ जाने के लिए सुरंग या रास्ता है। कुमार ने

उस मूरत को गौर से देखा जिसे उस कोठरी के अन्दर फेंका था। उस मूरत की अवस्था ठीक वैसी हो रही थी जैसे कि चूने की कली की उस समय होती है जब थोड़ा-सा पानी उस पर छोड़ा जाता है, अर्थात् टूट-फूट के वह बिलकुल ही बर्बाद हो चुकी थी। उसके पेट में एक चमकती हुई चीज दिखाई दे रही थी जो पहले तो उसके पेट के अन्दर रही होगी मगर अब पेट फट जाने के कारण बाहर हो रही थी। कुमार ने वह चमकती हुई चीज उठा ली और तहखाने के बाहर निकल मन्दिर के मण्डप में बैठकर सोचने लगे कि अब क्या करना चाहिए।

थोड़ी ही देर बाद धमधमाहट की आवाज से मालूम हुआ कि मन्दिर के अन्दर तहखानेवाली सीढ़ियों पर कोई चढ़ रहा है। कुमार उसी तरफ देखने लगे। यकायक कुंअर आनन्दसिंह आते हुए दिखाई पड़े। बड़े कुमार खुशी के मारे उठ खड़े हुए और आंखों में प्रेमाश्रु की दो-तीन बूंदें दिखाई देने लगीं। आनन्दसिंह दौड़कर अपने बड़े भाई के पैरों पर गिर पड़े। इन्द्रजीतसिंह ने झट से उठाकर गले लगा लिया। जब दोनों भाई खुशी-खुशी उस जगह पर बैठ गए तब इन्द्रजीतसिंह ने पूछा, "कहो, तुम किस आफत में फंस गए थे और क्योंकर छूटे?" कुंअर आनन्दसिंह ने अपने फंस जाने और तकलीफ उठाने का हाल अपने बड़े भाई के सामने कहना शुरू किया।

तिलिस्मी बाग के चौथे दर्जे में कुंअर आनन्दसिंह जिस तरह अपने बड़े भाई से बिदा होकर खूंटियोंवाले तिलिस्मी मकान के अन्दर गए थे और चांदीवाले सन्दूक में हाथ डालने के कारण फंस गए थे, उसका इस जगह दोहराना पाठकों का समय नष्ट करना है, हां, वह हाल कहने के बाद फिर जो कुछ हुआ और कुमार ने अपने बड़े भाई से बयान किया, उसका लिखना आवश्यक है।

छोटे कुमार ने कहा–"जब मेरा हाथ सन्दूक में फंस गया तो मैंने छुड़ाने के लिए बहुत कुछ उद्योग किया, मगर कुछ न हुआ और घण्टों तक फंसा रहा। इसके बाद एक आदमी चेहरे पर नकाब डाले हुए मेरे पास आया और बोला, 'घबराइए मत, थोड़ी देर और सब्र कीजिए, मैं आपको छुड़ाने का बन्दोबस्त करता हूं।' इस बीच में वह जमीन हिलने लगी जहां मैं था, बल्कि तमाम मकान तरह-तरह के शब्दों से गूंज उठा। ऐसा मालूम होता था मानो जमीन के नीचे सैकड़ों गाड़ियां दौड़ रही हैं। वह आदमी जो मेरे पास आया था, यह कहता हुआ ऊपर की तरफ चला गया कि 'मालूम होता है कुमार और कमलिनी ने इस मकान के दरवाजे पर बखेड़ा मचाया है, मगर यह काम अच्छा नहीं किया।' थोड़ी ही देर बाद वह नकाबपोश नीचे उतरा और बराबर नीचे चला गया, मैं समझता हूं कि दरवाजा खोलकर आपसे मिलने गया होगा अगर वास्तव में आप ही दरवाजे पर होंगे।"

इन्द्रजीत–हां, दरवाजे पर उस समय मैं ही था और मेरे साथ कमलिनी और लाडिली भी थीं, अच्छा, तब क्या हुआ?

आनन्द–तो क्या आपने कोई कार्रवाई की थी?

इन्द्रजीत–की थी, उसका हाल पीछे कहूंगा, पहले तुम अपना हाल कहो।

आनन्दसिंह ने फिर कहना शुरू किया–

"उस आदमी को नीचे गए हुए चौथाई घड़ी भी न हुई होगी कि जमीन यकायक जोर से हिली और मुझे लिये हुए सन्दूक जमीन के अन्दर घुस गया, उसी समय मेरा हाथ छूट गया और सन्दूक से अलग होकर इधर-उधर टटोलने लगा क्योंकि वहां बिलकुल ही अंधकार था, यह भी न मालूम होता था कि किधर दीवार है और किधर जाने का रास्ता है। ऊपर की तरफ, जहां सन्दूक धंस जाने से गड़हा हो गया था, देखने से भी कुछ मालूम न होता था, लाचार मैंने एक तरफ का रास्ता लिया और बराबर चले ही जाने का विचार किया परन्तु सीधा रास्ता न मिला, कभी ठोकर खाता, कभी दीवार में अड़ता, कभी दीवार थामे घूमकर चलना पड़ता। जब दुःखी हो जाता तो पीछे की तरफ लौटना चाहता था, मगर लौट न सकता था क्योंकि लौटते समय तबीयत और भी घबड़ाती और गर्मी मालूम होती थी, लाचार आगे की तरफ बढ़ना पड़ता। इस बात को खूब समझता था कि मैं आगे ही की तरफ बढ़ता हुआ बहुत दूर नहीं जा रहा हूं बल्कि चक्कर खा रहा हूं, मगर क्या करूं लाचार था, अक्ल कुछ काम न करती थी। इस बात का पता लगाना बिलकुल ही असम्भव था कि दिन है कि रात, सुबह है या शाम, बल्कि वही दिन है या दूसरा दिन, मगर जहां तक मैं सोच सकता हूं कि इस खराबी में आठ-दस पहर बीत गए होंगे। कभी तो मैं जीवन से निराश हो जाता, कभी यह सोचकर कुछ ढाढ़स होती कि आप मेरे छुड़ाने का जरूर कुछ उद्योग करेंगे। इसी बीच में मुझे कई खुले हुए दरवाजों के अन्दर पैर रखने और फिर उसी या दूसरे दरवाजे की राह से बाहर निकलने की भी नौबत आई, मगर छुटकारे की कोई सूरत नजर न आई। अन्त में एक कोठरी के अन्दर पहुंचकर बदहवास हो जमीन पर गिर पड़ा क्योंकि भूख-प्यास के मारे दम निकला जाता था। इस अवस्था में भी कई पहर बीत गए, आखिर इस समय से घण्टे-भर पहले मेरे कान में आवाज आई जिससे मालूम हुआ कि इस कोठरी के बगलवाली कोठरी का दरवाजा किसी ने खोला है। मुझे यकायक आपका खयाल हुआ। थोड़ी ही देर बाद जमीन हिली और तरह-तरह के शब्द होने लगे। आखिर यकायक उजाला हो गया, तब मेरे जान में जान आई। बड़ी मुश्किल से मैं उठा, सामने का दरवाजा खुला हुआ पाया, निकलके दूसरी कोठरी में पहुंचा, जहां दरवाजे के पास ही देखा कि पत्थर का एक आदमी पड़ा है जिसका शरीर पानी पड़े हुए चूने की कली की तरह फूला-फटा हुआ है। इसके बाद मैं तीसरी कोठरी में गया और फिर सीढ़ियां चढ़कर आपके पास पहुंचा।"

कुंअर इन्द्रजीतसिंह ने अपने छोटे भाई के हाल पर बहुत अफसोस किया और कहा–"यहां मेवों की और पानी की कमी नहीं है, पहले तुम कुछ खा-पी लो, तो मैं अपना हाल तुमसे कहूंगा।"

दोनों भाई वहां से उठे और खुशी-खुशी मेवेदार पेड़ों के पास जाकर पके हुए और स्वादिष्ट मेवे खाने लगे। छोटे कुमार बहुत भूखे और सुस्त हो रहे थे, मेवे खाने और पानी पीने से उनका जी ठिकाने हुआ और फिर दोनों भाई उसी मंदिर के सभामण्डप में आ बैठे तथा बातचीत करने लगे। कुंअर इन्द्रजीतसिंह ने अपना पूरा-पूरा हाल अर्थात् जिस तरह यहां आए थे और जो कुछ किया था, आनन्दसिंह से कह सुनाया और इसके बाद कहा, "खून से लिखी, इस किताब को अच्छी तरह पढ़ जाने से मुझे बहुत फायदा हुआ। यदि तुम भी इसे इस तरह पढ़ जाओ और याद कर जाओ कि फिर इसकी आवश्यकता न रहे तो दोनों भाई शीघ्र ही इस तिलिस्म को तोड़ के नाम और दौलत पैदा करें। साथ ही इसके यह बात भी समझ लो कि बाग में आकर तुम्हारा पता लगाने की नीयत से जो कुछ मैंने किया, उससे इतना नुकसान अवश्य हुआ कि अब बिना तिलिस्म तोड़े हम लोग यहां से निकल नहीं सकते।"

आनन्द–(कुछ सोचकर) यदि ऐसा ही है और आपको निश्चय है कि इस रिक्तग्रंथ के पढ़ जाने से हम लोग अवश्य तिलिस्म तोड़ सकेंगे तो मैं इसी समय इसका पढ़ना आरम्भ करता हूं, परन्तु इसमें बहुत से लेख ऐसे हैं जिनका मतलब समझ में नहीं आता...

इन्द्रजीत–ठीक है मगर मैं अभी कह चुका हूं कि तुम्हें खोजता हुआ जब मैं खूंटियोंवाले मकान के पास पहुंचा तो राजा गोपालसिंह ने...

आनन्द–(बात काटकर) जी हां, मुझे बखूबी याद है, आपने कहा था कि राजा गोपालसिंह ने कोई ऐसी तरकीब आपको बताई है कि जिससे केवल रिक्तग्रंथ ही नहीं, बल्कि हर एक तिलिस्मी किताब को पढ़कर उसका मतलब आप बखूबी समझ सकेंगे, अस्तु, मेरे कहने का मतलब यह था कि जब तक आप वह मुझे न बताएंगे तब तक...

इन्द्रजीत–(हंसकर) इतनी उलझन डालने की क्या जरूरत थी! मैं तो स्वयं ही वह भेद तुमसे कहने को तैयार हूं, अच्छा सुनो।

कुंअर इन्द्रजीतसिंह ने तिलिस्मी किताबों को पढ़कर समझने का भेद जो राजा गोपालसिंह से सुना था, आनन्दसिंह को बताया। इतने ही में मन्दिर के पीछे की तरफ चिल्लाने की आवाज आई, तो दोनों भाइयों का ध्यान एकदम उस तरफ चला गया और तब यह आवाज सुनाई पड़ी, "अच्छा-अच्छा, तू मेरा सिर काट ले। मैं भी यही चाहती हूं कि अपनी जिन्दगी में इन्द्रजीतसिंह और आनन्दसिंह को दुःखी न देखूं। हाय इन्द्रजीतसिंह, अफसोस, इस समय तुम्हें मेरी कुछ भी खबर न होगी!"

इस आवाज को सुनकर इन्द्रजीतसिंह बेचैन हो गए और जल्दी से आनन्दसिंह से यह कहते हुए कि 'कमलिनी की आवाज मालूम पड़ती है!' मन्दिर के पीछे की तरफ झपटे और आनन्दसिंह भी उनके पीछे-पीछे चले।

दूसरा बयान

अब हम फिर मायारानी की तरफ लौटते हैं और उसका हाल लिख कई गुप्त भेदों को खोलते हैं। मायारानी भी उस चीठी को पूरा-पूरा पढ़ न सकी और बदहवास होकर जमीन पर गिर पड़ी। नागर तुरन्त उठी और भंडरिये में से एक सुराही निकाल लाई, जिसमें बेदमुश्क का अर्क था। वह अर्क मायारानी के मुंह पर छिड़का जिससे थोड़ी देर बाद वह होश में आई और नागर की तरफ देखकर बोली, ''हाय अफसोस, क्या सोचा था और क्या हो गया।''

नागर–खैर, जो होना था सो हो गया, अब इस तरह बदहवास होने से काम नहीं चलेगा। उठो और अपने को सम्हालो, सोचो-विचारो और निश्चय करो कि अब क्या करना चाहिए।

माया–अफसोस, उस कमबख्त ऐयार ने तो बड़ा भारी धोखा दिया, और मुझसे भी बड़ी भारी भूल हुई कि लक्ष्मीदेवीवाला भेद उसके सामने जुबान से निकाल बैठी! यद्यपि उस इशारे से वह कुछ समझ न सकेगा परन्तु जिस समय गोपालसिंह के सामने लक्ष्मीदेवी का नाम लेगा और वे बातें कहेगा जो मैंने उस दारोगा रूपधारी ऐयार से कही थीं तो वह बखूबी समझ जाएगा और मेरे विषय में उसका क्रोध सौगुना हो जाएगा। यदि मेरे बारे में वह किसी तरह की बदनामी समझता भी था तो अब न समझेगा। हाय, अब जिन्दगी की कोई आशा न रही।

नागर–लक्ष्मीदेवी का नाम ले के जो कुछ तुमने कहा, उससे मुझे भी शक हो गया है। क्या असल में...

माया–ओफ, यह भेद सिवाय असली दारोगा के किसी को भी मालूम नहीं। आज–(कुछ रुककर) नहीं, अब भी मैं उस भेद को छिपाने का उद्योग करूंगी और तुझसे कुछ भी न कहूंगी, बस अब लक्ष्मीदेवी का नाम तुम मेरे सामने मत लो। (चीठी की तरफ इशारा करके) अच्छा इस चीठी को तुम एक दफे फिर से पढ़ जाओ।

नागर ने वह चीठी उठा ली जिसके पढ़ने से मायारानी की वह हालत हुई थी और पुनः उसे पढ़ने लगी।

चीठी–

''बुरे कामों का करनेवाला कदापि सुख नहीं भोग सकता। तू समझती होगी कि मैं राजा गोपालसिंह, देवीसिंह, भूतनाथ, कमलिनी और लाडिली को मारके निश्चिन्त हो गई, अब मुझे सतानेवाला कोई भी न रहा। इस बात का तो तुझे गुमान भी न होगा कि मैं सुरंग में असली दारोगा से नहीं मिली, बल्कि ऐयारों के गुरु-घण्टाल तेजसिंह से मिली, जो दारोगा के भेष में था, और यह बात भी तुझे सूझी न होगी कि दारोगावाले मकान के उड़ जाने से कैदियों को कुछ भी हानि नहीं हुई, बल्कि वे

लोग अजायबघर की ताली की बदौलत जो सुरंग में मैंने तुझसे ले ली थी और भोजन तथा जल पहुंचाने के समय कैदियों को होश में लाकर दे दी थी, निकल गए। अहा, परमात्मा, तू धन्य है! तेरी अदालत बहुत सच्ची है। ऐ कमबख्त मायारानी, अब तू सबकुछ इसी से समझ जा कि मैं वास्तव में तेजसिंह हूं।

तेरा

जो कुछ तू समझे–तेजसिंह''

इस चीठी को सुनते ही मायारानी का सिर घूमने लगा और वह डर के मारे थर-थर कांपने लगी। थोड़ी देर चुप रहने के बाद वह उठ बैठी और नागर की तरफ देखकर बोली–

''यह तेजसिंह भी बड़ा ही शैतान है, इसने दो दफे भारी धोखा दिया। अफसोस, अजायबघर की ताली हाथ आकर फिर निकल गई, केवल ये दोनों तिलिस्मी खंजर मेरे हाथ में रह गए, मगर इनसे मेरी जान नहीं बच सकती। सबसे ज्यादे अफसोस तो इस बात का है कि लक्ष्मीदेवीवाला भेद अब खुल गया और यह बात मेरे लिए बहुत ही बुरी हुई। (कुछ सोचकर) हाय, अब मैं समझी कि इस तिलिस्मी खंजर का असर तेजसिंह पर इसलिए नहीं हुआ कि उसके पास भी जरूर इसी तरह का खंजर और ऐसी ही अंगूठी होगी।

नागर–बेशक यही बात है। खैर, अब यह बहुत जल्द सोचना चाहिए कि हम लोगों की जान कैसे बच सकती है।

मायारानी इसका कुछ जवाब दिया ही चाहती थी कि सामने का दरवाजा खुला और मायारानी के दारोगा साहब अन्दर आते हुए दिखाई पड़े। उन्हें देखते ही मायारानी क्रोध के मारे लाल हो गई और कड़ककर बोली, ''तुझ कमबख्त को यहां किसने आने दिया! खैर, अच्छा ही हुआ जो तू आ गया। मुझे मालूम हो गया कि तेरी मौत तुझे यहां पर लाई है, हां अगर तेरी चीठी मुझे न मिली रहती तो मैं फिर धोखे में आ जाती। कमबख्त, नालायक, तूने मुझे बड़ा भारी धोखा दिया! अब तू मेरे हाथ से बचकर नहीं जा सकता!''

दारोगा–तू अपने होश में भी है या नहीं? क्या अपने को बिलकुल भूल गई! क्या तू नहीं जानती कि किससे क्या कह रही है? मेरी मौत नहीं बल्कि तेरी मौत आई है जो तू जुबान सम्हालकर नहीं बोलती।

माया–(खड़ी होकर और तिलिस्मी खंजर हाथ में लेकर) हां, ठीक है, यदि मैं अपने होश में रहती तो तुझ कमबख्त के फेर में पड़ती ही क्यों? बेईमान कहीं का, तूने मुझे बड़ा भारी धोखा दिया, देख अब मैं तेरी क्या दुर्गति करती हूं।

नागर–ताज्जुब है कि इतनी बड़ी बदमाशी करने पर भी तू निडर होकर यहां कैसे चला आया! मालूम होता है अपनी जान से हाथ धो बैठा। कोई हर्ज नहीं, अगर तिलिस्मी खंजर का असर तुझ पर नहीं होता तो मैं दूसरी तरह से तेरी खबर लूंगी।

इस समय मायारानी की फुर्ती देखने ही योग्य थी। वह बाघिन की तरह झपटकर दारोगा के पास पहुंची। इस समय उसकी उंगली में एक जहरीली अंगूठी उसी तरह की थी जैसी नागर के हाथ में उस समय थी, जब उसने सुनसान जंगल में भूतनाथ को अंगूठी गाल में रगड़कर बेहोश किया था। इस समय मायारानी ने भी वही काम किया, अर्थात् वह अंगूठी जिस पर जहरीला नोकदार नगीना जड़ा हुआ था, दारोगा के गाल में इस फुर्ती और चालाकी से रगड़ दी कि वह बेचारा कुछ भी न कर सका। उस नगीने की रगड़ से गाल जरा ही-सा छिला था मगर जहर का असर पल-भर में अपना काम कर गया। दारोगा चक्कर खाकर जमीन पर गिर पड़ा और बेहोश हो गया। मायारानी ने नागर की तरफ देखा और कहा, ''अब इसके हाथ-पैर जकड़के बांध दो और तब होश में लाकर पूछो कि 'कहिए तेजसिंह, अब आपका मिजाज कैसा है?' इसके जवाब में नागर ने कहा–''केवल हाथ-पैर ही बांध करके नहीं छोड़ दो, बल्कि थोड़ी-सी नाक काट लो और नकली दाढ़ी उखाड़कर फेंक दो और तब होश में लाकर पूछो कि 'कहिए ऐयारों के गुरु-घण्टाल तेजसिंह, आपका मिजाज कैसा है'?''

इस समय मायारानी यही समझ रही थी कि यह दारोगा वास्तव में वही तेजसिंह है जिसने उसे अनूठी रीति से धोखा दिया था, बल्कि वह उसके शक पर बागीचे में घूमने के समय हर एक पत्ते से डरती फिरे तो ताज्जुब नहीं, परन्तु हमारे पाठक जरूर समझते होंगे कि तेजसिंह ऐसे बेवकूफ नहीं हैं जो मायारानी को धोखा देकर, बल्कि अपने धोखे का परिचय देकर, फिर उसके सामने उसी सूरत में आवें, जिस सूरत में उन्होंने धोखा दिया था, और वास्तव में बात भी ऐसी ही है। यह तेजसिंह नहीं थे, बल्कि मायारानी के असली दारोगा साहब थे। मगर अफसोस, इस समय उनकी दाढ़ी नोंचने तथा नाक काटने के लिए वही तैयार हैं जिनके वे पक्षपाती हैं।

नागर ने जो कुछ कहा, मायारानी ने स्वीकार किया। नागर ने पहले तिलिस्मी खंजर से दारोगा साहब की नाक काट ली और फिर दाढ़ी नोंचने के लिए तैयार हुई। मगर यह दाढ़ी नकली नहीं थी जो एक ही झटके में अलग हो जाती, इसलिए इसके नोंचने में बेचारी नागर को विशेष तकलीफ उठानी पड़ी। नागर दाढ़ी नोंचती जाती थी और यह कहती जाती थी–''तेजसिंह बड़े मजबूत मसाले से बाल जमाता है!''

आधी दाढ़ी नुचते-नुचते दारोगा का चेहरा खून से लालोलाल हो गया। उस समय मायारानी ने चौंककर नागर से कहा, ''ठहर-ठहर, बेशक धोखा हुआ, यह तेजसिंह नहीं, वास्तव में बेचारा दारोगा है।''

नागर–(रुककर) हां, ठीक तो जान पड़ता है। हाय, बहुत बुरी भूल हो गई।

माया–भूल क्या, गजब हो गया! इस बेचारे ने सिवाय नेकी के मेरे साथ बुराई कभी नहीं की, अब यह जहर के मारे मरा जा रहा है, पहले जहर दूर करने की फिक्र करनी चाहिए।

नागर–जहर तो बात-की-बात में दूर हो जाएगा, मगर अब हम लोग इसे अपना मुंह कैसे दिखाएंगे!

माया–मैंने तो केवल दाढ़ी नोंचने की राय दी थी, तूने ही नाक काटने के लिए कहा और अपने हाथ से बेचारे की नाक काट भी ली।

नागर–क्या खूब? इसे गालियां भी मैंने ही दी थीं। क्या तुम्हारी आज्ञा के बिना मैंने इसकी नाक काट ली? अब कसूर मेरे सिर पर थोप आप अलग होना चाहती हो? लोग सच ही तुम्हें बदनाम करते हैं। तुम्हारी दोस्ती पर भरोसा करना बेशक मूर्खता है, जब मेरे सामने तुम्हारा यह हाल है तो पीछे न मालूम तुम क्या करतीं! खैर, क्या हर्ज है, जैसी खुदगर्ज हो, मैं जान गई।

इतना कहकर नागर वहां से चली गई और जहर दूर करनेवाली दवा की शीशी ले आई। थोड़ी-सी दवा उस जगह लगाई, जहां अंगूठी के सबब से छिल गया था। दवा लगाने के थोड़ी देर बाद उस जगह छाला पड़ गया और उस छाले को नागर ने फोड़ दिया। पानी निकल जाने के साथ ही दारोगा होश में आकर उठ बैठा और अपनी हालत देखकर अफसोस करने लगा। यद्यपि वह कुछ भी नहीं जानता था कि मायारानी ने उसके साथ ऐसा सलूक क्यों किया, तथापि उसे इतना क्रोध चढ़ा हुआ था कि मायारानी से कुछ भी न पूछकर वह चुपचाप उसका मुंह देखता रहा।

माया–(दारोगा से) माफ कीजिएगा, मैंने केवल यह जानने के लिए आपको बेहोश किया था कि यह बीरेन्द्रसिंह का कोई ऐयार तो नहीं है, इसके सिवाय और जो कुछ किया, नागर ने किया।

नागर–ठीक है, बाबाजी इस बात को बखूबी समझते हैं। मैंने ही तो जहरीली अंगूठी से इनकी जान लेने का इरादा किया था! (बाबाजी की तरफ देखकर) मायारानी की दोस्ती पर भरोसा करना बड़ी भारी भूल है। जब इसने अपने पति ही को कैद करके वर्षों तक दुःख दिया तो हमारी-आपकी क्या बात है! इसने लक्ष्मीदेवीवाला भेद भी तेजसिंह से कह दिया और साथ ही इसके यह भी कह दिया कि सब काम दारोगा साहब ने किया है।

माया–(क्रोध से नागर की तरफ देखकर) क्यों री, तू मुझे नाहक बदनाम करती है!

नागर–जब तुम झूठमूठ मुझे बदनाम करती हो और बाबाजी की नाक काटने का कसूर मुझ पर थोपती हो तो क्या मैं सच्ची बात कहने से भी गई! आंखें क्या दिखाती हो? मैं तुमसे डरनेवाली नहीं हूं और तुम मेरा कुछ कर भी नहीं सकती हो। पहले तुम अपनी जान तो बचा लो!

मायारानी, जिसने इसके पहले कभी आधी बात भी किसी की नहीं सुनी थी, आज नागर की इतनी बड़ी बात कब बर्दाश्त कर सकती थी? उसने दांत पीसकर

नागर की तरफ देखा। इस बीच में बाबाजी भी बोल उठे, "बेशक सब कसूर मायारानी का है, नागर की जुबान से लक्ष्मीदेवी का शब्द निकलना ही इसका पूरा-पूरा सबूत है।"

बाबाजी की बात सुनकर मायारानी का गुस्सा और भी भड़क उठा। वह तिलिस्मी खंजर हाथ में लेकर नागर पर झपटी। नागर ने बगल में होकर अपने को बचा लिया और आप भी तिलिस्मी खंजर हाथ में लेकर मायारानी पर वार किया। दोनों में लड़ाई होने लगी। वे दोनों कोई फेंकैत या ओस्ताद तो थीं ही नहीं कि गुंथ जातीं या हिकमत के साथ लड़तीं। हां, दांव-घात बेशक होने लगे। कायदे की बात है कि तलवार या खंजर जो भी हाथ में हो, लड़ते समय उसका कब्जा जोर से दबाना ही पड़ता है। दबाने के सबब दोनों खंजरों में से बिजली की-सी चमक पैदा हुई और इस सबब से बेचारे बाबाजी ने घबराकर अपनी आंखें बन्द कर लीं, बल्कि भागने का बन्दोबस्त करने लगे। वह लौंडी, जो तेजसिंह की चीठी लाई थी, चिल्लाती हुई बाहर चली गई और उसने सब लौंडियों को इस लड़ाई की खबर कर दी। बात-की-बात में सब लौंडियां वहां पहुंचीं और लड़ाई बन्द कराने का उद्योग करने लगीं।

जब आदमी के पास दौलत होती है या जब आदमी अपने दर्जे या ओहदे पर कायम रहता है, तब सभी कोई उसकी इज्जत करते हैं, मगर रुपया निकल जाने या दर्जा टूट जाने पर फिर कोई भी नहीं पूछता, संगी-साथी सब दुम दबाकर भाग जाते हैं, भले आदमी उससे बात करना अपनी बेइज्जती समझते हैं, चाचा कहनेवाले भतीजा कहकर भी पुकारना पसन्द नहीं करते, दोस्त साहब सलाम तक छोड़ देते हैं, बल्कि दुश्मनी करने पर उतारू हो जाते हैं, और नौकर-चाकर केवल सामना ही नहीं करते, बल्कि खुद मालिक की तरफ आंखें दिखाते हैं।

ठीक यही हालत इस समय मायारानी की है। जब वह रानी थी, सौ ऐब होने पर भी लोग उसकी कदर करते थे, उससे डरते थे, और उसका हुक्म मानना, (चाहे कैसे ही बुरे काम के लिए वह क्यों न कहे), अपना फर्ज समझते थे। आज वह रानी की पदवी पर नहीं है, स्वयं उसे अपना राज्य छोड़ना, बल्कि मुंह छिपाकर भागना पड़ा, धन-दौलत रहते भी कंगाल होना पड़ा, वह कल रानी थी, आज उसके पास एक पैसा नहीं है, कल तक उससे लाखों आदमी डरते थे, आज उससे एक लौंडी भी नहीं डरती, कल सैकड़ों आदमियों की जान उसके हुक्म से ले ली जा सकती थी, मगर आज वह खुद एक लौंडी का कुछ नहीं कर सकती। यह उसके बुरे कर्मों का फल था, इसके सिवाय और क्या कहा जाए?

मनोरमा, मायारानी की सखी थी, और यह नागर मनोरमा की मुंह-लगी और मायारानी की लौंडी समझी जाती थी। मायारानी के हाथ से मनोरमा और नागर ने लाखों रुपये पाए। यह मकान, रोआब और दबदबा मनोरमा और नागर का मायारानी ही की बदौलत था। यही नागर, मायारानी की सैकड़ों गालियां बर्दाश्त करती थी, भला

या बुरा जो कुछ मायारानी उसे कहती थी, मानना पड़ता था, मगर आज जब मायारानी किसी योग्य न रही, जब मायारानी धन-दौलत से खाली हो गई, जब मायारानी की ताकत जाती रही, तो वही नागर बकरी से बाघिन हो गई, बल्कि नागर की लौंडियों की नजरों में भी मायारानी की इज्जत न रही। अब नागर को मायारानी से कुछ पाने की आशा तो रही ही नहीं, बल्कि यह मौका आ गया कि नागर खुद रुपये से मायारानी की मदद करे, इसलिए झट नागर की आंख बदल गई और वह बात का बतंगड़ बनाकर जान लेने के लिए तैयार हो गई। नागर की लौंडियां जो इस लड़ाई का हाल सुनकर आ पहुंची थीं, नागर का दिया खाती थीं, और इस समय मायारानी को भी अच्छी निगाह से नहीं देखती थीं। इसलिए ये सब सिवाय नागर के और किसी की मदद करना नहीं चाहती थीं, मगर तिलिस्मी खंजरों के सबब से इस लड़ाई के बीच में पड़ने से लाचार थीं। हां, जब दोनों लड़ाकियां ठहर जातीं और खंजर का कब्जा ढीला पड़ने के कारण चमक बन्द हो जाती तो वे लौंडियां नागर की मदद करने को जरूर तैयार हो जातीं।

आखिर नागर ने मायारानी से ललकारके कहा, "देख मायारानी, तू इस समय मुझसे लड़कर नहीं जीत सकती। यदि मैं तेरे सामने से भाग भी जाऊं और काशीराज के पास जाकर तेरा सब हाल कह दूं तो तुझे इसी समय गिरफ्तार करके राजा बीरेन्द्रसिंह के पास भेज देंगे और तुझसे कुछ भी करते-धरते न बन पड़ेगा। तू इस समय यहां छिपकर बैठी हुई है, किसी को भी तेरे हाल की खबर होगी तो तेरे लिए अच्छा न होगा। मगर मैं पुरानी दोस्ती पर ध्यान देकर तुझे माफ करती हूं और साथ ही इसके आज्ञा देती हूं कि इसी समय यहां से भाग जा और जिस तरह अपनी जान बचा सके, बचा।"

नागर की बातें सुनकर मायारानी रुक गई और थोड़ी देर तक कुछ सोचती रही, अंत में तिलिस्मी खंजर कमर में रख शीघ्रता से कमरे के बाहर हो, हाते से निकल गई। और न मालूम कहां चली गई। नागर ने इधर-उधर देखा तो दारोगा को भी न पाया। आखिर मालूम हुआ कि वह भी मौका देखकर भाग निकला, और न जाने कहां चला गया।

तीसरा बयान

अब जरा उन कैदियों की सुध लेनी चाहिए, जिन्हें नकली दारोगा ने दारोगावाले बंगले में मेगजीन की बगलवाली कोठरी में बन्द किया था। वास्तव में वह तेजसिंह ही थे, जो दारोगा की सूरत बनकर मायारानी से मिलने और उसके दिल का भेद लेने जा रहे थे, मगर जब दारोगावाले बंगले पर पहुंचे तो मायारानी की लौंडियों तथा लाली

की जुबानी मालूम हुआ कि दो आदमियों के पीछे-पीछे मायारानी और नागर टीले पर गई हैं। तेजसिंह उस टीले का हाल बखूबी जानते थे और सुरंग की राह बाग के चौथे दर्जे में आने-जाने का भेद भी उन्हें बता दिया गया था, इसलिए उन्हें शक हुआ और वे सोचने लगे कि मायारानी जिन दो आदमियों के पीछे-पीछे टीले पर गई है, कहीं वे दोनों हमारी तरफ के ऐयार ही न हों जो बाग के चौथे दर्जे में जाने का इरादा रखते हों, यदि वास्तव में ऐसा हो तो निःसन्देह मायारानी के हाथ से उन्हें कष्ट पहुंचेगा। यह सोचते ही तेजसिंह भी उसी टीले की तरफ रवाना हुए और यही सबब था कि सुरंग में दारोगा की शक्ल बने हुए तेजसिंह की मायारानी से मुलाकात हुई थी और उसके बाद जो कुछ हुआ, ऊपर लिखा ही जा चुका है।

मेगजीन की बगलवाली कोठरी में कैदियों को कैद करने के बाद जब खाने-पीने का सामान लेकर तेजसिंह उस तहखाने में गए तो कैदियों को होश में लाकर संक्षेप में सब हाल कह दिया था और अजायबघर की ताली जो मायारानी से वापस ली थी, राजा गोपालसिंह को देकर कहा कि इस ताली की मदद से जहां तक हो सके आप लोग यहां से जल्द निकल जाइए। राजा गोपालसिंह ने जवाब दिया था कि "यदि यह ताली न मिलती तो भी हम लोग यहां से निकल जाते क्योंकि मुझे यहां का पूरा-पूरा हाल मालूम है और अब आप हम लोगों की तरफ से निश्चिन्त रहिए, मगर चौबीस घण्टे के अन्दर मायारानी का साथ न छोड़िए और न उसे कोई काम इस बीच में करने दीजिए, इसके बाद हम लोग स्वयं आपको ढूंढ़ लेंगे।"

इस दारोगावाले बंगले का हाल केवल तेजसिंह ही को नहीं, बल्कि हमारे और भी कई ऐयारों को मालूम था, क्योंकि कमलिनी ने, जो कुछ भी वह जानती थी, सभों को बता दिया था।

अब, जब तेजसिंह दारोगावाले बंगले से चले तो राजा गोपालसिंह और कमलिनी इत्यादि को ढूंढ़ने के लिए उत्तर की तरफ रवाना हुए। वे जानते थे कि मेगजीन की बगलवाली कोठरी से निकलकर वे लोग उत्तर की तरफ ही किसी ठिकाने बाहर होंगे।

तेजसिंह कोस-भर से ज्यादे नहीं गए होंगे कि रात की पहली अंधेरी ने चारों तरफ अपना दखल जमा लिया, जिसके सबब से वे उन लोगों को बखूबी ढूंढ़ न सकते थे और न उन लोगों का ठीक पता ही था, तथापि उन्हें विशेष कष्ट न उठाना पड़ा क्योंकि थोड़ी ही दूर जाने के बाद देवीसिंह से मुलाकात हो गई, जो इन्हीं को ढूंढ़ने के लिए जा रहे थे। देवीसिंह के साथ चलकर तेजसिंह थोड़ी ही देर में वहां जा पहुंचे, जहां गोपालसिंह इत्यादि घने जंगल में एक पेड़ के नीचे बैठे इनके आने की राह देख रहे थे। तेजसिंह को देखते ही सब लोग उठ खड़े हुए और खातिर के तौर पर दो-चार कदम आगे बढ़ आए।

देवीसिंह—देखिए, इन्हें कितना जल्द ढूंढ़ लाया हूं।

गोपाल–(तेजसिंह से) आइए-आइए।

तेजसिंह–इतनी दूर आए तो क्या दो-चार कदम के लिए रुके रहेंगे?

गोपाल–(हंसके और तेजसिंह का हाथ पकड़के) आज आप ही की बदौलत हम लोग जीते-जागते यहां दिखाई दे रहे हैं।

तेजसिंह–यह सब तो भगवती की कृपा से हुआ और उन्हीं की कृपा से इस समय मैं इसके लिए अच्छी तरह तैयार भी हो रहा हूं कि मेरी जितनी तारीफ आपके किए हो सके कीजिए और मैं फूला नहीं समाता हुआ चुपचाप बैठा सुनता रहूं और घण्टों बीत जाएं, मगर तिस पर भी आपकी की हुई तारीफ को उस काम के बदले में न समझूं जिसकी वजह से आप लोग छूट गए, बल्कि एक दूसरे ही काम के बदले में समझूं, जिसका पता खुद आप ही की जुबान से लगेगा और यह भी जाना जाएगा कि मैं कौन-सा अनूठा काम करके आया हूं, जिसे खुद नहीं जानता, मगर जिसके बदले में तारीफों की बौछार सहने को चुप्पी का छाता लगाए पहले ही से तैयार था। साथ ही इसके यह भी कह देना अनुचित न होगा कि मैं केवल आप ही को तारीफ करने के लिए मजबूर न करूंगा, बल्कि आपसे ज्यादे कमलिनी और लाडिली को मेरी तारीफ करनी पड़ेगी।

गोपाल–(कुछ सोचकर और हंसी के ढंग से) अगर गुस्ताखी और बेअदबो में न गिनिए तो मैं पूछ लूं कि आज आपने भंग के बदले में ताड़ी तो नहीं छानी है?

यद्यपि यह जंगल बहुत ही घना और अंधकारमय हो रहा था, मगर तेजसिंह को साथ लिये देवीसिंह के आने की आहट पाते ही भूतनाथ ने बटुए में से एक छोटी-सी अबरख की लालटेन जो मोड़माड़ के बहुत छोटी और चिपटी कर ली जाती थी, निकाल ली थी और रोशनी के लिए तैयार बैठा था। देवीसिंह की आवाज पाते ही उसने बत्ती बालकर उजाला कर दिया था, जिससे सभों की सूरत साफ-साफ दिखाई दे रही थी। तेजसिंह की इज्जत के लिए सब कोई उठकर दो-चार कदम आगे बढ़ गए थे, और इसके बाद मायारानी का समाचार जानने की नीयत से सभों ने उन्हें घेर लिया था। तेजसिंह के चेहरे पर खुशी की निशानियां मामूली से ज्यादे दिखाई दे रही थीं, इसलिए गोपालसिंह इत्यादि किसी भारी खुशखबरी के सुनने की लालसा मिटाने का उद्योग करना चाहते थे, मगर तेजसिंह की रेशम की गुत्थी की तरह उलझी हुई बातों को सुनकर गोपालसिंह भौंचक-से हो गए और सोचने लगे कि वह कैसी खुशखबरी है कि जिसे तेजसिंह स्वयं नहीं जानते, बल्कि मुझसे ही सुनकर मुझी को सुनाने और खुश करके तारीफों की बौछार सहने के लिए तैयार हैं, और यही सबब था कि राजा गोपालसिंह ने दिल्लगी के साथ तेजसिंह पर भंग के बदले में ताड़ी पीने की आवाज कसी।

तेजसिंह–(हंसकर) ताड़ी और शराब पीना तो आप लोगों का काम है जिन्हें अपने-बेगाने की कुछ खबर ही नहीं रहती! मैं यह बात दिल्लगी में नहीं कहता, बल्कि

साबित कर दूंगा कि आप भी उन्हीं में अपनी गिनती करा चुके हैं। सच तो यों है कि इस समय आपके पेट में चूहे कूदते होंगे और यह जानने के लिए आप बहुत ही बेताब होंगे कि मैं आपसे क्या पूछूंगा और क्या कहूंगा। अच्छा आप बताइए कि 'लक्ष्मीदेवी' किसका नाम है?

गोपाल–क्या आप नहीं जानते? यह तो उसी कमबख्त मायारानी का नाम है।

तेज–बस-बस-बस! अब आपकी जुबानी उस बात का पता लग गया जिसे मैं एक भारी खुशखबरी समझता हूं। अब आप सुनिए, (कुछ रुककर) मगर नहीं, पहले आपसे इनाम पाने का इकरार तो करा ही लेना चाहिए, क्योंकि खाली तारीफों की बौछार से काम नहीं चलेगा।

गोपाल–मैं आपको कुछ इनाम देने योग्य तो हूं नहीं, पर यदि आप मुझे इस योग्य समझते ही हैं तो इनाम का निश्चय भी आप ही कर लीजिए, मुझे जी-जान से उसे पूरा करने के लिए तैयार पाइएगा।

तेज–(हाथ फैलाकर) अच्छा, तो आप हाथ पर हाथ मारिए, मैं अपना इनाम जब चाहूंगा, मांग लूंगा और आप उस समय उसे देने योग्य होंगे।

गोपाल–(तेजसिंह के हाथ पर हाथ मारके) लीजिए अब तो कहिए, आप तो हम लोगों की बेचैनी बढ़ाते ही जा रहे हैं।

तेज–हां-हां, सुनिए। (कमलिनी और लाडिली से) तुम दोनों भी जरा पास आ जाओ और ध्यान देकर सुनो कि मैं क्या कहता हूं। (हंसकर) आप लोग बड़े खुश होंगे। हां, अब सब कोई बैठ जाइए।

गोपाल–(बैठकर) तो आप कहते क्यों नहीं, इतना नखरा-तिल्ला क्यों कर रहे हैं?

तेज–इसलिए कि खुशी के बाद आप लोगों को रंज भी होगा और आप लोग एक तरद्दुद में फंस जाएंगे।

गोपाल–आप तो उलझन-पर-उलझन डाले जाते हैं और कुछ कहते भी नहीं।

तेज–कहता तो हूं, सुनिए–यह जो मायारानी है वह असल में आपकी स्त्री लक्ष्मीदेवी नहीं है।

इतना सुनते ही राजा गोपालसिंह, कमलिनी और लाडिली को हद से ज्यादे खुशी हुई, यहां तक कि दम रुकने लगा और थोड़ी देर तक कुछ कहने की सामर्थ्य न रह गई। इसके बाद अपनी अवस्था ठीक करके कमलिनी ने कहा।

कमलिनी–ओफ, आज मेरे सिर से बड़े भारी कलंक का टीका मिटा। मैं इस ताने के सोच में मरी जाती थी कि तुम्हारी बहिन जब इतनी दुष्ट है तो तुम न जाने कैसी होवोगी!

गोपाल–मैं जिस खयाल से लोगों को अपना मुंह दिखाने से हिचकिचाता था आज वह जाता रहा। अब मैं खुशी से जमानिया के राजकर्मचारियों के सामने

मायारानी का इजहार लूंगा, मगर यह तो कहिए कि इस बात का निश्चय आपको क्योंकर हुआ?

तेज–मैं संक्षेप में आपसे कह चुका हूं कि जब मैं दारोगा की सूरत में सुरंग के अन्दर पहुंचा और मायारानी से मुलाकात हुई, तो आपको होश में लाने के लिए मायारानी से खूब हुज्जत हुई।

गोपाल–हां, आप कह चुके हैं।

तेज–उस समय जो-जो बातें मायारानी से हुईं वह तो पीछे कहूंगा, मगर मायारानी की थोड़ी-सी बात, जिसे मैंने इस तरह अक्षर-अक्षर खूब याद कर रखा है जैसे पाठशाला के लड़के अपना पाठ याद कर रखते हैं, आप लोगों से कहता हूं, उसी से आप लोग उस भेद का मतलब निकाल लेंगे। मायारानी ने मुझे समझाने की रीति से कहा था कि–

"यद्यपि आपको इस बात का रंज है कि मैंने गोपालसिंह के साथ दगा की और यह भेद आपसे छिपा रखा, मगर आप भी तो जरा पुरानी बातों को याद कीजिए! खास करके उस अंधेरी रात की बात, जिसमें मेरी शादी और पुतले की बदलौवल हुई थी! आप ही ने तो मुझे यहां तक पहुंचाया! अब अगर मेरी दुर्दशा होगी तो क्या आप बच जाएंगे? मान लिया जाए कि अगर गोपालसिंह को बचा लें तो लक्ष्मीदेवी का बचके निकल जाना आपके लिए दुःखदायी न होगा? और जब इस बात की खबर गोपालसिंह को लगेगी, तो क्या वह आपको छोड़ देगा? बेशक, जो कुछ आज तक मैंने किया है, सब आप ही का कसूर समझा जाएगा! मैंने इसे इसीलिए कैद किया था कि लक्ष्मीदेवीवाला भेद इसे मालूम न होने पावे या इसे इस बात का पता न लग जाए कि दारोगा की करतूत ने लक्ष्मीदेवी की जगह..."

बस इतना कहकर वह चुप हो गई और मैंने भी इस भेद को सोचते हुए यह समझकर इन बातों का कुछ जवाब देना उचित न जाना और चुप हो रहा कि कहीं बात-ही-बात में मेरा अनजानपन न झलक जावे और मायारानी को यह न मालूम हो जाए कि मैं वास्तव में दारोगा नहीं हूं।

गोपाल–बस-बस! मायारानी के मुंह से निकली हुई इतनी ही बातें सबूत के लिए काफी हैं और बेशक वह कमबख्त मेरी स्त्री नहीं है। अब मुझे ब्याह के दिन की कुछ बातें धीरे-धीरे याद आ रही हैं जो इस बात को और भी मजबूत कर रही हैं और इसमें भी कोई शक नहीं कि हरामखोर दारोगा ही सब फसाद की जड़ है।

कमलिनी–मगर उस हरामजादी की बातों से जैसा कि आपने अभी कहा, यह भी साबित होता है कि दारोगा की मदद से अपना काम पूरा करने के बाद वह मेरी बहिन लक्ष्मीदेवी की जान लेना चाहती थी, मगर वह किसी तरह बचके निकल गई।

तेज–बेशक, ऐसा ही है और मेरा दिल गवाही देता है कि लक्ष्मीदेवी अभी तक जीती है, यदि उसकी खोज की जाए तो वह अवश्य मिलेगी।

गोपाल–मेरा भी दिल यही गवाही देता है, मगर अफसोस की बात है कि उसने मुझ तक पहुंचने या इस भेद को खोलने के लिए कुछ उद्योग न किया।

कमलिनी–यह आप कैसे कह सकते हैं कि उसने कोई उद्योग न किया होगा? कदाचित उसका उद्योग सफल न हुआ हो? इसके अतिरिक्त मायारानी और दारोगा की चालाकी कुछ इतनी कच्ची न थी कि किसी की कलई चल सकती, फिर उस बेचारी का क्या कसूर? जब मैं उसकी सगी बहिन होकर धोखे में फंस गई और इतने दिनों तक उसके साथ रही तो दूसरे की क्या बात है? उसके ब्याह के चार वर्ष बाद जब मैं माता-पिता के मर जाने के कारण लाडिली को साथ लेकर आपके घर आई तो मायारानी की सूरत देखते ही मुझे शक पड़ा, परन्तु इस खयाल ने उस शक को जमने न दिया कि कदाचित् चार वर्ष के अन्तर ने उसकी सूरत-शक्ल में इतना फर्क डाल दिया हो और यह आश्चर्य की बात है भी नहीं, बहुतेरी कुंआरी लड़कियों की सूरत-शक्ल ब्याह होने के तीन या चार वर्ष बाद ही ऐसी बदल जाती है कि पहचानना कठिन होता है।

तेज–प्रायः ऐसा होता है, यह कोई आश्चर्य की बात नहीं है।

कमलिनी–और कमबख्त ने हम दोनों बहिनों की उतनी ही खातिर की, जितनी कोई बहिन, बहिन की खातिर कर सकती है, मगर यह बात तभी तक रही जब तक उसने (गोपालसिंह की तरफ इशारा करके) इनको कैद कर लिया था।

गोपाल–मेरे साथ तो रस्म और रिवाज ने दगा की! ब्याह के पहले मैंने उसे देखा ही न था, फिर पहचानता क्योंकर?

कमलिनी–बेशक, बड़ी चालाकी खेली गई। हाय, अब मैं बहिन लक्ष्मीदेवी को कहां ढूंढूं, क्योंकर कैसे पाऊं?

तेज–जिस ढंग से मायारानी ने मुझे समझाया था, उससे तो मालूम होता है कि यह चालाकी करने के साथ ही दारोगा ने लक्ष्मीदेवी को कैद करके किसी गुप्त स्थान में रख दिया था, मगर कुछ दिनों के बाद वह किसी ढंग से छूटके निकल गई। शायद इसी सबब से वह कमलिनी या लाडिली से न मिल सकी हो।

गोपाल–बिना दारोगा को सताए इसका पूरा हाल न मालूम होगा।

तेज–दारोगा तो रोहतासगढ़ में ही कैद है।

इतने ही में एक तरफ से आवाज आई, "दारोगा अब रोहतासगढ़ में कैद नहीं है, निकल भागा।" तेजसिंह ने घूमकर देखा तो भैरोसिंह पर निगाह पड़ी। भैरोसिंह ने पिता के चरण छुए और राजा गोपालसिंह को भी प्रणाम किया, इसके बाद आज्ञा पाकर बैठ गया।

तेज–(भैरोसिंह से) क्या तुम बड़ी देर से खड़े-खड़े हम लोगों की बातें सुन रहे थे? हम लोग बातों में इतना डूबे हुए थे कि तुम्हारा आना जरा भी मालूम न हुआ।

भैरो–जी नहीं, मैं अभी चला आ रहा हूं और सिवाय इस आखिरी बात के, जिसका जवाब दिया है, आप लोगों की और कोई बात मैंने नहीं सुनी।

तेज–तुम्हें यह कैसे मालूम हुआ कि हम लोग यहां हैं?

भैरो–मैं तिलिस्मी बाग के चौथे दर्जे में जा रहा था, मगर जब दारोगावाले बंगले के पास पहुंचा तो उसकी बिगड़ी हुई अवस्था देखकर जी व्याकुल हो गया, क्योंकि इस बात का विश्वास करने में किसी तरह का शक नहीं हो सकता था कि उस बंगले की बरबादी का सबब बारूद और सुरंग है और यह कार्रवाई बेशक हमारे दुश्मनों की है। अस्तु, तिलिस्मी बाग के चौथे दर्जे में जाने के पहले इस मामले का असल हाल जानने की इच्छा हुई और किसी से मिलने की आशा में मैं इस जंगल में घूमने लगा। मगर इस लालटेन की रोशनी ने जो यहां बल रही है, मुझे ज्यादे देर तक भटकने न दिया। अब सबके पहले मैं उस बंगले की बरबादी का सबब जानना चाहता हूं, यदि आपको मालूम हो तो कहिए।

तेज–मैं भी यही चाहता हूं कि राजा बीरेन्द्रसिंह का कुशल-क्षेम पूछने के बाद जो कुछ कहना है, सो तुमसे कहूं और उस बंगले की कायापलट का सबब तुमसे बयान करूं, क्योंकि इस समय एक बड़ा ही कठिन काम तुम्हारे सुपुर्द किया जाएगा, जो कितना जरूरी है, सो उस बंगले का हाल सुनते ही तुम्हें मालूम हो जाएगा।

भैरो–राजा बीरेन्द्रसिंह बहुत अच्छी तरह हैं, इधर का हाल सुनकर उन्हें बहुत क्रोध आता है और चुपचाप बैठे रहने की इच्छा नहीं होती, परन्तु आपकी वह बात उन्हें बराबर याद रहती है जो उनसे बिदा होने के समय अपनी कसम का बोझ देकर आप कह आए थे। निःसन्देह वे आपको सच्चे दिल से चाहते हैं और यही सबब है कि बहुत-कुछ कर सकने की शक्ति रखकर भी कुछ नहीं कर रहे हैं।

तेज–हां, मैं उन्हें ताकीद कर आया था कि चुपचाप चुनार जाकर बैठिए और देखिए कि हम लोग क्या करते हैं। तो क्या राजा बीरेन्द्रसिंह चुनार गए?

भैरो–जी हां, वे चुनार गए और मैं अबकी दफे चुनार ही से चला आ रहा हूं। रोहतासगढ़ में केवल ज्योतिषीजी हैं और उन्हें राज्य-सम्बन्धी कार्यों से बहुत कम फुरसत मिलती है, इसी सबब से दारोगा धोखा देकर न मालूम किस तरह कैद से निकल भागा। जब यह खबर चुनार पहुंची तो यह सोचकर कि भविष्य में कोई गड़बड़ न होने पाए, चुन्नीलाल ऐयार रोहतासगढ़ भेजे गए और जब तक कोई दूसरा हुक्म न पहुंचे, उन्हें बराबर रोहतासगढ़ ही में रहने की आज्ञा हुई और मैं इधर का हालचाल लेने के लिए भेजा गया।

तेज–अच्छा, तो मैं दारोगावाले बंगले की बरबादी का सबब बयान करता हूं।

इसके बाद तेजसिंह ने सब हाल अर्थात् अपना सुरंग में जाना, मायारानी से मुलाकात और बातचीत, राजा गोपालसिंह और कमलिनी इत्यादि का गिरफ्तार होना और फिर उन्हें छुड़ाना तथा दारोगावाले बंगले के उड़ने का सबब और इसके बाद

का पूरा-पूरा हाल कह सुनाया जिसे भैरोसिंह बड़े गौर से सुनता रहा और जब बातें पूरी हो गईं, तब बोला–

''यह एक विचित्र बात मालूम हुई कि मायारानी वास्तव में कमलिनी की बहिन नहीं है। (कुछ सोचकर) मगर मैं समझता हूं कि असल बातों का पूरा-पूरा पता लगाने के लिए उसे बहुत जल्द गिरफ्तार करना चाहिए, केवल उसी को नहीं, बल्कि कमबख्त दारोगा को भी ढूंढ़ निकालना चाहिए।

गोपाल–बेशक, ऐसा ही होना चाहिए, और अब मैं भी अपने को गुप्त रखना नहीं चाहता जैसा कि आज के पहले सोचे हुए था।

तेज–सबसे पहले यह तै कर लेना चाहिए कि अब हम लोगों को करना क्या है! (गोपालसिंह से) आप अपनी राय दीजिए।

गोपाल–राय और बहस में तो घण्टों बीत जाएंगे, इसलिए यह काम भी आप ही की मर्जी पर छोड़ा, जो कहिए वही किया जाए।

तेज–(कुछ सोचकर) अच्छा तो फिर आप कमलिनी और लाडिली को लेकर जमानिया जाइए और तिलिस्मी बाग में पहुंचकर अपने को प्रकट कर दीजिए, मैं समझता हूं कि वहां आपका विपक्षी (खिलाफ) कोई भी न होगा।

गोपाल–आप खिलाफ कह रहे हैं! मेरे नौकरों को मुझसे मिलने की खुशी है, अपने नौकरों में मैं अपने को प्रकट भी कर चुका हूं!

तेज–(ताज्जुब से) यह कब? मैं तो इसका हाल कुछ भी नहीं जानता!

गोपाल–इधर आपसे मुलाकात ही कब हुई जो आप जानते? कमलिनी, लाडिली, भूतनाथ और देवीसिंह को मालूम है।

तेज–खैर, कह तो जाइए कि क्या हुआ?

गोपाल–बड़ा ही मजा हुआ। मैं आपसे खुलासा कह दूं, सुनिए। एक दिन रात के समय मैं भूतनाथ को साथ लिये हुए गुप्त राह से तिलिस्मी बाग के उस दर्जे में पहुंचा जिसमें मायारानी सो रही थी। हम दोनों नकाब डाले हुए थे। उस समय इसके सिवाय और कोई काम न कर सके कि कुछ रुपये देकर एक मालिन को इस बात पर राजी करें कि कल रात के समय तू चुपके से चोरदरवाजा खोल दीजियो, क्योंकि कमलिनी इस बाग में आना चाहती है। यह काम इस मतलब से नहीं किया गया कि वास्तव में कमलिनी वहां जानेवाली थी बल्कि इस मतलब से था कि किसी तरह से कमलिनी के जाने की झूठी खबर मायारानी को मालूम हो जाए और वह कमलिनी को गिरफ्तार करने के लिए पहले से तैयार रहे, जिसके बदले में हम और भूतनाथ जाने वाले थे, क्योंकि आगे जो कुछ मैं कहूंगा उससे मालूम होगा कि वह मालिन तो इस भेद को छिपाया चाहती थी और हम लोग हर तरह से प्रकट करके अपने को गिरफ्तार कराया चाहते थे। इसी सबब से दूसरे दिन आधी रात के समय हम दोनों फिर उस बाग में उसी राह से पहुंचे, जिसका हाल मेरे सिवाय और कोई भी नहीं

जानता—बाग ही में नहीं, बल्कि उस कमरे में पहुंचे जिसमें मायारानी अकेली सो रही थी। उस समय वहां केवल एक हांडी जल रही थी जिसे जाते ही मैंने बुझा दिया और इसके बाद दरवाजे में ताला लगा दिया जो अपने साथ ले गया था। यद्यपि दरवाजे पर पहरा पड़ रहा था, मगर मैं दरवाजे की राह से नहीं गया था बल्कि एक सुरंग की राह से गया था जिसका सिरा उसी कोठरी में निकला था। उस कोठरी की दीवार आबनूस की लकड़ी की थी और इस बात का गुमान भी नहीं हो सकता था कि दीवार में कोई दरवाजा है। यह दरवाजा केवल एक तख्ते के हट जाने से खुलता है और तख्ता एक कमानी के सहारे पर है। खैर, ताला बन्द कर देने के बाद मैंने जानबूझकर एक शीशा जमीन पर गिरा दिया जिसकी आवाज से मायारानी चौंक उठी। अंधेरे के कारण सूरत तो दिखाई नहीं देती थी इसलिए मैं नहीं कह सकता कि उसने क्या-क्या किया, मगर इसमें कोई सन्देह नहीं कि वह बहुत ही घबड़ाई होगी और वह घबड़ाहट उसकी उस समय और भी बढ़ गई होगी, जब दरवाजे के पास पहुंचकर उसने देखा होगा कि वहां ताला बन्द है। मैं पैर पटक-पटककर कमरे में घूमने लगा। थोड़ी देर में टटोलता हुआ मायारानी के पास पहुंचकर मैंने उसकी कलाई पकड़ ली और जब वह चिल्लाई तो एक तमाचा जड़के अलग हो गया। तब मैंने एक चोर लालटेन जलाई जो मेरे पास थी। उस समय मायारानी डर और मार खाने के कारण बेहोश हो चुकी थी। मैंने दरवाजे का ताला खोल दिया और उसे उठाकर चारपाई पर लिटा देने के बाद वहां से चलता बना। यह कार्रवाई इसलिए की गई थी कि मायारानी घबड़ाकर बाहर निकले और उसकी लौंडियां इस घटना का पता लगाने के लिए चारों तरफ घूमें जिससे आगे हम लोग जो कुछ करेंगे उसकी खबर मायारानी को लग जाए। इसके बाद मैं और भूतनाथ एक नियत स्थान पर उस मालिन से जाकर मिले और उससे बोले कि आज तो कमलिनी आ न सकी, मगर कल आधी रात को जरूर आवेगी, चोरदरवाजा खुला रखियो! बेशक, इस बात की खबर मायारानी को लग गई जैसा कि हम लोग चाहते थे, क्योंकि दूसरे दिन जब हम लोग चोरदरवाजे की राह बाग में पहुंचे तो हम लोगों को गिरफ्तार करने के लिए कई आदमी मुस्तैद थे।

ऊपर लिखे हुए बयान से पाठक इतना तो जरूर समझ गए होंगे कि मायारानी के बाग में पहुंचनेवाले दोनों नकाबपोश, जिनका हाल सन्तति के नौवें भाग के चौथे और सातवें बयानों में लिखा गया है, ये ही राजा गोपालसिंह और भूतनाथ थे, इसलिए उन दोनों ने और जो कुछ काम किया, उसे इस जगह दोहराकर लिखना हम इसलिए उचित नहीं समझते कि वह हाल पाठकगण पढ़ ही चुके हैं और उन्हें याद होगा। अस्तु, यहां केवल इतना ही कह देना काफी है कि ये दोनों गोपालसिंह और भूतनाथ थे और राजा गोपालसिंह ने ही कोठरी के अन्दर बारी-बारी से पांच-पांच आदमियों को बुलाकर अपनी सूरत दिखाई और कुछ थोड़ा-सा हाल भी कहा था।

राजा गोपालसिंह ने यह सब पूरा-पूरा हाल तेजसिंह और भैरोसिंह से कहा और देर तक वे सुन-सुनकर हंसते रहे। इसके बाद देवीसिंह और भूतनाथ ने भी अपनी कार्रवाई का हाल कहा और फिर इस विषय में बातचीत होने लगी कि अब क्या करना चाहिए।

तेज–(गोपालसिंह से) अब आप खुले दिल से अपने महल में जाकर राज्य का काम कर सकते हैं इसलिए अब जो कुछ आपको करना है, हुकूमत के साथ कीजिए। ईश्वर की कृपा से अब आपको किसी तरह की चिन्ता न रही इसलिए इधर-उधर...

गोपाल–यह आप नहीं कह सकते कि अब मुझे किसी तरह की चिन्ता नहीं, मगर हां, बहुत-सी बातें जिनके सबब से मैं अपने महल में जाने से हिचकता था, जाती रहीं इसलिए मेरी भी राय है कि कमलिनी और लाडिली को साथ लेकर मैं अपने घर जाऊं और वहां से दोनों कुमारों को मदद पहुंचाने का उद्योग करूं जो इस समय तिलिस्म के अन्दर जा पहुंचे हैं, क्योंकि यद्यपि तिलिस्म का फैसला उन दोनों के हाथों होना ब्रह्मा की लकीर-सा अटल हो रहा है, तथापि मेरी मदद पहुंचने से उन्हें विशेष कष्ट न उठाना पड़ेगा। इसके साथ मैं यह भी चाहता हूं कि किशोरी और कामिनी को भी अपने तिलिस्मी बाग ही में बुलाकर रक्खूं...

कमलिनी–जी नहीं, मैं तिलिस्मी बाग में तब तक नहीं जाऊंगी जब तक कमबख्त मायारानी से अपना बदला न ले लूंगी और अपनी बहिन को, यदि वह अभी तक इस दुनिया में है, न ढूंढ़ निकालूंगी। किशोरी और कामिनी का भी आपके यहां रहना उचित नहीं है, इसे आप अच्छी तरह गौर करके सोच लें। उनकी तरफ से आप निश्चिन्त रहें, तालाबवाले मकान में जो आजकल मेरे दखल में है, उन्हें किसी तरह की तकलीफ नहीं होगी। मैं हाथ जोड़कर प्रार्थना करती हूं कि आप मेरी प्रार्थना स्वीकार करें और मुझे अपनी राय पर छोड़ दें।

गोपाल–(कुछ सोचकर) तुम्हारी बातों का बहुत-सा हिस्सा सही और वाजिब है, मगर बेइज्जती के साथ तुम्हारा इधर-उधर मारे-मारे फिरना मुझे पसन्द नहीं। यद्यपि तुम्हें ऐयारी का शौक है और तुम इस फन को अच्छी तरह जानती हो, मगर मेरी और इसी के साथ किसी और की इज्जत पर भी ध्यान देना उचित है। यह बात मैं तुम्हारी गुप्त इच्छा को अच्छी तरह समझकर कहता हूं। मैं तुम्हारी अभिलाषा में बाधक नहीं होता, बल्कि उसे उत्तम और योग्य समझता हूं।

कमलिनी–(कुछ शर्माकर) उस दिन आप जो चाहें मुझे सजा दें, जिस दिन किसी की जुबानी, जो ऐयार या उन लोगों में से न हों, जिनके सामने मैं हो सकती हूं, आप यह सुन पावें कि कमलिनी या लाडिली की सूरत किसी ने देख ली या दोनों ने कोई ऐसा काम किया जो बेइज्जती या बदनामी से सम्बन्ध रखता है।

गोपाल–(तेजसिंह से) आपकी क्या राय है?

तेज–मैं इस विषय में कुछ भी न बोलूंगा, हां, इतना अवश्य कहूंगा कि यदि आप कमलिनी की प्रार्थना स्वीकार कर लेंगे तो मैं अपने दो ऐयारों को इनकी हिफाजत के लिए छोड़ दूंगा।

गोपाल–जब आप ऐसा कहते हैं तो मुझे कमलिनी की बात माननी पड़ी। खैर, थोड़े से सिपाही इनकी मदद के लिए मैं भी मुकर्रर कर दूंगा।

कमलिनी–मुझे उससे ज्यादे आदमियों की जरूरत नहीं है जितने मेरे पास थे। हां, आप उन लोगों को एक चीठी मेरे जाने के बाद अवश्य लिख दें कि 'हम इस बात से खुश हैं कि तुम इतने दिनों से कमलिनी के साथ रहे और रहोगे।' हां, इसके साथ एक काम और भी चाहती हूं।

गोपाल–वह क्या?

कमलिनी–जब मैंने अपना किस्सा आपसे बयान किया था तो यह भी कहा था कि मायारानी ने तिलिस्मी मकान के जरिए से कुमार और उनके ऐयारों के साथ-ही-साथ कई बहादुर सिपाहियों को गिरफ्तार कर लिया था।

गोपाल–हां, मुझे याद है, जिस मकान में बारी-बारी हंसकर वे लोग कूद गए थे।

कमलिनी–जी हां, सो कुमार और उनके ऐयार तो छूट गए, मगर मेरे सिपाहियों का अभी तक पता नहीं है, बेशक वे भी तिलिस्मी बाग में किसी ठिकाने कैद होंगे, जिसका पता आप लगा सकते हैं। मुझे आज तक यह न मालूम हुआ कि उनके हंसने और कूद पड़ने का क्या कारण था। इस विषय में कुमार से भी कुछ पूछने का मौका न मिला।

गोपाल–मैं वादा करता हूं कि उन आदमियों को यदि वे मारे नहीं गए हैं तो अवश्य ढूंढ़ निकालूंगा, और इसका कारण कि वे लोग हंसते-हंसते उस मकान के अन्दर क्यों कूद पड़े सो तुम इसी समय देवीसिंह से भी पूछ सकती हो जो यहां मौजूद हैं और उन हंसते-हंसते कूद पड़नेवालों में शरीक थे।

देवीसिंह–माफ कीजिए, मैं उस विषय में तब तक कुछ भी न कहूंगा जब तक इन्द्रजीतसिंह मेरे सामने मौजूद न होंगे, क्योंकि उन्होंने उस बात को छिपाने के लिए मुझे सख्त ताकीद की है बल्कि कसम दे रखी है।

कमलिनी–यह और भी आश्चर्य की बात है, खैर, जाने दीजिए, फिर देखा जाएगा। हां, आपने मेरी प्रार्थना स्वीकार की? लाडिली मेरे साथ रहेगी?

गोपाल–हां, स्वीकार की, मगर देखो, जो कुछ करना होशियारी से करना और मुझे बराबर खबर देती रहना।

तेज–मैं प्रतिज्ञानुसार अपने दो ऐयार तुम्हारे सुपुर्द करता हूं, जिन्हें तुम चाहो अपनी मदद के लिए ले लो।

कमलिनी–अच्छा, तो आप कृपाकर भूतनाथ और देवीसिंह को दे दीजिए।

तेज–भूतनाथ तो तुम्हारा ही ऐयार है, उस पर अभी मेरा कोई अख्तियार नहीं है, वह अवश्य तुम्हारे साथ रहेगा, उसके अतिरिक्त दो ऐयार तुम और ले लो।

कमलिनी–निःसन्देह आपका बड़ा अनुग्रह मुझ पर है, मगर मुझे ज्यादे ऐयारों की आवश्यकता नहीं है।

तेज–खैर, यही सही फिर देखा जाएगा। (देवीसिंह से) अच्छा, तो तुम कमलिनी का काम करो और इनके साथ रहो।

देवी–बहुत अच्छा।

तेज–खैर, तो अब सभा विसर्जित होनी चाहिए, देखिए आसमान का रंग बदल गया। कमलिनी और लाडिली के लिए सवारी का क्या इन्तजाम होगा?

कमलिनी–थोड़ी दूर जाकर मैं रास्ते में इसका इन्तजाम कर लूंगी, आप बेफिक्र रहिए।

थोड़ी-सी और बातचीत के बाद सब कोई उठ खड़े हुए। कमलिनी, लाडिली, भूतनाथ तथा देवीसिंह ने दक्खिन का रास्ता पकड़ा और कुछ दूर जाने के बाद, सूर्य भगवान की लालिमा दिखाई देने के पहले ही, एक जंगल में गायब हो गए।

चौथा बयान

रात पहर-भर से ज्यादे जा चुकी है। आज की रात मामूली से ज्यादे अंधेरी मालूम होती है क्योंकि आबोताब से चमककर पांचों सवारों में गिनती करानेवाले तारों की थोड़ी रोशनी को दिन-भर तेजी के साथ चले हुए हवा के झपेटों की सहायता से, ऊपर की तरफ उठे हुए गर्द-गुबार ने अपना गंदला शामियाना खैंचकर जमीन तक आने से रोक रखा है। दिन-भर के कामकाज से थके और आंधी के झोंकों तथा गर्द-गुबार से दुःखी आदमी इस समय सड़कों पर घूमना पसन्द न करके, अपने-अपने झोंपड़ों, मकानों और महलों में आराम कर रहे हैं इसलिए काशीपुरी के बाहरी प्रान्त की सड़कों पर कुछ विचित्र-सा सन्नाटा छाया हुआ है। केवल एक आदमी शहर की हद पर बहनेवाली बरना नदी पार करके त्रिलोचन महादेव की तरफ तेजी के साथ बढ़ा चला जाता है और उसे टोकने या देखनेवाला कोई भी नहीं। यह आदमी आधी रात के पहले ही मनोरमा के मकान के पास जा पहुंचा, जिसमें इस समय केवल नागर रहती थी। यहां पहुंच, वह सीधे फाटक की तरफ चला गया। देखा कि फाटक बन्द है मगर उसकी छोटी खिड़की अभी खुली हुई है और उस राह से झांककर देखने से मालूम होता है कि भीतर की तरफ दो आदमी टहल-टहलकर पहरा दे रहे हैं।

वह आदमी बेधड़क छोटी खिड़की की राह से भीतर घुस गया और दोनों पहरा देनेवालों से बिना साहब-सलामत किए या बिना कुछ कहे, अपनी जेब टटोलने लगा। एक पहरेवाले ने ताज्जुब में आकर उससे पूछा, "तुम कौन हो और क्या चाहते हो?" इसके जवाब में आगन्तुक ने एक चीठी उसके हाथ पर रखकर कहा, "यह चीठी बहुत जल्द उसके हाथ में दो, जो इस मकान में सबका सरदार मौजूद हो।"

सिपाही—पहले तुम अपना नाम बताओ और यह कहो कि तुम किसके भेजे हुए आए हो और इस चीठी का मतलब क्या है?

आगन्तुक—तुम अपनी बातों का जवाब मुझसे नहीं पा सकते और न इस चीठी के पहुंचाने में विलम्ब कर सकते हो, ताज्जुब नहीं कि तुम सफाई के साथ यह कहो कि मकान मालिक इस समय आराम के साथ खर्राटे ले रहा है, और हम उसे जगा नहीं सकते, मगर याद रखो कि यह समय बड़ा ही नाजुक बीत रहा है, और एक पल भी व्यर्थ जाने देने लायक नहीं है, अगर तुम मुझसे कुछ पूछताछ करोगे तो मैं बिना कुछ जवाब दिये यहां से चला जाऊंगा, और इसका नतीजा बहुत बुरा होगा, क्योंकि सबेरा होने से पहले इस मकान में रहनेवाले जितने हैं सब-के-सब यमलोक को सिधार जाएंगे और सब कसूर तुम्हारा ही समझा जाएगा। खैर, मुझे इन बातों से क्या मतलब, लो मैं जाता हूं।

सिपाही—सुनो-सुनो, लौटे क्यों जाते हो, मैं यह चीठी अभी अपने मालिक के पास पहुंचाए देता हूं, मगर यह बताओ कि ऐसी कौन-सी आफत आनेवाली है और उसका क्या सबब है?

आगन्तुक—मैं पहले ही कह चुका हूं कि तुम्हारी बातों का कुछ जवाब नहीं दिया जाएगा, तुमने पुनः पूछने में जितना समय नष्ट किया, समझ रखो कि उतने समय में दो आदमियों का बेड़ा पार हो गया। बस मैं फिर कहता हूं कि अभी चले जाओ, मैं जो कुछ कहता हूं, तुम लोगों के भले ही के लिए कहता हूं।

इस आए हुए आदमी की धमकी लिये हुए, जल्दबाजी से उस पहरेवाले को बल्कि और सिपाहियों को भी जो उस समय वहां मौजूद थे और उसकी बातें सुन रहे थे, बदहवास कर दिया—फिर उससे कुछ पूछने की हिम्मत किसी की न पड़ी। वह सिपाही, जिसके हाथ में चीठी दी गई थी, कुछ सोचता-विचारता बाग के अन्दरवाले मकान की तरफ रवाना हुआ, और नजरों से गायब होकर आधे घण्टे तक न आया। तब तक वह आदमी जो चीठी देने आया था, फाटक ही में एक किनारे चुपचाप खड़ा रहा। सिपाहियों ने कुछ पूछना चाहा, मगर उसने किसी की बात का जवाब न दिया, और सिर नीचा किए इस ढंग से जमीन को देखता रहा, जैसे बड़े गौर और फिक्र में कुछ विचार कर रहा हो।

आधे घण्टे बाद, जब वह सिपाही लौटकर आया तो उसने आगन्तुक से कहा, "चलिए आपको नागरजी बुला रही हैं।"

आगन्तुक—(ताज्जुब से) नागरजी! क्या इस समय इस मकान में वही मालिक की तौर पर है? मैं तो मायारानी से मिलने की आशा रखता था!

सिपाही—इस समय नागरजी के सिवाय यहां मालिक लोग नहीं हैं। क्या तुम्हारी चीठी इस लायक न थी कि नागरजी के हाथ में दी जाती? क्योंकि मैंने देखा कि चीठी पढ़ने के साथ ही फिक्र और तरद्दुद ने उनकी सूरत बदल दी।

आगन्तुक–नहीं, कोई विशेष हानि नहीं है, खैर, चलो मैं चलता हूं।

वह आगन्तुक सिपाही के पीछे-पीछे उस मकान की तरफ रवाना हुआ, जो इस बाग के बीचोबीच में था, और क्यारियों के बीच बनी हुई बारीक सड़कों पर घूमता हुआ मकान के पिछली तरफ जा पहुंचा। इस जगह मकान के दोनों तरफ दो कोठरियां थीं, दाहिनी तरफवाली कोठरी तो बन्द थी मगर बाईं तरफवाली कोठरी का दरवाजा खुला हुआ था और भीतर चिराग जल रहा था। दोनों आदमी उस कोठरी के भीतर गए। वहां ऊपर की छत पर जाने के लिए सीढ़ियां बनी थीं, उसी राह से दोनों ऊपर की छत पर चले गए और एक कमरे में पहुंचे, जहां सिवाय सुफेद फर्श के और कोई सामान जमीन पर न था। सामने की दीवार में दो जोड़ी दीवारगीरों की थीं जिनमें मोटी-मोटी मोमबत्तियां जल रही थीं और उनकी रोशनी से इस कमरे में अच्छी तरह उजाला हो रहा था। इस कमरे में बाईं तरफ एक कोठरी थी जिसके दरवाजे पर लाल साटन का पर्दा पड़ा हुआ था। वह आदमी उसी पर्दे की तरफ मुंह करके खड़ा हो गया, क्योंकि इस कमरे में सिवाय इन दो आदमियों के और कोई भी न था।

इन दोनों आदमियों को बहुत थोड़ी देर तक वहां खड़े रहना पड़ा और इसी बीच में उस आदमी को जो चीठी लाया था, मालूम हो गया कि पर्दे के अन्दर से किसी ने उसे अच्छी तरह देखा है। थोड़ी देर में पर्दे के अन्दर से दो लौंडियां चुस्त और साफ पोशाक पहने, हाथ में नंगी तलवार लिये बाहर निकलीं और इसके बाद उसी तरह की बेशकीमत पोशाक पहिरे नागर भी पर्दे के बाहर आई। उसकी कमर में वही तिलिस्मी खंजर था और उंगली में उसके जोड़ की अंगूठी मौजूद थी। नागर ने उस आए हुए आदमी की तरफ देख के कहा–''तुम किसके भेजे हुए आए हो और तुम्हारा क्या नाम है? मुझे खयाल आता है कि मैंने तुम्हें कहीं देखा है, मगर याद नहीं पड़ता कि कब और कहां!''

इस आदमी की उम्र लगभग चालीस या पैंतालीस वर्ष के होगी। इसका कद लम्बा और शरीर दुबला, मगर गठीला, रंग गोरा, चेहरा खूबसूरत और रोबीला था। बड़ी-बड़ी मूंछें दोनों किनारों से ऐंठी और घूमी हुई थीं। आंखें बड़ी और इस समय कुछ लाल थीं। पोशाक यद्यपि बेशकीमत न थी, मगर साफ और अच्छे ढंग की थी। चुस्त पायजामा घुटने के चार अंगुल नीचे तक का चपकन और उस पर से एक ढीला चोगा पहिरे और सिर पर भारी मुंड़ासा बांधे हुए था। सरसरी निगाह से देखने पर वह कोई छोटा या बदरोब आदमी नहीं कहा जा सकता था।

नागर की बात सुनकर वह आदमी कुछ मुस्कुराया और बोला, ''केवल इतना ही नहीं, आप अभी बहुत-कुछ मुझसे पूछेंगी, मगर मैं किसी के सामने आपकी बातों का जवाब नहीं दिया चाहता, क्योंकि मैं एक नाजुक काम के लिए आया हूं। यदि किसी तरह का खौफ न हो तो (सिपाही और लौंडियों की तरफ इशारा करके)

इनको हट जाने के लिए कहिए और फिर जो कुछ चाहे पूछिए, मैं साफ जवाब दूंगा।''

उस आदमी की बात सुनकर नागर ने अपने तिलिस्मी खंजर की तरफ देखा जो कमर से लटक रहा था, मानो उसे उस खंजर पर बहुत भरोसा है, और इसके बाद सिपाही तथा लौंडियों को वहां से हट जाने का इशारा करके बोली, ''नहीं-नहीं, मुझे तुमसे खौफ खाने का कोई सबब मालूम नहीं होता।''

आदमी–(सिपाही और लौंडियों के हट जाने के बाद) हां, अब जो कुछ आपको पूछना हो पूछिए, मैं जवाब दूंगा।

नागर–मैं फिर पूछती हूं कि तुम किसके भेजे हुए आए हो और तुम्हारा नाम क्या है? मैंने तुम्हें कहीं-न-कहीं अवश्य देखा है।

आदमी–मेरा नाम श्यामलाल है और तुमने मुझे उस समय देखा होगा, जब तुम्हारा नाम 'मोतीजान' था, और तुम बाजार में कोठे के ऊपर बैठकर अपने कटाक्षों से सैकड़ों को घायल किया करती थीं। रंडियों के लिए यह मामूली बात है कि जब विशेष दौलत हो जाती है, तब उन दोस्तों को भूल जाती हैं, जिनसे किसी जमाने में थोड़ी रकम पाई हो, चाहे वह उस समय कितना ही गाढ़ा मुलाकाती क्यों न रह चुका हो। मैं यह ताने के ढंग पर नहीं कहता, बल्कि इस उम्मीद पर कहता हूं कि पुरानी मुलाकात की याद कर मुझे साफ करोगी, क्योंकि इस समय तुम एक ऊंचे दर्जे पर हो।

नागर–(नाक-भौंह सिकोड़कर, जिससे मालूम होता था कि श्यामलाल की बातों से वह कुछ चिढ़ गई है) हां, खैर, मैंने तुम्हें पहचाना, अच्छा अब बताओ कि तुम क्या चाहते हो?

श्यामलाल–(मुस्कुराकर) बस यही चाहता हूं कि तुम मुझे बिदा करो और चुपचाप यहां से चले जाने दो।

नागर–नहीं-नहीं, मेरा यह मतलब नहीं है, मैं उस चीठी का भेद जानना चाहती हूं, जो मेरे सिपाही के हाथ तुमने भेजी है और जिसमें केवल इतना ही लिखा है कि 'लक्ष्मीदेवी के प्रकट हो जाने से अनर्थ हो गया, अब मायारानी और उसके पक्षपातियों को एकदम भागकर अपनी जान बचाना उचित है।' (चीठी दिखाकर) देखो, यही है न!

श्यामलाल–हां, यही है, मगर इसमें यह भी लिखा है कि 'नहीं तो बारह घण्टे के बाद फिर कुछ करते-धरते न बन पड़ेगा।'

नागर–हां ठीक है, यह भी लिखा है। मगर यह बताओ कि लक्ष्मीदेवी कौन है और उसके प्रकट हो जाने से हमारा क्या नुकसान है?

श्यामलाल–(ताज्जुब से नागर का मुंह देखकर) क्या तुम लक्ष्मीदेवीवाला भेद नहीं जानती हो? क्या यह भेद मायारानी ने तुमसे छिपा रखा है? खैर, अगर यह बात है,

तो मैं भी इस भेद को खोलना उचित नहीं समझता। अच्छा, यह तो बताओ मायारानी कहां है, मैं उससे कुछ कहा चाहता हूं।

नागर—क्या मायारानी तुम्हारे सामने हो सकती हैं? क्या तुम नहीं जानते कि उनका दर्जा कितना बड़ा है, और उन्हें कोई गैर मर्द नहीं देख सकता!

श्यामलाल—मैं सबकुछ जानता हूं और यह भी जानता हूं कि वह मुझसे पर्दा न करेगी।

नागर—शायद ऐसा ही हो, लेकिन इस समय वह किसी काम से गई हैं, यहां नहीं हैं।

श्यामलाल—अगर ऐसा ही है, तो मैं भी जाता हूं और तुमसे कहे जाता हूं कि जहां तक जल्द हो सके भागकर अपनी जान बचाओ।

यह कहकर श्यामलाल पीछे की तरफ लौटा, मगर नागर ने उसे रोककर कहा, "सुनो तुम अभी कह चुके हो कि हमारे पुराने दोस्त हो, तो क्या तुम मुझ पर कृपा करके और पुरानी दोस्ती को याद करके लक्ष्मीदेवीवाला भेद मुझे नहीं बता सकते? क्या तुम साफ-साफ नहीं कह सकते कि हम लोगों पर क्या आफत आने वाली है?"

श्यामलाल—बेशक मैं तुम्हारी दोस्ती का इकरार कर चुका हूं और अब भी यह कहता हूं कि अभी तक तुम्हारी मुहब्बत ने मेरा साथ नहीं छोड़ा है, मगर (कुछ सोचकर) अच्छा लो, मैं एक चीठी देता हूं, इसके पढ़ने से तुम्हें सब हाल मालूम हो जाएगा, मगर (कोठरी के दरवाजे पर पड़े हुए पर्दे की तरफ देखकर) मुझे शक है कि इस परदे के अन्दर से कोई लौंडी छिपकर न देखती हो।

नागर—नहीं-नहीं, ऐसा कभी नहीं हो सकता। लो, मैं तुम्हारा शक दूर किए देती हूं।

यह कहकर नागर ने आगे बढ़कर वह पर्दा किनारे कर दिया और कोठरी का दरवाजा बन्द कर लिया। श्यामलाल ने नागर की तरफ चीठी बढ़ाकर कहा, "देखो, मैं निश्चय करके आया था कि यह चीठी सिवाय मायारानी के और किसी के हाथ में न दूंगा, क्योंकि उसे मैं दिल से चाहता हूं, और उसी की खातिर इतना कष्ट उठाकर आया भी हूं, सच तो यह है कि वह भी मुझे जी-जान से मानती और प्यार करती है।"

नागर—अफसोस और ताज्जुब की बात यह है कि तुम मायारानी की शान में ऐसी बात कह रहे हो। निःसन्देह तुम झूठे और दगाबाज हो। मायारानी को क्या पड़ी है कि वह तुमसे मुहब्बत करें! क्या वह भी मेरी तरह से गन्धर्व-कुल को रौनक देने वाली हैं?

श्यामलाल—(हंसकर और चीठीवाला हाथ अपनी तरफ खैंचकर) हः-हः-हः, जब तुम असल बातों को जानती ही नहीं हो तो मेरी बातें क्योंकर समझ सकती हो? तुम

मायारानी की सखी कहलाने का दावा रखती हो, मगर मैं देखता हूं कि मायारानी तुम्हें एक लौंडी के बराबर भी नहीं समझती, यही सबब है कि उसने अपना असली हाल तुमसे कुछ भी नहीं कहा। अफसोस, तुम्हें इतनी खबर भी नहीं है कि मायारानी मेरी सगी साली है।

नागर–(चौंककर) मायारानी तुम्हारी साली हैं! और लक्ष्मीदेवी?

श्यामलाल–लक्ष्मीदेवी वह है, जिसकी जगह मायारानी मेरी और दारोगा की मदद...मगर नहीं, ओफ, मैं भूलता हूं, जब मायारानी ने खुद अपना हाल तुमसे छिपाया तो मैं क्यों कहूं? अच्छा, मायारानी आवे तो कह देना कि श्यामलाल आया था और कह गया है कि मैंने लक्ष्मीदेवी और गोपालसिंह का बन्दोबस्त कर लिया है। अब तू बेफिक्र होके बैठ और जहां तक जल्द हो सके, मुझसे मिल। लेकिन अफसोस तो यह है कि इस मकान में रहनेवाले आज गिरफ्तार कर लिए जाएंगे और मायारानी को यहां आने का मौका ही न मिलेगा। तब मैं यह सब बातें तुमसे क्यों कह रहा हूं। अच्छा खैर, जाने दो, जहां तक जल्द हो भागकर तुम अपनी जान बचाओ और जो कुछ दौलत यहां से निकालकर ले जा सको, लेती जाओ। लो, अब मैं जाता हूं।

नागर–सुनो-सुनो, वह चीठी जो तुम मुझे दिखाया चाहते थे, सो तो दिखा दो, और इसके बाद मेरी एक बात का जवाब देके तब जाओ।

श्यामलाल–(कुछ सोचकर और नागर की तरफ चीठी बढ़ाकर) खैर, लो, तुम भी पढ़ लो, देखो तो सही अपनी साली की ख़ातिर से कैसे खुशबूदार अतरों से बसो हुई चीठी तैयार करके मैं लाया था, अच्छा कोई हर्ज नहीं, किसी जमाने में तुम भी मुझे खुश कर चुकी हो। इसके पढ़ने से आनेवाली आफत का पूरा-पूरा हाल मिल जाएगा। मैं यह चीठी इसलिए लिख लाया था कि शायद किसी सबब से मैं स्वयं मायारानी से न मिल सकूंगा, तो यह चीठी भेजकर उसे आनेवाली आफत से होशियार कर दूंगा और फिर वह स्वयं मुझसे मिल सकेगी, मगर अफसोस! उससे तो मुलाकात ही न हुई। खैर, इस चीठी को पढ़ो, मगर बैठ जाओ और मुझे भी बैठने के लिए कहो, क्योंकि मैं खड़ा-खड़ा थक गया हूं।

नागर ने अपने हाथ में चीठी लेकर श्यामलाल को बैठने के लिए कहा और तब खुद भी उसी जगह बैठकर लिफाफा खोला। लिफाफे और चीठी का कागज खुशबूदार चीजों से ऐसा बसा हुआ था कि लिफाफा हाथ में लेने और खोलने के साथ ही नागर का जी खुश हो गया। ऐसी मीठी और भली खुशबू उसके दिमाग में शायद आज तक न पहुंची होगी। चीठी पढ़ने के पहले ही उसने कई दफे उसे सूंघा और आंखें बन्द करके 'वाह-वाह' कहने लगी। मगर उस खुशबू का काम केवल इतना ही न था कि दिल और दिमाग को खुश करे, बल्कि उसमें मजेदार और आनन्द देनेवाली बेहोशी पैदा करने का भी गुण था, इसलिए चीठी पढ़ने के पहले ही नागर के दिमाग की ताकत जिसका चैतन्यता और विचार-शक्ति से सम्बन्ध है,

बिलकुल जाती रही और वह बेहोश होकर दीवार के साथ उठंग गई। उसकी हालत देखकर श्यामलाल आगे बढ़ा और पास जाकर बिना कुछ सोचे-विचारे उसकी उंगली से वह अंगूठी निकाल ली जो तिलिस्मी खंजर के जोड़ की और मामूली तौर की बिलकुल सादी थी। अंगूठी लेकर श्यामलाल ने मुंह में रख ली और उसी रंग की दूसरी अंगूठी अपनी जेब से निकालकर नागर की उंगली में पहिरा दी। इसके बाद अपनी कमर से एक खंजर निकाला जो चपकन और अबा के अन्दर छिपा हुआ था। यह खंजर नागर की कमर में खोंसा और उसकी कमर से तिलिस्मी खंजर लेकर अपनी कमर में चपकन के अन्दर छिपा लिया। श्यामलाल, ये दोनों चीजें निःसन्देह इसी काम के लिए तैयार करके ले आया था, क्योंकि वह खंजर और अंगूठी ठीक तिलिस्मी खंजर और अंगूठी के रंग-ढंग के ही थे, बहुत गौर करने पर भी किसी तरह का शक नहीं हो सकता था।

खंजर और अंगूठी बदल लेने के बाद श्यामलाल ने वह खुशबूदार चीठी भी नागर के हाथ से ले ली, और उसके बदले में उसी तरह की दूसरी चीठी उसके हाथ में रख दी। इस चीठी में से भी उसी तरह की खुशबू आ रही थी। फर्क सिर्फ इतना ही था कि उसकी खुशबू बेहोशी पैदा करनेवाली थी और इसकी खुशबू बेहोशी दूर करने की ताकत रखती थी अर्थात् लखलखे का काम देती थी।

इस काम से छुट्टी पाकर श्यामलाल पीछे हटा और अपने ठिकाने बैठकर नागर के चैतन्य होने की राह देखने लगा। थोड़ी ही देर में नागर चैतन्य हो गई और आंखें खोलकर श्यामलाल की तरफ देख और उस चीठी को पुनः सूंघकर बोली, ''बेशक खुशबू बहुत ही अच्छी और प्रिय मालूम होती है, मगर मुझे क्या हो गया था! क्या मैं बेहोश हो गई थी?''

श्यामलाल–(हंसकर) वाह क्या खूब! केवल एक दफे आंख बन्द करके खोल देने का ही अर्थ अगर बेहोशी है, तो बस हो चुका, क्योंकि मेरी समझ में तुमने चार पल से ज्यादे देर तक आंख बन्द नहीं की, सो भी इस खुशबू से पैदा हुई मस्ती के सबब था।

नागर–(मुस्कुराकर) अगर तुम मायारानी के बहनोई न होते तो मैं कुछ कह बैठती, क्योंकि ऐसे समय में जबकि जान बचाने की फिक्र पड़ रही है, जैसा कि तुम स्वयं कह रहे हो तो इस तरह की दिल्लगी अच्छी नहीं मालूम पड़ती। अच्छा, अब मैं इस चीठी को पढ़कर देखती हूं कि तुमने क्या लिखा है। (चीठी को पढ़कर) वाह-वाह, इसका मतलब तो मेरी समझ में कुछ भी नहीं आता, मालूम होता है कि बहुत-सी पहेलियां लिखकर रखी हुई हैं!

श्यामलाल–बस-बस, अब मुझे और भी निश्चय हो गया कि मायारानी तुम लोगों से मुंह-देखी मुहब्बत रखती है, क्योंकि अगर वह तुम लोगों की कदर करती तो अपना भेद जरूर कहती और अपना भेद कहती तो इस चीठी का मतलब भी तुम जरूर

समझ जातीं—मगर उसने अदना-से-अदना भेद भी छिपा रखा जिसके बताने में कोई हानि न थी।

नागर—ठीक है, मुझे भी यही विश्वास होता है। मगर जब मुझ पर दया करके यह कह रहे हो कि जल्दी यहां से भागकर अपनी जान बचाओ तो कृपा कर इसका सबब भी बता दो, क्योंकि मुझे कुछ भी नहीं सूझता कि मैं भागकर कहां जाऊं और इस जाएदाद के बचाने का क्या उद्योग करूं?

श्यामलाल—इसका जवाब मैं कुछ भी नहीं दे सकता, क्योंकि मैं अगर तुम्हें कोई तरकीब बताऊंगा या अपने साथ चलने के लिए कहूंगा, तो तुम्हें मुझ पर अविश्वास होगा, क्योंकि तुम बहुत दिनों के बाद मुझे आज देख रही हो, सो भी ऐसे समय में जब तुम्हारा दिल राजकीय विषयों की उलझन में हद से ज्यादे उलझा हुआ है, परन्तु इतना कह देने में मेरी कोई हानि भी नहीं है कि राजा गोपालसिंह के लिखे बमूजिब काशिराज इस मकान को अपने कब्जे में कर लेने के बाद यहां के रहने वालों को कैद कर लेंगे। गोपालसिंह ने सुना था कि मायारानी इस मकान में टिकी हुई है, इसलिए यह कार्रवाई और भी जोर के साथ की गई, मगर इतनी खैरियत है कि अभी तक वह आदमी इस शहर में नहीं पहुंचा, जिसे राजा गोपालसिंह ने चीठी देकर काशिराज के पास भेजा है। हां, आशा है कि सबेरा होते-होते वह शहर में आ पहुंचेगा। (कुछ सोचकर) क्या करें, आज तुम्हें देखकर तुम्हारी मुहब्बत फिर से नई हो गई। खैर, अगर तुम चाहोगी तो मैं तुम्हारी कुछ मदद इस समय भी कर सकूंगा।

नागर—अगर इस समय तुम मेरी सहायता करोगे तो मैं जन्म-भर तुम्हारा अहसान न भूलूंगी। मैं कसम खाकर कहती हूं कि मैं तुम्हारी हो जाऊंगी और जो कुछ तुम कहोगे, करूंगी।

श्यामलाल—अच्छा तो अब मैं बयान करता हूं कि इस समय तुम्हारी क्या मदद कर सकता हूं, सुनो और अच्छी तरह ध्यान देकर सुनो। मैं उस आदमी को अच्छी तरह पहचानता हूं, जो गोपालसिंह की चीठी लेकर काशिराज के पास आ रहा है, मुझसे उसकी बहुत दिनों की जान-पहचान है। मैं उम्मीद करता हूं कि सबेरा होते ही वह आदमी बरना के किनारे आ पहुंचेगा। यदि वह किसी तरह गिरफ्तार कर लिया जाए तो बेशक कई दिनों तक तुम्हें सोचने-विचारने का मौका मिलेगा, क्योंकि राजा गोपालसिंह कई दिनों तक बैठे राह देखेंगे कि हमारा आदमी पत्र का जवाब लेकर अब आता होगा।

नागर—बात तो बहुत अच्छी है। क्या तुम उसे गिरफ्तार नहीं कर सकते?

श्यामलाल—(हंसकर) वाह, वाह, वाह, कहते शर्म तो नहीं आती! हां, इतना कर सकता हूं कि तुम थोड़े-से सिपाही अपने साथ लेकर इस समय मेरे साथ चलो, और शहर के बाहर होकर रास्ता रोक के बैठो, जब वह आदमी आवेगा तो मैं इशारे

से बता दूंगा कि यही है, फिर जो तुम्हारे जी में आवे करना। मगर, मैं उसका सामना न करूंगा, क्योंकि अभी कह चुका हूं कि मेरी-उसकी जान-पहचान बहुत पुरानी है।

नागर–जब तुम मुझ पर कृपा करके इतना काम कर सकते हो तो मेरे जाने की क्या जरूरत है? मैं थोड़े से सिपाही तुम्हारे साथ कर देती हूं, समय पड़ने पर तुम...

श्यामलाल–बस-बस-बस, अब मत बोलो, मैं समझ गया कि तुम्हारी नीयत साफ नहीं है। मैं खुदगर्जों का साथ देना उचित नहीं समझता, केवल तुम्हारे ही बारे में नहीं, बल्कि मायारानी के बारे में भी जो मेरी साली होती है, मेरा यही खयाल है कि वह परले सिरे की खुदगर्ज है, दूसरे को फंसाकर अपना काम निकालना, और आप अलग रहना खूब जानती है, मगर मैं क्या करूं अपनी स्त्री से लाचार हूं जो मुझसे भी ज्यादे मायारानी के साथ मुहब्बत रखती है और मैं उसे जान से ज्यादे चाहता हूं।

श्यामलाल की बातचीत कुछ अजब ढंग की थी, जिसमें हर जगह से सचाई की बू पाई जाती थी। बात करने के समय वह अपने चेहरे के उतार-चढ़ाव को ऐसा दुरुस्त रखता था कि होशियार-से-होशियार आदमी को भी उस पर किसी तरह का शक नहीं हो सकता था। नागर को उसकी बातों पर पूरा विश्वास हो गया, वह इस उम्मीद पर कि राजा गोपालसिंह के भेजे हुए आदमी को अवश्य गिरफ्तार कर लेगी, अपने साथ केवल थोड़े सिपाहियों को लेकर जाने के लिए तैयार हो गई। इसके बाद उसने अपनी कमर से लटकते हुए तिलिस्मी खंजर पर पुनः गम्भीर निगाह डाली, मानो अपने सिपाहियों से ज्यादे उस खंजर पर भरोसा रखती है, मगर उसे इस बात का गुमान भी न था कि वह खंजर बड़ी खूबी के साथ बदल दिया गया है।

नागर ने अपनी समझ में श्यामलाल को बहुत-कुछ कह-सुनकर मदद के लिए राजी किया और आप उसके साथ जाने के लिए तैयार हो गई। उसने श्यामलाल से आधी घड़ी की छुट्टी ली और उस कोठरी के अन्दर चली गई जिसके दरवाजे पर पर्दा पड़ा हुआ था। आधी घड़ी के बाद वह बाहर आई और श्यामलाल से बोली, "अब मैं हर तरह से तैयार हो गई, आप चलिए।" इस समय भी नागर उसी पोशाक में थी जिसमें घड़ी-भर पहले देखी गई थी, फर्क इतना ही था कि एक चादर उसके हाथ में थी जिसे फाटक के बाहर होते ही अपने को सिर से पैर तक ढांक लेने की नीयत से वह अपने साथ लाई थी।

श्यामलाल को साथ लिये हुए नागर नीचे उतरी और चक्कर खाती हुई सदर फाटक के पास पहुंची। यहां उसने स्याह चादर में अपने को छिपा लिया और फाटक के बाहर रवाना हुई! श्यामलाल ने इस समय मामूली पहरा देनेवाले सिपाहियों के अतिरिक्त आठ सिपाही हर्बों से दुरुस्त वहां मौजूद पाए, जो फाटक के बाहर होते ही नागर और श्यामलाल के पीछे-पीछे रवाना हुए, नागर को इसके लिए कुछ कहने

की जरूरत न पड़ी, जिससे श्यामलाल समझ गया कि आधी घड़ी की छुट्टी में नागर ने यह इन्तजाम किया है।

ये दसों आदमी गंगा के किनारे उतरे और वहां से तेजी के साथ काशी के छोर पर बहनेवाली बरना नदी की तरफ रवाना होकर, आधे घण्टे से कुछ ज्यादे देर में वहां जा पहुंचे। इस समय रात आधी से ज्यादे जा चुकी थी और चन्द्रदेव उदय हो रहे थे। बरना नदी पार करने के लिए नदी से बीस गंज ऊंचा एक मजबूत पुल बना हुआ था। इस पुल के दोनों बगल मुसाफिरों के आराम के लिए बारह दालान बने हुए थे, और उसी जगह से पुल के नीचे उतरने के लिए छोटी-छोटी सीढ़ियां भी बनी हुई थीं। ये दसों आदमी जब उस पुल पर पहुंचे तो नागर ने श्यामलाल से पूछा, "कहिए इसी पार ठहरने का इरादा है या उस पार चलकर?" जिसके जवाब में श्यामलाल ने कहा, "बिना उस पार गए ठीक न होगा।"

अब ये लोग पुल के उस पार रवाना हुए, मगर आधी दूर से ज्यादे न गए होंगे कि सामने से आते हुए दो घोड़ों की आहट मिलने लगी जिसे सुनते ही श्यामलात ने कहा, "लीजिए, हम लोगों को ज्यादे ठहरना न पड़ा। निःसन्देह ये वे ही सवार हैं जिन्हें हम लोग गिरफ्तार किया चाहते हैं। बस अब जल्दी करना चाहिए, कहीं ऐसा न हो कि ये लोग तेजी के साथ निकल जाएं क्योंकि वे घोड़ों पर सवार हैं और हम लोग पैदल।"

नागर ने अपनी कमर से खंजर निकाल लिया जिसे वह तिलिस्मी समझे हुए थी, और इसके बाद अपने आदमियों की तरफ देखके बोली, "देखो ये सवार जाने न पावें, इन्हीं को गिरफ्तार करने के लिए हम लोग आए हैं।"

बात-की-बात में वे दोनों सवार पास आ गए। नागर के सिपाही म्यान से तलवार निकालकर खड़े हो गए और ललकारकर बोले, "खबरदार, आगे मत बढ़ना!" मगर इतने में ही मालूम हुआ कि पीछे की तरफ से भी कई आदमी दौड़े आ रहे हैं। उस समय नागर घबड़ा गई और उसे निश्चय हो गया कि अब यहां से बचकर निकल जाना मुश्किल है क्योंकि हम लोग दोनों तरफ से घिर गए, हां तिलिस्मी खंजर की बदौलत अलबत्ते बच सकते हैं। नागर ने तिलिस्मी खंजर का (जो वास्तव में असली न था) कब्जा दबाया मगर किसी तरह की चमक पैदा न हुई। उसने फिरकर श्यामलाल की तरफ देखा मगर उसे कहीं न पाया। अब उसके ताज्जुब की हद न रही और घबड़ाहट के मारे वह ऐसी बौखला गई कि थोड़ी देर तक तनो-बदन की भी सुध जाती रही। इस बीच में वे आदमी भी जो पीछे से आ रहे थे, आ पहुंचे, और नागर के सिपाहियों पर टूट पड़े। वे लोग भी गिनती में उतने ही थे जितने नागर के सिपाही थे, मगर नागर के सिपाही इतने दिलावर और मजबूत न थे कि उन आठों के मुकाबले में ठहर सकते। नागर डर के मारे चिल्लाकर एक किनारे हट गई और भागना चाहती थी मगर मौका न मिला। वे दोनों सवार नागर की आवाज सुनकर

पहचान गए कि वह औरत है। एक ने घोड़े से उतरकर उसे गोद में उठा लिया और उसके हाथ से खंजर छीनकर उसे दूसरे सवार के आगे बैठा दिया। इसके बाद खुद भी अपने घोड़े पर सवार होकर उसने ऊंची आवाज में न मालूम किससे पूछा–"यहां केवल एक नागर ही औरत है या और भी कोई औरत है?" इसके जवाब में किसी ने कुछ दूर से पुकारकर कहा, "अगर कोई औरत हाथ आ गई तो ले भागो और समझो कि यही नागर है।" इस जवाब को नागर ने भी सुना और पहचान गई कि यह श्यामलाल की आवाज है। अपने सवाल का जवाब पाते ही सवार उत्तर की तरफ रवाना हो गए।

इस समय चन्द्रदेव पूरी तरह से निकलकर अपनी सुफेद चांदनी चारों तरफ फैला रहे थे। नागर के सिपाहियों को जब मालूम हुआ कि नागर गिरफ्तार कर ली गई तो उनकी ताकत और भी जाती रही। दो सिपाही तो जख्मी होकर जमीन पर गिर पड़े और बाकी छह अपनी जान लेकर भागे। उस समय श्यामलाल भी आकर उन आठों बहादुरों के पास खड़ा हो गया और उन लोगों की तरफ देखके बोला, "शाबाश, तुम लोगों ने अपना काम बड़ी खूबी के साथ पूरा किया, मैं बहुत खुश हूं, अब बताओ, मेरे लिए घोड़ा कहां है?"

श्यामलाल को देखते ही उन लोगों ने हाथ जोड़कर सिर झुकाया और एक यह कहकर उत्तर की तरफ बढ़ा कि 'ठहरिए, मैं घोड़ा लेकर अभी आता हूं।' थोड़ी देर तक सन्नाटा रहा और जब वह आदमी घोड़ा लेकर आ गया तो श्यामलाल घोड़े पर सवार हो गया तथा उन आठों से बोला, "अच्छा अब तुम लोग रामपुर जाओ, मैं अपना काम करके तुमसे मिलूंगा।"

श्यामलाल भी उत्तर की तरफ रवाना हुआ और पुल के पार होकर उसने अपने घोड़े को तेज किया। जब लगभग एक कोस के चला गया तो देखा कि वे दोनों सवार, जो नागर को उठा लाए थे, सड़क पर खड़े हैं। उन लोगों को देखकर श्यामलाल ने कहा, "शाबाश मेरे दोस्तो, तुम लोगों की जितनी तारीफ की जाए थोड़ी है, अच्छा, अब यहां ठहरने का मौका नहीं है, चले चलो।"

पांचवां बयान

अब हम अपने पाठकों को उस तिलिस्मी मकान की तरफ ले चलते हैं जो कमलिनी के अधिकार में है, अर्थात् वह तालाब के बीचोबीचवाला मकान, जिसमें कुछ दिन तक कुंअर इन्द्रजीतसिंह को कमलिनी के वश में रहना पड़ा था।

आजकल इस मकान में कमलिनी की प्यारी सखी तारा रहती है। नौकर, मजदूर, प्यादे, सिपाही सब उसी के आधीन हैं, क्योंकि वे लोग इस बात को बखूबी जानते हैं

कि कमलिनी तारा को अपनी सगी बहिन से बढ़कर मानती है और तारा के कहे को टालना कदापि पसन्द नहीं करती। कमलिनी के कहे अनुसार तारा कुछ दिनों तक कमलिनी ही की सूरत बनकर उस मकान में रही, और इस बीच में वहां के नौकर-चाकरों को इसका गुमान भी न हुआ कि कमलिनी कहीं बाहर गई है और यह तारा है, बल्कि उन लोगों को यही विश्वास था कि तारा को कमलिनी ने किसी काम के लिए भेजा है, मगर उस दिन से जब से कमलिनी ने मनोरमा को गिरफ्तार किया था और अपने तिलिस्मी मकान में भेजवा दिया था, तारा अपनी असली सूरत में ही रहती है, और समय-समय पर कमलिनी के हालचाल की खबर भी उसे मिला करती है।

देवीसिंह और भूतनाथ को साथ लिये हुए राजा गोपालसिंह ने जब किशोरी और कामिनी को कैद से छुड़ाया था तो उन दोनों को भी कमलिनी की इच्छानुसार इसी तिलिस्मी मकान में पहुंचा दिया था। पहुंचाने के समय देवीसिंह और भूतनाथ को साथ लिये हुए स्वयं राजा गोपालसिंह, किशोरी तथा कामिनी के संग आए थे। उस समय का थोड़ा-सा हाल यहां लिखना उचित जान पड़ता है।

किशोरी और कामिनी को लिये हुए जब राजा गोपालसिंह उस मकान के पास पहुंचे तो खबर करने के लिए भूतनाथ को तारा के पास भेजा। उस समय तारा किसी काम के लिए तालाब के बाहर आई हुई थी, जब उसकी भूतनाथ से मुलाकात हुई। भूतनाथ को देखकर तारा खुश हुई और उससे कमलिनी का समाचार पूछा, जिसके जवाब में भूतनाथ ने उस दिन से जिस दिन से कमलिनी तारा से आखिरी मर्तबे जुदा हुई थी, आज तक का हाल कह सुनाया, जिसमें राजा गोपालसिंह का भी हाल था और अन्त में यह भी कहा कि 'किशोरी और कामिनी को कैद से छुड़ाकर कमलिनी की इच्छानुसार उन दोनों को यहां पहुंचा देने के लिए स्वयं राजा गोपालसिंह आए हैं, थोड़ी ही दूर पर हैं और तुमसे मिलना चाहते हैं।'

तारा को इसका गुमान भी न था कि राजा गोपालसिंह अभी तक जीते हैं या मायारानी के कैदखाने में हैं। आज भूतनाथ की जुबानी यह हाल सुनकर खुशी के मारे तारा की अजब हालत हो गई। भूतनाथ ने उसके चेहरे की तरफ देखकर गौर किया तो मालूम हुआ कि राजा गोपालसिंह के छूटने की खुशी बनिस्बत कमलिनी के तारा को बहुत ज्यादे हुई, बल्कि वह सोचने लगा कि ताज्जुब नहीं कि खुशी के मारे तारा की जान निकल जाए, और वास्तव में यही बात थी भी। तारा के खूबसूरत भोले चेहरे पर हंसी तो साफ दिखाई दे रही थी, मगर साथ ही हंसी से गला फंस जाने के कारण उसकी आवाज रुक-सी गई थी, वह भूतनाथ से कुछ कहना चाहती थी, मगर कह नहीं सकती थी। आंखों से आंसुओं की बूंदें गिर रही थीं और बदन में पल-पल भर में हलकी कंपकंपी हो रही थी।

जब भूतनाथ ने तारा की यह हालत देखी तो उसे बड़ा ही ताज्जुब हुआ, मगर यह सोचकर उसने अपने ताज्जुब को दूर किया कि अकसर ऐसा भी हुआ करता है

कि अगर घर के स्वामी पर आई हुई कोई बला टल जाती है तो बनिस्बत सगे रिश्तेदारों के ताबेदारों को विशेष खुशी होती है। मगर इतना सोचने पर भी भूतनाथ की यह इच्छा हुई कि तारा की इस बढ़ी हुई खुशी को किसी तरह कम कर देना चाहिए, नहीं तो ताज्जुब नहीं कि इसे किसी तरह का शारीरिक कष्ट उठाना पड़े। इसी विचार से भूतनाथ ने तारा की तरफ देखके कहा–

भूतनाथ–राजा गोपालसिंह छूट गए सही, मगर अभी उनकी जिन्दगी का भरोसा न करना चाहिए।

तारा–(चौंककर) सो क्या? सो क्यों?

भूतनाथ–यह बात मैं इस विचार से कहता हूं कि मायारानी कुछ-न-कुछ बखेड़ा जरूर मचावेगी और इसके अतिरिक्त तमाम रिआया को राजा गोपालसिंह के मरने का विश्वास हो चुका है, जिसे कई वर्ष बीत चुके हैं, अब देखना चाहिए उन लोगों के दिल में क्या बात पैदा होती है। खैर, जो होगा देखा जाएगा, अब तुम विलम्ब न करो, वे राह देख रहे होंगे।

भूतनाथ की बातों का जवाब देने का तारा को मौका न मिला और वह बिना कुछ कहे भूतनाथ के साथ रवाना हुई। राजा गोपालसिंह बहुत दूर न थे, इसलिए आधी घड़ी से कम ही देर में तारा वहां पहुंच गई और उसने अपनी आंखों से गोपालसिंह, किशोरी, कामिनी और देवीसिंह को देखा। तारा के दिल में खुशी का दरिया जोश के साथ लहरें ले रहा था। निःसन्देह उसके दिल में इतनी ज्यादे खुशी थी कि उसके समाने की जगह अन्दर न थी और बहुतायत के कारण रोमांच द्वारा तारा के एक-एक रोंगटे से खुशी बाहर हो रही थी। तारा के दिल में तरह-तरह के खयाल पैदा हो रहे थे और वह अपने को बहुत सम्हाल रही थी। तिस पर भी राजा गोपालसिंह के पास पहुंचते ही वह उनके कदमों पर गिर पड़ी।

गोपाल–(तारा को जल्दी से उठाकर) तारा, मैं जानता हूं कि तुम्हें मेरे छूटने की हद से ज्यादे खुशी हुई है, मैं तुमसे बहुत प्रसन्न हूं, खासकर इस सबब से कि तुमने कमलिनी का साथ बड़ी नेकनीयती और मुहब्बत के साथ दिया और कमलिनी के ही सबब से मेरी जान बची, नहीं तो मैं मर ही चुका था, बल्कि यों कहना चाहिए कि मुझे मरे हुए पांच वर्ष बीत चुके थे। (लम्बी सांस लेकर) ईश्वर की भी विचित्र माया है। अच्छा, अब जो मैं कहता हूं, उसे सुनो, क्योंकि मैं यहां ज्यादे देर तक नहीं ठहर सकता।

तारा–(ताज्जुब के साथ) तो क्या आप अभी यहां से चले जाएंगे? मकान में न चलेंगे?

गोपाल–नहीं, मुझे इतना समय नहीं, मैं बहुत जल्द कुंअर इन्द्रजीतसिंह, आनन्दसिंह और कमलिनी के पास पहुंचा चाहता हूं।

तारा–क्या वे लोग अभी निश्चिन्त नहीं हुए?

गोपाल–हुए, मगर वैसे नहीं, जैसे होने चाहिए।

गोपालसिंह की बात सुनकर तारा गौर में पड़ गई और देर तक कुछ सोचती रही। इसके बाद उसने सिर उठाया और कहा, "अच्छा कहिए, क्या आज्ञा होती है? (किशोरी और कामिनी की तरफ इशारा करके) इनके छूटने की मुझे बहुत खुशी हुई, इनके लिए मुद्दत तक मुझे रोहतासगढ़ में छिपकर रहना पड़ा था, अब तो कुछ दिन तक यहां रहेंगी न?"

गोपाल–हां, बेशक रहेंगी, इन्हीं दोनों को पहुंचाने के लिए मैं आया हूं। इन दोनों को मैं तुम्हारे हवाले करता हूं और ताकीद के साथ कहता हूं कि कमलिनी के लौट आने तक इन्हें बड़ी खातिर के साथ रखना, देखो, किसी तरह की तकलीफ न होने पावे। आशा है कि कुंअर इन्द्रजीतसिंह, आनन्दसिंह और कमलिनी को साथ लिये हुए मैं बहुत जल्द यहां आऊंगा।

तारा–मैं इन दोनों को अपनी जान से ज्यादे मानूंगी, क्या मजाल कि मेरी जान रहते इन्हें किसी तरह की तकलीफ हो।

गोपाल–बस यही चाहिए। हां, एक बात और कहना है!

तारा–वह क्या?

गोपाल–मेरा हाल अभी तुम किसी से न कहना, क्योंकि अभी मैं गुप्त रहकर कई काम किया चाहता हूं, इसी सबब से मैं तुम्हारे मकान में न आया, तुम्हें यहां बुलाकर जो कुछ कहना था, कहा।

तारा–बहुत अच्छा, जैसा आपने कहा है, वैसा ही होगा।

गोपाल–अच्छा तो अब हम लोग जाते हैं।

किशोरी और कामिनी को तारा उस तिलिस्मी मकान में लिवा लाई, भूतनाथ और देवीसिंह पहुंचाने के लिए साथ आए और फिर चले गए।

तारा ने किशोरी और कामिनी को बड़ी इज्जत और खातिरदारी के साथ रखा। उन बेचारियों को अपनी जिन्दगी में तरह-तरह की तकलीफें उठानी पड़ीं, इसलिए बहुत दुबली, दुःखी और कमजोर हो रही थीं। तरह-तरह की चिन्ताओं ने उन्हें अधमुआ कर डाला था। अब मुद्दत के बाद यह दिन नसीब हुआ कि वे दोनों बेफिक्री के साथ अपनी हालत पर गौर करें और तारा को उसके मोहब्बताने बर्ताव पर धन्यवाद दें।

किशोरी पर कामिनी का और कामिनी पर किशोरी का बड़ा ही स्नेह था, इस समय दोनों एक साथ हैं और यह भी सुन चुकी हैं कि कुंअर इन्द्रजीतसिंह और आनन्दसिंह मायारानी की कैद से छूट गए और अब कुशलपूर्वक हैं, इसलिए एक प्रकार की प्रसन्नता ने उनकी जिन्दगी की मुर्झाई हुई लता पर आशा-रूपी पानी के दो-चार छींटे डाल दिये थे और अब उन्हें ईश्वर की कृपा पर बहुत-कुछ भरोसा हो चला था, परन्तु यह जानने के लिए दोनों ही का जी बेचैन हो रहा था कि मायारानी

को हम लोगों से इतनी दुश्मनी क्यों है और वह स्वयं कौन है, क्योंकि कैद के बाद देवीसिंह से यह बात न पूछ सकी थीं, और न इसका मौका ही मिला था।

उस तिलिस्मी मकान में दो दिन और रात आराम से रहने के बाद तीसरे दिन संध्या के समय जब किशोरी और कामिनी को मकान की छत पर ले जाकर तारा दिलासा और तसल्ली देने के साथ-ही-साथ चारों तरफ की छटा दिखा रही थी, किशोरी को मायारानी का हाल पूछने का मौका मिला, और इस बात की भी उम्मीद हुई कि तारा सब बात अवश्य सच-सच कह देगी। अस्तु, किशोरी ने तारा की तरफ देखा और कहा–

किशोरी–बहिन तारा, निःसन्देह तुमने हमारी बड़ी खातिर और इज्जत की, तुम्हारी बदौलत हम लोग यहां बड़े चैन और आराम से हैं जिसकी अपनी भूंडी किस्मत से कदापि आशा न थी, और ईश्वर की कृपा से कुछ-कुछ यह भी आशा हो गई है कि हम लोगों के दिन अब शीघ्र ही फिरेंगे। इस समय मेरे दिल में बहुत-सी बातें ऐसी हैं, जिनका असल भेद मालूम न होने के कारण, जी बेचैन हो रहा है, अगर तुम कुछ बताओ तो...

तारा–वे कौन-सी बातें हैं, कहिए, जो कुछ मैं जानती हूं, अवश्य बताऊंगी।

किशोरी–पहले यह बताओ कि मायारानी कौन है और हम लोगों के साथ दुश्मनी क्यों करती है?

तारा–मायारानी जमानिया की रानी है, जमानिया में एक भारी तिलिस्म है, जिसके विषय में जाना गया है कि वह कुंअर इन्द्रजीतसिंह और आनन्दसिंह के हाथों से टूटेगा; मगर मायारानी चाहती है कि वह तिलिस्म न टूटने पावे, इसी सबब से वह इतना बखेड़ा मचा रही है।

किशोरी–और कमलिनी कौन हैं? मैं उनका नाम कई दफे सुन चुकी हूं और यह भी जानती हूं कि वह हम लोगों की मदद कर रही हैं।

तारा–मायारानी की दो बहिनें और हैं! (ऊंची सांस लेकर) एक तो ये कमलिनी हैं, जिनके मकान में आप इस समय बैठी हैं, मायारानी के चाल-चलन से रंज होकर उससे अलग हो गई हैं और दोनों कुमारों की मदद कर रही हैं। और दूसरी सबसे छोटी बहिन लाडिली है जो मायारानी के साथ रहती है। मगर अब सुनने में आया है कि वह भी मायारानी से अलग होकर कमलिनी का साथ दे रही है।

किशोरी–और ये राजा गोपालसिंह और भूतनाथ कौन हैं?

तारा–भूतनाथ कमलिनी का ऐयार है और राजा गोपालसिंह जमानिया के राजा हैं, मायारानी इन्हीं की स्त्री है। पांच वर्ष हुए जब यह बात मशहूर हुई थी कि राजा गोपालसिंह का देहान्त हो गया, यहां तक कि कमलिनी को भी इस बात में शक न रहा, क्योंकि उसके देखते-ही-देखते राजा गोपालसिंह की दाह-क्रिया की गई थी। हां, लोगों को अगर किसी तरह का कुछ शक था तो केवल इतना कि राजा गोपालसिंह

को मायारानी ने जहर दे दिया। खैर, जमाने से राजा गोपालसिंह की जगह मायारानी जमानिया का राज्य कर रही है। इधर जब मायारानी ने दोनों कुमारों को कैद कर लिया तो कमलिनी उन्हें छुड़ाने के लिए जमानिया गई। उस समय कमलिनी को किसी तरह मालूम हुआ कि राजा गोपालसिंह के विषय में मायारानी ने लोगों को धोखा दिया था और वे मरे नहीं, बल्कि मायारानी ने उन्हें कैद कर रखा है। तब कमलिनी ने बड़े उद्योग से गोपालसिंहजी को कैद से छुड़ाया, मगर राजा साहब की यह राय हुई कि हमारे छूटने का हाल अभी किसी को मालूम न होना चाहिए, किसी मौके पर हम अपने को जाहिर करेंगे। मैंने यह जो कुछ आपसे कहा, बहुत ही मुख्तसर में कहा, नहीं तो इस बीच में ऐसे-ऐसे काम हुए हैं कि सुनने से आश्चर्य होता है। मैंने जब भूतनाथ की जुबानी सब हाल सुना तो आश्चर्य और हंसी से मेरी अजब हालत थी।

किशोरी—तो तुम खुलासा क्यों नहीं कहतीं? क्या कहीं जाना है या कोई जरूरी काम है?

तारा—(हंसकर) जाना कहां है और काम ही क्या है? अच्छा, मैं कहती हूं, सुनिए।

तारा ने भूतनाथ का खुलासा हाल कह सुनाया। वह जिस तरह नागर और मायारानी को धोखा देकर उनसे मिल गया और जिस खूबसूरती से किशोरी और कामिनी को नागर की कैद से छुड़ा लाया, उसके कहने के बाद यह भी कहा कि भूतनाथ मायारानी को और भी धोखा देगा। वह मायारानी से वादा कर आया है कि राजा गोपालसिंह को जो तुम्हारी कैद से छूट गए हैं, बहुत जल्द गिरफ्तार करके तुम्हारे पास ले आऊंगा, तुम उन्हें अपने हाथ से मारकर निश्चिन्त हो जाना। निःसन्देह बड़ी ही दिल्लगी होगी जब मायारानी को विश्वास हो जाएगा कि कैद से छूट जाने पर भी राजा गोपालसिंह जीते न बचे।

तारा की जुबानी भूतनाथ का हाल सुनकर किशोरी और कामिनी को बड़ा ताज्जुब हुआ और उसके विषय में देर तक तीनों में बातचीत होती रही। अन्त में किशोरी ने तारा से पूछा, "जब तुम राजा गोपालसिंह के पास गई थीं और उन्होंने मुझे तुम्हारे सुपुर्द किया था, उस समय तुमने मेरी तरफ देखकर यह कहा था कि 'इनके लिए मुझे मुद्दत तक छिपकर रोहतासगढ़ के किले में रहना पड़ा था' तो क्या वास्तव में तुम रोहतासगढ़ के किले में उस समय थीं जब मैं वहां बदकिस्मती के दिन काट रही थी? अगर तुम वहां थीं तो लाली और कुन्दन का हाल भी तुम्हें जरूर मालूम होगा।"

किशोरी की बातों का तारा कुछ जवाब दिया ही चाहती थी कि एक प्रकार की आवाज सुनकर चौंक पड़ी और घबराकर उस पुतली की तरफ देखने लगी जो वहां छत पर एक छोटे से चबूतरे के ऊपर सिर नीचे और पैर ऊपर किए खड़ी थी।

पाठक इस मकान की अवस्था को भूल न गए होंगे, क्योंकि इस मकान और पुतलियों का हाल हम सन्तति के तीसरे भाग में लिख चुके हैं। इस समय जब तारा ने इस पुतली को तेजी के साथ नाचते हुए पाया तो घबरा गई, बदहवास होकर उठ खड़ी हुई और कहने लगी–"हाय बड़ा अनर्थ हुआ, अब हम लोगों की जान बचती नजर नहीं आती! हाय-हाय, बहिन कमलिनी, न जाने इस समय तू कहां है। हाय, अब मैं क्या करूं!"

छठवां बयान

हम ऊपर के किसी बयान में लिख आए हैं कि तिलिस्मी दारोगा की बदौलत जब नागर और मायारानी में लड़ाई हो गई तो उसी समय मौका पाकर कमबख्त दारोगा वहां से निकल भागा और उसके थोड़ी ही देर बाद मायारानी भी नागर के धमकाने से डरकर वहां से चली गई।

यद्यपि दारोगा और मायारानी में लड़ाई हो गई थी, मगर मेल होने में भी कुछ देर न लगी। कायदे की बात है कि चोर-बदमाश, बेईमान आदि जितने बुरे कर्म करनेवाले हैं, प्रकृत्यानुसार कभी-कभी आपस में लड़ भी जाते हैं और लड़ाई यहां तक बढ़ जाती है कि एक के खून का दूसरा प्यासा हो जाता है बल्कि जान का नुकसान भी हो जाता है, मगर थोड़े ही अरसे के बाद फिर आपुस में मेल-मिलाप हो जाता है। इसका असल सबब यही है कि बुरे मनुष्यों के हृदय में लज्जा, शान, मान और आन की जगह नहीं होती। उन्हें इस बात का ध्यान नहीं होता है कि फलाने ने मुझे ताना मारा था या फलाने ने मेरी किसी प्रकार बेइज्जती की, अतएव कदापि उसके सामने न जाना चाहिए या किसी तरह उसे अवश्य नीचा दिखाना चाहिए, क्योंकि बुरे मनुष्य तो नीच होते ही हैं, उन्हें अपने नीच कर्मों या अपने साथियों के ताने या लड़ाई से शर्म ही क्यों आने लगी? और यही सबब है कि उनकी लड़ाई बहुत दिनों के लिए मजबूत नहीं होती। अगर ऐसा होता तो फूट और तकरार के कारण स्वयं बदमाशों का नाश हो जाता और भले आदमियों को बुरे मनुष्यों से दुःख पाने का दिन नसीब न होता। परमेश्वर की इस विचित्र माया ही ने मायारानी और दारोगा में फिर से मेल करा दिया और राजा बीरेन्द्रसिंह तथा उनके खानदान की बदनसीबी के वृक्ष में पुनः फल लगने लगे जिसका हाल आगे चलकर मायारानी और दारोगा की बातचीत से मालूम होगा।

जिस समय नागर की धमकी से डरकर कुछ सोचती-विचारती मायारानी सदर फाटक के बाहर निकली और गंगा के किनारे की तरफ चली तो थोड़ी ही दूर जाने के बाद तिलिस्मी दारोगा से, जो नाक कटाकर अपनी बदकिस्मती पर रोता-कलपता धीरे-धीरे गंगाजी की तरफ जा रहा था, उसकी मुलाकात हुई। जब अपने पीछे किसी

के आने की आहट पा दारोगा ने फिरकर देखा तो मायारानी पर निगाह पड़ी। यद्यपि उस समय वहां पर अंधेरा था परन्तु बहुत दिनों तक साथ रहने के कारण एक ने दूसरे को बखूबी पहचान लिया। मायारानी तुरन्त दारोगा के पैरों पर गिर पड़ी और आंसुओं से उसके नापाक पैरों को भिगोती हुई बोली–

"दारोगा साहब, निःसन्देह इस समय आपकी बड़ी बेइज्जती हुई और आप मुझसे रंज हो गए, परन्तु मैं कसम खाकर कहती हूं कि इसमें मेरा कसूर नहीं है। थोड़ी-सी बात जो मैं आपसे कहा चाहती हूं आप कृपा करके सुन लीजिए। इसके बाद यदि आपका दिल गवाही दे कि बेशक मायारानी का दोष है तो आप बेखटके अपने हाथ से मेरा सिर काट डालिए, मुझे कोई उज्र न होगा, बल्कि मैं प्रतिज्ञापूर्वक कहती हूं कि मैं उस समय अपने हाथ से कलेजे में खंजर मारकर मर जाऊंगी जब मेरी बात सुनने के बाद आप अपने मुंह से कह देंगे कि बेशक कसूर तेरा है, क्योंकि आपको रंज करके मैं इस दुनिया में रहना नहीं चाहती। आप खूब जानते हैं कि इस दुनिया में मेरा सहायक सिवाय आपके दूसरा नहीं, अतएव जब आप ही मुझसे अलग हो जाएंगे तो दुश्मनों के हाथों सिसक-सिसककर मरने की अपेक्षा अपने हाथ से आप ही जान दे देना मैं उत्तम समझती हूं।"

दारोगा–यद्यपि अभी तक मेरा दिल यही गवाही देता है कि आज तूने ही मेरी बेइज्जती की और तूने ही मेरी नाक काटी, परन्तु जब तू मेरे पैरों पर गिरकर साबित किया चाहती है कि इसमें तेरा कोई कसूर नहीं है, तो मुझे भी उचित है कि तेरी बातें सुन लूं और इसके बाद जिसका कसूर हो उसे दण्ड दूं।

माया–(खड़ी होकर और हाथ जोड़कर) बस-बस-बस, मैं इतना ही चाहती हूं।

दारोगा–अच्छा, तो इस जगह खड़े होकर बातें करना उचित नही। किसी तरह शहर के बाहर निकल चलना चाहिए बल्कि उत्तम तो यह होगा कि गंगा के पार हो जाना चाहिए, फिर एकान्त में जो कुछ कहोगी मैं सुनूंगा।

दोनों वहां से रवाना होकर बात-की-बात में गंगा के किनारे जा पहुंचे। वहां दारोगा ने खूब अच्छी तरह अपनी नाक धोकर मरहम की पट्टी बांधी जो उसके बटुए में मौजूद थी, और इसके बाद मल्लाह को कुछ देकर मायारानी को साथ लिये दारोगा साहब गंगा पार हो गए। दारोगा ने वहां भी दम न लिया और लगभग आध कोस के सीधे जाकर एक गांव में पहुंचे जहां घोड़ों के सौदागर लोग रहा करते थे और उनके पास हर प्रकार के कमकीमत और बेशकीमत घोड़े मौजूद रहा करते थे। यहां पहुंचकर दारोगा ने मायारानी से कहा कि "तेरे पास कुछ रुपया-अशर्फी है या नहीं?" इसके जवाब में मायारानी ने कहा कि "रुपये तो नहीं हैं मगर अशर्फियां हैं और जवाहिरात का एक डिब्बा भी जो तिलिस्मी बाग से भागते समय साथ लाई थी, मौजूद है।"

आसमान पर सुबह की सुफेदी अच्छी तरह फैली न थी। गांव में बहुत कम आदमी जागे थे। मायारानी से पचास अशर्फी लेकर और उसे एक पेड़ के नीचे

बैठाकर दारोगा साहब सराय में गए और थोड़ी ही देर में दो घोड़े मय साज के खरीद लाए। मायारानी और दारोगा दोनों घोड़ों पर सवार होकर दक्खिन की तरफ इस तेजी के साथ रवाना हुए कि जिससे जाना जाता था कि इन दोनों को अपने घोड़ों के मरने की कोई परवाह नहीं है, इसके बाद जब एक जंगल में पहुंचे तो दोनों ने अपने-अपने घोड़ों की चाल कम की और बातचीत करते हुए जाने लगे।

दारोगा–अब हम लोग ऐसी जगह आ पहुंचे हैं जहां किसी तरह का डर नहीं है, अब तुम्हें जो कुछ कहना हो कहो।

मायारानी–इसके पहले कि आपके छूटने का हाल आपसे पूछूं, जिस दिन से आप मुझसे अलग हुए हैं, उस दिन से लेकर आज तक का अपना किस्सा मैं आपसे कहा चाहती हूं जिसके सुनने से आपको पूरा-पूरा हाल मालूम हो जाएगा और आप स्वयं कहेंगे कि मैं हर तरह से बेकसूर हूं।

दारोगा–ठीक है, जितने विस्तार के साथ तुम कहना चाहो कहो, मैं सुनने के लिए तैयार हूं।

मायारानी ने ब्यौरेवार अपना हाल दारोगा से कहना शुरू किया, जिसमें तेजसिंह का पागल बनके तिलिस्मी बाग में आना, चंडूल का पहुंचना, राजा गोपालसिंह का कैद से छूटना, लाडिली का मायारानी से अलग होना, धनपत की गिरफ्तारी, अपना भागना, तिलिस्म का हाल, सुरंग में राजा गोपालसिंह, कमलिनी, लाडिली, भूतनाथ और देवीसिंह का आना, नकली दारोगा का पहुंचना और उससे बातचीत करके धोखा खाना इत्यादि जो कुछ हुआ था, सच-सच दारोगा से कह सुनाया, इसके बाद दारोगा की चीठी पढ़ना और फिर असली दारोगा के विषय में धोखा खाना भी कुछ बनावट के साथ बयान किया जिसे बड़े गौर से दारोगा साहब सुनते रहे और जब मायारानी अपनी बात खतम कर चुकी तो बोले–

दारोगा–अब मुझे मालूम हुआ कि जो कुछ किया हरामजादी नागर ने किया और तू बेकसूर है, या अगर तुझसे किसी तरह का कसूर हुआ भी तो धोखे में हुआ, मगर तेरी जुबानी सब हाल सुनकर मुझे इस बात का बहुत रंज हुआ कि तूने राजा गोपालसिंह के बारे में मुझे पूरा धोखा दिया।

माया–बेशक यह मेरा कसूर है। मगर वह कसूर पुराना हो गया और धोखे में लक्ष्मीदेवी का भेद खुल जाने पर तो अब वह क्षमा के योग्य भी हो गया। अगर आप उस कसूर को भूलकर बचने का उद्योग न करेंगे तो बेशक मेरी और आपकी दोनों की जान दुर्गति के साथ जाएगी, क्योंकि मैं फिर भी ढिठाई के साथ कहती हूं कि उस विषय में मेरा और आपका कसूर बराबर है।

दारोगा–बेशक ऐसा ही है, खैर, मैं तेरा कसूर माफ करता हूं क्योंकि तूने इस समय उसे साफ-साफ कह दिया और यह भी निश्चय हो गया कि आज केवल नागर की हरामजदगी ने...

माया–(अपने घोड़े को पास ले जाकर और दारोगा का पैर छूकर) केवल माफ ही नहीं बल्कि उद्योग करना चाहिए जिसमें राजा गोपालसिंह, बीरेन्द्रसिंह, उनके दोनों लड़के और ऐयार गिरफ्तार हो जाएं या दुनिया से उठा लिए जाएं।

दारोगा–ऐसा ही होगा और शीघ्र ही उसके लिए मैं उत्तम उद्योग करूंगा। (कुछ सोचकर) मगर मैं देखता हूं कि इस काम के लिए रुपये की बहुत जरूरत पड़ती है।

माया–रुपये-पैसे की किसी तरह कमी नहीं हो सकती, मेरे पास लाखों रुपये के जवाहिरात हैं, बल्कि देवगढ़ी का खजाना ऐसा गुप्त है कि सिवाय मेरे कोई दूसरा पा ही नहीं सकता, क्योंकि गोपालसिंह को उसकी कुछ भी खबर नहीं है।

दारोगा–(ताज्जुब से) देवगढ़ी का खजाना कैसा? मैं भी उस विषय में कुछ नहीं जानता।

माया–वाह, आप क्यों नहीं जानते! वह मकान आप ही ने तो धनपत को दिया था।

दारोगा–ओह देवगढ़ी क्यों कहती हो, शिवगढ़ी कहो!

माया–हां, हां, शिवगढ़ी, शिवगढ़ी, मैं भूल गई थी, नाम में गलती हुई। उसमें बड़ी दौलत है। जो कुछ मैंने धनपत को दिया, सब उसी में मौजूद है. धनपत बेचारा कैद ही हो गया, फिर निकालता कौन?

दारोगा–बेशक, वहां बड़ी दौलत होगी। इसके सिवाय मुझे भी तुम दौलत से खाली न समझना, अस्तु कोई चिन्ता नहीं, देखा जाएगा।

माया–मगर अभी तक यह न मालूम हुआ कि आप कहां जा रहे हैं? घोड़े बहुत थक गए हैं, अब ये ज्यादे नहीं चल सकते।

दारोगा–हमें भी अब बहुत दूर नहीं जाना है, (उंगली के इशारे से बताकर) वह देखो सामने जो पहाड़ी है उसी पर मेरा गुरुभाई इन्द्रदेव रहता है, इस समय हम लोग उसी के मेहमान होंगे।

माया–ओहो, अब याद आया, इन्हीं का जिक्र आप अकसर किया करते थे और कहते थे कि बड़े चालाक और प्रतापी हैं। आपने एक दफे यह भी कहा था कि इन्द्रदेव भी किसी तिलिस्म के दारोगा हैं।

दारोगा–बेशक, ऐसा ही है और मैं उसका बहुत भरोसा रखता हूं। उसकी बदौलत मैं अपने को राजा से भी बढ़के अमीर समझता हूं और बीरेन्द्रसिंह की कैद से छूटकर आजादी के साथ घूमने का दिन भी मुझे उसी के उद्योग से मिला है, जिसका हाल मैं तुमसे फिर कभी कहूंगा। वह बड़ा ही धूर्त एवं बुद्धिमान और साथ ही इसके ऐयाश भी है।

माया–उम्र में आपसे बड़े हैं या छोटे?

दारोगा–ओह, मुझसे बहुत छोटा है, बल्कि यों कहना चाहिए कि अभी नौजवान है, बदन में ताकत भी खूब है, रहने का स्थान भी बहुत ही उत्तम और रमणीक है, मेरी तरह फकीरी भेष में नहीं रहता बल्कि अमीराना ठाठ के साथ रहता है।

दारोगा की बात सुनकर मायारानी के दिल में एक प्रकार की उम्मीद और खुशी पैदा हुई, आंखों में विचित्र चमक और गालों पर सुर्खी दिखाई देने लगी जो क्षण-भर के लिए थी, इसके बाद फिर मायारानी ने कहा–

माया–यह आपकी कृपा है कि ऐसी बुरी अवस्था तक पहुंचने पर भी मैं किसी तरह निराश नहीं हो सकती।

दारोगा–जब तक मैं जीता और तुझसे खुश हूं तब तक तो तू किसी तरह निराश कभी भी नहीं हो सकती, मगर अफसोस अभी तीन-चार दिन ही हुए हैं कि इसके पास से तेरी खोज में गया था, आज मेरी नाक कटी देखेगा तो क्या कहेगा?

माया–बेशक, उन्हें बड़ा क्रोध आवेगा जब आपकी जुबानी यह सुनेंगे कि नागर ने आपकी यह दशा की।

दारोगा–क्रोध! अरे तू देखेगी कि नागर को पकड़वा मंगवावेगा और बड़ी दुर्दशा से उसकी जान लेगा। उसके आगे यह कोई बड़ी बात नहीं है! लो, अब हम लोग ठिकाने आ पहुंचे, अब घोड़े से उतरना चाहिए।

इस जगह पर एक छोटी-सी पहाड़ी थी, जिसके पीछे की तरफ और दाहिने-बाएं कुछ चक्कर खाता हुआ पहाड़ियों का सिलसिला दूर तक दिखाई दे रहा था। जब ये दोनों आदमी उस पहाड़ी के नीचे पहुंचे तो घोड़े से उतर पड़े क्योंकि पहाड़ी के ऊपर घोड़ा ले जाने का मौका न था और इन दोनों को पहाड़ी के ऊपर जाना था। दोनों घोड़े लम्बी-लम्बी बागडोरों के सहारे एक पेड़ के साथ बांध दिए गए और इसके बाद मायारानी को साथ लिये हुए दारोगा ने उस पहाड़ी के ऊपर चढ़ना शुरू किया। उस पहाड़ी पर चढ़ने के लिए केवल एक पगडण्डी का रास्ता था और वह भी बहुत पथरीला और ऐसा ऊबड़खाबड़ था कि जानेवाले को बहुत सम्हलकर चढ़ना पड़ता था। यद्यपि पहाड़ी बहुत ऊंची न थी, मगर रास्ते की कठिनाई के कारण इन दोनों को ऊपर पहुंचने में पूरा एक घण्टा लग गया।

जब दोनों पहाड़ी के ऊपर पहुंचे तो मायारानी ने एक पेड़ के नीचे खड़े होकर देखा कि सामने की तरफ जहां तक निगाह काम करती है, पहाड़-ही-पहाड़ दिखाई दे रहे हैं, जिनकी अवस्था आषाढ़ के उठते हुए बादलों-सी जान पड़ती है। टीले-पर-टीला, पहाड़-पर-पहाड़, क्रमशः बराबर ऊंचा ही होता गया है। यह वही विंध्य की पहाड़ी है जिसका फैलाव सैकड़ों कोस तक चला गया है। इस जगह से जहां इस समय मायारानी खड़ी होकर पहाड़ी के दिलचस्प सिलसिले को बड़े गौर से देख रही है, राजा बीरेन्द्रसिंह की राजधानी नौगढ़ बहुत दूर नहीं है, परन्तु यह जगह नौगढ़ की हद से बिलकुल बाहर है।

धूप बहुत तेज थी और भूख-प्यास ने भी सता रक्खा था, इसलिए दारोगा ने मायारानी से कहा, "मैं समझता हूं कि इस पहाड़ पर चढ़ने की थकावट अब मिट गई होगी, यहां देर तक खड़े रहने से काम न चलेगा, क्योंकि अभी हम लोगों को कुछ दूर और चलना है और भूख-प्यास से जी बेचैन हो रहा है।"

माया–क्या अभी हम लोगों को और आगे जाना पड़ेगा? आपने तो इसी पहाड़ी पर इन्द्रदेव का घर बताया था?

दारोगा–ठीक है, मगर उसका मतलब यह न था कि पहाड़ पर चढ़ने के साथ ही कोई मकान मिल जाएगा।

माया–खैर, चलिए। अब कितनी देर में ठिकाने पर पहुंचने की आशा कर सकती हूं?

दारोगा–अगर तेजी के साथ चलें तो घण्टे-भर में।

माया–ओफ!

आगे-आगे दारोगा और पीछे-पीछे मायारानी दोनों आगे की तरफ बढ़े। ज्यों-ज्यों आगे बढ़ते जाते थे, जमीन ऊंची मिलती जाती थी और चढ़ाव चढ़ने के कारण मायारानी का दम फूल रहा था। वह थोड़ी-थोड़ी दूर पर खड़ी होकर दम लेती थी और फिर दारोगा के पीछे-पीछे चल पड़ती थी, यहां तक कि दोनों एक गुफा के मुंह पर जा पहुंचे, जिसके अन्दर खड़े होकर, बराबर दो आदमी बखूबी जा सकते थे। बाबाजी ने मायारानी से कहा कि 'अब हम लोगों को इसके अन्दर चलना पड़ेगा' जिसके जवाब में मायारानी ने कहा कि 'क्या हर्ज है, मैं चलने को तैयार हूं, मगर जरा दम ले लूं।'

गुफा के दोनों तरफ चौड़े-चौड़े दो पत्थर थे, जिनमें से एक पर दारोगा और दूसरे पर मायारानी बैठ गई। इन दोनों को बैठे अभी ज्यादे देर नहीं हुई थी कि गुफा के अन्दर से एक आदमी निकला जिसने पहली निगाह में मायारानी को और दूसरी निगाह में दारोगा को देखा। मायारानी को देखकर उसे ताज्जुब हुआ, मगर जब दारोगा को देखा तो झपटकर उसके पैरों पर गिर पड़ा और बोला, "आश्चर्य है कि आज मायारानी को लेकर आप यहां आए हैं!"

दारोगा–हां, एक भारी आवश्यकता पड़ जाने के कारण ऐसा करना पड़ा। कहो, तुम अच्छे तो हो? बहुत दिन पर दिखाई दिए।

आदमी–जी, आपकी कृपा से बहुत अच्छा हूं, हाल ही में जब आप यहां आए थे तो मैं एक जरूरी काम के लिए भेजा गया था इसी से आपके दर्शन न कर सका, कल जब मैं लौटकर आया तो मालूम हुआ कि बाबाजी आए थे, पर एक ही दिन रहकर चले गए (आश्चर्य के ढंग से) मगर यह नाक में पट्टी कैसे बंधी है?

दारोगा–कल लड़ाई में एक आदमी ने बेकसूर मुझे जख्मी किया, इसी से पट्टी बांधने की आवश्यकता हुई!

आदमी–(क्रोध में आकर) किसकी मौत आई है जिसने हम लोगों के होते आपके साथ ऐसा किया! जरा नाम तो बताइए!

दारोगा–अब आया हूं तो अवश्य सबकुछ कहूंगा, पहले यह बताओ कि इस समय तुम जाते कहां हो?

आदमी–एक काम के लिए महाराज ने भेजा है, संध्या होने के पहले ही लौट आऊंगा, यदि आज्ञा हो तो महाराज के पास जाकर आपके आने का संवाद दूं?

दारोगा–नहीं-नहीं, इसकी आवश्यकता नहीं है, मैं चला जाऊंगा, तुम जाओ, जब लौटोगे तो रात को बातचीत होगी।

आदमी–जो आज्ञा।

दारोगा का पैर छूकर वह आदमी वहां से तेजी के साथ चला गया, और इसके बाद मायारानी ने दारोगा से कहा, "अफसोस, यहां तक नौबत आ पहुंची कि अब हर एक आदमी बारह पर्दे के अन्दर रहनेवाली मायारानी को खुल्लमखुल्ला देख सकता है, जैसा कि अभी इस गैर आदमी ने देखा।"

दारोगा–तुझे इस बात का अफसोस न करना चाहिए। समय ने जब तुझे अपने घर से बाहर कर दिया, रिआया से बदतर बना दिया, हुकूमत छीनकर बेकार कर दिया बल्कि यों कहना चाहिए कि वास्तव में छिपकर जान बचाने लायक कर दिया, तो पर्दे और इज्जत का खयाल कैसा! किस जात-बिरादरी के वास्ते? क्या तुझे आशा है कि राजा गोपालसिंह अब तुझे अपनी बनाकर रखेगा? कभी नहीं। फिर लज्जा का ढकोसला क्यों? हां, समय ने अगर तेरा नसीब चमकाया और तू हम लोगों की मदद से गोपालसिंह, बीरेन्द्रसिंह तथा उसके लड़कों पर फतह पाकर पुनः तिलिस्म की रानी हो गई तो तुझे उस समय आज की निर्लज्जता की परवाह न रहेगी, क्योंकि रुपये वालों का ऐब जमाना नहीं देखता, रुपयेवाले की खातिर में कमी नहीं होती, रुपये वाले को कोई दोष नहीं लगता, और रुपयेवालों की पहली अवस्था पर कोई ध्यान नहीं देता, फिर इसके लिए सोचने-विचारने से क्या फायदा? तू आज से अपने को मर्द समझ ले और मर्दों की ही तरह जो कुछ मैं सलाह दूं, वह कर।

माया–बात तो आपने ठीक कही, वास्तव में ऐसा ही है! अब आज से मैं ऐसी तुच्छ बातों पर ध्यान न दूंगी। अच्छा, जहां चलना हो चलिए, मैं बखूबी आराम कर चुकी। हां, यह तो बताइए कि वह आदमी कौन था और उसने मुझे पहचाना कैसे?

दारोगा–वह इन्द्रदेव का ऐयार है, मुझसे मिलने के लिए बराबर आया करता था, यही सबब है कि तुझे पहचानता है, और फिर ऐयारों से यह बात कुछ दूर नहीं है कि तुझ-सी मशहूर को पहचान लिया।

इसके बाद दारोगा उठ खड़ा हुआ, और मायारानी को अपने पीछे-पीछे आने के लिए कहकर गुफा के अन्दर रवाना हुआ।

सातवां बयान

मायारानी इस गुफा को साधारण और मामूली समझे हुए थी, मगर ऐसा न था। थोड़ी दूर जाने के बाद पूरा अंधकार मिला, जिससे वह घबड़ा गई, मगर दारोगा के ढाढ़स देने से उसका कपड़ा पकड़े हुए धीरे-धीरे रवाना हुई। लगभग सौ कदम जाने के बाद दारोगा रुका और बाईं तरफ घूमकर चलने लगा। अब मायारानी पहले की बनिस्बत ज्यादे डरी और उसने घबड़ाकर दारोगा से पूछा, "क्या हम लोग चांदने में न पहुंचेंगे? कहीं ऐसा न हो कि कोई दरिन्दा जानवर मिल जाए और हम लोगों को फाड़ खाये।"

दारोगा–(जोर से हंसकर) क्या इतने ही में तेरी हिम्मत ने जवाब दे दिया? तिलिस्म की रानी होकर इतना छोटा दिल, आश्चर्य है!

माया–(अपने डरे हुए दिल को सम्हालकर) नहीं-नहीं, मैं डरी और घबराई नहीं हूं, हां, भूख-प्यास और थकावट के कारण बेहाल हो रही हूं, इसी से मैंने पूछा कि यह गुफा, जिसे सुरंग कहना चाहिए, किसी तरह समाप्त भी होगी या नहीं?

दारोगा–घबरा मत, अब हम लोग बहुत जल्द इस अंधेरे से निकलकर ऐसे दिलचस्प मैदान में पहुंचेंगे जिसे देखकर तू बहुत ही खुश होगी।

माया–इन्द्रदेव के मकान में जाने के लिए यही एक राह है या और भी कोई?

दारोगा–बस इस रास्ते के सिवाय और रास्ता नहीं है।

माया–अगर ऐसा है तो मालूम होता है कि आपके इन्द्रदेव बहुत-से दुश्मन रखते हैं जिनके डर से उन्हें इस तरह छिपकर रहना पड़ता है।

दारोगा–(हंसकर) नहीं-नहीं, ऐसा नहीं है, इन्द्रदेव इस योग्य है कि अपने दुश्नों को बात-की-बात में बर्बाद कर दे। वह इस स्थान में जानकर नहीं रहता, बल्कि मजबूर होकर उसे यहां रहना पड़ता है क्योंकि जिस तिलिस्म का वह दारोगा है, वह तिलिस्म भी इसी स्थान में है।

माया–ठीक है, तो क्या इस तिलिस्म का कोई राजा नहीं है?

दारोगा–नहीं, जिस समय यह तिलिस्म तैयार हुआ था, उसी समय इसके मालिक ने इस बात का प्रबन्ध किया था कि उसके खानदान में जो कोई हो, वह तिलिस्म का राजा नहीं बने बल्कि दारोगा की तरह रहे। उसी के खानदान में यह इन्द्रदेव है। इसे तिलिस्म की हिफाजत करने के सिवाय और किसी तरह का अधिकार तिलिस्म पर नहीं, मगर दौलत की इसे किसी तरह की कमी नहीं है।

माया–अगर पुराने प्रबन्ध को तोड़कर वह तिलिस्मी चीजों पर अपना दखल जमावे तो उसे कौन रोक सकता है?

दारोगा–रोकनेवाला तो कोई नहीं है, मगर वह तिलिस्म का भेद कुछ भी नहीं जानता, न मालूम यह तिलिस्म इतना गुप्त किसलिए रखा गया है।

माया–मैं तो अपने तिलिस्म से बहुत फायदा उठाती थी।

दारोगा—बेशक, ऐसा ही है, मगर उस तिलिस्म में भी जो खास-खास अलभ्य वस्तुएं हैं, उनका मालिक तिलिस्म तोड़नेवाले के सिवाय और कोई नहीं हो सकता। अच्छा, अब ठहर जा, हम लोग ठिकाने पहुंच गए हैं, यहां एक दरवाजा है जिसे खोलकर आगे चलना होगा।

दारोगा की बात सुनकर मायारानी रुक गई, मगर अंधेरे में उसे यह न मालूम हुआ कि बाबाजी क्या कर रहे हैं। दस-बारह पल से ज्यादे देर न लगी होगी कि एक आवाज ठीक उसी प्रकार की आई जैसी लोहे का हल्का दरवाजा खुलने के समय आती है। बाबाजी ने मायारानी का हाथ पकड़के उसे दो-तीन कदम आगे कर दिया तथा स्वयं पीछे रह गए और फिर उस दरवाजे के बन्द होने की आवाज आई। इसके बाद बाबाजी ने मोमबत्ती जलाई, जिसका सामान दरवाजे के पास ही किसी ठिकाने पर था।

बहुत देर तक अंधेरे में रहने के कारण मायारानी बहुत घबड़ा गई थी। अब रोशनी हो जाने से वह चैतन्य हो गई और आंखें फाड़कर चारों तरफ देखने लगी। केवल उधर की तरफ जिधर से वह आई थी, लोहे का एक तख्ता दिखलाई दिया, जिसमें दरवाजे का कोई आकार न था, इसके अतिरिक्त सब तरफ पत्थर ही दिखाई पड़ता था, और साफ मालूम होता था कि मानवीय उद्योग से पहाड़ काटकर यह रास्ता या सुरंग तैयार की गई है, मगर यह सुरंग इसी जगह पर नहीं समाप्त हुई थी बल्कि बाईं तरफ तीन-चार सीढ़ियां नीचे उतरके और भी कुछ दूर तक गई हुई थी। मायारानी ने आश्चर्य से चारों तरफ देखने के बाद बाबाजी से कहा, "यह लोहे की दीवार जो सामने दिखाई पड़ती है, निःसन्देह दरवाजा है, परन्तु इसमें दरवाजे का कोई आकार मालूम नहीं पड़ता, आपने इसे किस तरकीब से खोला या बन्द किया था?" इसके जवाब में दारोगा ने कहा, "इस दरवाजे को खोलने और बंद करने की तरकीब नियमानुसार इन्द्रदेव की आज्ञा बिना मैं नहीं बता सकता और यह मोमबत्ती भी मैंने इसलिए जलाई है कि (सीढ़ियों की तरफ इशारा करके) इन सीढ़ियों को तू अच्छी तरह देख ले जिसमें उतरने के समय ठोकर न लगे।" इतना कहते ही दारोगा ने मोमबत्ती बुझाकर उसे उसी ठिकाने रख दिया और मायारानी का हाथ पकड़के सीढ़ियों के नीचे उतरा। मायारानी को अपनी बातों का जवाब न पाने से रंज हुआ, मगर वह कर ही क्या सकती थी, क्योंकि इस समय वह हर तरह से दारोगा के आधीन थी।

सीढ़ियां उतरने के साथ ही सामने की तरफ थोड़ी दूर पर उजाला दिखाई दिया और मालूम हुआ कि उस ठिकाने सुरंग समाप्त हुई है। आश्चर्य, डर, चिन्ता और आशा के साथ मायारानी ने यह रास्ता भी तै किया और सुरंग के आखिरी दरवाजे के बाहर कदम रखने के साथ ही एक रमणीक स्थान की छटा देखने लगी।

इस समय मायारानी की आंखों के सामने पहाड़ी गुलबूटों से हरा-भरा एक चौखूटा मैदान था, जिसकी लम्बाई चार सौ गज और चौड़ाई साढ़े तीन सौ गज से

ज्यादे न होगी। यह मैदान चारों तरफ से ढालवीं और सरसब्ज पहाड़ी से घिरा हुआ था, जिस पर के पेड़ों और सुन्दर-सुन्दर लताओं के बीच से निकलकर नीरोग हवा के नर्म-नर्म झपेटे आ रहे थे। सामने की तरफ पहाड़ी की आधी ऊंचाई से झरना गिर रहा था, जिसका बिल्लौर की तरह साफ जल नीचे आकर बारीक और पेंचीली नालियों का-सा आनन्द दिखलाता हुआ रमने के खुशनुमा कोमल और सुन्दर फूल-पत्तोंवाले पौधों को तरी पहुंचा रहा था। खुशनुमा और मीठी बोलियों से दिल लुभा लेनेवाली छोटी-छोटी चिड़ियों की सुरीली आवाजों में दबी हुई रसीले फूलों पर घूम-घूमकर बलाएं लेते हुए मस्त भौंरों के परों की आवाज कमजोर उदास और मुरझाए दिल को ताकत और खुशी देने के साथ चैतन्य कर रही थी। इस स्थान के आधे हिस्से पर इस समय अपना दखल जमाए हुए सूर्य भगवान की कृपा ने धूप-छांह की हुबाबी चादर इस ढंग से बिछा रखी थी कि तरह-तरह की चिन्ताओं और खुटकों से विकल मायारानी को लाचार होकर, मस्ती और मदहोशी के कारण थोड़ी देर के लिए अपने को भुला देना पड़ा और जब वह कुछ होश में आई तो सोचने लगी कि ऐसे अनूठे स्थान का अपूर्व आनन्द लेनेवाला भी कोई यहां है या नहीं। इस विचार के साथ ही दाहिनी तरफ की पहाड़ीवाले, एक खुशनुमा बंगले पर उसकी निगाह जा पड़ी मगर उसे अच्छी तरह देखने भी न पाई थी कि दारोगा साहब हंसकर बोल उठे, ''अब यहां कब तक खड़ी रहोगी, चलो आगे बढ़ो!''

जिस जगह मायारानी खड़ी थी उसकी ऊंचाई जमीन से लगभग बीस-पचीस गज के होगी। नीचे उतरने के लिए छोटी-छोटी सीढ़ियां बनी हुई थीं जिन पर पहले दारोगा ने अपना मनहूस (अमंगल) कदम रखा और उसके पीछे-पीछे मायारानी रवाना हुई।

ये दोनों उस खुशनुमा जमीन की कुदरती क्यारियों पर घूमते हुए उस पहाड़ी के नीचे पहुंचे, जिस पर वह खूबसूरत बंगला बना हुआ था, और उसी समय दो आदमियों को पहाड़ी से नीचे उतरते हुए देखा। बात-की-बात में ये दोनों आदमी दारोगा के पास आ पहुंचे और दण्ड-प्रणाम के बाद बोले, ''इन्द्रदेवजी ने आपको दूर ही से देके पहचान लिया, मगर मायारानी को न पहचान सके, जो इस समय आपके साथ हैं।''

यह जानकर मायारानी को आश्चर्य हुआ कि यहां का हर एक आदमी उसे अच्छी तरह जानता और पहचानता है, मगर इस विषय में कुछ पूछने का मौका न समझकर वह चुप हो रही। बाबाजी ने दोनों ऐयारों से पूछा, ''कहो कुशल तो है? इन्द्रदेव अच्छे हैं?''

एक—जी हां, बहुत अच्छे हैं। मगर यह तो कहिए आपने नाक पर यह पट्टी क्यों बांधी हुई है?

दारोगा—इसका हाल इन्द्रदेव के सामने कहूंगा, उसी समय तुम भी सुन लेना। चलो जल्दी चलें, भूख-प्यास और थकावट से जी बेचैन हो रहा है।

ये चारों आदमी पहाड़ी के ऊपर चढ़ने लगे। यद्यपि इन सभों को बहुत ऊंचे नहीं चढ़ना था, परन्तु मायारानी बहुत थकी और सुस्त हो रही थी, इसलिए बड़ी कठिनाई

के साथ चढ़ी और ऊपर पहुंचने तक मामूली से बहुत ज्यादे देर लगी। ऊपर पहुंचकर मायारानी ने देखा कि वह बंगला छोटा और साधारण नहीं है बल्कि बहुत बड़ा और अच्छे ढंग का बना हुआ है, मगर यहां पर इस मकान की बनावट तथा उसके सुन्दर-सुन्दर कमरों की सजावट का हाल न लिखकर मतलब की बातें लिखना उचित जान पड़ता है।

उस समय इन्द्रदेव अगवानी के लिए स्वयं बाहर निकल आया, जब ये दोनों आदमी उस कमरे के पास पहुंचे, जिसमें वह रहता था। वह इन दोनों से बड़े तपाक से मिला और खातिर के साथ अन्दर ले जाकर बैठाया।

इन्द्रदेव–(दारोगा से) आपके और मायारानी के कष्ट करने का सबब पूछने के पहले मैं जानना चाहता हूं कि आपने नाक पर पट्टी क्यों बांध रखी है?

दारोगा–तुमसे विदा होकर मैंने जो कुछ तकलीफें उठाई हैं, यह उसी का नमूना है। जब मैं जरा दम लेने के बाद अपना किस्सा तुमसे कहूंगा, तब सब हाल मालूम हो जाएगा, इस समय भूख-प्यास और थकावट से जी बेचैन हो रहा है।

दारोगा का जवाब सुनकर इन्द्रदेव चुप हो रहा और फिर कुछ बातचीत न हुई। दारोगा और मायारानी के खाने-पीने का उत्तम प्रबन्ध कर दिया गया और उन दोनों ने कई घण्टे तक आराम करके अपनी थकावट दूर की। जब संध्या होने में थोड़ी देर बाकी थी तब इन्द्रदेव स्वयं उस कमरे में आया जिसमें दारोगा का डेरा पड़ा हुआ था। वह कमरा इन्द्रदेव के कमरे के बगल ही में था और उसमें जाने के लिए केवल एक मामूली दरवाजा था। उस समय मायारानी दारोगा के पास बैठी अपना दुखड़ा रो रही थी। इन्द्रदेव के आते ही वह चुप हो गई और बाबाजी ने खातिर के साथ इन्द्रदेव को अपनी बगल में बैठाया।

इन्द्रदेव–मैं समझता हूं कि इस समय आप अपना हाल बखूबी कह सकेंगे, जिसके सुनने के लिए मेरा जी बेचैन हो रहा है।

दारोगा–वह कहने के लिए इस समय मैं स्वयं ही तुम्हारे पास आनेवाला था, अच्छा हुआ कि तुम आ गए।

दारोगा ने अपना और मायारानी का हाल जो कुछ हम ऊपर लिख आए हैं, इन्द्रदेव से पूरा-पूरा बयान किया। इन्द्रदेव चुपचाप सुनता रहा, पर अन्त में जब नागर द्वारा बाबाजी की नाक काटने का हाल सुना तो उसे यकायक क्रोध चढ़ आया। उसका चेहरा लाल हो गया, होंठ हिलने लगे, और वह बिना कुछ कहे बाबाजी के पास से उठकर चला गया। यह हाल देखकर मायारानी को ताज्जुब मालूम हुआ और उसने दारोगा से पूछा, "क्या आप कह सकते हैं कि इन्द्रदेव आपकी बातों का कोई जवाब दिये बिना ही क्यों चला गया?"

दारोगा–मालूम होता है कि मेरा हाल सुनकर उसे हद से ज्यादे क्रोध चढ़ आया और वह कोई कार्रवाई करने के लिए चला गया है।

मायारानी–इन्द्रदेव नागर को जानता है?

दारोगा–बहुत अच्छी तरह, बल्कि नागर का जितना भेद इन्द्रदेव को मालूम है, उतना तुमको भी मालूम न होगा।

मायारानी–सो कैसे?

दारोगा–जिस जमाने में नागर रण्डियों की तरह बाजार में बैठती थी और मोतीजान के नाम से मशहूर थी, उस जमाने में इन्द्रदेव भी कभी-कभी उसके पास भेष बदलकर गाना सुनने की नीयत से जाया करता था और उसकी हर एक बात की इसे खबर थी, मगर इन्द्रदेव का ठीक-ठीक हाल बहुत दिनों तक सोहबत करने पर भी नागर को मालूम न हुआ, वह इन्द्रदेव को केवल एक सरदार और रुपयेवाला ही जानती थी।

आधे घण्टे तक इसी किस्म की बातें होती रहीं और इसके बाद इन्द्रदेव के ऐयार सूर्यसिंह ने कमरे के अन्दर आकर कहा, "इन्द्रदेवजी आपको बुलाते हैं, आप अकेले जाइये और नजरबाग में मिलिए, जहां वह अकेले टहल रहे हैं।"

इस सन्देश को सुनकर दारोगा उठ खड़ा हुआ और मायारानी को अपने कमरे में जाने के लिए कह इन्द्रदेव के पास चला गया।

इस मकान के पीछे की तरफ एक छोटा-सा नजरबाग था जो अपनी खुशनुमा क्यारियों और गुलबूटों की बदौलत बहुत ही भला मालूम पड़ता था। जब दारोगा वहां पहुंचा तो उसने इन्द्रदेव को उसी जगह टहलते हुए पाया।

इन्द्रदेव–भाई साहब, आज आपकी जुबान से मैंने वह बात सुनी है जिसके सुनने की कदापि आशा न थी।

दारोगा–बेशक, नागर की बदमाशी का हाल सुनकर आपको बहुत ही रंज हुआ होगा।

इन्द्रदेव–नहीं, मेरा इशारा नागर की तरफ नहीं है। इसमें तो कोई सन्देह नहीं नागर ने आपके साथ जो किया बहुत बुरा किया और मैं उसे गिरफ्तार कर लेने के लिए एक ऐयार और कई सिपाही रवाना भी कर चुका हूं, मगर मैं उन बातों की तरफ इशारा कर रहा हूं जो राजा गोपालसिंह से सम्बन्ध रखती हैं। मुझे इस बात का गुमान भी न था कि राजा गोपालसिंह अभी तक जीते हैं! मुझे स्वप्न में भी इस बात का ध्यान नहीं आ सकता था कि मायारानी वास्तव में गोपालसिंह की स्त्री नहीं है और आपकी कृपा से लक्ष्मीदेवी की गद्दी पर जा बैठी है! ओफ ओह, दुनिया भी अजब चीज है, और उसमें विहार करनेवाले दुनियादार भी कैसे-कैसे मनसूबे गांठते हैं?

इन्द्रदेव की बातें सुनकर दारोगा चौंक पड़ा और उसे विश्वास हो गया कि हमारी आशालता में अब कोई नये ढंग का फूल खिला चाहता है। उसने घबराकर इन्द्रदेव की तरफ देखा जिसका जमीन की तरफ झुका हुआ चेहरा इस समय बहुत ही उदास हो रहा था।

दारोगा–बेशक, मायारानी को लक्ष्मीदेवी बनाने में मेरा कसूर था, मगर राजा गोपालसिंह के बारे में मैं बिलकुल निर्दोष हूं। मुझे इस बात का गुमान भी न था कि राजा साहब को मायारानी ने कैद कर रक्खा है, मैं वास्तव में उन्हें मरा हुआ समझता था।

इन्द्रदेव–(इस ढंग से जैसे दारोगा की बात उसने सुनी ही नहीं) क्या आप कह सकते हैं कि राजा गोपालसिंह ने आपके साथ कोई बुराई की थी?

दारोगा–नहीं-नहीं, उस बेचारे ने मेरे साथ कोई बुराई नहीं की।

इन्द्रदेव–क्या आप कह सकते हैं कि गोपालसिंह के बाद आप विशेष धनी हो गए हैं?

दारोगा–नहीं।

इन्द्रदेव–क्या आप इतना भी कह सकते हैं कि राजा साहब के समय की बनिस्बत आज ज्यादे प्रसन्न हैं?

दारोगा–(ऊंची सांस लेकर) हाय, प्रसन्नता तो मानो मेरे लिए सिरजी ही नहीं गई!

इन्द्रदेव–नहीं-नहीं, आप ऐसा कदापि नहीं कह सकते, बल्कि ऐसा कहिए कि ईश्वर की दी हुई प्रसन्नता को आपने लात मारकर घर से निकाल दिया।

दारोगा–बेशक, ऐसा ही है।

इन्द्रदेव–(जोर देकर) और आज नाक कटाकर भी दुनिया में मुंह दिखाने के लिए आप तैयार हैं, और पिछली बातों पर जरा भी अफसोस नहीं करते! जिस कमबख्त मायारानी ने अपना धर्म नष्ट कर दिया, जो मायारानी लोक-लाज को एकदम तिलांजलि दे बैठी, जिस दुष्टा ने अपने सिरताज राजा गोपालसिंह के साथ ऐसा घात किया, जिस पिशाचिनी ने अपने माता-पिता की जान ली, जिसकी बदौलत आपको कारागार (कैदखाने) का मजा चखना पड़ा और जिसके सतसंग से आप अपनी नाक कटा बैठे, आज पुनः उसी की सहायता करने के लिए आप तैयार हुए हैं और इस पाप में मुझसे सहायता लेकर मुझे भी नष्ट किया चाहते हैं! वाह भाई साहब वाह, आपने गुरु का अच्छा नाम रोशन किया और मुझे भी अच्छा उपदेश कर रहे हैं! बड़े अफसोस की बात है कि आप-सा एक अदना आदमी, जो एक रण्डी के हाथ से अपनी नाक नहीं बचा सका, राजा बीरेन्द्रसिंह ऐसे प्रतापी राजा का नामो-निशान मिटाने के लिए तैयार हो जाए! मैंने तो राजा बीरेन्द्रसिंह का केवल इतना ही कसूर किया कि आपको उनके कैदखाने से निकाल लाया और अब इसी अपराध को क्षमा कराने के उद्योग में लगा हूं, मगर आप, जिसकी बदौलत मैं अपराधी हुआ हूं, अब फिर...

इतना कहते-कहते इन्द्रदेव रुक गया क्योंकि पल-पल भर में बढ़ते जानेवाले क्रोध ने उसका कंठ बन्द कर दिया। उसका चेहरा लाल हो रहा था और होंठ कांप रहे थे।

दारोगा का चेहरा जर्द पड़ गया, पिछले पापों ने उसके सामने आकर अपनी भयानक मूर्ति दिखाके डराना शुरू किया, और वह दोनों हाथों से अपना मुंह ढांक रोने लगा।

थोड़ी देर तक सन्नाटा रहा, इसके बाद इन्द्रदेव ने फिर कहना शुरू किया—

"हाय, मुझे रह-रहकर वह जमाना याद आता है जिस जमाने में दयावान और धर्मात्मा राजा गोपालसिंह की बदौलत आपकी कदर और इज्जत होती थी। जब कोई सौगात उनके पास आती थी तब वह 'लीजिए बड़े भाई' कहकर आपके सामने रखते थे। जब कोई नया काम करना होता था तो 'कहिए बड़े भाई, आप क्या आज्ञा देते हैं?' कहकर आपसे राय लेते थे, और जब उन्हें क्रोध चढ़ता था और उनके सामने जाने की किसी की हिम्मत नहीं पड़ती थी तब आपकी सूरत देखते ही सिर झुका लेते थे, और बड़े उद्योग से अपने क्रोध को दबाकर हंस देते थे। क्या कोई कह सकता है कि आपसे डरकर या दबकर वे ऐसा करते थे? नहीं, कदापि नहीं, इसका सबब केवल प्रेम था। वे आपको चाहते थे और आप पर विश्वास रखते थे कि स्वामीजी ने (जिनके आप शिष्य हैं) आपको अच्छी दीक्षा और शिक्षा दी होगी। उन्हें यह मालूम न था कि आप इतने बड़े विश्वासघाती हैं! हाय, उनके साथ आपका ऐसा बर्ताव! छिः-छिः, धिक्कार है, ऐसी जिन्दगी पर! किसके लिए? किस दुनिया में मुंह दिखाने के लिए? क्या आप नहीं जानते कि ईश्वर भी कोई वस्तु है! खैर जाइए, इस समय मैं विशेष बात नहीं कर सकता। आप यह न समझिए कि मैं अपने घर में से चले जाने के लिए आपसे कहता हूं, बल्कि यह कहता हूं कि अपने कमरे में जाकर आराम कीजिए। आपको चार दिन की मोहलत दी जाती है, इस बीच में अच्छी तरह सोच लीजिए कि किस तरह से आपकी भलाई हो सकती है और आपको किस रास्ते पर चलना उचित है। मगर खबरदार, इस समय जो कुछ बातें हुई हैं, उनका जिक्र मायारानी से न कीजिएगा और इन चार दिन के अन्दर मुझसे मिलने की भी आशा न रखिएगा।

आठवां बयान

दारोगा जिस समय इन्द्रदेव के सामने से उठा तो बिना इधर-उधर देखे सीधा अपने कमरे में चला गया और चादर से मुंह ढांपकर पलंग पर सो रहा। घण्टे-भर रात गई होगी जब मायारानी यह पूछने के लिए कि इन्द्रदेव ने आपको क्यों बुलाया था, बाबाजी के कमरे में आई, मगर जब बाबाजी को चादर से मुंह छिपाए हुए देखा तो उसे आश्चर्य हुआ। वह उनके पास गई और चादर हटाकर देखा तो बाबाजी को जागते पाया। इस समय बाबाजी का चेहरा जर्द हो रहा था और ऐसा मालूम पड़ता था कि उनके शरीर में खून का नाम भी नहीं है, या महीनों से बीमार हैं।

बाबाजी की ऐसी अवस्था देखकर मायारानी सन्न हो गई और बाबाजी का मुंह देखने लगी।

दारोगा–इस समय जाओ सो रहो, मेरी तबीयत ठीक नहीं है।

मायारानी–मैं केवल इतना ही पूछने आई थी कि इन्द्रदेव ने आपको क्यों बुलाया था और क्या कहा?

दारोगा–कुछ नहीं, उसने केवल धीरज दिया और कहा कि चार-पांच दिन ठहरो, मैं तुम लोगों का बन्दोबस्त कर देता हूं, तब तक नागर भी गिरफ्तार होकर आ जाती है, लोग उसे पकड़ने के लिए गए हैं।

मायारानी–मगर आपकी अवस्था तो कुछ और कह रही है।

दारोगा–बस, इस समय और कुछ न पूछो। मैं अभी कह चुका हूं कि मेरी तबीयत ठीक नहीं है, मैं इस समय बात भी मुश्किल से कर सकता हूं।

मायारानी और कुछ भी न पूछ सकी, उलटे पैर लौटकर अपने कमरे में चली गई और पलंग पर लेटके सोचने-विचारने लगी, मगर थकावट, मांदगी और चिन्ता ने उसे अधिक देर तक चैतन्य न रहने दिया और शीघ्र ही वह नींद की गोद में जाकर खर्राटे लेने लगी।

रात बीत गई। सबेरा होने पर दारोगा ने दरियाफ्त किया तो मालूम हुआ कि इन्द्रदेव यहां नहीं हैं। एक आदमी ने कहा कि तीन-चार दिन के बाद आने का वादा करके कहीं चले गए हैं और यह कह गए हैं कि आप और मायारानी तब तक यहां से जाने का इरादा न करें। अब बाबाजी को मालूम हुआ कि दुनिया में उनका साथी कोई भी नहीं है और उनके बुरे कर्मों पर ध्यान देकर कोई भी उनकी मदद नहीं कर सकता। उन्हें अपने कर्मों का फल अवश्य भोगना ही होगा।

नौवां बयान

दारोगा साहब को मकान में बैठकर झक मारते हुए चार दिन बड़ी मुश्किल से बीते और आज पांचवां दिन है। जैसे ही बाबाजी अपनी चारपाई पर से उठकर बाहर निकले, वैसे ही एक आदमी ने आकर संदेश दिया कि "इन्द्रदेवजी आपको बुलाते हैं, मायारानी को साथ लेकर नजरबाग में जाइए।" यह सुनते ही बाबाजी लौटकर मायारानी के कमरे में गए और मायारानी को साथ लिये हुए उसी नजरबाग में पहुंचे, जहां पहले दिन उनको नसीहत की गई थी। बाबाजी और मायारानी ने देखा कि इन्द्रदेव एक कुर्सी पर बैठा हुआ है और उसके बगल में दो कुर्सियां खाली पड़ी हैं, उसके सामने दो आदमी नागर के दोनों बाजू पकड़े खड़े हैं। नागर का हाथ पीठ के पीछे मजबूती के साथ बंधा हुआ है। इन्द्रदेव ने दारोगा और मायारानी को बैठने का इशारा किया और वे दोनों उन कुर्सियों पर बैठ गए जो इन्द्रदेव के बगल में खाली पड़ी हुई थीं।

बाबाजी की अवस्था देखकर मायारानी को निश्चय हो गया था कि इन्द्रदेव ने मदद से साफ-साफ इनकार कर दिया है और इसी से बाबाजी उदास और बेचैन हैं, मगर इस समय नागर को अपने सामने बेबस खड़ी देखकर मायारानी को कुछ ढाढ़स हुआ और उसने सोचा कि बाबाजी की उदासी का कोई दूसरा ही कारण होगा, इन्द्रदेव हम लोगों की मदद अवश्य करेगा।

पाठक महाशय समझ ही गए होंगे कि नागर को गिरफ्तार करानेवाला इन्द्रदेव ही है, जिसका हाल ऊपर के एक बयान में लिख चुके हैं, और जिन श्यामलाल ने नागर को गिरफ्तार किया था वह इन्द्रदेव ही का कोई ऐयार होगा या स्वयं इन्द्रदेव ही होगा।

इन्द्रदेव के बगल में जब मायारानी और दारोगा बैठ गए तो इन्द्रदेव ने नागर से पूछा, "क्या बाबाजी की नाक तूने ही काटी?"

नागर–जी हां, मैंने मायारानी की आज्ञा पाकर इनकी नाक काटी है।

इन्द्रदेव–(अपने आदमी से) अच्छा, अब तुम इस कमबख्त नागर की नाक और उसके साथ कान भी काट लो और यदि कुछ बोले तो जुबान भी काट लो!

हुक्म की देर थी, नौकर मानो पहले ही से नाक-कान काटने के लिए तैयार था, अस्तु, इस समय जो कुछ होना था हो गया और इसके बाद नागर कैदखाने में भेज दी गई। मायारानी भी इन्द्रदेव की आज्ञानुसार अपने कमरे में चली गई और इन्द्रदेव तथा दारोगा अकेले ही रह गए।

इन्द्रदेव–आप देखते हैं कि जिसने आपके साथ बिना कारण के बुराई की थी, उसे उस बुराई का बदला ईश्वर ने कुछ विशेषता के साथ दे दिया। आपको भी इसी तरह विचारना चाहिए कि क्या राजा बीरेन्द्रसिंह और राजा गोपालसिंह के साथ, जो बड़े नेक और बिलकुल बेकसूर हैं, बुराई करनेवाला अपनी सजा को न पहुंचेगा?

दारोगा–निःसन्देह आपका कहना ठीक है, परन्तु...

दारोगा 'परन्तु' से आगे कहने भी न पाया था कि इन्द्रदेव फिर जोश में आ गया और कड़ी निगाह से बाबाजी की तरफ देखके बोला–

"मैं इतना बक गया, मगर अभी तक 'परन्तु' का डेरा आपके दिल से न निकला। बीरेन्द्रसिंह के ऐयारों से उलझने की इच्छा आपकी अभी तक बनी ही है। खैर, जो आपके जी में आवे कीजिए मगर मुझसे इस बारे में किसी तरह की आशा न रखिए। आप चाहे मुझे कोई भारी वस्तु समझे बैठे हों परन्तु मैं अपने को उन लोगों के मुकाबले में एक भुनगे के बराबर भी नहीं समझता। मुझे अच्छी तरह विश्वास है कि जहां हवा भी नहीं घुस सकती वहां बीरेन्द्रसिंह के ऐयार पहुंचते हैं। (बगल से एक चीठी निकालकर और दारोगा की तरफ बढ़ाकर) लीजिए पढ़िए और सुनकर चौंक जाइए कि प्रातःकाल जब मैं सोकर उठा तो इस पत्र को अपने गले के साथ ताबीज की तरह बंधा हुआ देखा। ओफ, जिसके ऐसे-ऐसे ऐयार ताबेदार हैं उनके

साथ उलझने की नीयत रखनेवाला पागल या यमराज का मेहमान नहीं तो और क्या समझा जाएगा!''

बाबाजी ने डरते-डरते वह पत्र इन्द्रदेव के हाथ से ले लिया और पढ़ा, यह लिखा हुआ था–

''इन्द्रदेव–

तुम यह मत समझो कि ऐसे गुप्त स्थान में रहकर हम लोगों की नजरों से भी छिपे हुए हो। नहीं-नहीं, ऐसा नहीं है। हम लोग तुम्हें अच्छी तरह जानते हैं और हमें यह भी मालूम है कि तुम अच्छे ऐयार, बुद्धिमान और वीर पुरुष हो, परन्तु बुराई करना तो दूर रहा, हम लोग बिना कारण या बिना बुलाए किसी के सामने भी कभी नहीं जाते, इसी से हमारा और तुम्हारा सामना अभी तक नहीं हुआ। तुम यह मत समझो कि तुम बिलकुल बेकसूर हो, कमबख्त दारोगा को रोहतासगढ़ के कैदखाने से निकाल लाने का कसूर तुम्हारी गर्दन पर है, मगर तुमने यह बड़ी बुद्धिमानी की कि हमारे किसी आदमी को दुःख नहीं दिया और इसी से तुम अभी तक बचे हुए हो। हम तुम्हें मुबारकबाद देते हैं कि श्री तेजसिंह ने तुम्हारा कसूर जो हरामखोर और विश्वासघाती दारोगा को कैद से छुड़ाने के विषय में था, माफ किया। इसका कारण यही था कि वह तुम्हारा गुरुभाई है, अतएव उसकी कुछ-न-कुछ मदद करना तुम्हें उचित ही था, चाहे वह निमकहराम तुम्हारा गुरुभाई कहलाने योग्य नहीं है। खैर, तुमने जो कुछ किया, अच्छा किया, मगर इस समय तुम्हें चेताया जाता है कि आज से मायारानी, दारोगा या और किसी भी हमारे दुश्मन का यदि तुम साथ दोगे, पक्ष करोगे, हमारी कैद से निकाल ले जाने का उद्योग करोगे या केवल राय देकर भी सहायता करोगे, तो तुम्हारे लिए अच्छा न होगा। तुम चुनारगढ़ के तहखाने में अपने को हथकड़ी-बेड़ी से जकड़े हुए पाओगे, बल्कि आश्चर्य नहीं कि इससे भी बढ़कर तुम्हारी दुर्दशा की जाए। हां, यदि तुम दुनिया में नेकी, ईमानदारी और योग्यता के साथ रहोगे तो ईश्वर भी तुम्हारा भला करेगा। हम लोग ईमानदार, नेक और योग्य पुरुष का साथ देने के लिए हरदम कमर कसे तैयार रहते हैं। इसके सिवाय एक बात और कहना है, सो भी सुन लो। दो अदद तिलिस्मी खंजर जो हम लोगों की मिलकियत हैं, मायारानी और नागर के कब्जे में चले गए हैं, इस समय दारोगा को साथ लेकर मायारानी तुम्हारे यहां मदद मांगने के लिए आई है। सो खैर, उससे तो कुछ मत कहो, उसके पास जो हमारे खंजर हैं, हम ले लेंगे, कोई चिन्ता नहीं, मगर नागर के पास जो तिलिस्मी खंजर था, वह तुम्हारे एक ऐयार के पास है, जो श्यामलाल बनकर नागर को गिरफ्तार करने गया था और उसे गिरफ्तार कर लाया है। बेशक वह खंजर तुम्हारे पास दाखिल किया जाएगा, मगर तुम्हें मुनासिब है कि उसे तुरंत हमारे हवाले करो। कल ठीक दोपहर के समय हम खोह के मुहाने पर मिलने के लिए तैयार रहेंगे जो तुम्हारे इस मकान में आने के पहले दरवाजे के समान है। यदि उस समय तिलिस्मी

खंजर लिये तुम हमसे न मिलोगे तो हम समझेंगे कि तुम मायारानी और दारोगा का साथ देने के लिए तैयार हो गए, फिर जो कुछ होगा देखा जाएगा।

मिती 13 प्रथम ऋतु। तुमको होशियार करनेवाला
संवत् 412 कु.। एक बालक–
भैरोसिंह ऐयार।"

पत्र पढ़कर दारोगा ने इन्द्रदेव के हाथ में दे दिया। उस समय दारोगा का चेहरा डर, चिन्ता और निराशा के कारण पीला पड़ गया था और भविष्य पर ध्यान देने ही से वह अधमरा हो गया था। भैरोसिंह के पत्र में तिलिस्मी खंजर का जिक्र था, इसलिए दारोगा ने इन्द्रदेव की उंगलियों पर निगाह दौड़ाकर उसी समय देख लिया था कि तिलिस्मी खंजर के जोड़ की अंगूठी, उसकी उंगली में मौजूद है, अतएव उसे निश्चय हो गया कि भैरोसिंह से कोई बात छिपी नहीं है, इन्द्रदेव सहायता करते दिखाई नहीं देते और अपना भविष्य बुरा नजर आता है। दारोगा इसी विचार में सिर झुकाए हुए कुछ देर तक खड़ा रहा और इन्द्रदेव उसके चेहरे के उतार-चढ़ाव को गौर से देखता रहा। आखिर इन्द्रदेव ने कहा–"मैं समझता हूं कि इस चीठी के प्रत्येक शब्द पर आपने गौर किया होगा और मतलब पूरा-पूरा समझ गए होंगे?"

दारोगा–जी हां।

इन्द्रदेव–खैर, तो अब मुझे इतना ही कहना है कि यदि इस समय आपके बदले में कोई दूसरा आदमी मेरे सामने होता तो मैं उसे तुरन्त ही निकलवा देता, परन्तु आप मेरे गुरुभाई हैं, इसलिए तीन दिन की मोहलत देता हूं, इस बीच में आप यहां रहकर अपने भले-बुरे को अच्छी तरह सोच लें और फिर जो कुछ करने का इरादा हो, मुझसे कहें, साथ ही इसके इस बात पर भी ध्यान रहे कि यदि आपकी नीयत अच्छी रही तो आपका कसूर क्षमा कराने के लिए मैं उद्योग करूंगा, नहीं जो राजा बीरेन्द्रसिंह के विषय में मुझसे मदद पाने की आशा आप कदापि न रखें!

दारोगा–क्या आप भैरोसिंह से मिलकर तिलिस्मी खंजर उसके हवाले करेंगे?

इन्द्रदेव–क्या आपको इसमें शक है? अफसोस!

दारोगा ने फिर कुछ न पूछा और चुपचाप वहां से उठकर अपने कमरे में चला गया। मायारानी यह जानने के लिए कि इन्द्रदेव में और दारोगा में क्या बातें हुईं, पहले ही से दारोगा के कमरे में बैठी हुई थी। जब दारोगा लम्बी सांस लेकर बैठ गया तो उसने पूछा–

माया–कहिए, क्या हुआ? कमबख्त नागर से तो खूब बदला लिया गया।

दारोगा–ठीक है, मगर इससे यह न समझना चाहिए कि इन्द्रदेव हमारी मदद करेगा।

माया–(चौंककर) तो क्या उसने इशारे में कुछ इनकार किया?

दारोगा–इशारे में नहीं बल्कि साफ-साफ जवाब दे दिया।

माया–तब तो वह बड़ा ही डरपोक निकला! अच्छा कहिए तो क्या-क्या बातें हुईं?

इन्द्रदेव और दारोगा में जो कुछ बातें हुई थीं, इस समय उसने मायारानी से साफ-साफ कह दीं और भैरोसिंह की चीठी का हाल भी सुना दिया।

माया–(ऊंची सांस लेकर और यह सोचकर कि इन्द्रदेव की बातों में पड़कर दारोगा कहीं मेरा भी साथ न छोड़ दे) अफसोस, इन्द्रदेव कुछ भी न निकला! वह निरा डरपोक और कमहिम्मत है, घर बैठे-बैठे खाना-पीना और सो रहना जानता है, उद्योग की कदर कुछ भी नहीं जानता। ऐसा मनुष्य दुनिया में क्या खाक नाम और इज्जत पैदा कर सकता है? मगर हम लोग ऐसे सुस्त और भूंडी किस्मत पर भरोसा करके चुप बैठे रहनेवाले नहीं हैं। हम लोग उनमें से हैं जो गरीब और लाचार होकर भी और चक्रवर्ती होने के लिए कृतकार्य न होने पर भी उद्योग किए ही जाते हैं और अन्त में सफल-मनोरथ होकर ही पीछा छोड़ते हैं। जरा गौर तो कीजिए और सोचिए तो सही कि मैं कौन थी और उद्योग ने मुझे कहां पहुंचा दिया? तो क्या ऐसे समय में जब किसी कारण से दुश्मन हम पर बलवान हो गया, उद्योग को तिलांजलि दे बैठना उचित होगा? नहीं, कदापि नहीं! क्या हुआ यदि इन्द्रदेव डरपोक और कमहिम्मत निकला, मैं तो हिम्मत हारनेवाली नहीं हूं और न आप ऐसे हैं। देखिए तो सही, मैं क्या हिम्मत करती हूं और दुश्मनों को कैसा नाच नचाती हूं। आप मेरी और अपनी हिम्मत पर भरोसा करें और इन्द्रदेव की आशा छोड़ मौका देखकर चुपचाप यहां से निकल चलें।

अफसोस! दुनिया में अच्छी नसीहत का असर बहुत कम होता है और बुरी सोहबत की बुरी शिक्षा शीघ्र अपना असर करके मनुष्य को बुराई के शिकंजे में फंसाकर सत्यानाश कर डालती है। मगर यह बात उन लोगों के लिए नहीं है जिनके दिमाग में सोचने-समझने और गौर करने की ताकत है। सन्तति के इस बयान में दोनों रंग के पात्र मौजूद हैं, अतएव पाठकों को आश्चर्य न करना चाहिए।

दूसरे दिन इन्द्रदेव ने अपने दोनों मेहमानों–दारोगा और मायारानी को अपने घर में न पाया और पता लगाने से मालूम हुआ कि वे दोनों रात ही को किसी समय मौका पाकर वहां से निकल भागे।

दसवां बयान

दोपहर की कड़ाके की धूप से व्याकुल होकर कुछ आराम पाने की इच्छा से दो आदमी एक नहर के किनारे, जिसके दोनों तरफ घने और गुंजान जंगली पेड़ों ने छाया कर रखी है, बैठकर आपुस में धीरे-धीरे कुछ बातें कर रहे हैं। इनमें से एक तो बुड्ढा नकटा दारोगा है और दूसरी किस्मत से मुकाबला करनेवाली कमबख्त मायारानी जो इस अवस्था को पहुंचकर भी हिम्मत हारने की इच्छा नहीं करती। ये दोनों इन्द्रदेव के मकान से चुपचाप भाग निकले हैं और बड़े-बड़े मनसूबे गांठ रहे हैं। इनके साथ

ही वे इन्द्रदेव को भी बिगाड़ने की तरकीब सोच रहे हैं, यह भी कोई आश्चर्य की बात नहीं है। बुरे मनुष्य जब किसी भले आदमी से मदद मांगने जाते हैं और बेचारा बुरे कामों का नतीजा सोचकर बुराई में उनका साथ देने से इनकार करता है तो वे दुष्ट उसके भी दुश्मन हो जाते हैं।

माया–क्या हर्ज है? जरा मुझे बन्दोबस्त कर लेने दीजिए, फिर मैं इन्द्रदेव से समझे बिना न रहूंगी।

दारोगा–बेशक, मुझे भी इन्द्रदेव पर बड़ा ही क्रोध है। नालायक ने ऐसे नाजुक समय में साथ देने से इनकार दिया। खैर, देखा जाएगा, इस समय तो इस बात पर विचार करना चाहिए कि बीरेन्द्रसिंह के दुश्मन कौन-कौन हैं और उन लोगों को किस तरह अपना साथी बनाना चाहिए, क्योंकि हम लोगों का पहला काम यही है कि अपनी मण्डली को बढ़ावें।

माया–बेशक, ऐसा ही है। अच्छा, आप उन लोगों का नाम तो जरा ले जाएं जो हम लोगों का साथ दे सकते हैं और यह भी कह जाएं कि इस समय वे लोग कहां हैं।

दारोगा–(सोचता हुआ) महाराज शिवदत्त, भीमसेन और उनके साथी एक, माधवी दो, दिग्विजयसिंह का लड़का कल्याणसिंह तीन, शेरअलीखां, जिसकी लड़की को बीरेन्द्रसिंह ने कैद कर रखा है चार, और उनके पक्षपाती लोग जिनका कुछ हिसाब नहीं।

माया–बेशक, इन लोगों का साथ हो जाने से हम लोग बीरेन्द्रसिंह और उनके पक्षपातियों को तहस-नहस कर सकते हैं और ये लोग खुशी से हमारा साथ देंगे भी, मगर अफसोस यह है कि शेरअलीखां को छोड़कर बाकी के सभी लोग कैद में हैं। हां, यह तो कहिए कि महाराज शिवदत्त को किसने गिरफ्तार किया था और अब वह कहां हैं?

दारोगा–मुझे ठीक-ठीक पता लग चुका है कि भूतनाथ ने 'रूहा' बनकर शिवदत्त को धोखा दिया और अब शिवदत्त कमलिनी के तालाबवाले मकान में कैद है, माधवी और मनोरमा भी उसी मकान में कैद हैं।

माया–उस मकान में से उन लोगों को छुड़ाना जरा मुश्किल है, वह भी ऐसे समय में जब कि हमारे पास कोई ऐयार नहीं।

दारोगा–(यकायक कोई बात याद आने से चौंककर) हां, मैं यह पूछना तो भूल ही गया कि तुम्हारे दोनों ऐयार बिहारीसिंह और हरनामसिंह कहां हैं? मालूम होता है कि तुम्हारी इस अवस्था का हाल उन लोगों को मालूम नहीं है। मगर नहीं, ऐसा नहीं हो सकता। जमानिया में इतना फसाद मच जाना और तुम्हारा निकल भागना कोई साधारण बात नहीं है, जिसकी खबर तुम्हारे ऐयारों को न होती, शायद इसका कोई और सबब हो!

अब मायारानी इस सोच में पड़ गई कि दारोगा की बातों का क्या जवाब दिया जाए। उसने और सब हाल तो दारोगा से कह दिया था, मगर उन दोनों ऐयारों की

जान लेने का हाल अब तक नहीं कहा था। उसने सोचा कि यदि दारोगा को यह मालूम हो जाएगा कि मैंने दोनों ऐयारों को मार डाला तो उसे बड़ा ही रंज होगा, क्योंकि ऐयारों को मारना बहुत बुरा होता है, तिस पर खास अपने ऐयारों की जान लेना और सो भी बिना कसूर! लेकिन फिर क्या कहा जाए? क्या उनके मारने का हाल ठीक-ठीक न कहकर कुछ बहाना कर देना उचित होगा? नहीं, बहाना करने और छिपा जाने से काम चलेगा, अन्त में यह बात प्रकट हो ही जाएगी, क्योंकि लीला को यह बात मालूम हो चुकी है और कमबख्त लीला भी इस समय मेरा साथ छोड़कर अलग हो गई है। इसलिए आश्चर्य नहीं कि वह मेरा भंडा फोड़ दे और सभों के साथ बाबाजी को भी उन बातों का पता लग जाए। मगर नहीं, उस समय जो होगा देखा जाएगा, अभी तो छिपाना ही उचित है।

मायारानी सिर झुकाए हुए इन बातों को सोच रही थी और दारोगा इस आश्चर्य में था कि मायारानी ने मेरी बात का जवाब क्यों नहीं दिया या क्या सोच रही है। आखिर दारोगा चुपचाप रह न सका और उसने पुनः मायारानी से कहा—

दारोगा—तुम क्या सोच रही हो, मेरी बात का जवाब क्यों नहीं देतीं?

माया—मैं यही सोच रही हूं कि आपकी बात का क्या जवाब दूं जब कि मैं स्वयं नहीं जानती कि मेरे ऐयारों ने ऐसे समय में मेरा साथ क्यों छोड़ दिया और कहां चले गए!

दारोगा—अस्तु, मालूम हुआ कि उन दोनों ने स्वयं तुम्हारा साथ छोड़ दिया।

माया—बेशक, ऐसा ही कहना चाहिए। अच्छा अब विशेष समय नष्ट न करना चाहिए। अब आप जल्दी यह सोचिए कि हम कहां जाकर ठहरें और क्या करें!

दारोगा—अब जहां तक मैं समझता हूं, यही उचित जान पड़ता है कि शेरअलीखां के पास चलें और मदद लें। यह तो सब कोई जानते हैं कि शेरअलीखां बड़ा जबर्दस्त लड़ाका है, मगर उसके पास दौलत नहीं है।

माया—ठीक है, मगर जब मैं दौलत से उसका घर भर दूंगी तो वह बहुत ही खुश होगा और एक जबर्दस्त फौज तैयार करके हमारा साथ देगा। मैं आपसे कह चुकी हूं कि इस अवस्था में भी दौलत की मुझे कमी नहीं है।

दारोगा—हां, मुझे याद है, तुमने शिवगढ़ी के बारे में कहा था, अच्छा तो अब विलम्ब करने की आवश्यकता ही क्या है? (चौंककर) हैं, यह क्या! (हाथ का इशारा करके) वह कौन है जो सामने की झाड़ी में से निकलकर इसी तरफ आ रहा है! शिवदत्त की तरह मालूम पड़ता है! (कुछ रुककर) बेशक, शिवदत्त ही तो है! हां, देखो तो, वह अकेला नहीं है, उसके पीछे उसी झाड़ी में से और भी कई आदमी निकल रहे हैं।

मायारानी ने भी चौंककर उस तरफ देखा और हंसती हुई उठ खड़ी हुई।

॥ दसवां भाग समाप्त ॥

ग्यारहवां भाग

पहिला बयान

अब हम अपने पाठकों को पुनः कमलिनी के तिलिस्मी मकान की तरफ ले चलते हैं जहां बेचारी तारा को बदहवास और घबड़ाई हुई छोड़ आए हैं।

हम उस बयान में लिख चुके हैं कि छत के ऊपर जो पुतली थी, उसे तेजी के साथ नाचते हुए देखकर तारा घबड़ा गई और बदहवास होकर कमलिनी को याद करने लगी, इसका सबब यह था कि यद्यपि बेचारी तारा उस तिलिस्मी मकान का पूरा-पूरा हाल नहीं जानती थी मगर फिर भी बहुत से भेद उसे मालूम थे और कमलिनी से सुन चुकी थी कि जब इस मकान पर कोई आफत आनेवाली होगी, तब वह पुतली (जिसके नाचने का हाल लिखा जा चुका है) तेजी के साथ घूमने लगेगी, उस समय समझना चाहिए कि इस मकान में रहनेवालों की कुशल नहीं है। यही सबब था कि तारा बदहवास होकर इधर-उधर देखने लगी और उसकी अवस्था देखकर किशोरी और कामिनी को भी निश्चय हो गया कि बदकिस्मती ने अभी तक हम लोगों का पीछा नहीं छोड़ा और अब यहां भी कोई नया गुल खिला चाहता है।

जिस समय तारा घबड़ाकर इधर-उधर देख रही थी, उसकी निगाह यकायक पूरब की तरफ जा पड़ी, जिधर दूर तक साफ मैदान था। तारा ने देखा कि लगभग आध कोस की दूरी पर सैकड़ों आदमी दिखाई दे रहे हैं, और वे लोग तेजी के साथ तारा के इसी मकान की ओर बढ़े चले आ रहे हैं। इसी के साथ-ही-साथ तारा की तेज निगाह ने यह भी बता दिया कि वे लोग जिनकी गिनती चार सौ से कम न होगी, या तो फौजी सिपाही हैं या लड़ाई के फन में होशियार लुटेरों का कोई गिरोह है जो दुश्मनी के साथ थोड़ी ही देर में इस मकान को घेरकर उपद्रव मचाना चाहता है। इसके बाद तारा की निगाह तालाब पर पड़ी जिस पर उसे पूरा-पूरा भरोसा था और जानती थी कि इस जल को तैरकर कोई भी इस मकान में घुस आने का दावा नहीं कर सकता, मगर अफसोस, इस समय तालाब की अवस्था भी बदली हुई थी अर्थात् उसमें का जल तेजी के साथ कम हो रहा था और लोहे की जालियां, जाल या फन्दे, जो जल के अन्दर छिपे हुए थे, अब जल कम होते जाने के कारण धीरे-धीरे उसके ऊपर

निकलते चले आ रहे थे। इन्हीं जालियों और फन्दों के कारण कोई आदमी उस तालाब में घुसकर अपनी जान नहीं बचा सकता था और इनका खुलासा हाल हम पहले लिख चुके हैं।

तारा ने जब तालाब का जल घटते और जालों को जल के बाहर निकलते देखा तो उसकी बची-बचाई आशा भी जाती रही, मगर उसने अपने दिल को सम्हालकर इस आनेवाली आफत से किशोरी और कामिनी को होशियार कर देना उचित जाना। उसने किशोरी और कामिनी की तरफ देखकर कहा–"बहिन, अब मुझे एक आफत का हाल तो मालूम हो गया जो हम लोगों पर आना चाहती है। (उन फौजी आदमियों की तरफ इशारा करके जो दूर से इसी तरफ आते हुए दिखाई दे रहे थे) वे लोग हमारे दुश्मन जान पड़ते हैं जो शीघ्र ही यहां आकर हम लोगों को गिरफ्तार कर लेंगे। मुझे पूरा-पूरा भरोसा था कि इस तालाब में तैरकर या घरनाई अथवा डोंगी के सहारे कोई इस मकान तक नहीं आ सकता, क्योंकि जल के अन्दर लोहे के जाल इस ढंग से बिछे हुए हैं कि इसमें तैरनेवाली चीज बिना फंसे और उलझे नहीं रह सकती, मगर वह बात भी जाती रही। देखो तालाब का जल कितनी तेजी के साथ घट रहा है, और जब सब जल निकल जाएगा तो इस बीचवाले जाल को तोड़ या बिगाड़कर यहां तक चले आने में कुछ भी कठिनता न रहेगी। मालूम होता है कि दुश्मनों ने इसका बन्दोबस्त पहले ही से कर रक्खा था अर्थात् सुरंग खोदकर जल निकालने और तालाब सुखाने का बन्दोबस्त किया गया है और निःसन्देह वे अपने काम में कृतकार्य हुए। (कुछ सोचकर) बड़ी कठिनाई हुई। (आसमान की तरफ देखके) मां जगदम्बे, सिवाय तेरे हम अबलाओं की रक्षा करनेवाला कोई भी नहीं, और तेरी शरण आए हुए को दुःख देनेवाला भी जगत में कोई नहीं। मैं इतना दुःख भोगकर आज तक केवल तेरे ही भरोसे जी रही हूं और जब इस बात की प्रसन्नता हुई कि आज तक तेरा ध्यान धरके जान बचाये रहना वृथा न हुआ तो अब यह बात? यह क्या? क्यों? किसके साथ? क्या उसके साथ जो तुम पर भरोसा रक्खे? नहीं-नहीं, इसमें भी अवश्य तेरी कुछ माया है!"

भगवती की प्रार्थना करते-करते तारा की आंखें बन्द हो गईं, मगर इसके बाद तुरत ही वह चौंकी तथा किशोरी और कामिनी की तरफ देखके बोली, "निःसन्देह महामाया हम अबलाओं की रक्षा करेंगी। हमें हताश न होना चाहिए, उन्हीं की कृपा से इस समय जो कुछ करना चाहिए वह भी सूझ गया। शुक्र है कि इस समय दो-एक को छोड़कर बाकी सब आदमी मेरे घर के अन्दर ही हैं। अच्छा देखो तो सही कि मैं मैं क्या करती हूं।" यह कहती हुई तारा छत के नीचे उतर गई।

हमारे पाठकों को याद होगा कि यह मकान किस ढंग का बना हुआ था। वे भूले न होंगे कि इस मकान के चारों तरफ जो छोटा-सा सहन है, उसके चारों कोनों में चार पुतलियां हाथों में तीर-कमान लिये इस ढंग से खड़ी हैं मानो अभी तीर छोड़ा ही चाहती हैं। इस समय बेचारी तारा छत पर से उतरकर उन्हीं पुतलियों में से एक

पुतली के पास आई। उसने इस पुतली का सिर पकड़कर पीठ की तरफ झुकाया और पुतली बिना परिश्रम झुकती चली गई यहां तक कि जमीन के साथ लग गई। इस समय तालाब का जल करीब चौथाई के सूख चुका था, पुतली झुकने के साथ ही जल में खलबली पैदा हुई। उस समय तारा ने प्रसन्न हो पीछे की तरफ फिरकर देखा तो किशोरी और कामिनी पर निगाह पड़ी जो तारा के साथ-ही-साथ नीचे उतर आई थीं और उसके पीछे खड़ी यह कार्रवाई देख रही थीं। कई लौंडियां भी पीछे की तरफ नजर पड़ीं जो इत्तिफाक से इस समय मकान के अन्दर ही थीं। तारा ने कहा, ''कोई हर्ज नहीं, दुश्मन हमारे पास नहीं आ सकते।''

किशोरी–मेरी समझ में कुछ भी नहीं आया कि तुम क्या कर रही हो और इस पुतली के झुकाने से जल में खलबली क्यों पैदा हुई?

तारा–ये पुतलियां इसी काम के लिए बनी हैं कि जब दुश्मन किसी तरकोब से इस तालाब को सुखा डाले और इस मकान में आने का इरादा करे तो इन चारों पुतलियों से काम लिया जाए। इस मकान की कुरसी गोल है और इसमें चार चक्र लगे हुए हैं जिनकी धार तलवार की तरह और चौड़ाई सात हाथ से कुछ ज्यादे होगी, हाथ-भर की चौड़ाई तो मकान की दीवार में चारों तरफ घुसी हुई है जिसका सम्बन्ध किसी कल-पुर्जे से है, और छह हाथ की चौड़ाई मकान की दीवार से बाहर की तरफ निकली हुई है। ये चारों चक्र जल के अन्दर छिपे हुए हैं और इस मकान को इस तरह घेरे हुए हैं जैसे छल्ला या सादी अंगूठी उंगली को। जब इन चारों पुतलियों में से एक पुतली झुकाकर जमीन के साथ सटा दी जाएगी तो एक चक्र तेजी के साथ घूमने लगेगा, इसी तरह दूसरी पुतली झुकने से दूसरा, तीसरी पुतली झुकने से तीसरा और चौथी पुतली झुकने से चौथा चक्र भी घूमने लगेगा। उस समय किसी की मजाल नहीं कि इस मकान के पास फटक जाए, जो आवेगा उसके चार टुकड़े हो जाएंगे। मैंने जो इस पुतली को झुका दिया है इस सबब से एक चक्र घूमने लगा है और उसी की तेजी से जल में खलबली पैदा हो गई है। पहले मुझे यह हाल मालूम न था, कमलिनी के बताने से मालूम हुआ है। विशेष कहने की कोई आवश्यकता नहीं है, तुम स्वयं देखती हो कि जल किस तेजी के साथ कम हो रहा है। हाथ-भर जल कम होने दो फिर स्वयं देख लेना कि कैसा चक्र है और किस तेजी के साथ घूम रहा है।

किशोरी–(आश्चर्य से) मकान की हिफाजत के लिए अच्छी तरकीब निकाली है।

तारा–इन चक्रों के अतिरिक्त इस मकान की हिफाजत के लिए और भी कई चीजें हैं मगर उनका हाल मुझे मालूम नहीं है।

किशोरी ने गौर से जल की तरफ देखा जो चक्र के घूमने को तेजी से मकान के पास की तरफ खलबला रहा था और उसमें पैदा हुई लहरें किनारे तक जा-जाकर टक्कर खा रही थीं। जल बहुत ही साफ था इसलिए शीघ्र ही कोई चमकती हुई चीज भी दिखाई देने लगी। जैसे-जैसे जल कम होता जाता था, वह चक्र साफ-साफ दिखाई

देता था। थोड़ी ही देर बाद जल विशेष घट जाने के कारण चक्र साफ निकल आया जो बहुत ही तेजी के साथ घूम रहा था। किशोरी ने ताज्जुब में आकर कहा, "बेशक, अगर इसके पास लोहे का आदमी भी आवेगा तो कटकर दो टुकड़े हो जाएगा!" वह बड़े गौर से उस चक्र को देख रही थी कि आदमियों के शोरगुल की आवाज आने लगी। तारा समझ गई कि दुश्मन पास आ गए। उसने किशोरी और कामिनी की तरफ देखके कहा, "बहिनो, अब तीन पुतलियां और रह गई हैं, उन्हें भी झटपट झुका देना चाहिए क्योंकि दुश्मन आ पहुंचे। एक पुतली को तो मैं झुकाती हूं और दो पुतलियों को तुम दोनों झुका दो, फिर छत पर चलकर देखो तो सही ईश्वर क्या करता है और इन दुश्मनों की क्या अवस्था होती है।

तीनों पुतलियों का झुकाना थोड़ी देर का काम था जो किशोरी, कामिनी और तारा ने कर दिया और इसके बाद तीनों छत के ऊपर चढ़ गईं। तारा ने एक और काम किया अर्थात् कमान और बहुत से तीर भी अपने साथ छत के ऊपर लेती गई।

चारों पुतलियों के झुक जाने से जल में बहुत ज्यादे खलबली पैदा हुई, मालूम होता था कि जल तेजी के साथ मथा जा रहा है जिससे झाग और फेन पैदा हो रहा था।

अपने यहां की लौंडियों और नौकरों को कुछ समझाकर कामिनी तथा किशोरी को साथ लिये हुए तारा छत के ऊपर चढ़ गई और वहां से जब दुश्मनों की तरफ देखा तो मालूम हुआ कि वे लोग जो गिनती में चार सौ से किसी तरह कम न होंगे, तालाब के पास पहुंच गए हैं और तालाब के खौलते हुए जल तथा उस एक चक्र को जो इस समय जल के बाहर निकला हुआ तेजी के साथ घूम रहा था, हैरत की निगाह से देख रहे हैं।

तारा–किशोरी बहिन देखो, अगर इस समय उन चारों पुतलियों का हाल मालूम न होता तो हम लोगों की तबाही में कुछ बाकी न था!

किशोरी–बेशक, इस समय तो उन चारों चक्रों ही ने हम लोगों की जान बचा ली। दुश्मन लोग इस समय उन चक्रों को आश्चर्य से ही देख रहे हैं और इस तरफ कदम बढ़ाने की हिम्मत नहीं करते।

कामिनी–मगर हम लोग कब तक इस अवस्था में रह सकते हैं? क्या वे चारों चक्र, इसी तरह बहुत दिनों तक घूमते रह सकते हैं?

तारा–हां, अगर हम लोग स्वयं न रोक दें तो एक महीने तक बराबर घूमते रहेंगे, इसके बाद इन चक्रों के घुमाने के लिए कोई दूसरी तरकीब करनी होगी जो मुझे मालूम नहीं।

किशोरी–अगर ऐसा है तो महीने-भर तक हम लोग बेखौफ रह सकते हैं, और क्या इस बीच में हमारी मदद करनेवाला कोई भी नहीं पहुंचेगा?

तारा–क्यों नहीं पहुंचेगा! मान लिया जाए कि हमारा साथी इस बीच में कोई न आवे तो भी रोहतासगढ़ से मदद जरूर आवेगी, क्योंकि यह जमीन रोहतासगढ़ की

अमलदारी में है और रोहतासगढ़ यहां से बहुत दूर भी नहीं है, अस्तु ऐसा नहीं हो सकता कि राजा की अमलदारी में इतने आदमी मिलकर उपद्रव मचावें और राजा को कुछ खबर न हो।

कामिनी–ठीक है, मगर यह तो कहो कि बहुत दिनों तक काम चलाने के लिए गल्ला इस मकान में है?

तारा–ओह, गल्ले की क्या कमी है, साल-भर से ज्यादे दिन तक काम चलाने के लिए गल्ला मौजूद है!

कामिनी–और जल के लिए क्या बन्दोबस्त होगा! क्योंकि जितनी तेजी के साथ इस तालाब का जल निकल रहा है उससे तो मालूम होता है कि पहर-भर के अन्दर तालाब सूख जाएगा।

कामिनी की इस बात ने तारा को चौंका दिया। उसके चेहरे से बेफिक्री की निशानियां, जो चारों पुतलियों की करामात से पैदा हो गई थीं, जाती रहीं और उसके बदले में घबराहट और परेशानी ने अपना दखल जमा लिया। तारा की यह अवस्था देखकर किशोरी और कामिनी को विश्वास हो गया कि इस तालाब का जल सूख जाने पर बेशक हम लोगों को प्यासे रहकर जान देनी पड़ेगी, क्योंकि अगर ऐसा न होता तो तारा घबराकर चुप न हो जाती, जरूर कुछ जवाब देती। आखिर तारा को चिन्ता में डूबे हुए देखकर कामिनी ने पुनः कुछ कहना चाहा मगर मौका न मिला, क्योंकि तारा यकायक कुछ सोचकर उठ खड़ी हुई और कामिनी तथा किशोरी को अपने पीछे-पीछे आने का इशारा करके छत के नीचे उतर कमरों में घूमती-फिरती उस कोठरी में पहुंची जिसमें नहाने के लिए छोटा-सा हौज बना हुआ था, जिसमें एक तरफ से तालाब का जल आता और दूसरी तरफ से निकल जाता था। इस समय तालाब में पानी कम हो जाने के कारण हौज का जल भी कुछ कम हो गया था। तारा ने वहां पहुंचने के साथ ही फुर्ती से उन दोनों रास्तों को बन्द कर दिया जिनसे हौज में जल आता और निकल जाता था। इसके बाद एक ऊंची सांस लेकर उसने कामिनी की तरफ देखा, और कहा–

तारा–ओफ, इस समय बड़ा ही गजब हो चला था! अगर तुम पानी के विषय में याद न दिलातीं तो इस हौज की तरफ से मैं बिलकुल बेफिक्र थी। इसका ध्यान भी न था कि तालाब का जल कम हो जाने पर यह हौज भी सूख जाएगा और तब हम लोगों को प्यासे रहकर जान देनी पड़ेगी।

किशोरी–तो इससे जाना जाता है कि तालाब सूख जाने पर सिवाय इस छोटे से हौज के और कोई चीज ऐसी नहीं है जो हम लोगों की प्यास बुझा सके?

कामिनी–और यह हौज तीन-चार दिन से ज्यादे काम नहीं चला सकता, ऐसी अवस्था में उन चक्रों का महीने-भर तक घूमना ही वृथा है, क्योंकि हम लोग प्यास के मारे मौत के मेहमान हो जाएंगे। अफसोस, जिस कारीगर ने इस मकान की

हिफाजत के लिए ऐसी-ऐसी चीजें बनाईं, और जिसने यह सोचकर कि तालाब का जल सूख जाने पर भी इस मकान में रहनेवालों पर मुसीबत न आवे, ये घूमनेवाले चक्र बनाये, उसने इतना न सोचा कि तालाब सूखने पर यहां के रहनेवाले जल कहां से पीएंगे। उसे इस मकान में एक कुआं भी बना देना था।

तारा–ठीक है, मगर जहां तक मैं खयाल करती हूं, इस मकान के बनानेवाले कारीगर ने इतनी बड़ी भूल न की होगी। उसने कोई कुआं अवश्य बनाया होगा, लेकिन मुझे उसका पता मालूम नहीं। खैर, देखा जाएगा, मैं उसका पता अवश्य लगाऊंगी।

कामिनी–मुझे एक बात का खतरा और भी है।

तारा–वह क्या?

कामिनी–वह यह है कि तालाब सूख जाने पर ताज्जुब नहीं कि यहां तक पहुंचने के लिए इस मकान के नीचे सुरंग खोदने और दीवार तोड़ने की कोशिश दुश्मन लोग करें।

तारा–ऐसा तो हो ही नहीं सकता, इस मकान की दीवार किसी जगह से किसी तरह टूट नहीं सकती।

इसी बीच तालाब के बाहर से विशेष कोलाहल की आवाज आने लगी, जिसे सुन तारा, किशोरी और कामिनी मकान के ऊपर चली गईं, और छिपकर दुश्मनों का हाल देखने लगीं। वे लोग इस मकान में पहुंचना कठिन जानकर शोरगुल मचा रहे थे और कई आदमी हाथ में तीरकमान लिये इस वास्ते भी तैयार दिखाई दे रहे थे कि कोई आदमी इस मकान के बाहर निकले तो उस पर तीर चलावें। किशोरी ने बड़े गौर से दुश्मनों की तरफ देखकर तारा से कहा, "बहिन तारा, इन दुश्मनों में बहुत से लोग ऐसे हैं, जिनको मैं बखूबी पहचानती हूं, क्योंकि जब मैं अपने बाप के घर में थी, तो ये लोग मेरे बाप के नौकर थे।

तारा–ठीक है, मैं भी इन लोगों को पहचानती हूं, बेशक ये लोग तुम्हारे बाप के नौकर हैं और उन्हीं को छुड़ाने के लिए यहां आए हैं।

किशोरी–(चौंककर) तो क्या मेरे पिता इसी मकान में कैद हैं?

तारा–हां, वे भी इसी मकान में कैद हैं।

किशोरी को जब यह मालूम हुआ कि उसका बाप इस मकान में कैद है तो उसके दिल पर एक प्रकार की चोट-सी बैठी। यद्यपि उसने अपने बाप की बदौलत बहुत तकलीफें उठाई थीं, बल्कि यों कहना चाहिए कि अभी तक अपने बाप की बदौलत दुःख भोग रही है और दर-दर मारी-मारी फिरती है, मगर फिर भी किशोरी का दिल पाक-साफ और शीघ्र ही पसीज जानेवाला था। वह अपने बाप का हाल सुनते ही कुछ देर के लिए वे सब बातें भूल गई जिनकी बदौलत आज तक दुर्दशा की छतरी उसके सिर पर से नहीं हटी थी। इसके साथ ही पल-भर के लिए उसकी आंखों के सामने

वह खण्डहरवाला दृश्य भी घूम गया जहां उसके सगे भाई ने खंजर से उसकी जान लेने के लिए वीरता प्रकट की थी।[1] मगर रामशिलावाले साधु के पहुंच जाने से कुछ न कर सका था। वह यह भी जानती थी कि उसका भाई भीमसेन, पिता की आज्ञा पाकर मेरी जान लेने के लिए आया था, और अब भी अगर पिता का बस चले तो मेरी जान लेने में विलम्ब न करें, मगर फिर भी कोमल-हृदया किशोरी के दिल में बाप को देखने की इच्छा प्रकट हुई, और उसने डबडबाई हुई आंखों से तारा की तरफ देखकर गद्‌गद्‌ स्वर से कहा–

"बहिन, तुम्हें आश्चर्य होगा कि यदि मैं पिता को देखने की इच्छा प्रकट करूं, मगर लाचार हूं, जी नहीं मानता।

तारा–हां, यदि कोई दूसरी बेकसूर लड़की ऐसे पिता से मिलने की इच्छा प्रकट करती तो अवश्य आश्चर्य की जगह थी, मगर तेरे लिए कोई आश्चर्य की बात नहीं है, क्योंकि मैं तेरे स्वभाव को अच्छी तरह जानती हूं, परन्तु बहिन किशोरी, मुझे निश्चय है कि तू अपने पिता को देखकर प्रसन्न न होगी, बल्कि तुझे दुःख होगा, वह तुझे देखते ही बेबस रहने पर भी हजारों गालियां देगा, और कच्चा ही खा जाने के लिए तैयार हो जाएगा।

किशोरी–तुम्हारा कहना ठीक है, परन्तु मैं माता-पिता की गाली को आशीर्वाद समझती हूं, यदि वे कुछ कहेंगे तो कोई हर्ज नहीं, और मैं ज्यादे देर तक उनके पास ठहरूंगी भी नहीं, केवल एक नजर देखकर पिछले पैर लौट आऊंगी। मुझे विश्वास है कि दुश्मन लोग जो तालाब के बाहर खड़े हैं, इस समय मेरा कुछ बिगाड़ नहीं सकते और यदि तुम्हारी कृपा होगी तो मैं ऐसे समय में भी बेफिक्री के साथ अपने पिता को एक नजर देख सकूंगी।

तारा–खैर, जब ऐसा कहती हो तो लाचार मैं तुम्हें कैदखाने में ले चलने के लिए तैयार हूं, चलकर अपने पिता को देख लो।

कामिनी–क्या मैं भी तुम लोगों के साथ चल सकती हूं?

तारा–हां-हां, कोई हर्ज नहीं, तू भी चलकर अपनी रानी माधवी को एक नजर देख ले।

लौंडियों को बुलाकर हौज के विषय में तथा और भी किसी विषय में समझा-बुझाकर किशोरी और कामिनी को साथ लिये हुए तारा वहां से रवाना हुई और एक कोठरी में से लालटेन तथा खंजर ले दूसरी कोठरी में गई जिसमें किसी तरह का सामान न था। इस कोठरी में मजबूत ताला लगा हुआ था जो खोला गया और तीनों कोठरी के अन्दर गईं। कोठरी बहुत छोटी थी और इस योग्य न थी कि वहां का कुछ हाल लिखा जाए। इस कोठरी के नीचे एक तहखाना था जिसमें जाने के लिए छोटा-सा मगर लोहे का खूब मजबूत दरवाजा जमीन में दिखाई दे रहा था। तारा ने लालटेन

1. चन्द्रकान्ता सन्तति दूसरे भाग के आखिरी बयान में इसका हाल लिखा गया है।

जमीन पर रखकर कमर में से ताली निकाली और तहखाने का दरवाजा खोला। नीचे बिलकुल अंधकार था इसलिए तारा ने जब लालटेन उठाकर दिखाया तो छोटी-छोटी सीढ़ियां नजर पड़ीं। किशोरी, कामिनी को पीछे-पीछे आने का इशारा करके तारा तहखाने में उतर गई, मगर जब नीचे पहुंची तो यकायक चौंककर ताज्जुब-भरी निगाहों के साथ इस तरह चारों तरफ देखने लगी जैसे किसी की कोई अनमोल, अलभ्य और अनूठी चीज यकायक सामने से गुम हो जाए और वह आश्चर्य से चारों तरफ देखने लगे।

यह तहखाना दस हाथ चौड़ा और पन्द्रह हाथ लम्बा था। इसकी अवस्था कहे देती थी कि यह जगह केवल हथकड़ी-बेड़ी से सुशोभित कैदियों की खातिरदारी के लिए ही बनाई गई है। बिना चौखट-दरवाजे की छोटी-छोटी दस कोठरियां जो एक के साथ दूसरी लगी हुई थीं, एक तरफ और उसी ढंग की उतनी ही कोठरियां, उसके सामने दूसरी तरफ बनी हुई थीं। इतनी कम जमीन में बीस कोठरियों के ध्यान ही से आप समझ सकते हैं कि कैदियों का गुजारा किस तकलीफ से होता होगा।

दोनों तरफ तो कोठरियों की पंक्ति थी और बीच में थोड़ी-सी जगह इस योग्य बची हुई थी कि यदि कैदियों को रोटी-पानी पहुंचाने या देखने के लिए कोई जाए तो अपना काम बखूबी कर सके। इसी बची हुई जमीन के एक सिरे पर तहखाने में आने के लिए सीढ़ियां बनी हुई थीं। जिस राह से इस समय तारा, किशोरी और कामिनी आई थीं, उसी के सामने अर्थात् दूसरे सिरे पर लोहे का एक छोटा मजबूत दरवाजा था जो इस समय खुला था और एक बड़ा-सा खुला हुआ ताला उसके पास ही जमीन पर पड़ा हुआ था जो बेशक उसी दरवाजे में उस समय लगा होगा, जब वह दरवाजा बन्द होगा। इसी दरवाजे को खुला हुआ और अपने कैदियों को न देखकर तारा चौंकी और घबराकर चारों तरफ देखने लगी थी।

तारा—बड़े आश्चर्य की बात है कि हथकड़ी-बेड़ी से जकड़े हुए कैदी क्योंकर निकल गए और इस दरवाजे का ताला किसने खोला। निःसन्देह या तो हमारे नौकरों में से किसी ने कैदियों की मदद की या कैदियों का कोई मित्र इस जगह आ पहुंचा। मगर नहीं, इस दरवाजे को दूसरी तरफ से कोई खोल नहीं सकता, परन्तु...

किशोरी—क्या यह किसी सुरंग का दरवाजा है?

तारा—समय पड़ने पर आने-जाने के लिए यह एक सुरंग है जो यहां से बहुत दूर जाकर निकली है। वर्षों हो गए इस सुरंग से कोई काम नहीं लिया गया, केवल उस दिन यह सुरंग खोली गई थी जिस दिन तुम्हारे पिता गिरफ्तार हुए थे, क्योंकि वे इसी सुरंग की राह से यहां लाए गए थे।

कामिनी—मैं समझती हूं कि इस सुरंग के दरवाजे को बन्द करने में जल्दी करनी चाहिए। कहीं ऐसा न हो कि इस राह से दुश्मन लोग आ पहुंचें और हमारा बना-बनाया खेल बिगड़ जाए।

किशोरी–मेरी तो यह राय है कि इस सुरंग के अन्दर चलकर देखना चाहिए, शायद कैदियों का कुछ...

तारा–मेरी भी यही राय है, मगर इस तरह खाली हाथ सुरंग के अन्दर जाना उचित न होगा, शायद दुश्मनों का सामना हो जाए, अच्छा ठहरो मैं तिलिस्मी नेजा लेकर आती हूं।

इतना कहकर तारा तिलिस्मी नेजा लेने के लिए चली, मगर अफसोस उसने बड़ी भारी भूल की कि सुरंग के दरवाजे को बिना बन्द किए ही चली आई और इसके लिए उसे बहुत रंज उठाना पड़ा अर्थात् जब वह तिलिस्मी नेजा लेकर लौटी और तहखाने में पहुंची तो वहां किशोरी और कामिनी को न पाया, निश्चय हो गया कि उसी सुरंग की राह से जिसका दरवाजा खुला हुआ था, दुश्मन आए और किशोरी तथा कामिनी को पकड़के ले गए।

दूसरा बयान

किशोरी और कामिनी के गायब हो जाने का तारा को बड़ा रंज हुआ, यहां तक कि उसने अपनी जान की कुछ भी परवाह न की और तिलिस्मी नेजा हाथ में लिये हुए बेधड़क उस सुरंग में घुस गई। यह वही तिलिस्मी नेजा था जो कमलिनी ने उसे दिया था और जिस पर तारा को बहुत भरोसा था।

आज के पहले तारा को इस सुरंग के अन्दर जाने का अवसर नहीं पड़ा था इसलिए वह नहीं जानती कि वह सुरंग कैसी है, अस्तु, उसने तिलिस्मी नेजे का कब्जा दबाया, उसमें से बिजली की तरह चमक पैदा हुई और उसी रोशनी में तारा ने दरवाजे के अन्दर कदम रक्खा। दो ही कदम जाने के बाद नीचे उतरने के लिए कई सीढ़ियां दिखाई दीं और जब तारा नीचे उतर गई तो सीधी सुरंग मिली।

तारा तेजी के साथ बल्कि यों कहना चाहिए कि दौड़ती हुई उस सुरंग में रवाना हुई और जब वह थोड़ी दूर चली गई तो उसे कई आदमी दिखाई पड़े जो आगे की तरफ जा रहे थे, मगर अपने पीछे तिलिस्मी नेजे की अद्भुत चमक देखकर रुक गए थे और ताज्जुब-भरी निगाहों से उस चमक को देख रहे थे जो पल-भर में पास होकर उनकी आंखों में चकाचौंध पैदा कर रही थी।

ये लोग वे ही थे जो किशोरी और कामिनी को जबर्दस्ती पकड़के ले गए थे। वे लोग बहुत दूर जाने न पाए थे जब तिलिस्मी नेजा लिये हुए तारा लौट आई थी, उसके अतिरिक्त किशोरी और कामिनी को जबर्दस्ती घसीटते लिये जा रहे थे इसलिए तेज भी नहीं चल सकते थे, यही सबब था कि तारा ने बहुत जल्द उन्हें जा पकड़ा। उन लोगों के साथ एक लालटेन थी, मगर नेजे की चमक ने उसे बेकार कर दिया

था। जब उन लोगों ने दूर से तारा को देखा तो एक दफे उनकी यह इच्छा हुई कि तारा को भी पकड़ लेना चाहिए परन्तु नेजे की अद्‌भुत करामात ने उनका दिल तोड़ दिया और चमक से उनकी आंखें ऐसी बेकार हुईं कि भागने का भी उद्योग न कर सके।

बात-की-बात में तारा उन लोगों के पास जा पहुंची जो गिनती में चार थे। यदि तारा के हाथ में तिलिस्मी नेजा न होता तो वे लोग उसे भी अवश्य पकड़ लेते मगर यहां तो मामला ही और था। नेजे की चमक से लाचार होकर वे स्वयं दोनों हाथों से अपनी-अपनी आंखें बन्द करके बैठ गए थे तथा किशोरी और कामिनी की भी यही अवस्था थी।

तारा ने फुर्ती से तिलिस्मी नेजा चारों आदमियों के बदन से लगा दिया जिससे वे लोग कांपकर बात-की-बात में बेहोश हो गए। अब तारा ने नेजे का मुट्ठा ढीला किया, उसकी चमक बन्द हो गई और उस समय किशोरी और कामिनी ने आंखें खोलकर तारा को देखा।

किशोरी और कामिनी का हाथ रस्सी से बंधा हुआ था जिसे तारा ने तुरत खोल दिया। किशोरी और कामिनी बड़ी मुहब्बत के साथ तारा से लिपट गईं और तीनों की आंखों से गर्म आंसू गिरने लगे। तारा ने किशोरी और कामिनी से कहा, "बहिन, तुम जरा यहां ठहरो, मैं थोड़ी दूर तक आगे बढ़कर देखती हूं कि क्या हाल है, अगर कोई दुश्मन न मिला तो भी सुरंग के दूसरे किनारे पर पहुंचकर दरवाजा बन्द कर देना आवश्यक है। मुझे निश्चय है कि बाहरी दुश्मन इस दरवाजे को नहीं खोल सकते, मगर ताज्जुब है कि कैदियों ने क्योंकर ये दरवाजे खोले।"

किशोरी–ठीक है, मगर मेरी राय नहीं है कि तुम आगे बढ़ो। कहीं ऐसा न हो कि दुश्मनों का सामना हो जाए। इससे यही उचित होगा कि यहां से लौट चलो और सुरंग तथा तहखाने का मजबूत दरवाजा बन्द करके चुपचाप बैठो फिर जो ईश्वर करेगा, देखा जाएगा।

तारा–(कुछ सोचकर) बेहतर होगा कि तुम दोनों चली जाओ और सुरंग तथा तहखाने का दरवाजा बन्द करके चुपचाप बैठो, और मुझे इस सुरंग की राह से इसी समय निकल जाने दो, क्योंकि कैदियों का भाग जाना मामूली बात नहीं है, निःसन्देह वे लोग भारी उपद्रव मचावेंगे और मुझे कमलिनी के आगे शर्मिन्दगी उठानी पड़ेगी। यह तो कहो ईश्वर ने बड़ी कृपा की कि तुम दोनों बहिन शीघ्र ही मिल गईं नहीं तो अनर्थ हो ही चुका था और मैं कमलिनी को मुंह दिखाने लायक नहीं रही थी। अब जब तक कैदियों का पता न लगा लूंगी मेरा जी ठिकाने न होगा।

कामिनी–बहिन, तुम कह क्या रही हो! जरा सोचो तो सही कि इतने दुश्मनों में तुम्हारा अकेले जाना उचित होगा? और क्या इस बात को हम लोग मान लेंगे?

तारा–(तिलिस्मी नेजे की तरफ इशारा करके) यह एक ऐसी चीज मेरे पास है

कि मैं हजार दुश्मनों के बीच में भी अकेली जाकर फतह के साथ लौट आ सकती हूं। यद्यपि तुम दोनों ने इस समय इस नेजे की करामात देख ली मगर फिर भी मैं कहती हूं कि इस नेजे का असल हाल तुम्हें मालूम नहीं है, इसी से मुझे रोकती हो।

किशोरी–बेशक, इस नेजे की करामात मैं देख चुकी हूं और यह निःसन्देह एक अनूठी चीज है, मगर फिर भी मैं तुमको अकेले न जाने दूंगी, अगर जिद करोगी तो हम दोनों भी तुम्हारे साथ चलेंगी।

तारा ने बहुत-कुछ समझाया और जोर मारा, मगर किशोरी और कामिनी ने एक न मानी और तारा को मजबूर होकर उन दोनों की बात माननी पड़ी। अन्त में यह निश्चय हुआ कि सुरंग के किनारे पर चलकर उसका दरवाजा बन्द कर देना चाहिए और इन बदमाशों को भी घसीटकर ले चलना और सुरंग के बाहर कर देना चाहिए, अदने आदमियों को कैद करने की आवश्यकता नहीं है–आखिर ऐसा ही किया गया।

किशोरी, कामिनी और तारा कैदियों को घसीटती हुई गईं और आधे घण्टे में सुरंग के दूसरे मुहाने पर पहुंचीं। यह मुहाना पहाड़ी के एक खोह से सम्बन्ध रखता था और वहां लोहे का छोटा-सा दरवाजा लगा हुआ था जो इस समय खुला था। तारा ने कैदियों को बाहर फेंककर दरवाजा बन्द कर दिया और इसके बाद तीनों वहां से लौट पड़ीं। रास्ते में तारा ने तिलिस्मी नेजे और खंजर का पूरा-पूरा हाल किशोरी और कामिनी को समझाया।

तहखाने में पहुंचकर सुरंग का दूसरा दरवाजा बन्द किया गया और फिर ऊपर पहुंचकर तारा ने तहखाने का दरवाजा भी बन्द करके ताला लगा दिया।

इधर तालाब का जल तेजी के साथ सूख रहा था, क्योंकि तालाब के ऊपरी हिस्से में लम्बाई-चौड़ाई ज्यादे होने के कारण जल भी ज्यादे अंटता है, इसी तरह निचले हिस्से में लम्बान-चौड़ान कम होने के कारण जल कम रहता है, इसीलिए बनिस्बत ऊपरी हिस्से के तालाब के निचले हिस्से का जल क्रमशः तेजी के साथ कम होता गया, यहां तक कि जब तारा सुरंग और तहखाने से निकलकर मकान की छत पर पहुंची तो उसने तालाब को सूखा हुआ पाया। मकान के चारों तरफ घूमनेवाले लोहे के चक्र तेजी के साथ घूम रहे थे और दुश्मन लोग यह सोचकर कि इन चक्रों की बदौलत मकान तक पहुंचना बहुत कठिन बल्कि असम्भव है, उन चक्रों को ताज्जुब के साथ देख और उनको रोकने की तरकीब सोच रहे थे। इधर किशोरी, कामिनी और तारा भी उनकी इस अवस्था को मकान की छत पर से दीवार के उन छेदों की राह देख रही थीं जो दुश्मनों पर तोप के गोले बरसाने के लिए बने हुए थे।

इस समय रात दो घण्टे से ज्यादे जा चुकी थी मगर पहर ही भर तक दर्शन देकर अस्त हो जानेवाले चन्द्रमा की रोशनी दुश्मनों की किसी कार्रवाई को अंधेरे के पर्दे में छिपी रहने नहीं देती थी।

दुश्मनों ने जब देखा कि चक्रों के सबब से मकान तक पहुंचना असम्भव है तो उन्होंने उद्योग का एक मजेदार ढंग निकाला जिसे देख तारा, किशोरी और कामिनी के दिल में खौफ पैदा हुआ, अर्थात् दुश्मनों ने तालाब को मिट्टी से पाटना शुरू किया। बेशक यह तरकीब बहुत ही अच्छी थी, क्योंकि तालाब पट जाने पर उन चक्रों का घूमना-न-घूमना बराबर था और आश्चर्य नहीं कि मिट्टी के अन्दर दब जाने के कारण वे रुक भी जाते, मगर इस काम के लिए दुश्मनों को मामूली से बहुत ज्यादे समय नष्ट करना पड़ा क्योंकि उन लोगों के पास जमीन खोदने के लिए फावड़ा या कुदाली के किस्म का कोई औजार न था, खंजर, तलवार और नेजों ही से वे लोग जो कुछ कर सकते था, करने लगे।

दुश्मनों के इस उद्योग को देखकर तारा का कलेजा दहल गया और उसने अफसोस के साथ किशोरी की तरफ देखके कहा–

तारा–कहो अब इस उद्योग का क्या जवाब दिया जाए?

किशोरी–यद्यपि वे लोग एक दिन में तालाब नहीं पाट सकते, मगर हम लोगों को बचाव के लिए अब कोई तरकीब सोचनी चाहिए क्योंकि तालाब पट जाने पर ये चारों चक्र जमीन के अन्दर हो जाएंगे और उस समय इस मकान में दुश्मनों का घुस आना कुछ कठिन न होगा।

कामिनी–उस सुरंग की राह भाग जाने के सिवाय हम लोग और कुछ भी नहीं कर सकेंगे।

तारा–क्या दुश्मन लोग सुरंग के उस मुहाने को सूना छोड़ देंगे, जिसका पूरा-पूरा हाल उन लोगों को मालूम हो चुका है?

कामिनी–इसकी आशा भी नहीं हो सकती, बेशक भागना मुश्किल हो जाएगा। खैर, जो कुछ होगा देखा जाएगा। इस समय तो मैं यही मुनासिब समझती हूं कि तीर मारकर दुश्मनों की गिनती कम करनी चाहिए। वे लोग हम लोगों पर कोई हर्बा नहीं चला सकते।

तारा–हां, इस समय तो यही करना मुनासिब होगा, इसके बाद जो राय होगी किया जाएगा, मगर बहिन, मैं फिर भी कहती हूं कि तुम मुझे तिलिस्मी नेजा हाथ में लेकर सुरंग की राह से निकल जाने दो, फिर देखो तो सही कि मैं अकेली इतने दुश्मनों को क्योंकर बात-की-बात में मार गिराती हूं। तुम्हें इस नेजे का हाल पूरा-पूरा मालूम हो ही चुका है अतएव उस पर भरोसा करके तुम्हें उचित है कि मुझे न रोको, मैं नहीं चाहती कि यह तालाब पट जाए और फिर सफाई कराने के लिए तकलीफ उठानी पड़े।

कामिनी–तुम्हारा कहना ठीक है, इस नेजे की जहां तक तारीफ की जाए कम है, और तुम उन सभी को जहन्नुम में पहुंचा सकोगी जो दुश्मनी की नीयत से तुम्हारे पास आएंगे, मगर उनका तुम क्या बिगाड़ सकोगी जो दूर ही से तुम्हें तीर का निशाना बनावेंगे।

तारा–(कुछ सोचकर) बेशक, यह एक ऐसी बात तुमने कही जिस पर विचार करना चाहिए...अच्छा, खूब याद आया। इस मकान में फौलाद का एक ऐसा कवच है, जो बदन पर ठीक आ सकता है, मैं उसे पहिरकर जाऊंगी और तीर की चोट से बेफिक्र रहूंगी। यद्यपि इस पर भी तुम कह सकती हो कि आंख, नाक, कान, मुंह इत्यादि किस-किस जगह की तुम हिफाजत कर सकती हो? मगर इसके साथ ही इस बात को भी सोचना चाहिए कि अगर तालाब पाटकर दुश्मन यहां घुस आवेंगे और हम लोगों को पकड़ लेंगे तो क्या होगा? अपनी बेइज्जती कराना और बेहुर्मती के साथ जान देना अच्छा होगा या बहादुरी के साथ सौ-पचास को मारकर लड़ाई के मैदान में मिट जाना उचित होगा?

किशोरी–जब ऐसा ही है और तुम प्राण देने के लिए मुस्तैद होकर जाती ही हो तो हम दोनों को क्यों छोड़े जाती हो? क्या इसलिए कि तुम्हारे बाद हम लोगों की दुर्दशा और बेइज्जती हो?

इस विषय में किशोरी, कामिनी और तारा में देर तक हुज्जत और बहस होती रही, अन्त में यही निश्चय हुआ कि सूरत बदलने और कवच पहिरने के बाद हाथ में तिलिस्मी नेजा लेकर तारा सुरंग की राह से जाए और दुश्मनों का मुकाबला करे, किशोरी और कामिनी दोनों में से एक या दोनों तारा के साथ सुरंग में जाएं और जब तारा सुरंग के बाहर हो जाए तो हर एक दरवाजे को बन्द करती हुई लौट आवें। इसके बाद दुश्मनों के भाग जाने पर मकान में तारा का लौट आना कोई मुश्किल न होगा।

यह बात तै पाई गई और तीनों नौजवान औरतें जिन्हें आपुस में बहिनों से भी बढ़कर मुहब्बत हो गई थी, छत के नीचे उतर आईं और एक कोठरी में चली गईं। तारा ने ऐयारी के मसाले से अपने को रंगा और अपनी ऐसी भयानक सूरत बनाई कि देखनेवाला कैसे ही जीवट का क्यों न हो, मगर एक दफे तो अवश्य ही डर जाए। इसके बाद कवच पहिर और तिलिस्मी नेजा लेकर सुरंग में रवाना हुई, हाथ में एक लालटेन लिये किशोरी और कामिनी भी साथ हुईं।

पहले तहखानेवाली कोठरी का दरवाजा खोला गया, फिर सुरंग का दरवाजा खोलकर तीनों मुंहबोली बहिनें सुरंग में दाखिल हो गईं।

ये तीनों बीस-पच्चीस कदम से ज्यादे न गई होंगी कि पीछे की तरफ से यकायक दरवाजा बन्द कर लेने की आवाज आई, जिसे सुनते ही तीनों चौंक पड़ीं और खड़ी हो गईं। तारा ने किशोरी और कामिनी की तरफ देखकर कहा–"हैं, यह क्या बात है? मालूम होता है कि हमारा दुश्मन हमारे घर ही में है!" यह कहती हुई किशोरी और कामिनी के साथ तारा पीछे की तरफ लौटी और जब सुरंग के दरवाजे के पास आई तो दरवाजा बन्द पाया। खटखटाया, धक्का दिया, जोर किया, मगर दरवाजा न खुला। इस समय उन तीनों अबलाओं के दिल की क्या हालत हुई होगी, सो हमारे

बुद्धिमान पाठक स्वयं सोच सकते हैं। कामिनी ने घबराकर तारा से कहा, "तुम्हारा कहना ठीक है, बेशक हमारा दुश्मन हमारे घर ही में है।"

किशोरी–चाहे कोई हमारा नौकर, हमारा दुश्मन हो या दुश्मन का कोई ऐयार हमारे नौकर की सूरत में यहां आकर टिका हो।

तारा–अब शक दूर हो गया और निश्चय हो गया कि कैदियों को इसी कमबख्त ने निकाल दिया। मैं ताज्जुब में थी कि यह दरवाजा जो दूसरी तरफ से किसी तरह नहीं खुल सकता, क्योंकर खुला, और कैदी लोग क्योंकर निकल गए, मगर अब जो कुछ असल बात थी, जाहिर हो गई। अब उस शैतान ने (चाहे वह कोई भी हो) इसलिए यह दरवाजा बन्द कर दिया कि हम लोग पुनः लौटकर घर में न आ पावें। अफसोस, बड़ा ही धोखा हुआ कि इतने पर भी हम लोग उससे बेफिक्र रहे और इस समय भी वह छिपकर हम लोगों के साथ-ही-साथ कैदखाने में उतरा, मगर कुछ मालूम न हुआ। (कुछ रुककर) हमारे नौकरों और लौंडियों को क्या मालूम हो सकता है कि इस समय हम लोगों के साथ किस दुष्ट ने कैसा बर्ताव किया!

कामिनी–क्या इस तरफ से इस दरवाजे को खोलने की कोई तरकीब नहीं है?

तारा–कोई नहीं।

कामिनी–और अगर दुश्मनों ने सुरंग के मुहाने का दरवाजा बाहर से बन्द कर दिया हो तो क्या होगा?

तारा–उस दरवाजे के दूसरी तरफ कोई ऐसी चीज नहीं है जो दरवाजा बन्द करने के काम में आवे, मगर फिर भी दुश्मन होशियार हो तो हर तरह से वह मुहाना बन्द कर सकता है। उस दरवाजे के ऊपर मिट्टी, पत्थर या चूने का ढेर लगा सकता है, ईंट-पत्थर की जुड़ाई कर सकता है, या उस खोह-भर को ईंट-पत्थर से बन्द कर सकता है।

किशोरी–हाय, अब हम लोग बेमौत मारे गए। ताज्जुब नहीं कि इस बात का बन्दोबस्त पहले ही से कर लिया गया हो।

कामिनी–बस, अब हम लोगों को यहां जरा भी न अटककर सुरंग के बाहर निकल चलना चाहिए, शायद उधर का रास्ता अभी बन्द न हुआ हो।

तारा, किशोरी और कामिनी तेजी के साथ सुरंग के दूसरे मुहाने की तरफ रवाना हुईं और थोड़ी ही देर में वहां जा पहुंचीं। इस सुरंग में मकान की तरफ जिस तरह की सीढ़ियां बनी हुई थीं, उसी तरह की सीढ़ियां सुरंग के दूसरी तरफ भी थीं। जब तारा ने दरवाजे की कुण्डी खोली और उसे धक्का देकर खोलना चाहा तो दरवाजा न खुला, उस समय तारा हाय करके बैठ गई और बोली–"बहिन, बस जो कुछ हम लोगों को शक था, वही हुआ। इस समय दुश्मनों की बन पड़ी और हम लोग बेमौत मारे गए। यह दरवाजा अगर भीतर की तरफ हटता होता तो खुल जाता और हमें मालूम हो जाता कि आगे रास्ता किस चीज से बन्द किया गया है, ईंट-पत्थर और

चूने से या खाली मिट्टी से, और हम लोग इस तिलिस्मी नेजे से उसमें रास्ता बनाकर निकल जाने का उद्योग करते, क्योंकि यह नेजा हर एक चीज में घुस जाने की ताकत रखता है, मगर अफसोस तो यह है कि यह लोहे का मजबूत दरवाजा खुलने के समय बाहर की तरफ खुलता है। यह भी कारीगर की भूल है। भूलों का मजा समय पड़ने पर ही मालूम होता है, अब मुझे मालूम हुआ कि मकान बनानेवाले को दरवाजे की अवस्था पर विशेष ध्यान देना चाहिए, कोई दरवाजा ऐसा न बनाना चाहिए जो खुलते समय बाहर की तरफ खुलता हो, जिसे बाहरवाला मामूली तौर पर मिट्टी का ढेर लगाकर भी बन्द कर सकता है। हाय, अब मैं क्या करूं? मुझे अपने मरने का तो कुछ भी रंज नहीं है, अगर रंज है तो केवल इतना ही कि तुम दोनों को कमलिनी ने हिफाजत से रखने के लिए मेरे पास भेजा और मेरी बदौलत तुम्हें यह दिन देखना नसीब हुआ!"

मामूली तौर पर जैसा कि अकसर मौका पड़ने पर लोग कह दिया करते हैं, इस समय किशोरी और कामिनी यह बात तारा को कह सकती थीं कि 'बहिन, हम लोग तो तुम्हें मना करते थे कि सुरंग की राह से बाहर मत जाओ, मगर तुमने न माना, अगर मान जातीं तो यह दुःख भोगना क्यों नसीब होता?'

मगर नहीं, बेचारी किशोरी और कामिनी बड़ी ही नेकदिल थीं, वे जानती थीं कि जो होना था सो तो हो चुका, अब ऐसी बातें कहकर तारा का दिल दुखाना नादानी है और इससे कोई फायदा नहीं, तारा ने जो कुछ किया उसे भला ही समझके किया, मगर जब ईश्वर ही की ऐसी मर्जी हो तो क्या किया जाए।

इस सुरंग के दोनों तरफ की दीवार बहुत ही मजबूत थी और उस पर फौलादी मोटी चादर चढ़ी हुई थी। यद्यपि तिलिस्मी नेजा उस फौलादी मोटी चादर में भी घुस सकता था, मगर इसमें कोई फायदा न था। तिलिस्मी नेजा ऐसे स्थान से सुरंग खोदकर रास्ता बनाने का काम नहीं दे सकता था, तिस पर भी तारा ने उद्योग में कोई बात उठा न रखी, मगर नतीजा कुछ भी न निकला।

तीसरा बयान

इस तालाब के बीचवाले तिलिस्मी मकान में कमलिनी दस लौंडियों के साथ रहती थी। नौकर और सिपाही भी उसके साथ बहुत थे, मगर उनके रहने के लिए स्थान इस मकान में नहीं था, वे लोग काम-काज किया करते थे और समय पड़ने पर जान देने के लिए इकट्ठे हो जाते थे, मगर कमलिनी और तारा को छोड़के कोई यह भी नहीं जानता था कि वे लोग कहां रहते हैं और क्या करते हैं। उन सिपाहियों में से कई तो मायारानी के कैदी हो गए थे और जो दस-बारह बचे हुए थे सो इधर-उधर

घूम-फिरकर कमलिनी का काम कर रहे थे। उन्हीं बचे हुए सिपाहियों में से चार-पांच सिपाही इस समय मकान में मौजूद थे जो किसी काम के सम्बन्ध में तारा के पास आए थे और दुश्मनों का हंगामा देखकर बाहर न जा सके थे। कमलिनी की लौंडियां जितनी थीं, वे सब जमानिया से कमलिनी के साथ उस समय आई थीं जब मायारानी से लड़कर कमलिनी अलग हो गई थी। इन लौंडियों में एक लौंडी, जिसका नाम भगवानी था, बड़ी ही शैतान और दिल की खोटी थी। यद्यपि वह जाहिर में अपने को बहुत ही बनाये हुए रहती थी और बात-बात में खैरखाही जताती थी, मगर वास्तव में वह ऐसी काली नागिन थी जिसके काटे का कोई मन्त्र ही न था। उसे रुपये का लालच हद से ज्यादे था। मगर इतने दोष रहने पर भी वह अपनी चालाकी से अपने मालिक तथा तारा को खुश रखती थी और उन दोनों के आगे अपने अवगुण जाहिर नहीं होने देती थी। यही लौंडी प्रायः कैदियों को खाना-पानी भी पहुंचाया करती थी।

कमलिनी के कैदखाने को पहले माधवी और शिवदत्त ने आबाद किया था और उसके बाद मनोरमा इस कैदखाने में आई थी। मायारानी की सखी होने के कारण मनोरमा भगवानी को बखूबी जानती थी और इसी तरह भगवानी भी उसे अच्छी तरह पहचानती थी। खाना-पानी पहुंचाने के लिए जब भगवानी कैदखाने में जाती थी तो मनोरमा उसे अपनी लच्छेदार बातों में घड़ियों उलझाकर भविष्य के लिए सब्जबाग दिखाती और तरह-तरह की उम्मीदों से ललचाया करती, यहां तक कि उसे तीन लाख रुपये का लालच दिखाकर उसने अपनी, माधवी और शिवदत्त की मदद पर राजी कर लिया। माधवी दवा-इलाज की बदौलत यहां आकर तन्दुरुस्त हो गई थी।

भगवानी इस बात पर राजी हो गई कि मौका मिलने पर कैदियों की मदद करे और जिस तरह हो कैदियों को तहखाने के बाहर निकाल दे। भगवानी ने माधवी, शिवदत्त और मनोरमा से कहा कि तुम लोगों को छुड़ाने के लिए मुझे बहुत कुछ उद्योग करना पड़ेगा और तुम्हारे नौकरों तथा सिपाहियों से मिलने और उनसे कुछ काम लेने की आवश्यकता पड़ेगी, इसलिए उचित होगा कि तुम लोग मुझे एक परवाना लिख दो जिससे तुम लोगों के आदमी मुझे तुम्हारा मददगार समझें और जो कुछ मैं कहूं, करें और खर्च के लिए आवश्यकतानुसार मुझे दिया भी करें। आखिर तीनों कैदियों ने भगवानी की बात मंजूर कर ली। भगवानी मौका पाकर कलम-दवात और कागज छिपाकर तहखाने में ले गई और तीनों कैदियों से अपने मतलब की बातें लिखवा लीं।

कमलिनी के जाने के बाद केवल तारा की मौजूदगी में भगवानी को अपना काम करने का बहुत अच्छा मौका मिला। उसने गुप्त रीति से कई नौकर रखे और उनके जरिये से माधवी, मनोरमा और शिवदत्त के आदमियों को, जो छितिर-बितिर हो गए थे, इकट्ठा कराया तथा इस बात से होशियार कर दिया कि तुम्हारे मालिक लोग यहां कैद हैं।

धीरे-धीरे बन्दोबस्त करके भगवानी ने सामान दुरुस्त कर लिया और एक दिन सुरंग की राह से तीनों कैदियों को निकाल बाहर किया। आज जो इतने दुश्मन इस मकान को घेरे हुए हैं, या जो कुछ वे लोग कर रहे हैं, सब भगवानी ही की करामात है। इस समय भगवानी ही ने किशोरी, कामिनी और तारा को सुरंग में बन्द कर दिया है। वह चाहती है कि दुश्मन लोग इस मकान में घुस आवें और मनमानी चीजें लूट ले जाएं, मगर कीमती चीजें जवाहिर इत्यादि मैं पहले ही से बटोरकर अलग रख दूं, और जब दुश्मन लोग यहां घुस आवें तो उन्हें लेकर चल दूं। शिवदत्त, माधवी और मनोरमा के हाथ का लिखा हुआ परवाना मौजूद ही है। अस्तु, कमलिनी के दुश्मनों में मुझे कोई भी नहीं रोक सकता। यह भगवानी का थोड़ा-सा हाल इस जगह हमने इसलिए लिख दिया कि बीती बहुत-सी बातें समझने में हमारे पाठकों को कठिनाई न पड़े।

किशोरी, कामिनी और तारा को सुरंग में बन्द करके जब भगवानी कैदखाने के बाहर निकली तो कोठरी में ताला लगा दिया और ताली अपने कब्जे में रखी, इसके बाद हाथ में लालटेन लेकर मकान की छत पर चढ़ गई और लालटेन को घुमा-फिराकर दुश्मनों को इशारे में कुछ कहा। मालूम होता है कि पहले ही से इस इशारे की बातचीत पक्की हो चुकी थी क्योंकि लालटेन का इशारा पाते ही दुश्मनों ने खुश होकर अपना काम तेजी से करना शुरू किया अर्थात् तालाब पाटने में बहुत फुर्ती दिखाने लगे। एक दफे तो भगवानी के दिल में यह बात पैदा हुई कि चारों पुतलियों को खड़ी करके घूमते हुए चारों चक्रों को रोक दे, जिसमें दुश्मन लोग यहां शीघ्र ही आ जाएं, मगर तुरन्त ही उसने अपना इरादा बदल दिया। उसे यह बात सूझ गई कि यदि मैं घूमते हुए चारों चक्रों को रोक दूंगी तो कमलिनी के नौकरों को तुरंत मुझ पर शक हो जाएगा और फिर बना-बनाया मामला बिगड़ जाएगा।

अब कमबख्त भगवनिया (भगवानी) इस फिक्र में लगी कि दुश्मनों के घर में आने के पहले ही यहां से अच्छी-अच्छी कीमती चीजें बटोर ली जाएं और जब दुश्मन इस मकान में घुस आवें, तो ले-लपेटके चलती बनूं क्योंकि शिवदत्त, माधवी और मनोरमा की चीठियों की बदौलत, जो मेरे पास हैं, मुझे कोई भी न रोकेगा।

कमलिनी की लौंडियों और नौकरों को इस बात का गुमान भी न था कि नमकहराम भगवानी यहांवालों को चौपट कर रही है या उसने किशोरी, कामिनी और तारा को सुरंग में बन्द कर दिया है। वे लोग यही जानते थे कि किशोरी और कामिनी को किसी खास काम के लिए तारा अपने साथ लेती गई है।

रात बीत गई, दूसरा दिन समाप्त हो गया, बल्कि दूसरे दिन की रात भी गुजर गई और तीसरा दिन आ पहुंचा। आज दुश्मनों का मनोरथ पूरा हुआ अर्थात् उन्होंने तालाब को दो तरफ से बखूबी भर दिया और उस मकान में आ पहुंचे।

लौंडियों और नौकरों की इतनी हिम्मत कहां कि सैकड़ों दुश्मनों का मुकाबला करते। वे लोग चुपचाप अलग हो गए और अपनी तथा अपने मालिक की बदकिस्मती पर विचार करते रहे, जिस पर भी कई बेचारे दुश्मनों के हाथों से मारे गए। दुश्मनों ने मनमानी लूट मचाई और जिसने जो पाया, अपने बाप-दादे का माल समझ के हथिया लिया। कमकीमत चीज या ऐसी चीजें जो वे लोग अपने साथ ले जाना पसन्द नहीं करते थे, तोड़-फोड़, बिगाड़ या जलाकर सत्यानाश कर दी गईं और घण्टे ही भर में ऐसी सफाई कर दी गई मानो उस मकान में कोई बसता ही न था या कोई चीज वहां थी ही नहीं। इस काम के बाद किशोरी, कामिनी और तारा की खोज शुरू हुई क्योंकि दुष्टों ने जब उन तीनों को वहां न पाया तो उन्हें आश्चर्य हुआ और वे इस फिक्र में हुए कि भगवानी से उन तीनों का हाल पूछना चाहिए, मगर भगवानी वहां कहां, वह तो अपना काम करके निकल भागी और ऐसी गायब हुई कि किसी को कुछ गुमान तक न हुआ। हाय, बेचारी किशोरी, कामिनी और तारा का हाल किसी को भी मालूम नहीं, कोई भी नहीं जानता कि वे बेचारियां कहां और किस आफत में पड़ी हैं या कई दिनों तक दाना-पानी न मिलने के कारण जीती भी हैं या मर गईं। उनकी लौंडियों और नौकरों को भी इसका पता नहीं, इसी से वे लोग अपनी जान लेकर जिस तरफ भाग सके, भाग गए और इस तिलिस्मी मकान पर दुश्मनों को पूरा-पूरा कब्जा करने दिया, क्योंकि इतने आदमियों का मुकाबला करके जान देना, दूसरे उद्योग का भी रास्ता रोकना था।

चौथा बयान

पाठक महाशय, अब आप यह जानना चाहते होंगे कि हरामजादी भगवनिया के मेल से जो दुश्मन लोग इस मकान पर चढ़ आए, वे लोग शिवदत्त, माधवी और मनोरमा को छुड़ाने की नीयत से आए थे या इन तीनों के छूटकर निकल जाने का हाल उन्हें मालूम हो चुका था, और वे लोग इस समय केवल किशोरी, कामिनी और तारा को गिरफ्तार करने आए थे?

नहीं, इस समय दुश्मन यह नहीं जानते थे कि इस मकान में कोई सुरंग है और भगवानी की मदद से उसी सुरंग की राह राजा शिवदत्त वगैरह बाहर हो गए। भगवानी ने जब उन लोगों को खबर पहुंचाई थी तो यही कहा था कि तुम्हारा मालिक इस मकान में कैद है, तुम जिस तरह बने, उसे छुड़ा लो और इसके बाद जो कुछ उन लोगों ने किया, वह बहुत बुद्धिमानी से किया। तालाब सुखाने के लिए सुरंग खोदने में उन्हें बहुत दिन मेहनत करनी पड़ी, इस बीच में भगवानी भी उन लोगों से मिलती रही मगर उसने यह नहीं कहा कि शिवदत्त को छुड़ाने के लिए मैं भी उद्योग कर रही

हूं, यदि मौका मिला तो सुरंग की राह निकाल दूंगी, क्योंकि भगवानी को यह आशा न थी कि मैं स्वयं उद्योग करके कैदियों को बाहर कर सकूंगी, उसे कैदियों को छुड़ाने का मौका उस दिन दोपहर के लगभग मिला था जिस दिन संध्या के समय बलवाइयों ने आकर तालाब को घेर लिया था और उनकी बनाई हुई सुरंग की राह से तालाब का जल निकला जा रहा था।

रुपये का लालच ने कमबख्त भगवानी को ऐसा अन्धा बना दिया था कि उसे भलाई का रास्ता कुछ भी न सूझा। वह इस बात को न सोच सकी कि अगर तारा कैदियों को न देखेगी तो बेशक मुझ पर शक करेगी, क्योंकि कैदखाने और सुरंग की ताली सिवाय मेरे और किसी के हाथ में तारा नहीं देती थी। उसने बेधड़क कैदियों को बाहर कर दिया, मगर इसके दो ही घण्टे बाद, उसके दिल में हौल पैदा हो गया और वह सोचने लगी कि यदि तारा मुझसे पूछेगी कि कैदखाने की ताली तो सिवाय तेरे मैं और किसी के हाथ में नहीं देती फिर कैदी क्योंकर निकल गए तो मैं क्या जवाब दूंगी? इस विषय में उसने बहुत-कुछ सोच-विचार किया मगर सिवाय भाग जाने के और कोई बात न सूझी। उसने भाग जाने के लिए भी उद्योग किया, मगर न हो सका क्योंकि तालाब के बाहर से किसी को इस मकान में लाने या इस मकान से किसी को बाहर करने के लिए रास्ता खोलना या बन्द करना केवल तारा के आधीन था। जब इस बात को दो पहर बीत गए और दुश्मनों ने तालाब को घेर लिया तब उसे यह सूझा कि दुश्मनों को इस बात की खबर न देना चाहिए कि शिवदत्त को मैंने छुड़ा दिया। ऐसा करने से दुश्मन उद्योग करके इस मकान में जरूर आवेंगे और उस समय मुझे यहां से निकल भागने का अच्छा मौका मिलेगा। इस बीच में भगवानी को इस बात का भी मौका मिल गया कि उसने तारा, किशोरी और कामिनी को सुरंग में बंद कर दिया और तब उसके दिल में अपने भाग जाने की पूरी-पूरी आशा हुई। यही कारण हुआ कि दुश्मनों को शिवदत्त के निकल जाने का हाल मालूम न हुआ और उन्होंने उद्योग करके मकान को अपने दखल में कर लिया जिससे भगवानी को भागने का अच्छा मौका मिला।

अब यह प्रश्न हो सकता है कि क्या तारा इतनी बेवकूफ थी कि कैदखाने में कैदियों को न देखकर और सुरंग का दरवाजा खुला हुआ पाकर भी उसे किसी पर कुछ शक न हुआ, सो भी ऐसी अवस्था में जब कि कैदखाने की ताली सिवाय भगवानी के और किसी के हाथ में देती ही न थी? इस सवाल का जवाब भी इसी जगह दे देना उचित जान पड़ता है।

तारा ने जब कैदियों को कैदखाने में न देखा तो सबके पहले उसके दिल में यही शक पैदा हुआ कि यह काम हमारे ही किसी आदमी का है। थोड़े ही सोच-विचार में उसने भगवानी को दोषी ठहरा लिया क्योंकि सिवाय उसके वह कैदखाने की ताली किसी दूसरे के हाथ में देती न थी। यह सब-कुछ था परन्तु भगवानी की जांच करने

और उसे सजा देने के विषय में जल्दी करना तारा ने उचित न जाना और इस हो-हल्ले के समय इसका मौका भी न था, तथापि तारा ने इस शक को श्यामसुन्दरसिंह नामी अपने एक विश्वासी खैरख्वाह बहादुर से इस दौड़-धूप के समय ही जाहिर कर दिया और यह भी कह दिया कि मुझे इस मकान के बचाव की तरकीब के सिवाय और कोई काम करने की फुरसत नहीं, मगर तुम इस विषय में जो कुछ उचित जान पड़े, अवश्य करो।

श्यामसुन्दरसिंह बहुत ही होशियार, चालाक, बुद्धिमान और बहादुर आदमी था। यह कमलिनी के कुल सिपाहियों का सरदार था और इसके अच्छे चाल-चलन तथा बहादुरी की कदर कमलिनी दिल से करती थी तथा यह भी कमलिनी की भलाई के लिए जान तक दे देने को हरदम तैयार रहता था। यद्यपि काम-काज के सबब से श्यामसुन्दरसिंह यहां बराबर नहीं रहता था परन्तु जिस समय दुश्मनों ने इस मकान को घेरा था, उस समय वह मौजूद था। जब उसने तारा की जुबानी कैदियों के निकल जाने का हाल सुना तो उसने भी अपनी राय वही कायम की, जो तारा ने की थी।

श्यामसुन्दरसिंह भगवानी की तरफ से होशियार हो गया और उसके कार्यों को विशेष ध्यान से देखने लगा, मगर इस बात का तो उसको गुमान भी न हुआ कि भगवानी ने किशोरी, कामिनी और तारा को भी सुरंग में बन्द कर दिया है।

श्यामसुन्दरसिंह इस बात को तो समझ ही गया था कि अब यह मकान दुश्मनों के हमले से किसी तरह बच नहीं सकता तथापि उसे कुछ-कुछ आशा इस बात की थी कि जिस समय तिलिस्मी नेजा हाथ में लेकर तारा इस झुण्ड में पहुंचेगी तो ताज्जुब नहीं कि दुश्मनों का जी टूट जाए, परन्तु बहुत समय निकल जाने पर भी जब तारा वहां तक न पहुंची तो श्यामसुन्दरसिंह को आश्चर्य हुआ और वह तरह-तरह की बातें सोचने लगा।

पांचवां बयान

कीमती जवाहिरात की चीजों की गठरी लादे हुए मालिक को चौपट करनेवाली हरामजादी भगवानी जब भागी तो उसने फिरके देखा भी नहीं कि पीछे क्या हो रहा है, या कौन आ रहा है।

रात पहर-भर से कुछ ज्यादे जा चुकी थी, और चांदनी खूब निखरी हुई थी, जब हांफती और कांपती हुई भगवानी एक घने जंगल के अन्दर, जिसमें चारों तरफ परले सिरे का सन्नाटा छाया हुआ था, पहुंचकर एक पत्थर की चट्टान पर बैठी और फिर इस तरह लेट गई जैसे कोई हताश होकर गिर पड़ता है। वह अपनी बिसात से ज्यादे चल और दौड़ चुकी थी और इसीलिए बहुत सुस्त हो गई थी। इस पत्थर की चट्टान पर

पहुंचकर उसने सोचा था कि अब बहुत दूर निकल आए हैं, कोई धरने- पकड़नेवाला है नहीं, अतएव थोड़ी देर तक बैठकर आराम कर लेना चाहिए, नगर बैठने के साथ ही पहले जिस पर उसकी निगाह पड़ी, वह श्यामसुन्दरसिंह था जिसे देखते ही उसका कलेजा धक-से हो गया और चेहरे पर मुर्दनी छा गई। उसकी तेजी के साथ चलती सांस दो-चार पल के लिए रुक गई और वह घबड़ाकर उसका मुंह देखने लगी।

श्यामसुन्दर–क्यों? तूने तो समझा होगा कि बस अब मैं बचकर निकत आई और जवाहिरात की गठरी नरम चारे की तरह हजम हो गई!

भगवानी–(कुछ सोचकर) नहीं-नहीं, मैं इसमें से तुम्हें आधा बांट देने के लिए तैयार हूं। आखिर दुश्मन लोग इसे भी लूटकर ले ही जाते, अगर मैं बचाकर ते आई तो क्या बुरा हुआ? सो भी बांट देने के लिए तैयार हूं।

श्यामसुन्दर–ठीक है, मगर मैं आधा बांटकर नहीं लिया चाहता, बल्कि सब लिया चाहता हूं।

भगवानी–सो कैसे होगा? जरा सोचो तो सही कि मैं दुश्मनों के हाथ से कितनी मेहनत करके इसे बचा लाई हूं, और सब तुम्हीं ले लोगे तो मुझे क्या फायदा होगा?

श्यामसुन्दर–तो क्या तू कुछ फायदा उठाना चाहती है? अगर ऐसा ही है तो मालिक के साथ निमकहरामी या दगा करने और दुश्मनों को बचाकर कैदखाने के बाहर कर देने में जो उचित लाभ होना चाहिए, वह तुझे होगा!

भगवानी–(चौंककर) आपने क्या कहा सो मैं न समझी! क्या आपको मुझ पर किसी तरह का शक है?

श्यामसुन्दर–नहीं, शक तो कुछ भी नहीं है या अगर है भी तो केवल दो बातों का–एक तो कैदियों को बचाकर निकाल देने का और दूसरे मालिक के साथ दगा करने का।

भगवानी–नहीं-नहीं, कैदी लोग किसी और ढंग से निकल गए होंगे, मुझे तो उनकी कुछ खबर नहीं और तारा के साथ दगा करने के विषय में जो कुछ आप कहते हैं, सो वह काम मेरा न था, बल्कि एक दूसरी लौंडी का था जिसके सबब से बेचारी तारा मौत...

इतना कहकर भगवानी रुक गई। उसके रंग-ढंग से मालूम होता था कि जल्दी में आकर वह कोई ऐसी बात मुंह से निकाल बैठी है जिसे वह बहुत छिपाती थी। श्यामसुन्दरसिंह को भी उसकी आखिरी बात से निश्चय हो गया कि हरामजादी भगवानी ने दुश्मनों से मिलकर बेचारी तारा को मौत के पंजे में फंसा दिया, अस्तु, बिना असल भेद का पता लगाए इसे कदापि न छोड़ना चाहिए।

श्यामसुन्दर–हां-हां, कहती चल, रुकी क्यों?

भगवानी–यही कि मैंने ऐसा कोई काम नहीं किया जिससे मालिक का नुकसान हो।

श्यामसुन्दर–अच्छा यह बता कि कैदियों को निकालनेवाला और तारा को फंसाने वाला कौन है?

भगवानी–यह काम निमकहराम लालन लौंडी का है।

श्यामसुन्दर–यदि मैं इस समय के लिए तेरा ही नाम लालन रख दूं तो क्या हर्ज है, क्योंकि मेरी समझ में बेचारी लालन निर्दोष है, जो कुछ किया, तू ही ने किया, कैदियों ने तुझी को अपना विश्वासपात्र समझा, तुझी से काम लिया और तेरी ही मदद से निकल भागे, इतने दुश्मनों को भी तू ही बटोरकर लाई है और इतने पर भी संतोष न पाकर बेचारी तारा को भी तूने ही ने...

भगवानी–(हाथ जोड़कर) नहीं-नहीं, आप मुझे व्यर्थ दोषी न ठहराएं, भला ऐसे मालिक के साथ मैं विश्वासघात करूंगी जो मुझे दिल से चाहे?

श्यामसुन्दर–(कमर से एक चीठी निकालकर और भगवानी को दिखाकर) और यह क्या है? क्या इसमें भी लालन का नाम लिखा है? कोई हर्ज नहीं, अपने हाथ में लेकर अच्छी तरह देख ले क्योंकि यद्यपि यह रात का समय है, फिर भी चन्द्रदेव ने अपनी किरणों से दिन की तरह बना रक्खा है।

यह चीठी उन तीनों चीठियों में से एक थी जो शिवदत्त, माधवी और मनोरमा ने लिखकर भगवानी को दी थीं। न मालूम श्यामसुन्दरसिंह के हाथ यह चीठी क्योंकर लगी। भगवनिया इस चीठी को देखते ही जर्द पड़ गई, कलेजा धकधक करने लगा, मौत की भयानक सूरत सामने दिखाई देने लगी, गला रुक गया और वह कुछ भी जवाब न दे सकी। अब श्यामसुन्दरसिंह बर्दाश्त न कर सका, उसने एक तमाचा भगवानी के मुंह पर जमाया और कहा–"कमबख्त! अब बोलती क्यों नहीं!"

जब भगवानी ने इस बात का भी जवाब न दिया तब श्यामसुन्दरसिंह ने म्यान से तलवार निकाल ली और हाथ ऊंचा करके कहा, "अब भी अगर साफ भेद न बतावेगी तो मैं एक ही हाथ में दो टुकड़े कर दूंगा।"

भगवानी को निश्चय हो गया कि अब जान किसी तरह नहीं बच सकती, इसके अतिरिक्त डर के मारे उसकी अजब हालत हो गई, और कुछ तो न कर सकी, हां एकदम जोर से चिल्ला उठी और इसके साथ ही एक तरफ से आवाज आई–"कौन है जो मर्द होकर एक स्त्री की जान लिया चाहता है?"

श्यामसुन्दरसिंह ने फिरकर देखा तो दाहिनी तरफ थोड़ी ही दूर पर एक नौजवान को हाथ में खंजर लिये मौजूद पाया। उस नौजवान ने श्यामसुन्दरसिंह से पुनः कहा, "यह काम मर्दों का नहीं है जो तुम किया चाहते हो!" जिसके जवाब में श्यामसुन्दरसिंह ने कहा, "बेशक यह काम मर्दों का नहीं है, मगर लाचार हूं कि यह निमकहराम मेरी बातों का जवाब नहीं देती और मैं बिना जवाब पाए इसे किसी तरह नहीं छोड़ सकता।"

यह आदमी, जो श्यामसुन्दरसिंह के पास यकायक आ पहुंचा था, हमारा नामी ऐयार भैरोसिंह था जो कमलिनी के मकान के दुश्मनों से घिर जाने की खबर पाकर

उसी तरफ जा रहा था और इत्तिफाक से यहां आ पहुंचा था, मगर वह श्यामसुन्दरसिंह और भगवनिया को नहीं पहचानता था और वे दोनों भी इसे सूरत बदले हुए और रात का समय होने के कारण न पहचान सके। भैरोसिंह ने पुनः कहा–

भैरोसिंह–यदि हर्ज न हो तो मुझे बताओ कि यह तुम्हारी किन बातों का जवाब नहीं देती?

श्यामसुन्दर–बता देने में हर्ज तो कोई नहीं, अगर आप उन लोगों में से नहीं हैं जिन्हें हम लोग अपना दुश्मन समझते हैं, क्योंकि यह भेद की बात है और अपना भेद दुश्मनों के सामने प्रकट करना नीति के विरुद्ध है। उत्तम तो यह होगा कि हमारा भेद जानने के पहले आप अपना परिचय दें।

भैरो–तो तुम्हीं अपना परिचय क्यों नहीं देते?

श्यामसुन्दर–इसलिए कि ऐयार लोग भेद जानने के लिए समय पड़ने पर उसी पक्ष वाले बन जाते हैं जिससे अपना काम निकालना होता है।

भैरो–ठीक है, मगर बहादुर राजा बीरेन्द्रसिंह के ऐयारों में से कोई भी ऐसा कमहिम्मत नहीं है जो खुले मैदान में एक औरत और एक मर्द से अपने को छिपाने का उद्योग करे।

श्यामसुन्दर–(खुश होकर) अहा, अब मालूम हो गया कि आप राजा बीरेन्द्रसिंह के ऐयारों में से कोई हैं। ऐसी अवस्था में मैं भी यह कहने में विलम्ब न लगाऊंगा कि मैं श्यामसुन्दरसिंह नामी कमलिनीजी का सिपाही हूं और यह भगवानी नाम की उन्हीं की बेईमान लौंडी है जिसकी निमकहरामी और बेईमानी का यह नतीजा निकला कि दुश्मनों ने तालाबवाले तिलिस्मी मकान पर कब्जा कर लिया और किशोरी, कामिनी तथा तारा का कुछ पता नहीं लगता। अब तक जो मालूम हुआ है उससे जाना जाता है कि इसी कमबख्त ने उन तीनों को भी किसी आफत में फंसा दिया है, जिसका खुलासा भेद मैं इससे पूछ रहा था कि आपकी आवाज आई और आपसे बातचीत करने की प्रतिष्ठा प्राप्त हुई।

भैरो–(जोश के साथ) वाह, यह तो एक ऐसा भेद है जिसके जानने का सबसे पहला हकदार मैं हूं। मैं उन्हीं तीनों से मिलने के लिए जा रहा था जब रास्ते में मुझे यह मालूम हुआ कि उस तिलिस्मी मकान को दुश्मनों ने घेर लिया है इसलिए जल्द पहुंचने की इच्छा से जंगल-ही-जंगल दौड़ा जा रहा था कि यहां तुम लोगों से भेंट हो गई।

श्यामसुन्दर–यदि ऐसा है तो अब कृपा कर आप अपनी असली सूरत शीघ्र दिखाइए जिससे मैं आपको पहचानकर अपने दिल के बचे-बचाये खुटके को निकाल डालूं, क्योंकि राजा बीरेन्द्रसिंह के कुल ऐयारों को मैं पहचानता हूं।

श्यामसुन्दरसिंह की बात सुनकर भैरोसिंह ने बटुए में से सामान निकालकर बत्ती जलाई और बनावटी बालों को अलग करके अपना चेहरा साफ दिखा दिया।

श्यामसुन्दरसिंह यह कहकर कि 'अहा, मैंने बखूबी पहचान लिया कि आप भैरोसिंहजी हैं' भैरोसिंह के पैरों पर गिर पड़ा और भैरोसिंह ने उसे उठाकर गले से लगा लिया। इसके बाद श्यामसुन्दरसिंह ने अपनी तरफ का पूरा-पूरा हाल इस समय तक का कह सुनाया।

भैरो–अफसोस, बात-ही-बात में यहां तक नौबत जा पहुंची। लोग सच कहते हैं कि घर का एक गुलाम बैरी बाहर के बादशाह बैरी से भी जबर्दस्त होता है जिसकी ताबेदारी में हजारों दिलावर पहलवान और ऐयार लोग रहा करते हैं। खैर जो होना था सो तो हो गया, अब इस (भगवनिया की तरफ इशारा करके) कमबख्त से किशोरी, कामिनी और तारा का सच्चा-सच्चा हाल मैं बात-की-बात में पूछ लेता हूं। यह औरत है इसलिए मैं खंजर को तो म्यान में कर लेता हूं और हाथ में उस दुष्टदमन को लेता हूं जिसके भरोसे ऐसे जंगल में कांटों से निर्भय रहकर चलता रहा, चलता हूं और यदि इसकी खातिरदारी से यह बच गया तो चलूंगा! हां, एक बात तो मैंने कही ही नहीं।

श्यामसुन्दर–वह क्या?

भैरो–वह यह कि मैं यहां अकेला नहीं हूं, बल्कि दो ऐयारों को साथ लिये हुए कमलिनी रानी अभी इसी जंगल में मौजूद हैं।

श्यामसुन्दर–आहा, यह तो आपने भारी खुशखबरी सुनाई, बताइए वे कहां हैं, मैं उनसे मिलना चाहता हूं।

कमबख्त भगवनिया अब अपनी मौत अपनी आंखों के सामने देख रही थी। भैरोसिंह के पहुंचने से उसकी आधी जान तो जा ही चुकी थी, अब यह खबर सुनके कि कमलिनी भी यहां मौजूद है वह एकदम मुर्दा-सी हो गई। उसे निश्चय हो गया कि अब उसकी जान किसी तरह नहीं बच सकती। भैरोसिंह ने जोर से जफील बजाई और इसके साथ ही थोड़ी दूर से सूखे पत्तों की खड़खड़ाहट के साथ ही घोड़ों की टापों की आवाज आने लगी और उस आवाज ने क्रमशः नजदीक होकर, भूतनाथ तथा देवीसिंह और घोड़ों पर सवार कमलिनी रानी तथा लाडिली की सूरत पैदा कर दी।

छठवां बयान

दुश्मन जब तालाबवाले तिलिस्मी मकान पर कब्जा कर चुके और लूटपाट से निश्चिन्त हुए तो शिवदत्त, माधवी और मनोरमा को छुड़ाने की फिक्र करने लगे। तमाम मकान छान डाला मगर उनका पता न लगा, तब थोड़े सिपाही जो अपने को होशियार और बुद्धिमान लगाते थे, एक जगह जमा होकर सोच-विचार करने लगे। वे लोग इस बात का तो गुमान भी नहीं कर सकते थे कि हमारे मालिक लोग यहां कैद नहीं हैं या

भगवनिया ने हम लोगों को धोखा दिया क्योंकि भगवनिया द्वारा वे लोग शिवदत्त, माधवी और मनोरमा के हाथ की लिखी चीठी देख चुके थे। अब अगर तरद्दुद था तो यही कि कैदी लोग कहां हैं और भगवनिया हम लोगों से बिना कुछ कहे चुपचाप भाग क्यों गई। केवल इतना ही नहीं किशोरी, कामिनी और तारा यकायक कहां गायब हो गईं जिनके इस मकान में होने का हम लोगों को पूरा विश्वास था, बल्कि दौड़-धूप करते जिन्हें अपनी आंखों से देख चुके हैं।

जब तमाम मकान ढूंढ़ डाला और अपने मालिकों को तथा किशोरी, कामिनी या तारा को न पाया तो उन लोगों को निश्चय हो गया कि इस मकान में कोई तहखाना अवश्य है जहां हमारे मालिक लोग कैद हैं और जहां अपनी जान बचाने के लिए किशोरी, कामिनी और तारा भी छिपकर बैठ गई हैं।

इस लिखावट से हमारे पाठक अवश्य इस सोच में पड़ जाएंगे कि यदि इन दुश्मनों को इस मकान में तहखाना और सुरंग होने का हाल मालूम न था, तो क्या वे लोग किसी दूसरे गिरोह के आदमी थे जिन्होंने तहखाने के अन्दर से किशोरी और कामिनी को गिरफ्तार कर लिया था या जिन्होंने सुरंग का दूसरा मुहाना बन्द कर दिया था जिसके सबब से बेचारी किशोरी, कामिनी और तारा को सुरंग के अन्दर बेबसी के साथ पड़ी रहकर अपनी ग्रहदशा का फल भोगना पड़ा?

बेशक, ऐसा ही है। जिस समय भगवानी की कृपा से माधवी, मनोरमा और शिवदत्त ने कैदखाने से छुट्टी पाई और सुरंग की राह से बाहर निकले, तो माधवी के कई आदमी वहां मौजूद मिले और वे लोग आज्ञानुसार माधवी के साथ वहां से चले गए, उनमें से किसी से भी उन लोगों की मुलाकात नहीं हुई जिन्होंने तालाबवाले मकान पर हमला किया था। ये ही लोग थे, जिन्होंने तहखाने में से किशोरी और कामिनी को भी निकाल ले जाने का इरादा किया था परन्तु कृतकार्य न हुए थे और इन्हीं लोगों ने भागते-भागते सुरंग का दूसरा मुहाना ईंट-पत्थरों से बन्द कर दिया था।

उन दुश्मनों में, जिन्होंने इस मकान को फतह किया था, तीन सिपाही ऐसे थे जो उनमें सरदार गिने जाते थे और सब काम उन्हीं की राय पर होता था, वही तीनों खोज-ढूंढ़कर तहखाने का पता लगाने लगे।

बचा हुआ दिन और रात का बहुत बड़ा हिस्सा खोज-ढूंढ़ में बीत गया और सुबह हुआ ही चाहती थी, जब हाथ में लालटेन लिये हुए तीनों सिपाही उस कोठरी के दरवाजे पर जा पहुंचे जिसमें से कैदखानेवाले तहखाने के अन्दर जाने का रास्ता था। ताला तोड़ा गया और वे तीनों उस कोठरी के अन्दर पहुंचे। तहखाने के अन्दर जानेवाला रास्ता दिखाई पड़ा जिसका दरवाजा जमीन के साथ सटा हुआ और ताला भी लगा हुआ था। उस जगह खड़े होकर तीनों सिपाही आपुस में बातचीत करने लगे।

एक—बेशक, इसी तहखाने में महाराज शिवदत्त कैद होंगे, बड़ी मुश्किल से इसका पता लगा।

दूसरा–मगर हम लोग जो यह सोचे हुए थे कि किशोरी, कामिनी और तारा भी इसी तहखाने में छिपकर बैठी होंगी, यह बात अब दिल से जाती रही क्योंकि वे भी अगर इसी तहखाने में होतीं तो हम लोगों को ताला न तोड़ना पड़ता।

तीसरा–ठीक है, मैं भी यही सोचता हूं कि वे लोग किसी दूसरे गुप्त स्थान में छिपकर बैठी होंगी, खैर, पहले अपने मालिक को तो छुड़ाओ फिर उन तीनों को भी ढूंढ़ निकालेंगे, आखिर इस मकान के अन्दर ही तो होंगी।

दूसरा–हां जी, देखा जाएगा, बस अब इस ताले को भी झटपट तोड़ डालो।

वह ताला भी तोड़ा गया और हाथ में लालटेन लेकर एक आदमी उसके अन्दर उतरा तथा दो उसके पीछे चले। चार-पांच सीढ़ियों से ज्यादे न उतरे होंगे कि कई आदमियों के टहलने और बातचीत करने की आहट मिली जिससे ये तीनों बड़े गौर से नीचे की तरफ देखने लगे मगर जो सिपाही सबसे आगे था, उसके सिवाय और किसी को कुछ भी दिखाई न दिया। उसने तहखाने में तीन आदमियों को देखा जो इन सिपाहियों के आने की आहट पाकर और लालटेन की रोशनी देखकर ठिठके हुए ऊपर की तरफ देख रहे थे। इनमें एक मर्द और दो औरतें थीं। तीनों सिपाहियों को निश्चय हो गया कि बेशक यही तीनों माधवी, मनोरमा और शिवदत्त हैं। इन सिपाहियों ने छठी सीढ़ी पर पैर नहीं रखा था कि नीचे से आवाज आई, "ठहरो, हम लोग खुद ऊपर आते हैं!"

उन सिपाहियों में से एक आदमी जिसका नाम रामचन्दर था, शिवदत्त का पुराना खैरख्वाह मुलाजिम था और बाकी के दोनों सिपाही मनोरमा के नौकर थे। आवाज सुनकर तीनों सिपाही ऊपर चले आए और तहखाने के अन्दरवाले तीनों व्यक्ति भी, जिन्हें सिपाहियों ने अपना मालिक समझ रक्खा था, बाहर होकर क्रमशः उस कमरे में पहुंचे, जिसमें कमलिनी रहा करती थी और जिसे एक तौर पर दीवानखाना भी कह सकते हैं। यद्यपि लूट-खसोट का दिन था, मगर फिर भी वहां इस समय रोशनी बखूबी हो रही थी और उस रोशनी में सभों ने बखूबी पहचान लिया कि वे वास्तव में माधवी, मनोरमा और शिवदत्त हैं।

इस समय दुश्मनों की खुशी का अन्दाजा करना बड़ा ही कठिन है, क्योंकि जिसे छुड़ाने के लिए उन लोगों ने उद्योग किया था, उसे अपने सामने मौजूद देखते हैं, लाखों रुपये का माल जो लूट में मिला था, अब पूरा-पूरा हलाल समझते हैं, इसके अतिरिक्त इनाम पाने की प्रबल अभिलाषा और भी प्रसन्न किए देती है। चारों तरफ से भीड़ उमड़ी पड़ती है और शिवदत्त के पैरों पर गिरने के लिए सभी उतावले हो रहे हैं। शिवदत्त ने सभों की तरफ देखा और नर्म आवाज में कहा, "शाबाश मेरे बहादुर सिपाहियो, आज जो काम तुमने किया, वह मुझे जन्म-भर याद रहेगा। निःसन्देह तुमने मेरी जान बचाई। देखा इस कैद की सख्ती ने मेरी क्या अवस्था कर दी है, मेरी आवाज कैसी कमजोर हो रही है, मेरा शरीर कैसा दुर्बल और बलहीन हो गया है,

मगर खैर, कोई चिन्ता नहीं, जान बची है तो ताकत भी हो रहेगी! यह मत समझो कि मैं इस समय हर तरह से लाचार हो रहा हूं, अतएव तुम्हारी आज की कार्रवाई के बदले में कुछ इनाम नहीं दे सकूंगा। नहीं-नहीं, ऐसा कदापि न सोचना। तुम लोग स्वयं देखोगे कि कल जितनी दौलत मैं इनाम में तुम लोगों को दूंगा, वह उस लूट के माल से सौगुना ज्यादे होगी, जो तुमने इस मकान में से पाई होगी। मैं मर्द हूं और तुम लोग खूब जानते हो कि मर्दों की हिम्मत कभी कम नहीं होती, जिसने हिम्मत तोड़ दी, वह मर्द नहीं औरत है। इसमें तुम इस बात पर भी विश्वास रखना कि मैं अपने पुराने दुश्मन बीरेन्द्रसिंह का पीछा कदापि न छोडूंगा, सो भी ऐसी अवस्था में कि जब तुम लोगों-ऐसे मर्द दिलावर और निमकहलाल सिपाही मेरे साथी हैं। अच्छा यह सब बातें तो फिर होती रहेंगी, इस समय मैं मकान से बाहर निकलकर अपने वीरों को देखा और उनसे मिला चाहता हूं क्योंकि यह मकान इतना बड़ा नहीं है कि सब सिपाही इसमें समा जाएं और मैं इसी जगह बैठा-बैठा सबसे मिल लूं। चलो, तुम लोग तालाब के पार चलो, मैं भी आता हूं।''

शिवदत्त की बातें सुनकर ये सिपाही लोग बहुत ही प्रसन्न हुए और जल्दी के साथ उस मकान से निकलकर तालाब के बाहर हो गए, जहां और सब सिपाही खड़े बेचैनी के साथ इन लोगों की राह देख रहे थे और यह जानने के लिए उत्सुक थे कि मकान के अन्दर क्या हो रहा है।

सिपाहियों के बाहर हो जाने के बाद शिवदत्त भी मकान से निकला और तालाब से बाहर हो गया। माधवी और मनोरमा उस मकान के अन्दर ही रह गईं।

अब सबेरा हो चुका था। पूरब तरफ आसमान पर भगवान सूर्यदेव का लाल पेशखेमा दिखाई देने लगा। शिवदत्त मैदान में खड़ा हो गया और खुशी के मारे उसकी जय-जयकार करते उसके सिपाहियों ने चारों तरफ से उसे घेर लिया तथा यह सुनने के लिए उत्सुक होने लगे कि देखें अब हमारी तारीफ में हमारे राजा साहब क्या कहते हैं।

पर इसी समय पूरब की तरफ से बाजे की आवाज इन लोगों के कानों में पहुंची। सिपाहियों के साथ-साथ शिवदत्त भी चौकन्ना हो गया और गौर के साथ पूरब की तरफ देखता हुआ बोला, "यह तो फौजी बाजे की आवाज है। वह देखो इसकी गत साफ कहे देती है कि राजा बीरेन्द्रसिंह की फौज आ रही है, क्योंकि बीरेन्द्रसिंह जब चुनार की गद्दी पर बैठे थे तो तेजसिंह ने अपने फौजी बाजेवालों के लिए यह खास गत तैयार की थी। तब से उनकी फौज में प्रायः यह गत बजाई जाती है। मैं इसे अच्छी तरह जानता हूं। देखो वह गर्द भी दिखाई देने लगी, अब क्या करना चाहिए? जहां तक मैं समझता हूं, तुम्हारे हमले की खबर रोहतासगढ़ पहुंची है और यह फौज रोहतासगढ़ से आ रही है, मगर दो-तीन सौ से ज्यादे आदमी न होंगे।''

इसके बाद पश्चिम की तरफ से बाजे की आवाज आई और गौर करने पर मालूम हुआ कि पश्चिम तरफ से भी फौज आ रही है।

शिवदत्त के सिपाही बहुत मेहनत कर चुके थे, न भी मेहनत किए हों तो क्या था, राजा बीरेन्द्रसिंह की फौज की खबर पाकर अपने कलेजे को मजबूत रखना ऐसे सिपाहियों का काम न था जो वर्षों बिना तनखाह के सिर्फ मालिक के नाम पर अपने सिपाहीपन को टेरे जाते हों। उन लोगों ने घबड़ाकर शिवदत्त की तरफ देखा। यद्यपि कैद की सख्ती ने शिवदत्त की सूरत-शक्ल और आवाज में भी फर्क डाल दिया था, मगर इस समय राजा बीरेन्द्रसिंह की फौज के आने से उसके चेहरे पर किसी तरह की घबड़ाहट या उदासी नहीं पाई गई। शिवदत्त ने अपने सिपाहियों की तरफ देखा और हिम्मत दिलानेवाले शब्दों में कहा, ''घबड़ाओ मत, हिम्मत न हारो, हौसले के साथ भिड़ जाओ और इन सभों का असबाब भी लूट लो, मगर इस बात का खूब ध्यान रखो कि भागकर इस मकान के अन्दर न घुस जाना, नहीं तो चारों तरफ से घेरकर सहज ही में मार डाले जाओगे। यदि मैदान में डटे रहोगे तो कठिन समय पड़ जाने पर भागने को भी जगह मिलेगी–'' इत्यादि।

क्या करें? लड़ें या न लड़ें? रुकें या भाग जाएं? इत्यादि सोच-विचार और सलाह में ही बहुत-सा अमूल्य समय निकल गया और धावा करते हुए राजा बीरेन्द्रसिंह के फौजी सिपाहियों ने पूरब और पश्चिम तरफ से आकर दुश्मनों को घेर लिया। यद्यपि शिवदत्त के सिपाही भागने के लिए तैयार थे, मगर शिवदत्त के हिम्मत दिलानेवाले शब्दों की बदौलत, जिन्हें वह बार-बार अपने मुंह से निकाल रहा था, थोड़ी देर के लिए अड़ गए और राजा बीरेन्द्रसिंह की फौज से जो गिनती में दो सौ से ज्यादे न होगी, जी तोड़के लड़ने लगे। उसके अटल रहने और जी तोड़कर लड़ने का एक यह भी सबब था कि उन लोगों ने राजा बीरेन्द्रसिंह के फौजी सिपाहियों को जो वास्तव में रोहतासगढ़ से आए थे, गिनती में अपने से बहुत कम पाया था।

यह थोड़ी-सी फौज जो रोहतासगढ़ से आई थी, चुन्नीलाल ऐयार के आधीन थी। चुन्नीलाल ने जासूसों को भेजकर इस बात का पता पहले ही लगा लिया था कि तालाबवाले तिलिस्मी मकान पर हमला करनेवाले दुश्मन कितने और किस ढंग के हैं, इसके बाद उसने अपनी फौज को फैलाकर दुश्मनों को चारों तरफ से घेर लेने का उद्योग किया था और जो कुछ सोच रखा था, वही हुआ।

चुन्नीलाल की मातहत फौज ने दुश्मनों को घेरकर बेतरह मारा। चुन्नीलाल स्वयं तलवार लेकर मैदान में अपनी बहादुरी दिखाता हुआ अपने सिपाहियों की हिम्मत बढ़ा रहा था और जिधर धंस जाता था उधर ही दस-पांच को खीरे-ककड़ी की तरह काट गिराता था। यह हाल देख दुश्मन बगलें झांकने लगे, मगर लड़ाई इस ढंग से हो रही थी कि यहां से बचकर निकल भागना भी मुश्किल था। दो घण्टे की लड़ाई में आधे से भी ज्यादे दुश्मन मारे गए और बाकी भागकर अपनी जान बचा ले गए। बीरेन्द्रसिंह

के केवल बीस बहादुर काम आए। इस घमासान लड़ाई के अन्त में इस बात का कुछ भी पता न लगा कि शिवदत्त बहादुरी के साथ लड़कर मारा गया या मौका मिलने पर निकल भागा।

जब दुश्मनों में से सिवाय उन सभों के जो मौत की गोद में सो चुके थे या जमीन पर पड़े सिसक रहे थे, और कोई भी न रहा, सब भाग गए, तब केवल दस-बारह आदमियों को साथ लेकर चुन्नीलाल तिलिस्मी मकान की तरफ बढ़ा मगर मकान में पहुंचने के पहले ही सिपाही सूरत का एक आदमी जो उसी मकान में से निकलकर इनकी तरफ आ रहा था, उसे मिला। उसके हाथ में लिफाफे के अन्दर बन्द एक चीठी थी जो उसने चुन्नीलाल के हाथ में दे दी और चुपचाप खड़ा हो गया। चुन्नीलाल ने भी उसी जगह अटककर लिफाफा खोला और बड़े ध्यान से चीठी पढ़ने लगा। समाप्त होने तक कई दफे चुन्नीलाल के चेहरे पर हंसी दिखाई दी और अन्त में वह बड़े गौर से उस आदमी की सूरत देखने लगा, जिसने चीठी दी थी तथा इसके बाद इशारे से सिर हिलाया मानो उस आदमी को वहां से बेफिक्री के साथ चले जाने के लिए कहा, और वह आदमी भी बिना सलाम किए झूमता हुआ वहां से चला गया।

चुन्नीलाल कई आदमियों को साथ लेकर तिलिस्मी मकान के अन्दर गया, उसने वहां अच्छी तरह घूमकर देखा, मगर किसी को न पाया, तब बाहर निकला और अपने मातहत सिपाहियों को लेकर रोहतासगढ़ की तरफ लौट गया।

सातवां बयान

ऊपर का बयान पढ़कर हमारे प्रेमी पाठक ताज्जुब करते होंगे कि यह क्या हुआ और क्या लिखा गया। और बातों को जाने दीजिए, मगर अन्त में यह क्या आश्चर्य की बात हो गई कि चुन्नीलाल तिलिस्मी मकान के अन्दर आया और मामूली तौर पर देख-भालकर चला गया, बेचारी किशोरी, कामिनी और तारा की कुछ सुध न ली। खैर, सब्र कीजिए और जरा हमारे साथ फिर उस जगह चलिए, जहां श्यामसुन्दर, भगवनिया, भैरोसिंह, कमलिनी, लाडिली, देवीसिंह और भूतनाथ को छोड़ आए हैं।

जिस समय भगवनिया ने कमलिनी को अपने सामने देखा, वह बदहवास हो गई, कलेजा कांपने लगा, सांस में रुकावट पैदा हुई और मौत की-सी तकलीफ मालूम होने लगी। उसने चाहा कि कमलिनी के पैरों पर गिरकर अपना कसूर माफ करावे, मगर डर के मारे उसके खून की हरकत बिलकुल बंद हो गई थी इसलिए वह कुछ भी न कर सकी, बल्कि क्रमशः बढ़ते ही जानेवाले खौफ के सबब बेदम होकर पीछे की तरफ जमीन पर गिर पड़ी।

भगवानी की यह अवस्था देखकर कमलिनी को आश्चर्य मालूम हुआ क्योंकि उसने अभी तक श्यामसुन्दरसिंह और भगवानी का हाल कुछ न जाना था। भैरोसिंह ने भूतनाथ को रोशनी करने के लिए कहकर संक्षेप में वह सब हाल कमलिनी को कह सुनाया जो भगवानी के विषय में श्यामसुन्दरसिंह से सुना था। कमलिनी को हद से ज्यादे क्रोध चढ़ आया मगर वह बुद्धिमान थी और इस बात को खूब समझती थी कि ऐसे मौके पर क्रोध के ऊपर अधिकार न कर लेने से प्रायः तकलीफ और नुकसान हुआ करता है, कहीं ऐसा न हो कि डर के मारे या विशेष धमकाने से भगवानी का दम निकल जाए या वह जिसका दिल और दिमाग बहुत ही कमजोर है, पागल हो जाए, जैसा कि प्रायः हुआ करता है, तो बड़ी ही मुश्किल होगी और किशोरी, कामिनी तथा तारा का कुछ भी पता न लगेगा।

रोशनी हो जाने पर जब कमलिनी ने भगवानी की सूरत देखी तो मालूम हुआ कि उस पर हद से ज्यादे खौफ पड़ चुका है। आंखें बन्द हैं, चेहरे पर जर्दी छाई हुई है, और बदन कांप रहा है। कमलिनी ने कुछ ऊंची आवाज में कहा, ''होश में आ और मेरी बातें सुन, एकदम नाउम्मीद न हो, कदाचित तेरी जान बच जाए!''

इस आवाज ने बेशक अच्छा असर किया, जैसा कि कमलिनी ने सोचा था। 'कदाचित तेरी जान बच जाए' यह सुनकर भगवानी ने आंखें खोल दीं! कमलिनी ने फिर कहा, ''यद्यपि तूने बहुत बड़ा कसूर किया है, मगर मैं वादा करती हूं कि यदि तू झटपट सच्चा-सच्चा हाल कह देगी तो तेरी जान छोड़ दी जाएगी।''

अब भगवानी उठ बैठी और अपने को संभालकर हाथ जोड़के कांपती हुई आवाज के साथ बोली, ''क्या मेरी जान छोड़ दी जाएगी?''

कमलिनी–हां, छोड़ दी जाएगी यदि तू सच्चा-सच्चा हाल कहकर अपने दोष को स्वीकार कर लेगी और किशोरी, कामिनी तथा तारा का ठीक-ठीक पता बता देगी।

भगवानी–(कमलिनी के पैरों पर गिरकर और फिर खड़ी होकर) बेशक मैं कसूरवार हूं। जो कुछ मैंने किया है, मैं साफ कह दूंगी। अफसोस, लालच में पड़कर मैंने बहुत बुरा किया था। मुझे शिवदत्त ने धोखा दिया, बिना समझे-बूझे मैं...

कमलिनी–बस-बस, ज्यादे बात बढ़ाने की कोई जरूरत नहीं, जो कुछ कहना है जल्दी से कह दे, विलम्ब होना तेरे लिए अच्छा नहीं है।

भगवानी ने सब हाल अर्थात् जो कुछ उसने कसूर किया था, सच-सच कह दिया और अन्त में फिर कमलिनी के पैरों पर गिरकर बोली, ''मैंने कोई बात नहीं छिपाई, अब अपनी प्रतिज्ञानुसार मुझे छोड़ दीजिए।''

''हां, छोड़ दूंगी।'' कहकर कमलिनी ने भूतनाथ और श्यामसुन्दरसिंह की तरफ देखा और कहा, ''इसकी मुश्कें बांध लो और जहां उचित समझो ले जाकर अपनी हिफाजत में रक्खो। हम लोग मकान की तरफ न जाकर पहले किशोरी, कामिनी और तारा को छुड़ाने का उद्योग करते हैं और इसके बाद जैसा मौका होगा, किया जाएगा।

कल इसी समय, इसी जगह, हम लोग या हम लोगों में से कोई आवेगा, तुम मौजूद रहना, अगर भगवानी की बात सच निकली तो ठीक है, नहीं तो एक बात भी झूठी निकलने पर कल इसी जगह इसका सिर उतार लिया जाएगा। बस अब मैं एक पल भी नहीं रुक सकती।''

भूतनाथ और भगवानी को इसी जगह छोड़ भैरोसिंह, देवीसिंह और लाडिली को साथ लिये हुए कमलिनी वहां से रवाना हुई। इस समय उनके पास तिलिस्मी खंजर मौजूद था, वही तिलिस्मी खंजर जो भैरोसिंह का पत्र पाकर इन्द्रदेव ने उसे दे दिया था।

वहां से थोड़ी दूर पर एक पहाड़ी थी जिससे मिली-जुली छोटी-बड़ी पहाड़ियों का सिलसिला पीछे की तरफ दूर तक चला गया था। कमलिनी अपने साथियों को लिये हुए उसी तरफ रवाना हुई। कमलिनी को अपने मकान के बर्बाद होने और लूटे जाने का इतना रंज न था जितना किशोरी, कामिनी और तारा की अवस्था पर रंज था। वह आपुस से निम्नलिखित बातें करती हुई तेजी से उस पहाड़ी की तरफ जा रही थीं।

कमलिनी–अफसोस, तारा ने बड़ा धोखा खाया! अब देखा चाहिए उन तीनों को मैं जीता पाती हूं या नहीं!

लाडिली–किशोरी और कामिनी बेचारी ने न मालूम विधाता का क्या बिगाड़ा है कि सिवा दुःख के सुख तो उन्हें...

कमलिनी–दुःख ने तो पहले ही उन्हें अधमुआ कर दिया था, अब देखा चाहिए कि कई दिन की भूख-प्यास ने उन्हें जीता भी छोड़ा है या नहीं? (रोकर) सच तो यह है कि यदि वे जीती-जागती आज मुझे न मिलीं तो मैं दोनों कुमारों को मुंह दिखाने लायक न रहूंगी और जब इस योग्य हो जाऊंगी तो फिर जीकर ही क्या करूंगी! (कुछ सोचकर) निःसन्देह अगर ऐसा हुआ तो आज मुझे भी उसी जगह मरकर रह जाना होगा। हे ईश्वर, तेरी सृष्टि में एक-से-एक बढ़कर खूबसूरत गुलबूटे मौजूद हैं, इन दोनों के लिए कमी नहीं है, क्या तू नहीं जानता कि उन कुमारों को जिन्दगी के लिए, जिनकी प्रसन्नता पर हमारी प्रसन्नता निर्भर है, केवल ये ही दोनों हैं? अफसोस, यद्यपि कमबख्त भगवानी से मैं खटकी रहती थी मगर यह आशा न थी, कि वह यहां तक कर गुजरेगी।

भैरो–क्या आप जानती थीं कि भगवानी दिल की खोटी है?

कमलिनी–मुझे इस बात का निश्चय तो न था कि वह खोटी है, मगर उसके बात-बात पर कसम खाने से मैं खटकी रहती थी, क्योंकि मैं खूब जानती हूं कि जो आदमी लापरवाही के साथ बात-बात पर कसमें खाया करता है, वह वास्तव में झूठा और खोटा होता है। मायारानी के सत्संग के सबब से यदि वह मेरे इस तिलिस्मी मकान के तहखाने के भेद से अनजान रहती तो मैं स्वयं उसे वह भेद कदापि न

बताती। तिस पर भी खुटका बना रहने के कारण मैं स्वयं जब ताला खोलकर उस तहखाने और सुरंग में जाती थी तो ताले को जमीन पर नहीं रख देती थी बल्कि कुण्डी में लगाकर ताली अपने पास रख लेती थी जिससे तहखाने या सुरंग में जाने के बाद पीछे से कोई आदमी ताला बन्द करना तो दूर रहा, जंजीर भी न चढ़ा सके।

देवीसिंह—बेशक यह बड़ी चालाकी की बात है। जब खाली कुण्डी में ताला लगा रहेगा तो किसी तरह कोई जंजीर नहीं चढ़ा सकता।

कमलिनी—और यह बात तारा को मालूम थी मगर अफसोस, उसने इस पर कुछ ध्यान न दिया और धोखा खा गई। मैं बहुत दिनों से इस फिक्र में थी कि भगवानी को अच्छी तरह जांचकर खुटका मिटा लिया जावे लेकिन इतनी फुरसत ही न मिली। दस दिन निश्चिन्त होकर घर में बैठने की कभी नौबत ही न आई। मगर आश्चर्य की बात है कि भगवानी ने इतनी खोटी होने पर भी हमारे यहां की कोई बात मायारानी के कान तक न पहुंचाई क्योंकि अभी तक कोई ऐसी बात पाई नहीं गई जिसमें मैं समझती कि मेरा फलाना भेद मायारानी को मालूम हो गया है।

भैरो—यह कोई आश्चर्य की बात नहीं है कि मौका मिलने पर आदमी की तबीयत यकायक बदल जाए। एक पुरानी मसल चली आती है कि 'आदमी का शैतान आदमी होता है।' इसका मतलब यही है कि चालाक और धूर्त आदमी अपनी लच्छेदार बातों में फंसाकर किसी आदमी की तबीयत को बदल सकता है। मन बड़ा ही चंचल है, इसे स्वाधीन रखना कोई मामूली बात नहीं है। बड़े-बड़े ऋषि-मुनियों का सैकड़ों वर्षों का उद्योग भी, जो केवल मन को स्वाधीन करने के विषय में किया गया था, बात-की-बात में वृथा हो चुका है। हां, नेक और बद आदमियों के मन में इतना भेद अवश्य होता है कि भाव बदल जाने या धोखे में पड़कर किसी बुराई के हो जाने पर नेक आदमी तुरन्त चौकन्ना हो जाता है और सोचता है कि 'बेशक यह काम मुझसे बुरा हो गया' मगर बुरे मनुष्य में जिसने अपने मन पर अधिकार जमाने के लिए कुछ उद्योग न किया हो, यह बात नहीं होती। जो आदमी इस बात को सोचता है कि मन क्या वस्तु है, इसकी चंचलता कैसी है, यह कितनी जल्दी बदल जाने की सामर्थ्य रखता है, या उसे अधिकार में न रखने से क्या-क्या खराबियां हो सकती हैं, उसके हृदय में एक ऐसी ताकत पैदा हो जाती है जिसकी उत्पत्ति तो विचारशक्ति से है मगर यह कहना बहुत कठिन है कि यह स्वयं क्या पदार्थ है। उसका काम यह है कि मन की चंचलता या शिथिलता के कारण यदि कोई बुराई होना चाहती है तो वह विचित्र ढंग से खुटका पैदा कर तुरंत खबर दे देता है कि यह काम बुरा है या तूने बुरा किया। यह विषय बड़ा गम्भीर है, ऐसे समय में अर्थात् राह चलते-चलते इस विषय को स्पष्ट रूप से मैं नहीं दिखा सकता मगर मेरे कहने का मतलब केवल यही है कि आदमी का शैतान आदमी होता है। आदमी अपने हमजिन्स की तबीयत

को बेशक बदल सकता है, हां यह बात विचारशक्ति की दृढ़ता और स्थिरता पर निर्भर है कि किसका मन कितनी देर में बदल सकता है। भगवानी औरत की जात है जिनका मन बनिस्बत मर्दों के बहुत कमजोर होता है। ऐसे को यदि तीन धूर्तों की लच्छेदार बातों ने, जो आपके यहां कैद थे, मौका पाकर बदल दिया तो कोई आश्चर्य की बात नहीं, इससे इस बात को निश्चित तौर पर नहीं कह सकते कि भगवानी अवश्य पहले से ही खोटी थी, या पहले अच्छी थी, बीच में खोटी बना दी गई।

कमलिनी–(भैरोसिंह के विचार से प्रसन्न होकर) बेशक, तुम्हारा कहना बहुत ठीक है, मैं स्वीकार करती हूं।

देवीसिंह–(भैरोसिंह की पीठ मुहब्बत से ठोंककर) शाबाश! मैं यह जानकर प्रसन्न हुआ कि तुम मन की अवस्था को अच्छी तरह से समझते हो, जिसका नतीजा भविष्य में बहुत अच्छा निकलेगा। ईश्वर हमारे उस मनोरथ को पूरा करे जिसके लिए इस समय तेजी और घबराहट के साथ हम लोग जा रहे हैं तो किसी समय इस विषय पर बहुत-सी बातें मैं तुमसे कहूंगा।

इन लोगों को राह चलने या स्थान खोजने में किसी तरह की कठिनता न हो इसलिए विधाता ने आसमान पर कुदरती माहताबी जला दी थी और वह क्रमशः ऊंची होकर पृथ्वी के इस खण्ड की उन तमाम चीजों को, जो किसी आड़ में न थीं, साफ दिखाई देने में, सहायता कर रही थी। यही सबब था कि इन लोगों को उन कठिन रास्तों पर चलने में विशेष कष्ट न हुआ जो बहुत ही पथरीला, खराब और चकाबू के नक्शे की तरह पेचीला था।

पहाड़ियों पर घूम-फिरकर चढ़ते-उतरते हुए ये लोग एक ऐसे स्थान पर पहुंचे जिसके दोनों तरफ ऊंचे पहाड़ और बीच में एक बारीक पगडण्डी थी, जिसके देखने से साफ मालूम होता था कि कारीगरों ने बड़े-बड़े ढोकों को काटकर यह रास्ता तैयार किया होगा। यहां पर कमलिनी और लाडिली घोड़ों पर से उतर पड़ीं, और उन्हें एक पेड़ से बांध आगे की तरफ रवाना हुईं। कमलिनी आगे-आगे जा रही थी, उसके पीछे लाडिली और फिर दोनों ऐयार आश्चर्य से चारों तरफ देखते और यह सोचते हुए जा रहे थे कि निःसन्देह अनजान आदमी, जिसे इस रास्ते का हाल मालूम न हो, यहां कदापि नहीं आ सकता।

इस पगडण्डी पर दो सौ कदम जाने के बाद साफ पानी से भरा हुआ एक पतला चश्मा मिला जो इन लोगों की राह काटता हुआ, दाहिने से बाईं तरफ को बह रहा था। अब कमलिनी उसी नहर के किनारे-किनारे बाईं तरफ जाने लगी, मगर अपनी तेज निगाहें उन छोटे-छोटे जंगली पेड़ों पर बड़ी सावधानी से डालती जाती थी जो उस चश्मे के दोनों किनारे पर बड़ी खूबी और खूबसूरती के साथ खड़े इस समय की ठण्डी-ठण्डी हवा के नर्म झोंकों में नये शराबियों की तरह धीरे-धीरे झूम रहे थे।

यकायक कमलिनी की निगाह एक ऐसे पेड़ पर पड़ी जिसके दोनों तरफ पत्थरों के ढोंके इस तौर पर पड़े हुए थे मानो किसी ने जान-बूझकर इकट्ठे किए हों। यहां पर कमलिनी रुकी और कुछ सोचने के बाद अपने साथियों को लिये चश्मे के पार उतर गई जिसके आगे थोड़ी ही दूर जाने के बाद कुछ ढालवीं जमीन मिली, मगर लाडिली और दोनों ऐयार कमलिनी के पीछे-पीछे चले ही गए। दो सौ कदम से ज्यादे न गए होंगे कि ये लोग एक गुफा के मुहाने पर पहुंचकर रुक गए। कमलिनी ने देवीसिंह से मोमबत्ती जलाने के लिए कहा और जब मोमबत्ती जल चुकी, तो सब उस खोह के अन्दर घुसे। खोह की अवस्था देखने से जाना जाता था कि वर्षों से इसकी जमीन ने किसी आदमी के पैर न चूमे होंगे, बल्कि कह सकते हैं कि शायद किसी जंगली जानवर ने भी इसके अन्दर आने का साहस न किया होगा। थोड़ी ही दूर पर खोह का अन्त हुआ और इन लोगों ने अपने सामने लोहे का एक बन्द दरवाजा देखा। कमलिनी ने लाडिली पर एक भेद-भरी निगाह डाली और कहा, "इस दरवाजे का हाल राजा गोपालसिंह के सिवाय कोई भी नहीं जानता। मुझे तो खून से लिखी हुई किताब की बदौलत इसका हाल मालूम हुआ है, इसकी चाभी भी इसी जगह मौजूद है।" यह कहकर कमलिनी ने तिलिस्मी खंजर के कब्जे से दरवाजे के दाहिनी तरफ बीचोबीच की जमीन ठोंकी, जो वास्तव में किसी धातु की थी, मगर मुद्दत से काम में न आने के कारण उसका रंग पत्थर के रंग में मिल गया था।

ठुकने के साथ ही बित्ते-भर का एक पल्ला अलग हो गया और उसके अन्दर हाथ डालकर कमलिनी ने कोई पेंच दबाया और इसके साथ ही हल्की आवाज देता हुआ वह दरवाजा खुल गया। कमलिनी ने उस खिड़की को बन्द कर दिया जिसके अन्दर हाथ डालकर पेंच घुमाया था और इसके बाद सभों को लिये दरवाजे के अन्दर चली गई।

दरवाजा खोलने के लिए, जिस तरह की चाभी इस तरफ थी, उसी तरह की दरवाजे के दूसरी तरफ भी थी अर्थात् दूसरी तरफ भी उसी तरह की ताली और पेंच मौजूद था जिसे घुमाकर कमलिनी ने दरवाजा बन्द किया और साथियों को साथ लिये हुए आगे की तरफ बढ़ी। इन सभों को घण्टे-भर तक तेजी के साथ जाना पड़ा और इसके बाद मालूम हुआ कि सुरंग के दूसरे मुहाने पर पहुंच गए क्योंकि यहां भी उसी रंग-ढंग का दरवाजा बना हुआ था। कमलिनी ने उस दरवाजे को भी खोला और सभों को साथ लिये हुए अन्दर चली गई। यहां पर रास्ते दो हो गए थे अर्थात् एक सुरंग बाईं तरफ गई हुई थी और दूसरी दाहिनी तरफ। कमलिनी ने भैरोसिंह और देवीसिंह की तरफ देखके कहा, "मुझे मालूम है कि दाहिनी तरफ जाने से हम लोग उस कोठरी में पहुंचेंगे, जिसमें कैदी लोग कैद थे या जो कैदखाने के नाम से पुकारी जाती है, और बाईं तरफ जाने से हम लोग उस सुरंग के बीचोबीच में

पहुंचेंगे, जिसमें किशोरी, कामिनी और तारा को भगवनिया ने फंसा रक्खा है। आप लोगों की क्या राय है, किधर चलना चाहिए?''

देवीसिंह–हम लोगों को पहले उस सुरंग ही में चलना चाहिए जिसमें किशोरी, कामिनी और तारा को जल्द देखें।

इस बात को सभों ने पसन्द किया और कमलिनी ने बाईं तरफ का रास्ता लिया। दो-चार कदम जाने के बाद भैरोसिंह ने कहा, ''मैं समझता हूं कि अब बीस-पच्चीस कदम से ज्यादे न चलना होगा और उस ठिकाने पर पहुंच जाएंगे, जहां शीघ्र पहुंचने की इच्छा है!''

कमलिनी–यह बात तुझको कैसे मालूम हुई?

भैरोसिंह–(छत और दोनों तरफ की दीवार की तरफ इशारा करके) देखिए छत और दीवार नम मालूम होती हैं, कहीं-कहीं पानी की बूंदें भी टपक रही हैं, इससे निश्चित होता है कि इस समय हम लोग तालाब के नीचे पहुंच गए हैं।

कमलिनी ने कहा, ''ठीक है, तुम्हारा सबूत ऐसा नहीं है कि कोई काट सके।''

थोड़ी ही दूर आगे जाने के बाद एक छोटी-सी खिड़की मिली। इसका दरवाजा भी उसी ढंग से खुलनेवाला था जैसा कि पहला और दूसरा दरवाजा, जिनका हाल हम ऊपर लिख आए हैं। कमलिनी ने दरवाजा खोला।

इस समय इन चारों का कलेजा धक-धक कर रहा था, क्योंकि अब ये लोग किशोरी, कामिनी और तारा की किस्मतों का फैसला देखनेवाले थे और उनके दिलों का यह खुटका क्रमशः बढ़ता ही जाता था कि देखें बेचारी किशोरी, कामिनी और तारा को हम लोग किस अवस्था में पाते हैं! कहीं ऐसा न हुआ हो कि वे तीनों भूख-प्यास के दुःख को न सहकर इस दुनिया से कूच कर गई हों, और इस समय उनकी लाशें सामने पड़कर हम लोगों को भी दीन-दुनिया के लायक न रक्खें।

यहां पर एक मोमबत्ती और जला ली गई। दरवाजा खुला और ये चारों उसके अन्दर गए। आह, यहां यकायक जमीन पर सामने की तरफ तीन लाशें पड़ी हुई दिखाई दीं, जिन पर नजर पड़ते ही कमलिनी के मुंह से एक चीख निकल पड़ी और वह 'हाय' करके उन लोगों के पास जा पहुंची।

ये तीनों लाशें किशोरी, कामिनी और तारा की थीं, जो भूख और प्यास की सताई हुई इस अवस्था को पहुंच गई थीं। तारा के बगल में तिलिस्मी नेजा जमीन पर पड़ा हुआ था, और उसके जोड़ की अंगूठी उसकी खूबसूरत उंगली में पड़ी हुई थी।

कमलिनी ने सबसे पहले किशोरी के कलेजे पर हाथ रक्खा। कलेजे की धड़कन बन्द थी, और शरीर मुर्दे की तरह ठंडा था। कमलिनी की आंखों से आंसू की बूंदें गिरने लगीं, मगर जब उसने किशोरी की नब्ज पर हाथ रक्खा तो इसके साथ ही खुश होकर बोल उठी, ''अहा, अभी नब्ज चल रही है! आशा है कि ईश्वर मेरी मेहनत सफल करेगा!''

कमलिनी ने तारा और कामिनी की भी जांच की, दोनों ऐयारों ने भी सभों को गौर से देखा। किशोरी, कामिनी और तारा तीनों की अवस्था खराब थी, होश-हवास कुछ भी न था, सांस बिलकुल मालूम नहीं पड़ती थी, हां, नब्ज का कुछ-कुछ पता लगता था जो बहुत ही बारीक और सुस्त चल रही थी। यद्यपि यह जानकर सभों को कुछ प्रसन्नता हुई कि ये तीनों अभी जीती हैं, मगर फिर भी उन तीनों की अन्तिम अवस्था इस बात का निश्चय नहीं कर सकती थी कि इनकी जान निःसन्देह बच ही जाएगी, और यही कारण था कि जिससे कमलिनी, लाडिली, देवीसिंह और भैरोसिंह का कलेजा कांप रहा था और आंखें डबडबाई हुई थीं।

देवीसिंह ने अपने बटुए में से एक शीशी निकाली जिसमें लाल रंग का कोई अर्क था। उसी में से थोड़ा-थोड़ा अर्क उन तीनों के मुंह में (जो पहले ही से खुला हुआ था) डाला और थोड़ी देर बाद फिर नब्ज पर हाथ रक्खा। नब्ज पहले से कुछ तेज मालूम हुई और सांस भी कुछ चलने लगी।

भैरोसिंह–इन तीनों को यहां से बाहर निकालकर मैदान में ले चलना चाहिए, क्योंकि जब तक ठण्डी और ताजी हवा न मिलेगी, इनकी अवस्था ठीक न होगी!

देवीसिंह–बेशक ऐसा ही है, इस सुरंग की बन्द हवा हमारे इलाज को सफल न होने देगी।

कमलिनी–तो पहले यही काम करना चाहिए।

इतना कहकर कमलिनी ने तारा की उंगली से तिलिस्मी नेजे के जोड़ की अंगूठी निकाल ली और भैरोसिंह को देकर कहा, "इस अंगूठी को तुम पहन लो जिसमें इस तिलिस्मी नेजे को अपने पास रख सको, क्योंकि इन तीनों को बाहर ले जाने के बाद लाडिली और देवीसिंह को साथ लेकर थोड़ी देर के लिए मैं तुमसे अलग हो जाऊंगी और किशोरी, कामिनी तथा तारा की हिफाजत के लिए तुम अकेले रह जाओगे।"

"मैं आपका मतलब समझ गया।" कहकर भैरोसिंह ने अंगूठी लेकर अपनी उंगली में पहिर ली।

कमलिनी–मेरे इस कहने से तुमने क्या मतलब निकाला? मेरा इरादा क्या समझे?

भैरोसिंह–यही कि आप लोग माधवी, मनोरमा और शिवदत्त बनकर उन दुश्मनों को धोखा दिया चाहते हैं क्योंकि वे लोग अभी तक बेहद उथल-पुथल मचाने पर भी आपके मकान के बाहर न हुए होंगे।

कमलिनी–शाबाश! तुम्हारी बुद्धि बड़ी तेज है, बेशक, मेरा यही इरादा है।

दो दफे करके हिफाजत के साथ चारों आदमियों ने किशोरी, कामिनी और तारा को सुरंग के बाहर निकाला और देवीसिंह तथा भैरोसिंह बड़ी मुस्तैदी से किशोरी, कामिनी और तारा का इलाज करने लगे। जब कमलिनी को इस बात का

निश्चय हो गया कि अब इन तीनों की जान का खौफ नहीं है, तब वह देवीसिंह और लाडिली को साथ लेकर फिर उसी सुरंग से घुसी। अबकी दफे तब वह कैदखानेवाली कोठरी में गई और वहां कार्रवाई का पूरा मौका पाकर इन तीनों ने माधवी, मनोरमा और शिवदत्त बन जो कुछ किया, उसका हाल हम ऊपर के बयानों में लिख चुके हैं।

पाठक महाशय, अब आप यह तो समझ ही गए होंगे कि दुश्मनों ने खोज-ढूंढ़कर तहखाने में से जिन कैदियों को निकाला, वे वास्तव में माधवी, मनोरमा और शिवदत्त न थे, बल्कि कमलिनी, लाडिली और देवीसिंह थे। खैर, अब इस तरफ आइए और किशोरी, कामिनी तथा तारा का हाल देखिए, जिनकी हिफाजत के लिए केवल भैरोसिंह रह गए थे।

ताकत पहुंचानेवाली दवाओं की बरकत से किशोरी, कामिनी और तारा ने उस समय आंखें खोलीं जब आसमान पर सुबह की सुफेदी फैल चुकी थी। पूरब से निकलकर क्रमशः फैल जानेवाली लालिमा रात-भर तेजी के साथ चमकनेवाले सितारों और उनके सरदार चन्द्रदेव को सूर्यदेव की अवाई की सूचना दे रही थी, और इसी सबब से तारों समेत तारापति भी नौ-दो-ग्यारह होने के उद्योग में लगे हुए थे, तथा भैरोसिंह आसमान की तरफ मुंह किए बड़ी दिलचस्पी के साथ इस शोभा को देख-देखकर सोच रहा था कि 'वाह, ईश्वर की भी क्या विचित्र गति है? करोड़ों आदमी ऐसे होंगे जो चन्द्रदेव की यह अवस्था देख सूर्यदेव ही के ऊपर इनसे वैर रखने का कलंक लगाते होंगे, जिनकी बदौलत चन्द्रमा में रोशनी है, और वह खूबसूरती तथा उद्दीपन का मसाला गिना जाता है।'

इस समय भैरोसिंह को यह देखकर कि किशोरी, कामिनी और तारा ने आंखें खोल दी हैं, बड़ी खुशी हुई और उसने समझा कि अब मेरी मेहनत ठिकाने लगी, मगर अफसोस, उसे इस बात की कुछ खबर न थी कि बदकिस्मती ने अभी तक उन लोगों का पीछा नहीं छोड़ा या विधाता अभी भी उन लोगों के अनुकूल नहीं हुआ।

आठवां बयान

भगवानी को भूतनाथ के हवाले करके जब कमलिनी चली गई तो भूतनाथ एक पत्थर की चट्टान पर बैठकर सोचने लगा। श्यामसुन्दरसिंह किसी काम के लिए चला गया और भगवानी उसके सामने दूसरी चट्टान पर सिर पकड़े बैठी हुई थी। उनके हाथ-पैर खुले थे, मगर भूतनाथ के सामने से भाग जाने की हिम्मत उसे न थी। भूतनाथ क्या सोच रहा था या किस विचार में डूबा हुआ था, इसका पता अभी न लगना था, मगर उसके ढंग से इतना जरूर मालूम होता था कि वह किसी गम्भीर चिन्ता में डूबा हुआ

है, जिसमें कुछ-कुछ लाचारी और बेबसी की झलक भी मालूम होती थी। वह घण्टों तक न जाने क्या-क्या सोचता रहा और बहुत देर बाद लम्बी सांस लेकर धीरे-से बोला, 'बेशक वही था, और अगर वही था तो उसने मुझे अपनी आंखों की ओट होने न दिया होगा...'

यह बात भूतनाथ ने इस ढंग से कही मानो वह स्वयं अपने दिल को सुना रहा और आगे भी कुछ कहा चाहता है, मगर पास ही से किसी ने उसकी अधूरी बात का यह जवाब दे दिया–"हां, आंखों की ओट नहीं होने दिया!"

भूतनाथ चौंक पड़ा और मुड़कर पीछे की तरफ देखने लगा। उसी समय एक आदमी भूतनाथ की तरफ बढ़ता हुआ दिखाई दिया जो तुरन्त भूतनाथ के सामने आकर खड़ा हो गया। चन्द्रदेव, जिनको उदय भये अभी आधी घड़ी भी नहीं हुई थी, इस नये आए हुए मनुष्य की सूरत-शक्ल को अच्छी तरह नहीं तो भी बहुत-कुछ दिखा रहे थे। इसका कद नाटा, बदन गठीला और मजबूत था, रंग यद्यपि काला तो न था, मगर गोरा भी न था। चेहरा कुछ लम्बा, सिर पर बड़े-बड़े घुंघराले बाल इतने चमकदार और खूबसूरत थे कि ऐयारों को उन पर नकली या बनावटी होने का गुमान हो सकता था। चुस्त पायजामा और घुटने तक का चपकन जिसमें बहुत सी जेबें थी, पहिरे और उस पर रेशमी कमरबन्द बांधे हुए था, केवल कमरबन्द ही नहीं, बल्कि कमरबन्द के ऊपर बेशकीमत कमन्द इस खूबसूरती के ढंग से लपेटे हुए था कि देखने से औरों को तो नहीं, मगर ऐयारों को बहुत ही खूबसूरत जंचती होगी। कमर में बाईं तरफ लटकनेवाली तलवार की म्यान साफ कह रही थी कि मैं एक हल्की-पतली तथा नाजुक तलवार की हिफाजत कर रही हूं, पीठ पर गैंडे की एक छोटी-सी ढाल भी लटक रही थी, और हाथ में कोई चीज थी, जो कपड़े के अन्दर लपेटी हुई थी। यह सबकुछ था, मगर उसके सिर पर टोपी, पगड़ी या मुंड़ासा इत्यादि कुछ भी न था अर्थात् सिर से नंगा था। यह आदमी जिस ढंग और चाल से घूमकर भूतनाथ के सामने आ खड़ा हुआ, उससे मालूम होता था कि इसके बदन में फुर्ती और चालाकी कूट-कूटकर भरी हुई है।

कई सायत तक भूतनाथ चुपचाप गौर से उसकी तरफ देखता रहा और वह भी काठ की तरह खड़ा रहा। आखिर भूतनाथ ने कहा, "क्या तुम बहुत देर से हमारे साथ हो?"

आदमी–बहुत देर से ही नहीं, बल्कि बहुत दूर से भी।

भूतनाथ–ठीक है, मैंने रास्ते में तुम्हें एक झलक देखा भी था।

आदमी–मगर कुछ बोले नहीं और मैं भी यह सोचकर छिप गया कि कमलिनी के सामने कहीं तुम्हारी बेइज्जती न हो।

भूतनाथ–और ताज्जुब नहीं कि यह भी सोच लिया हो कि इस समय भूतनाथ अकेला नहीं है।

आदमी–शायद यह भी हो! (हंसकर) मगर सच कहना, क्या तुम्हें विश्वास था कि कभी मुझे फिर अपने सामने देखोगे?

भूतनाथ–नहीं, कभी नहीं, स्वप्न में भी नहीं।

आदमी–अच्छा, तो फिर आज का दिन बहुत मुबारक समझना चाहिए। यह कहकर वह बड़े जोर से हंसा।

भूतनाथ–आज का दिन शायद तुम्हारे लिए मुबारक हो, मगर मेरे लिए तो बड़ा ही मनहूस है।

आदमी–इसलिए कि तुम मुझे मरा हुआ समझते थे?

भूतनाथ–केवल मरा ही हुआ नहीं, बल्कि पंचतत्व में मिल गया हुआ।

आदमी–और इसी से तुम निश्चिन्त थे तथा समझते थे कि तुम्हारे सच्चे दोषों को जाननेवाला दुनिया में कोई नहीं रहा!

भूतनाथ–अब मुझे अपने दोषों के प्रकट होने का डर नहीं है, क्योंकि राजा बीरेन्द्रसिंह और उनके लड़कों तथा ऐयारों की तरफ से मुझे माफी मिल गई है।

आदमी–किसकी बदौलत?

भूतनाथ–कमलिनी की बदौलत।

आदमी–ठीक है, मगर उस सोहागिन की तरफ से तुम्हें माफी न मिली होगी, जिसने अपना नाम तारा रखा हुआ है, बल्कि उसे इस बात की खबर भी न होगी कि तुम उसके...

भूतनाथ–ठहरो-ठहरो, तुम्हें इसका खयाल रखके कोई नाजुक बात कहनी चाहिए कि मेरे सिवाय कोई और सुननेवाला तो नहीं है।

आदमी–कोई जरूरत नहीं कि मैं इस बात का ध्यान रखूं। मैं अन्धा नहीं हूं इसलिए इतना तो तुम्हें विश्वास होना ही चाहिए कि भगवानी मेरी आंखों की आड़ में न होगी!

भूतनाथ–खैर, तो भगवानी के सामने जरा सम्हल के बातें करो।

आदमी–सो कैसे हो सकता है? मैं बिना बातें किए टल नहीं सकता और तुम कमलिनी के डर से भगवानी को बिदा नहीं कर सकते। अच्छा देखो, मैं तुम्हारी इज्जत का खयाल करके भगवानी को बिदा कर देता हूं! (भगवानी से) जा रे! तू यहां से चली जा! जहां तेरा जी चाहे वहां चली जा!

भूतनाथ–(कांपकर) नहीं-नहीं, ऐसा न करो!

आदमी–मैं तो ऐसा ही करूंगा! (भगवानी से) जा रे! तैं जाती क्यों नहीं? क्या मौत के पंजे से बचना तुझे अच्छा नहीं लगता!

भूतनाथ–मैं हाथ जोड़ता हूं, माफ करो, जरा सोचो तो सही।

आदमी–तुमने उस वक्त क्या सोचा था कि अब मैं सोचूं?

भूतनाथ–अच्छा, तब एक काम करो, इसके हाथ-पैर बांधकर अलग कर दो, फिर हम बातें कर लेंगे।

आदमी–(भगवानी से) क्यों रे, हाथ-पैर बंधवाके जान देना मंजूर है या भाग जाना पसन्द करती है?

इस आदमी और भूतनाथ की बातें सुन भगवानी को बड़ा आश्चर्य हो रहा था। वह सोच रही थी कि क्या सबब है जो यह अद्‌भुत मनुष्य बात-बात में भूतनाथ को दबाये जाता है? उसके मुंह से जितने शब्द निकलते हैं, सब हुकूमत और लापरवाही के ढंग के होते हैं और इसके विपरीत भूतनाथ के मुंह से निकले हुए शब्द उसकी बेबसी, लाचारी और कमजोरी की सूचना देते हैं। साफ-साफ जान पड़ता है कि भूतनाथ इससे दबता है और इसका इस समय यहां आना भूतनाथ को बहुत बुरा मालूम हुआ है। निःसन्देह इसमें और भूतनाथ में कोई गुप्त भेद की बात है जिसे भूतनाथ प्रकट नहीं करना चाहता। जो हो, पर मुझे इन बातों से क्या मतलब? सच तो यों है कि इस समय इसका यहां आना मेरे लिए बहुत मुबारक है। साफ देख रही हूं कि वह मुझे चले जाने का हुक्म दे रहा है, और भूतनाथ जोर करके, उसका हुक्म टाल नहीं सकता, अतएव विलम्ब करना नादानी है, जहां तक जल्द हो सके, यहां से भाग जाना चाहिए। यद्यपि कमलिनी ने वादा किया है कि किशोरी, कामिनी और तारा के मिल जाने पर तेरी जान छोड़ दी जाएगी–फिर भी पराधीन और खतरे में तो पड़ी ही रहूंगी। कौन ठिकाना तारा, कामिनी और किशोरी भूख-प्यास की तकलीफ से मर गई हों और इस सबब से कमलिनी क्रोध में आकर मेरा सिर उतार ले। नहीं-नहीं, ऐसा न होना चाहिए। इस समय ईश्वर ने मेरी मदद की है, जो इस आदमी को यहां भेज दिया है। अस्तु, जहां तक हो सके, भाग जाना ही उचित है।

इन बातों को सोचकर भगवानी उठ खड़ी हुई और घने जंगल की तरफ रवाना हो गई। फिर-फिरकर देखती जाती थी कि कहीं भूतनाथ मेरे पीछे तो नहीं आता, मगर ऐसा न था और इसलिए वह खुशी-खुशी कदम बढ़ाने लगी। उसने यह भी सोच लिया था कि माधवी, मनोरमा और शिवदत्त मेरी बदौलत छूट गए हैं, इसलिए उन तीनों में से चाहे जिसके पास मैं चली जाऊंगी, मेरी कदर होगी और मुझे किसी बात की परवाह न रहेगी। भगवानी स्वयं तो चली गई, मगर घबड़ाहट में उसने उन कीमती जेवरों और जवाहिरात की चीजों की गठरी उसी जगह छोड़ दी जो कमलिनी के घर से लूटकर लाई थी। यह गठरी अभी तक उसी जगह एक पत्थर के ढोंके पर पड़ी हुई थी और इस पर किशोरी, कामिनी तथा तारा को छुड़ाने की जल्दी में कमलिनी ने भी विशेष ध्यान न दिया था, तो भी एक तौर पर यह गठरी भी भूतनाथ के ही सुपुर्द थी।

भगवानी को इस तरह चले जाते देख भूतनाथ की आंखों में खून उतर आया और क्रोध के मारे उसका बदन कांपने लगा। उसने जोर से जफील (सीटी) बुलाई और इसके बाद उस आदमी की तरफ देखके बोला–

"बेशक, तुमने बहुत बुरा किया कि भगवानी को यहां से बिदा कर दिया, मैं तुम्हारी इतनी जबर्दस्ती किसी तरह बरदाश्त नहीं कर सकता!"

आदमी–(जोश के साथ) तो क्या तुम मेरा मुकाबला करोगे? कह दो, कह दो– हां, कह दो!

भूतनाथ–आखिर तुममें क्या सुरखाब का पर लगा हुआ है जो तुम इतना बढ़े चले जाते हो? मैं भी तो मर्द हूं!

आदमी–(बहुत जोर से हंसकर–जिससे मालूम होता था कि बनावट की हंसी है) हां-हां, मैं जानता हूं कि तुम मर्द हो और इस समय मेरा मुकाबला किया चाहते हो!

यह कहकर उसने पीछे की तरफ देखा, क्योंकि पत्तों की खड़खड़ाहट तेजी के साथ किसी के आने की सूचना देने लगी थी।

पाठकों को याद होगा कि कमलिनी यहां पर अकेले भूतनाथ को नहीं छोड़ गई थी, बल्कि श्यामसुन्दरसिंह को भी छोड़ गई थी। कमलिनी के चले जाने के बाद श्यामसुन्दरसिंह भूतनाथ की आज्ञानुसार यह देखने के लिए वहां से चला गया था कि जंगल में थोड़ी दूर पर कहीं कोई ऐसी जगह है जहां हम लोग आराम से एक दिन रह सकें और किसी आने-जानेवाले मुसाफिर को मालूम न हो। यही सबब था कि इस समय श्यामसुन्दरसिंह मौजूद था और भूतनाथ ने उसी को बुलाने के लिए जफील दी थी, जिसके आने की आहट इन लोगों को मिली।

आदमी–(भूतनाथ से) मैं तो पहले ही समझ चुका था कि तुम श्यामसुन्दरसिंह को बुला रहे हो, मगर तुम विश्वास करो कि उसके आने से मैं डरता नहीं हूं, बल्कि तुम्हारी बेवकूफी पर अफसोस करता हूं। भले-आदमी, तुमने इतना न सोचा कि जब भगवानी के सामने तुम मेरी बातों को सुन नहीं सकते थे तो श्यामसुन्दरसिंह के सामने कैसे सुनोगे? खैर, मुझे इन बातों से क्या मतलब, तुम्हें अख्तियार है, चाहे दो सौ आदमी इकट्ठे कर लो!

भूतनाथ–(घबड़ाहट की आवाज से) तुम तो इस तरह की बातें कर रहे हो जैसे अपने साथ एक फौज लेकर आए हो!

आदमी–बेशक, ऐसा ही है। (दो कदम आगे बढ़कर और अपने हाथ की वह गठरी दिखाकर, जिसमें कोई चीज लपेटी हुई थी) इसके अन्दर ऐसी चीज है, जिसका होना मेरे साथ वैसा ही है, जैसा तुम्हारे साथ एक हजार बहादुर सिपाहियों का होना। क्या तुम नहीं जानते कि इसके अन्दर क्या चीज है? नहीं-नहीं, तुम बेशक समझ गए होगे कि इस कपड़े के अन्दर...(कुछ रुककर) हां, ठीक है। पहला नाम चाहे कुछ भी हो, मगर अब हमको उसे 'तारा' ही कहकर बुलाना चाहिए–अच्छा तो हम क्या कह रहे थे? हां, याद आया, इस कपड़े के अन्दर तारा की किस्मत बन्द है। क्या तुम इसे खोलने के लिए हुक्म देते हो? मगर याद रखो कि खुलने के साथ ही इसमें से इतनी कड़ी आंच पैदा होगी कि जिसे देखते ही तुम भस्म हो जाओगे, चाहे वह आंच मेरे दिल को कितना ही ठण्डा क्यों न करे।

भूतनाथ–(कांपकर और दो कदम पीछे हटकर) ठहरो, जल्दी न करो, मैं हाथ जोड़ता हूं, जरा सब्र करो!

आदमी–अच्छा क्या कहते हो, जल्दी कहो।

भूतनाथ–पहले यह बताओ कि आज ऐसे समय में तुम मेरे पास क्यों आए हो?

आदमी–(जोर से हंसकर) क्या बेवकूफ आदमी है! अबे तैं इतना नहीं सोच सकता कि मैं उसी दिन से तुझे खोज रहा होऊंगा, जिस दिन तूने मुझ पर सफाई का हाथ फेरा था, मगर लाचार था कि तेरा पता ही नहीं लगता था! मैं नहीं जानता था कि भूतनाथ के चोले के अन्दर वही हरामी सूरत छिपी हुई है जिसे मैं वर्षों से ढूंढ़ रहा हूं। अगर जानता तो कभी का तुझसे मिल चुका होता, इतने दिन मुफ्त में गंवाकर आज की नौबत न आई होती। अच्छा पूछो, और क्या पूछते हो!

भूतनाथ–(बहुत देर तक सोचने के बाद सिर नीचा करके) क्या मैं आशा कर सकता हूं कि थोड़े दिन तक तुम मुझे और छोड़ दोगे? मैं प्रतिज्ञा करता हूं कि इसके बाद स्वयं तुमसे मुलाकात करूंगा। उस समय तुम खुशी से मेरा सिर उतार लेना, मुझे कुछ भी रंज न होगा।

आदमी–सिर उतार लेना!

भूतनाथ–हां, मेरा सिर उतार लेना, मुझे कुछ भी दुःख न होगा।

आदमी–क्या सिर उतार लेने से बदला पूरा हो जाएगा?

भूतनाथ–क्यों नहीं, क्या इससे भी बढ़के कोई सजा है?

आदमी–मैं समझता हूं कि यह कुछ भी सजा नहीं है! क्या तुम नहीं जानते कि प्रायः बुद्धिमान लोग, जिन्हें नादान भी कह सकते हैं, जरा-सी बात पर अपनी जान अपने हाथ से बर्बाद कर देते हैं और अपनी बेइज्जती कराना नहीं चाहते तथा ऐसा करते समय उन्हें कुछ भी दुःख नहीं होता!

भूतनाथ–(कांपकर) तो क्या तुमने इससे भी कड़ी सजा मेरे लिए सोच रक्खी है?

आदमी–बेशक! बदला उसी को कहते हैं, जो उसके बराबर हो, जिसका बदला लिया जाए।

भूतनाथ–(लम्बी सांस लेकर) वास्तव में तुम ठीक कहते हो। मैं भी इसी फेर में मुद्दत से पड़ा हुआ हूं, (रुककर) खैर, यह बताओ कि हमारे-तुम्हारे बीच में किसी तरह का मामला तै हो सकता है, या तुम थोड़े दिन के लिए मुझे छोड़ सकते हो, जैसा कि मैं पहले कह चुका हूं?

आदमी–नहीं, बल्कि तुम्हें इसी समय हमारे साथ चलना होगा।

भूतनाथ–कहां?

आदमी–जहां मैं ले चलूं।

भूतनाथ–जबर्दस्ती?

आदमी–हां, जबर्दस्ती!

भूतनाथ–ऐसा नहीं हो सकता!

आदमी–ऐसा ही होगा!

भूतनाथ–तुम अपनी ताकत पर भरोसा करते हो?

आदमी–हां, अपनी ताकत पर और तदबीर पर भी!

भूतनाथ–अच्छा, फिर देखेंगे।

आदमी–अच्छा, तो श्यामसुन्दरसिंह के सामने (गठरी दिखाकर) इसे खोलूं, तुम डरोगे तो नहीं?

भूतनाथ–कोई हर्ज नहीं, मैं श्यामसुन्दर को तुम्हारी भूल समझा दूंगा।

आदमी–(हंसकर) ओ हो हो, तब तो मुझे इससे बढ़कर कोई तदबीर करनी चाहिए! अच्छा देखो!

इतना कहकर उस अद्भुत आदमी ने तीन दफे ताली बजाई और साथ ही इसके बगलवाले पेड़ों के झुरमुट में से एक आदमी आता हुआ दिखाई दिया जिसने काले कपड़े से सिर से पैर तक अपने को ढांक रक्खा था। भूतनाथ कांपकर कई कदम पीछे हट गया और बड़े गौर से उसकी तरफ देखने लगा और इसके बाद श्यामसुन्दरसिंह की तरफ निगाह फेरी, यह जानने के लिए कि देखें, इन बातों का असर उसके ऊपर क्या हुआ है, मगर रात का समय और कुछ दूर होने के कारण श्यामसुन्दरसिंह के चेहरे का उतार-चढ़ाव भूतनाथ देख न सका।

भूतनाथ–(जी कड़ा करके) मैं कैसे जान सकता हूं कि इस खोल के अन्दर कौन छिपा हुआ है?

नया आदमी–ठीक है, तब यदि कहो तो मैं इस कपड़े को उतार दूं, मगर ताज्जुब नहीं कि मेरी आवाज तुम्हारे कानों में...

भूतनाथ–(चौंककर) बस बस, यह आवाज ऐसी नहीं है जिसे मैं भूल जाऊं। हाय, बेबसी और मजबूरी इसे कहते हैं। (श्यामसुन्दरसिंह से) अच्छा, तुम थोड़ी देर के लिए यहां से चले जाओ, जब मैं जफील बुलाऊंगा तब फिर आ जाना।

श्यामसुन्दरसिंह ने इस समय एक ऐसा नाटक देखा था जिसका उसे गुमान भी न था। उन दोनों आदमियों के आने से भूतनाथ की क्या हालत हो गई थी, इसे वह खूब समझ रहा था, मगर उसे इस बात का आश्चर्य था कि भूतनाथ जिसके नाम से लोगों के दिल में हौल पैदा होता है, इस वक्त ऐसा मजबूर और बेबस क्यों हो रहा है? यद्यपि भूतनाथ का हुक्म वह टाल नहीं सकता था और उसे वहां से टल जाना ही आवश्यक था, मगर साथ ही इसके वह इस सीन को भी छोड़ नहीं सकता था। भूतनाथ की आज्ञा पाकर वह वहां से चला तो गया मगर घूम-फिरकर बिल्ली की तरह कदम रखता हुआ लौट आया और एक पेड़ की आड़ में छिपकर खड़ा हो गया, जहां से वह उन तीनों को देख सकता था और उनकी बातचीत भी बखूबी सुन सकता था।

जब भूतनाथ ने देखा कि श्यामसुन्दरसिंह चला गया तो उसने उस आदमी से कहा जो पहले आया था, "क्या हमारे और तुम्हारे बीच में मेल नहीं हो सकता?"

आदमी–नहीं।

भूतनाथ–फिर तुम मुझसे क्या चाहते हो?

आदमी–यही कि चुपचाप हमारे साथ चले चलो।

इस बात को सुनकर भूतनाथ ने सिर झुका लिया और कुछ सोचने लगा। यह अवस्था देखकर उस आदमी ने कहा, "भूतनाथ, मालूम होता है कि तुम भागने की तदबीर सोच रहे हो, मगर इस बात को खूब याद रक्खो कि मेरे सामने से तुम्हारा भाग जाना बिलकुल ही वृथा है जब तक कि यह चीज मेरे पास मौजूद है और मेरे साथी जीते हैं। मैं तुम्हें फिर कहता हूं कि चुपचाप मेरे साथ चले चलो और जो कुछ मैं कहूं, करो!"

भूतनाथ–नहीं-नहीं, मैं भागना पसन्द नहीं करता, बल्कि इसके बदले में तुम्हारे साथ लड़कर जान दे देना उचित समझता हूं।

आदमी–अगर यही इरादा है तो आओ, मैं मुस्तैद हूं!

यह कहकर उस आदमी ने अपने हाथ की गठरी, उस दूसरे आदमी के हाथ में दे दी जो सिर से पैर तक काले कपड़े से ढंका हुआ था और उसे वहां से चले जाने के लिए कहा। वह व्यक्ति वहां से हटकर पेड़ों की आड़ में गायब हो गया और उस विचित्र मनुष्य ने तलवार म्यान से बाहर खैंच ली। भूतनाथ ने भी तलवार खैंच ली और उसके सामने पैंतरा बदलकर आ खड़ा हुआ और दोनों में लड़ाई शुरू हो गई। निःसन्देह भूतनाथ तलवार चलाने के फन में बहुत होशियार और बहादुर था, मगर श्यामसुन्दरसिंह ने जो छिपकर यह तमाशा देख रहा था, मालूम कर लिया कि उसका वैरी इस काम में उससे बहुत बढ़-चढ़के है क्योंकि घण्टे-भर की लड़ाई में ही उसने भूतनाथ को सुस्त कर दिया और अपने बदन में एक जख्म भी न लगने दिया, इसके विपरीत भूतनाथ के बदन में छोटे-छोटे कई जख्म लग चुके थे और उनमें से खून निकल रहा था। केवल इतना ही नहीं, श्यामसुन्दरसिंह ने यह भी मालूम कर लिया कि उस अद्‌भुत आदमी ने जो लड़ाई के फन में भूतनाथ से बहुत ही बढ़-चढ़के है, कई मौकों पर जान-बूझके तरह दे दिया और भूतनाथ को छोड़ दिया, नहीं तो अब तक वह भूतनाथ को कब का खत्म कर चुका होता।

मगर क्या भूतनाथ इस बात को नहीं समझता था? बेशक समझता था! वह खूब जानता था कि आज मेरा दुश्मन मुझसे बहुत जबर्दस्त है और उसने कई मौकों पर जब कि वह मेरी जान ले सकता था, जान-बूझकर तरह दे दिया या अगर जख्म पहुंचाया भी तो बहुत कम।

सुबह हो चुकी थी। अब वहां की चीजें बिलकुल साफ-साफ दिखाई देने लगी थीं। भूतनाथ बहुत ही थक गया था, इसलिए वह सुस्ताने के लिए ठहर गया और

बड़े गौर से अपने वैरी की सूरत देखने लगा जिसके चेहरे पर थकावट या उदासी का कोई चिह्न नहीं दीख पड़ता था, बल्कि वह मन्द-मन्द मुसका रहा था और उसकी आंखें भूतनाथ के चेहरे पर इस ढंग से पड़ रही थीं जैसे उस्तादों की निगाहें अपने नौसिखे शागिर्दों पर पड़ा करती हैं।

भूतनाथ ठहर गया और उसने धीमी आवाज में अपने वैरी से कहा, "अब मैं लड़ने की हिम्मत नहीं कर सकता, विशेष करके इसलिए कि तुम मुझसे उस तरह नहीं लड़ते, जैसे दुश्मनों को लड़ना चाहिए। मैं खूब जानता हूं कि तुमने कई मौके पर मुझे छोड़ दिया। खैर, अब मैं अपनी भलाई के लिए सिवाय इसके और कोई उपाय नहीं देखता कि अपने हाथ से अपनी जान दे दूं।"

आदमी—नहीं-नहीं, भूतनाथ, तुम अपने हाथ से अपनी जान नहीं दे सकते, क्योंकि तुम्हारी एक बहुत ही प्यारी चीज मेरे कब्जे में है, जो तुम्हारे बाद बड़ी तकलीफ में पड़ जाएगी और जिसे तुम 'लामाघाटी' में छोड़ आए थे। मुझे विश्वास है कि तुम उसकी बेइज्जती कबूल न करोगे!

यह एक ऐसी बात थी, जिसने भूतनाथ के दिल को एकदम से ही मसल डाला और इस तकलीफ को वह सह न सका। उसका सिर घूमने लगा, वह धीरे-से जमीन पर बैठ गया, और वह विचित्र आदमी इस ढंग से उसे देखने लगा जैसे व्याध अपने शिकार को काबू में कर लेने के बाद आशा और प्रसन्नता की दृष्टि से उसकी तरफ देखता है।

श्यामसुन्दरसिंह इस दृश्य को गौर और ताज्जुब से देख रहा था। बीच में एक दफे उसकी यह इच्छा भी हुई कि झाड़ी में से बाहर निकले और भूतनाथ के पास पहुंचकर उसकी मदद करे, मगर दो बातों को सोचकर वह रुक गया, एक तो यह थी कि भूतनाथ ने उसे वहां से बिदा कर दिया था और कह दिया था कि 'जब हम जफील बुलाएं तब आना' मगर इतनी लड़ाई होने और हार मानने पर भी भूतनाथ ने उसे नहीं बुलाया, इससे साफ मालूम होता है कि भूतनाथ श्यामसुन्दरसिंह का उस जगह आना पसन्द नहीं करता, दूसरे यह है कि उसने कमलिनी की जुबानी भूतनाथ की बहुत तारीफ सुनी थी, कमलिनी जोर देकर कहती थी कि लड़ाई के फन में भूतनाथ बहुत ही तेज और होशियार है, मगर इस जगह उस विचित्र मनुष्य के सामने उसने भूतनाथ को ऐसा पाया जैसे काबिल ओस्ताद के सामने एक नौसिखा लड़का। इससे यह नहीं कहा जा सकता कि भूतनाथ नादान है, बल्कि भूतनाथ ने जिस चालाकी और तेजी से अपने वैरी का मुकाबिला किया, वह साधारण आदमी का काम नहीं था, असल तो यह है कि भूतनाथ का वैरी ही कोई विचित्र व्यक्ति था। उसकी चालाकी, फुर्ती और वीरता देखकर श्यामसुन्दरसिंह यद्यपि सिपाही था, मगर डर गया और मन में कहने लगा कि यह मनुष्य नहीं है, इसके सामने जाकर मैं भूतनाथ की कुछ भी मदद नहीं कर सकता।

इन्हीं दो बातों को सोचकर श्यामसुन्दरसिंह जहां-का-तहां खड़ा रह गया और कुछ न कर सका।

श्यामसुन्दरसिंह छिपा हुआ इन सब बातों को सोच रहा था, भूतनाथ हताश होकर जमीन पर बैठ गया था और उसका वैरी आशा और प्रसन्नता की दृष्टि से उसे देख रहा था कि इसी बीच में एक आदमी ने श्यामसुन्दरसिंह के मोढ़े पर हाथ रखा।

श्यामसुन्दरसिंह चौंक पड़ा और उसने फिरकर देखा तो एक नकाबपोश पर निगाह पड़ी, जिसका कद नाटा तो न था, मगर बहुत लम्बा भी न था। उसका चेहरा स्याह रंग के नकाब से ढंका हुआ था और उसके बदन का कपड़ा इतना चुस्त था कि बदन की मजबूती, गठन और सुडौली साफ मालूम होती थी। उसका कोई अंग ऐसा न था, जो कपड़े के अन्दर ढंका हुआ न हो। कमर में खंजर, तलवार और पीठ पर लटकती हुई एक छोटी-सी ढाल के अतिरिक्त वह हाथ में दो हाथ का डण्डा भी लिये हुए था। हां, यह कहना तो हम भूल ही गए कि उसकी कमर में कमन्द और ऐयारी का बटुआ भी लटकता दिखाई दे रहा था।

श्यामसुन्दरसिंह ने बड़े गौर से उसकी तरफ देखा और कुछ बोला ही चाहता था कि उसने चुप रहने और अपने पीछे-पीछे चले आने का इशारा किया। श्यामसुन्दरसिंह चुप तो रह गया, मगर उसके पीछे-पीछे जाने की हिम्मत न पड़ी। यह देख उस नकाबपोश ने धीरे-से कहा, "डरो मत, हमको अपना दोस्त समझो और चुपचाप चले आओ। देखो, देर मत करो, नहीं तो पछताओगे।" इतना कहकर नकाबपोश ने श्यामसुन्दरसिंह की कलाई पकड़ ली और अपनी तरफ खैंचा।

श्यामसुन्दरसिंह को ऐसा मालूम हुआ कि जैसे लोहे के हाथ ने कलाई पकड़ ली हो, जिसका छुड़ाना कठिन ही नहीं बल्कि असम्भव था। अब श्यामसुन्दरसिंह में इनकार करने की हिम्मत न रही और वह चुपचाप उसके पीछे-पीछे चला गया! दस-बारह कदम से ज्यादे न गया होगा कि नकाबपोश रुका और उसने श्यामसुन्दरसिंह से कहा, "इतना देखने पर भी तुम कमलिनी के नमक की इज्जत करते हो या नहीं?"

श्यामसुन्दरसिंह–बेशक, इज्जत करता हूं।

नकाबपोश–अच्छा तो तुम उस मैदान में जाओ जहां भूतनाथ बैठा अपनी बदनसीबी पर विचार कर रहा है और उस गठरी को उठा लाओ, जिसे भगवनिया चुरा लाई थी। तुम जानते हो कि उसमें लाखों रुपये का कीमती माल है। कहीं ऐसा न हो कि वैरी उसे उठा ले जाएं। ऐसा हुआ तो तुम्हारे मालिक का बहुत नुकसान होगा।

श्यामसुन्दर–ठीक है, मगर मैं डरता हूं कि ऐसा करने से कहीं भूतनाथ रंज न हो जाए।

नकाबपोश–तुम्हें भूतनाथ के रंज होने का खयाल न करना चाहिए, बल्कि अपने मालिक के नफा-नुकसान को विचारना चाहिए। इसके सिवाय मैं तुम्हें विश्वास दिलाता हूं कि भूतनाथ कुछ भी न कहेगा, हां, उसका वैरी कुछ बोले तो ताज्जुब नहीं,

मगर नहीं, जहां तक मैं समझता हूं, वह भी कुछ न बोलेगा, क्योंकि वह नहीं जानता कि उस गठरी में क्या चीज है।

श्यामसुन्दरसिंह–अगर रोके तो?

नकाबपोश–मैं छिपकर देखता रहूंगा, अगर वह तुम्हें रोकना चाहेगा तो मैं झट से पहुंच जाऊंगा, और उससे लड़ने लगूंगा तब तक तुम गठरी उठाकर चल देना।

श्यामसुन्दर–अगर ऐसा ही है तो आप ही पहले वहां जाकर उससे लड़िए, बीच में मैं पहुंचकर गठरी उठा लूंगा।

नकाबपोश–(हंसकर) मालूम होता है कि तुम्हें मेरी बातों पर विश्वास नहीं और तुम उस आदमी से बहुत डरते हो?

श्यामसुन्दर–बेशक ऐसा ही है क्योंकि मैं देख चुका हूं कि भूतनाथ ऐसे जवांमर्द और बहादुर को उसने कैसा नीचा दिखाया और जहां तक मैं समझता हूं, आप भी उसका मुकाबला नहीं कर सकते। मालूम होता है कि आपने उसकी लड़ाई नहीं देखी, अगर देखते तो लड़ने की हिम्मत न करते।

नकाबपोश–नहीं-नहीं, मैं उसकी लड़ाई देख चुका हूं, और इसी से उसके साथ लड़ने की इच्छा होती है।

श्यामसुन्दर–अगर ऐसा है तो विलम्ब न कीजिए, जाकर उनसे लड़ाई शुरू कर दीजिए, फिर मैं जाकर गठरी उठा लूंगा और चल दूंगा। मगर यह तो बताइए कि आप कौन हैं, और कमलिनी के लिए इतनी तकलीफ क्यों उठा रहे हैं?

नकाबपोश–इसका जवाब मैं कुछ भी न दूंगा! (कुछ सोचकर) अच्छा, तो अब यह बताओ कि गठरी उठा लेने के बाद तुम कहां चले जाओगे?

श्यामसुन्दर–इसका जवाब मैं क्या दे सकता हूं? जहां मौका मिलेगा, चल दूंगा।

नकाबपोश–नहीं, ऐसा न करना, जहां तुम्हें जाना चाहिए, मैं बताता हूं।

श्यामसुन्दर–(चौंककर) अच्छा बताइए!

नकाबपोश–तुम यहां से सीधे दक्खिन की तरफ चले जाना, थोड़ी दूर जाने के बाद एक पीपल का पेड़ दिखाई देगा, उसके नीचे पहुंचकर बाईं तरफ घूम जाना, एक पगडण्डी मिलेगी, उसी को अपना रास्ता समझना, थोड़ी दूर जाने के बाद फिर एक पीपल का पेड़ दिखाई देगा, उसके नीचे चले जाना। वहां एक नकाबपोश बैठा हुआ दिखाई देगा और उसी के पास हाथ-पैर बंधी हुई हरामजादी भगवानी को भी देखोगे जो मौका पाकर यहां से भाग गई थी।

श्यामसुन्दर–(ताज्जुब में आकर) अच्छा फिर?

नकाबपोश–फिर तुम भी उसके पास जाकर बैठ जाना, जब मैं उस जगह आऊंगा तो देखा जाएगा, या जैसा वह नकाबपोश कहेगा, वैसा ही करना। डरना मत, उसे अपना दोस्त समझना। तुम देखते हो कि मैं जो कुछ कहता या करता हूं, उसमें तुम्हारे मालिक ही की भलाई है।

श्यामसुन्दर–मालूम तो ऐसा ही होता है।

नकाबपोश–मालूम होता है नहीं, बल्कि यह कहो कि बेशक ऐसा है। अच्छा, अब तुम्हें एक बात और कहना है।

श्यामसुन्दर–वह क्या?

नकाबपोश–यह तो तुम देख ही चुके हो कि उस अद्‌भुत आदमी ने भूतनाथ को अपने कब्जे में कर लिया है।

श्यामसुन्दर–सो तो प्रकट ही है।

नकाबपोश–अब वह भूतनाथ को अपने साथ ले जाएगा।

श्यामसुन्दर–अवश्य ले जाएगा, इसी के लिए तो इतना बखेड़ा मचाए है।

नकाबपोश–उस समय मैं भी उसके साथ-साथ चला जाऊंगा।

श्यामसुन्दर–अच्छा तब?

नकाबपोश–तब रात को तुम अपने साथी नकाबपोश और भगवानी को लेकर उस समय इसी जगह आ जाना जिस समय कमलिनी ने तुमसे मिलने की प्रतिज्ञा की है, और सब हाल ठीक-ठीक उससे कह देना और यह भी कह देना कि कल शाम को अपने तिलिस्मी मकान के पास मेरी बाट जोहे।

श्यामसुन्दर–अच्छा ऐसा ही करूंगा, मगर आप भी तो विचित्र आदमी मालूम पड़ते हैं।

नकाबपोश–जो हो, लो, अब मेरे साथ-साथ चले आओ, मैं उसके मुकाबिले में जाता हूं।

नकाबपोश और श्यामसुन्दरसिंह की बातचीत बहुत जल्द ही हुई थी, इसमें आधी घड़ी से ज्यादे समय न लगा होगा बल्कि इससे भी कम समय लगा होगा। आखिरी बात कहकर नकाबपोश उस तरफ रवाना हुआ जहां भूतनाथ बैठा हुआ सोच रहा था कि अब क्या करना चाहिए! श्यामसुन्दरसिंह भी उसके पीछे-पीछे गया, मगर आगे जाकर पेड़ों की आड़ में छिपकर खड़ा हो गया, जहां से वह सबकुछ देख और सुन सकता था।

भूतनाथ अभी तक उसी तरह अपने विचार में निमग्न था और वह अद्‌भुत व्यक्ति उसकी तरफ बड़े गौर से देख रहा था। इसी बीच नकाबपोश भी उस जगह जा पहुंचा और उस चट्टान पर बैठ गया, जिस पर गठरी रखी हुई थी।

पहले तो भूतनाथ ने समझा कि यह भी उसी विचित्र मनुष्य का साथी होगा जिसने मुझे हर तरह से दबा रखा है, मगर जब उस आदमी को भी नकाबपोश के यकायक आ जाने से अपनी तरह आश्चर्य में डूबे हुए देखा, तो उसे बड़ा ही ताज्जुब हुआ और वह बड़े गौर से उसी तरफ देखने लगा। इसके पहले कि भूतनाथ कुछ कहे उसका दुश्मन नकाबपोश की तरफ बढ़ गया और जरा कड़ी आवाज में उससे बोला, "तुम यहां क्यों आए हो और क्या चाहते हो?"

नकाबपोश–तुम्हें मेरे आने और चाहने से कोई मतलब नहीं, तुम लोग अपना-अपना काम करो।

यह जवाब कुछ ऐसी लापरवाही के साथ दिया गया था कि भूतनाथ और उसका वैरी दोनों ही दंग रह गए। आखिर उस आदमी ने भूतनाथ से कहा, "खैर, हमें इनसे कोई मतलब नहीं, तुम उठो और मेरे साथ चलो।"

नकाबपोश–(दिल्लगी के ढंग पर) न जाए तो गोद में उठाकर ले आओ!

आदमी–क्यों जी, तुम हमारे बीच में बोलनेवाले कौन!

नकाबपोश–कोई नहीं, हम तो केवल राय देते हैं कि जिसमें तुम दोनों का बखेड़ा जल्द निपट जाए और किसी तरह इस जगह का पिण्ड छूटे।

आदमी–(चिढ़कर) मालूम होता है कि तुम हमसे मसखरापन कर रहे हो!

नकाबपोश–अगर ऐसा भी समझ लो तो हमारा कोई हर्ज नहीं, मगर यह तो बताओ कि तुम दूसरे की अमलदारी में क्यों हुल्लड़ मचाए हुए हो, यहां से जाते क्यों नहीं?

आदमी–अहा, मालूम होता है, आप ही यहां के राजा हैं!

नकाबपोश–नहीं, मगर इस जमीन के ठीकेदार हैं, और इतनी हिम्मत रखते हैं कि अगर तुम लोग बारह पल के अन्दर यहां से न चले जाओ तो कान पकड़के इस जंगल से बाहर कर दें या लिबड़ी बरताना[1] उतारकर दो लात जमावें और दक्खिन का रास्ता दिखाएं!

नकाबपोश की इन बातों को बर्दाश्त करके चुप रहने की ताकत उस विचित्र मनुष्य में न थी, झट तलवार खैंचकर सामने आ खड़ा हुआ और बोला, "बस खबरदार, जो अब एक शब्द भी मुंह से निकाला। चुपचाप उठके चला जा, नहीं तो अभी दो टुकड़े कर दूंगा!"

नकाबपोश भी फुर्ती के साथ सामने खड़ा हो गया और बोला, "मालूम होता है, तुझे मेरी बातों का विश्वास नहीं हुआ, इसी से ढिठाई करने के लिए सामने आ खड़ा हुआ है। मैं फिर कहता हूं यहां से चला जा और विश्वास रख कि यद्यपि मैं तेरे ऐसे नौसिखे लौंडों के सामने तलवार खैंचना उचित नहीं समझता, तथापि केवल लात और हाथ से तुझे दुरुस्त करके रख दूंगा।"

इतना सुनते ही उस आदमी ने तलवार का एक भरपूर हाथ नकाबपोश पर जमाया, जो अपने हाथ में केवल एक डण्डा लिये हुए उसके सामने खड़ा था, मगर इसका नतीजा वैसा न निकला जैसा कि वह समझे हुआ था, क्योंकि नकाबपोश ने फुर्ती से पैंतरा बदलकर अपने को बचा लिया, और पीछे की तरफ जाकर उस आदमी की कमर पर एक लात ऐसी जमाई कि वह मुंह के बल जमीन पर गिर पड़ा।

1. लिबड़ी बरताना–कपड़ा-लत्ता सामान इत्यादि।

भूतनाथ जो दुःख और शोक से कातर हो जाने पर भी आश्चर्य के साथ इस तमाशे को देख रहा था, नकाबपोश की यह फुर्ती और चालाकी देखकर हैरान हो गया और एकदम से बोल उठा, "वाह बहादुर, क्या बात है! वास्तव में तुम्हारे सामने यह नौसिखा लौंडा ही है!"

इस कैफियत और भूतनाथ के आवाज कसने से वह आदमी चुटीले सांप की तरह पेंच खाकर पुनः लड़ने के लिए तैयार हो गया, क्योंकि उसने इस तरह शर्मिन्दगी उठाने की बनिस्बत जान दे देना उत्तम समझ लिया था।

पुनः लड़ाई होने लगी और अबकी दफे उस आदमी ने बड़ी फुर्ती, मुस्तैदी और बहादुरी दिखाई, मगर नकाबपोश ने अब भी अपनी कमर से तलवार निकालने का कष्ट स्वीकार न किया और लकड़ी के डण्डे से ही उसका मुकाबला किया, हां, उसने इतना अवश्य किया कि बाएं हाथ में अपनी ढाल ले ली जिसके सहारे अपने वैरी की चोटों को बचाता जाता था। इसी बीच में श्यामसुन्दरसिंह वहां आ पहुंचा और गठरी उठाकर चलता बना।

थोड़ी ही देर में मौका पाकर नकाबपोश ने वैरी की उस कलाई पर, जिसमें तलवार का बेशकीमत कब्जा था, एक डण्डा ऐसा जमाया कि वह बेकाम हो गई और तलवार उसके हाथ से छूटकर जमीन पर गिर पड़ी। उसी समय भूतनाथ पुनः चिल्ला उठा, "वाह ओस्ताद, क्या कहना है! तुम-सा बहादुर मैंने आज तक न देखा और न देखने की आशा ही है!"

अब उस आदमी को हर तरह से नाउम्मीदी हो गई और उसने समझ लिया कि इस बहादुर नकाबपोश का मुकाबिला मैं किसी तरह नहीं कर सकता और न यह नकाबपोश मुझे जान से मारने की ही इच्छा करेगा। वह आश्चर्य, लज्जा और निराशा की निगाह से नकाबपोश की तरफ देखने लगा।

नकाबपोश–मैं पुनः कहता हूं कि मुझसे मुकाबला करने का इरादा छोड़ दो और जो कुछ भी हुक्म दे चुका हूं, उसे मानो, अर्थात् यहां से चले जाओ। हां, तुम्हारे और भूतनाथ के मामले में मैं किसी तरह की रुकावट न डालूंगा, तुम दोनों में जो कुछ पटे, पटा लो।

आदमी–अच्छा ऐसा ही होगा।

यह कहकर वह भूतनाथ के पास गया और बोला, "अब बोलो, मेरे साथ चलोगे या नहीं! जो कुछ कहना हो, साफ-साफ कह दो!"

भूतनाथ–मैं तुम्हारे साथ चलने पर राजी नहीं हूं।

आदमी–अच्छा, तो फिर मुझे भी जो कुछ कहना है, इस बहादुर नकाबपोश के सामने ही कह डालता हूं, क्योंकि ऐसा बहादुर गवाह मुझे फिर न मिलेगा।

यह कहकर उसने बड़े जोर से ताली बजाई। भूतनाथ समझ गया कि इसने फिर उस आदमी को बुलाया है जो सिर से पैर तक अपने को ढांके हुए था, और जिसके

हाथ में वह पुलिन्दा भी इसने दे दिया है जिसमें इसके कथनानुसार तारा की किस्मत बन्द है।

जो कुछ भूतनाथ ने सोचा, वास्तव में वही बात थी, मगर थोड़ी देर तक राह देखने पर भी वह आदमी न आया जिसे उस विचित्र मनुष्य ने ताली बजाकर बुलाया था, इसलिए उसके आश्चर्य का कोई ठिकाना न रहा और वह स्वयं उसकी खोज में चला गया। थोड़ी देर तक चारों तरफ खोजता रहा, इसके बाद उसने एक झाड़ी के अन्दर उस आदमी को विचित्र अवस्था में देखा, अर्थात् अब वह कपड़ा उसके ऊपर न था, जिसने सिर से पैर तक उसे छिपा रखा था और इसलिए वह साफ औरत मालूम पड़ती थी। वह जमीन पर पड़ी हुई थी, रस्सी से हाथ-पैर बंधे हुए थे। एक कपड़ा उसके मुंह पर इस तरह बंधा हुआ था कि हजार उद्योग करने पर भी वह कुछ बोल नहीं सकती थी, और वह गठरी भी उसके पास इधर-उधर कहीं नहीं दिखाई देती थी जिसमें तारा की किस्मत बन्द थी और जो उस आदमी ने लड़ाई करते समय उसके हाथ में दे दी थी।

विचित्र मनुष्य ने झटपट उसके हाथ-पैर खोले, मुंह पर से कपड़ा दूर किया और उसकी इस बेइज्जती का कारण पूछा। कुछ शान्त होने पर उसने कहा, ‘‘जिस समय तुम भूतनाथ से लड़ रहे थे, उसी समय एक नकाबपोश यहां आया था और उसने एक कपड़ा इस फुर्ती के साथ मेरे मुंह पर डाल दिया और मुझे बेकाबू कर दिया कि मैं कुछ न कर सकी, न तो तुम्हें बुला सकी और न चिल्ला ही सकी। इसके बाद उसने मेरे मुंह पर मजबूती से कपड़ा बांधा और फिर रस्सी से हाथ-पैर बांधने के बाद वह गठरी लेकर चला गया, जो तुमने मुझे दी थी, और जो इस घबराहट में मेरे हाथ से छूटकर जमीन पर जा रही थी।''

आदमी–आह, तो मुझे अब मालूम हुआ कि वह शैतान नकाबपोश मेरा बहुत कुछ नुकसान करने के बाद मैदान में गया और मुझसे लड़ा था। हाय, उसने तो मुझे चौपट ही कर दिया, भूतनाथ पर काबू पाने का जो कुछ जरिया मेरे पास था, उसमें से बारह आना जाता रहा।

औरत–शायद ऐसा ही हो, क्योंकि मैं नहीं जानती कि किस नकाबपोश से तुम्हारी लड़ाई हुई और नतीजा क्या निकला?

आदमी–जो नकाबपोश मुझसे लड़ा था, वह अभी तक अखाड़े में बैटा हुआ है। जहां तक मुझे विश्वास होता है, मैं कह सकता हूं कि उसी ने तुम्हें तकलीफ दी है। मगर अफसोस, लड़ाई का नतीजा अच्छा न निकला, क्योंकि वह मुझसे बहुत जबर्दस्त है।

औरत–(आश्चर्य से) क्या लड़ाई में उसने तुम्हें दबा लिया?

आदमी–बेशक, ऐसा ही हुआ, और इस समय मैं उसका कुछ भी नहीं कर सकता।

औरत–तो क्या वह भूतनाथ का पक्षपाती है?

आदमी–कहता तो वह यही है कि मैं तुम्हारे और भूतनाथ के बीच में कुछ भी न बोलूंगा, तुम अगर चाहो तो भूतनाथ को ले जाओ या जैसा चाहो, उसके साथ बर्ताव करो।

औरत–मगर मेरे प्यारे मजनूं! तुम किसी बात की चिन्ता न करो, क्योंकि मैं उसे पहचान गई हूं, इसलिए आज नहीं तो फिर कभी जब तुम्हें मौका मिलेगा, तुम इस बेइज्जती का बदला उससे ले सकोगे।

आदमी–(खुश होकर) हां, तुमने उसे पहचान लिया? किस तरह पहचाना?

औरत–जब वह मेरे हाथ-पैर बांध रहा था, उसी समय इत्तिफाक से उसके चेहरे पर से नकाब हट गया और मैंने उसे अच्छी तरह पहचान लिया।

आदमी–यह बहुत अच्छा हुआ, हां, तो वह कौन है?

इसके जवाब में औरत ने धीरे-से उसके कान में कुछ कहा, जिसे सुनते ही वह चौंक पड़ा और सिर नीचा करके कुछ सोचने लगा। कई पल के बाद वह बोला, "आह, मुझे गुमान भी न था कि उस नकाब के अन्दर एक ऐसे की सूरत छिपी हुई है जो अपना सानी नहीं रखता, मगर बहुत बुरा हुआ। वह चीज मेरे हाथ में होती तो भूतनाथ को इतना डर न था, जितना अब है। खैर, क्या हर्ज है, जब पता लग गया तो जाता कहां है, आज नहीं कल, कल नहीं परसों, एक-न-एक दिन बदला ले लूंगा। मगर सुनो तो सही, मुझे एक नई बात सूझी है।"

विचित्र मनुष्य ने उस औरत से धीरे-धीरे कुछ कहा, जिसे वह बड़े गौर से सुनती रही और जब बात पूरी हो गई तो बोली, "ठीक है, ठीक है, मैं अभी जाती हूं, निश्चय रखो कि मेरी सवारी का घोड़ा घण्टे-भर के अन्दर अपनी पीठ खाली कर देगा और बहुत जल्द..."

आदमी–बस-बस, मैं समझ गया, तुम जाओ और मैं भी अब उसके पास जाता हूं।

उस औरत को बिदा करके वह विचित्र मनुष्य फिर उसी जगह आया, जहां भूतनाथ अभी तक सिर झुकाए हुए बैठा था, मगर उस नकाबपोश का कहीं पता न था।

आदमी–(भूतनाथ से) वह नकाबपोश कहां गया?

भूतनाथ–(इधर-उधर देखकर) मालूम नहीं, कहां चला गया।

आदमी–क्या तुम उसे जानते हो?

भूतनाथ–नहीं।

आदमी–मगर वह तुम्हारा पक्ष क्यों करता है?

भूतनाथ–मैंने तो कोई ऐसी बात नहीं देखी, जिससे मालूम हो कि वह मेरा पक्ष करता था।

आदमी–तुमने कोई ऐसी बात नहीं देखी, तो मैं कह देना उचित समझता हूं कि वह नकाबपोश वह गठरी बेगम के हाथ से जबर्दस्ती ले गया, जिसमें तारा की किस्मत बन्द थी।

भूतनाथ–चलो, अच्छा हुआ, एक बला से तो छुटकारा मिला!

आदमी–छुटकारा नहीं मिला, बल्कि तुम और भी आफत में फंस गए, यदि वास्तव में तुम उसे नहीं जानते!

भूतनाथ–हां, ऐसा भी हो सकता है, खैर, जो कुछ किस्मत में बदा है, होगा, मगर तुम यह बताओ कि अब मुझसे क्या चाहते हो? किसी तरह मेरा पिंड छोड़ोगे या नहीं?

आदमी–क्या हुआ, अगर वह गठरी चली गई, मगर फिर भी तुम खूब समझते होगे कि अभी तक तुम पूरी तरह से मेरे कब्जे में हो और तुम्हारी वह प्यारी चीज भी मेरे कब्जे में है जिसका इशारा मैं पहले कर चुका हूं। अस्तु मैं हुक्म देता हूं कि तुम उठो और मेरे साथ चलो!

भूतनाथ–खैर चलो, मैं चलता हूं।

इतना कहकर भूतनाथ ने आसमान की तरफ देखा और एक लम्बी सांस ली।

इस समय दिन अनुमान से पहर-भर चढ़ चुका था और धूप में हरारत क्रमशः बढ़ती जाती थी। भूतनाथ को साथ लिये हुए वह विचित्र मनुष्य पूरब की तरफ रवाना हो गया।

नौवां बयान

दिन बहुत ज्यादे चढ़ चुका था, जब कमलिनी अपना काम करके सुरंग की राह से लौटी और किशोरी, कामिनी तथा तारा को भैरोसिंह के साथ बातचीत करते पाया। कमलिनी, लाडिली और देवीसिंह बहुत प्रसन्न हुए और क्यों न होते, जिस आदमी की मेहनत ठिकाने लगती है, उसकी खुशी का अन्दाजा करना उसी आदमी का काम है जो कठिन मेहनत करके किसी अमूल्य वस्तु का लाभ कर चुका हो। किशोरी, कामिनी और तारा को इस तरह पाना कम खुशी की बात न थी, जिनके मिलने के विषय में आशा की भी आशा टूटी हुई थी।

किशोरी, कामिनी और तारा जमीन पर पड़ी बातें कर रही थीं, क्योंकि उनमें उठने की सामर्थ्य बिलकुल न थी, उन्होंने अपने बचानेवालों की तरफ–खास करके कमलिनी की तरफ–अहसान, शुक्रगुजारी और मुहब्बत-भरी निगाहों से देर तक देखा, जिसे कमलिनी तथा उसके साथी अच्छी तरह समझकर प्रसन्न होते रहे। कमलिनी को इस बात की खुशी हद से ज्यादे थी कि किशोरी, कामिनी तथा तारा की जान बच गई।

कमलिनी, लाडिली, देवीसिंह और भैरोसिंह इस बात पर विचार करने लगे कि अब क्या करना चाहिए। किशोरी, कामिनी और तारा में इतनी सामर्थ्य न थी कि दो कदम भी चल सकें या घोड़े पर सवार हो सकें और दो-तीन दिन के अन्दर इतनी ताकत हो भी नहीं सकती थी।

कमलिनी–अफसोस तो यह है कि दुश्मनों ने मेरे तिलिस्मी मकान की अवस्था बिलकुल खराब कर दी और वह मकान अब इस योग्य न रहा कि उसमें चलकर डेरा डालें, बिछावन और बर्तन तक उठा के ले गए।

देवी–तालाब की अवस्था भी तो बिलकुल खराब है। मिट्टी भर जाने के कारण वह स्थान अब निर्भय होकर रहने योग्य नहीं रहा और उसकी सफाई भी सहज में नहीं हो सकती।

कमलिनी–नहीं, इस बात की तो मुझे कुछ भी चिन्ता नहीं है क्योंकि दो दिन के अन्दर मैं उस तालाब को बिना परिश्रम साफ कर सकती हूं और ऐसा करने के लिए किसी मजदूर की भी आवश्यकता नहीं है।

भैरोसिंह–सो कैसे?

कमलिनी–उस मकान में एक विचित्र कुआं है। यदि उसका मुंह खोल दिया जाए तो चश्मे की तरह दो हाथ मोटी पानी की धारा उसमें से निकला करे और महीनों बन्द न हो, इसके अतिरिक्त तालाब में जल की निकासी के लिए भी एक लम्बी-चौड़ी मोहरी बनी हुई है। कारीगरों ने ये दोनों चीजें तालाब की सफाई के लिए बनाई हैं। बस इसी से तुम समझ सकते हो कि तालाब की सफाई कोई मुश्किल नहीं है। जब कुएं से बेअन्दाज जल निकलकर तालाब को साफ करता हुआ दूसरी तरफ से निकल जाने लगेगा तो उतनी मिट्टी का बह जाना कुछ कठिन नहीं है जितनी दुश्मनों ने तालाब में भर दी है।

देवी–बेशक अगर ऐसा है तो तालाब की सफाई कुछ मुश्किल नहीं है।

तारा–(बारीक और कमजोर आवाज से) अफसोस, यह बात मुझे मालूम नहीं थी, नहीं तो तालाब का जल क्यों सूखता और मिट्टी भरने की नौबत क्यों आती!

कमलिनी–ठीक है, और इसी सबब से मैं मकान की बरबादी का इलजाम तुझ पर नहीं लगाती, बल्कि अपने ऊपर लगाती हूं, इसलिए कि यह भेद मैंने तुझे क्यों न बता रखा था। असल तो यह है कि दुश्मनों के इस उद्योग का मुझे गुमान भी न था, खैर, जो होना था, हो गया।

देवी–अच्छा, तो जिस तरकीब से आपने कहा है, तालाब को साफ करके इन लोगों को उसी मकान में ले चलना चाहिए। बाकी रहा मकान के अन्दर का सामान, सो इसके लिए कोई चिन्ता नहीं, देखा जाएगा।

कमलिनी–हां, मैं भी यही उचित समझती हूं, दो रोज में मकान और तालाब की दुरुस्ती हो जाएगी, तब तक इन लोगों को इसी जगह रखना चाहिए, यह जगह भी

बड़ी हिफाजत की है, जिसको रास्ता मालूम न हो, यहां कदापि नहीं आ सकता। देखिए चारों तरफ कैसे ऊंचे-ऊंचे पहाड़ हैं। कभी-कभी इन पहाड़ों के ऊपर से जाते हुए मुसाफिर दिखाई देते हैं, मगर वे लोग यदि यहां आना चाहें तो नहीं आ सकते। जब तक मकान और तालाब की सफाई न हो जाए, तब तक वहां केवल आपका रहना काफी है। सफाई के सम्बन्ध में या और भी जिन-जिन बातों की आवश्यकता है, मैं आपको समझा दूंगी और फिर इसी जगह आकर इनके पास रहूंगी और इनका इलाज करूंगी।

देवी—आपका खयाल बहुत ठीक है, जो कुछ आप कहें, मैं करने के लिए तैयार हूं।

कमलिनी—पहले किशोरी, कामिनी और तारा के खाने-पीने का बंदोबस्त करना चाहिए। (भैरोसिंह से) देखा इस रमणीक स्थान में तीतरों और बटेरों की कमी नहीं है।

भैरो—और हमारे पास खाना बनाने का सफरी सामान भी है, मैं भी यही समझता हूं कि इनके लिए तीतर का शोरबा बहुत लाभदायक होगा।

किशोरी—(कमजोर आवाज से) नहीं, मैं शोरबा या मांस न खाऊंगी, औरतों के लिए यह...

देवी—(हुकूमत के ढंग पर, मगर वह हुकूमत का ढंग ठीक वैसा ही था जैसा बड़े लोग छोटों पर कर सकते हैं) नहीं, बीमारी की अवस्था में इसका खयाल नहीं हो सकता है, तुम इसे दवा समझके चुप रहो।

बेचारी किशोरी ने इस बात का कुछ भी जवाब नहीं दिया और चुप हो रही। भैरोसिंह उसी समय उठ खड़ा हुआ और तीतर पकड़ने के लिए चला गया। उस धूर्त और चालाक ऐयार को इस काम के लिए तीर या गुलेल इत्यादि किसी विशेष सामान की आवश्यकता न थी, वह केवल अपनी फुर्ती और चालाकी से बात-की-बात में सब्ज घास पर चरते हुए और खुटका पाने के साथ ही झाड़ियों में घुसकर छिप जानेवाले[1] कई तीतरों को पकड़ लाया और शोरबा पकाने का बन्दोबस्त करने लगा। इधर कमलिनी और देवीसिंह में बातचीत होने लगी।

देवी—उन दोनों घोड़ों की भी सुध लेनी चाहिए जिन्हें यहां से थोड़ी ही दूर पर एक पेड़ से बांधकर छोड़ आए हैं।

कमलिनी—हां, उन घोड़ों को भी जिस तरह बने, धीरे-धीरे यहां तक ले आना चाहिए, नहीं तो बेचारे जानवर भूख और प्यास के मारे मर जाएंगे। एक तो यहां का रास्ता ऐसा खराब है कि घोड़ों पर सवार होकर मैं आ नहीं सकती थी दूसरे रात

1. तीतरों और बटेरों की प्रकृति है कि यदि उनके पीछे दौड़िए तो वे भी आगे-आगे पहिले तो दौड़ते हैं, और इसके बाद अगल-बगल की झाड़ी में ऐसे घुस बैठते हैं कि जल्दी पता नहीं लगता, हां, जब साफ मैदान पाते हैं, अर्थात् पास में कोई छोटी या बड़ी झाड़ी नहीं होती तो उड़ भी जाते हैं।

का समय था, इसलिए लाचार होकर उनको उसी जगह छोड़ देना पड़ा, पर अब हम लोगों को वहां तक जाने की कोई आवश्यकता नहीं जान पड़ती।

देवी–ठीक है, अगर कहिए, तो मैं उन दोनों घोड़ों को यहां ले आऊं, अब तो दिन का समय है और जब तक भैरोसिंह खाने की तैयारी करता है, तब तक बेकार बैठे रहने से कुछ काम ही करना अच्छा है।

कमलिनी–अगर ले आइए तो अच्छी बात है, मगर हां, सुनिए तो सही, भूतनाथ और श्यामसुन्दरसिंह को कहा गया था कि आज रात के समय हम लोगों से मिलने के लिए उसी ठिकाने तैयार रहें जहां भगवानी उनके हवाले की गई थी।

देवी–जी हां, कहा गया था, मगर मैं समझता हूं कि अब हम लोगों का वहां जाना वृथा ही है, अगर आप कहिए तो मैं उन लोगों के पास जाऊं और यदि इस समय मुलाकात हो जाए, तो इस बात की इत्तिला भी देता आऊं या उन लोगों को इसी जगह लेता आऊं?

कमलिनी–एक तो रात होने के पहले उन लोगों से मुलाकात ही नहीं हो सकती, कौन ठिकाना वहां हों या दूसरी जगह चले गए हों, दूसरी बात यह है कि मैं उन लोगों को यह जगह दिखाना नहीं चाहती, और न यहां का भेद बताना चाहती हूं, क्योंकि आजकल की अवस्था देखकर श्यामसुन्दरसिंह पर से भी विश्वास उठा जाता है, बाकी रहा भूतनाथ। वह यद्यपि मेरे आधीन है और इस बात का उद्योग भी करता है कि हम लोगों को प्रसन्न रखे, मगर वह कई ऐसी भयानक घटनाओं का शिकार हो रहा है कि बहुत लायक और खैरख्वाह होने पर भी मैं उसे किसी भी योग्य नहीं समझती, और न इसी बात का विश्वास है कि उसका दिल वैसा ही रहेगा जैसा आज है; बल्कि मैं कह सकती हूं कि वह अपने दिल का मालिक आप नहीं है।

देवी–यह तो आप एक ऐसी बात कहती हैं जिसे पहेली की तरह उल्टी भूमिका कहने की इच्छा होती है।

कमलिनी–बेशक, ऐसा ही है। इस जगह 'तिनके की ओट पहाड़' वाली कहावत ठीक बैठती है। न मालूम वह कौन-सा भेद है जिसको जानने के लिए पहाड़ ऐसे पचासों दिन नष्ट करने की आवश्यकता होगी।

देवी–तो क्या आप भूतनाथ को अच्छी तरह नहीं जानतीं?

कमलिनी–मैं भूतनाथ के सात पुश्त को जानती हूं जिसका परिचय आप लोगों को आप-से-आप मिल जाएगा। निःसन्देह भूतनाथ दिल से हम लोगों का खैरख्वाह है परन्तु उसका दिल निरोग नहीं है और उसके भीतर का लंगर जो फौलाद की तरह ठोस है, किसी चुम्बक की समीपता के कारण सीधी चाल नहीं चलता। मैं इस फिक्र में हूं कि उसे हर तरह से स्वतन्त्र कर दूं, मगर उसके मुंह पर किसी जबरदस्त घटना के हाथ की लगी हुई मोहर उसके द्वारा कोई भेद प्रकट होने नहीं देती, निःसन्देह उस पर किसी अनुचित कार्य का काला धब्बा ऐसा मजबूत लगा है कि वह केवल

आंसुओं के जल से धुलकर साफ नहीं हो सकता। हाय, एक दफे की चूक जन्म-भर के लिए बवाल हो जाती है। आप स्वयं चालाक हैं, यदि मेरी तरह खोज में लगे रहेंगे तो कुछ पता पा जाएंगे। वह बेशक हम लोगों का खैरख्वाह है, निमकहराम नहीं, मगर जिसका दिल इश्क का लवलेश न होने पर भी अपने अख्तियार में न हो, उसका क्या विश्वास?

कमलिनी की इन भेद-भरी बातों ने केवल देवीसिंह ही को नहीं, बल्कि किशोरी, कामिनी और तारा को भी हैरानी में डाल दिया जो असाध्य रोगियों की तरह जमीन पर पड़ी हुई थीं और उनसे थोड़ी ही दूर पर बैठे हुए भैरोसिंह ने भी कमलिनी को बातों को अच्छी तरह सुना और समझा, मगर जिस तरह देवीसिंह के दिल पर उन बातों ने असर किया, उस तरह भैरोसिंह के दिल पर उन बातों ने, मालूम होता है कोई असर नहीं किया क्योंकि भैरोसिंह के चेहरे पर उन बातों को सुनने से आश्चर्य या उत्कण्ठा की कोई निशानी नहीं पाई जाती थी।

कुछ देर तक सोचने के बाद देवीसिंह यह कहकर उठ खड़े हुए, "अच्छा, मैं पहले घोड़ों की फिक्र में जाता हूं, फिर जैसा होगा, देखा जाएगा।"

आधा घण्टा सफर करने के बाद देवीसिंह उस जगह पहुंचे जहां एक पेड़ के साथ दोनों घोड़े बंधे हुए थे। वहां से थोड़ी दूर पर एक चश्मा बह रहा था। देवीसिंह दोनों घोड़ों को वहां ले गए और पानी पिलाने के बाद लम्बी बागडोर के सहारे पेड़ों के साथ बांध दिया, जहां उनके चरने के लिए लम्बी घास बहुतायत के साथ जमी हुई थी।

देवीसिंह ने सोचा कि यद्यपि कुसमय है, मगर फिर भी वहां अवश्य चलना चाहिए जहां भगवानी को छोड़ आए थे, शायद भूतनाथ या श्यामसुन्दरसिंह से मुलाकात हो जाए, अगर किसी से मुलाकात हो गई तो कह देंगे कि आज प्रतिज्ञानुसार इस जगह कमलिनी से मुलाकात न होगी। अगर यह काम हो गया तो रात के समय पुनः बीमारों को छोड़के इस तरफ आने की आवश्यकता न पड़ेगी।

इन बातों को सोचकर देवीसिंह वहां से आगे की तरफ बढ़े, मगर सौ कदम से ज्यादे दूर न गए होंगे कि सामने की तरफ से किसी के आने की आहट मालूम पड़ी। देवीसिंह ठहर गए और बड़े गौर से उधर देखने लगे जिधर से किसी के आने की आहट मिल रही थी। थोड़ी ही देर में दो आदमी निगाह के सामने आ पहुंचे जिनमें से एक को देवीसिंह पहचानते थे और दूसरे को नहीं। पाठक समझ गए होंगे कि उन दोनों में से एक तो भूतनाथ था और दूसरा वही विचित्र आदमी जिसने भूतनाथ पर अपना अधिकार कर लिया था और जो उसे इस समय अपने साथ न मालूम कहां लिये जाता था।

देवीसिंह ने भूतनाथ के उदास और मुरझाए चेहरे को बड़े गौर से देखा और फिर आगे बढ़कर उससे पूछा–

देवी–क्यों साहब, आप कहां जा रहे हैं और वह आपका साथी कौन है?

भूतनाथ–(अपने साथी की तरफ इशारा करके) इन्हें आप नहीं जानते, इनके साथ मैं एक जरूरी काम के लिए जा रहा हूं। आप कमलिनीजी से कह दीजिएगा कि आज रात को प्रतिज्ञानुसार मैं उनसे मिल नहीं सकता।

देवी–सो क्यों?

भूतनाथ–इसलिए कि इनके साथ जाता हूं, क्या जाने कब छुट्टी मिले!

देवी–इनके साथ कहां जाते हो?

भूतनाथ–(घबड़ाहट और लाचारी के ढंग से) सो तो मुझे मालूम नहीं!

इतना कहके उसने एक लम्बी सांस ली। अब देवीसिंह के दिमाग में वे बातें घूमने लगीं जो भूतनाथ के विषय में कमलिनी ने कही थीं। देवीसिंह ने भूतनाथ की कलाई पकड़ ली और एक तरफ ले जाकर पूछा, "दोस्त, क्या तुम इतना भी नहीं बता सकते कि कहां जा रहे हो? ऐयार लोगों का आपुस में क्या ऐसा ही बर्ताव होता है! क्या तुम और हम दोनों एक ही पक्ष के नहीं हैं, और क्या तुम अपने दिल की बातें मुझसे भी नहीं कह सकते? बोलो-बोलो, मेरी बातों का कुछ जवाब दो! वाह-वाह, यह क्या! तुम रो क्यों रहे हो?"

भूतनाथ–(आंखों से आंसू पोंछकर) हाय, मैं कुछ भी नहीं कह सकता कि मेरे दिल की क्या अवस्था है। (मुहब्बत से देवीसिंह का हाथ पकड़के) मैं तुमको अपना बड़ा भाई समझता हूं, और तुम इस बात का अपने दिल में ध्यान भी न लाना कि भूतनाथ तुम्हारे साथ चालबाजी की बातें करेगा, मगर हाय, मैं मजबूर हूं, कुछ नहीं कह सकता! (विचित्र मनुष्य की तरफ इशारा करके) मैं और मेरा सर्वस्व इस हरामजादे की मुट्ठी में है और छुटकारे की कोई आशा नहीं! अफसोस! अच्छा दोस्त, अब मुझे बिदा दो, अगर जीता रहा तो फिर मिलूंगा!

देवी–भूतनाथ, तुम कैसी बे-सिर-पैर की बातें कर रहे हो, कुछ समझ में नहीं आता! आश्चर्य है कि तुम्हारे ऐसा बहादुर आदमी और इस तरह की बातें करे। साफ-साफ कहो तो कुछ मालूम हो, कदाचित् मैं तुम्हारी मदद कर सकूं।

भूतनाथ–नहीं, तुम कुछ भी मदद नहीं कर सकते, मेरा नसीबा बिगड़ा हुआ है और इसे वही ठीक कर सकता है जिसने इसे बनाया है।

देवी–मैं इस बात को नहीं मानता। निःसन्देह ईश्वर सबके ऊपर है, परन्तु साथ ही इसके यह भी समझना चाहिए कि वह किसी को बनाने और बिगाड़ने के लिए अपने हाथ-पैर से काम नहीं लेता, यदि ऐसा करे या हो तो उसमें और मनुष्य में कोई भेद कहने के लिए भी बाकी न रह जाए, अतएव कह सकते हैं कि केवल उसकी इच्छा ही इतनी प्रबल है कि वह किसी तरह टल नहीं सकती और वह इस पृथ्वी का काम इसी पर रहनेवालों से कराता रहता है। इसका तत्व यह है कि वह जिस मनुष्य द्वारा अपनी इच्छा पूरी किया चाहता है, उसके अन्दर उस बुद्धि और साहस का संचार करता है, जिसका मुकाबला करनेवाला पृथ्वी में सिवाय बुद्धि और साहस के और कोई

नहीं। इसके साथ-ही-साथ, जिससे वह रुष्ट होता है, उससे बुद्धि और साहस छीन लेता है। बस, इन्हीं दो बातों द्वारा वह अपनी इच्छा पूरी करके नित्य नवीन नाटक देखा करता है और यही उसकी कारीगरी है। मैं इस समय जब अपनी तरफ ध्यान देता हूं तो ईश्वर की कृपा से अपने में साहस की कमी नहीं देखता और दिल को तुम्हारी मदद के लिए व्याकुल पाता हूं, और इससे निश्चय होता है कि मैं तुम्हारी सहायता कर सकता हूं और यही ईश्वर की इच्छा भी है। तुम एकदम हताश मत हो जाओ, और जान-बूझके अपनी जान के दुश्मन मत बनो, असल-असल हाल कहो, फिर देखो कि मैं क्या करता हूं।

भूतनाथ–तुम्हारा कहना बहुत ठीक है, परन्तु मुझे निश्चय है कि जब मैं अपना असल भेद तुमसे कह दूंगा तो तुम स्वयं मुझसे घृणा करोगे और चाहोगे कि यह दुष्ट किसी तरह मेरे सामने से दूर हो जाए! प्यारे दोस्त, जब से मैंने अपनी प्रकृति बदलने का उद्योग किया है और ईश्वर के सामने कसम खाई है कि अपने माथे से बदनामी का टीका दूर करके नेक, ईमानदार, सच्चा और सुयोग्य बनूंगा, तब से मेरे हृदय की विचित्र अवस्था हो गई है। जब मुझे यह मालूम होता है कि मेरी पिछली बातें अब प्रकट हुआ चाहती हैं, तब मुझे मौत से भी बढ़के कष्ट होता है, और जब यह चाहता हूं कि अपनी जान देकर भी किसी तरह इन बातों से छुटकारा पाऊं तो उसी समय मुझे मालूम होता है कि मेरे अन्दर दिल के पास ही बैठा हुआ कोई कह रहा है कि खबरदार ऐसा न कीजियो। तू कसम खा चुका है कि अपने सिर से बदनामी का टीका दूर करेगा। यदि ऐसा किए बिना मर जाएगा तो ईश्वर के सामने झूठा होने के कारण नरक का भागी होगा, अर्थात् तेरी आत्मा जो कभी मरनेवाली नहीं है, बड़ा कष्ट भोगेगी और हजारों वर्ष तक बिना पानी के मछली की तरह तड़पा करेगी। हाय, ये बातें ऐसी हैं कि मुझे बेचैन किए देती हैं, ऐसी अवस्था में तुम स्वयं सोच सकते हो कि अपनी बुराइयों को मैं अपने ही मुंह से कैसे प्रकट करूं और तुमसे क्या कहूं! यदि जी कड़ा करके कुछ कहूंगा भी तो निःसन्देह तुम मुझसे घृणा करोगे जैसा कि मैं तुमसे कह चुका हूं।

देवी–नहीं-नहीं, कदापि नहीं! मैं शपथपूर्वक कहता हूं कि यदि मुझे यह भी मालूम हो जाएगा कि तुम मेरे पिता के घातक हो, जिन पर मेरा बड़ा ही स्नेह था, तो भी मैं तुम्हें इसी तरह मुहब्बत की निगाह से देखूंगा, जैसा कि अब देख रहा हूं! कहो, अब इससे ज्यादे मैं क्या कह सकता हूं!

इतना सुनते ही भूतनाथ जिसने अपनी पीठ विचित्र मनुष्य की तरफ इसलिए कर रखी थी कि चेहरे के उतार-चढ़ाव से वह उसकी बातों का कुछ भेद न पा सके, देवीसिंह के पैरों पर गिर पड़ा और रोने लगा। देवीसिंह ने उसे उठाकर गले से लगा लिया और कहा–"देखो, जी कड़ा करो, घबड़ाओ मत, ईश्वर जो कुछ करेगा, अच्छा ही करेगा, क्योंकि नेकी की राह पर चलनेवालों की वह सहायता किया ही करता है

और उनके पिछले ऐबों पर ध्यान नहीं देता, यदि वह जान जाए कि यह भविष्य में नेक और सच्चा निकलेगा।''

विचित्र मनुष्य जो दूर खड़ा यह तमाशा देख रहा था, जी में बहुत ही कुढ़ा और उसने भूतनाथ से ललकारके कहा, ''भूतनाथ, यह क्या बात है? तुम राह चलते हर एक ऐरे-गैरे के सामने खड़े होकर घण्टों कलपा करोगे और मैं खड़ा पहरा दिया करूंगा? यह नहीं हो सकता। मैं तुम्हारा ताबेदार नहीं हूं, बल्कि तुम मेरे ताबेदार हो, चलो, जल्दी करो, अब मैं नहीं रुक सकता!''

भूतनाथ ने लाचारी और मजबूरी की निगाह देवीसिंह पर डाली और सिर नीचा करके चुप हो रहा। देवीसिंह ने पहिले तो भूतनाथ के कान में धीरे से कुछ कहा और इसके बाद विचित्र मनुष्य की तरफ बढ़कर बोले–

देवी–क्यों बे, क्या तूने मुझे ऐरे-गैरों में समझ लिया है? जुबान संभालके नहीं बोलता! क्या तू नहीं जानता कि मैं कौन हूं?

विचित्र मनुष्य–मैं खूब जानता हूं कि तुम्हारा नाम देवीसिंह है और तुम राजा बीरेन्द्रसिंह के ऐयार हो, मगर मुझे इससे क्या मतलब? तुमने मेरे आसामी को इतनी देर तक क्यों रोक रखा है?

देवी–भूतनाथ तेरा आसामी नहीं है बल्कि मेरा साथी ऐयार है। कदाचित् अपने पागलपन में तूने इसे अपना आसामी समझ लिया हो तो भी जो कुछ कहना हो भूतनाथ से कह, तुझे पागल समझकर मैं कुछ न कहूंगा, छोड़ दूंगा, मगर तू इतना हौसला नहीं कर सकता कि राजा बीरेन्द्रसिंह के ऐयारों को 'ऐरे-गैरे' कहकर सम्बोधन करे! क्या तू नहीं जानता कि ऐयार की इज्जत राजदीवान से कम नहीं होती? मैं बेशक तुझे इस बेअदबी की सजा दूंगा।

विचित्र मनुष्य–तुम मुझे क्या सजा दोगे, मैं तुम्हें समझता ही क्या हूं!

देवी–तो मैं दिखाऊं तमाशा तुझे और बता दूं कि राजा बीरेन्द्रसिंह के ऐयार लोग कैसे होते हैं?

विचित्र मनुष्य–जो कुछ करते बने करो, मैं तैयार हूं, तुमसे डरनेवाला नहीं।

इतना कहकर विचित्र मनुष्य ने म्यान से तलवार निकाल ली और देवीसिंह ने भी जमीन पर से पत्थर का एक टुकड़ा उठा लिया। विचित्र मनुष्य ने झपटकर देवीसिंह पर तलवार का वार किया। देवीसिंह उछलकर दूर जा खड़े हुए और उस पत्थर के टुकड़े से अपने वैरी पर वार किया, मगर उसने भी पैंतरा बदलकर अपने को बचा लिया और देवीसिंह पर झपटा। अबकी दफे देवीसिंह ने फुर्ती के साथ पत्थर के दो टुकड़े दोनों हाथों में उठा लिये और दुश्मन के वार को खाली देखकर एक पत्थर चलाया। जब तक विचित्र मनुष्य उस वार को बचाए, तब तक देवीसिंह ने दूसरा टुकड़ा चलाया जो उसके घुटने पर बैठा और उसे सख्त चोट लगी। देवीसिंह ने विलम्ब न किया, फिर एक पत्थर उठा लिया, और अपने वैरी को दूर से ही मारा। पैर में चोट

लग जाने के कारण वह उछलकर अलग न हो सका और देवीसिंह का चलाया हुआ दूसरा पत्थर उसके दूसरे घुटने पर इस जोर से लगा कि वह चलने लायक न रहा, इसके बाद देवीसिंह का चलाया हुआ फिर एक पत्थर उसकी दाहिनी कलाई पर बैठा और तलवार उसके हाथ से छूटकर जमीन पर गिर पड़ी। विचित्र मनुष्य की कलाई नकाबपोश की लड़ाई में पहले ही चोट खा चुकी थी, अबकी दफे तो वह ऐसी बेकाम हुई कि उसे विश्वास हो गया कि कई महीने तक तलवार का कब्जा न थाम सकेगी। वह घबड़ाहट के साथ देवीसिंह की तरफ देख ही रहा था कि देवीसिंह का चलाया हुआ एक और पत्थर आया, जिसने उसका सिर तोड़ दिया, और उसने त्योराकर जमीन पर गिरते-गिरते यह सुना, "देखा, राजा बीरेन्द्रसिंह के ऐयार की करामात!"

देवीसिंह तुरन्त उस विचित्र मनुष्य के पास पहुंचे जो जमीन पर बेहोश पड़ा हुआ था। अपने बटुए में से बेहोशी की दवा निकालकर उसे सुंघाई और उसके हाथ-पैर बांधने के बाद पुनः भूतनाथ के पास आए और बोले, "तुम मेरी इस कार्रवाई से किसी तरह की चिन्ता मत करो और देखो कि मैं इस कमबख्त को कैसा छकाता हूं।"

भूतनाथ—मैं आपकी जितनी तारीफ करूं, थोड़ी है। कोई जमाना ऐसा था कि ऐसे दुष्ट लोग मेरे नाम से कांपा करते थे परन्तु अब तो बात ही उल्टी हो गई। अब यह जब मेरे सामने आता है तो 'बालि' बनकर आता है अर्थात् इसकी सूरत देखते ही मेरी ताकत, फुर्ती और चालाकी हवा खाने चली जाती है या इसी दुष्ट का साथ देती है। अच्छा तो अब मुझे क्या करना चाहिए? हां, इस बात पर भी विचार कर लेना कि मेरी इज्जत अर्थात् मेरी स्त्री इसके कब्जे में है, न मालूम इसने उसे कहां कैद कर रखा है!

देवी—(आश्चर्य से भूतनाथ का मुंह देखके) खैर, पहले यह बताओ कि यह कौन है, इससे तुमसे कब मुलाकात हुई और क्या हुआ?

भूतनाथ ने यह तो नहीं बताया कि वह विचित्र मनुष्य कौन है, मगर जिस समय से वह मिला, और उसके बाद जो-जो हुआ, सब पूरा-पूरा कह सुनाया और देवीसिंह आश्चर्य के साथ सुनते रहे।

देवीसिंह कुछ देर तक सोचते रहे। भगवनिया के छूट जाने का उन्हें बहुत रंज था, क्योंकि उन्हें या भूतनाथ को इस बात की खबर नहीं थी कि भगवनिया भूतनाथ के कब्जे से निकलकर नकाबपोश के कब्जे में जा फंसी है। देवीसिंह इस बात पर देर तक गौर करते रहे कि नकाबपोश कौन होगा, तारा की किस्मत क्या चीज होगी, जो गठरी में थी, और वह घूमती-फिरती नकाबपोश के कब्जे में कैसे जा पहुंची? देवीसिंह को विश्वास तो था कि तारा की किस्मत के विषय में भूतनाथ से बढ़कर साफ कोई नहीं समझा सकता, मगर साथ ही इसके यह भी निश्चय था कि भूतनाथ अपने मुंह से इन भेदों को इस समय कदापि न खोलेगा और ऐसा करने के लिए जोर देने से उसे कष्ट होगा।

देवी–अच्छा भूतनाथ, यह बताओ कि तुम मुझ पर विश्वास कर सकते हो? मैं इस दुष्ट के पंजे से तुम्हें छुड़ाने का उद्योग करूंगा। तुम इस बात की चिन्ता न करो कि मैं इसे मार डालूंगा या बहुत दिनों तक कैद कर रखूंगा क्योंकि ऐसा करने से तुम्हारी स्त्री को कष्ट होगा और यह बात मुझे मंजूर नहीं है!

भूतनाथ–मैं शपथपूर्वक कहता हूं कि अपनी जिन्दगी का सबसे नाजुक और कीमती हिस्सा आपके हवाले करता हूं, आप जैसा चाहें उसके साथ बर्ताव करें, मगर मेरी एक प्रार्थना अवश्य स्वीकार करें।

देवी–वह क्या?

भूतनाथ–यही कि इस भेद के विषय में मेरी जुबान से कुछ कहलाने का उद्योग न करें और तहकीकात करने पर जो कुछ भेद आपको मालूम हों, उन भेदों को भी बिना मेरी इच्छा के राजा बीरेन्द्रसिंह, उनके दोनों कुमार, राजा गोपालसिंह, तारा और कमलिनी पर प्रकट न करें। बस इससे ज्यादे कुछ न कहकर आशा करता हूं कि मुझे अपना कनिष्ठ भ्राता समझकर इस दुष्ट के पंजे से छुटकारा दिलावेंगे। हां, एक बात कहना भूल गया, वह यह है कि इस दुष्ट को कैद करके आप बेफिक्र न रहिएगा, इसके मददगार लोग बड़े ही शैतान और पाजी हैं।

देवी–जो कुछ तुमने कहा, मुझे मंजूर है। मैं वादा करता हूं कि जब तक तुम आज्ञा न दोगे, तुम्हारे भेद अपने दिल के अन्दर रक्खूंगा और उद्योग करूंगा जिसमें तुम्हारी आत्मा निरोग हो और तुम स्वतन्त्र होकर विचार कर सको–अच्छा एक काम करो।

भूतनाथ–कहिए।

देवी–इस दुष्ट को तो मैं अपने कब्जे में करता हूं, जहां मुनासिब समझूंगा ले जाऊंगा, तुम यहां से जाओ, कल सबेरे तालाबवाले तिलिस्मी मकान में जिसे दुश्मनों ने खराब कर डाला है, मुझसे और कमलिनी से मुलाकात करो। इस बीच अगर हो सके तो श्यामसुन्दरसिंह को खोज निकालो और उसे भी अपने साथ उसी जगह लेते आओ, फिर जो कुछ मुनासिब होगा, किया जाएगा।

भूतनाथ–(चौंककर) तो क्या ये सब बातें आप कमलिनी से कहेंगे?

देवी–हां, यदि आवश्यकता होगी तो कहूंगा और इसमें तुम्हारा कुछ हर्ज नहीं है, परन्तु विश्वास रक्खो कि इन बातों का असल भेद, जिनका मैं पता भविष्य में लगाऊंगा, अपनी प्रतिज्ञानुसार किसी से न कहूंगा।

भूतनाथ–(मजबूर के ढंग से) बहुत अच्छा, मैं जाता हूं।

भूतनाथ वहां से चला गया। देवीसिंह ने उस विचित्र मनुष्य की गठरी बांधी और उस जगह आए जहां दोनों घोड़ों को छोड़ा था। घोड़ों पर जीन कसने के बाद एक पर उस आदमी को लादा और दूसरे पर आप सवार होकर उस तरफ रवाना हुए, जहां कमलिनी, किशोरी, कामिनी इत्यादि को छोड़ा था।

दसवां बयान

दिन ढल चुका था, जब देवीसिंह विचित्र मनुष्य की गठरी और दोनों घोड़ों को लिये हुए वहां पहुंचे, जहां किशोरी, कामिनी, तारा, कमलिनी, लाडिली और भैरोसिंह को छोड़ा था। तीतर का शोरबा पीने से किशोरी, कामिनी और तारा की तबीयत ठहरी हुई थी, और वे इस योग्य हो गई थीं कि दीवार के सहारे कुछ देर तक बैठ सकें, अस्तु, इस समय जब देवीसिंह वहां पहुंचे तो वे तीनों पत्थर की चट्टान के सहारे बैठी हुई कमलिनी और भैरोसिंह से बातचीत कर रही थीं। वहां जंगली पेड़ों की घनी छाया थी जिनकी टहनियां तेज हवा के झपेटों से झोंके खा रही थीं, और पत्तों की खड़खड़ाहट की मधुर ध्वनि बहुत ही भली मालूम देती थी।

जिस समय भैरोसिंह ने देखा कि देवीसिंह के साथ दोनों घोड़े ही नहीं हैं बल्कि एक गठरी भी है, वह उठकर आगे बढ़ गया और विचित्र मनुष्य की गठरी अपनी पीठ पर लादकर कमलिनी के पास ले आया। उस समय सभी की आश्चर्य-भरी निगाहें उसी गठरी की तरफ पड़ रही थीं। दोनों घोड़ों को पेड़ से बांधकर जब देवीसिंह कमलिनी के पास पहुंचे तो उन्होंने अपने पास की गठरी खोली और सभों ने बड़े गौर से उस विचित्र मनुष्य के चेहरे पर नजर डाली। यद्यपि देवीसिंह ने उसके फटे हुए सिर पर कपड़ा बांध दिया था, मगर थोड़ा-थोड़ा खून अभी तक बह रहा था।

कमलिनी–इसे आप कहां से लाए और यह कौन है?

देवी–मुझे अभी तक मालूम न हुआ कि यह कौन है।

कमलिनी–(आश्चर्य से) क्या खूब! अगर ऐसा ही था तो इसे कैद क्योंकर लाए?

देवी–इसका किस्सा बड़ा ही विचित्र है। मुझे अब निश्चय हो गया कि भूतनाथ निःसन्देह किसी भारी घटना का शिकार हो रहा है, जैसा कि आपने कहा था।

कमलिनी–अच्छा अब मैं टूटी-फूटी बातें नहीं सुनना चाहती, जो कुछ हाल हो खुलासा-खुलासा कह जाइए।

इस जगह पुनः उन बातों को दोहराना पाठकों का समय नष्ट करना है, अतएव इतना ही कह देना काफी है कि देवीसिंह ने अपना पूरा हाल तथा भूतनाथ की जुबानी इस विचित्र मनुष्य और नकाबपोश वगैरह का जो कुछ हाल सुना था, कमलिनी से कह सुनाया, जिसे सुनकर कमलिनी को बड़ा ही ताज्जुब हुआ। कमलिनी से भी ज्यादे ताज्जुब तारा को हुआ जब उसने सुना कि इस विचित्र मनुष्य के हाथ में एक गठरी थी, जिसके विषय में यह कहता था कि इसके अन्दर तारा की किस्मत बन्द है और गठरी घूमती-फिरती किसी नकाबपोश के हाथ में चली गई, मालूम नहीं वह नकाबपोश कौन था या कहां चला गया।

कमलिनी–(तारा से) जब तुम्हारी किस्मत की गठरी इस आदमी के हाथ में थी तो मालूम होता है कि तुम इसे जानती भी होगी!

तारा—कुछ भी नहीं, बल्कि जहां तक मैं कह सकती हूं, मालूम होता है कि मैंने इसकी सूरत भी कभी नहीं देखी होगी।

कमलिनी—ठीक है, इस समय इसके विषय में तुमसे कुछ पूछना भूल है, क्योंकि साफ मालूम होता है कि इस आदमी की सूरत वास्तव में वैसी नहीं है जैसी हम देख रहे हैं। जरूर इसने अपनी सूरत बदली है और इसके बाल भी असली नहीं बल्कि बनावटी हैं, जब वे अलग किए जाएंगे और इसका चेहरा धोया जाएगा तब शायद तुम इसे पहचान सको।

तारा—कदाचित ऐसा ही हो।

कमलिनी—अच्छा तो पहले इसका चेहरा साफ करना चाहिए।

देवी—मैं भी यही मुनासिब समझता हूं, इसके बाद इसे होश में लाकर जो कुछ पूछना हो, पूछा जाएगा।

इतना कहकर देवीसिंह ने अपने बटुए में से लोटा निकाला, भैरोसिंह का लोटा भी उठा लिया और जल भरने के लिए चश्मे के किनारे गए। चश्मा बहुत दूर न था इसलिए बहुत जल्द लौट आए और बाल दूर करके उसका चेहरा धोने लगे। आश्चर्य की बात है कि जैसे-जैसे उस विचित्र मनुष्य का चेहरा साफ होता जाता था, तैसे-तैसे तारा के चेहरे की रंगत बदलती जाती थी, यहां तक कि उसका चेहरा अच्छी तरफ साफ हुआ भी न था कि तारा ने एक चीख मारी और 'हाय' कहके गिरने के साथ ही बेहोश हो गई। उस वक्त सभों का खयाल तारा की तरफ जा रहा और कमलिनी ने कहा, "निःसन्देह इस मनुष्य को तारा पहचानती है!"

उसी समय भैरोसिंह की निगाह सामने की तरफ जा पड़ी और एक नकाबपोश को अपनी तरफ आते हुए देखकर उसने कहा, "देखिए, एक नकाबपोश हम लोगों की तरफ ही आ रहा है! आश्चर्य है कि उसने यहां का रास्ता कैसे देख लिया! कदाचित् चाचाजी के पीछे छिपकर चला आया हो। बेशक ऐसा ही है, नहीं तो इस भूलभुलैया रास्ते का पता लगाना कठिन ही नहीं बल्कि असम्भव है! जो हो मगर मैं कसम खाकर कह सकता हूं कि यह वही नकाबपोश है जिसका हाल इस समय सुनने में आया है। और देखो उसके हाथ में एक गठरी भी है। हां, यह वही गठरी होगी जिसके विषय में कहा जाता है कि इसमें तारा की किस्मत बन्द है!"

कमलिनी—बेशक, ऐसा ही है।

देवी—हां, इसके लिए तो मैं भी कसम खा सकता हूं।

॥ ग्यारहवां भाग समाप्त ॥

बारहवां भाग

पहिला बयान

हम ग्यारहवें भाग के अन्त में लिख आए हैं कि जब देवीसिंह ने उस विचित्र मनुष्य का चेहरा धोकर साफ किया तो शायद तारा ने उसे पहचान लिया और इस घटना का उस पर ऐसा असर हुआ कि वह चिल्ला उठी, उसका सिर घूमने लगा और वह जमीन पर गिरने के साथ ही बेहोश हो गई। उसी समय सामने से वह नकाबपोश भी आता हुआ दिखाई दिया, जिसने उस विचित्र मनुष्य को हैरान-परेशान कर दिया था और उस गठरी को भी अपने कब्जे में कर लिया था, जिसमें विचित्र मनुष्य के कहे मुताबिक तारा की किस्मत बन्द थी। इस बयान में भी हम उसी सिलसिले को जारी रखना उचित समझते हैं।

बात-की-बात में नकाबपोश उस जगह आ पहुंचा जहां वह विचित्र मनुष्य और उसके सामने एक पत्थर की चट्टान पर तारा बेहोश पड़ी हुई थी तथा कमलिनी बड़ी मुहब्बत से तारा का सिर थामे ताज्जुब-भरी निगाहों से हर एक को देख रही थी।

देवी–(नकाबपोश से) आप यहां कैसे आए? क्या यहां का रास्ता आपको मालूम था?

नकाबपोश–नहीं-नहीं, मैं तुम्हारे पीछे-पीछे यहां तक आया हूं।

इतना कहकर नकाबपोश ने अपने चेहरे से नकाब उठाकर पीछे की तरफ उलट दी और सभों ने तेजसिंह को पहचानकर बड़ा ही आश्चर्य किया। भैरोसिंह ने दौड़कर अपने पिता का चरण छुआ, देवीसिंह भी तेजसिंह के गले मिले और किशोरी, कामिनी, लाडिली तथा कमलिनी ने भी उन्हें प्रणाम किया।

देवी–(तेजसिंह से) क्या आप ही वह नकाबपोश हैं जिसका विचित्र हाल भूतनाथ की जुबानी मैंने सुना है?

तेज–हां, मैं ही था, मगर भूतनाथ को इस बात का शक भो न हुआ होगा कि नकाबपोश वास्तव में तेजसिंह है। (विचित्र मनुष्य की तरफ इशारा करके) इसके और भूतनाथ के बीच में जो-जो बातें या घटनाएं हुईं, वह भूतनाथ की जुबानी तुमने सुनी ही होंगी?

देवी–हां, सुनी तो हैं मगर मुझे विश्वास नहीं है कि भूतनाथ ने जो कहा, सब सच कहा होगा।

तेज–ठीक है, रात से मेरा खयाल भी भूतनाथ की तरफ से ऐसा ही हो रहा है, खैर, मैं स्वयं सब हाल तुम लोगों को कहता हूं। मैं तारासिंह को साथ लिये हुए रोहतासगढ़ गया था। उस समय मैं रोहतासगढ़ ही में था जब यह खबर पहुंची कि कमलिनी के तिलिस्मी मकान को दुश्मनों ने घेर लिया है और उस पर अपना दखल जमाया ही चाहते हैं। मैंने तुरन्त थोड़े से फौजी सिपाहियों को दुश्मन से मुकाबला करने के लिए रवाना किया और दो घण्टे बाद तारासिंह को साथ लेकर सूरत बदले हुए खुद भी उसी तरफ रवाना हुआ। रात की पहली अंधेरी थी जब हम दोनों एक जंगल में पहुंचे और उसी समय घोड़े के टापों की आवाज आने लगी। यह आवाज पीछे की तरफ से आ रही थी और क्रमशः पास होती जाती थी। हम दोनों यह सोचकर पेड़ की आड़ में खड़े हो गए कि जब यह सवार आगे निकल जाए, तब हम लोग चलेंगे, मगर जब यह घोड़ा उस पेड़ के पास पहुंचा, जिसकी आड़ में हम दोनों छिपे खड़े थे, तो हमने देखा कि उस घोड़े पर एक नहीं बल्कि दो आदमी सवार हैं जिनमें से एक औरत है, जो पीछे की तरफ बैठी हुई है। उसका औरत होना मुझे इस तरह मालूम हुआ कि जब घोड़ा उस पेड़ के पास पहुंचा जिसकी आड़ में हम लोग छिपे हुए थे तो उस औरत ने कहा, ''जरा ठहर जाइए, मैं इस जगह उतरूंगी और दस-बारह पल के लिए आपसे जुदा होऊंगी।'' बस इस आवाज ही से मुझे निश्चय हो गया कि वह औरत है। घोड़ा रोककर सवार उतर पड़ा और हाथ का सहारा देकर उस औरत को भी उसने उतारा।

इतना कहकर तेजसिंह रुक गए और कमलिनी की तरफ देखकर बोले, ''मगर मुझे इस समय अपना किस्सा कहते अच्छा नहीं मालूम होता।''

कमलिनी–सो क्यों?

तेज–इसलिए कि मैं एक तरफ बेचारी तारा को बेहोश देखता हूं, दूसरी तरफ किशोरी और कामिनी को ऐसी अवस्था में पाता हूं जैसे वर्षों की बीमार हों और तुमको भी सुस्त और उदास देखता हूं, इन कारणों से मेरी यह इच्छा होती है कि पहले इस तरफ का हाल सुन लूं।

कमलिनी–आपका कहना बहुत ठीक है, फिर भी मैं यही चाहती हूं कि पहले आपका हाल सुन लूं।

तेज–खैर, मैं भी अपना किस्सा मुख्तसर ही में पूरा करता हूं।

इतना कहकर तेजसिंह ने फिर कहना शुरू किया–

''जब वह औरत उस काम से छुट्टी पा चुकी जिसके लिए उतरी थी, तो घोड़े के पास आई और अपने साथी से बोली, 'भूतनाथ ने जिस समय आपको देखा उसके चेहरे पर मुर्दनी छा गई।' इसका जवाब उस आदमी ने जो वास्तव में (विचित्र मनुष्य

की तरफ इशारा करके) यही हजरत थे, यों दिया, 'बेशक ऐसा ही है क्योंकि भूतनाथ मुझे मुर्दा समझे हुए था। देखो तो सही आज मेरे और उसके बीच कैसी नेपटती है। मैं उसे अवश्य अपने साथ ले जाऊंगा और नहीं तो आज ही उसका भण्डा फोड़ दूंगा जो बड़ा अच्छा, नेक और बहादुर बना फिरता है!' इतना कह दोनों पुनः घोड़े पर सवार हुए और आगे की तरफ चले। मेरे दिल में तरह-तरह के खुटके पैदा हो रहे थे और मैं अपने को उनके पीछे-पीछे जाने से किसी तरह रोक नहीं नकता था। लाचार हम दोनों भी उनके पीछे तेजी के साथ रवाना हुए। इस बात की फिक्र मेरे दिल से बिलकुल जाती रही कि हमारे फौजी सिपाही दुश्मनों के मुकाबले में कब पहुंचेंगे और क्या करेंगे। अब तो यह फिक्र पैदा हुई कि यह आदमी कौन है और इससे तथा भूतनाथ से क्या सम्बन्ध है, इस बात का पता लगाना चाहिए, और इसीलिए हम लोग अपना रास्ता छोड़कर घोड़े के पीछे-पीछे ही रवाना हुए, मगर हम लोगों को बहुत देर तक सफर न करना पड़ा और शीघ्र ही हम लोग उस जंगल में जा पहुंचे जिसमें भगवानी और श्यामसुन्दर की कहा-सुनी हो रही थी और थोड़ी देर के बाद आप लोग भी पहुंच गए थे। मैं जान-बूझकर आप लोगों से नहीं मिला और इस विचित्र मनुष्य के पीछे पड़ा रहा, यहां तक कि आप लोग चले गए और मुझे वह विचित्र घटना देखनी पड़ी।"

इसके बाद तेजसिंह ने वह सब हाल कहा जिसे हम ऊपर लिख आए हैं और पुनः इस जगह दोहराकर लिखना वृथा समझते हैं। हां, उस दूसरे नकाबपोश के विषय में कदाचित् पाठकों को भ्रम होगा इसलिए साफ लिख देना आवश्यक है कि वह दूसरा नकाबपोश जिसने भगवानी को भागने से रोक रखा था और जिसके पास पहुंचने के लिए तेजसिंह ने श्यामसुन्दरसिंह को नसीहत की थी, वास्तव में तारासिंह था, जिसका हाल इस समय तेजसिंह के बयान करने से मालूम हुआ।

जो कुछ हम ऊपर लिख आए हैं, उतना बयान करने के बाद तेजसिंह ने कहा, "जब यह विचित्र मनुष्य भूतनाथ को लेकर रवाना हुआ तो मैं भी इसके पीछे-पीछे चला पर बीच ही में उससे और देवीसिंह से मुलाकात हो गई देवीसिंह उसे पकड़के यहां ले आए और मैं भी देवीसिंह के पीछे-पीछे चुपचाप यहां तक चला आया।"

इतना कहकर तेजसिंह चुप हो गए और तारा की तरफ देखने लगे।

कमलिनी–यह घटना तो बड़ी ही विचित्र है, निःसन्देह इसके अन्दर कोई गुप्त रहस्य छिपा हुआ है।

तेज–जहां तक मैं समझता हूं, मालूम होता है कि आज बड़ी-बड़ी गुप्त बातों का पता लगेगा। अब कोई ऐसी तरकीब करनी चाहिए जिसमें यह (विचित्र मनुष्य की तरफ इशारा करके) अपना सच्चा हाल कह दे।

देवी–तो इसे होश में लाना चाहिए।

तेज–नहीं, इसे अभी इसी तरह पड़ा रहने दो, कोई हर्ज नहीं और पहले तारा को होश में लाने का उद्योग करो।

देवी–बहुत अच्छा।

अब देवीसिंह तारा को होश में लाने का उद्योग करने लगे और तेजसिंह ने कमलिनी से कहा, "जब तक तारा होश में आवे, तब तक तुम अपना हाल और इस तरफ जो कुछ बीता है, सो सब हाल कह जाओ।" कमलिनी ने ऐसा ही किया अर्थात् अपना और किशोरी, कामिनी तथा तारा का सब हाल संक्षेप में कह सुनाया, और इसी बीच में तारा भी होश में आकर बातचीत करने योग्य हो गई।

कमलिनी–(तारा से) क्यों बहिन, अब तबीयत कैसी है?

तारा–अच्छी है।

कमलिनी–तुम इस विचित्र मनुष्य को देखकर इतना डरी क्यों? क्या इसे पहचानती हो?

तारा–हां, मैं इसे पहचानती हूं, मगर अफसोस कि इसका असल भेद अपनी जुबान से नहीं कह सकती। (विचित्र मनुष्य की तरफ देखके) हाय, इस बेचारे ने तो किसी का कुछ भी नुकसान नहीं किया, फिर आप लोग क्यों इसके पीछे पड़े हैं?

कमलिनी–बहिन, मेरी समझ में नहीं आता कि तुम इसका भेद जानके भी इतना क्यों छिपाती हो? क्या तुमने अभी नहीं सुना कि इसके और भूतनाथ के बीच में क्या बातें हुई हैं? मगर फिर भी ताज्जुब है कि इसे तुम अपनायत के ढंग से देख रही हो!

तारा–(लम्बी सांस लेकर) हाय, अब मैं अपने दिल को नहीं रोक सकती। उसमें अब इतनी ताकत नहीं है कि उन भेदों को छिपा सके जिन्हें इतने दिनों तक अपने अन्दर इसलिए छिपा रखा था कि मुसीबत के दिन निकल जाने पर प्रकट किए जाएंगे। नहीं-नहीं, अब मैं नहीं छिपा सकती! बहिन कमलिनी, तू वास्तव में मेरी बहिन है और सगी बहिन है, मैं तुझसे बड़ी हूं, मेरा ही नाम लक्ष्मीदेवी है।

कमलिनी–(चौंककर और तारा को गले लगाकर) ओह! मेरी प्यारी बहिन! क्या वास्तव में तुम लक्ष्मीदेवी हो?

तारा–हां, और यह विचित्र मनुष्य हमारा बाप है!

कमलिनी–हमारा बाप बलभद्रसिंह!

तारा–हां, यही हमारे-तुम्हारे और लाडिली के बाप बलभद्रसिंह हैं। कमबख्त मायारानी की बदौलत मेरे साथ मेरे बाप भी कैदखाने की अंधेरी कोठरी में सड़ते रहे। हरामजादा दारोगा इस पर भी सन्तुष्ट न हुआ और उसने इनको जहर दे दिया मगर

ईश्वर ने एक सहायक भेज दिया जिसकी बदौलत जान बच गई। पर फेर भी उस जहर के तेज असर ने इनका बदन फोड़ दिया और रंग बिगाड़ दिया, बल्कि इस योग्य तक नहीं रखा कि तुम इन्हें ठीक से पहचान सको। इतना ही नहीं, और भी बड़े-बड़े कष्ट भोगने पड़े। (रोकर) हाय! अब मेरे कलेजे में दर्द हो रहा है। मैं उन मुसीबतों को बयान नहीं कर सकती! तुम स्वयं अपने पिता ही से सब हाल पूछ लो, जिन्हें मैं कई वर्षों के बाद इस अवस्था में देख रही हूं!

पाठक, आप समझ सकते हैं कि तारा की इन बातों ने कमलिनी के दिल पर क्या असर किया होगा, तेजसिंह और भैरोसिंह की क्या अवस्था हुई होगी और देवीसिंह कितने शर्मिन्दा हुए होंगे, जिन्होंने पत्थर मारकर उस विचित्र मनुष्य का सिर तोड़ डाला था। कमलिनी दौड़ी हुई अपने बाप के पास गई और उनके गले से चिपटकर रोने लगी। तेजसिंह भी लपककर उनके पास गए और लखलखे की डिबिया उनके नाक से लगाई। बलभद्रसिंह होश में आकर उठ बैठे और ताज्जुब-भरी निगाहों से चारों तरफ देखने लगे। तारा, कमलिनी और लाडिली पर निगाह पड़ते ही, उद्योग करने पर भी न रुकनेवाले आंसू उनकी आंखों में डबडबा आए और उन्होंने कमलिनी की तरफ देखकर कांपती हुई आवाज में कहा, "क्या तारा ने मेरे या अपने विषय में कोई बात कही है? तुम लोग जिस निगाह से मुझे देख रही हो उससे साफ मालूम होता है कि तारा ने मुझे पहचान लिया और मेरे तथा अपने विषय में कुछ कहा है!"

कमलिनी–(गद्गद होकर) जी हां, तारा ने अपना और आपका परिचय देकर मुझे बड़ा ही प्रसन्न किया है।

बलभद्र–तो बस, अब मैं अपने को क्योंकर छिपा सकता हूं और इस बात से क्योंकर इनकार कर सकता हूं कि मैं तुम तीनों बहिनों का बाप हूं। आह! मैं अपने दुश्मनों से अपना बदला स्वयं लेने की नीयत से थोड़े दिन तक और अपने को छिपाना चाहता था, मगर समय ने ऐसा करने न दिया! खैर, मर्जी परमात्मा की! अच्छा कमलिनी, सच कहियो, क्या तुझे इस बात का गुमान भी था कि तेरा बाप जीता है?

कमलिनी–मैं अफसोस के साथ कहती हूं कि कई पितृपक्ष ऐसे बीत गए जिसमें मैं आपके नाम तिलांजलि दे चुकी हूं, क्योंकि मुझे विश्वास दिलाया गया था कि हम लोगों के सिर पर से हमारे प्यारे बाप का साया जाता रहा और इस बात को भी एक जमाना गुजर गया। जो हो, मगर आज हमारी खुशी का अन्दाजा कोई भी नहीं कर सकता।

बलभद्रसिंह उठकर तारा के पास गए जिसमें चलने-फिरने की ताकत अभी तक नहीं आई थी, तारा उनके गले से लिपट गई और फूट-फूटकर रोने लगी। उसके बाद लाडिली की नौबत आई और उसने रो-रोकर अपने कपड़े भिगोये

और मायारानी को गालियां देती रही। आधे घण्टे तक यही हालत रही, अन्त में तेजसिंह ने सभों को समझा-बुझाकर शान्त किया और फिर बातचीत होने लगी।

देवी–(बलभद्रसिंह से) मैं आपसे माफी मांगता हूं, मुझसे जो कुछ भूल हुई वह अनजाने में हुई है!

बलभद्र–(हंसकर) नहीं-नहीं, मुझे इस बात का रंज कुछ भी नहीं है, बल्कि सच तो यो है कि अब मुझे केवल आप ही लोगों का भरोसा रह गया है, मगर अफसोस इतना ही है कि भूतनाथ आप लोगों का दोस्त है, और मैं उसे किसी तरह भी माफ नहीं कर सकता।

तेज–हम लोगों को बड़ा ही आश्चर्य हो रहा है और बिलकुल समझ में नहीं आता कि आपके और भूतनाथ के बीच में किस बात की ऐंठन पड़ी हुई है।

बलभद्र–(तेजसिंह से) मालूम होता है कि अभी तक आपने वह गठरी नहीं खोली, जो आपने एक औरत के हाथ से छीनी थी, और जो इस समय भी मैं आपके पास देख रहा हूं।

तेज–(गठरी दिखाकर) नहीं, मैंने उसे अभी तक नहीं खोला।

बलभद्र–तभी आप ऐसे पूछते हैं, अच्छा अब इसे खोलिए।

कमलिनी–वह औरत कौन थी?

बलभद्र–उसका भी हाल मालूम हो जाएगा, जरा सब्र करो! (तेजसिंह से) हां साहब, अब वह गठरी खोलिए।

''बहुत अच्छा'' कहकर तेजसिंह उठे और गठरी लिये हुए उस तरफ बढ़ गए जहां किशोरी, कामिनी और तारा पड़ी थीं। इसके बाद सभों की तरफ देखके बोले, ''इस गठरी में क्या है, सो देखने के लिए सभों का जी बेचैन हो रहा होगा, बल्कि मैं कह सकता हूं कि तारा सबसे ज्यादे बेचैन होगी इसलिए मैं किशोरी, कामिनी और तारा ही के पास बैठकर यह गठरी खोलता हूं जिन्हें उठने और चलने में तकलीफ होगी, आइए, आप लोग भी इसी जगह आ बैठिए।''

इतना कहकर तेजसिंह बैठ गए, बलभद्रसिंह उनके बगल में जा बैठे, और बाकी सभों ने तेजसिंह को इस तरह घेर लिया जैसे किसी मदारी को खेल करते समय मनचले लड़के घेर लेते हैं। तेजसिंह ने गठरी खोली और सभों की निगाह उसके अन्दर की चीजों पर पड़ी।

इस गठरी में पीतल की एक छोटी-सी सन्दूकड़ी थी जिसे कलमदान भी कह सकते हैं, और एक मुट्ठा कागजों का था। बलभद्रसिंह ने कहा, ''पहले इस कागज के मुट्ठे को खोलो।'' तेजसिंह ने ऐसा ही किया और जब कागज का मुट्ठा खोला गया तो मालूम हुआ कि कई चीठियों को आपुस में एक-दूसरे के साथ जोड़के वह मुट्ठा तैयार किया गया है।

तेज–(मुट्ठा खोलते हुए) इसे शैतान की आंत कहें या विधाता की जन्मपत्री!

बलभद्र–(हंसकर) आप जो चाहें कह सकते हैं। इन चीठियों और पुर्जों को मैंने क्रम के साथ जोड़ा है, आप शुरू से एक-एक करके पढ़ना आरम्भ कीजिए।

तेज–बहुत अच्छा।

तेजसिंह ने पहला पुर्जा पढ़ा, उसमें ऊपर की तरफ यह लिखा हुआ था–

"श्रीयुत् रघुबरसिंह योग्य लिखी हेलासिंह का राम-राम।" और बाद में यह मजमून था–

"मेरे प्यारे दोस्त–

आपको मालूम है कि राजा गोपालसिंह की शादी बलभद्रसिंह की लड़की लक्ष्मीदेवी के साथ होनेवाली है, मगर मैं चाहता हूं कि आप कृपा करके कोई ऐसा बन्दोबस्त करें, जिसमें वह शादी टूट जाए और उसके बदले में मेरी लड़की मुन्दर की शादी राजा गोपालसिंह के साथ हो जाए। अगर ऐसा हुआ तो मैं जन्म-भर आपका अहसान मानूंगा और जो कुछ आप कहेंगे, करूंगा। मुझे आपकी दोस्ती पर बहुत भरोसा है। शुभम्।"

बलभद्र–लीजिए, पहले नम्बर की चीठी समाप्त!

तारा–रघुबरसिंह किसका नाम है?

तेज–इस भूतनाथ का नाम रघुबरसिंह है और नानक इसी का लड़का है, (बलभद्रसिंह से) क्या हेलासिंह मायारानी के बाप का नाम है?

बलभद्र–जी हां, और मायारानी का असल नाम मुन्दर है।

कमलिनी–अच्छा आगे पढ़िए।

तेजसिंह ने दूसरी चीठी पढ़ी। उसमें यह लिखा था–

"मेरे प्यारे दोस्त हेलासिंह,

आपका पत्र पहुंचा। मैं इस बात का उद्योग कर सकता हूं मगर इस काम में हद से ज्यादे मेहनत करनी पड़ेगी। खुल्लमखुल्ला तो आपकी लड़की की शादी राजा गोपालसिंह से नहीं हो सकती, क्योंकि राजा गोपालसिंह को आपकी लड़की का विधवा होना मालूम है, हां, उनका दारोगा अगर हमारे साथ मिल जाए तो कोई तरकीब निकल सकती है, लेकिन उसमें भी यह कठिनाई है कि दारोगा लालची है और आप गरीब हैं।

–रघुबरसिंह।"

देवी–वाह-वाह, भूतनाथ तो बड़ा शैतान मालूम होता है! यह सब कांटे क्या उसी के बोए हुए हैं!

कमलिनी–मगर अफसोस है कि आप उसे अपना दोस्त बनाने के लिए कसम खा चुके हैं!

बलभद्र–मैं ठीक कहता हूं कि थोड़ी देर बाद देवीसिंहजी को अपने किए पर पछताना पड़ेगा।

लाडिली–खैर, जो होगा देखा जाएगा, आप तीसरी चीठी पढ़िए।

बलभद्र–मालूम नहीं है कि भूतनाथ की चीठी का जवाब हेलासिंह ने क्या दिया था क्योंकि वह चीठी मेरे हाथ नहीं लगी। यह तीसरी चीठी जो आप पढ़ेंगे वह भी भूतनाथ ही की लिखी हुई है।

तेजसिंह तीसरी चीठी पढ़ने लगे। उसमें लिखा हुआ था–

"प्रियवर हेलासिंह–

आपने लिखा कि 'यद्यपि मुन्दर विधवा है और उसकी उम्र भी ज्यादे है परंतु नाटी होने के सबब वह ज्यादे उम्र की मालूम नहीं पड़ती' ठीक है, मगर बहुत-सी बातें ऐसी हैं जो औरों को चाहे मालूम न हों, मगर उससे किसी तरह छिपी नहीं रह सकतीं जिसके साथ उसकी शादी होगी और इसी बात से राजा गोपालसिंह का दारोगा भी डरता है, मगर मैंने भविष्य के लिए उसके खयाल में ऐसे-ऐसे सरसब्ज बाग पैदा कर दिए हैं कि जिसकी बेसुध और मदहोश कर देनेवाली खुशबू को वह अभी से सूंघने लग गया है, तिस पर भी मैं इस बात का तुम्हें विश्वास दिलाता हूं कि यह शादी प्रकट रूप से नहीं हो सकती। इसके लिए उस ब्याहवाले दिन ही कोई अनोखी चाल चलनी पड़ेगी। अस्तु, दारोगा साहब ने यह कहा है कि आज के आठवें दिन गुरुवार को संध्या समय दारोगा साहब के बंगले में आप उनसे मिलें, मैं भी वहां मौजूद रहूंगा। फिर जो कुछ तै हो जाए, वही ठीक है।

–वही रघुबर।"

कमलिनी–मुझे यह नहीं मालूम था कि भूतनाथ के हाथ से ऐसे-ऐसे अनुचित कार्य हुए हैं। उसने यही कहा था कि मैं राजा बीरेन्द्रसिंह का दोषी हूं और इस बात का सबूत मायारानी और उसकी सखी मनोरमा के कब्जे में है। जहां तक मुझसे बना मैंने भूतनाथ का पक्ष करके उन सबूतों को गारत कर दिया, मगर मैं हैरान थी कि भूतनाथ को धमकाने, कब्जे में रखने, या तबाह करने के लिए मायारानी ने इतने सबूत क्यों बटोर रक्खे हैं या उसे भूतनाथ की परवाह इतनी क्यों हुई! मगर आज उस बात का असल भेद खुल गया। इस समय मालूम हो गया कि लक्ष्मीदेवी और गोपालसिंह के साथ दगा करने में भूतनाथ शरीक था और इस बात का डर केवल भूतनाथ और दारोगा ही को नहीं था बल्कि मायारानी को भी था और वह भी अपने को भूतनाथ और दारोगा के कब्जे में समझती थी। राजा गोपालसिंह को कैद करने के बाद यह डर और भी बढ़ गया होगा और भूतनाथ ने भी उसे कुछ डराया-धमकाया या रुपये वसूल करने के लिए तंग किया होगा और उस समय भूतनाथ को अपने आधीन करने के लिए मायारानी ने यह कार्रवाई की होगी अर्थात् भूतनाथ को राजा बीरेन्द्रसिंह का दोषी ठहराने के लिए बहुत से सबूत इकट्ठे किए होंगे।

भैरो–मैं भी यही सोचता हूं।

तेज–निःसन्देह ऐसा ही है।

कमलिनी–ओफ ओह! अगर मैं पहले ही ऐसा जान गई होती तो भूतनाथ का इतना पक्ष न करती, और न उसे अपना साथी ही बनाती।

देवी–मगर इधर तो उसने आपके कामों में बड़ी मेहनत की है इसलिए कुछ मुरौवत तो करनी पड़ेगी!

कमलिनी–नहीं-नहीं, मैं उसका कसूर कभी माफ नहीं कर सकती चाहे जो हो!

देवी–मगर फिर वह भी आप ही लोगों का दुश्मन हो जाएगा। जहां तक मैं समझता हूं, इस समय वह अपने किए पर आप पछता रहा है।

कमलिनी–जो हो, मगर यह कसूर ऐसा नहीं है, जिसे मैं माफ कर सकूं। ओह, आह! क्रोध के मारे मेरा अजब हाल हो रहा है!

तेज–उसने कसूर भी भारी किया है।

बलभद्र–अभी क्या है, अभी तो कुछ देखा ही नहीं! उसने जो किया है उसका हजारवां भाग भी अभी तक आपको मालूम नहीं हुआ है! जरा आगे की चीठियां तो पढ़िए, और इसके बाद जब वह पीतलवाला कलमदान खुलेगा तब देवीसिंहजी से पूछेंगे कि 'कहिए, भूतनाथ के साथ कैसा सलूक करना चाहिए?'

इस समय बेचारी तारा (जिसको आगे से हम लक्ष्मीदेवी के नाम से लिखा करेंगे) चुपचाप बैठी लम्बी-लम्बी सांसें ले रही थी। बाप के शर्म से वह इस विषय में कुछ बोल नहीं सकती थी, मगर भूतनाथ से बदला लेने का खयाल उसके दिल में मजबूती के साथ जड़ पकड़ता जा रहा था और क्रोध की आंच उसके अन्दर इतनी ज्यादे तेज होकर सुलग रही थी कि उसका तमाम बदन गर्म हो रहा था, इस तरह जैसे बुखार चढ़ आया हो। आज के पहले वह भूतनाथ को लायक और नेक समझती थी, मगर इस समय यकायक जो बातें मालूम हुईं, उन्होंने उसे अपने आपे से बाहर कर दिया था।

तेजसिंह ने चौथी चीठी पढ़ी। उसमें यह लिखा हुआ था–

''प्रिय बन्धु हेलासिंह,

बहुत दिनों से पत्र न भेजने के कारण आपको उदास न होना चाहिए। मैं इस फिक्र में लगा हूं कि किसी तरह बलभद्रसिंह और लक्ष्मीदेवी को खपा डालूं, मगर अभी तक मैं कुछ न कर सका क्योंकि एक तो बलभद्रसिंह स्वयं ऐयार है, दूसरे आजकल राजा गोपालसिंह की आज्ञानुसार बिहारीसिंह और हरनामसिंह भी उसके घर की हिफाजत कर रहे हैं। खैर, कोई चिन्ता नहीं, देखिए तो सही क्या होता है! मैंने बलभद्रसिंह के पड़ोस में हलवाई की एक दुकान खोली है और अच्छे-अच्छे कारीगर हलवाई नौकर रक्खे हैं। बहुत-सी मिठाइयां मैंने ऐसी तैयार की हैं जिनमें दारोगा साहब का दिया हुआ अनूठा जहर बड़ी खूबी के साथ मिलाया गया है। यह जहर

ऐसा है कि जिसे खाने के साथ ही आदमी नहीं मर जाता बल्कि महीनों तक बीमार रहके जान देता है। जहर खानेवाले का बदन बिलकुल फूट जाएगा और वैद्य लोग उसे देखके सिवाय इसके और कुछ भी नहीं कह सकेंगे कि यह गर्मी की बीमारी से मरा है, जहर का तो किसी को गुमान भी न होगा। मैंने उस घर की लौंडियों और नौकरों से भी मेल-जोल पैदा कर लिया है, अस्तु, चाहे वे लोग कैसे भी होशियार और धूर्त क्यों न हों, मगर एक-न-एक दिन हमारी जहरीली मिठाई बलभद्रसिंह के पेट में उतर ही जाएगी। आपकी लड़की बड़ी ही होशियार और चांगली है। वह सुजान के घर में बहुत अच्छे ढंग से रहती है। सुजान ने उसे अपनी भतीजी कहके मशहूर किया है और उसकी भी बातचीत चल रही है, मगर गोपालसिंह का बूढ़ा बाप बड़ा ही शैतान है। दारोगा साहब उसका नाम-निशान भी मिटाने के उद्योग में लगे हुए हैं। सब्र करो, घबराओ मत, काम अवश्य बन जाएगा। आज से मैं अपना नाम बदल देता हूं, मुझे अब भूतनाथ कहके पुकारा करना।

वही–भूत.।''

इस चीठी ने सभों के दिल पर बड़ा ही भयानक असर किया, यहां तक कि देवीसिंह की आंखें भी मारे क्रोध के लाल हो गईं और तमाम बदन कांपने लगा।

तेज–बेईमान! दुष्ट! इतनी बड़ी-चढ़ी बदमाशी!

भैरो–इस हरमजदगी का कुछ ठिकाना है!

लाडिली–इस समय मेरा कलेजा फुंका जाता है। यदि भूतनाथ यहां मौजूद होता तो इसी समय अपने हृदय की आंच में उसे आहुति दे देती। परमेश्वर, ऐसे-ऐसे पापियों के साथ तू...

कमलिनी–हाय! कमबख्त भूतनाथ ने तो ऐसा काम किया है कि यदि वह कुत्ते से भी नुचवाया जाए तो इसका बदला नहीं हो सकता।

बलभद्र–ठीक है, मगर मैं उसकी जान कदापि न मारूंगा। मैं वही काम करूंगा जिससे मेरे कलेजे की आग ठंडी हो। ओफ...

देवी–इधर हम लोगों के साथ मिलके भूतनाथ ने जो-जो काम किए हैं, उनसे विश्वास हो गया था कि वह हम लोगों का खैरख्वाह है, हम लोग उससे बहुत ही प्रसन्न थे और...

बलभद्र–नहीं, नहीं, वह ऐसे काले सांप का जहरीला बच्चा है जिसके काटे का मन्त्र ही नहीं। उसका कोई ठिकाना नहीं! बेशक, वह कुछ दिन में आप लोगों को अपने आधीन करके मायारानी से मिल जाता। यह काम भी वह कभी का कर चुका होता, मगर जब से उसने मेरी सूरत देख ली है और उसे निश्चय हो गया कि मैं मरा नहीं बल्कि जीता हूं तब से उसकी अक्ल ठिकाने नहीं है, वह घबड़ा गया है और अपने बचाव की तरकीब सोच रहा है। (तेजसिंह से) खैर, आगे पढ़िए, देखिए और क्या बात मालूम होती है!

तेजसिंह ने अगली चीठी पढ़ी, उसमें यह लिखा हुआ था–

"मेरे लंगोटिया यार हेलासिंह,

मालूम होता है तुम्हारा नसीबा बड़ा जबर्दस्त है। राजा गोपालसिंह का बुड्ढा बाप बड़ा ही चांगला और काइयां था। वह कमबख्त अपने ही मन की करता था। अगर वह जीता रहता तो लक्ष्मीदेवी की शादी गोपालसिंह से अवश्य हो जाती, क्योंकि वह बलभद्रसिंह की बहुत इज्जत करता था। बलभद्रसिंह की जाति उत्तम है और वह जाति-पांति का खयाल बहुत करता था। खैर, आज मैं तुम्हें इस बात की बधाई देता हूं कि मेरी और दारोगा की मेहनत ठिकाने लगी और वह इस दुनिया से कूच कर गया। सच तो यों है कि बड़ा भारी कांटा निकल गया। अब साल-भर के लिए शादी रुक गई, और इस बीच में हम लोग बहुत-कुछ कर गुजरेंगे।

वही–भूत.।"

चीठी पूरी करने के साथ ही तेजसिंह की आंखों से आंसू की बूंदें टपकने लगीं और उन्होंने एक लम्बी सांस लेकर कहा, "अफसोस! यह बात किसी को भी मालूम न हुई कि राजा गोपालसिंह का बाप इन दुष्टों की चालबाजियों का शिकार हुआ। बेचारा बड़ा ही लायक और बात का धनी था।"

तारा यद्यपि बड़ी मुश्किल से अपने दिल को रोके हुए यह सब तमाशा देख और सुन रही थी, मगर इस चीठी ने उसके साहस में विघ्न डाल दिया और उसे सभों की आंखें बचाकर आंचल के कोने से अपने आंसू पोंछने पड़े। किशोरी, कामिनी, लाडिली, कमलिनी और ऐयारों का दिल भी हिल गया और भूतनाथ की सूरत घृणा के साथ उनकी आंखों के सामने घूमने लगी। तेजसिंह ने कागज का मुट्ठा जमीन पर रख दिया और अपने दिल को सम्हालने की नीयत से सिर उठाकर सरसब्ज पहाड़ियों की तरफ देखने लगे। थोड़ी देर तक सन्नाटा रहा, इसके बाद तेजसिंह ने कागज का मुट्ठा उठा लिया और फिर पढ़ने लगे।

"मेरे भाग्यशाली मित्र हेलासिंह,

मुबारक हो! आज हमारी जहरीली मिठाई बलभद्रसिंह के घर में जा पहुंची। इसका जो कुछ नतीजा होगा, अगली चीठी में लिखूंगा। वास्तव में तुम किस्मतवर हो।

वही–भूत.।"

कमलिनी–हाय कमबख्त, तेरा सत्यानाश हो!

लाडिली–चाण्डाल कहीं का, ऐसा सत्यानाशी और हम लोगों के साथ रहे! छीः छीः!

तारा–(तेजसिंह से) हाय, मेरा जी डूबा जाता है, मैं हाथ जोड़ती हूं, इसके बाद वाली चीठी शीघ्र पढ़िए, जिसमें मालूम हो कि उस विश्वासघाती की मिठाई का क्या नतीजा निकला।

सब–हां-हां, यहां पर हम लोग नहीं रुक सकते, शीघ्र पढ़िए।

तेज–मैं पढ़ता हूं–

''श्रीमान प्यारे बन्धु हेलासिंह,

खुशी मनाइए कि मेरी मिठाई ने लक्ष्मीदेवी की मां, लक्ष्मीदेवी के छोटे भाई और दो लौंडियों का काम तमाम कर दिया। बलभद्रसिंह और उसकी तीनों लड़कियों ने मिठाई नहीं खाई थी, इसलिए बच गईं। खैर, फिर सही, जाते कहां हैं।

वही–भूत.।''

इस चीठी ने तो अंधेर कर दिया। कोई भी ऐसा नहीं था जिसकी आंख से आंसू न निकल रहे हों। कमलिनी और लाडिली रोने लगीं, और लक्ष्मीदेवी तो चिल्लाकर बोली, ''हाय, इस समय मुझे लड़कपन की सब बातें याद आ रही हैं। वह समां मेरी आंखों के सामने घूम रहा है। मेरे घर में वैद्यों की धूम मची हुई थी, मेरी प्यारी मां अपने लड़के की लाश पर पछाड़ें खा रही थी, अन्त में वह भी मर गई। हम लोग रो-रोकर लाश के साथ चिपटते थे और हमारा बाप हम लोगों को खैंच-खैंचकर अलग करता था। हाय! क्या दुनिया में कोई ऐसी सजा है जो इस बात का पूरा बदला कहला सके!''

किशोरी–(रोकर) कोई नहीं, कोई नहीं!

कमलिनी–हाय! मेरे कलेजे में दर्द होने लगा! किस दुष्ट का जीवनचरित्र मैं सुन रही हूं! बस अब मुझमें सुनने की सामर्थ्य नहीं रही, (रोकर) ओफ, इतना जुल्म! इतना अन्धेर!

भैरो–बस रहने दीजिए, अब इस समय आगे न पढ़िए।

तेज–इस समय मैं आगे पढ़ ही नहीं सकता।

तेजसिंह ने कागज का मुट्ठा लपेटकर रख दिया और सभों को दिलासा और तसल्ली देने लगे। तेजसिंह का इशारा पाकर भैरोसिंह और देवीसिंह कई तीतर और बटेर का शिकार कर लाए और उसका कबाब तथा शोरबा बनाने लगे जिसमें सभों को खिला-पिलाकर शान्त करें।

आज खाने-पीने की इच्छा किसी की भी न थी, मगर तेजसिंह के समझाने-बुझाने से सभों ने कुछ खाया और जब शान्त हुए तो तेजसिंह ने कहा, ''अब हमको तालाब वाले मकान में चलना चाहिए।''

बलभद्र–हां, अब इस जगह रहना ठीक न होगा, मकान में चलकर जो कुछ पढ़ना या देखना हो, पढ़िएगा।

कमलिनी–मेरी भी यही राय है। मैं देवीसिंहजी से कह चुकी हूं कि यदि मैं उस मकान में रहती तो दुश्मन हमारा कुछ भी न बिगाड़ सकते और तालाब को पाट देना तो असम्भव ही था। खैर, अब भी मैं बिना परिश्रम के उस तालाब की सफाई कर सकती हूं।

इतना कहकर कमलिनी ने तालाबवाले मकान का बहुत-सा भेद तेजसिंह को बताया, और जिस तरह से तालाब की सफाई हो सकती थी, वह भी कहा, जो कि हम ऊपर भी लिख आए हैं। अन्त में सभों ने निश्चय कर लिया कि घण्टे-भर के अन्दर इस जगह को छोड़ देना, और तालाबवाले मकान में चले जाना चाहिए।

दूसरा बयान

सुबह का सुहावना समय है। पहिले घण्टे की धूप ने ऊंचे-ऊंचे पेड़ों की टहनियों, मकानों के कंगूरों और पहाड़ों की चोटियों पर सुनहरी चादर बिछा दी है। मुसाफिर लोग दो-तीन कोस की मंजिल मार चुके हैं। तारासिंह और श्यामसुन्दरसिंह अपने साथ भगवनिया और भूतनाथ को लिये हुए तालाबवाले तिलिस्मी मकान की तरफ जा रहे हैं। उनके दोनों साथी अर्थात् भगवनिया और भूतनाथ अपने-अपने गम में सिर नीचा किए चुपचाप पीछे-पीछे जा रहे हैं। भूतनाथ के चेहरे पर उदासी और भगवनिया के चेहरे पर मुर्दनी छाई हुई है। कदाचित भूतनाथ के चेहरे पर भी मुर्दनी छाई हुई होती या वह इन लोगों में न दिखाई देता, यदि उसे इस बात की खबर होती कि तारा की किस्मतवाली गठरी तेजसिंह के हाथ लग गई है, और तारा तथा बलभद्रसिंह का भेद खुल गया है। वह तो यही सोचे हुए था कि तारा अपने बाप को नहीं पहचानेगी, बलभद्रसिंह अपने को छिपावेगा, और देवीसिंह मेरे भेदों को गुप्त रखने का उद्योग करेगा। बस इतनी ही बात थी जिससे वह एकदम हताश नहीं हुआ था और इन लोगों के साथ कमलिनी से मिलने के लिए चुपचाप सिर झुकाए हुए कुछ सोचता-विचारता जा रहा था। वह अपनी धुन में ऐसा डूबा हुआ था कि उसे अपने चारों तरफ की कुछ भी खबर न थी और उसकी वह धुन उस समय टूटी जब तारासिंह ने कहा, "वह देखो, तालाबवाला तिलिस्मी मकान दिखाई देने लगा। कई आदमी भी नजर पड़ते हैं। मालूम पड़ता है कि कमलिनी का डेरा आ गया। अगर मेरी निगाह धोखा नहीं देती तो मैं कह सकता हूं कि वह चबूतरे के दक्षिणी कोने पर खड़े होकर, जो इसी तरफ देख रहे हैं, हमारे चाचा तेजसिंह हैं!"

तेजसिंह के नाम ने भूतनाथ को चौंका दिया और उसके दिल में एक नया शक पैदा हुआ। इसके साथ ही उसके चेहरे की रंगत ने पुनः पल्टा खाया अर्थात् जर्दी के बाद सुफेदी ने अपना कुदरती रंग दिखाया और भूतनाथ का कांपता हुआ पैर धीरे-धीरे आगे की तरफ बढ़ने लगा। जब ये लोग मकान के पास पहुंच गए तो भूतनाथ ने देखा कि भैरोसिंह और देवीसिंह भी अन्दर से निकल आए हैं और नफरत की निगाह से उसे देख रहे हैं। जब ये लोग तालाब के किनारे पहुंचे तो भगवनिया ने देखा कि तालाब की मिट्टी न मालूम कहां गायब हो गई है, तालाब स्वच्छ है, और उसमें मोती

की तरह साफ जल भरा हुआ दिखाई देता है। वह बड़े आश्चर्य से तालाब के जल और उसके बीचवाले मकान को देखने लगी।

भैरोसिंह उन लोगों को ठहरने का इशारा करके मकान के अन्दर गया और थोड़ी देर बाद बाहर निकला, इसके बाद डोंगी खोलकर किनारे पर ले गया और चारों आदमियों को सवार करके मकान के अन्दर ले आया।

श्यामसुन्दरसिंह और भगवानी को विश्वास था कि यह मकान हर तरह के सामान से खाली होगा, यहां तक कि चारपाई, बिछावन और पानी पीने के लिए लोटा-गिलास तक न होगा, मगर नहीं, इस समय यहां जो कुछ सामान उन्होंने देखा, वह बनिस्बत पहले के बेशकीमत और ज्यादे था। इसका कारण यह था कि दुश्मन लोग इस मकान में से वही चीजें ले गए थे जिन्हें वे लोग देख और पा सकते थे, मगर इस मकान के तहखानों और गुप्त कोठरियों का हाल उन्हें मालूम न था, जिनमें एक-से-एक बढ़के उम्दा चीजें तथा बेशकीमत असबाब मकान सजाने के लिए भरा हुआ था और जिन्हें इस समय कमलिनी ने निकालकर मकान को पहले से ज्यादे खूबसूरती के साथ सजा डाला था, और भागे हुए आदमियों में से दो सिपाही और दो नौकर भी आ गए थे, जो भाग जाने के बाद भी छिपे-छिपे इस मकान की खोज-खबर लिया करते थे।

तारासिंह, श्यामसुन्दरसिंह, भगवनिया और भूतनाथ उस कमरे में पहुंचाए गए जिसमें किशोरी, कामिनी, लक्ष्मीदेवी, कमलिनी, लाडिली और बलभद्रसिंह वगैरह बैठे हुए थे, और किशोरी, कामिनी और लक्ष्मीदेवी सुन्दर मसहरियों पर लेटी हुई थीं।

बलभद्रसिंह को असली सूरत में देखते ही भूतनाथ चौंका और घबड़ाकर दो कदम पीछे हटा, मगर भैरोसिंह ने जो उसके पीछे था, रोक लिया। बलभद्रसिंह को असली सूरत में देखकर भूतनाथ को विश्वास हो गया कि उसका सारा भेद खुल गया और इस बारे में उस समय तो कुछ भी शक न रहा, जब उस कागज के मुट्ठे और पीतल की सन्दूकची को भी कमलिनी के सामने देखा जो भूतनाथ की विचित्र जीवनी का पता दे रही थी, जिस समय भूतनाथ की निगाह उनके चेहरे पर गौर के साथ पड़ी, जिनसे रंज और नफरत साफ जाहिर होती थी, उस समय उसके दिल में एक हौल-सा पैदा हो गया और उसकी सूरत देखनेवालों को ऐसा मालूम हुआ कि वह थोड़ी ही देर में पागल हो जाएगा क्योंकि उसके हवास में फर्क पड़ गया था और वह बड़ी ही बेचैनी के साथ चारों तरफ देखने लगा था।

बलभद्र–भूतनाथ, मैं अफसोस करता हूं कि तुम्हारे भेदों को कुछ दिन तक और छिपा रखने का मौका मुझे न मिला!

देवी–जिस गठरी में तारा की किस्मत बंद थी, और जिसे तुम अपने सामने देख रहे हो, वह वास्तव में तेजसिंह के कब्जे में आ गई थी।

बलभद्र–जिस नकाबपोश ने तुम्हारे सामने मुझे पराजित किया था, वह तेजसिंह थे और इस समय तुम्हारे बगल में खड़े हैं। हैं-हैं! देखो, सम्हलो! पागल मत बनो।

भूतनाथ–(लड़खड़ाई हुई आवाज से) ओह! उस औरत को धोखा हुआ! उसने नकाबपोश को वास्तव में नहीं पहचाना!

भूतनाथ पागलों की तरह हाथ-मुंह फैला और आंखें फाड़-फाड़कर चारों तरफ देखने लगा और फिर चक्कर खाकर जमीन पर गिरने के साथ ही बेहोश हो गया।

तेज–बुरे कामों का यही नतीजा निकलता है।

देवी–इससे कोई पूछे कि ऐसे-ऐसे खोटे कर्म करके दुनिया में तूने क्या मजा पाया? मैं समझता हूं यह अपनी जान दे देगा या यहां से भाग जाना पसन्द करेगा।

बलभद्र–हां, यदि इसकी एक बहुत ही प्यारी चीज मेरे कब्जे में न होती तो बेशक यह अपनी जान दे देता या भाग ही जाता, मगर अब यह ऐसा नहीं कर सकता है।

कमलिनी–वह कौन-सी चीज है?

बलभद्र–जल्दी न करो, उसका हाल भी मालूम हो जाएगा।

तेज–खैर, आप यह तो बताइए कि इसके साथ क्या सलूक करना चाहिए?

बलभद्र–कुछ नहीं, इसे इसी तरह उठाकर तालाब के बाहर रख आओ और छोड़ दो, जहां भी जी चाहे चला जाए।

कमलिनी–(तेजसिंह से) क्या आपको मालूम है कि इसका लड़का नानक आजकल कहां है?

तेज–मुझे नहीं मालूम।

किशोरी–इसका केवल एक ही लड़का है?

तेज–क्या तुम्हें अभी तक किसी ने नहीं कहा कि भूतनाथ की पहली स्त्री से एक लड़की भी है जिसका नाम कमला है और जो तुम्हारी प्यारी सखी है? हाय, मैं अफसोस करता हूं कि इस दुष्ट का हाल सुनकर उस बेचारी को बड़ा ही दुख होगा। मैं सच कहता हूं कि कमला ऐसी लायक लड़की बहुत कम देखने-सुनने में आवेगी।

इतना सुनते ही भैरोसिंह के चेहरे पर खुशी की निशानी दिखाई देने लगी, जिसे उसने बड़ी होशियारी से तुरन्त दबा दिया और किशोरी सिर नीचा करके न मालूम क्या सोचने लगी।

तेज–(बलभद्रसिंह से) अच्छा, तो यह निश्चय हो गया कि इसे तालाब के बाहर छोड़ आया जाए?

बलभद्र–हां, मेरी राय में तो ऐसा ही होना चाहिए।

कमलिनी–क्या इसे कुछ भी सजा न दी जाएगी? इसका तो इसी समय सिर उतार लेना चाहिए।

बलभद्र–(ताज्जुब से कमलिनी की तरफ देखके) तुम ऐसा कहती हो? मुझे आश्चर्य होता है। शायद गम ने तुम्हारी अक्ल में फर्क डाल दिया है। इसे मार डालने से क्या हमारा बदला पूरा हो जाएगा?

कमलिनी ने शरमाकर सिर नीचा कर लिया और तेजसिंह का इशारा पाकर भैरोसिंह और देवीसिंह ने भूतनाथ को तालाब के बाहर पहुंचा दिया। तारासिंह और श्यामसुन्दरसिंह आश्चर्य से सभी का मुंह देख रहे थे कि यह क्या मामला है, क्योंकि इधर जो कुछ गुजरा था, उसका हाल उन्हें कुछ भी मालूम न था।

ऊपर लिखे कामों से छुट्टी पाकर तेजसिंह ने तारासिंह को एक किनारे ले जाकर वह हाल सुनाया जो इधर गुजर चुका था और फिर अपने ठिकाने आ बैठे। इसके बाद कमलिनी ने बलभद्रसिंह से कहा–"मेरा जी इस बात को जानने के लिए बेचैन हो रहा है कि इतने दिनों तक आप कहां रहे, किस स्थान में रहे और क्या करते रहे? आप पर क्या-क्या मुसीबतें आईं और हम लोगों का हाल जानकर भी आपने इतने दिनों तक हम लोगों से मुलाकात क्यों नहीं की? क्या आप नहीं जानते थे कि हमारी लड़कियां कहां और किस मुसीबत में पड़ी हुई हैं?"

बलभद्र–इन सब बातों का जवाब मिल जाएगा, जरा सब्र करो और घबड़ाओ मत। पहले उन चीठियों को सुन जाओ, फिर इसके बाद जो कुछ तुम्हें पूछना हो पूछना, और मुझे भी जो कुछ तुम्हारे विषय में मालूम नहीं है, पूछूंगा। (तेजसिंह से) यदि इस समय कोई आवश्यक काम न हो तो आप उन चीठियों को पढ़िए या पढ़ने के लिए किसी को दीजिए!

तेज–नहीं-नहीं, (कागज के मुट्ठे की तरफ देखके) इन चीठियों को मैं स्वयं पढ़ूंगा और इस समय हम लोग सब कामों से निश्चिन्त भी हैं। हां, तारासिंह को यदि कुछ...

तारा–नहीं, मुझे कोई काम नहीं है, केवल भगवनिया के विषय में पूछना है कि इसके साथ क्या सलूक किया जाए?

तेज–इसका जवाब कमलिनी के सिवाय और कोई नहीं दे सकता।

यह कह उन्होंने कमलिनी की तरफ देखा।

कमलिनी–(भैरोसिंह से) आपको यहां का सब हाल मालूम हो चुका है, इसलिए आप ही तहखाने तक जाने की तकलीफ उठाइए।

"बहुत अच्छा" कहकर भैरोसिंह उठ खड़ा हुआ और भगवानी की कलाई पकड़े हुए बाहर चला गया। कमलिनी ने श्यामसुन्दरसिंह से कहा, "अब तुम्हें भी यहां न ठहरना चाहिए, बस तुरन्त चले जाओ और हमारे आदमियों को जो दुश्मन के सताने से इधर-उधर भाग गए हैं, जहां तक हो सके ढूंढ़ो तथा हमारे यहां आ जाने की खुशखबरी सुनाओ। बस, चले ही जाओ, यहां अटकने की कोई जरूरत नहीं।"

श्यामसुन्दरसिंह चाहता था कि वह यहां रहे और उन घटनाओं का हाल पूरा-पूरा जाने जो बलभद्रसिंह और भूतनाथ से सम्बन्ध रखती हैं, क्योंकि बलभद्रसिंह को देखके भूतनाथ की जो हालत हुई थी उसे वह अपनी आंखों से देख चुका था और उसका सबब जानने के लिए बहुत ही बेचैन भी था—मगर कमलिनी की आज्ञा सुनकर उसका अथाह उत्साह टूट गया और वहां से चले जाने के लिए मजबूर हुआ। वह अपने दिल में समझे हुए था कि उसने भगवानी को पकड़के बड़ा काम किया है, इसके बदले में कमलिनी उससे खुश होगी, और उसकी तारीफ करके उसका दर्जा बढ़ावेगी, मगर वे बातें तो दूर ही रहीं, कमलिनी ने उसे वहां से चले जाने के लिए कहा। इस बात का श्यामसुन्दरसिंह को बहुत रंज हुआ, मगर क्या कर सकता था। लाचार मुंह बनाकर पीछे की तरफ मुड़ा, इसके साथ ही देवीसिंह भी कमलिनी का इशारा पाकर उठे और श्यामसुन्दरसिंह को तालाब के बाहर पहुंचाने को चले।

जब श्यामसुन्दरसिंह को पहुंचाने के लिए देवीसिंह तालाब के बाहर गए तो उन्होंने देखा कि भूतनाथ, जिसे बेहोशी की अवस्था में तालाब के बाहर पहुंचा दिया गया था, अब होश में आकर तालाब के ऊपरवाली सीढ़ी पर चुपचाप बैठा हुआ है।

देवीसिंह को इस पार आते हुए देखकर वह उठा और पास आकर देवीसिंह की कलाई पकड़कर बोला, "जो कुछ मैं कहा चाहता हूं उसे सुन लो, तब यहां से ज़ाना।"

देवीसिंह ने कहा, "बहुत अच्छा, कहो, मैं सुनने के लिए तैयार हूं। (श्यामसुन्दरसिंह से) तुम क्यों खड़े हो गए? जाओ, जो काम तुम्हारे सुपुर्द हुआ है, उसे करो।" देवीसिंह की बात सुनकर श्यामसुन्दरसिंह को और भी रंज हुआ और वह मुंह बनाकर चला गया।

देवी—(भूतनाथ से) अब जो कुछ तुम्हें कहना हो, कहो।

भूतनाथ—पहले आप यह बताइए कि मुझे इस बेइज्जती के साथ बंगले के बाहर क्यों निकाल दिया?

देवी—क्या तुम स्वयं इस बात को नहीं सोच सके?

भूतनाथ—मैं क्योंकर समझ सकता था? हां, इतना मैंने अवश्य देखा कि सभों की जो निगाह मुझ पर पड़ रही थी, वह रंज और घृणा से खाली न थी, मगर कुछ सबब मालूम न हुआ।

देवी—क्या तुमने बलभद्रसिंह को नहीं देखा? क्या उस गठरी पर तुम्हारी निगाह नहीं गई जो तेजसिंह के सामने रक्खी हुई थी? और क्या तुम नहीं जानते कि उस कागज के मुट्ठे में क्या लिखा हुआ है?

भूतनाथ—तब नहीं तो अब मैं इतना समझ गया कि उस आदमी ने, जो अपने को बलभद्रसिंह बताता है, मेरी चुगली खाई होगी और मेरे झूठे दोष दिखलाकर मुझ

पर बदनामी का धब्बा लगाया होगा—मगर मैं आपको होशियार कर देता हूं कि वह वास्तव में बलभद्रसिंह नहीं है बल्कि पूरा जालिया और धूर्त है, निःसन्देह वह आप लोगों को धोखा देगा। यदि मेरी बातों का विश्वास न हो तो मैं इस बात के लिए तैयार हूं कि आप लोगों में से कोई एक आदमी मेरे साथ चले, मैं असली बलभद्रसिंह को जो वास्तव में लक्ष्मीदेवी का बाप है और अभी तक कैदखाने में पड़ा हुआ है, दिखला दूंगा। मैं सच कहता हूं कि उस कागज के मुट्ठे में जो कुछ लिखा हुआ है, यदि उसमें किसी तरह की मेरी बुराई है तो बिलकुल झूठ है।

देवी—मैं केवल तुम्हारे इतना कहने पर क्योंकर विश्वास कर सकता हूं? मैं तुम्हारे अक्षर अच्छी तरह पहचानता हूं जो उस कागज के मुट्ठे की लिखावट से बखूबी मिलते हैं। खैर, इसे भी जाने दो, मैं यह पूछता हूं कि बलभद्रसिंह को वहां देखकर तुम इतना डरे क्यों? यहां तक कि डर ने तुम्हें बेहोश कर दिया!

भूतनाथ—यह तो तुम जानते ही हो कि मैं उससे डरता हूं, मगर इस सबब से नहीं डरता कि वह कमलिनी का बाप बलभद्रसिंह है, बल्कि उससे डरने का कोई दूसरा ही सबब है, जिसके विषय में मैं कह चुका हूं कि आप मुझसे न पूछेंगे, और यदि किसी तरह मालूम हो जाए तो बिना मुझसे पूछे किसी पर प्रकट न करेंगे।

देवी—अच्छा इस बात का जवाब तो दो कि अगर तुम्हें यह मालूम था कि कमलिनी का बाप किसी जगह कैद है और तारा वास्तव में लक्ष्मीदेवी है, जैसा कि तुम इस समय कह रहे हो तो आज तक तुमने कमलिनी को इस बात की खबर क्यों न दी? या यह बात क्यों न कही कि 'मायारानी वास्तव में तुम्हारी बहिन नहीं है।'

भूतनाथ—इसका सबब यही था कि असली बलभद्रसिंह ने जो अभी तक कैद हैं, और जिनके छुड़ाने की मैं फिक्र कर रहा हूं, मुझसे कसम ले ली है कि जब तक वे कैद से न छूटें, मैं उनके और लक्ष्मीदेवी के विषय में किसी से कुछ न कहूं, और वास्तव में अगर मुझ पर इतनी विपत्ति न आन पड़ती तो मैं किसी से कहता भी नहीं। मुझे इस बात का बड़ा ही दुःख है कि मैं तो अपनी जान हथेली पर रखकर आप लोगों का काम करूं और आप लोग बिना समझे-बूझे और असल बात को बिना जांचे दूध की मक्खी की तरह मुझे निकाल फेंकें। क्या मुरौवत, नेकी और धर्म इसी को कहते हैं? क्या यही जवांमर्दों का काम है? आखिर मुझ पर इलजाम तो लग ही चुका था, मगर मेरी और उस दुष्ट की, जो कमलिनी का बाप बनके मकान के अन्दर बैठा हुआ है, दो-दो बातें तो हो लेने देते।

भूतनाथ की बात सुनकर देवीसिंह को बड़ा ही आश्चर्य हुआ और वह कुछ देर तक सिर नीचा किए हुए सोचते रहे, इसके बाद कुछ याद करके बोले, "अच्छा मेरी एक बात का जवाब दो।"

भूतनाथ—पूछिए!

देवी–यदि तुम्हें उस कागज के मुट्ठे से कुछ डर न था और वास्तव में जो कुछ उस मुट्ठे में तुम्हारे खिलाफ लिखा हुआ है, वह झूठ है जैसा कि तुम अभी कह चुके हो तो, तुम उस गठरी को देखके उस समय क्यों डरे थे जब बलभद्रसिंह ने रात के समय उस जंगल में तुम्हें वह गठरी दिखाई थी और पूछा था कि यदि कहो तो भगवानी के सामने इसे खोलूं? मैं सुन चुका हूं कि उस समय इस गठरी को देखकर तुम कांप गए थे और नहीं चाहते थे कि भगवानी के सामने वह खोली जाए!

भूतनाथ–ठीक है, मगर मैं उस कागज के मुट्ठे को याद करके नहीं डरा था बल्कि मुझे इस बात का गुमान भी न था कि इस गठरी में कोई कागज का मुट्ठा भी है, सच तो यों है कि मैं उस पीतल की सन्दूकड़ी को याद करके डरा था जो उस समय तेजसिंह के सामने पड़ी हुई थी। मैं यही समझे हुए था कि उस गठरी के अन्दर केवल एक पीतल की सन्दूकड़ी है और वास्तव में उसकी याद से ही मैं कांप जाता हूं। उसकी सूरत देखने से जो हालत मेरी होती है, सो मैं ही जानता हूं, मगर साथ ही इसके मैं यह भी कहे देता हूं कि उस पीतल की सन्दूकड़ी के अन्दर जो चीज है, उससे कमलिनी, तारा और लाडिली या असली बलभद्रसिंह का कोई सम्बन्ध नहीं है। इसका विश्वास आपको उसी समय हो जाएगा जब वह सन्दूकड़ी खोली जाएगी।

भूतनाथ की बातों ने देवीसिंह को चक्कर में डाल दिया। वह कुछ भी नहीं समझ सकते थे कि वास्तव में क्या बात है। देवीसिंह ने जो बातें भूतनाथ से पूछीं, उनका जवाब भूतनाथ ने बड़ी खूबी के साथ दिया, न तो कहीं अटका और न किसी तरह का शक रहने दिया और ये ही बातें थीं जिन्होंने देवीसिंह को तरद्दुद, परेशानी और आश्चर्य में डाल दिया था। बहुत देर गौर करने के बाद देवीसिंह ने पुनः भूतनाथ से पूछा।

देवी–अच्छा अब तुम क्या चाहते हो, सो कहो!

भूतनाथ–मैं केवल इतना ही चाहता हूं कि आप मुझे इस मकान में ले चलिए और तेजसिंह तथा तीनों बहिनों से कहिए कि मेरे मुकदमे की पूरी-पूरी जांच करें, आप लोगों के आगे निर्दोष होने के विषय में जो कुछ मैं सबूत दूं, उसे अच्छी तरह सुनें, समझें और देखें तथा इसके बाद जो दगाबाज ठहरे उसे सजा दें, बस।

देवी–अच्छा, मैं जाकर तेजसिंह और कमलिनी से ये बातें कहता हूं, फिर जैसा वे कहेंगे किया जाएगा।

भूतनाथ–तो आप एक काम और कीजिए।

देवी–वह क्या?

इसके जवाब में भूतनाथ ने अपने ऐयारी के बटुए में से एक तस्वीर निकालकर देवीसिंह के हाथ में दी और कहा, "आप यह तस्वीर लक्ष्मीदेवी (तारा) को दिखाएं और पूछें कि तुम्हारा बाप यह है या वह दगाबाज जो सामने बैठा हुआ अपने को बलभद्रसिंह बताता है?"

देवीसिंह ने बड़े गौर से उस तस्वीर को देखा। यह तस्वीर पूरी तो नहीं थी मगर फिर भी बलभद्रसिंह की सूरत से बहुत-कुछ मिलती थी। भूतनाथ की बातों ने और उसके सवाल-जवाब के ढंग ने देवीसिंह के दिल पर मामूली असर पैदा नहीं किया था, बल्कि सच तो यह है कि उसने थोड़ी देर के लिए देवीसिंह की राय बदल दी थी। देवीसिंह ने सोचा कि ताज्जुब नहीं भूतनाथ बहुत-कुछ सच कहता हो और बलभद्रसिंह वास्तव में असली बलभद्रसिंह न हो, क्योंकि जहां तक मैंने देखा है, बलभद्रसिंह के मिलने से जितना जोश कमलिनी, लाडिली और तारा के दिल में पैदा हुआ था, उतना बलभद्रसिंह के दिल में, अपनी तीनों लड़कियों को देखकर पैदा नहीं हुआ, यह एक ऐसी बात है जो मेरे दिल में शक पैदा कर सकती है, मगर उस कागज के मुट्ठे में जितनी चीठियां भूतनाथ के हाथ की लिखी कही जाती हैं वे अवश्य भूतनाथ के हाथ की लिखी हुई हैं, इसमें कोई सन्देह नहीं, क्योंकि जब मैंने भूतनाथ से कहा था कि तुम्हारे अक्षर इन चीठियों के अक्षरों से मिलते हैं तो इस बात का कोई जवाब उसने नहीं दिया, अस्तु, इन दुष्ट कर्मों का करनेवाला तो अवश्य भूतनाथ है, मगर क्या यह बलभद्रसिंह भी वास्तव में असली बलभद्रसिंह नहीं है? अजब तमाशा है, कुछ समझ में नहीं आता कि क्या निश्चय किया जाए।

इन सब बातों को सोचते हुए देवीसिंह वहां से रवाना हुए और डोंगी पर सवार हो मकान के अन्दर गए जहां तेजसिंह उस कागज के मुट्ठे को हाथ में लिये हुए देवीसिंह के वापस आने की राह देख रहे थे।

तेज–देवीसिंह, तुमने इतनी देर क्यों लगाई? मैं कब से राह देख रहा हूं कि तुम आ जाओ तो इस मुट्ठे को खोलूं।

देवी–हां-हां, आप पढ़िए, मैं भी आ गया।

तेज–मगर यह तो कहो कि तुम्हें इतनी देर क्यों लगी?

देवी–भूतनाथ ने मुझे रोक लिया और कहा कि पहले मेरी बातें सुन लो तो यहां से जाओ।

बलभद्र–क्या भूतनाथ तालाब के बाहर अभी तक बैठा है?

देवी–हां, अभी तक बैठा है और बैठा रहेगा।

बलभद्र–सो क्यों, क्या कहता है?

देवी–वह कहता है कि मुझे कमलिनी ने बिना समझे व्यर्थ निकाल दिया, उन्हें चाहिए था कि नकली बलभद्रसिंह के सामने मेरा इन्साफ करतीं।

बलभद्र–नकली बलभद्रसिंह कैसा?

देवी–वह आपको नकली बलभद्रसिंह बताता है और कहता है कि असली बलभद्रसिंह अभी तक एक जगह कैद हैं, अगर किसी को शक हो तो मुझसे सवाल-जवाब कर ले।

बलभद्र–नकली और असली होने में सबूत की जरूरत है या सवाल-जवाब करने की?

देवी–ठीक है मगर उसने आपको बुलाया है और कहा है कि बलभद्रसिंह मेरी एक बात आकर सुन जाएं फिर जो कुछ भी उनके जी में आवे करें।

बलभद्र–मारो कमबख्त को, मैं अब उसकी बातें सुनने के लिए क्यों जाने लगा?

देवी–क्या हर्ज है अगर आप उसकी दो बातें सुन लें, कदाचित् कोई नया रहस्य ही मालूम हो जाए!

बलभद्र–नहीं, मैं उसके पास न जाऊंगा।

तेज–तो भूतनाथ को इसी जगह क्यों न बुला लिया जाए?

कमलिनी–हां, मैं भी यही उचित समझती हूं।

देवी–नहीं-नहीं, इससे यह उत्तम होगा कि बलभद्रसिंह खुद उससे मिलने के लिए तालाब पर जाएं।

इतना कहकर देवीसिंह ने तेजसिंह की तरफ देखा और कोई गुप्त इशारा किया।

बलभद्र–उसका इस मकान में आना मुझे भी पसन्द नहीं! अच्छा मैं स्वयं जाता हूं, देखूं वह नालायक क्या कहता है।

तेज–अच्छी बात है, आप भैरोसिंह को अपने साथ लेते जाइए।

बलभद्र–सो क्यों?

देवी–कौन ठीक, कमबख्त चोट कर बैठे, आखिर गम और डर ने उसे पागल तो बना ही दिया है।

इतना कहकर देवीसिंह ने फिर तेजसिंह की तरफ देखा और इशारा किया, जिसे सिवाय तेजसिंह के और कोई नहीं समझ सकता था।

बलभद्र–अजी, उस कमबख्त गीदड़ की इतनी हिम्मत कहां जो मेरा मुकाबला करे!

तेज–ठीक है, मगर भैरोसिंह को साथ लेकर जाने में हर्ज भी क्या है! (भैरोसिंह से) जाओ जी भैरो, तुम इनके साथ जाओ।

लाचार भैरोसिंह को साथ लेकर बलभद्रसिंह बाहर चला गया इसके बाद कमलिनी ने देवीसिंह से कहा, "मुझे मालूम होता है कि आपने मेरे पिता को जबर्दस्ती भूतनाथ के पास भेजा है।"

देवी–हां, इसलिए कि ये थोड़ी देर के लिए अलग हो जाएं तो मैं एक अनूठी बात आप लोगों से कहूं।

कमलिनी–(चौंककर) क्या भूतनाथ ने कोई नई बात बताई है?

देवी–हां, भूतनाथ ने यह बात बहुत जोर देकर कही कि असली बलभद्रसिंह अभी तक कैद में हैं और यदि किसी को शक हो तो मेरे साथ चले, मैं दिखला सकता हूं। उसने बलभद्रसिंह की तस्वीर भी मुझे दी है और कहा है कि यह तस्वीर तीनों बहिनों को दिखाओ, वे पहिचानें कि असली बलभद्रसिंह यह है, या वह।

लक्ष्मीदेवी ने हाथ बढ़ाया और देवीसिंह ने वह तस्वीर उसके हाथ पर रख दी।

तारा–(तस्वीर देखकर) आह! यह तो मेरे बाप की असली तस्वीर है! इस चेहरे में तो कोई ऐसा फर्क ही नहीं है जिससे पहचानने में कठिनाई हो। (कमलिनी की तरफ तस्वीर बढ़ाकर) लो बहिन, तुम भी देख लो, मैं समझती हूं, यह सूरत तुम्हें भी न भूली होगी।

कमलिनी–(तस्वीर देखकर) वाह! क्या इस सूरत को मैं अपनी जिन्दगी में कभी भूल सकती हूं! (देवीसिंह से) क्या भूतनाथ ने इसी सूरत को दिखाने का वादा किया है?

देवी–हां, इसी को।

कमलिनी–तो क्या आपने पूछा नहीं कि अगर तुम यह हाल पहले ही जानते थे, तो अब तक हम लोगों से क्यों न कहा?

देवी–केवल यही नहीं बल्कि मैंने कई और बातें भी उससे पूछीं।

तेज–तुममें और भूतनाथ में जो-जो बातें हुईं, सब कह जाओ।

वह तस्वीर एक-एक करके सभों ने देखी और तब देवीसिंह उन बातों को दोहरा गए जो उनके और भूतनाथ के बीच में हुई थीं। उनके सुनने से सभों को ताज्जुब हुआ और सभी कोई सोचने लगे कि अब क्या करना चाहिए।

कमलिनी–(तारा से) बहिन, बेशक तुम इस विषय में हम लोगों से बहुत ज्यादे गौर कर सकती हो, फिर भी इतना मैं कह सकती हूं कि मेरे पिता में, जो भूतनाथ से मिलने गए हैं, और इस तस्वीर में बहुत ज्यादे फर्क नहीं है।

तारा–क्या कहूं अक्ल कुछ काम नहीं करती! मैं उन्हें भी अच्छी तरह पहिचानती हूं और इस तस्वीर को भी अच्छी तरह पहिचानती हूं। इस तस्वीर को तो हम तीन में से जो देखेगा, वही कहेगा कि हमारे पिता की है, मगर इनको केवल मैं ही पहिचानती हूं। जिस जमाने में मैं और ये एक ही कैदखाने में थे, उसी जमाने में इनकी सूरत-शक्ल में बहुत फर्क पड़ गया था। (चौंककर) आह, मुझे एक पुरानी बात याद आई है जो इस भेद को तुरन्त साफ कर देगी!

कमलिनी–वह क्या?

तारा–तुम्हें याद होगा कि जब हम छोटे-छोटे बच्चे थे और लाडिली बहुत ही छोटी थी तो उसे एक दफे बुखार आया था, और वह बुखार बहुत ही कड़ा था, यहां तक कि सरसाम हो गया था और उसी पागलपन में इसने पिताजी के मोढ़े पर दांत से काट लिया था।

कमलिनी–ठीक है, अब मुझे भी वह बात याद पड़ी। इतने जोर से दांत काटा था कि सेरों खून निकल गया था। जब तक वे हम लोगों के साथ रहे तब तक मैं बराबर उस निशान को देखती थी, मुझे विश्वास है कि सौ वर्ष बीत जाने पर भी वह दाग मिट नहीं सकता।

तारा–बेशक ऐसा ही था और हमने-तुमने मिलकर यह सलाह गांठी थी कि दांत काटने के बदले में लाडिली को खूब मारेंगे। आखिर लड़कपन का जमाना ही तो था!

कमलिनी–हां, और यह बात हमारी मां को मालूम हो गई थी और उसने हम दोनों को समझाया था।

तारा की यह बात कुछ ऐसी थी कि इसने लड़कपन के जमाने की याद दिला दी और कमलिनी तथा लाडिली को तो इस बात में कुछ भी शक न रहा कि तारा बेशक लक्ष्मीदेवी है, मगर बलभद्रसिंह के विषय में जरूर कुछ शक हो गया और उनके विषय में दोनों ने यह निश्चय कर लिया कि बलभद्रसिंह भूतनाथ से मिलकर लौटें तो किसी बहाने से उनका मोढ़ा देखा जाए, साथ ही यह भी निश्चय कर लिया कि इसके बाद ही कोई आदमी भूतनाथ के साथ जाए और उस कैदी को भी देखे, बल्कि जिस तरह बने, उसे छुड़ाकर ले आवे।

इतने ही में तालाब के बाहर से कुछ शोरगुल की आवाज आई। तेजसिंह ने पता लगाने के लिए तारासिंह को बाहर भेजा और तारासिंह ने लौटकर खबर दी कि भूतनाथ और बलभद्रसिंह में लड़ाई बल्कि यों कहना चाहिए कि जबरदस्त कुश्ती हो रही है।

यह सुनते ही कमलिनी, लाडिली, देवीसिंह और तेजसिंह बाहर चले गए और देखा कि वास्तव में वे दोनों लड़ रहे हैं और भैरोसिंह अलग खड़ा तमाशा देख रहा है। भूतनाथ और बलभद्रसिंह की लड़ाई तेजसिंह पहले ही देख चुके थे और उन्हें मालूम हो चुका था कि बलभद्रसिंह भूतनाथ से बहुत जबरदस्त है, मगर इस समय जिस खूबी और बहादुरी के साथ भूतनाथ लड़ रहा था उसे देखकर तेजसिंह को ताज्जुब मालूम हुआ और उन्होंने तारासिंह की तरफ देखके कहा, "इस समय भूतनाथ बड़ी बहादुरी से लड़ रहा है। मैं समझता हूं कि पहली दफे जब हमने भूतनाथ की लड़ाई देखी थी तो उस समय डर और घबड़ाहट ने भूतनाथ की हिम्मत तोड़ दी थी, मगर इस समय क्रोध ने उसकी ताकत दूनी कर दी है, लेकिन भैरो चुपचाप खड़ा तमाशा क्यों देख रहा है?"

देवी–जो हो, पर इस समय उचित है कि पार चलके इन लोगों को अलग कर देना चाहिए, मगर अफसोस, डोंगी एक ही है जो इस समय उस पार गई हुई है।

कमलिनी–सब्र कीजिए, मैं दूसरी डोंगी ले आती हूं, यहां डोंगियों की कमी नहीं है।

इतना कहकर कमलिनी चली गई और थोड़ी देर में मोटे और रोगनी कपड़े की एक तोशक उठा लाई जिसमें हवा भरने के लिए एक कोने पर सोने का पेंचदार मुंह बना हुआ था और उसी के साथ एक छोटी भाथी भी थी। तेजसिंह ने उसी भाथी से बात-की-बात में हवा भरके उसे तैयार किया और उस पर तेजसिंह और देवीसिंह बैठकर पार जा पहुंचे।

तेजसिंह और देवीसिंह को यह देखकर बड़ा ही ताज्जुब हुआ कि दोनों आदमियों का खंजर और ऐयारी का बटुआ भैरोसिंह के हाथ में है और वे दोनों बिना हर्बे के लड़ रहे हैं। तेजसिंह ने बलभद्रसिंह को और देवीसिंह ने भूतनाथ को पकड़कर अलग किया।

बलभद्र–इस नालायक कमीने को इतना पाप करने पर भी शर्म नहीं आती, चुल्लू-भर पानी में डूब नहीं मरता और मुकाबला करने के लिए तैयार होता है!

भूतनाथ–मैं कसम खाकर कहता हूं कि यह असली बलभद्रसिंह नहीं है। वह बेचारा अभी तक कैद में है और इसी की बदौलत कैद में है। जिसका जी चाहे मेरे साथ चले, मैं दिखाने के लिए तैयार हूं।

बलभद्र–साथ ही इसके यह भी क्यों नहीं कह देता कि वे चीठियां भी तेरे हाथ की लिखी हुई नहीं हैं!

भूतनाथ–हां-हां, तेरे हाथ की लिखी वे चीठियां भी मेरे पास मौजूद हैं, जिनकी बदौलत बेचारा बलभद्रसिंह अभी तक मुसीबत झेल रहा है।

यह कहकर भूतनाथ ने अपना ऐयारी का बटुआ लेने के लिए भैरोसिंह की तरफ हाथ बढ़ाया।

तीसरा बयान

जिस समय भूतनाथ ने बलभद्रसिंह से यह कहकर कि 'तेरे हाथ की लिखी हुई वे चीठियां भी मेरे पास मौजूद हैं, जिनकी बदौलत बेचारा बलभद्रसिंह अभी तक मुसीबत झेल रहा है' भैरोसिंह की तरफ ऐयारी का बटुआ लेने को हाथ बढ़ाया, उस समय तेजसिंह को विश्वास हो गया कि बेशक भूतनाथ बलभद्रसिंह को दोषी ठहरावेगा, मगर भैरोसिंह के हाथ से ऐयारी का बटुआ लेने के बाद भूतनाथ ने कुछ सोचा और फिर तेजसिंह की तरफ देखकर कहा–

भूतनाथ–नहीं, इस समय मैं उन चीठियों को नहीं निकालूंगा, क्योंकि यह झट इनकार कर जाएगा और कह देगा कि मेरे हाथ की लिखी ये चीठियां नहीं हैं। आप लोगों को इसके हाथ की लिखावट देखने का मौका अभी तक नहीं मिला है।

बलभद्र–नहीं-नहीं, मैं इनकार न करूंगा, बल्कि स्वीकार करूंगा, तू कोई चीठी निकाल भी तो सही।

भूतनाथ–हां-हां, मैं चीठियां निकालूंगा, मगर इस थोड़ी देर में मैं इस बात को सोच चुका हूं कि तेरे हाथ की लिखी हुई चीठियों को निकालना इस समय की अपेक्षा उस समय विशेष लाभदायक होगा जब मैं तेजसिंह या किसी को ले जाकर असली

बलभद्रसिंह का सामना करा दूंगा। (तेजसिंह से) कहिए, आप मेरे साथ चलने के लिए तैयार हैं या किसी को साथ भेजेंगे?

तेज–इस बात का फैसला कमलिनी या लक्ष्मीदेवी करेंगी, मैं तुमको पुनः इस मकान में चलने की आज्ञा देता हूं, मगर साथ-ही-साथ यह भी कह देता हूं कि देखो भूतनाथ, तुम बड़े-बड़े जुर्म कर चुके हो और इस समय भी अपने हाथ की लिखी हुई चीठियों से इनकार नहीं करते, मगर अब मैं देखता हूं कि तुम पुनः कोई नया पातक किया चाहते हो!

इतना कहकर तेजसिंह ने बलभद्रसिंह का हाथ पकड़ लिया और देवीसिंह तथा भैरोसिंह को यह कहकर मकान की तरफ रवाना हुए कि 'हम दोनों के जाने के बाद थोड़ी देर में जब हम कहला भेजें तो भूतनाथ को लेकर मकान में आना।'

बलभद्रसिंह को साथ लिये हुए तेजसिंह मकान के अन्दर आए और कमलिनी, किशोरी तथा तारा इत्यादि से सब हाल कहा।

तारा–इसमें कोई शक नहीं कि भूतनाथ झूठा, दगाबाज और परले सिरे का बेईमान साबित हो चुका है।

तेज : बेशक, ऐसा ही है, मगर इस समय हम लोगों को सबसे पहिले उसी बात का निश्चय कर लेना चाहिए, जिसके बारे में लक्ष्मीदेवी ने इशारा किया था।

कमलिनी–ठीक है (बलभद्रसिंह की तरफ देखके) आप बहुत सुस्त और पसीने-पसीने हो रहे हैं अतएव कपड़े उतारकर आराम कीजिए और ठण्डे होइए।

बलभद्र–हां, मैं भी यही चाहता हूं।

इतना कहकर बलभद्रसिंह ने कपड़े उतार डाले। उस समय लोगों का ध्यान बलभद्रसिंह के मोढ़े की तरफ गया और सभों ने उस निशान को बहुत अच्छी तरह देखा जिसे लक्ष्मीदेवी ने याद दिलाया था।

कमलिनी–(खुशी से बलभद्रसिंह का हाथ पकड़के और लक्ष्मीदेवी की तरफ करके) देखो बहिन, यह पुराना निशान अभी तक मौजूद है। ऐसी अवस्था में मुझे कोई धोखा दे सकता है? कभी नहीं।

बलभद्र–(हंसकर) इस निशान को लाडिली अच्छी तरह पहिचानती होगी, क्योंकि इसी ने बीमारी की अवस्था में दांत काटा था। (लम्बी सांस लेकर) अफसोस, आज और उस जमाने के बीच में जमीन-आसमान का फर्क पड़ गया है। ईश्वर, तेरी महिमा कुछ कही नहीं जाती।

बलभद्रसिंह के मोढ़े का निशान देखकर कमलिनी, लाडिली और लक्ष्मीदेवी का शक जाता रहा, और इसके साथ-ही-साथ तेजसिंह इत्यादि ऐयारों को भी निश्चय हो गया कि यह बेशक कमलिनी, लक्ष्मीदेवी और लाडिली का बाप है और भूतनाथ अपनी बदमाशी और हरमजदगी से हम लोगों को धोखे में डालकर दुःख दिया चाहता है।

थोड़ी देर तक बाप-बेटियों के बीच में वैसी ही मुहब्बत-भरी बातें होती रहीं जैसी कि बाप-बेटियों में होनी चाहिए और बीच-ही-बीच में ऐयार लोग भी 'हां, नहीं, ठीक है, बेशक' इत्यादि करते रहे। इसके बाद इस विषय पर विचार होने लगा कि भूतनाथ के साथ इस समय क्या सलूक करना चाहिए। बहुत वाद-विवाद होने पर यह निश्चय ठहरा कि भूतनाथ को कैद कर रोहतासगढ़ भेज देना चाहिए, जहां उसके किए हुए दोषों की पूरी-पूरी तहकीकात समय मिलने पर हो जाएगी, हां, लगे हाथ उस कागज के मुट्ठे को अवश्य पढ़कर समाप्त कर देना चाहिए जिससे भूतनाथ की बदमाशियों तथा पुरानी घटनाओं का पता लगता है–तथा इन सब बातों से छुट्टी पाकर किशोरी, कामिनी, लक्ष्मीदेवी, कमलिनी और लाडिली को रोहतासगढ़ में चलकर आराम के साथ रहना चाहिए।

ऊपर लिखी बातों में जो तै पा चुकी थीं, कई बातें कमलिनी की इच्छानुसार न थीं, मगर तेजसिंह की जिद से, जिन्हें सब लोग बड़ा बुजुर्ग और बुद्धिमान मानते थे, लाचार होकर उसे भी मानना ही पड़ा।

तेजसिंह उसी समय कमरे के बाहर चले गए और जफील बुलाकर देवीसिंह तथा भैरोसिंह का अपनी तरफ ध्यान दिलाया। जब दोनों ऐयारों ने इधर देखा तो तेजसिंह ने कुछ इशारा किया जिससे वे दोनों समझ गए कि भूतनाथ को कैदियों की तरह बेबस करके मकान के अन्दर ले जाने की आज्ञा हुई है। देवीसिंह ने यह बात भूतनाथ से कही, भूतनाथ ने कुछ सोचकर सिर झुका लिया और तब हथकड़ी पहनने के लिए अपने दोनों हाथ देवीसिंह की तरफ बढ़ाए। देवीसिंह ने हथकड़ी और बेड़ी से भूतनाथ को दुरुस्त किया और इसके बाद दोनों ऐयार उसे डोंगी पर चढ़ाकर मकान के अन्दर ले आए। इस समय भूतनाथ की निगाह फिर उस कागज के मुट्ठे और पीतल की सन्दूकड़ी पर पड़ी और पुनः उसके चेहरे पर मुर्दनी छा गई।

तेज–भूतनाथ, तुम्हारा कसूर अब हम सब लोगों को मालूम हो चुका है। यद्यपि यह कागज का मुट्ठा अभी पूरा-पूरा पढ़ा नहीं गया, केवल चार-पांच चीठियां ही इसमें की पढ़ी गईं परन्तु इतने ही में सभों का कलेजा कांप गया है। निःसन्देह तुम बहुत कड़ी सजा पाने के अधिकारी हो, अतएव तुम्हें इस समय कैद करने का हुक्म दिया जाता है, फिर जो होगा, देखा जाएगा।

भूतनाथ–(कुछ सोचकर) मालूम होता है कि मेरी अर्जी पर किसी ने ध्यान नहीं दिया और इस बलभद्रसिंह को सभों ने सच्चा समझ लिया है।

तेज–बेशक बलभद्रसिंह सच्चे हैं और इस विषय में अब तुम हम लोगों को धोखा देने का उद्योग मत करो। हां, यदि कुछ कहना है तो इन चीठियों के बारे में कहो जो बेशक तुम्हारे हाथ की लिखी हुई हैं और तुम्हारे दोषों को आईने की तरह साफ खोल रही हैं।

भूतनाथ–हां, इन चीठियों के विषय में भी मुझे बहुत-कुछ कहना है, परन्तु आप लोगों के सामने कुछ कहना उचित नहीं समझता, क्योंकि आप लोग मेरा फैसला नहीं कर सकते।

तेज–सो क्यों, क्या हम लोग तुम्हें सजा नहीं दे सकते?

भूतनाथ–यदि आप धर्म की लकीर को बेपरवाही के साथ लांघने से कुछ भी संकोच कर सकते हैं तो मेरा कहना सही है, क्योंकि आप लोगों के मालिक राजा बीरेन्द्रसिंह मेरे पिछले कसूरों को माफ कर चुके हैं और इधर राजा बीरेन्द्रसिंह का जो-जो काम मैं कर चुका हूं उस पर ध्यान देने योग्य भी वे ही हैं। इसी से मैं कहता हूं कि बिना मालिक के कोई दूसरा मेरे मुकदमे को नहीं देख सकता।

तेज–(कुछ देर तक सोचने के बाद) तुम्हारा यह कहना सही है। खैर, जैसा तुम चाहते हो वैसा ही होगा और राजा साहब ही तुम्हारे मामले का फैसला करेंगे, मगर मुजरिम को गिरफ्तार और कैद करना तो हम लोगों का काम है।

भूतनाथ–बेशक, कैद करके जहां तक जल्द हो सके, मालिक के पास ले जाना जरूर आप लोगों का काम है, मगर कैद में बहुत दिनों तक रखकर किसी को कष्ट देना आपका काम नहीं, क्योंकि कदाचित वह निर्दोष ठहरे, जिसे आपने दोषी समझ लिया हो।

तेज–क्या तुम फिर भी अपने को बेकसूर साबित करने का उद्योग करोगे?

भूतनाथ–बेशक, मैं बेकसूर बल्कि इनाम पाने के योग्य हूं, परन्तु आप लोगों के सामने जिन पर अक्ल की परछाईं तक नहीं पड़ी है, मैं अब कुछ भी न कहूंगा। आप यह न समझिए मैं केवल इसी बुनियाद पर अपने को छुड़ा लूंगा कि महाराज ने मेरा कसूर माफ कर दिया है। नहीं, बल्कि मेरा मुकदमा कोई अनूठा रंग पैदा करके मेरे बदले में किसी दूसरे ही को कैदखाने की कोठरी का मेहमान बनावेगा।

तेज–खैर, मैं भी तुम्हें बहुत जल्द राजा बीरेन्द्रसिंह के सामने हाजिर करने का उद्योग करूंगा।

इतना कहकर तेजसिंह ने देवीसिंह की तरफ देखा और देवीसिंह ने भूतनाथ को तहखाने की कोठरी में ले जाकर बन्द कर दिया।

इस काम से छुट्टी पाकर तेजसिंह ने चाहा कि किसी ऐयार के साथ भूतनाथ और भगवनिया को आज ही रोहतासगढ़ रवाना करें, और इसके बाद कागज के मुट्ठे को पुनः पढ़ना आरम्भ करें, मगर उन्हें शीघ्र ही मालूम हो गया कि कोई ऐयार तब तक भूतनाथ को लेकर रोहतासगढ़ जाना खुशी से पसन्द न करेगा जब तक भूतनाथ की जन्मपत्री पढ़ या सुन न लेगा। अस्तु, तेजसिंह की यही इच्छा हुई कि लगे हाथ सब कोई रोहतासगढ़ चले चलें, और जो कुछ हो वहां ही हो। अन्त में ऐसा ही हुआ अर्थात् तेजसिंह की आज्ञा सभों को माननी पड़ी।

चौथा बयान

नानक को तो हमने इस तरह भुला दिया जैसे अमीर लोग किसी से कुछ वादा करके उसे भुला देते हैं। आज अकस्मात् नानक की याद आई है, अकस्मात् काहे, बल्कि यों कहना चाहिए कि यकायक आ पड़नेवाली आवश्यकता ने नानक की याद दिला दी है।

जमानिया प्रान्त से भागे हुए स्वार्थी नानक ने वहां से बहुत दूर जाकर अपना डेरा बसाया और, यही सबब है कि आज मिथिलेश की अमलदारी में एक छोटे से शहर के मामूली मुहल्ले में मंगनी का मकान लेकर लापरवाही के साथ दिन बिताते हुए नानक को हम देखते हैं। यह शहर यद्यपि छोटा है मगर दो-तीन पढ़े-लिखे विद्यानुरागी रईसों और अमीरों के कारण, जिन पर यहां की रिआया का बहुत बड़ा प्रेम है, अंगूठी का सुडौल नगीना हो रहा है।

नानक यद्यपि कंगाल नहीं था, मगर बहुत ही खुदगर्ज और साथ-साथ कंजूस भी होने के कारण अपने को छिपाए हुए बहुत ही साधारण ढंग से रहा करता था अर्थात् उसके घर में (कुत्ते-बिल्ली को छोड़) एक नौकर, एक मजदूरनी और एक उसकी जोरू के सिवाय, जिसे वह न मालूम कहां से उठा लाया या ब्याह लाया था, और कोई भी नहीं रहता था। लोगों का कथन तो यही था कि नानक ने ब्याह करके अपनी गृहस्थी बसाई है, मगर कई आदमियों को जो नानक के साथ-ही-साथ रामभोली के किस्से से भी अच्छी तरह जानकार थे, इस बात का विश्वास नहीं होता था।

नानक के लिए यह शहर नया नहीं है। जब से उसका नाम इस किस्से में आया है उसके पहले भी समय-समय पर कई दफे वह इस शहर में आकर रह चुका है। अबकी दफे यद्यपि उसे इस शहर में आए बहुत दिन नहीं हुए, मगर वह इस ढंग से रह रहा है जैसे पुराना बाशिन्दा हो। वह यह भी सोचे हुए है कि उसका गुमनाम बाप, अर्थात् भूतनाथ जिसका असल हाल थोड़े ही दिन हुए, उसे मालूम हुआ है, बहुत जल्द बीरेन्द्रसिंह की बदौलत मालामाल होकर शहर में आवेगा और उस समय हम लोग बड़ी खुशी से जिन्दगी बितावेंगे, मगर उसकी इस आशा को बड़ा भारी धक्का लगा, जैसा कि आगे चलकर मालूम होगा।

रात पहर-भर के लगभग जा चुकी है। नानक अपने मकान के अन्दरवाले दालान को बिछावन, आसन और रोशनी के सामान से इस तरह सजा रहा है जैसे किसी नए या बहुत ही प्यारे मेहमान की अवाई सुनकर जाहिरदारी के शौकीन लोग सजाया करते हैं। उसकी स्त्री भी खाने-पीने के सामान की तैयारी में चारों तरफ मटकती फिरती है और थालियों को तरह-तरह के खाने तथा कई प्रकार के मांस से सजा रही है। उसकी सूरत-शक्ल और चाल-ढाल से यह भी पता लगता है कि उसे अपने मेहमान के आने की खुशी नानक से भी ज्यादे है। खैर, इस टीमटाम के बयान को तो जाने दीजिए, मुख्तसर यह है कि बात-की-बात में सब सामान दुरुस्त हो गया और नानक

की स्त्री ने अपनी लौंडी से कहा–"अरे, जरा आगे बढ़के देख तो सही, गज्जू बाबू आते हैं या नहीं!"

लौंडी–(धीरे से, जिसमें दूसरा कोई सुनने न पावे) बीबी जल्दी क्यों करती हो, वे तो यहां आने के लिए तुमसे भी ज्यादे बेचैन हो रहे होंगे।

बीबी–(मुस्कुराकर धीरे से) कमबख्त–यह तू कैसे जानती है?

लौंडी–तुम्हारी और उनकी चाल से क्या मैं नहीं जानती? क्या उस एकादशी की रातवाली बात भूल जाऊंगी? (अपना बाजू दिखाकर) देखो यह तुम्हारी...

लौंडी अपनी बात पूरी भी न करने पाई थी कि मटकते हुए नानक भी उसी तरफ आ पहुंचे और लाचार होकर लौंडी को चुप रह जाना पड़ा।

नानक–(सजी हुई थालियों की तरफ देखके) अरे, इसमें मुरब्बा तो रक्खा ही नहीं!

बीबी–मुरब्बा क्या खाक रखती! न मालूम कहां से सड़ा हुआ मुरब्बा उठा लाए! वह उनके खाने लायक भी है? लखपती आदमी की थाली में रखते शर्म तो नहीं मालूम पड़ती!

नानक–मेरा तो दो आना पैसा उसमें लग गया और तुम्हें पसन्द ही नहीं। क्या मैं अंधा था जो सड़ा हुआ मुरब्बा उठा लाता!

बीबी–तुम्हारे अंधे होने में शक ही क्या है? ऐसे ही आंखवाले होते तो रामभोली, अपनी मां, और अपने बाप के पहिचानने में वर्षों तक काहे झक मारते रहते।

नानक–(चिढ़कर) तुम्हारी बातें तो तीर की तरह लगती हैं! तुम्हारे तानों ने तो कलेजा पका दिया! रोज-रोज की किचकिच ने तो नाकों दम कर दिया! न मालूम कहां की कमबख्ती आई थी जो तुम्हें मैं अपने घर में ले आया।

बीबी–(अपने मन में) कमबख्ती नहीं आई थी बल्कि तुम्हारा नसीब चमका था जो मुझे अपने घर में लाए! अगर मैं न आती तो ऐसे-ऐसे अमीर तुम्हारे दरवाजे पर थूकने भी नहीं आते! (प्रकट) तुम्हारी कमबख्ती तो नहीं मेरी कमबख्ती आई थी जो इस घर में आई! जने-जने के सामने मुंह दिखाना पड़ता है। तुम्हें तो ऐसा मकान भी न जुड़ा जिसमें मरदानी बैठक तो होती और तुम्हारे दोस्तों की खिदमत से मेरी जान छूटती। अच्छा तो तभी होता जो वही गूंगी तुम्हारे घर आती और दिन में तीन दफे झाड़ू दिलवाती। चलो, दूर हो जाओ मेरे सामने से, नहीं तो अभी भण्डा फोड़ के रख दूंगी।

लौंडी–बीवी, रहने भी दो, तुम तो बड़ी भोली हो, जरा-सी बात में रंज हो जाती हो!

बड़ी मुश्किल से लौंडी ने लड़ाई बन्द करवाई और इतने ही में दरवाजे पर से किसी के पुकारने की आवाज आई। नानक दौड़ा हुआ बाहर गया। दरवाजा खोलने पर मालूम हुआ कि पांच-सात नौकरों के साथ गज्जू बाबू आ पहुंचे हैं। इनका असल नाम 'गजमेन्दुपाल' था मगर अमीर होने के कारण लोग इन्हें गज्जू बाबू के नाम से पुकारा करते थे।

नौकरों को तो बाहर छोड़ा और अकेले गज्जू बाबू आंगन में पहुंचे। नानक ने बड़ी खातिरदारी से इन्हें बैठाया और थोड़ी देर तक गपशप के बाद खाने की सामग्री उनके आगे रक्खी गई।

गज्जू–अरे, तो मैं अकेला ही खाऊंगा?

नानक–और क्या?

गज्जू–नहीं, सो तो नहीं होगा, तुम भी अपनी थाली ले आओ और मेरे सामने बैठो।

नानक–भला खाइए तो सही, मैं आपके सामने ही तो हूं, (बैठकर) लीजिए बैठ जाता हूं।

गज्जू–कभी नहीं, हरगिज नहीं, मुमकिन नहीं! ज्यादे जिद करोगे तो मैं उठकर चला जाऊंगा!

नानक–अच्छा आप खफा न होइए, लीजिए मैं भी अपनी थाली लाता हूं।

लाचार नानक को भी अपनी थाली लानी पड़ी। लौंडी ने गज्जू बाबू के सामने नानक के लिए आसन बिछा दिया और दोनों आदमियों ने खाना शुरू किया।

गज्जू–वाह, गोश्त तो बहुत ही मजेदार बना है–जरा और मंगाना।

नानक–(लौंडी से) अरे जा, जल्दी से गोश्त का बरतन उठा ला।

गज्जू–वाह-वाह, क्या दाई परोसेगी?

नानक–क्या हर्ज है?

गज्जू–वाह, अरे हमारी भाभी साहिबा कहां हैं? बुलाओ साहब। जब हमारी-आपकी दोस्ती है तो पर्दा काहे का?

नानक–पर्दा तो कुछ नहीं है, मगर उसे आपके सामने आते शर्म मालूम होगी।

गज्जू–व्यर्थ! भला इसमें शर्म काहे की? हां, अगर आप कुछ शरमाते हों तो बात दूसरी है!

नानक–नहीं, भला आपसे शर्म काहे की? आप-हम तो एकदिल, एकजान ठहरे! आपकी दोस्ती के लिए मैंने बेरादरी के लोगों तक की परवाह नहीं की।

गज्जू–ठीक है, और मैंने भी अपने भाई साहब के नाक-भौं चढ़ाने का कुछ खयाल न किया और तुम्हें साथ लेकर अजमेर और मक्के चलने के लिए तैयार हो गया।

नानक–ठीक है, (अपनी स्त्री से) अजी सुनो तो सही–जरा गोश्त का बर्तन लेकर यहां आओ।

गज्जू–हां-हां, चली आओ, हर्ज क्या है। तुम तो हमारी भाभी ठहरीं, अगर जिद हो तो हमसे मुंह-दिखाई ले लेना!

इतना सुनते ही छमछम करती हुई बीबी साहिबा पर्दे से बाहर निकलीं और गोश्त का बर्तन बड़ी नजाकत से लिये दोनों महापुरुषों के पास आ खड़ी हुईं।

हम यहां पर बीबी साहिबा का हुलिया लिखना उचित नहीं समझते और सच तो यों है कि लिख भी नहीं सकते क्योंकि उनके चेहरे का खास-खास हिस्सा नाममात्र

के घूंघट में छिपा हुआ था। खैर, जाने दीजिए, ऐसे तम्बाकू पीने के लिए छप्पर फूंकने वाले लोगों का जिक्र जहां तक कम आए अच्छा है। हम तो आज नानक को ऐसी अवस्था में देखकर हैरान हैं और कमलिनी तथा तेजसिंह की भूल पर अफसोस करते हैं। यह वही नानक है जिसे हमारे ऐयार लोग नेक और होनहार समझते थे, और अभी तक समझते होंगे, मगर अफसोस, इस समय यदि किसी तरह कमलिनी को इस बात की खबर हो जाती कि नानक के धर्म तथा नेक चालचलन के लम्बे-चौड़े दस्तावेज को दीमक चाट गए, अब उसका विश्वास करना या उसे सच्चा ऐयार समझना अपनी जान के साथ दुश्मनी करना है तो बहुत अच्छा होता। यद्यपि किशोरी, कामिनी, लाडिली, लक्ष्मीदेवी और बीरेन्द्रसिंह के ऐयारों का दिल भूतनाथ से फिर गया है, मगर नानक पर कदाचित् अभी तक उनकी दया-दृष्टि बनी हुई है।

नानक की स्त्री ने बर्तन में से दो टुकड़ा गोश्त निकालकर गज्जू बाबू की थाली में रक्खा और पुनः निकालकर थाली में रखने के लिए झुकी ही थी कि बाहर से किसी आदमी ने बड़े जोर से पुकारा, "अजी नानक हो जी!" इस आवाज को सुनते ही नानक चौंक गया और उसने दाई की तरफ देखके कहा, "जल्दी जा, देख तो सही कौन पुकार रहा है!"

दाई दौड़ी हुई दरवाजे पर गई। दरवाजा खोलकर जब उसने बाहर की तरफ देखा तो एक नकाबपोश पर उसकी निगाह पड़ी जिसने चेहरे की तरह अपने तमाम बदन को भी काले कपड़े से ढक रक्खा था। उसके तमाम कपड़े इतने ढीले थे कि उसके अंग-प्रत्यंग का पता लगाना या इतना भी जान लेना कि यह बुड्ढा है या जवान, बड़ा ही कठिन था।

दाई उसे देखकर डरी। यदि गज्जू बाबू के कई सिपाही उसी जगह दरवाजे पर मौजूद न होते तो वह निःसन्देह चिल्लाकर मकान के अन्दर भाग जाती, मगर गज्जू बाबू के नौकरों के रहने से उसे कुछ साहस हुआ और उसने नकाबपोश से पूछा—

दाई—तुम कौन हो और क्या चाहते हो?

नकाबपोश—मैं आदमी हूं और नानक परसाद से मिलना चाहता हूं।

दाई—अच्छा तुम बाहर बैठो, वह भोजन कर रहे हैं, जब हाथ-मुंह धो लेंगे तब आवेंगे।

नकाबपोश—ऐसा नहीं हो सकता! तू जाकर कह दे कि भोजन छोड़कर जल्दी से मेरे पास आवें। जा, देर मत कर। यदि थाली की चीजें बहुत स्वादिष्ट लगती हों और जूठा छोड़ने की इच्छा न होती हो तो कह दीजियो कि 'रोहतासम्ठ का पुजारी' आया है।

यह बात नकाबपोश ने इस ढंग से कही कि दाई ठहरने या पुनः कुछ पूछने का साहस न कर सकी। किवाड़ बन्द करके दौड़ती हुई नानक के पास गई और सब हाल कहा। 'रोहतासमठ का पुजारी' आया है, इस शब्द ने नानक को बेचैन कर

दिया। उसके हाथ में इतनी भी ताकत न रही कि गोश्त के टुकड़े को उठाकर अपने मुंह तक पहुंचा देता। लाचार उसने घबड़ाई हुई आवाज में गज्जू बाबू से कहा–"आधे घण्टे के लिए मुझे माफ कीजिए। उस आदमी से बातचीत करना कितना आवश्यक है सो आप इसी से समझ सकते हैं कि घर में आप ऐसा दोस्त और सामने से भरी थाली छोड़कर जाता हूं, आपकी भाभी साहिबा आपको खुले दिल से खिलावेंगी। (अपनी स्त्री से) दो-चार गिलास आसव का भी इन्हें देना।"

इतना कहकर अपनी बात का बिना कुछ जवाब सुने ही नानक उठ खड़ा हुआ। अपने हाथ से गगरी उंडेल हाथ-मुंह धो दरवाजे पर पहुंचा और किवाड़ खोलकर बाहर चला गया। यद्यपि इस समय नानक ने तकल्लुफ की टांग तोड़ डाली थी तथापि उसके चले जाने से गज्जू बाबू को किसी तरह का रंज न हुआ, बल्कि एक तरह की खुशी हुई और उन्होंने अपने दिल में कहा, 'चलो इनसे भी छुट्टी मिली।'

दरवाजे के बाहर पहुंचकर नानक ने उस नकाबपोश को देखा और बिना कुछ कहे उसका हाथ पकड़के मकान से कुछ दूर ले गया। जब ऐसी जगह पहुंचा जहां उन दोनों की बातें सुननेवाला कोई दिखाई नहीं दिया तब नानक ने बातचीत आरंभ की।

नानक–मैं तो आवाज ही से पहचान गया था कि मेरे दोस्त आ पहुंचे, मगर लौंडी को इसलिए दरवाजे पर भेजा था कि मालूम हो जाए कि आप किस ढंग से आए हैं और किस प्रकार की खबर लाए हैं। जब लौंडी ने आपकी तरफ से 'रोहतासमठ के पुजारी' का परिचय दिया, बस कलेजा दहल उठा, मालूम हो गया कि खबर जरूर भयानक है।

नकाबपोश–बेशक ऐसी ही बात है। कदाचित् तुम्हें यह सुनकर आश्चर्य होगा कि तुम्हारा बहुत दिनों का खोया हुआ बाप अर्थात् भूतनाथ अब मैदान की ताजी हवा खाने योग्य नहीं रहा।

नानक–हैं, सो क्यों?

नकाबपोश–उसका दुर्दैव जो बहुत दिनों तक पारे में चांदी की तरह छिपा हुआ था, एकदम प्रकट हो गया। उसने तुम्हारी मां को भी अष्टम चन्द्रमा की तरह कृपा-दृष्टि से देख लिया और साढ़ेसाती के कठिन शनि को भी तुमसे जैगोपाल करने के लिए कहला भेजा है, पर इससे यह न समझना कि ज्योतिषियों के बताये हुए दान का फल बनकर मैं तुम्हारी रक्षा के लिए आया हूं। अब तुम्हें भी यह उचित है कि आजकल के ज्योतिषियों के कर्म-भण्डार से फलित विद्या की तरह जहां जल्द तक हो सके, अन्तर्धान हो जाओ।

नानक–(डरकर) अफसोस, तुम्हारी पुरानी आदत किसी तरह कम नहीं होती। दो शब्दों में पूरी हो जानेवाली बात को भी बिना हजार शब्दों का लपेट दिए तुम नहीं रहते। साफ क्यों नहीं कहते कि क्या हुआ?

नकाबपोश–अफसोस, अभी तक तुम्हारी बुद्धि की कतरनी को चाटने के लिए शान का पत्थर नहीं मिला। अच्छा, तब मैं साफ-साफ ही कहता हूं, सुनो। तुम्हारे बाप का छिपा हुआ दोष बरसात की बदली में छिपे हुए चन्द्रमा की तरह यकायक प्रकट हो गया, इसी से तुम्हारी मां भी दुश्मन के काबू में, शेर के पंजे में बेचारी हिरनी की तरह पड़ गई और उसी कारण से तुम पर भी उल्लू के पीछे शिकारी बाज की तरह धावा हुआ ही चाहता है। सम्भव है कि चारपाई के खटमल की तरह जब तक कोई ढूंढ़ने के लिए तैयार हो, तुम गायब हो जाओ, मगर मेरी समझ में फिर भी गरम पानी का डर बना ही रहेगा।

नानक–(चिढ़कर) आखिर तुम न मानोगे! खैर, मैं समझ गया कि मेरे बाप का कसूर बीरेन्द्रसिंह को मालूम हो गया। परन्तु उनके, तेजसिंह के और कमलिनी के मुंह से निकले हुए 'क्षमा' शब्द पर मुझे बहुत-कुछ भरोसा था यद्यपि दोष जान लेने के पहले ही उन्होंने ऐसा किया था।

नकाबपोश–नहीं-नहीं, तुम्हारे बाप ने बीरेन्द्रसिंह का जो कुछ कसूर किया था वह तो उनके ऐयारों को पहले ही मालूम हो गया था। मगर इन नयें-नये प्रकट भये हुए दोषों के सामने वे दोष ऐसे थे, जैसे सूर्य के सामने दीपक, चन्द्रना के सामने जुगनू, दिन के आगे रात या मेरे मुकाबले में तुम।

नानक–अगर तुममें यह ऐब न होता तो तुम बड़े काम के आदमी थे। देख रहे हो कि हम लोग सड़क पर बेमौके खड़े हैं, मगर फिर भी संक्षेप में बात पूरी नहीं करते!

नकाबपोश–इसका सबब यही है कि मेरा नाम संक्षेप में या अकेते में नहीं है। गोपी और कृष्ण इन दोनों शब्दों से मेरा नाम बड़े लोगों ने ठोंक मारा है। अस्तु, बड़े लोगों की इज्जत का ध्यान करके मैं अपने नाम को स्वार्थ की पदवी देने के लिए सदैव उद्योग करता रहता हूं। इसी से गोपियों के प्रेम की तरह मेरी बातों का तौल नहीं होता और जिस तरह कृष्णजी त्रिभंगी थे, उसी तरह मेरे मुख से निकले हुए शब्द भी त्रिभंगी होते हैं। हां, यह तुमने ठीक कहा कि सड़क पर खड़े रहन भले मनुष्यों का काम नहीं है। अस्तु, थोड़ी दूर आगे बढ़ चलो और नदी के किनारे बैठकर मेरी बात इस तरह ध्यान देकर सुनो जैसे बीमार लोग वैद्य के मुंह से अपनी दवा का अनुपान सुनते हैं। बस, जल्द बढ़ो देर न करो, क्योंकि समय बहुत कम है, कहीं ऐसा न हो कि विलम्ब हो जाने के कारण बीरेन्द्रसिंह के ऐयार लोग आ पहुंचें और उस चरणानुरागी पात्र की मजबूती का इल्जाम तुम्हारे माथे ठोंकें, जिसके कारण जंगली कांटों और कंकड़ियों से बचकर यहां तक वे लोग पहुंचेंगे।

नानक–(झुंझलाकर) बस माफ कीजिए, बाज आए आपकी बातें सुनने से। जिस सबब से हम पर आफत आनेवाली है, उसका पता हम आप लगा लेंगे, मगर द्रौपदी के चीर की तरह समाप्त न होनेवाली बातें तुमसे न सुनेंगे।

नकाबपोश–(हंसकर) शाबाश-शाबाश, जीते रहो! अब मैं तुमसे खुश हो गया, क्योंकि अब तुम भी अपनी बातों में उपमालंकार की टांग तोड़ने लगे। सच तो यों है कि तुम्हारा झुंझलाना मुझे उतना ही अच्छा लगता है, जितना इस समय भूख की अवस्था में फजली आम और अधावट दूध से भरा हुआ चौसेरा कटोरा मुझे अच्छा लगता।

नानक–तो साफ-साफ क्यों नहीं कहते कि हम भूखे हैं? जब तक पेट भरकर खा न लेंगे, तब तक असल मतलब न कहेंगे।

नकाबपोश–शाबाश, खूब समझे। बेशक, मैंने यही सोचा था कि तुम्हारे यहां दक्षिणा के सहित भोजन करूंगा और उन बातों का रत्ती-रत्ती भेद बता दूंगा जिनकी बदौलत तुम कुम्भीपाक में पड़ने से भी ज्यादे दुःख भोगा चाहते हो, मगर नहीं, दरवाज़े पर पहुंचते ही देखता हूं कि फोड़ा फूट गया और सड़ा मवाद बह निकला है। अब तुम इस लायक न रहे कि तुम्हारा छुआ पानी भी पीया जाए। खैर, हम तुम्हारे दोस्त हैं, जिस काम के लिए आए हैं, उसे अवश्य ही पूरा करेंगे। (कुछ सोचकर) कभी नहीं, छिः-छिः, तुम नालायक से अब हम दोस्ती रखना नहीं चाहते, जो कुछ ऊपर कह चुके हैं, उसी से जहां तक अपना मतलब निकाल सको, निकाल लो और जो कुछ करते बने, करो, हम जाते हैं!

इतना कहकर नकाबपोश वहां से रवाना हो गया। नानक ने उसे बहुत समझाया और रोकना चाहा, मगर उसने एक न सुनी और सीधे नदी के किनारे का रास्ता लिया तथा नानक भी अपनी बदकिस्मती पर रोता हुआ घर पहुंचा। उस समय मालूम हुआ कि उसके नौजवान अमीर दोस्त को अच्छी तरह अपनी नायाब ज्याफत का आनन्द लेकर गए हुए आधी घड़ी बीत चुकी है।

पांचवां बयान

सन्तति के छठवें भाग के पांचवें बयान में हम लिख आए हैं कि कमलिनी ने जब कमला को मायारानी की कैद से छुड़ाया तो उसे ताकीद कर दी कि तू सीधे रोहतासगढ़ चली जा और किशोरी की खोज में इधर-उधर घूमना छोड़कर बराबर उसी किले में बैठी रह। कमला ने यह बात स्वीकार कर ली और बीरेन्द्रसिंह के चुनारगढ़ चले जाने के बाद भी कमला ने रोहतासगढ़ को नहीं छोड़ा, ईश्वर पर भरोसा करके उसी किले में बैठी रही।

यद्यपि उस किले का जनाना हिस्सा बिलकुल सूना हो गया था, मगर जब से कमला ने उसमें अपना डेरा जमाया, तब से बीस-पचीस औरतें, जो कमला की खातिर के लिए राजा बीरेन्द्रसिंह की आज्ञानुसार लौंडियों के तौर पर रख दी गई थीं, वहां दिखाई देने लगी थीं। जब राजा बीरेन्द्रसिंह यहां से चुनारगढ़ की तरफ रवाना होने

लगे, तब उन्होंने भी कमला को ताकीद कर दी कि तू अपनी ऐयारी को काम में लाने के लिए इधर-उधर दौड़ना छोड़के बराबर इसी किले में बैठी रहियो और यदि चारों तरफ की खबर लिये बिना तेरा जी न माने तो हमारे जासूसों को, जो ज्योतिषीजी की मातहती में हैं, जहां जो चाहे भेजा कीजियो। इसी तरह ज्योतिषीजी को भी ताकीद कर दी थी कि कमला की खातिरदारी में किसी तरह की कमी न होने पावे तथा यह जिस समय जो कुछ चाहे, उसका इन्तजाम कर दिया करना और इसमें भी कोई शक नहीं कि पण्डित जगन्नाथ ज्योतिषी ने कमला की बड़ी खातिर की। कमला बड़े आराम से यहां रहने लगी और जासूसों के जरिए से जहां तक हो सकता था, चारों तरफ की खबर भी लेती रही।

आज बहुत दिनों के बाद कमला के चेहरे पर हंसी दिखाई दे रही है। आज वह बहुत खुश है, बल्कि यों कहना चाहिए कि आज उसकी खुशी का अन्दाजा करना बहुत ही कठिन है, क्योंकि पण्डित जगन्नाथ ज्योतिषी ने तेजसिंह के हाथ की लिखी चीठी कमला के हाथ में दी और जब कमला ने उसे खोलकर पढ़ा तो यह लिखा हुआ पाया–

"मेरे प्यारे दोस्त ज्योतिषीजी,

आज हम लोगों के लिए बड़ी खुशी का दिन है, इसलिए कि हम ऐयार लोग किशोरी, कामिनी, कमलिनी, लाडिली और तारा को एक साथ लिये हुए रोहतासगढ की तरफ आ रहे हैं, अस्तु, जहां तक हो सके पालकियों और सवारियों के अतिरिक्त कुछ फौजी सवारों को भी साथ लेकर तुम स्वयं 'डहना' पहाड़ी के नीचे हम लोगों से मिलो।

तुम्हारा दोस्त–

तेजसिंह।"

इस चीठी के पढ़ते ही कमला हद से ज्यादे खुश हो गई और उसकी आंखों से गर्म-गर्म आंसुओं की बूंदें गिरने लगीं, गला भर आया और कुछ देर तक बोलने या कुछ पूछने की सामर्थ्य न रही। इसके बाद अपने को सम्हालके उसने कहा–

कमला–यह चीठी आपको कब मिली? आप अभी तक गए क्यों नहीं?

ज्योतिषी–यह चीठी मुझे अभी मिली है। मैं तेजसिंहजी के लिखे बमूजिब इन्तजाम करने का हुक्म देकर तुम्हारे पास खबर करने के लिए आया हूं और अभी चला आऊंगा।

कमला–आपने बहुत अच्छा किया, मैं भी उनसे मिलने के लिए ऐसे समय अवश्य चलूंगी, मगर मेरे लिए भी पालकी का बन्दोबस्त कर दीजिए, क्योंकि ऐसे समय में दूसरे ढंग पर वहां जाने से मालिक की इज्जत में बट्टा लगेगा

ज्योतिषी–बेशक ऐसा ही है, मैं पहले ही से सोच चुका था कि तुम हमारे साथ चले बिना न रहोगी, इसलिए तुम्हारे वास्ते भी इन्तजाम कर चुका हूं, पालकी ड्यौढ़ी पर आ चुकी होगी, बस तैयार हो जाओ, देर मत करो।

कमला झटपट तैयार हो गई और ज्योतिषीजी ने भी तेजसिंह के लिखे बमूजिब सब तैयारी बात-की-बात में कर ली। घण्टे ही भर बाद रोहतासगढ़ पहाड़ के नीचे पांच सौ सवार चांदी-सोने के काम की पालकियों को बीच में लिये हुए 'डहना' पहाड़ी की तरफ जाते हुए दिखाई दिए और पहर-भर के बाद वहां जा पहुंचे, जहां तेजसिंह, किशोरी इत्यादि को एक गुफा के अन्दर बैठाकर ऐयारों तथा बलभद्रसिंह को साथ लिये ज्योतिषीजी का इन्तजार कर रहे थे। तेजसिंह तथा ऐयार लोग खुशी-खुशी ज्योतिषीजी से मिले। कमला की पालकी उस गुफा के पास पहुंचाई गई जिसमें किशोरी और कमलिनी इत्यादि थीं और कहार सब वहां से अलग कर दिए गए।

वह गुफा, जिसमें कमलिनी और किशोरी इत्यादि थीं, ऐसी तंग न थी कि उनको किसी तरह की तकलीफ होती, बल्कि वह एक आड़ की जगह में और बहुत ही लम्बी-चौड़ी थी और उसमें चांदना बखूबी पहुंचता था। तारासिंह की जुबानी जब किशोरी ने यह सुना कि कमला भी आई है तो उससे मिलने के लिए बेचैन हो गई और जब तक वह पालकी के अन्दर से निकले, तब तक किशोरी स्वयं खोह के बाहर निकल आई। कमला ने किशोरी को देखा तो बड़े जोर और मुहब्बत से लपकके किशोरी के गले से लिपट गई और किशोरी ने भी बड़े प्रेम से उसे दबा लिया तथा दोनों की आंखों से आंसुओं की बूंदें टपाटप गिरने लगीं। कमलिनी ने दोनों को अलग किया और कमला को अपने गले से लगा लिया। इसके बाद कामिनी, लाडिली और तारा भी बारी-बारी कमला से मिलीं। उस समय सभों के चेहरे खुशी से दमक रहे थे और सभों के दिल की कली खिली जाती थी। किशोरी, कामिनी, तारा और लाडिली को मालूम हो चुका था कमला भूतनाथ की लड़की है और वे सब भूतनाथ से बहुत रंज थीं। मगर कमला की तरफ से किसी का दिल मैला न था, बल्कि कमला को देखने के साथ ही उन पांचों के दिल में ऐसी मुहब्बत पैदा हो गई, जैसी सच्चे प्रेमियों के दिल में हुआ करती है। मगर अफसोस कि अभी तक कमला को इस बात की खबर नहीं हुई कि भूतनाथ उसका बाप है और उसने बड़े-बड़े कसूर किए हैं।

किशोरी, कमलिनी और कमला इत्यादिं की मुहब्बत-भरी बातचीत कदापि पूरी न होती, यदि तेजसिंह वहां पहुंचकर यह न कहते कि 'अब तुम लोगों को यहां से बहुत जल्द चल देना चाहिए जिससे सूर्यास्त के पहले ही रोहतासगढ़ पहुंच जाएं।' पालकियां गुफा के आगे रखी गईं। कमलिनी, किशोरी, कामिनी, कमला, लाडिली और तारा उन पर सवार हुईं। कहारों को आकर पालकी उठाने का हुक्म दिया गया और खुशी-खुशी सब कोई रोहतासगढ़ की तरफ रवाना हुए।

सूर्य अस्त होने के पहले ही सवारी रोहतासगढ़ किले के अन्दर दाखिल हो गई। किले का जनाना भाग आज फिर रौनक हो गया, मगर जनाने महल में पैर रखते ही

एक दफे किशोरी का कलेजा दहल उठा, क्योंकि इस समय उसने पुनः अपने को उसी मकान में पाया जिसमें कुछ दिन पहले बेबसी की अवस्था में रहकर तरह-तरह की तकलीफें उठा चुकी थी और इसके साथ-ही-साथ उसको लाली और कुन्दन की वे बातें याद आ गईं। केवल किशोरी ही को नहीं, बल्कि लाडिली को भी वह जमाना याद आ गया, क्योंकि यही लाडिली लाली बनकर उन दिनों इस महल में रहती थी जिन दिनों किशोरी यहां मुसीबत के दिन काट रही थी। लाडिली तो किशोरी को पहिचानती थी, मगर किशोरी को इस बात का गुमान न था कि वह लाली वास्तव में यही लाडिली थी, जो आज हमारे महल में दाखिल है।

महल में पैर रखने के साथ ही किशोरी को वे पुरानी बातें याद आ गईं और इस सबब से उसके खूबसूरत चेहरे पर थोड़ी देर के लिए उदासी छा गई, साथ ही पुरानी बातें याद आ जाने के कारण लाडिली की निगाह भी किशोरी के चेहरे पर जा पड़ी। वह उसकी अवस्था को देखकर समझ गई कि इस समय इसे पुरानी बातें याद आ गई हैं। उन्हीं बातों को खुद भी याद करके इस समय अपने को, और किशोरी को, मालिक की तरह या दूसरे ढंग से इस मकान में आए देखके और किशोरी के चेहरे पर ध्यान पड़ने से लाडिली को हंसी आ गई। उसने चाहा कि हंसी रोके परन्तु रोक न सकी और खिलखिलाकर हंस पड़ी जिससे किशोरी को कुछ ताज्जुब हुआ और उसने लाडिली से पूछा–

किशोरी–क्यों, तुम्हें हंसी किस बात पर आई?

लाडिली–यों ही हंसी आ गई।

किशोरी–ऐसा नहीं है, इसमें जरूर कोई भेद है, क्योंकि कई दिनों से हमारा-तुम्हारा साथ है पर इस बीच में व्यर्थ हंसते हुए हमने तुम्हें कभी नहीं देखा। बताओ, सही बात क्या है?

लाडिली–तुम्हें विचित्र ढंग से घबड़ाए हुए चारों तरफ देखते-देख मुझे हंसी आ गई।

किशोरी–केवल यही बात नहीं है, जरूर कोई दूसरा सबब भी इसके साथ है।

कमलिनी–मैं समझ गई! बहिन, मुझसे पूछो, मैं बताऊंगी! बेशक लाडिली के हंसने का दूसरा सबब है जिसे वह शर्म के मारे नहीं कहना चाहती।

किशोरी–(कमलिनी की कलाई पकड़कर) अच्छा बहिन, तुम ही बताओ कि इसका क्या सबब है?

कमलिनी–इसके हंसने का सबब यही है कि जिन दिनों तुम इस मकान में बेबसी और मुसीबत के दिन काट रही थीं, उन दिनों यह लाडिली भी यहां रहती थी और इससे तुमसे बहुत मेल-मिलाप था।

किशोरी–(ताज्जुब से) तुम भी हंसी करती हो! क्या मैं ऐसी बेवकूफ हूं, जो महीनों तक इस महल में लाडिली मेरे साथ रहे, और मैं उसे पहचान न सकूं!

कमलिनी—(हंसकर) यह तो मैं नहीं न कहती कि उन दिनों इस महल में लाडिली अपनी असली सूरत में थी! मेरा मतलब लाली से है, वास्तव में यह लाडिली उन दिनों लाली बनकर यहां रहती थी।

किशोरी—(ताज्जुब से घबड़ाकर और लाडिली का हाथ पकड़कर) हैं! क्या वास्तव में लाली तुम ही थीं?

लाडिली—इसके जवाब में 'हां' कहते मुझे शर्म मालूम होती है। अफसोस, उन दिनों मेरी नीयत आज की तरह साफ न थी क्योंकि मैं दुष्टा मायारानी के आधीन थी। उसे मैं अपनी बड़ी बहिन समझती थी और उसी की आज्ञानुसार एक काम के लिए यहां आई थी।

किशोरी—ओफ ओह! तब तो आज बड़े-बड़े भेदों का पता लगेगा, जिन्हें याद करके मेरा जी बेचैन हो जाता था और इस सबब से मैं और भी परेशान थी कि उन भेदों का असल मतलब कुछ मालूम न होता था, अब तो मैं बहुत-कुछ तुमसे पूछूंगी और तुम्हें बताना पड़ेगा।

कमलिनी—हां-हां, तुम्हें सबकुछ मालूम हो जाएगा, मगर घबड़ाती क्यों हो, इस समय हम लोगों को केवल यही काम है कि ईश्वर को धन्यवाद दें जिसकी कृपा से हम लोग हजारों दुःख उठाकर ऐसी जगह आ पहुंचे हैं, जहां हमारे दुश्मन रहते थे और जिसे अब हम अपना घर समझते हैं।

लाडिली—(किशोरी से) बेशक ऐसा ही है, केवल एक यही बात नहीं और भी कई अद्‌भुत बातें तुम्हें मालूम होंगी। जरा सब्र करो, सफर की हरारत मिटाओ और आराम करो, जल्दी क्यों करती हो!

छठवां बयान

रात का समय है और चांदनी छिटकी हुई है। आसमान पर कहीं-कहीं छोटे बादलों के टुकड़े दौड़ते हुए दिखाई दे रहे हैं, जिनमें कभी-कभी चन्द्रमा छिपता, और फिर तेजी के साथ निकल आता है। इस समय रोहतासगढ़ किले के चारों तरफ की मनभावन छटा बहुत भली मालूम पड़ती है। महल की छत पर किशोरी, कामिनी, कमलिनी, लाडिली, लक्ष्मीदेवी और कमला टहलती हुई चारों तरफ की कैफियत देख रही हैं। इस समय की शोभा, छटा या प्राकृतिक अवस्था, जो कुछ भी कहें, उन सभों के दिल पर जुदे ढंग का असर कर रही है। कमलिनी अपने ध्यान में डूबी हुई है, लक्ष्मीदेवी कुछ और ही सोच रही है, लाडिली किसी दूसरे ही सम्भव-असम्भव के विचार में पड़ी है, किशोरी और कामिनी अलग ही मन के लड्डू बना रही हैं। मगर कमला के दिल का कोई ठिकाना नहीं। उसने जब से यह सुन लिया है कि 'भूतनाथ

गिरफ्तार करके रोहतासगढ़ के कैदखाने में डाल दिया गया है' तब से वह तरह-तरह की बातें सोच रही है भूतनाथ वास्तव में कौन है? उसने क्या कसूर किया? बीरेन्द्रसिंह के ऐयार लोग उससे खुश थे—फिर यकायक रंज क्यों हो गए? और यह तारा कभी-कभी लक्ष्मीदेवी के नाम से क्यों पुकारी जाती है। कमलिनी तारा का अदब क्यों करने लग गई? इत्यादि बातों को जानने के लिए उसका जी बेचैन हो रहा है, मगर अभी तक किसी ने इन बातों का जिक्र उससे न किया है। हां, इस समय इन्हीं विषयों पर बात करने का वादा है, अस्तु, कमला इसी बात का मौका ढूंढ़ रही है कि ये सब एक ठिकाने बैठ जाएं तो बातों का सिलसिला छेड़ा जाए।

घण्टे-भर तक टहल-टहलकर चारों तरफ देखने के बाद सब-की-सब एक ठिकाने फर्श पर बैठ गईं और कमला ने बातचीत करना आरम्भ कर दिया।

कमला—(किशोरी से) क्यों बहिन! भूतनाथ तो राजा बीरेन्द्रसिंह के ऐयारों के साथ मिल-जुलकर काम करता था, और सब कोई उससे खुश थे, फिर यकायक यह क्या हो गया कि उसे कैदखाने की गर्म हवा खानी पड़ी?

किशोरी—इसका हाल कमलिनी बहिन से पूछो।

कामिनी—क्योंकि वह इन्हीं का ऐयार था और इन्हीं की आज्ञानुसार काम करता था।

कमलिनी—(हंसकर) किसी का ऐयार था या किसी का बाप था इससे क्या मतलब? जो था सो था—अब न कोई उसे अपना ऐयार बनाना पसन्द करेगा और न कोई अपना बाप कहना स्वीकार करेगा।

किशोरी—(मुस्कुराकर) जिस तरह अब तुम मायारानी को अपनी बहिन कहना उचित नहीं समझतीं।

कमलिनी—नहीं-नहीं, इस तरह और उस तरह में बड़ा फर्क है। कमबख्त मायारानी तो वास्तव में हमारी बहिन है ही नहीं!

कमला—(ताज्जुब से) मायारानी तुम्हारी बहिन नहीं है! फिर तुमने मुझसे क्यों कहा था कि 'मायारानी हमारी बड़ी बहिन है!'

कमलिनी—तब तक मैं उसका असल हाल नहीं जानती थी, उसी तरह जिस तरह तुम भूतनाथ का असल हाल नहीं जानतीं और जब जान जाओगी तो न मालूम तुम्हारे दिल का क्या हाल होगा। खैर, वह सब जो कुछ हो, लेकिन भूतनाथ का सच्चा-सच्चा हाल कभी-न-कभी तुम्हें मालूम हो ही जाएगा। मगर देखो बहिन, दुनिया में कोई किसी के दोष का भागी नहीं हो सकता। जिस तरह ईमानदार बाप बदनीयत लड़के के दोष से दोषी नहीं हो सकता, उसी तरह धर्मात्मा लड़का अपने कपटी कुटिल तथा कुचाली बाप के कामों का उत्तरदायी नहीं हो सकता। हर एक आदमी अपने किए का फल आप ही भोगेगा, उसके बदले में उसका कोई नातेदार या मित्र दण्ड नहीं पा सकता, पर हां, बचाव में मदद जरूर कर सकता है, इसी के साथ-ही-साथ यह भी बंधी हुई बात है कि अच्छे और बुरे का साथ बहुत दिनों तक निभ नहीं सकता,

चाहे वह आपुस में दोस्त हों या भाई हों या बाप-बेटे हों, क्योंकि दोनों की प्रकृति में भेद रहता है, और जब तक दोनों की प्रकृति एक या कुछ-कुछ मिलती-जुलती न हो, प्रेम नहीं हो सकता।

कमला–क्षमा करना, क्योंकि मैं बीच ही में टोकती हूं, तब लोग ऐसा क्यों कहते हैं कि 'बुरे की सोहबत करने से अच्छा आदमी भी बुरा हो जाता है?'

कमलिनी–ठीक है, जहां तक मैं समझती हूं, किसी एक बुरे आदमी की सोहबत में कोई एक भला आदमी बुरा नहीं हो सकता, बल्कि एक बुरा आदमी किसी एक भले आदमी के साथ से कुछ सुधर सकता है–क्योंकि मन एक ऐसा शुद्ध पदार्थ होता है कि यदि वह किसी तरह के दबाव में न पड़ जाए या किसी तरह की जरूरियात उसे मजबूर न करें तो वह बराबर सचाई ही की तरफ ढुलकता रहता है–हां, यदि कोई एक अच्छे चालचलन का आदमी चार-पांच या दस-बीस बदमाशों की सोहबत में बैठे तो निःसन्देह वह कुचाली हो ही जाएगा क्योंकि बहुत से नापाक दिल मिल-जुलकर उस पाक-दिल पर जबर्दस्त हो जाएंगे–और सच तो यों है कि सोहबत एक आदमी के संग को नहीं कहते बल्कि कई आदमियों के झुण्ड में मिलकर बैठने का नाम सोहबत है। हां, तो मैं क्या कह रही थी, जब तुमने टोका था–बिलकुल ही भूल गई! इसी से कहते हैं कि बातों के सिलसिले में टोकना अच्छा नहीं होता।

कमला–ठीक है, तभी तो मैंने पहले ही क्षमा मांग ली थी। खैर, जाने भी दो। मैं तुम्हारी बातों का मतलब पा गई कि तुम भूतनाथ को मेरा नातेदार बनाना चाहती हो।

कमलिनी–मैं क्यों बनाया चाहती हूं! ईश्वर ही ने तुम्हारा नातेदार बनाया है, खैर, मैं सबसे पहले तुमसे नानक का हाल कहती हूं। नानक ने अपना हाल स्वयं ही तेजसिंह से कहा था, और मैं उस समय छिपकर सुन रही थी। इसके बाद और लोगों को भी वह हाल मालूम हुआ।

तब कमलिनी ने पिछला बहुत-सा हाल जो गुजर चुका था, वह कह सुनाया और तब तेजसिंह का पागल बनके मायारानी के बाग में जाना, वहां की कैफियत, नानक का हाल, चण्डूल की दिल्लगी[1], भूतनाथ और शेरसिंह का रंग-ढंग तथा बाकी का सब हाल भी कहा जिसे बड़े गौर और आश्चर्य से सब सुनती रहीं। इस समय कमला के दिल की अजब हालत थी, उसकी आंखों के सामने उसके लड़कपन का जमाना घूम रहा था। वह उस समय की बातों को अच्छी तरह याद कर-करके सोच रही थी जब उसकी मां जीती थी और उसका बाप बहुत दिनों तक गैरहाजिर रहा करता था। अन्त में उसका बाप यकायक गायब हो गया था और किसी अनजान आदमी ने उसके मरने की खबर कमला के नाना को पहुंचाई थी। उन दिनों कमला के बाप के बारे में तरह-तरह की खबरें उड़ रही थीं। आखिर जब कमला का चाचा शेरसिंह कमला के घर गया और उसने स्वयं कहा कि 'बेशक कमला का बाप मेरे

1. पाठकों को मालूम होगा कि कमलिनी ही चण्डूल बनी हुई थी।

सामने मरा और मैंने ही उसकी दाह-क्रिया की है', तब सभों को उसके मरने का विश्वास हुआ था।

कमला–हां, तो इस किस्से से साबित होता है, बल्कि मेरा दिल गवाही देता है कि भूतनाथ मेरा रिश्तेदार है।

कमलिनी–बेशक, ऐसा ही है।

कमला–तो साफ-साफ जल्दी क्यों नहीं कह देतीं कि वह मेरा कौन है? यद्यपि मैं समझ गई हूं, तथापि अपने मुंह से कुछ कह नहीं सकती।

कमलिनी–अच्छा, तो मैं कहे देती हूं कि वह तुम्हारा बाप है और नानक तुम्हारा भाई।

कमला–तो उसने अपने मरने की झूठी खबर क्यों मशहूर की थी? नानक के किस्से से तो केवल इतना ही जाना जाता है कि राजा बीरेन्द्रसिंह के यहां चोरी करने के कारण उसे ऐसा करना पड़ा था।

कमलिनी–पहले तो मैं भी ऐसा ही समझती थी, और भूतनाथ ने भी इसके सिवा और कोई सबब अपने गायब होने का नहीं कहा था, मगर अब जो बातें मालूम हुई हैं, वे बहुत ही भयानक हैं और इस योग्य हैं कि उनका फल भोगने के डर से उसका जहां तक हो अपने को छिपाना उचित ही था। ओफ! भूतनाथ ने मुझे बड़ा धोखा दिया। अगर भूतनाथ के कागजात, जो मनोरमा के कब्जे में थे, और जो मेरे उद्योग से भूतनाथ को मिल गए थे, इस समय मौजूद होते तो बेशक बहुत-सी बातों का पता लगता, मगर अफसोस! अपनी भूल का दण्ड सिवाय अपने और किसको दूं?

कमला–बहिन, चाहे जो हो, मैं अपनी मां की नसीहत कदापि भूल नहीं सकती, और न उसके विपरीत ही कुछ कर सकती हूं। ईश्वर उसकी आत्मा को सुखी करे, वह बड़ी ही नेक थी। जिस समय चाचा ने मेरे बाप के मरने की खबर पहुंचाई थी उस समय वह बहुत ही बीमार थी। सब लोग तो रोने-पीटने लगे, मगर उसकी आंखों में आंसू की बूंद भी दिखाई नहीं दी। इसका कारण लोगों ने यही बताया कि रंज बहुत ज्यादे है जिससे यह बेसुध हो रही है, मगर मेरी मां ने मुझे चुपके से बुलाके समझाया और यह भी कहा कि 'बेटी! मैं खूब समझती हूं कि तेरा बाप मरा नहीं है, बल्कि कहीं छिपा बैठा है, और वास्तव में उसका चाल-चलन ऐसा नहीं कि वह हम लोगों को अपना मुंह दिखाए, मगर क्या किया जाए, वह मेरा पति है, किसी के आगे उसकी निन्दा करना मेरा धर्म नहीं है। मैं खूब समझती हूं कि अबकी दफे की बीमारी से मैं किसी तरह बच नहीं सकती, इसीलिए तुझे समझाती हूं कि यदि कदाचित् तेरा बाप तुझे मिल जाए तो तू उससे किसी तरह की भलाई की आशा न रखियो। हां, तेरा चाचा बहुत ही लायक है, वह सिवाय भलाई के तेरे साथ बुराई कभी न करेगा, मगर मेरी समझ में नहीं आता कि उसने स्वयं अपने भाई के मरने की झूठी खबर क्यों उड़ाई? खैर, जो हो, मैं तुझे अपने सिर की कसम देकर कहती हूं कि तू

अपने चाल-चलन को बहुत सम्हाले रहियो, और वही काम कीजियो, जिसमें किशोरी का भला हो, क्योंकि उसका नमक मेरे और तेरे रोम-रोम में भीना हुआ है—और साथ ही मुझे इस बात का भी पूरा विश्वास है कि किशोरी तुझे जी से चाहती है, और वह जो कुछ करेगी तेरे लिए अच्छा ही करेगी। बाकी रही किशोरी की मां और किशोरी का नाना, सो किशोरी की मां एक ऐसे आदमी के पाले पड़ी है कि जिसके मिजाज का कोई ठिकाना नहीं, ताज्जुब नहीं कि किसी-न-किसी दिन उसे खुद अपनी जान दे देनी पड़ जाए, और किशोरी का नाना परले सिरे का क्रोधी है, अतएव सिवाय किशोरी के तुझे सहारा देनेवाला मुझे कोई दिखाई नहीं देता।''

इतना सुनते-सुनते किशोरी को अपनी मां याद आ गई और उसकी आंखों से टप-टप आंसू की बूंदें गिरने लगीं। कमला का भी यही हाल था। कमलिनी ने दोनों के आंसू पोंछे और समझा-बुझाकर शान्त किया। थोड़ी देर तक बातचीत बन्द रही, इसके बाद फिर शुरू हुई।

कमला—(कमलिनी से) तो क्या मैं सुन सकती हूं कि मेरे बाप ने क्या काम किए हैं जिनके लिए आज उसे यह दिन देखना पड़ा?

कमलिनी—हां-हां, मैं वह सब हाल तुमसे कहूंगी, मगर कमला, तुम यह न समझना कि भूतनाथ के सबब से हम लोगों के दिल में तुम्हारी मुहब्बत कम हो जाएगी।

किशोरी—नहीं-नहीं, ऐसा कदापि नहीं हो सकता! मैं तुम्हारी नेकियों को कदापि नहीं भूल सकती। तुमने मेरी जान बचाई, तुमने दुःख के समय मेरा साथ दिया, और तुम्हारे ही भरोसे पर मैंने जो ज़ी में आया, किया।

लक्ष्मीदेवी—(कमला से) यद्यपि मेरा-तुम्हारा साथ नहीं हुआ है, परन्तु मैं तुम्हारे दिल को इन्हीं दो-चार दिनों में अच्छी तरह समझ गई हूं। निःसन्देह तुम्हारी दोस्ती कदर करने लायक है और इस बात को तो हम लोग अच्छी तरह जानती हैं कि तुमने किशोरी के लिए बहुत तकलीफ उठाई, इससे ज्यादे कोई किसी के लिए नहीं कर सकता।

कमला—मैंने किशोरी के लिए कुछ भी नहीं किया, जो कुछ किया किशोरी की मुहब्बत ने किया है। मैं तो केवल इतना जानती हूं कि मेरी जिंदगी क़िशोरी की जिंदगी के साथ है। यदि वह खुश है तो मैं भी खुश हूं, इसे दुःख है तो मुझे भी रंज है। और फिर मैं किस लायक हूं! मगर उस समय बेशक मुझे बड़ा दुःख होगा जब किसी को यह कहते सुनूंगी कि 'कमला का बाप दुष्ट था।' हाय, जिसके साथ मैं जान देने के लिए तैयार हूं, उसी के साथ मेरा बाप बुराई करे!

कमलिनी—नहीं-नहीं, क़मला—तुम्हारे बाप ने किशोरी के साथ कोई बुराई नहीं की, बल्कि उसने हम तीनों बहिनों के साथ बुराई की है जिन्हें तुम थोड़े दिन पहले जानती भी नहीं थीं, अतएव तुम्हें रंज न करना चाहिए, फिर मैं यह भी उम्मीद करती हूं कि राजा बीरेन्द्रसिंह, भूतनाथ का कसूर माफ कर देंगे।

लक्ष्मीदेवी—बहिन, इन बातों को जाने भी दो! चाहे भूतनाथ ने हम लोगों के साथ कैसी ही बुराई क्यों न की हो, मगर हम लोग उसे अवश्य माफ करेंगे, क्योंकि कमला को किसी तरह उदास नहीं देख सकते। कमला, तू मेरी सगी बहिन से बढ़कर है। जबकि किशोरी तुझे अपना मानती है तो निःसन्देह हम लोग उससे बढ़कर मानेंगी। सच तो यों है कि आज हम लोग जिन सुखों की आशा कर रहे हैं, वे सब किशोरी के चरणों की बदौलत हैं।

इतना कहकर लक्ष्मीदेवी ने कमला को गले लगा लिया और उसके आंसू पोंछे, क्योंकि इस समय उसकी आंखों से बेअन्दाज आंसू बह रहे थे। किशोरी भी रो रही थी, लक्ष्मीदेवी, लाडिली और कमलिनी की आंखें भी सूखी न थीं। कमलिनी ने सभों को समझाया और बातों का रंग-ढंग बदल देने की कोशिश की। थोड़ी देर तक सन्नाटा रहने के बाद सभों ने एक-एक करके अपना हाल कहना शुरू किया, यहां तक कि आज की तीन पहर रात बातचीत में ही बीत गई, और इसके बाद एक नई घटना ने सभों को चौंका दिया।

सातवां बयान

रात पहर-भर से कम रह गई थी जब किशोरी, कामिनी, कमला, लक्ष्मीदेवी, लाडिली और कमलिनी की बातें पूरी हुईं, और उन्होंने चाहा कि अब उठकर नीचे चलें और दो घण्टे आराम करें। इस समय महल में बिलकुल सन्नाटा था। लौंडियां बेफिक्री के साथ खुर्राटे ले रही थीं, क्योंकि कमलिनी ने सभों को अपने सामने बिदा कर दिया था, और कह दिया था कि बिना बुलाए कोई हम लोगों के पास न आवे।

इस समय ये सब जिस महल में हैं, वह राजमहल के नाम से पुकारा जाता था। महाराज दिग्विजयसिंह की रानी इसी में रहा करती थीं। इसके बगल में पीछे की तरफ महल का वह दूसरा भाग था जिसमें किशोरी उन दिनों में रहती थी, जब दिग्विजयसिंह की जिन्दगी में जबर्दस्ती इस मकान के अन्दर लाई गई थी, और लाली तथा कुन्दन भी किशोरी की हिफाजत के लिए उसी मकान में रहा करती थीं जिसका हाल सन्तति के तीसरे भाग के आठवें बयान में लिख आए हैं।

पाठक भूले न होंगे कि उसी महल या बाग में (जिसमें पहले किशोरी रहा करती थी) एक कोने पर वह इमारत थी जिसका दरवाजा हमेशा बन्द रहता था, और जिसकी छत फोड़कर किशोरी को साथ लिये लाली उसके अन्दर चली गई थी। यद्यपि महल का वह भाग अलग था, मगर राजमहल की छत पर से वह मकान बखूबी दिखाई देता था। किशोरी, कमला, लाडिली, कामिनी, लक्ष्मीदेवी और कमलिनी की बात जब समाप्त हुई और वे सब नीचे जाने के इरादे से उठकर खड़ी हुईं तो यकायक लाडिली

की निगाह उस इमारत पर पड़ी जिसके अन्दर किशोरी को लेकर वह (लाली) चली गई थी। आज भी उस मकान का दरवाजा उसी तरह बन्द था जैसे दिग्विजयसिंह के समय में बन्द रहा करता था, हां, पहले की तरह आज उसके दरवाजे पर पहरा नहीं पड़ता था, उस मकान की छत जिसमें लाली ने सेंध लगाई थी, दुरुस्त कर दी गई थी। बाग में चारों तरफ सन्नाटा था, क्योंकि आजकल उसमें कोई रहता न था और यह बात कमलिनी और लाडिली इत्यादि को मालूम थी।

जिस समय लाडिली की निगाह उस मकान की छत पर पड़ी, उसे एक आदमी दिखाई दिया जो बड़ी मुस्तैदी के साथ चारों तरफ घूम-घूम और देख-देखकर शायद इस बात की टोह ले रहा था कि कोई आदमी दिखाई तो नहीं देता, मगर किशोरी और कामिनी इत्यादि ऐसे ठिकाने थीं कि ये सब चारों तरफ सबको देखतीं, मगर इन्हें कोई नहीं देख सकता था, क्योंकि जिस मकान की छत पर ये सब थीं, उसके चारों तरफ पुर्से-भर ऊंची कनाती दीवार थी, और उसमें बहुत से सूराख देखने और तीर मारने के लायक बने हुए थे और इस समय लाडिली ने भी उस आदमी को ऐसे ही एक सूराख की राह से ही देखा था।

लाडिली ने कमलिनी का हाथ पकड़ लिया और उस इमारत की तरफ देखने का इशारा किया। कमलिनी ने और इसके बाद एक-एक करके सभों ने उस आदमी को देखा, और अब क्या करेगा, यह जानने के लिए सभों की निगाह उसी तरफ अटक गई।

थोड़ी देर बाद उस छत पर नीचे की तरफ से आती हुई रोशनी दिखाई दी जिससे मालूम हुआ कि उसकी छत इस समय पुनः तोड़ी गई है और नीचे की कोठरी में और भी कई आदमी हैं। रोशनी दिखाई देने के बाद दो आदमी और निकल आए और तीन आदमी उस छत पर दिखाई देने लगे। अब पूरी तरह निश्चय हो गया कि उस मकान की छत तोड़ी गई है। उन तीनों आदमियों ने बड़े गौर से उस तरफ देखा जहां किशोरी, कामिनी इत्यादि खड़ी थीं, मगर कुछ दिखाई न दिया, इसके बाद उन तीनों ने झुककर छत के नीचे से एक भारी गठरी निकाली। उसके बाद नीचे से दो आदमी और निकलकर छत पर आ गए तथा अब वहां पांच आदमी दिखाई देने लगे।

कमलिनी ने कमला का हाथ पकड़के कहा, ''बहिन, इन शैतानों की कार्रवाई बेशक देखने और जांचने योग्य है, ताज्जुब नहीं कि कोई अनूठी बात मालूम हो, अस्तु, तू जाकर जल्दी से तेजसिंह को इस मामले की खबर कर दे, फिर जो कुछ उनके जी में आएगा, वे करेंगे।'' इतना सुनते ही कमला तेजसिंह की तरफ चली गई और सब फिर उसी तरफ देखने लगीं।

थोड़ी देर तक वे पांचों आदमी बैठकर उस गठरी के साथ न मालूम क्या करते रहे, इसके बाद कमन्द के जरिये वह गठरी बाहर की तरफ बाग में उतार दी गई। उसके पीछे वे पांचों आदमी भी बाग में उतर आए और गठरी को लिये हुए बाग

के बीचोबीचवाले उस कमरे की तरफ चले गए जिसमें पहले किशोरी रह करती थी। उसी समय कमला भी लौटकर आ पहुंची और बोली, "तेजसिंहजी को खबर कर दी गई और वे देवीसिंहजी वगैरह ऐयारों को साथ लेकर किसी गुप्त बाग में गए हैं।"

कमलिनी–मुझे भी वहां जाना उचित है!

किशोरी–क्यों?

कमलिनी–उस मकान के गुप्त भेद की खबर तेजसिंह को नहीं है, कदाचित् कोई आवश्यकता पड़े।

किशोरी–कोई आवश्यकता न पड़ेगी, बस, चुपचाप खड़ी तमाशा देखो।

लक्ष्मीदेवी–इनमें से अगर एक आदमी को भी तेजसिंह पकड़ लेंगे तो सब भेद खुल जाएगा।

कमलिनी–हां, सो तो है।

कमला–मैं समझती हूं कि उस मकान के अन्दर और भी कई आदमी होंगे। अगर वे सब गिरफ्तार हो जाते तो बहुत ही अच्छा होता।

कमलिनी–इसी से तो मैं कहती हूं कि मुझे वहां जाने दो। मेरे पास तिलिस्मी खंजर मौजूद है, मैं बहुत-कुछ कर गुजरूंगी।

किशोरी–नहीं बहिन, मैं तुम्हें कदापि न जाने दूंगी, मुझे डर लगता है, तुम्हारे बिना मैं यहां नहीं रह सकती।

कमलिनी–खैर, मैं न जाऊंगी। तुम्हारे ही पास रहूंगी।

अब हम बाग के उस हिस्से का हाल लिखते हैं जिसमें वे पांचों आदमी गठरी लिये दिखाई दे चुके हैं।

वे पांचों आदमी गठरी लिये हुए बाग के बीचोबीचवाले उस मकान में पहुंचे जिसमें पहले किशोरी रहती थी। जब उस मकान के अन्दर पहुंच गए तो उन लोगों ने चकमक से आग झाड़ मशाल जलाई और गठरी को बंधी-बंधाई जमीन पर छोड़कर आपस में यों बातचीत करने लगे–

एक–अच्छा, अब क्या करना चाहिए?

दूसरा–गठरी को इसी जगह छोड़कर राजमहल में पहुंचना, और अपना काम करना चाहिए।

तीसरा–नहीं-नहीं, पहले इस गठरी को ऐसी जगह रखना या पहुंचाना चाहिए जिससे सबेरा होते ही किसी-न-किसी की निगाह इस पर अवश्य पड़े।

चौथा–बाग के इस हिस्से में कोई रहता तो है नहीं, फिर किसी की निगाह इस पर क्यों पड़ने लगी?

पांचवां–अगर ऐसा है तो इसे भी अपने साथ ही राजमहल में ले चलना।

पहला–अजब आदमी हो, राजमहल में अपना जाना तो कठिन हो रहा है, तुम कहते हो, गठरी भी लेते चलो।

दूसरा–फिर इस बाग में इस गठरी का रखना बेकार ही है, जहां कोई आदमी रहता ही नहीं!

चौथा–बस, अब इसी हुज्जत में रात बिता दो! अभी पहले अपना असल काम तो कर लो जिसके लिए आए हो, चलो, पहले तहखाना खोलो।

दूसरा–ठीक है, मैं भी यही उचित समझता हूं।

इतना कहकर वह खड़ा हो गया और अपने साथियों को भी उठने का इशारा किया।

आठवां बयान

उन लोगों ने उस बंधी-बंधाई गठरी को तो उसी जगह छोड़ दिया और बीचवाले कमरे के दरवाजे पर पहुंचे जिसमें ताला बन्द था। एक आदमी ने लोहे की सलाई के सहारे ताला खोला और इसके बाद सब-के-सब उस कमरे के अन्दर जा पहुंचे। यह कमरा इस समय भी हर तरह से सजा और अमीरों के रहने लायक बना हुआ था। पहले तो उन आदमियों ने मशाल की रोशनी में वहां की हर एक चीज को अच्छी तरह गौर से देखा और इसके बाद सभों ने मिलकर वहां का फर्श जो जमीन पर बिछा हुआ था, उठा डाला। यहां की जमीन संगमरमर के चौखूटे पत्थर के टुकड़ों से बनी हुई थी जिसे देख एक ने कहा–

एक–अगर हम लोगों का अन्दाज ठीक है, और वास्तव में इसी कमरे का पता हम लोगों को दिया गया है, तो यहां की जमीन में सूराख करना कोई बड़ी बात नहीं है, दो-चार पत्थर उखाड़ने से सहज ही में काम चल जाएगा।

दूसरा–बेशक ऐसा ही है, मगर मैं समझता हूं कि थोड़ी देर रुककर बाबाजी की राह देखना उचित होगा।

तीसरा–अजी, अपना काम करो, इस तरह रुका-रुकी में रात बीत जाएगी तो मुफ्त में मारे पड़ेंगे।

पहला–मारे क्यों पड़ेंगे? यहां है ही कौन, जो हम लोगों को गिरफ्तार करेगा!

तीसरा–(कुछ रुककर और बाहर की तरफ कान लगाकर) किसी के आने की आहट मालूम होती है।

चौथा–(ध्यान देकर) ठीक तो है, मगर सिवाय बाबाजी के और होगा ही कौन?

तीसरा–लीजिए, आ ही तो गए।

चौथा–हमने कहा था कि बाबाजी होंगे।

इतने ही में दो आदमियों को साथ लिये बाबाजी भी वहां आ पहुंचे, वही बाबाजी जो मायारानी के तिलिस्मी दारोगा थे। उनके साथ में एक तो मायारानी थी और दूसरा

आदमी वही शेरअलीखां पटने का सूबेदार था जिसकी लड़की गौहर का हाल ऊपर के किसी बयान में लिखा जा चुका है। मायारानी इस समय अपने चेहरे पर नकाब डाले हुए थी, मगर उसकी पोशाक जनाने ढंग की और उसी शान-शौकत की थी जैसी कि उन दिनों पहरा करती थी जब तिलिस्म की रानी कहलाने का उसे हक था, और अपने ऊपर किसी तरह की आफत आने का शानोगुमान भी न था।

हम इस जगह थोड़ा-सा हाल तेजसिंह का लिख देना भी उचित समझते हैं। कमला की जुबानी समाचार पाकर तेजसिंह तुरन्त तैयार हो गए और तारासिंह वगैरह ऐयारों को साथ लिये हुए महल के उस हिस्से में पहुंचे जिसमें ऊपर लिखी कार्रवाई हो रही थी। उन पांचों बदमाशों को कमरे के अन्दर जाते हुए तेजसिंह ने देख लिया था, इसलिए वे छिपते हुए पिछली राह से कमरे की छत पर चढ़ गए। छत के बीचोबीच में एक रोशनदान जमीन से दो हाथ ऊंचा बना हुआ था जिसके जरिये कमरे के अंदर रोशनी और कुछ धूप भी पहुंचा करती थी। उस रोशनदान में चारों तरफ बिल्लौरी शीशे इस ढंग के लगे हुए थे जिन्हें जब चाहे खोल और बन्द कर सकते थे। तारासिंह तो हिफाजत के लिए हाथ में नंगी तलवार लिये सीढ़ी पर खड़े हो गए और तेजसिंह, देवीसिंह तथा भैरोसिंह उसी रोशनदान की राह से कमरे के अन्दर का हाल देखने और उन शैतानों की बातचीत सुनने लगे।

अब हम फिर कमरे के अन्दर का हाल लिखते हैं। बाबाजी ने आने के साथ ही उन पांचों आदमियों की तरफ देखके कहा–

बाबा–अभी तक तुम लोग सोच-विचार में ही पड़े हो?

एक–अनजान जगह में हम लोग कौन काम जल्दी के साथ कर सकते हैं? खैर अब यह बताइए कि यही जमीन खोदी जाएगी या कोई और?

बाबा–हां, यही जमीन खोदी जाएगी, बस, जल्दी करो, रात बहुत कम है। सिर्फ आठ-दस पत्थर उखाड़ डालो, दो हाथ से ज्यादे मोटी छत नहीं है।

दूसरा–बात-की-बात में सब काम ठीक किए देता हूं, कोई हर्ज नहीं।

इतना कहकर उन लोगों ने जमीन खोदने में हाथ लगा दिया और बाबाजी, मायारानी तथा शेरअलीखां में यों बातचीत होने लगी–

माया–जिस राह से हम लोग आए हैं, उसी राह से अपने फौजी सिपाहियों को भी ले आते तो क्या हर्ज था?

बाबा–तुम तो बाज दफे बच्चों की-सी बात करती हो। एक तो यह तिलिस्मी रास्ता इस लायक नहीं कि उस राह से हम सैकड़ों फौजी आदमियों को ला सकें। क्या जाने किससे क्या गलती हो जाए या कैसी आफत आ पड़े, सिवाय इसके सैकड़ों बल्कि हजारों आदमियों पर तिलिस्मी गुप्त भेदों का प्रकट कर देना क्या मामूली बात है? अगर ऐसा होता तो बुजुर्ग लोग, जिन्होंने इस किले और तिलिस्म को तैयार किया है, यह रास्ता क्यों बनाते, जिसे इस समय हम लोग खोद रहे हैं? इसे भी जाने दो,

सबसे भारी बात सोचने की यह है कि इस तिलिस्मी रास्ते से जिधर से हम लोग आए हैं, हमारी फौज इस किले में तब पहुंच सकती है जब वह इस पहाड़ के ऊपर चढ़ आए, मगर यह कब हो सकता है कि हजारों आदमी इस पहाड़ पर चढ़ आवें और किले वालों को खबर तक न हो। ऐसा होना बिलकुल असम्भव है, मगर जब हम इस रास्ते को खोल देंगे तो हमारे फौजी सिपाहियों को पहाड़ पर चढ़ने की जरूरत न रहेगी, क्योंकि इसका दूसरा मुहाना 'जस' नदी के किनारे पड़ता है जो इस पहाड़ के नीचे कुछ हटकर बहती है।

माया–तो क्या यहां से उस नदी तक जाने के लिए पहाड़ के अन्दर-ही-अन्दर सीढ़ियां बनी हुई हैं?

बाबा–बेशक ऐसा ही है। रास्ते के बारे में इस किले की अवस्था ठीक 'देवगढ़'[1] की तरह समझना चाहिए। मैं जहां तक खयाल करता हूं, यह रोहतासगढ़ का किला और वह देवगढ़ का किला एक ही आदमी का बनवाया हुआ है।

माया–तो क्या फौज के सिपाही भीतर-ही-भीतर इस छत को नहीं तोड़ सकते थे जो दूसरी राह से आकर हम लोगों को यह काम करना पड़ा?

बाबा–नहीं, इसका एक खास सबब और भी है जो इस समय छत के नीचे जाने ही से तुम्हें मालूम हो जाएगा। (शेरअलीखां की तरफ देखके) मैं समझता हूं, आपकी फौज उस नदी के किनारे नियत स्थान पर पहुंच गई होगी?

---

1. देवगढ़ का किला हैदराबाद (दक्षिण) से लगभग तीन सौ मील के उत्तर और पश्चिम के कोने में है। यह किला बहुत ऊंची पहाड़ी के ऊपर विचित्र ढंग का बना हुआ है जिसके देखने से आश्चर्य होता है। पहाड़ का बहुत बड़ा भाग छील-छालकर दीवार की जगह पर कायम किया गया है। पहाड़ के चारों तरफ एक खाई है, उसके बाद तेहरी दीवार है। अन्दर जाने का रास्ता किसी तरफ से मालूम नहीं होता। शहर उन तीनों दीवारों के बाहर बसा हुआ है और शहर के शहरपनाह की बड़ी मजबूत दीवार है। पहाड़ काटकर अन्दर किले में जाने के लिए उसी तरह की सीढ़ियां बनी हुई हैं जैसे किसी बुर्ज या धरहरे के ऊपर चढ़ने के लिए होती हैं। उस राह से जानकार आदमी का भी बिना मशाल की रोशनी के सीढ़ियां चढ़कर किले के अन्दर जाना बहुत मुश्किल है। किले के अन्दर, जहां वह रास्ता समाप्त हुआ है, उसके मुंह पर भारी लोहे का तवा इसलिए रखा हुआ है कि यदि कदाचित् दुश्मन इस रास्ते से घुस भी आवे तो तवे के ऊपर सैकड़ों मन लकड़ियां रखकर आग जला दी जाए जिसमें उसकी गर्मी से दुश्मन अन्दर-ही-अन्दर जल मरें। इस किले में पानी के कई हौज हैं और एक सौ साठ फुट ऊंचा एक बुर्ज भी है जिस पर से दूर-दूर तक की छटा दिखाई देती है। यह किला अभी तक देखने लायक है, देखने से अक्ल दंग होती है, मुमकिन नहीं कि कोई इसे लड़कर फतह कर सके। चौदहवीं सदी में दिल्ली का बादशाह 'मुहम्मद तुगलक' दिल्ली उजाड़ के वहां की रिआया को इसी देवगढ़ में बसाने के लिए ले गया था और देवगढ़ का नाम दौलताबाद रखकर इसे अपनी राजधानी कायम किया था, परन्तु अन्त में उसे पुनः लौटकर दिल्ली आना पड़ा। देवगढ़ के इर्द-गिर्द कई स्थान अब भी देखने योग्य हैं, जैसे कि एलोरा की गुफा इत्यादि, जिसका आनन्द देशाटन करनेवालों को ही मिल सकता है।

शेरअली–जरूर पहुंच गई होगी, केवल हम लोगों के जाने की देर है, मगर अफसोस यही है कि अब रात बहुत कम रह गई है।

बाबा–कोई हर्ज नहीं, आजकल इस बाग में बिलकुल सन्नाटा रहता है, कोई झांकने के लिए भी नहीं आता, मगर पहर दिन चढ़े तक भी हमारी फौज यहां तक आ पहुंचे तो किसी को पता न लगेगा और बात-की-बात में यह किला अपने कब्जे में आ जाएगा। बड़ी खुशी की बात तो यह है कि आजकल किशोरी, कामिनी, लाडिली और तारा भी इस किले में मौजूद हैं।

इतने ही में बाहर की तरफ से आवाज आई, "तारा मत कहो, लक्ष्मीदेवी कहो, क्योंकि अब तारा और लक्ष्मीदेवी में कोई भेद नहीं रहा।"

आश्चर्य से बाबाजी, मायारानी, शेरअलीखां और उन पांचों आदमियों की निगाह जो जमीन खोदने में लगे हुए थे, दरवाजे की तरफ घूम गई और उन्होंने एक विचित्र आदमी को कमरे के अन्दर आते देखा। हमारे ऐयार लोग भी जो छत के ऊपर रोशनदान की राह से झांककर देख रहे थे, ताज्जुब के साथ उस आदमी की तरफ देखने लगे।

इस विचित्र आदमी का तमाम बदन बेशकीमत स्याह पोशाक और फौलादी जेर: मोजे और जाली इत्यादि से ढका हुआ था, केवल चेहरे का हिस्सा फौलादी जालीदार बारीक नकाब के अन्दर से झलक रहा था, मगर वह इतना ज्यादे काला था और लाल तथा बड़ी-बड़ी आंखें ऐसी चमक रही थीं कि देखने से डर मालूम होता था। यह आदमी बहुत ही ताकतवर है इसका अन्दाज तो केवल इतने ही से मिल सकता था कि उसके बदन पर कम-से-कम दो मन लोहे का सामान था और उसकी चाल बहुत गम्भीर तथा निडर बहादुरों की-सी थी। ढाल, तलवार और खंजर के सिवाय और कोई हर्बा उसके पास दिखाई न देता था।

इस विचित्र आदमी के आते ही ताज्जुब के साथ-ही-साथ डर भी सभों के दिल पर छा गया और बाबाजी ने घबड़ाई आवाज में इस आदमी से पूछा, "आप कौन हैं?"

आदमी–हम जिन्न हैं।

बाबा–मैं नहीं समझता कि जिन्न किसे कहते हैं।

आदमी–जिन्न उसको कहते हैं जो सब जगह पहुंच सके, भूत, भविष्य, वर्तमान तीनों कालों का हाल जाने, कोई हर्बा उस पर असर न करे और जो किसी के मारने से न मरे।

बाबा–(ताज्जुब से) तो क्या ये सब गुण आपमें हैं?

जिन्न–बेशक!

बाबा–मैं कैसे समझूं?

जिन्न–आजमाके देख लो!

बाबाजी तो उस जिन्न से बातें कर रहे थे, मगर मायारानी और शेरअलीखां का डर के मारे कलेजा सूख रहा था। मायारानी तो औरत ही थी, मगर शेरअलीखां बहादुर

होकर डर के मारे कांप रहा था। इसका सबब शायद यह हो कि मुसलमान लोग जिन्न का होना वास्तविक और सच मानते हैं। जो हो, मगर बाबाजी अर्थात् दारोगा को जिन्न की बात का विश्वास नहीं हो रहा था, फिर भी जिस समय उसने कहा कि 'आजमा के देख लो' तो उस समय दारोगा भी बेचैन हो गया और सोचने लगा कि इसे किस तरह आजमावें?

जिन्न–शायद तुम सोच रहे हो कि इस जिन्न को किस तरह आजमावें, क्योंकि तुम्हारे पास कोई जरिया आजमाने का नहीं है। अच्छा, हम खुद अपनी बात का सबूत देते हैं, लो, सम्हल जाओ!

इतना कहकर उस जिन्न ने अपना बदन झाड़ा और अंगड़ाई ली, इसके बाद ही उसके तमाम बदन में से आग की चिनगारियां निकलने लगीं और इतनी ज्यादे चमक पैदा हुई कि सभों की आंखें चौंधियाने लगीं। यह चिनगारियां और चमक उस फौलादी जेरः और जाल में से निकल रही थीं जो वह अपने बदन में पहने हुए था। यह हाल देखकर मायारानी, शेरअलीखां और पांचों आदमी घबरा गए, मगर दारोगा को फिर भी विश्वास न हुआ, तिलिस्मी खंजर की तरह उसके जेरः और जाल में भी किसी प्रकार का तिलिस्मी असर खयाल करके उसने अपने दिल को समझा लिया और कहा।

दारोगा–खैर, इससे कोई मतलब नहीं, आप यह कहिए कि यहां किस काम से आए हैं?

जिन्न–(चिनगारियों और चमक को बन्द करके) तुम लोगों की हरमजदगी का तमाशा देखने और तुम लोगों के कामों में विघ्न डालने के लिए।

दारोगा–यह तो मैं खूब जानता हूं कि तुम न तो जिन्न हो और न शैतान ही बल्कि कोई धूर्त ऐयार हो, यह सामान जो तुम्हारे बदन पर है, तिलिस्मी है और सहज में तुम्हें कोई गिरफ्तार नहीं कर सकता, मगर साथ ही इसके यह भी समझ रखो कि मैं तिलिस्म का दारोगा हूं और चालीस वर्ष तक तिलिस्म का इन्तजाम करता रहा हूं।

जिन्न–(जोर से हंसकर) बेईमान, हरामखोर, उल्लू का पट्ठा कहीं का!

दारोगा–(गुस्से से) बस, जुबान सम्हालकर बातें करो।

जिन्न–अबे जा दूर हो सामने से। चालीस वर्ष तक तिलिस्म का इन्तजाम करता रहा! ऐसे ऐसे बेईमान और मालिक की जान लेनेवाले भी अगर तिलिस्मी कारखाने को जानने की डींग हांकें तो बस हो चुका। बस, अब बेहतरी इसी में है कि तुम यहां से चले जाओ और जो किया चाहते हो उसका ध्यान छोड़ो नहीं तो अच्छा न होगा।

इतना कहकर उसने शेरअलीखां, मायारानी और उन पांचों आदमियों की तरफ भी देखा जो इस मकान में पहले आए थे।

दारोगा ने क्षण-भर तो कुछ सोचा और फिर शेरअलीखां की तरफ देखके बोला, "क्या एक अदना ऐयार मक्कारी करके हम लोगों का बना-बनाया खेल चौपट कर देगा? देख क्या रहे हो! मारो इस कमबख्त को, बचकर जाने न पावे।"

शेरअलीखां पहले तो कुछ सहमा हुआ था, मगर दारोगा की बातचीत ने उसे निडर कर दिया और जिन्न का खयाल छोड़ उसने भी कुछ-कुछ यकीन कर लिया कि यह कोई ऐयार है। आखिर उसने म्यान से तलवार निकाल ली और उन पांचों आदमियों की तरफ जो जमीन खोदने के लिए आए थे, कुछ इशारा करके जिन्न के ऊपर हमला किया। जिन्न ने इसकी कुछ भी परवाह न की और बड़े गम्भीर भाव से चुपचाप खड़ा रहा तथा शेरअलीखां के हमले को बरदाश्त कर गया, मगर शेरअलीखां के हमले का नतीजा कुछ भी न निकला, क्योंकि उसकी तलवार जिन्न के फौलादी जेरः (कवच) पर बड़े जोर से बैठी और टूटकर झन्नाटे की आवाज देती हुई जमीन पर गिर पड़ी इसके साथ ही उन पांचों आदमियों ने भी जिन्न पर हमला किया, मगर जिन्न ने इसकी भी कुछ परवाह न की, बल्कि शेरअलीखां के गले में हाथ डाल तथा पैर की आड़ लगाकर ऐसा झटका दिया कि वह किसी तरह सम्हल न सका और जमीन पर गिर पड़ा। जिन्न उसकी छाती पर सवार हो गया और जोर से बोला, "खबरदार, मुझ पर कोई हमला न करे। कोई मेरी तरफ बढ़ा और मैंने शेरअलीखां का सिर काटकर अलग किया।"

मालूम होता है कि वे पांचों आदमी शेरअलीखां के ही नौकर थे क्योंकि उसी के इशारे से जिन्न पर हमला करने के लिए तैयार हो गए थे और जब उसी को जिन्न के नीचे मजबूर देखा तो यह सोचकर कि कदाचित् हम लोगों के हमला करने से नाराज होकर जिन्न उसका सिर काट ही न ले, हमला करने से रुक गए और पीछे हटकर ताज्जुब की निगाहों से उस विचित्र व्यक्ति को देखने लगे जिसने अपना नाम जिन्न रखा था, साथ ही इसके डर और आश्चर्य ने मायारानी और दारोगा के पैर भी जमीन के साथ चिपका दिये।

जब हमला करनेवाले अलग हो गए तो जिन्न ने नर्मी के साथ शेरअलीखां से कहा, जो उसके नीचे दबा हुआ मजबूर पड़ा था, और जीवन की आशा छोड़ चुका था–

जिन्न–मुझे आपसे किसी तरह की दुश्मनी नहीं और न मैं आपकी जान ही लिया चाहता हूं, सिर्फ दो बात आपसे पूछा चाहता हूं, लेकिन अगर इसमें किसी तरह के हीले और हुज्जत को जगह मिलेगी तो लाचार रहम भी न कर सकूंगा।

शेरअली–वे कौन-सी दो बातें हैं?

जिन्न–एक तो जो कुछ मैं इस समय आपसे पूछूं, उसका जवाब एकदम सच-सच दीजिए।

शेरअलीखां ने सिर हिला दिया, मानो स्वीकार किया।

जिन्न–दूसरी बात मैं अपने सवालों के अन्त में कहूंगा।

शेरअली–बहुत अच्छा, इन्हें भी पूछ डालिए।

जिन्न–आपने इस कमबख्त 'मुन्दर' का साथ क्यों दिया, जिसने अपने को मायारानी के नाम से मशहूर कर रखा है?

'मुन्दर' शब्द में जादू का असर था जिसने मायारानी और दारोगा के कलेजे को दहला दिया। यह एक ऐसी गुप्त और भेद की बात थी जिसके सुनने के लिए दोनों तैयार न थे और न यहां सुनने की उन दोनों को आशा ही थी।

शेरअली–(ताज्जुब से) मुन्दर!

जिन्न–हां, मुन्दर, आप यह न समझिए कि यह आपके दोस्त बलभद्रसिंह की लड़की है।

शेरअली–तो क्या यह हमारे दोस्त के दुश्मन हेलासिंह की लड़की मुन्दर है?

जिन्न–जी हां।

शेरअली–(जोश के साथ) बस आप मेहरबानी करके मुझे छोड़ दीजिए। अगर आप बहादुर हैं और आपको बहादुरी का दावा है तो मुझे छोड़िए, मैं कसम खाकर कहता हूं कि अगर आपकी यह बात सच निकली तो आपकी गुलामी अपनी इज्जत का सबब समझूंगा।

जिन्न तुरन्त उसकी छाती पर से उठकर अलग खड़ा हो गया और मायारानी तथा दारोगा की सूरत गौर से देखने लगा, जिनके चेहरे का रंग गिरगिट की तरह बदल रहा था।

माया–झूठ, बिलकुल झूठ!

जिन्न–शायद मुन्दर को इस बात की खबर नहीं कि असली मायारानी अर्थात् लक्ष्मीदेवी का बाप प्रकट हो गया है और बीरेन्द्रसिंह के ऐयारों के सामने ही वह अपनी लड़की लक्ष्मीदेवी से मिला, जो तारा के नाम से कमलिनी के मकान में इस तरह रहती थी कि कमलिनी को भी अब तक उसका हाल मालूम न होने पाया था, और इस समय बलभद्रसिंह और लक्ष्मीदेवी इस रोहतासगढ़ किले के अन्दर मौजूद भी हैं। (शेरअलीखां से) मैं समझता हूं कि तुम उनसे मिलना खुशी से पसन्द करोगे और मुलाकात होने पर सच-झूठ का शक भी न रहेगा, अच्छा, अब मैं जाता हूं। तुम जो मुनासिब समझो, करो।

शेरअली–सुनिए, वह दूसरी बात तो आपने कही ही नहीं।

जिन्न–अब इस समय उसके कहने की कोई जरूरत नहीं मालूम पड़ती है, फिर देखा जाएगा!

इतना कह जिन्न तो वहां से रवाना हो गया और इन सभों को परेशानी की हालत में छोड़ गया। मायारानी और दारोगा की इस समय अजब हालत थी। मौत की भयानक सूरत उनकी आंखों के सामने दिखाई दे रही थी, तमाम बदन सनसना रहा था, सिर में चक्कर आ रहे थे और पैरों में इतनी कमजोरी आ गई कि खड़ा रहना मुश्किल हो गया था, यहां तक कि दोनों जमीन पर बैठ गए और अपनी बदकिस्मती का इन्तजार करने लगे।

जिन्न के चले जाने के बाद शेरअलीखां ने मायारानी की तरफ देखके कहा–

शेरअली–तूने तो केवल एक ही कलंक का टीका अपने माथे पर दिखाया था, जिस पर मैंने इसलिए विशेष ध्यान नहीं दिया कि तू मेरे दोस्त की लड़की है, मगर

अब तो एक ऐसी बात मालूम हुई है जिसने मुझे तड़पा दिया, मेरे कलेजे में दर्द पैदा कर दिया और रंजोगम का पहाड़ मेरे ऊपर डाल दिया। अफसोस, बलभद्रसिंह मेरा लंगोटिया दोस्त और लक्ष्मीदेवी मेरी मुंहबोली लड़की! हां, राजा गोपालसिंह से मुझे कोई ऐसा सरोकार न था सिवाय इसके कि वह मेरे दोस्त का दामाद था। निःसन्देह यह सब काम इसी कमबख्त दारोगा की मदद से किया गया होगा!

मुन्दर–(खड़ी होकर) बड़े अफसोस की बात है कि तुमने एक मामूली आदमी की झूठी बातों पर विश्वास करके मेरी तरफ कुछ भी ध्यान न दिया और न अपनी तथा उसकी बर्बादी का ही कुछ खयाल किया जिसके साथ तुमने कई काम करने के लिए कसमें खाई थीं।

शेरअली–खैर, मैं थोड़ी देर के लिए तेरी बात मान लेता हूं कि वह एक झूठा और मामूली आदमी भी था, मगर इस बात का पता लगाना कौन कठिन है कि इस वक्त इस किले के अन्दर बलभद्रसिंह है या नहीं।

मुन्दर–उस बनावटी जिन्न ने तुम्हें धोखा दिया, जब उसने देखा कि वह अकेले हम लोगों को गिरफ्तार नहीं कर सकता तो यह चालबाजी खेली, जिसमें तुम मेरे बाप बलभद्रसिंह का पता लगाने के लिए, जिसे मरे हुए एक जमाना बीत गया है, इस किलेवालों से मिलकर गिरफ्तार हो जाओ और अपने साथ हम लोगों को भी बरबाद करो। अगर तुमको उसकी सचाई पर ऐसा ही दृढ़ विश्वास है तो हम लोगों को इस किले के बाहर पहुंचा दो, और तब जो जी में आवे, करो।

शेरअली–जब मुझे उसकी बातों पर विश्वास ही है तो तुझे यहां से राजी-खुशी के साथ क्यों जाने दूंगा जिसने हजारों आदमियों को धोखे में डालकर बर्बाद किया और मुझे प्रतापी राजा बीरेन्द्रसिंह के साथ दुश्मनी करने के लिए तैयार किया?

मुन्दर–तुमने मुफ्त में मेरा साथ देना स्वीकार नहीं किया, तुमने मेरे बाप बलभद्रसिंह की दोस्ती का खयाल नहीं किया, बल्कि तुमने उस दौलत के लालच में पड़कर मेरा साथ दिया, जिसने तुम्हें अमीर ही नहीं, बल्कि जिन्दगी-भर के लिए लापरवाह कर दिया–मेरे बाप बलभद्रसिंह के साथ तुमको मुहब्बत थी, यह बात तो मैं तब समझूं, जब मेरी दौलत मुझे वापस कर दो। यह भला कौन भलमनसी की बात है कि मेरी कुल जमा-पूंजी लेकर मुझे कंगाल बना दो और अन्त में यों धोखा देकर बर्बाद करो!

शेरअली–(हंसकर) यह किसी बड़े भारी बेवकूफ का काम है कि अपने घर में आई दौलत को फिर निकाल बाहर करे, तिस पर भी ऐसे नालायक की दौलत जिसने एक नहीं बल्कि सैकड़ों खून किए हों!

मुन्दर–(क्रोध में आकर) तो क्या तुम अपने मन की ही करोगे?

शेरअली–बेशक!

मुन्दर–अच्छा तो मैं जाती हूं, जो तुम्हारे जी में आवे, करो।

शेरअली–ऐसा नहीं हो सकता।

इतना सुनते ही मायारानी ने तिलिस्मी खंजर कमर से निकाल लिया और शेरअलीखां की तरफ बढ़ा ही चाहती थी कि सामने के दरवाजे से आता हुआ फिर वही जिन्न दिखाई पड़ा।

जिन्न–(मायारानी की तरफ इशारा करके) इसके कब्जे से तिलिस्मी खंजर ले लेना मैं भूल गया था क्योंकि जब तक यह खंजर इसके पास रहेगा, यह किसी के काबू में न आएगी।

यह कहकर उसने मायारानी की तरफ हाथ बढ़ाया और मायारानी ने वह खंजर उसके बदन के साथ लगा दिया, मगर उसे इसका असर कुछ भी न हुआ। जिन्न ने मायारानी के हाथ से खंजर छीन लिया तथा अंगूठी भी निकाल ली और इसके बाद फिर बाहर का रास्ता लिया।

दारोगा और जितने आदमी वहां मौजूद थे, सब आश्चर्य और डर के साथ मुंह देखते ही रह गए, कोई एक शब्द भी मुंह से निकाल न सका।

अब इस जगह हम पुनः थोड़ा-सा हाल उन ऐयारों का लिखना चाहते हैं जो इस कमरे की छत पर बैठे सब तमाशा देख और सभों की बातें सुन रहे थे।

शेरअलीखां को छोड़कर जब वह जिन्न कमरे के बाहर निकला तो उसी समय तेजसिंह छत के नीचे उतरे और इस फिक्र में आगे की तरफ बढ़े कि जिन्न का पीछा करें, मगर जब ये छिपते हुए सदर दरवाजे के पास पहुंचे, जिधर से वह जिन्न आया और फिर लौट गया था तो उन्होंने और भी कई बातें ताज्जुब की देखीं। एक तो यह कि वह जिन्न लौटकर चला नहीं गया, बल्कि अभी तक छिपा हुआ दरवाजे के बगल में खड़ा है और कान लगाकर सब बातें सुन रहा है। दूसरे यह कि जिन्न अकेला नहीं है, बल्कि उसके साथ एक आदमी और भी है जो स्याह नकाब से अपने को छिपाए हुए और हाथ में एक नंगी तलवार लिये है। जब यह जिन्न दोहराकर कमरे के अन्दर गया और मायारानी से तिलिस्मी खंजर छीनकर फिर बाहर चला आया तो अपने साथी को लिये हुए बाग की तरफ चला और कुछ दूर जाने के बाद अपने साथी से बोला, "आओ भूतनाथ, अब तुमको फिर उसी कैदखाने में छोड़ आवें जिसमें राजा बीरेन्द्रसिंह के ऐयारों ने तुम्हें कैद किया था और उसी तरह हथकड़ी-बेड़ी तुम्हें पहना दें, जिसमें उन लोगों को इस बात का गुमान भी न हो कि भूतनाथ को कोई छुड़ा ले गया था!"

भूतनाथ–बहुत अच्छा, मगर यह तो कहिए कि अब मेरी क्या दशा होगी?

जिन्न–दशा क्या होगी? मैं तो कह ही चुका कि तुम हर तरह से बेफिक्र रहो, ठीक समय पर मैं तुम्हारे पास पहुंच जाऊंगा।

भूतनाथ–जैसे आपकी मर्जी, मगर मैं समझता हूं कि राजा बीरेन्द्रसिंह के आने में अब विलम्ब नहीं और उनके आने के साथ ही मेरा मुकदमा पेश हो जाएगा।

जिन्न–क्या हर्ज है, मुझे तुम हर वक्त अपने पास समझो और बेफिक्र रहो।

भूतनाथ–जो मर्जी।

तेजसिंह ने जो छिपे हुए उन दोनों के पीछे जा रहे थे, ये बातें भी सुन लीं और उन्हें हद से ज्यादे आश्चर्य हुआ। जिन्न और भूत दोनों उस मकान के पास पहुंचे जिसकी छत फोड़ी गई थी, और जो तिलिस्मी तहखाने के अन्दर जाने का दरवाजा था। भूतनाथ ने कमन्द लगाई और उसी के सहारे जिन्न तथा भूतनाथ उसके ऊपर चढ़ गए और टूटी हुई छत की राह से अन्दर उतर गए। तेजसिंह ने भी उसके अन्दर जाने का इरादा किया, मगर फिर कुछ सोचकर लौट आए, और उसी कमरे की छत पर चले गए, जहां अपने साथियों को छोड़ा था।

अब हम पुनः कनरे के अन्दर का हाल लिखते हैं। जब मायारानी से तिलिस्मी खंजर छीनकर वह जिन्न कमरे के बाहर चला गया तो मायारानी बहुत ही डरी और जिन्दगी से नाउम्मीद होकर सोचने लगी कि अब जान बचनी मुश्किल है, बड़ी नादानी की जो यहां आई, भाग निकलने पर भी धनपतवाली करोड़ों रुपये की जमा मेरे हाथ में थी। अगर चाहती या आज के दिन की खबर होती तो किसी और मुल्क में चली जाती और जिन्दगी-भर अमीरी के साथ आनन्द करती। मगर दुश्मनी की डाह में वह भी न होने पाया, असंभव बातों के लालच में पड़कर शेरअलीखां के घर में वह सब माल रख दिया और उस स्वार्थी और मतलबी ने ऐसे समय में मेरे साथ दगा की। अब क्या किया जाए? मैं कहीं की भी न रही। एक तो अब मुझे बचने की आशा ही नहीं रही, फिर अगर मान भी लिया जाए कि पहले की तरह यदि अब भी राजा गोपालसिंह मुझे छोड़ देंगे तो मैं कहां जाकर रहूंगी और किस तरह अपनी जिन्दगी बिताऊंगी? हाय, इस समय मेरा मददगार कोई भी नहीं दिखाई देता!

मायारानी इन सब बातों को सोच रही थी और शेरअलीखां क्रोध में भरा हुआ लाल आंखों से उसे देख रहा था कि यकायक कई आदमियों के आने की आहट पाकर वे दोनों चौंके और दरवाजे की तरफ घूम गए। हमारे बहादुर ऐयारों पर नजर पड़ी और सब-के-सब आश्चर्य से उनकी तरफ देखने लगे।

सुबह की सुफेदी ने रात की स्याही को धोकर अपना रंग इतना जमा लिया था कि बाग के हर एक गुलबूटे साफ-साफ दिखाई देने लग गए थे जब तेजसिंह, देवीसिंह, भैरोसिंह और तारासिंह कमरे की छत पर से नीचे उतरे और शेरअलीखां, मायारानी और उनके आदमियों के सामने जा खड़े हुए।

तेजसिंह ने मुस्कुराते हुए मायारानी की तरफ देखा और आगे की तरफ बढ़कर कहा—

"केवल राजा गोपालसिंह ही ने नहीं, बल्कि हम लोगों ने भी उनकी आज्ञा पाकर इसलिए कई दफे तुझे छोड़ दिया था कि देखें न्यायी ईश्वर तुझे तेरे पापों का फल क्या देता है, मगर ईश्वर की मर्जी का पता लग गया। वह नहीं चाहता कि तू एक दिन भी आराम के साथ कहीं रह सके और हम लोगों के सिवाय किसी दूसरे या गैर पर अपनी जिन्दगी की आखिरी नजर डाले। केवल तू ही नहीं (दारोगा की तरफ देखकर) इस

नकटे की बदकिस्मती भी इसे किसी दूसरी जगह जाने नहीं देती, और घुमा-फिराकर घर बैठे हम लोगों के सामने ले आती है। हां, यह (शेरअलीखां की तरफ देखके) एक नये बहादुर हैं जो हम लोगों के साथ दुश्मनी करने के लिए तैयार हुए हैं।"

शेरअली–(हाथ जोड़कर) नहीं-नहीं, मैं खुदा की कसम खाकर कहता हूं कि मैं आप लोगों के साथ दुश्मनी का बर्ताव नहीं रक्खा चाहता और न मुझमें इतनी सामर्थ्य है। मुझे तो इस बदकार ने धोखा दिया। मुझे इसका असल हाल मालूम न था। बहुतों से सुन चुका हूं कि आप लोग बड़े बहादुर और दिल खोलके खैरात देनेवाले हैं इसलिए भीख के ढंग पर अपने उन कसूरों की माफी मांगता हूं जो इस वक्त तक कर चुका हूं।

तेज–अगर तुम्हारा दिल साफ है और आगे कसूर करने का इरादा नहीं है तो हमने माफ किया। अच्छा आओ और इन दोनों बदकारों को लेकर हमारे साथ चलो। हां, यह तो बताओ कि ये पांचों आदमी तुम्हारे हैं या इस दारोगा के हैं?

शेरअली–जी हां, ये पांचों आदमी मेरे ही हैं।

तेज–और भी तुम्हारा कोई आदमी इस बाग में आया या आनेवाला है?

शेरअली–जी नहीं, मगर थोड़ी-सी फौज इस पहाड़ी के नीचे नदी-किनारे मौजूद है जिसका...

तेज–(बात काटकर) उसका हाल हमें मालूम है, खैर, देखा जाएगा, तुम हमारे साथ आओ।

तेजसिंह की आज्ञानुसार सब-के-सब कमरे के बाहर निकले। मायारानी और दारोगा के लिए इस वक्त मौत का सामान था, मगर लाचार कोई बस नहीं चल सकता था और न वे दोनों यहां से भाग ही सकते थे। तेजसिंह ने भैरोसिंह को कुछ समझाकर उसी बाग में छोड़ दिया। और बाकी सभों को साथ लिये हुए अपने स्थान का रास्ता लिया। रास्ते में शेरअलीखां से यों बातचीत होने लगी–

तेज–आज की रात केवल हम लोगों के लिए नहीं, बल्कि तुम्हारे लिए भी अनूठी ही रही।

शेरअली–बेशक ऐसा ही है, जिस राह से मैं इस बाग में आया हूं और यहां आकर जो कुछ देखा, जन्म-भर याद रहेगा। मैं निश्चिन्त होने पर सब हाल आपसे कहूंगा तो आप भी सुनकर आश्चर्य करेंगे।

तेज–हमें सब हाल मालूम है। रास्ते के बारे में हम लोगों के लिए कोई नई बात नहीं है क्योंकि जिस तहखाने की राह तुम लोग आए हो, उसी राह से हम लोग कई दफे आ चुके हैं। बाकी रही जिन्नवाली बात, सो वह भी हम लोगों से छिपी नहीं है।

शेरअली–(ताज्जुब से) क्या आप लोग बहुत देर से यहां आए हुए थे?

तेज–देरी से! बल्कि हमारे सामने तुम इस बाग में आए हो। हां, तुम्हारे पांचों नौकर पहले आ चुके थे, बल्कि यों कहना चाहिए कि उन्हीं के आने की खबर पाकर हम लोग आए थे।

शेरअली–आप लोग हम लोगों को कहां से देख रहे थे?

तेज–सो नहीं कह सकते, मगर कोई मामला ऐसा नहीं हुआ जिसे हम लोगों ने न देखा हो या जिसे हम लोग न जानते हों। (मायारानी और दारोगा की तरफ इशारा करके) हम लोगों का सामना होने के पहले तक ये दोनों कमबख्त सोचते होंगे कि जिन्न ने पहुंचकर काम में बाधा डाल दी, नहीं तो कमरे की जमीन खुद जाती और सुरंग की राह से तुम्हारी फौज यहां पहुंचकर किले को दखल कर लेती।

शेरअली–बेशक ऐसा ही है और मैं भी इसका पक्ष लिये ही जाता अगर उस जिन्न ने, चाहे वह कोई भी हो, मुझे कह न दिया होता कि 'यह मायारानी असल में तुम्हारे दोस्त की लड़की लक्ष्मीदेवी नहीं है, बल्कि तुम्हारे दोस्त के दुश्मन हेलासिंह की लड़की मुन्दर है।'

तेज–मगर यह खयाल झूठा था क्योंकि तुम्हारी फौज के आने की खबर हम लोगों को मिल चुकी थी और हम लोग उसके रोकने का बन्दोबस्त कर चुके थे, केवल इतना ही नहीं, बल्कि तुम्हारी फौज के सेनापति महबूबखां को हमारे एक ऐयार ने गिरफ्तार करके पहर रात जाने के पहले ही इस किले में पहुंचा भी दिया था।

शेरअली–(आश्चर्य से) तो क्या महबूबखां यहां कैद है?

तेज–बेशक!

शेरअली–ओफ, आप लोगों के साथ दुश्मनी करना आप ही अपनी मौत को बुलाना है!

तेज–(मायारानी की तरफ देखके) बड़ी खुशी की बात है कि आज तुम अपनी दोनों नालायक बहिनों को भी इसी महल के अन्दर देखोगी।

मायारानी ने इसका जवाब कुछ भी न दिया और सिर झुका लिया, मगर भीतर से उसका रंज और भी बढ़ गया क्योंकि कमलिनी तथा लाडिली के यहां होने की खबर उसे बहुत बुरी मालूम हुई।

तेजसिंह सभों को लिये अपने कमरे में पहुंचे। शेरअलीखां के लिए एक मकान का बन्दोबस्त किया गया, दारोगा को कैदखाने की अंधेरी कोठरी नसीब हुई, और कमलिनी की इच्छानुसार मायारानी कैदियों की सूरत में महल के अन्दर पहुंचाई गई!

नौवां बयान

दिन पहर-भर से ज्यादे चढ़ चुका है। रोहतासगढ़ के महल में एक कोठरी के अन्दर, जिसके दरवाजे में लोहे के सींखचे लगे हुए हैं, मायारानी सिर नीचा किए हुए गर्म-गर्म आंसुओं की बूंदों से अपने चेहरे की कालिख धोने का उद्योग कर रही है, मगर उसे इस काम में सफलता नहीं होती। दरवाजे के बाहर सोने की पीढ़ियों पर, जिन्हें

बहुत-सी लौंडियां घेरे हुई हैं, कमलिनी, किशोरी, कामिनी, लाडिली, लक्ष्मीदेवी और कमला बैठी हुई मायारानी पर बातों के अमोघ बाण चला रही हैं।

किशोरी–(कमलिनी से) तुम्हारी बहिन मायारानी है बड़ी खूबसूरत!

कमला–केवल खूबसूरत ही नहीं, भोली और शर्माऊ भी हद से ज्यादे है। देखिए, सिर ही नहीं उठाती, बात करना तो दूसरी बात है।

कामिनी–इन्हीं गुणों ने तो राजा गोपालसिंह को लुभा लिया था।

कमलिनी–मगर मुझे इस बात का बहुत रंज है कि ऐसी नेक बहिन की सोहबत में ज्यादे दिन तक रह न सकी।

किशोरी–बेशक, उसका रंज तुम्हें और लाडिली को भी होना चाहिए।

कमला–जो हो, मगर एक छोटी-सी भूल तो मायारानी से भी हो गई।

कामिनी–वह क्या?

कमलिनी–यही कि राजा गोपालसिंह को इन्होंने कोठरी में बन्द करके कैदियों की तरह रख छोड़ा था।

किशोरी–इसका कोई-न-कोई सबब तो जरूर ही होगा। मैंने सुना है कि राजा गोपालसिंह इधर-उधर आंखें बहुत लड़ाया करते थे, यहां तक कि धनपति नामी एक वेश्या को अपने घर में डाल रक्खा था। (मायारानी से) क्यों बीबी, यह बात सच है?

लक्ष्मीदेवी–ये तो बोलती ही नहीं, मालूम होता है हम लोगों से कुछ खफा हैं।

कमला–हम लोगों ने इनका क्या बिगाड़ा है जो हम लोगों से खफा होंगी, हां, अगर तुमसे रंज हों तो कोई ताज्जुब की बात नहीं, क्योंकि तुम मुद्दत तक तो तारा के भेष में रहीं, और आज लक्ष्मीदेवी बनकर इनका राज्य छीनना चाहती हो। बीबी, चाहे जो हो, मैं तो महाराज के सामने जरूर इन्हीं की सिफारिश करूंगी, तुम चाहे भला मानो चाहे बुरा।

कामिनी–तुम भले ही सिफारिश कर लो, मगर राजा गोपालसिंह के दिल को कौन समझावेगा?

कमला–उन्हें भी मैं समझा लूंगी कि आदमी से भूल-चूक हुआ ही करती है, ऐसे छोटे-छोटे कसूरों पर ध्यान देना भले आदमियों का काम नहीं है, देखो बेचारी ने कैसी नेकनामी के साथ उनका राज्य इतने दिनों तक चलाया।

किशोरी–गोपालसिंह तो बेचारे भोले-भाले आदमी ठहरे, उन्हें जो कुछ समझा दोगी, समझ जाएंगे, मगर ये tारारानी मानें तब तो! ये जो हक-नाहक लक्ष्मीदेवी बनकर बीच में कूदी पड़ती हैं और इस बेचारी भोली औरत पर जरा रहम नहीं खातीं!

लक्ष्मीदेवी–अच्छा रानी, लो मैं वादा करती हूं कि कुछ न बोलूंगी, बल्कि धनपति को छुड़वा देने के लिए भी उद्योग करूंगी, क्योंकि मुझे भी इस बेचारी पर दया आती है।

कमला–हां, देखो तो सही, राजा गोपालसिंह की जुदाई में कैसा बिलख-बिलखकर रो रही है, कमबख्त मक्खियां भी ऐसे समय में इसके साथ दुश्मनी कर रही हैं। किसी से कहो नारियल का चंवर लाकर इसकी मक्खियां तो झले।

किशोरी–इस काम के लिए तो भूतनाथ को बुलाना चाहिए।

कमला–इस बारे में तो मैं खुद शर्माती हूं।

इतना सुनते ही सब-की-सब मुस्कुरा पड़ीं और कमलिनी तथा लक्ष्मीदेवी ने मुहब्बत की निगाह से कमला को देखा।

लक्ष्मीदेवी–मेरा दिल गवाही देता है कि भूतनाथ का मुकदमा एकदम से पलट जाएगा।

कमलिनी–ईश्वर करे ऐसा ही हो, बल्कि मैं तो चाहती हूं कि मायारानी का मुकदमा भी एकदम से औंधा हो जाए और तारा बहिन तारा की तारा ही बनी रह जाएं।

ये सब बड़ी देर तक बैठी हुई मायारानी के जख्मों पर नमक छिड़कती रहीं, और न मालूम कितनी देर तक बैठी रहतीं, अगर इनके कानों में यह खुशखबरी न पहुंचती कि राजा बीरेन्द्रसिंह की सवारी इस किले में दाखिल हुआ ही चाहती है।

दसवां बयान

अब रोहतासगढ़ किले के अन्दर राजा बीरेन्द्रसिंह की सवारी आई है जिससे यहां की रिआया बहुत ही प्रसन्न है। छोटे-छोटे बच्चे भी उनके आने की खुशी में मग्न हो रहे हैं। इसका सबब यही है कि राजा बीरेन्द्रसिंह जब जहां रहते है, खैरात का दरवाजा वहां खुला रहता है। यों तो जहां इनकी अमलदारी है, बराबर खैरात हुआ ही करती है, मगर जहां ये स्वयं मौजूद रहते हैं, खैरात ज्यादे हुआ करती है। खैरात का मकान और बन्दोबस्त अलग है। कोई आदमी वापस नहीं जाने पाता, और जिसको जिस चीज की जरूरत होती है, दी जाती है। तीन वर्ष से ऊपर और बारह वर्ष से कम उम्रवाले लड़कों को मिठाई बांटने का हुक्म है और तीन वर्ष से कम उम्रवाले बच्चों को चीनी के खिलौने बांटे जाते हैं। चीनी के खिलौने, मिठाइयां और साथ ही इसके कपड़ों का बांटना तभी तक जारी रहता है जब तक राजा बीरेन्द्रसिंह स्वयं मौजूद रहते हैं, और अन्न तो हमेशा बंटा करता है। यही सबब है कि आज रोहतासगढ़ के छोटे-छोटे बच्चों को भी हद से ज्यादे खुशी चढ़ी हुई है और वे झुण्ड-के-झुण्ड इधर-उधर घूमते दिखाई दे रहे हैं।

आज यह खबर बहुत अच्छी तरह मशहूर हो रही है कि मायारानी नामी एक औरत और 'दारोगा बाबा' नामी एक मर्द इस किले में गिरफ्तार हुए हैं, जो बीरेन्द्रसिंह के दुश्मन हैं और भूतनाथ नामी कोई ऐयार गिरफ्तार किया गया है, जिसके मुकदमे

का फैसला करने के लिए राजा साहब स्वयं आए हैं। ये खबरें किसी एक ढंग पर मशहूर नहीं हैं बल्कि तरह-तरह का पलेथन लगाकर लोग इनकी चर्चा कर रहे हैं, और राजा बीरेन्द्रसिंह के दुश्मनों को जी-जान से गालियां दे रहे हैं।

राजा बीरेन्द्रसिंह के आने के साथ ही उनके ऐयारों ने एक-एक करके वे कुल बातें बयान कर दीं, जो आज के पहले हो चुकी थीं, और जिन्हें राजा बीरेन्द्रसिंह नहीं जानते थे। भूतनाथ का हाल सुनकर उन्हें बड़ा ही रंज हुआ क्योंकि कमला को वे अपनी लड़की की तरह प्यार करते थे। खैर, सब बातों को सुन-सुनाकर राजा बीरेन्द्रसिंह महल में गए और कमलिनी, लाडिली और कमला इत्यादि से इस तरह मिले, जैसे बड़े लोग अपनी लड़कियों और भतीजियों से मिला करते हैं और उन सभों ने भी वैसी ही मुहब्बत और इज्जत का बरताव किया जैसा नेकचलन लड़कियां अपने माता-पिता के साथ करती हैं।

सभों को प्यार और दिलासा देकर राजा बीरेन्द्रसिंह बाहर आए और आज का दिन तेजसिंह से सलाह-विचार करने में बिताया। दूसरे दिन दोपहर के बाद शेरअलीखां से मुलाकात की और घण्टे-भर रात जाने के बाद भूतनाथ का मुकदमा सुनने का विचार प्रकट करके कहा कि मायारानी तथा दारोगा का मुकदमा भूतनाथ के बाद सुना जाएगा।

राजा बीरेन्द्रसिंह ने तेजसिंह से यह भी कह दिया कि भूतनाथ का मुकदमा महल के अन्दर सुना जाएगा और उस समय हमारे ऐयारों के सिवाय यहां किसी गैर के रहने की जरूरत नहीं है। औरतों में भी सिवाय लड़कियों के जो चिक के अन्दर बैठाई जाएंगी, कोई लौंडी इतना नजदीक न रहने पावे कि हम लोगों की बातें सुने, और बलभद्रसिंह की गद्दी हमारे पास ही बिछाई जाए।

हमारे पाठक सवाल कर सकते हैं कि जब मुकदमा सुनने के समय ऐयारों के सिवाय किसी गैर आदमी के मौजूद रहने की मनाही कर दी गई तो किशोरी, कमलिनी और लक्ष्मीदेवी इत्यादि को पर्दे के अन्दर बैठने की क्या जरूरत थी? इसका जवाब यह हो सकता है कि ताज्जुब नहीं, राजा बीरेन्द्रसिंह ने सोचा हो कि जिस समय भूतनाथ का मुकदमा सुना जाएगा और उसके ऐबों को पोटलियां खोलने के साथ-साथ सबूत की चीठियां अर्थात् वह जन्मपत्री पढ़ी जाएगी, जो बलभद्रसिंह ने दी है तो बेशक लड़कियों के दिल पर चोट बैठेगी और उनके चेहरे तथा अंगों से उनकी अवस्था अवश्य प्रकट होगी, कौन ठिकाना कोई चीख उठे, कोई बदहवास होके गिर पड़े, या किसी से किसी तरह की बेअदबी हो जाए, तो यह अच्छी बात न होगी। बड़ों के सामने अनुचित काम बेबसी की अवस्था में हो जाने से दिल को रंज पहुंचेगा और यदि ऐसा न भी हुआ तो भी दिल की अवस्था छिपाने के लिए उन्हें बहुत उद्योग करना पड़ेगा तथा उनके नाजुक कलेजे को तकलीफ पहुंचेगी, जिससे वह लज्जित होंगी। इससे इन लोगों का परदे के अन्दर ही बैठना उचित होगा। बेशक, यही बात है और बड़ों को ऐसा खयाल होना ही चाहिए!

रात पहर-भर से ज्यादे जा चुकी है। महल के एक छोटे से मगर दोहरे दालान में रोशनी अच्छी तरह हो रही है। दालान के पहले हिस्से में बारीक चिक का परदा गिरा हुआ है और भीतर पूरा अंधकार है। किशोरी, कामिनी, लक्ष्मीदेवी, कमलिनी, लाडिली और कमला उसी के अन्दर बैठी हुई हैं। बाहरी हिस्से में, जिसमें रोशनी बखूबी हो रही है, राजा बीरेन्द्रसिंह की गद्दी लगी हुई है, उनके बगल में बलभद्रसिंह बैठे हुए हैं, दूसरे बगल में कागजों की गठरी लिये हुए तेजसिंह विराजमान हैं, और बाकी के ऐयार लोग (भैरोसिंह को छोड़कर) दोनों तरफ दिखाई दे रहे हैं तथा सभों की निगाहें सामने के मैदान पर पड़ रही हैं जिधर से हथकड़ी-बेड़ी से मजबूर भूतनाथ को लिये हुए देवीसिंह चले आ रहे हैं।

भूतनाथ ने आने के साथ ही झुककर राजा बीरेन्द्रसिंह को सलाम किया और कहा–

भूतनाथ–व्यर्थ ही बात का बतंगड़ बनाकर मुझे सांसत में डाल रखा गया है, मगर भूतनाथ ने भी जिसने आप लोगों को खुश रखने के लिए कोई बात उठा नहीं रखी, इस बात का प्रण कर लिया था कि जब तक राजा बीरेन्द्रसिंह का सामना न होगा, अपने मुकदमे की उलझन को खुलने न दूंगा।

बीरेन्द्र–बेशक, इस बात का मुझे भी बहुत रंज है कि उस भूतनाथ के ऊपर एक भारी जुर्म ठहराया गया है, जिसकी कार्रवाइयों को सुन-सुनकर हम खुश होते थे और जिसे मुहब्बत की निगाह से देखने की अभिलाषा रखते थे।

भूतनाथ–अगर महाराज को इस बात का रंज है तो महाराज निश्चय रखें कि भूतनाथ महाराज की नजरों से दूर किए जाने लायक साबित नहीं होगा (इधर-उधर और पीछे की तरफ देखके) मगर अफसोस, हमारा मददगार अभी तक नहीं पहुंचा, न मालूम कहां अटक रहा!

इतने में सामने की तरफ से वही जिन्न आता हुआ दिखाई पड़ा, जिसे तेजसिंह पहले देख चुके थे और जिसका हाल राजा बीरेन्द्रसिंह से भी कह चुके थे। इस जिन्न की चाल आजाद, बेफिक्र और निडर लोगों की-सी थी जो धीरे-धीरे चलकर उसी दालान में आ पहुंचा और चुपचाप एक किनारे खड़ा हो गया।

उसके रंग-ढंग और उसकी पोशाक का हाल हम एक जगह बयान कर आए हैं, इसलिए पुनः लिखने की कोई आवश्यकता नहीं। यद्यपि जिन्न आश्चर्यजनक रीति से यकायक वहां आ पहुंचा था और उसको इस बात का गुमान था कि हमारा आना लोगों को बड़ा ही आश्चर्यजनक मालूम होगा, मगर ऐसा न था क्योंकि तेजसिंह को इस बात की खबर पहले ही दिन हो चुकी थी जब वे जिन्न और भूतनाथ के पीछे-पीछे जाकर उनकी बातें सुन आए थे और तेजसिंह ने यह हाल राजा बीरेन्द्रसिंह, अपने साथियों और कमलिनी, लक्ष्मीदेवी वगैरह से भी कह दिया था, अतएव जिन्न के आने का सब कोई इन्तजार ही कर रहे थे और जब वह आ गया, तो सब उसकी

सूरत गौर से देखने लगे। बीरेन्द्रसिंह का इशारा पाकर देवीसिंह ने उस जिन्न से पूछा–

देवी–महाराज की इच्छा है कि तुम अपना नाम और यहां आने का सबब बताओ।

जिन्न–मेरा नाम कृष्णजिन्न है और मैं भूतनाथ का विचित्र मुकदमा सुनने तथा अपने एक पुराने मित्र से मिलने आया हूं।

देवी–(आश्चर्य से) क्या भूतनाथ के अतिरिक्त कोई दूसरा आदमी भी तुम्हारा मित्र है?

जिन्न–हां।

देवी–और वह है कहां?

जिन्न–इसी जगह, आप लोगों के बीच ही में।

देवी–अगर ऐसा है तो तुम उसे अपने पास बुलाओ और बातचीत करो।

जिन्न–इससे आपको कोई मतलब नहीं, जब मौका आवेगा ऐसा किया जाएगा।

देवी–ताज्जुब है कि तुम किसी का कुछ खयाल न करके बेअदबी के साथ बातचीत करते हो! क्या हम लोगों के साथ तुम्हें किसी तरह की दुश्मनी या रंज है? या दुश्मनी पैदा किया चाहते हो?

जिन्न–दुश्मनी बिना डाह, डर और रंज के पैदा नहीं होती और हमारे को ये तीनों बातें छू नहीं गई हैं। न तो हमें किसी का डर है, न किसी को डराने की इच्छा है, न किसी को कुछ देते हैं और न किसी से कुछ चाहते हैं, न कोई हमारा कुछ बिगाड़ सकता है, न हम किसी का कुछ बिगाड़ते हैं, न हमें किसी बात की कमी है, न लालसा है, फिर ऐसी अवस्था में किसी से दुश्मनी या रंज की नौबत हो भी क्योंकर सकती है? अस्तु, आप लोगों को यही चाहिए कि हमारा खयाल छोड़कर अपना काम करें और हमारा होना-न-होना एक बराबर समझें।

जिन्न की बातों से सभों को बड़ा ही आश्चर्य और रंज हुआ, बल्कि हमारे कई ऐयारों को क्रोध भी चढ़ आया, मगर राजा बीरेन्द्रसिंह का इशारा पाकर सभों को चुप और शान्त होना ही पड़ा। बीरेन्द्रसिंह ने तेजसिंह की तरफ देखकर भूतनाथ का मुकदमा शुरू करने के लिए कहा और तेजसिंह ने ऐसा ही किया।

तेजसिंह ने भूमिका के तौर पर थोड़ा-सा पिछला हाल कहकर वह गठरी खोली जिसमें पीतल की एक सन्दूकड़ी और कागज का वह मुट्ठा भी था जिसमें की कई चीठियां कमलिनी वगैरह के सामने पढ़ी जा चुकी थीं। तेजसिंह उन चीठियों को पढ़ गए, जिनका हाल हमारे पाठकों को मालूम हो चुका है और इसके बाद अगली चीठी पढ़ने का इरादा किया, मगर जिन्न ने उसी समय टोक दिया और कहा, "यदि महाराज साहब उचित समझें, तो दारोगा और मुन्दर को भी जिसने अपने को मायारानी के नाम से मशहूर कर रखा है, और जो इस समय सरकार के कब्जे में हैं, इसी जगह बुलवा लें और चीठियों को उनके सामने पुनः पढ़ने की आज्ञा दें। यद्यपि यहां पर

शेरअलीखां के आने की भी आवश्यकता है परन्तु मौके-मौके पर कई बातें ऐसी प्रकट होंगी, जिनका हाल शेरअलीखां को मालूम होने देना हम उचित नहीं समझते।"

यद्यपि जिन्न ने बेमौके टोक दिया था और राजा बीरेन्द्रसिंह तथा हमारे ऐयारों को इस बात का रंज होना चाहिए था, मगर ऐसा नहीं हुआ, बल्कि सभों ने जिन्न की बात पसन्द की और महाराज ने मायारानी को हाजिर करने का हुक्म दिया। तारासिंह गए और थोड़ी ही देर में मायारानी और दारोगा को इस तरह लिये हुए आ पहुंचे, जिस तरह अपनी जान से हाथ धोए और जिद्दी कैदियों को घसीटते हुए लाना पड़ता है। जिस समय सुन्दर वहां आई, उसने घबड़ाहट के साथ चारों तरफ देखा। सबसे ज्यादे देर तक उसकी निगाह, जिस पर अड़ी रही, वह बलभद्रसिंह था, और बलभद्रसिंह ने भी मायारानी को बड़े गौर से देर तक देखा। जिन्न ने इस समय पुनः टोका और राजा बीरेन्द्रसिंह से कहा, "आशा है कि हमारे होशियार और नीति-कुशल महाराज सुन्दर और बलभद्रसिंह की आंखों को बड़े ध्यान और गूढ़ विचार से देख रहे होंगे!"

जिन्न की इस बात ने होशियारों और बुद्धिमानों के दिल में एक नया ही रंग पैदा कर दिया और तेजसिंह तथा बीरेन्द्रसिंह ने मुस्कुराते हुए जिन्न की तरफ देखा। इसी समय भैरोसिंह भी आ पहुंचे जिन्हें तेजसिंह कुछ समझा-बुझाकर आज दो दिन हुए बाग के उस हिस्से में छोड़कर आए थे जिसमें मायारानी गिरफ्तार की गई थी। भैरोसिंह के हाथ में एक छोटा-सा पुर्जा था जिसे उन्होंने तेजसिंह के हाथ में रख दिया और तब मुस्कुराते हुए जिन्न की तरफ देखा। भैरोसिंह को देख जिन्न के दांत भी हंसी से दिखाई दे गए, मगर उसने अपने को रोका और भैरोसिंह की तरफ से मुंह फेर लिया। तेजसिंह ने इस पुर्जे को पढ़ा और हंसकर राजा बीरेन्द्रसिंह के हाथ में दे दिया। राजा बीरेन्द्रसिंह भी पढ़कर हंस पड़े और जिन्न तथा भैरोसिंह की तरफ देखने लगे।

इस समय सभों की इच्छा यह जानने की हो रही थी कि भैरोसिंह ने जो पुर्जा तेजसिंह को दिया, उसमें क्या लिखा हुआ था और राजा बीरेन्द्रसिंह उसे पढ़कर और जिन्न की तरफ देखकर क्यों हंस पड़े? और इसी तरह जिन्न भैरोसिंह को और भैरोसिंह जिन्न को देखकर क्यों हंसे? मगर इसका असल भेद किसी को मालूम न हुआ और न कोई पूछ ही सका।

जिस समय जिन्न ने मायारानी और बलभद्रसिंह की देखादेखी के बारे में आवाज कसी, उस समय मायारानी ने बलभद्रसिंह की तरफ से आंखें फेर लीं, मगर बलभद्रसिंह केवल आंख बचाकर चुप न रह गया, बल्कि उसने क्रोध में आकर जिन्न से कहा—

बलभद्र—एक तो तुम बिना बुलाए यहां पर चले आए जहां आपुस की गुप्त बातों का मामला पेश है, दूसरे तुमसे जो कुछ पूछा गया, उसका जवाब तुमने बेअदबी और

ढिठाई के साथ दिया, तीसरे अब तुम बात-बात पर टोका-टोकी करने और आवाजें भी कसने लगे! आखिर कोई कहां तक बरदाश्त करेगा? तुम हम लोगों की बातों में बोलनेवाले कौन?

जिन्न–(क्रोध और जोश में आकर) हमें भूतनाथ ने अपना मुख्तार बनाया है, इसलिए हम इस मामले में बोलने का अधिकार रखते हैं। हां, यदि राजा साहब हमें चुप रहने की आज्ञा दें तो हम अपनी जुबान बन्द कर सकते हैं। (कुछ रुककर) मगर मैं अफसोस के साथ कहता हूं कि क्रोध और खुदगर्जी ने तुम्हारी बुद्धि के आईने को गंदला कर दिया है और निर्लज्जता की सहायता से तुम बोलने में तेज हो गए हो, इतना भी नहीं सोचते कि इतने बड़े रोहतासगढ़ किले के अन्दर बल्कि महल के बीच में जो बेखौफ घुस आया है वह किसी तरह की ताकत भी रखता होगा या नहीं! (राजा बीरेन्द्रसिंह और ऐयारों की तरफ इशारा करके) जो ऐसे-ऐसे बहादुरों और बुद्धिमानों के सामने बिना बुलाए आने पर भी ढिठाई के साथ वाद-विवाद कर रहा है, वह किसी तरह की कुदरत भी रखता होगा या नहीं! मैं खूब जानता हूं कि नेक, ईमानदार, निर्लोभ और लापरवाह आदमी को राजा बीरेन्द्रसिंह ऐसे बहादुर और तेजसिंह ऐसे चालाक आदमी भी कुछ नहीं कह सकते, तुम्हारे ऐसों की तो हकीकत ही क्या, जिसने बेईमानी, लालच, दगाबाजी और बेशर्मी के साथ-ही-साथ पापों की भारी गठरी अपने सिर पर उठा रखी है और उसके बोझ से घुटने तक जमीन के अन्दर गड़ा हुआ है। मैं इस बात को भी खूब समझता हूं कि मेरी इस समय की बातचीत लक्ष्मीदेवी, कमलिनी और लाडिली को जो इस पर्दे के अन्दर बैठी हुई सब-कुछ देख-सुन रही हैं, बहुत बुरी मालूम होती होगी, मगर उन्हें धीरज के साथ देखना चाहिए कि हम क्या करते हैं। हां, मुझे अभी बहुत-कुछ कहना है और मैं चुप नहीं रह सकता क्योंकि तुमने लज्जा से सिर झुका लेने के बदले में बेशर्मी अख्तियार कर ली है, और जिस तरह अबकी दफे टोका है, उसी तरह आगे भी बात-बात में मुझे टोकने का इरादा कर लिया है, मगर खूब समझ रखो कि राजा बीरेन्द्रसिंह और उनके ऐयारों की बातें मैं इसलिए सह लूंगा कि ये लोग किसी के साथ सिवाय भलाई के बुराई करनेवाले नहीं हैं, जब तक कोई कमबख्त इन लोगों को व्यर्थ न सतावे, और ये नेक तथा बद को पहचानने की भी बुद्धि रखते हैं, मगर तुम्हारे ऐसे बेईमान और पापी की बातें मैं सह नहीं सकता। भूतनाथ पर एक भारी इल्जाम लगाया गया है और भूतनाथ का मैं मुख्तार हूं, इससे मेरी इज्जत में कमी नहीं आ सकती। तुम लक्ष्मीदेवी, कमलिनी और लाडिली के बाप बनकर अपने को बराबरी का दर्जा दिया चाहते हो, मगर ऐसा नहीं हो सकता। अगर भूतनाथ दोषी है तो तुम भी मुंह दिखाने के लायक नहीं हो। समझ रखो और खूब समझ रखो कि चाहे आज हो या दो दिन के बाद हो, भूतनाथ की इज्जत तुमसे बढ़ी ही रहेगी! (भूतनाथ की तरफ देखकर) क्यों जी भूतनाथ, तुम क्यों इससे दबे जाते हो? तुम्हें किस बात का डर है?

भूतनाथ–(पीतल की सन्दूकड़ी की तरफ इशारा करके) बस केवल इसी का डर है, और इस कागज के मुट्ठे को तो मैं कुछ भी नहीं समझता, इसकी इज्जत तो मेरे सामने इतनी ही हो सकती है जितनी आज के दिन मायारानी की उस चीठी की होती, जो वह अपने हाथ से लिखकर राजा गोपालसिंह के सामने इस नीयत से रखती कि उसका कसूर माफ किया जाए, और लक्ष्मीदेवी का कुछ खयाल न करके, वह पुनः राजा गोपालसिंह की रानी बनायी जाए।

जिन्न–निःसन्देह ऐसा ही है, और इसी सन्दूकड़ी के सबब से बलभद्रसिंह तुम्हारे सामने ढिठाई कर रहा है। अच्छा इस सन्दूकड़ी का जादू दूर करने के लिए इसी के पास मैं एक तिलिस्मी कलमदान रखे देता हूं, जिसमें बलभद्रसिंह पुनः तुम्हारे सामने बोलने का साहस न कर सके, और तुम्हारा मुकदमा बिना किसी रोक-टोक के सुना जाकर शीघ्र समाप्त हो जाए।

इतना कहकर जिन्न ने अपने कपड़ों के अन्दर से एक सोने का कलमदान निकालकर उस सन्दूकड़ी के बगल में रख दिया जो राजा बीरेन्द्रसिंह के सामने रक्खी हुई थी और भूतनाथ के कागजात की गठरी में से निकाली गई थी।

यह कलमदान, जिसका ताला बन्द था, बहुत ही अनूठा और सुन्दर बना हुआ था। इसके ऊपर की तरफ मीनाकारी के काम की तीन तस्वीरें बनी हुई थीं और उनकी चमक इतनी तेज और साफ थी कि कोई देखनेवाला उन्हें पुरानी नहीं कह सकता था।

इस कलमदान को देखते ही भूतनाथ खुशी के मारे उछल पड़ा और जिन्न की तरफ देखके तथा हाथ जोड़के बोला, "माफ करना, मैंने आपकी कुदरत के बारे में शक किया था। मैं नहीं जानता था कि आपके पास एक ऐसी अनूठी चीज है। यद्यपि मैंने अभी तक आपको नहीं पहचाना, तथापि कह सकता हूं कि आप साधारण मनुष्य नहीं हैं। आप यह न समझें कि यह कलमदान मुझसे दूर है और मैं इसे अच्छी तरह से देख नहीं सकता। नहीं-नहीं, ऐसा नहीं है, इसकी एक झलक ने ही मेरे दिल के अन्दर इसकी पूरी-पूरी तस्वीर खैंच दी है! (आसमान की तरफ हाथ उठाके) हे ईश्वर तू धन्य है!"

भूतनाथ के विपरीत बलभद्रसिंह पर उस कलमदान का उल्टा ही असर पड़ा। वह उसे देखते ही चिल्ला उठा और उठकर मैदान की तरफ भागा, मगर जिन्न ने फुर्ती के साथ लपककर उसे पकड़ लिया और बीरेन्द्रसिंह के सामने लाकर कहा, "भलमनसी के साथ यहां चुपचाप बैठो, तुम भागकर अपनी जान किसी तरह नहीं बचा सकते!"

केवल भूतनाथ और बलभद्रसिंह पर ही नहीं, बल्कि तिलिस्मी दारोगा पर भी उस कलमदान का बहुत ही बुरा असर पड़ा और डर के मारे वह इस तरह कांपने लगा जैसे जड़ैया बुखार चढ़ आया हो। बीरेन्द्रसिंह, तेजसिंह और बाकी के ऐयारों को भी बड़ा आश्चर्य हुआ और वे लोग ताज्जुब-भरी निगाहों से उस कलमदान की तरफ देखने लगे। इतने में चिक के अन्दर से आवाज आई, "इस कलमदान को मैं भी जरा देखा चाहती हूं!" यह आवाज कमलिनी की थी जिसे सुनकर राजा बीरेन्द्रसिंह ने

जिन्न की तरफ देखा और जिन्न ने जोश के साथ कहा, "हां-हां, आप बेशक इस कलमदान को पर्दे के अन्दर भिजवा दें क्योंकि लक्ष्मीदेवी और कमलिनी को भी इस कलमदान का देखना आवश्यक है। (तेजसिंह से) "आप स्वयं इसे लेकर चिक के अन्दर जाइए।"

तेजसिंह कलमदान को लेकर उठ खड़े हुए और चिक के अन्दर जाकर कलमदान कमलिनी के हाथ में रख दिया। वहां किसी तरह की रोशनी नहीं थी और पूरा अंधकार था इसलिए उन सभों को कलमदान अच्छी तरह देखने के लिए दूसरे कमरे में जाना पड़ा, जहां दीवारगीरों की रोशनी से दिन की तरह उजाला हो रहा था।

सिवाय लक्ष्मीदेवी के और किसी औरत ने कलमदान को नहीं पहचाना और न किसी पर उसका असर ही पड़ा, मगर लक्ष्मीदेवी ने जिस समय उसे उजाले में देखा, उसकी अजब हालत हो गई। वह सिर पकड़कर जमीन पर बैठने के साथ ही बेहोश होकर, जमीन पर गिर पड़ी।

लक्ष्मीदेवी के बेहोश होने से एक हलचल-सी मच गई और कमलिनी तथा कमला इत्यादि उसे होश में लाने का उद्योग करने लगीं। तेजसिंह, कलमदान उठाकर और यह कहकर कि 'लक्ष्मीदेवी की तबीयत ठीक होने के साथ ही बाहर खबर कर देना' बीरेन्द्रसिंह के पास चले आए और कलमदान सामने रखकर लक्ष्मीदेवी का हाल कहा।

इस मामले से सभों का ताज्जुब और बढ़ गया और बीरेन्द्रसिंह ने तेजसिंह से कहा–

बीरेन्द्र–इन भेदों को खोलकर आज अवश्य फैसला कर ही देना चाहिए।

तेज–मैं भी यही चाहता हूं। (जिन्न की तरफ देखके) मगर यह बात बिना आपकी मदद के किसी तरह नहीं हो सकती!

जिन्न–जब तक राजा बीरेन्द्रसिंह आज्ञा न देंगे, मैं यहां से न जाऊंगा क्योंकि मैं भी इस मामले को आज खतम कर देना आवश्यक समझता हूं, मगर तब तक सब्र कीजिए, जब तक लक्ष्मीदेवी की तबीयत ठिकाने न हो जाए और वे सब पर्दे के पास आकर बैठ न जाएं। हां, बलभद्रसिंह को कहिए कि वह उठकर अपने ठिकाने जाए और भाग जाने का ध्यान भूलकर चुपचाप बैठे।

बलभद्रसिंह की ताकत बिलकुल निकल गई थी और वह जहां-का-तहां सुस्त बैठा रह गया था। तेजसिंह ने उसे उठाकर अपने बगल में बैठा लिया और थोड़ी देर तक सन्नाटा रहा।

आधी घड़ी के बाद खबर आई कि लक्ष्मीदेवी की तबीयत ठीक हो गई और वे सब पर्दे के पास आकर बैठ गई हैं।

॥ बारहवां भाग समाप्त ॥

❒❒❒